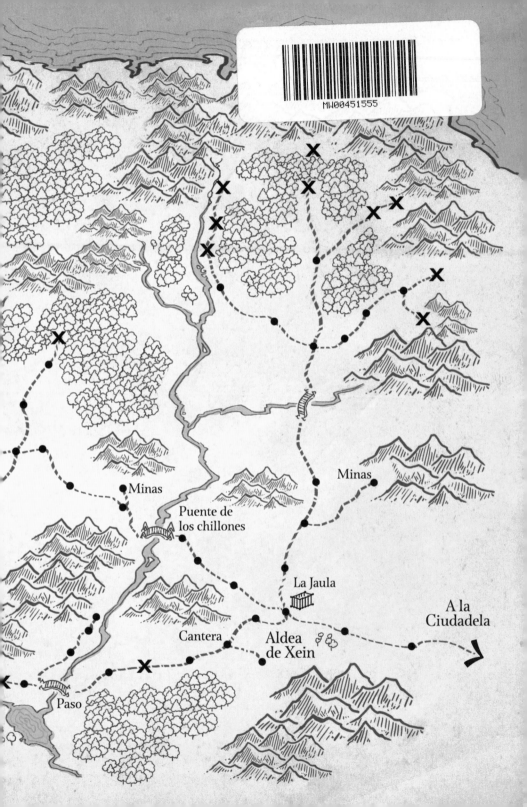

Minas

Puente de
los chillones

Minas

La Jaula

A la
Ciudadela

Cantera

Aldea
de Xein

Paso

SERIE ∞ INFINITA

M

Laura Gallego

EL BESTIARIO DE AXLIN

Guardianes de la Ciudadela I

Montena

Papel certificado por el Forest Stewardship Council®

Primera edición: abril de 2018
© 2018, Laura Gallego
© 2018, Penguin Random House Grupo Editorial, S. A. U.
Travessera de Gràcia, 47-49. 08021 Barcelona
Paolo Barbieri por la ilustración de cubierta y el mapa
Pepe Medina por los elementos gráficos

Printed in Spain – Impreso en España

ISBN: 978-84-9043-931-9
Depósito legal: B-2.969-2018

Compuesto en Compaginem Llibres, S. L.

Impreso en Cayfosa
Santa Perpètua de Mogoda (Barcelona)

GT 3 9 3 1 9

Penguin
Random House
Grupo Editorial

1

Las pesadillas de Axlin eran seis: los galopantes, las pelusas, los dedoslargos, los nudosos, los crestados y los robahuesos. Había sido así desde que tenía memoria, y por esa razón nunca se había planteado la posibilidad de que pudiera existir otro tipo de horrores más allá de la empalizada del enclave en el que vivía.

Su visión del mundo, no obstante, cambió la tarde en que conoció a Ixa y Rauxan.

Por aquel entonces, Axlin tenía ya nueve años y muchas responsabilidades en la comunidad. Cuando los centinelas anunciaron la llegada de los visitantes, sin embargo, dejó en el suelo el cesto medio lleno con las vainas de guisante que estaba recolectando y corrió hacia la puerta con los demás niños. Como de costumbre, y debido a la cojera que arrastraba, llegó la última, pero a nadie le importó.

Los adultos mantuvieron a los niños a una prudente distancia de la entrada, a pesar de que los centinelas nunca abrían el portón interior sin haber cerrado antes el exterior. Ellos aguardaron allí, obedientes y expectantes. Muy pocas veces recibían visitas; por lo general solía tratarse de buhoneros que arriesgaban sus vidas para viajar por los enclaves ofreciendo objetos, alimentos y materiales que no eran fáciles de encontrar en otros lugares. Por esa razón, todos se sorprendieron al ver entrar a una muchacha de unos doce años, seguida de un chico algo menor que ella. Los acompañaba un hombre adulto, pero los niños del enclave ya no se fijaron en él. Todos, incluida Axlin, lanzaron una exclamación de asombro y temor al ver a la chica. Nixi estalló en lágrimas.

Ella se detuvo y los contempló, desorientada.

—Se la llevarán los dedoslargos, se la llevarán los dedoslargos... —lloriqueaba Nixi; y el pequeño Pax, que no entendía qué estaba sucediendo, se echó a llorar también.

Axlin los abrazó a ambos para consolarlos, pero no podía apartar la mirada de la recién llegada. Jamás había visto una cabellera tan larga y tan rubia como la suya. Inquieta, se pasó los dedos por su propia cabeza, apenas cubierta por una corta pelusilla de color negro.

—¡Ixa! —dijo el otro chico, acercándose a la muchacha rubia—. ¿Qué pasa? ¿Por qué nos miran así estos niños pelones?

También él lucía unos desconcertantes rizos pelirrojos, y Axlin se preguntó cómo era posible que siguieran con vida todavía.

Tux se abrió paso y se plantó ante los recién llegados, con los brazos cruzados ante el pecho. Tenía casi trece años y no tardaría en abandonar la cabaña de los niños para ir a vivir con los adultos.

—No podéis llevar el pelo largo —informó con firmeza—. Si queréis pasar la noche aquí, tendréis que cortároslo como nosotros.

Ixa lanzó una exclamación, consternada, y se recogió el cabello con ambas manos, como si pretendiese protegerlo de las insidiosas intenciones de aquellos «niños pelones».

—¿Quién te crees que eres para darnos órdenes? —protestó el pelirrojo.

Tux no respondió ni movió un solo dedo.

—No nos cortamos el pelo por capricho —intervino Xeira

con suavidad, sin comprender por qué tenía que explicar algo tan obvio—. Es la única forma de evitar que se nos lleven los dedoslargos. ¿O es que vosotros conocéis alguna otra?

—¿Dedoslargos? —repitieron a dúo los forasteros, desconcertados.

—Ixa, Rauxan —los llamó entonces el hombre que los acompañaba.

Había estado hablando con Vexus, el líder del enclave, mientras los niños conversaban. Axlin se fijó en que tampoco él cumplía las normas referentes al cabello. No lo llevaba demasiado largo, pero necesitaba afeitarse la barba con urgencia.

Se reunió con ellos y dirigió una mirada pesarosa a los «niños pelones».

—Tenéis que rasuraros la cabeza vosotros también —informó a los suyos—. Es una norma del enclave.

A Ixa se le llenaron los ojos de lágrimas y Rauxan puso mala cara, pero ninguno de los dos protestó. Al fin y al cabo, todo el mundo cumplía las normas de los enclaves. Eso era algo que estaba fuera de toda discusión.

Los otros niños los siguieron con curiosidad y se quedaron a observar mientras les cortaban el pelo. Cuando los bucles rubios de Ixa comenzaron a caer en cascada a su alrededor, la muchacha ya no lloraba; se mantenía en silencio, pálida y asustada.

Cenaron todos, como tenían por costumbre, antes de la puesta de sol. Mientras preparaban las mesas, Axlin regresó a donde había tenido lugar el corte de pelo para apropiarse de uno de los mechones de Ixa, que alguien había barrido y acumulado en un rincón, junto con los rizos rojizos de Rauxan y los restos de la barba del forastero adulto, que ya sabía que se llamaba Umax. No tenía muy claro por qué lo hacía. Estaba convencida de que ella jamás se dejaría crecer tanto el pelo, y tampoco lo deseaba.

Había una idea, sin embargo, que no cesaba de dar vueltas en su mente, aunque no fuera capaz de darle forma.

Aquella niña, con el cabello tan largo..., aquellas personas... seguían vivas.

Eso significaba algo, aunque Axlin no podía alcanzar a deducir de qué se trataba. Guardó el mechón rubio entre sus tesoros más preciados antes de correr, renqueante, a reunirse con los demás.

Los niños forasteros no se sentaron junto a ellos en la cena. Se mantuvieron junto a Umax, serios y en silencio, sin acabar de acostumbrarse a su nuevo aspecto.

Los niños del enclave, en cambio, no hablaban de otra cosa.

—¿Cómo es posible que llevaran el pelo tan largo? —planteó Xeira, todavía desconcertada—. ¿Quiénes son? ¿Y de dónde vienen?

—He oído que su enclave fue destruido hace unas semanas —informó Tux en voz baja, para que no lo oyeran Pax y Nixi, los más pequeños—. Solo ellos tres han sobrevivido.

Axlin y Xeira lanzaron exclamaciones de horror y conmiseración.

—¿Fueron los dedoslargos?

—No lo creo. —Tux reflexionó—. Es posible que no haya dedoslargos en el lugar de donde vienen.

—¿Existe un lugar donde no hay dedoslargos? —preguntó Axlin, fascinada; se pasó de nuevo la mano por la cabeza, preguntándose si podría dejarse crecer el pelo allí.

—No lo sé. Es posible.

—Pero, aunque no tuvieran dedoslargos —murmuró Xeira—, había otros monstruos a los que no pudieron vencer.

Los niños contemplaron de nuevo a Ixa y Rauxan. Ahora ya no se mostraban tan arrogantes, y la noticia de su tragedia los había conmovido.

—¿Pueden hacer eso los monstruos? —preguntó Axlin con timidez—. ¿Pueden destruir un enclave entero?

Los niños cruzaron miradas tensas, repletas de inquietud.

—Ha pasado algunas veces —respondió Xeira—, pero a nosotros no nos sucederá. Sabemos cómo defendernos de todos los monstruos.

No obstante, apenas un rato más tarde descubrió que aquello no era verdad.

Ixa y Rauxan fueron alojados en la cabaña de los niños. No pusieron ningún reparo, dado que su antiguo enclave se había organizado de la misma forma: la casa más segura de la aldea, la más sólida y mejor defendida, se alzaba justo en el centro, lejos de las empalizadas, y era allí donde vivían los niños menores de trece años y las madres con sus bebés. Cuando estos alcanzaban el año de edad, sin embargo, las madres regresaban a las casas de los adultos, que formaban un cinturón protector en torno a la cabaña central, y sus hijos quedaban al cuidado de los muchachos mayores. Así, los niños crecían sin saber a ciencia cierta quiénes eran sus padres, y los padres se desvinculaban enseguida de los hijos que habían engendrado. Todos eran hermanos entre ellos. Todos los adultos ejercían como padres, y todos los niños eran hijos del enclave.

En la época en que llegaron Ixa y Rauxan vivían en la cabaña cinco niños. También se alojaban con ellos Kalax y su bebé de tres meses. No eran muchos, y precisamente por eso el enclave los protegía con uñas y dientes. Era sumamente difícil sobrevivir a la infancia, llegar a la edad adulta y aportar una nueva generación a la comunidad. Se trataba de algo que los niños mayores sabían muy bien, aunque nunca hablaran de ello.

Hicieron sitio a los recién llegados y prepararon catres para ellos. Ixa examinaba la estancia con aprensión. Cuando alzó la vista al techo, lanzó una exclamación de horror.

—¡Rauxan, no podemos dormir aquí!

Su amigo siguió la dirección de su mirada y compartió su alarma. Los otros niños tardaron un poco en convencerlos de que no se marcharan, y en comprender que echaban de menos algo llamado «red contra babosos».

—¿Qué es la red contra babosos? —quiso saber Nixi.

—¿Qué son los babosos? —preguntó Axlin a su vez.

Los nuevos las contemplaron sin dar crédito a lo que oían.

—¿No sabéis lo que son los babosos?

No tuvieron ocasión de contestar, porque Kalax entró en aquel momento y los mandó a todos a la cama. Los niños obedecieron y ejecutaron los rituales de costumbre, en orden y en silencio. Hubo algunos murmullos cuando los forasteros extrajeron de sus equipajes unos calcetines gruesos y burdos que despedían un olor penetrante. Se los pusieron casi de forma automática, sin prestar atención a las miradas perplejas que cruzaron los demás.

Solo cuando juzgó que sus pies estaban convenientemente protegidos, Ixa alzó la cabeza y contempló a sus anfitriones con gesto incrédulo.

—Es por los chupones —les explicó, como si fuera obvio.

—Shu-pooo-neees —repitió Pax con su lengua de trapo.

Tux negó con la cabeza.

—No sé de qué estás hablando.

Ixa comenzaba a enfadarse.

—No te creo. He visto que esa niña cojeaba —añadió, señalando a Axlin—. Te atacaron los chupones, ¿verdad? No tienes por qué avergonzarte si te faltan algunos dedos; en nuestro enclave había supervivientes que estaban mucho peor que tú.

Sus palabras pretendían ser amables, pero Axlin reaccionó con desconfianza.

—No me falta ningún dedo, muchas gracias —replicó, retrocediendo un poco sobre su catre.

Ixa lo tomó como un desafío a sus palabras.

—No te creo —repitió—. Vamos, enséñame ese pie —demandó, y se lanzó sobre ella.

Tras un breve forcejeo, logró sacar el pie descalzo de Axlin de debajo del embozo. La niña lanzó una risita mientras Ixa lo alzaba en alto para verlo bien.

—Para, para, me haces cosquillas.

Pax rio también, encantado, creyendo que era un juego. Pero fue el único.

—¿Lo ves? —intervino Xeira, un tanto molesta—. Axlin tiene todos los dedos. Si cojea, no es por culpa de esos chupones de los que hablas.

—La atacó un nudoso cuando tenía cuatro años —explicó Tux.

Ixa soltó el pie de Axlin, avergonzada.

—Oh —dijo solamente—. Lo siento.

La forma en que lo dijo dejó patente que sí conocía a los nudosos. Tux, sin embargo, creyó conveniente completar la explicación:

—La cogió por el tobillo y tiró de ella para hundirla en el suelo. Y se la habría llevado si Vexus no lo hubiese visto a tiempo. Consiguió retenerla, pero el nudoso la había agarrado con tanta fuerza que le destrozó el tobillo. No ha vuelto a caminar bien desde entonces.

—Lo siento —repitió Ixa.

Axlin había vuelto a cubrirse con el embozo, y se encerró en un silencio ofendido. Kalax aprovechó para poner orden.

—No se habla de monstruos antes de dormir —les recordó—, y mucho menos delante de los más pequeños. Voy a apagar la luz y, cuando lo haga, quiero que todos estéis acostados y en silencio.

Los niños obedecieron. Kalax apagó la lámpara, y durante un buen rato solo se oyó el sonido de su bebé mamando con fruición. Después el pequeño eructó, lloriqueó un poco y por fin se durmió.

Axlin, en cambio, se sentía incapaz de conciliar el sueño. No podía dejar de pensar en lo que Ixa les había dicho. ¿Babosos? ¿Chupones? Nunca había oído hablar de ellos; el hecho de que existieran monstruos desconocidos, contra los que no sabía cómo defenderse, la llenaba de inquietud.

Un rato más tarde oyó la voz de Tux, que susurraba en la oscuridad:

—¿Ixa? ¿Estás dormida?

—No —respondió ella en el mismo tono.

—Yo tampoco —informó Rauxan.

—Ni yo —añadió Xeira.

—¿Y Kalax y los pequeños? —siguió indagando Tux—. ¿Se han dormido ya?

Se oyó un rumor de sábanas mientras los niños se acercaban en silencio a comprobarlo. Axlin cerró los ojos con firmeza, porque a sus nueve años no sabía si la incluirían o no en la categoría de «los pequeños». Y quería saber qué se traía Tux entre manos.

—Todos dormidos —informó Xeira en voz baja; tal como Axlin había sospechado, no contaban con ella para su pequeño conciliábulo—. ¿Por qué querías saberlo?

Tux no respondió enseguida. Axlin aguardó, intrigada, mientras fingía que dormía profundamente.

—Esos chupones de los que hablabas, Ixa... —dijo el chico al fin—, ¿cómo son?

Las otras niñas contuvieron el aliento, entre aterradas y fascinadas. Fue Rauxan, sin embargo, quien respondió en un susurro:

—Yo nunca los he visto, aunque los he sentido varias veces.

—Yo sí que vi uno, una vez —dijo Ixa—. Estaba rondando en torno a mis pies, le di una patada y salió corriendo a esconderse bajo la cama. Pero como estaba oscuro, no pude apreciarlo bien.

—¿Cómo era de grande? —quiso saber Tux.

—Como una rata, más o menos. No obstante, lo peor de los chupones no es su tamaño.

Hizo una pausa, pero nadie se atrevió a apremiarla para que continuara.

—Los chupones —prosiguió por fin— llegan por las noches, cuando todo el mundo está durmiendo. No importa cuántas trampas o barreras inventes para detenerlos, ellos siempre se las arreglan para entrar en las casas de todas formas. Se meten en tu cama y empiezan a comerte los dedos de los pies. Y tú no te enteras, porque no lo sientes. Hay algo en su saliva que calma el dolor para que no te despiertes con los mordiscos. Así se pueden pasar toda la noche, y primero se comen los dedos de tus pies, luego tus pies, después los tobillos, las pantorrillas... Algunos se despiertan a tiempo y solo pierden un par de dedos. A otros los sorprendió la mañana desangrándose en sus camas, sin piernas.

Los otros niños escuchaban, mudos de horror. Axlin se estremecía, acurrucada bajo las mantas. Dobló las rodillas, tratando de proteger sus pies de aquel enemigo desconocido.

Rauxan tomó entonces la palabra:

—La única manera de evitarlo es usar unos calcetines especiales. Los hacemos con lana de cabra y los lavamos a menudo con jugo de cebolla; por eso huelen tan raro. Pero a los chupones no les gusta. Si se meten en tu cama y llevas puestos estos calcetines, bien ajustados para que no te los puedan quitar, se limitarán a chuparte un poco los dedos de los pies a través del tejido. Y después se marcharán, porque el sabor a cebolla les da mucho asco, y el tacto de la lana les produce picores en la nariz.

Los niños se rieron bajito.

—No sabemos si es exactamente así —matizó Ixa—. Pero sí está claro que nuestros calcetines no les gustan. Todos en nuestro enclave sentimos alguna vez a los chupones lamiendo los dedos de nuestros pies y, sin embargo, la mayoría de nosotros los conservábamos, por suerte, así que los calcetines funcionan de verdad.

—Nosotros también notamos a los dedoslargos cuando vienen por la noche —dijo Tux—. Se deslizan entre las camas como sombras y te pasan las manos por la cara y por la cabeza, buscando tu pelo. Sus dedos son húmedos y fríos. Parece que te acaricien, pero es horrible sentir su tacto sobre la piel. A pesar de eso, si los notas, lo mejor es hacerte el dormido. Porque si no tienes pelo, se marcharán.

Hubo murmullos de asentimiento, mientras los niños forasteros escuchaban, sobrecogidos.

—¿Y qué pasa si encuentran un niño con el pelo largo? —se atrevió a preguntar Rauxan.

—Niño o adulto, les da igual —puntualizó Xeira—. Lo agarran por el pelo y se lo llevan a rastras hasta su madriguera para devorarlo. Si te coge el dedoslargos, no importa cuánto llores, grites o patalees, no te vas a poder soltar. Además corre tan deprisa, incluso con su presa a rastras, que nadie puede alcanzarlo para rescatarla. La gente a la que se lleva el dedoslargos no vuelve nunca más.

—Yo he oído decir —añadió Tux— que una vez una patrulla encontró la madriguera de un dedoslargos. Consiguieron matarlo y rescataron los restos de todas las personas a las que se había llevado. Contaron ciento doce cráneos entre niños y adultos.

Axlin inspiró hondo. Nunca había oído contar esa historia.

—Eso debe de ser un bulo, Tux —objetó Xeira—. No hay ningún enclave tan grande.

—No; pero, si el dedoslargos llevaba allí muchos años, tal vez siglos..., sí habría podido llevarse a toda esa gente. Sin embargo, eso no fue lo peor que encontraron en la madriguera.

—¿Ah, no?

—No. Además de los huesos de sus víctimas, el dedoslargos también guardaba sus cabelleras. El pelo de todas aquellas personas, arrancado de cuajo, atado con cuerdas y ordenado por colores, del más claro al más oscuro. Había ciento doce cráneos y ciento doce matas de pelo. El dedoslargos las había guardado todas.

Los niños guardaron silencio y contuvieron la respiración, como si pudieran oír los pasos del dedoslargos deslizándose entre las sombras de la habitación.

—Y por esa razón —concluyó Tux—, en este enclave nos cortamos el pelo de esta manera. Desde que lo hacemos, los dedoslargos no se han llevado a nadie más.

—Y aun así todavía vienen algunas noches —añadió Xeira—. Los sentimos entre nosotros, notamos sus dedos en la cara y a veces oímos su respiración muy cerca del oído. Nos acarician la cabeza e intentan cogernos del pelo, pero no pueden. Y entonces se van.

Ixa y Rauxan escuchaban con atención. Por fin, la muchacha dijo:

—Entiendo. Gracias por insistir en que nos cortásemos el pelo. En nuestro enclave, nunca habíamos oído hablar de los dedoslargos.

—Pero sí de los nudosos —se defendió Rauxan, como si se sintiera en la obligación de hacerlo—. Y vosotros no conocíais a los chupones, después de todo.

—¿Fueron esos chupones los que destruyeron vuestro enclave? —quiso saber Tux.

—¡Tux! —lo reprendió Xeira, escandalizada. Pero los forasteros no se molestaron.

—No —respondió Ixa en voz baja—, fueron los escuálidos. Aprovecharon una mañana de niebla muy densa para organizar un ataque. Encendimos las fogatas para repelerlos, como de costumbre, pero entonces se puso a llover con fuerza y las hogueras se apagaron. Mientras intentábamos encenderlas de nuevo, abrieron un hueco en la empalizada y entraron en el enclave. Eran muchos, y estaban muy hambrientos. Nosotros nos salvamos porque a mediodía salió por fin el sol, y los escuálidos corrieron a esconderse. Si la niebla hubiese tardado más en levantarse, nos habrían devorado a todos.

Nadie dijo nada. Tampoco habían oído hablar nunca de los escuálidos, pero ni Tux ni Xeira se atrevieron a preguntar. Bajo las mantas, Axlin temblaba de terror.

—Murieron diecinueve personas —siguió relatando Rauxan, con voz extrañamente desapasionada; como si, describiendo los hechos de aquella manera, el horror fuera un poco menos horrible—. Trece adultos y seis niños. Sobrevivimos nosotros tres, y otros dos adultos que se han quedado por el camino. A uno se lo llevó un piesmojados y a la otra la mataron los crestados.

La voz de Rauxan se apagó; Axlin oyó los suaves sollozos de Ixa desde el catre contiguo, y el terror que sentía se hizo más grande, amenazando con devorarla desde dentro. Tras unos instantes de silencio sobrecogido, pareció que Tux iba a añadir algo, pero entonces se oyó la voz de Kalax desde el jergón que ocupaba junto a la puerta:

—Chicos, ¿todavía no os habéis dormido? ¿Qué os pasa?

—Nada, Kalax —respondió Tux—. Es que los nuevos echan de menos su casa.

—Es natural —respondió ella en un susurro—. Tratad de dormir y manteneos en silencio, o despertaréis a los pequeños.

Nadie dijo nada más aquella noche. Los recién llegados, agotados tras tantas emociones, terminaron por dormirse. Sin embargo, Axlin fue incapaz de pegar ojo. Aquellos niños forasteros habían sembrado su mente de nuevos horrores, como si los espantos cotidianos no fueran ya suficientes. No podía dejar de mover sus pies descalzos, echando de menos las prendas de lana de cabra que ahuyentaban a los chupones, y que nunca antes había necesitado. También pensaba en aquellas nuevas criaturas que llegaban para aumentar el catálogo de sus pesadillas: los escuálidos, los babosos, los piesmojados. No sabía cómo eran aquellos seres, ni de qué nuevas y retorcidas formas exterminaban a los humanos; pero eso no los hacía menos terribles, sino al contrario.

2

Mucha gente en el enclave dio por sentado que los tres forasteros se quedarían allí definitivamente. Los nuevos miembros eran siempre bienvenidos en la comunidad, especialmente si se trataba de adultos fuertes y sanos, como Umax, o de niños, como Rauxan; pero, sobre todo, de muchachas que serían mujeres fértiles cuando crecieran, como Ixa.

Los primeros días, de hecho, los recién llegados se integraron en el enclave y se esforzaron por aprender sus normas y sus rutinas. Los niños no volvieron a preguntar a Ixa y Rauxan sobre los monstruos que habían dejado atrás, pese a que Axlin no los había olvidado. Después de todo, cuando sobrevenía una tragedia lo más sensato era mirar hacia delante y tratar de recuperar la normalidad cuanto antes.

Por esa razón, todos se sorprendieron cuando Umax anunció que reemprenderían su camino en cuanto hubiesen recuperado las fuerzas. Los niños rodearon enseguida a Ixa y Rauxan, demandando una explicación.

—¿Por qué os vais? —preguntó Xeira angustiada—. ¡Es muy peligroso! El lugar de los niños está en los enclaves, no en los caminos.

Los demás se mostraron de acuerdo. La simple idea de atravesar las puertas de la empalizada y adentrarse de nuevo en el salvaje mundo que se extendía al otro lado les parecía poco menos que un suicidio.

—Si salís ahí fuera, se os comerán los monstruos —gimió Nixi con los ojos llenos de lágrimas.

Y entonces Ixa empezó a llorar también.

—¡Yo no quiero marcharme! —confesó afligida—. ¡Tengo mucho miedo!

Xeira la abrazó para consolarla, mientras los otros niños las contemplaban desconcertados, sin saber qué decir. Rauxan permanecía a su lado en silencio, tratando de parecer resuelto; pero le temblaba el labio inferior.

Tux resopló.

—No es justo —declaró, y se alejó de ellos a grandes zancadas. Axlin lo llamó:

—¡Tux! ¡Tux, espera! ¿A dónde vas?

—¡A hablar con Umax!

—¡No vas a conseguir que cambie de opinión! —le advirtió Rauxan; el chico no le hizo caso.

Axlin echó a correr detrás de Tux, renqueando, pero nadie más la acompañó.

Lo encontró en casa de Oxis; allí se hallaba también Umax, que había interrumpido su conversación con el anciano para escuchar a Tux.

—...y no te puedes llevar a Ixa otra vez a los caminos —le estaba diciendo el chico con ardor—. Estará mucho más segura aquí...

—Entiendo tu preocupación, Tux —lo interrumpió Umax—, pero ningún enclave es seguro. Ni siquiera el tuyo.

Tux inspiró hondo y Axlin se apoyó en el quicio de la puerta, tratando de recuperar el aliento tras la carrera. Tardó unos instantes en asimilar lo que Umax acababa de decir. ¿Que los enclaves no eran seguros? Eso no podía ser verdad. Era lo primero que aprendían todos los niños: que en aquellos recintos protegidos por altas empalizadas estarían a salvo, más que en ningún otro lugar.

Pero, por otro lado, Umax provenía de una aldea muy similar a la suya..., una aldea que había sido asaltada y destruida por los monstruos. Era lógico, hasta cierto punto, que tuviese dudas al respecto.

Se removió con inquietud. Hasta la llegada de aquellos tres forasteros, ella no las había tenido.

—A lo mejor los enclaves no son seguros —acertó a replicar Tux por fin—, pero los caminos lo son todavía menos.

—Cierto. No obstante, los monstruos acabarán por arrasar todas las aldeas humanas, una detrás de otra. Es cuestión de tiempo. Así que lo mejor que podemos hacer es huir lejos de aquí, buscar un lugar donde las cosas sean diferentes.

—No existe tal lugar...

—Sí que existe. Lo llaman la Ciudadela. Ahora eres muy joven, pero tal vez, cuando seas un poco mayor, tú también abandones este sitio para ir en su busca.

Tux sacudió la cabeza.

—Nunca me iré de aquí —declaró—. Si tengo que morir luchando contra los monstruos, lo haré. No pienso huir como un cobarde.

Axlin inspiró hondo, pero Umax no se enfadó. Se limitó a sacudir la cabeza con una media sonrisa.

—Ya crecerás, muchacho. Todos lo hacemos, si los monstruos lo permiten.

Al no obtener del hombre la reacción que había esperado, Tux se mostró un poco desconcertado.

—Bueno —dijo al fin—, si tú quieres seguir tu viaje, me parece bien, claro. Pero ¿por qué te llevas a Ixa y a Rauxan? ¿No se pueden quedar aquí, si es lo que quieren?

Umax guardó silencio un momento antes de responder:

—Ellos son todo lo que queda de mi enclave. Están bajo mi responsabilidad y no puedo dejarlos atrás.

—¿Y hasta dónde iréis en busca de esa Ciudadela?

—Hasta que la encontremos, hasta que no podamos viajar más o hasta que los monstruos nos maten en el camino. Y ahora, Tux, si me lo permites... Oxis y yo tenemos cosas que hacer.

El muchacho resopló, molesto, y salió de la casa hecho una furia. Axlin se quedó allí, junto a la puerta, tratando de comprender todo lo que Umax había dicho.

De modo que Ixa y Rauxan se iban de verdad... y probablemente para siempre. A pesar de que solo llevaban unos días en el enclave, Axlin sabía que todos los iban a echar mucho de menos. Habían supuesto un soplo de aire fresco, una maravillosa novedad en la rutina gris de la aldea.

Contempló a Umax y Oxis, pensativa, mientras reanudaban su conversación.

Oxis era el hombre más viejo de la comunidad. Tux decía que tenía por lo menos cincuenta años, pero Axlin no creía que fuera verdad. No conocía a nadie que hubiese vivido tanto tiempo.

No obstante, Oxis no salía nunca fuera del enclave. Por lo que ella sabía, de joven había sobrevivido de milagro al ataque de la cuadrilla de robahuesos que había asesinado al resto de los miembros de su grupo durante una salida al exterior. Igual que Axlin, sufría secuelas físicas que le impedían moverse con la misma agilidad que los demás. Oxis usaba bastón y apenas podía desplazarse sin ayuda, por lo que habría sido una carga para cualquier patrulla.

Por otro lado, cada vez que pensaba en aquella historia, Axlin no podía evitar plantearse qué sentiría el anciano si por alguna circunstancia volviese a toparse con aquellos robahuesos; qué pensaría al contemplar las toscas armaduras que ellos mismos se fabricaban con los restos de sus víctimas; y si se quedaría mirando los cráneos humanos que protegían las cabezas de aquellas repugnantes criaturas, preguntándose cuáles de ellos habrían pertenecido a sus compañeros caídos. Si alguno hubiese podido ser el suyo propio, en el caso de que la suerte no le hubiese sonreído aquella tarde.

Bien mirado, era una buena cosa que no pudiese salir más a patrullar. Se le daba bastante bien cocinar, fabricar herramientas y arreglar objetos que se rompían, por lo que resultaba útil al enclave a su manera.

Umax siguió hablando sobre su viaje, aunque Oxis no parecía escucharlo. A Axlin le resultó extraño, pues siempre era un oyente atento y considerado; pero en esta ocasión se mostraba más interesado en deslizar un extraño objeto alargado sobre la superficie de algo que parecía un montón de láminas muy finas, unidas a un soporte de piel que sostenía sobre sus rodillas. Era un gesto tan insólito que Axlin preguntó de pronto, sobresaltando a los dos hombres:

—¿Qué estás haciendo, Oxis?

El anciano la miró, un tanto contrariado ante aquella nueva interrupción.

—¿Tú también, Axlin? ¿No tienes nada mejor que hacer?

—¿Qué es eso? —insistió ella—. No había visto nunca nada igual. ¿Para qué sirve?

Pero Oxis la echó de allí sin contemplaciones.

Axlin no volvió a pensar en ello, porque en aquellos momentos el destino de Ixa y Rauxan la preocupaba más que el curioso comportamiento del anciano.

Los niños no fueron los únicos que suplicaron a Umax que reconsiderase su decisión. Varios adultos del enclave, con Vexus a la cabeza, trataron de convencerlo de que permitiese a Ixa y Rauxan quedarse con ellos. Hubo una breve discusión cuando Umax insinuó que detrás de aquella petición había un interés evidente por parte del enclave para quedarse con «sus» niños. Vexus se molestó, pero otros adultos intervinieron y Umax se disculpó por lo que había dicho.

Yulixa propuso que esperaran a que llegase algún buhonero errante para unirse a él y a sus escoltas en su viaje; una idea que Umax rechazó. Y dijo algo que Axlin, que escuchaba a los adultos con atención, recordaría siempre, aunque en aquel momento no lo comprendiera del todo:

—Si nos quedamos unos días más, ya no seremos capaces de marcharnos.

Vexus suspiró y accedió por fin a que se fueran, para consternación de los niños.

—Pero os acompañaremos hasta el próximo enclave —decidió—. Si os marcháis solos, no sobreviviréis.

Umax se negó al principio porque no quería abusar de la hospitalidad de la aldea, ni tampoco cargar con la responsabilidad de las bajas que pudieran producirse. Pero Vexus insistió.

Después de aquello, ya solo quedó perfilar los detalles.

Dos días después, Umax, Ixa y Rauxan partieron por fin, a primera hora de la mañana. Los acompañaban Vexus y otros tres adultos del enclave. Los que se quedaron se despidieron de ellos con brevedad; todo lo que debían decirse ya había sido dicho la noche anterior y, aunque eran conscientes de que existía la posibilidad de que alguno de ellos no regresara, el grupo no podía entretenerse si quería alcanzar el refugio al anochecer.

Cuando la puerta de la empalizada se cerró tras ellos, Axlin se quedó mirándola, incapaz de reaccionar. Estaba acostumbrada a ver salir a los adultos cuando partían en expediciones de abastecimiento, pero nunca antes había visto a ningún niño cruzar aquellas puertas, y por eso se había quedado allí plantada, paralizada de puro terror. Era consciente de que venían de lejos y habían sobrevivido al viaje, pero eso no la tranquilizaba. En el fondo de su corazón sabía que no volvería a verlos jamás.

—Vamos, Axlin —dijo Tux, y la empujó suavemente para que se moviera.

Ella dio la espalda a la puerta y solo cuando dejó de verla se sintió un poco mejor.

La aldea quedó muy silenciosa cuando el grupo se marchó. Y las horas se le antojaron después a Axlin extrañamente largas, como si las hubiesen estirado. La cabaña de los niños parecía mucho más vacía sin Ixa y Rauxan, pese a que solo habían pasado unos días con ellos.

Los que se quedaron tuvieron que trabajar mucho más para compensar la ausencia de Vexus y los demás. Y, como si hubiesen sentido que el enclave no contaba con algunos de sus miembros más capaces, al segundo día los robahuesos trataron de echar abajo la empalizada. Los adultos lucharon contra ellos con los escasos medios de los que disponían, mientras los niños se atrincheraban en la cabaña, temblando de miedo y sollozando en silencio. Sabían perfectamente lo que debían hacer porque había sucedido en otras ocasiones; los robahuesos intentaban entrar en el enclave a menudo, y la empalizada y los centinelas estaban allí únicamente para repelerlos. Los crestados y los galopantes, en cambio, acechaban en campo abierto y nunca atacaban un enclave bien defendido. Y en cuanto a los nudosos, las pelusas y los dedoslargos…, en fin, aquellas criaturas entraban en el enclave de todas formas, y no había nada que los humanos pudiesen hacer para impedirlo, por mucho que lo intentasen.

La batalla de aquel día fue más larga e intensa de lo habitual, y por un momento los niños temieron que los robahuesos lograran superar las defensas del enclave. Por fin, Nanaxi abrió la puerta y anunció que el peligro había pasado.

—Tux, Xeira —los llamó—, necesitamos que nos ayudéis a reparar los desperfectos y curar a los heridos.

Axlin asumió que, como de costumbre, tendría que cuidar de los más pequeños. Salió de la cabaña con el bebé de Kalax en brazos y guio a Nixi y a Pax hasta el huerto, para que jugasen a la sombra de los árboles frutales y se recuperasen del susto.

Había llevado un pañal limpio para el bebé, y se puso a cambiarlo mientras Pax y Nixi se perseguían el uno al otro. Entonces Nixi se cayó al suelo y se hizo daño en la rodilla. Axlin depositó al bebé sobre la manta para ir a lavarle la herida a la niña; fue solo un momento y, cuando volvió, el bebé seguía donde lo había dejado, por lo que se relajó un instante y le hizo cosquillas en la nariz para hacerlo reír.

Pero entonces Nixi preguntó:

—¿Dónde está Pax?

Axlin se incorporó y miró a su alrededor. Vio que Pax se había alejado de ella sin que se diera cuenta, saltando y riendo como si le estuviesen contando un chiste muy divertido. Entornó los ojos, inquieta ante aquel extraño comportamiento. Detectó entonces unas pequeñas siluetas redondas y coloridas que brincaban entre sus pies.

Y el corazón se le detuvo un breve instante.

Pelusas.

—¡Pax! —gritó—. ¡Paaax!

Pero el niño no la oía. Seguía jugando con aquellas pequeñas criaturas, de pelaje suave y esponjoso y largas colas rematadas por mechones que parecían una llamarada multicolor.

A todos los niños pequeños les encantaban las pelusas. Se les subían encima, saltaban a su alrededor, les hacían cosquillas y jugaban con ellos hasta ganarse su confianza. Y entonces...

Todos aprendían muy pronto que no había que dejarse engatusar por las pelusas. Se podía confiar, por tanto, en que cualquier niño a partir de los cuatro o cinco años sería consciente del peligro y huiría de ellas en lugar de seguirlas.

Los más pequeños, sin embargo, o no lo comprendían aún o lo olvidaban con facilidad.

Axlin echó a correr, desesperada.

—¡Paaax! —gritó—. ¡Paaax! ¡Vuelve!

El niño se volvió un momento hacia ella, desconcertado. Pero las pelusas brincaron más alto y atrajeron de nuevo su atención. Entre gritos de alegría, Pax corrió tras ellas, tratando de atraparlas.

Axlin maldijo su pie torcido, su exasperante lentitud, su inevitable torpeza. Se esforzó por avanzar más rápido mientras llamaba al niño con toda la fuerza de su desesperación.

—¡Paaax! ¡Paaax!

Las pelusas lo guiaban en una dirección determinada. Pax las siguió, encantado, hasta detrás de las matas de habas. Axlin lo perdió de vista; lo llamó de nuevo, pero tropezó y cayó de bruces. Angustiada, contempló desde el suelo cómo la última pelusa abría de pronto una boca monstruosamente grande y erizada de dientes.

El horror retorció sus entrañas como una garra de hielo.

En el mismo instante en que trataba de levantarse, ignorando el dolor sordo de su pie herido, dejó de oír la risa de Pax.

Lo siguiente que oyó fueron sus gritos.

Axlin se arrastró por el suelo como pudo, tratando de llegar hasta el pequeño antes de que fuera demasiado tarde. Pero iba lenta, muy lenta...

El niño aullaba de miedo y de dolor detrás de las matas de habas. Axlin vislumbró, entre sus lágrimas de impotencia, una figura que la adelantaba, rauda y envidiablemente ágil. Reconoció a Nanaxi y se sentó en el suelo, aliviada porque por fin un adulto iba a salvar a Pax..., y entonces los alaridos del niño dejaron de escucharse súbitamente, y la exclamación de horror de Nanaxi confirmó sus peores temores.

Axlin gritó también, entre lágrimas, el nombre de Pax. Otros adultos llegaron corriendo para reunirse con Nanaxi y confirmar el fatal desenlace. La muchacha se puso en pie con torpeza y trató de seguirlos, pero Yulixa se lo impidió.

—No, Axlin, no vayas...

Ella se revolvió entre sus brazos.

—Tengo que verlo —sollozó—. Sea lo que sea, tengo que verlo, porque es culpa mía, es culpa mía...

Siguió repitiéndolo mientras se la llevaban a rastras a la cabaña de los niños y la acostaban en una cama, presa de un delirio febril. Lloró mucho el resto del día, llamó a Pax, incluso se golpeó a sí misma para castigarse por su incompetencia y su torpeza. Varios adultos entraron a cuidar de ella; no le hablaron de Pax ni le hicieron ningún reproche, sino que le dieron a beber infusiones tranquilizantes hasta que se calmó y se durmió.

Pasó un par de días en cama, recuperándose de la conmoción. A veces, en su duermevela, oía a los adultos, y también a los otros niños, susurrar a su alrededor. Oyó comentarios sobre la muerte de Pax, a quien no habían podido salvar de la brutal voracidad de las pelusas, y sobre el regreso de Vexus y los demás, que por fin estaban de vuelta en la aldea, todos vivos.

Y también sobre ella misma.

—Pobre Axlin..., no deberíamos haberla dejado sola con tres niños tan pequeños. Solo tiene nueve años.

—No tuvimos opción. Éramos muy pocos, acabábamos de sufrir un ataque...

—Si Umax y sus niños se hubiesen quedado aquí...

—Tenían derecho a marcharse si querían. Era su decisión. Pero quizá Vexus no debería haber comprometido nuestro enclave por ir a escoltarlos. Después de todo, no eran de los nuestros.

—De todas formas hay que asumir que Axlin no puede, ni podrá, hacer lo mismo que cualquier otro en el enclave.

—Eso ya lo sabíamos. Nunca saldrá a patrullar, pero...

—No solo necesitamos correr al otro lado de la empalizada, y lo sabes.

—Axlin no tiene la culpa.

—Lo sé, lo sé. Pero no puedo evitar pensar que, si hubiese sido cualquier otra niña, tal vez Pax seguiría vivo.

Axlin nunca llegó a saber quién pronunció aquellas palabras, ni si las oyó de verdad o fueron solamente la voz de su propia conciencia.

Una tarde captó una conversación que llamó su atención.

—No me parece buena idea. Ella tiene que dar hijos al enclave, como todas las mujeres fértiles.

Axlin, medio dormida aún, entreabrió los ojos y volvió la cabeza con dificultad. En la puerta de la casa, recortadas contra la luz del atardecer, reconoció las figuras de Oxis y Vexus.

—Axlin todavía no es una mujer fértil —argumentó el anciano—, y es lista: aprenderá a leer antes de que esté en condiciones de tener hijos. Después puede compatibilizar ambas tareas. Sabes que nunca saldrá de patrulla con vosotros, ni siquiera cuando deje atrás la edad de procreación. No puede correr.

—Hum —murmuró Vexus.

—Yo no voy a vivir para siempre —insistió Oxis—. ¿O preferirías que eligiese a un aprendiz completamente sano?

—Quizá no necesites un aprendiz, después de todo.

—¿Cómo dices?

—Tu oficio pertenece a otra época, Oxis. Hoy ya nadie puede comprender ese libro que guardas.

—Por eso quiero enseñar a Axlin a leerlo.

La niña, aturdida, trató de comprender de qué estaban hablando. Pero utilizaban palabras que le resultaban completamente desconocidas.

—¿Y de qué servirá si nadie más lo entiende?

—Os lo puede leer en voz alta. Lo haría, si a alguien le interesase. Yo incluso podría enseñaros a leer a todos...

—Tenemos cosas más importantes que hacer, Oxis.

—Pero el conocimiento que guarda el libro...

—El conocimiento nos lo da la experiencia.

—¡Es la experiencia de nuestros antepasados lo que plasmamos en el libro del enclave!

—Te equivocas. Nuestros antepasados enseñaron a sus hijos, y estos a los suyos, y así hasta llegar a nosotros. Y nosotros enseñamos a nuestros descendientes lo que aprendimos de nuestros padres. Por eso los niños no pueden perder el tiempo entre letras y libros; tienen que aprender cómo sobrevivir y ser útiles a la comunidad. No les servirá de nada leer si se los comen los monstruos.

Oxis parecía indignado, pero no replicó. Vexus se ablandó un poco.

—Puedes enseñar a Axlin, si quieres. Aunque no sirva para nada. Siempre que no interfiera en sus tareas, por descontado. Todos tenemos una función en la comunidad, y ella lo sabe igual que cualquiera.

Las últimas palabras de Vexus se difuminaron en la mente de Axlin, que cayó de nuevo en un profundo sueño. Cuando despertó, apenas recordaba la conversación que había escuchado. Solo sabía que Vexus y Oxis habían estado hablando acerca de su futuro, e intuía que la extraña propuesta del anciano podría tratarse de algún tipo de castigo por haber permitido que las pelusas se llevaran a Pax.

Cuando mejoró y le bajó la fiebre, ya no había adultos en torno a su cama. Pero allí estaban Tux, Xeira y Nixi, dispuestos a ofrecerle apoyo.

—¿Pax...? —fue lo único que pudo decir ella.

Los tres niños se miraron, como si hubiesen pactado previamente qué responder a eso, y Tux comentó:

—Qué bien que te hayas despertado, Axlin. Tenemos buenas noticias: Yulixa está esperando un bebé. Nacerá el próximo otoño.

Nadie volvió a mencionar a Pax. Cuando Axlin se reincorporó a la rutina de la aldea, dedujo que lo habían incinerado, llorado y despedido mientras ella se encontraba aún convaleciente. Ahora, la vida seguía. No podían permitir que el dolor los paralizase. Había que seguir luchando, día a día, para que los monstruos no los venciesen.

3

Axlin casi había olvidado la desconcertante conversación que había escuchado entre el líder del enclave y su miembro de mayor edad cuando, días después, el propio Oxis llamó su atención una mañana, mientras tendía la ropa al sol.

—Ven conmigo —le dijo con cierta brusquedad.

—¿Cómo...?

—Vamos, sígueme.

Se dio la vuelta sin esperar respuesta y echó a caminar, muy despacio, apoyándose en su bastón. Axlin dejó el cesto de la ropa en el suelo y se apresuró a ayudarlo sosteniéndolo por el otro brazo, pese a que también a ella le costaba mantener el equilibrio. Así, muy lentamente, llegaron hasta la cabaña de Oxis.

La niña lo ayudó a acomodarse sobre la silla y se dio la vuelta para marcharse, creyendo que aquello era lo único que el anciano quería de ella.

—Espera, no te vayas —dijo él—. Ven.

Axlin se acercó, intrigada. Oxis alcanzó algo que reposaba sobre una mesita, y ella comprobó con sorpresa que se trataba del mismo objeto que había despertado su interés en su última visita.

Oxis lo alzó en alto para que lo viera bien.

—Esto, jovencita —anunció con gravedad—, es un libro. El único que tenemos en el enclave, por el momento.

—Libro —repitió Axlin; aquella palabra no significaba nada para ella.

—Sirve para anotar cosas en sus páginas. Para que otros puedan leerlas más adelante.

Anotar. Páginas. Leer. Eran tantos conceptos nuevos que el rostro de Axlin se tiñó de confusión. Oxis meneó la cabeza con un suspiro y la invitó a sentarse junto a él.

Entonces le mostró el libro con detalle y le habló de la escritura, de cómo se podía plasmar información en aquel objeto mediante un código que otras personas compartían; de cómo los hechos, los pensamientos y las conversaciones podían ser descritos allí para que otros los interpretaran tiempo después.

Le mostró las páginas del volumen, ya amarillentas y llenas de letras que formaban palabras, que a su vez componían frases, que se combinaban para conservar información vital para el enclave.

—En este libro, Axlin —concluyó Oxis, pasando las páginas con cuidado—, otras personas antes que yo, generación tras generación, han registrado los acontecimientos más importantes de la aldea, desde hace más de cien años. Los nacimientos, las muertes, los ataques de los monstruos, las visitas de los buhoneros y las noticias que nos traen de otros lugares más allá de la empalizada. Aquí está todo el saber que nosotros no somos capaces de recordar; aquí lo guardamos para nuestros hijos, y los hijos de nuestros hijos, y los hijos de los hijos de nuestros hijos; por si morimos antes de que crezcan lo suficiente como para poder escucharlo de nuestros propios labios.

Axlin contempló el libro con respeto, aunque aún le costaba imaginar cómo un objeto tan pequeño podía contener tantas cosas.

—Yo soy el guardián del libro —prosiguió Oxis—. También me llaman el escriba. Antes había uno en cada enclave, o incluso varios, pero ahora quedamos muy pocos, porque es más práctico aprender a luchar que aprender a leer. Y si yo no hubiese quedado tullido hace años, probablemente mi antecesor no habría escogido a ningún aprendiz, y su conocimiento habría muerto con él.

—Pero está en el libro —señaló Axlin, que aún trataba de entender cómo funcionaba aquella magia extraña.

—Sí, pero no sirve de nada si no lo sabes interpretar. Dime, ¿tú sabes leer?

La niña contempló los signos del libro casi hasta quedarse bizca, esperando que su contenido le fuese revelado de alguna manera; por fin sacudió la cabeza, decepcionada.

—Nadie sabe leer en este enclave —la consoló Oxis—. Nadie, salvo yo. Así que, por el momento, cuando escribo en el libro, lo hago sabiendo que solo yo lo puedo leer; y, cuando yo muera, nadie más podrá. A no ser que hagamos algo para evitarlo, naturalmente.

Se quedó mirando a Axlin con fijeza, y ella se removió, nerviosa.

—¿Qué quieres decir?

Entonces Oxis sonrió, y le formuló la pregunta que cambiaría su vida para siempre:

—¿Te gustaría aprender a leer y a escribir, Axlin, para ser la próxima escriba de la aldea?

Ella se sorprendió al principio; entonces recordó que el anciano ya había hablado de ese tema con Vexus, cuando pensaban que ella no los oía. Aun así, dado que no había vuelto a pensar en ello, no supo qué contestar.

—Yo...

—¿Te gustaría? —insistió él.

Axlin volvió a mirar el libro. Sentía curiosidad por saber qué secretos podría revelarle. Se le ocurrió una idea.

—¿En este libro se habla de las pelusas?

Oxis le dirigió una mirada penetrante, como si quisiera desentrañar la intención que se escondía tras aquella cuestión.

—Por supuesto —respondió por fin—. Por desgracia, se han llevado a muchos de nuestros niños, desde que tenemos memoria.

Axlin asintió lentamente, pensando.

—¿Y de los chupones? ¿Habla de los chupones?

En esta ocasión, fue Oxis quien se sorprendió.

—¿Los chupones?

—Son unos monstruos que había en el enclave donde vivían Ixa y Rauxan.

Él la miró pensativo.

—Es posible —reconoció—. No me sé el libro de memoria.

—Pero ¿Umax no te lo contó? ¿No te habló de los monstruos que atacaron su aldea?

—Los escuálidos, sí. Hay algo de información sobre ellos en alguna parte. —Siguió contemplando a Axlin con mayor curiosidad—. Es cierto que antes se compartía ese conocimiento; algunos escribas anotaban detalles sobre monstruos desconocidos en estas tierras, pero yo no lo suelo hacer. No vale la pena, ¿sabes? Ya tenemos bastante con nuestros propios monstruos, y quedan pocas páginas en blanco; no podemos llenarlas de cosas inútiles.

«A mí no me parecen inútiles», pensó Axlin. Desde la llegada de los forasteros, había soñado a menudo con los chupones y los escuálidos, y le angustiaba la idea de que el enclave no estuviese preparado para enfrentarse a ellos. Si ni siquiera habían encontrado aún la forma de salvar a niños como Pax de monstruos con los que llevaban siglos conviviendo, ¿cómo se defenderían de criaturas a las que no conocían?

—Yo quiero saber —dijo solamente.

Oxis sonrió de nuevo.

—No necesitas más para ser mi aprendiz. Enhorabuena, Axlin; si eres aplicada y prestas atención, algún día serás la escriba del enclave.

A pesar de que nunca antes había oído hablar de los escribas, las mejillas de la niña se arrebolaron. «Voy a ser escriba», se dijo. Y sonrió por primera vez en muchos días.

Aprender a leer no fue tan sencillo como había imaginado. Había muchas letras, muy diferentes, y solo representaban sonidos; era necesario combinarlas entre sí para que formaran palabras. Además, la caligrafía de Oxis era muy irregular, y él mismo no resultó ser un maestro particularmente paciente. Por otro lado, Axlin no disponía de mucho tiempo para sus lecciones: como los demás niños, trabajaba en el huerto, lavaba la ropa, ayudaba a cuidar a las gallinas, los cerdos y las cabras, y limpiaba la cabaña cuando le tocaba. Tenía que sacrificar, por tanto, sus escasos ratos de ocio para seguir aprendiendo; y por ello, mientras los demás aprovechaban cualquier descanso para jugar, ella corría renqueando hasta la cabaña de Oxis para continuar descifrando las palabras escritas en el único libro de la aldea.

Al principio no comprendía nada de lo que el escriba trataba de enseñarle. Los trazos, las letras y las palabras se confundían en su cabeza y se sentía incapaz de interpretarlos; Oxis se impacientaba y la reprendía con dureza, pero Axlin se limitaba a tragarse las lágrimas, apretar los dientes y esforzarse todavía más, aunque la falta de resultados era descorazonadora.

Sin embargo, seguía adelante porque, cuando estaba concentrada en su aprendizaje, los gritos de Pax dejaban de resonar en su cabeza y en su corazón.

Sus amigos, por otra parte, no comprendían lo que hacía. Al principio la observaban con perplejidad cuando desaparecía para continuar con sus lecciones en la cabaña de Oxis. Le preguntaban a menudo qué era eso de leer, y para qué servía. Y ella, que no lo tenía muy claro todavía, se aturrullaba con las explicaciones y se sentía muy avergonzada ante su propia torpeza.

Con el paso de los meses, los otros niños dejaron de incluirla en sus juegos, porque daban por sentado que no tenía tiempo para esas cosas. Pero Axlin apenas se dio cuenta de ello.

Un día, con gran esfuerzo por su parte, fue capaz de descifrar una frase completa. Y se sintió tan orgullosa de su hazaña que no la olvidó jamás.

La frase decía: «Hoy comienza el primer año del ciclo de Vexus».

Entusiasmada por sus progresos, Axlin fue, poco a poco, leyendo más fragmentos del libro.

«Hoy hemos repelido otro ataque de los robahuesos. Se llevaron a Raix. Uxar resultó herido, pero se curará sin secuelas.»

«Hoy celebramos la unión de Madox y Daxia.»

«Hoy salió una patrulla al bosque para buscar madera. Los crestados mataron a Zaxin.»

«Hoy el bebé de Nanaxi cumple un año. La llamamos Nixi.»

«Hoy las pelusas se llevaron a Daxini. Había alcanzado la edad de tres años y medio.»

«Hoy nos ha visitado un buhonero. En los intercambios hemos conseguido buen cuero para hacer zapatos, un cuchillo nuevo y una olla pequeña.»

«Hoy ha nacido otro bebé sano en el enclave.»

Axlin no comprendía cómo era posible que todas aquellas cosas hubiesen sucedido «hoy». Oxis le explicó que cada entrada había sido redactada en un momento diferente y le enseñó también a interpretar la cronología que articulaba el libro. Le hizo leer entonces la fecha que encabezaba la última página escrita: «Año 4 del ciclo de Vexus», que quería decir que hacía cuatro años que Vexus era el líder del enclave. Axlin pasó las páginas hacia atrás y leyó con curiosidad: «Año 7 del ciclo de Sox», «Año 1 del ciclo de Xemalin», «Año 3 del ciclo de Yaxa». La niña no había llegado a conocer a ninguno de aquellos líderes. Si habían dejado de serlo, se debía a que los monstruos los habían matado. Ninguno de los ciclos, por otro lado, era demasiado largo.

A Axlin le habría gustado seguir leyendo, pero Oxis tenía otros planes para ella.

—Ahora tienes que aprender a escribir —le dijo.

Aquello le resultó todavía más difícil que aprender a leer. Dado que quedaban pocas páginas en blanco y también escaseaba la tinta, su maestro no le permitió utilizar el cálamo. Axlin aprendió a trazar cada letra sobre el suelo, con una ramita. Al principio, los otros niños se acercaban a observarlos con curiosidad, sin comprender lo que hacían, pero pronto perdieron el interés.

Tux fue el último en hacerlo. Un día se plantó ante Axlin, que practicaba sola escribiendo sobre la arena.

—No entiendo por qué pierdes el tiempo con eso —le soltó.

Ella alzó la cabeza para mirarlo. Tux tenía ya trece años; hacía poco que había abandonado la cabaña de los niños para instalarse con los adultos, y se pavoneaba mucho por ello.

—No pierdo el tiempo —respondió ella con paciencia—. Estoy aprendiendo a escribir.

—Pues no entiendo por qué. No sirve para nada.

Axlin repitió entonces la explicación que había oído de labios de Oxis:

—Sirve para poder transmitir mensajes en la distancia, y también en el tiempo.

Pero Tux se rio.

—Menuda tontería. Solo son garabatos en el suelo, Axlin. ¿Cómo es posible que prestes atención a los disparates de ese viejo loco?

Sus palabras tenían el matiz incisivo y venenoso de la púa de un crestado, pero Axlin no contestó. Borró con una mano su práctica de escritura, alisó la tierra y deslizó de nuevo la punta de la ramita por la superficie. Cuando terminó, había escrito: «Tux es tonto».

El chico observó las letras con indiferencia. Axlin le preguntó, incapaz de disimular una sonrisa:

—¿Sabes lo que dicen estas letras? Si supieras leer, lo entenderías.

—Las letras no dicen nada. No saben hablar. Ni muestran cosas, como los dibujos.

—Dicen: «Tux es tonto».

Él se picó.

—¡Eso es mentira! Te lo acabas de inventar.

—¡Yo no me invento nada! ¡No tengo la culpa de que tú no sepas leer!

Oxis salió de su cabaña, irritado por los gritos de los niños.

—¿Qué pasa aquí? ¿Se puede saber por qué armáis tanto alboroto?

—He escrito esto, maestro —informó Axlin muy formal.

El escriba echó un vistazo a las letras del suelo. Una sonrisa bailó en la comisura de sus labios y estalló finalmente en una carcajada.

—Sí, muy cierto —asintió—. Buena observación.

Axlin se rio también. Tux, ceñudo, los miraba a ambos sin comprender el chiste.

—¿Qué es lo que tiene tanta gracia?

—Oxis, ¿podrías leer en voz alta lo que he escrito en el suelo? —le pidió Axlin, todavía sonriendo.

—Por supuesto —respondió el anciano con total solemnidad—: «Tux es tonto».

El chico se quedó desconcertado un momento y volvió a mirarlos, incrédulo. Después estudió con atención las letras del suelo, como si pudiese leer su mensaje si se esforzaba mucho. Por fin, alzó la cabeza, profundamente molesto, les dirigió una mirada arisca y se fue sin despedirse.

Después de aquello, no volvió a importunar a Axlin; y a ella le pareció, incluso, que comenzaba a tratarla con cierto respeto.

Con el tiempo, y a medida que progresaba en sus prácticas de escritura, Oxis le permitió seguir descifrando el libro. Axlin leyó sobre muertes, nacimientos y bodas de personas a las que conocía. Algunas frases la hacían sonreír, otras la sorprendían o la entristecían. Hubo una que la hizo llorar.

«Hoy el bebé de Daxia ha cumplido un año. Lo llamamos Pax.»

Aquella noche volvió a soñar con las pelusas, con los gritos de Pax. Se despertó en medio de su pesadilla y sintió un siseo familiar en la habitación: un dedoslargos.

Aguantándose las lágrimas, Axlin cerró los ojos con fuerza y soportó los tanteos de la criatura, que acarició su cabeza en busca de una cabellera a la que aferrarse. Cuando por fin se fue, Axlin decidió que no quería sentir miedo nunca más. Por ella, por Pax, por Nixi, que sollozaba desde su jergón, y por todos los niños que crecían amenazados en los enclaves; pero también por los adultos, que se verían obligados a luchar contra los monstruos para proteger sus precarias aldeas, y que tendrían sin duda una muerte horrible y violenta, antes o después.

«Ha de haber algo en ese libro que lo explique todo. No puede ser que nadie haya descubierto nunca cómo defendernos de los monstruos.»

Al día siguiente le preguntó a Oxis si podía empezar a leer el libro desde el principio. Por lo que ella sabía, las primeras anotaciones databan de casi cien años atrás. Al hojear aquellas primeras páginas, había descubierto que el primer escriba del enclave no había sido uno, sino varios, a juzgar por las distintas caligrafías. Por aquel entonces redactaban textos más largos y daba la sensación de que no les preocupaba tanto la escasez de papel. Por lo que parecía, los buhoneros visitaban el enclave con mayor frecuencia. Quizá sus primeros habitantes contaran con poder hacerse con un nuevo libro con relativa facilidad, cuando hubiesen completado todas las páginas del que tenían.

A Axlin todo aquello le parecía sumamente interesante, pero Oxis le dijo que debía centrarse en conocer el presente y registrarlo con puntualidad, porque el pasado no iba a regresar y no tenía sentido recordarlo.

Ella no estaba de acuerdo; no obstante, era su maestro quien tomaba las decisiones, y no replicó.

Se dedicó, por tanto, a estudiar las anotaciones relativas al ciclo de Vexus, por si podía descubrir alguna información útil. Y aquel mismo día, apenas unas horas después, encontró el siguiente registro, un par de páginas atrás:

«Hoy un nudoso entró en el enclave y atacó a Axlin. Vexus y Xai la salvaron a tiempo, pero tiene el pie roto. Quizá nunca vuelva a caminar como antes.»

La niña se echó hacia atrás, respirando profundamente. Tenía vagos recuerdos de aquel día, aunque regresaba a veces en sus sueños, poblándolos de imágenes tan claras y detalladas como si las hubiese vivido la tarde anterior.

Los nudosos cavaban galerías subterráneas y entraban en el enclave a través de ellas, por debajo de la empalizada. Solían aguardar bajo tierra, a la sombra de los árboles, hasta que pasaba por allí su futura víctima. A menudo sacaban a la superficie el extremo de alguno de sus tentáculos, tan similares a raíces que nadie solía detectar su presencia hasta que era demasiado tarde.

Axlin no había sido una excepción. Lo único que recordaba era un brutal tirón, un dolor ardiente en el tobillo izquierdo y en las ingles, porque el nudoso había conseguido hundir una de sus piernas, pero la otra había quedado a ras de suelo, doblada en un ángulo recto con respecto a la primera. Aun así, el nudoso siguió tirando, y ella chilló de dolor y agonía mientras los huesos de su tobillo se astillaban y sus piernas se abrían más de lo que su cuerpo podía soportar. Gracias a ello, sin embargo, los adultos llegaron a tiempo para liberarla; si el nudoso la hubiese cogido por ambos tobillos, o si hubiese logrado, a base de tirones, introducir también la pierna derecha de Axlin en el agujero, jamás la habrían vuelto a ver.

La niña sabía que la base de la empalizada se hundía un par de metros en el suelo, precisamente para evitar que entraran los nudosos. Y lo cierto era que aquella medida detenía a la mayoría de ellos, aunque no a todos; siempre había alguno que cavaba más hondo que los demás.

Siguió leyendo el libro del enclave, cada vez más atrás en el tiempo. Hubo un día en que, al volver la página, descubrió que había llegado al final del ciclo anterior. La anotación decía:

«Hoy ha muerto Xemalin, aplastado por un galopante, durante una expedición al río. Hemos elegido a Vexus como nuevo líder del enclave.

»Hoy termina el ciclo de Xemalin. Ha durado seis años.»

Axlin se detuvo, indecisa. Oxis le había dicho muy claramente que tenía que leer lo referente al ciclo actual, sin ir más atrás. Echó un vistazo al sillón donde dormitaba el anciano y decidió que no pasaría nada si seguía investigando un poco más, siempre que él no se enterase.

Así lo hizo durante las semanas siguientes. Cuando Oxis estaba presente, Axlin releía páginas que ya se sabía de memoria, fingiendo que lo hacía por primera vez; sin embargo, cuando la dejaba a solas, pasaba las hojas hacia atrás y leía fragmentos de ciclos anteriores.

Así fueron pasando las semanas, y los meses. Una mañana, los niños se despertaron con la noticia de que Yulixa, la esposa de Vexus, había dado a luz durante la noche. Se celebró una pequeña fiesta en el enclave, porque tanto la madre como el bebé estaban bien, y Oxis le dijo a su aprendiza que sería ella la encargada de registrar el acontecimiento en el libro del enclave.

—¿Cómo? ¿Yo...? —se sorprendió Axlin.

—Sigues teniendo una caligrafía horrenda —gruñó el anciano—, pero no la mejorarás si no puedes practicarla en condiciones.

De modo que aquella tarde, temblando de emoción, la niña tomó por primera vez el cálamo, lo introdujo en el tintero y escribió, esforzándose por hacer buena letra: «Hoy ha nacido el bebé de Yulixa. Es niño y está sano».

Nadie más que Oxis estaba presente, ni siquiera Vexus ni la propia Yulixa, pese a que el escriba le había contado que en tiempos pasados el registro en el libro era un ritual al que solían asistir todos los habitantes del enclave. Ahora, sencillamente, no le interesaba a nadie.

Las letras le quedaron mejor de lo que había esperado, y las contempló con alegría y orgullo.

—No está mal —admitió Oxis.

A partir de entonces, Axlin se ocupó de anotar en el libro todos los acontecimientos reseñables, siempre bajo las directrices de Oxis. Como ya sabía leer y escribir, el anciano le dijo que no hacía falta que acudiese a su cabaña todos los días; tan solo cuando hubiese algo que registrar. Axlin, por tanto, ya no pudo seguir rastreando el pasado del enclave a través de las páginas del libro. Solo pudo contribuir a plasmar el presente en ellas para las generaciones futuras.

Así fueron pasando más días, meses, años.

«Hoy el bebé de Kalax cumple un año. Lo hemos llamado Xalu.»

«Hoy un nudoso ha matado a Baxil en el bosque.»

«Hoy ha venido un buhonero. En los intercambios hemos conseguido varios rollos de tela para hacer sábanas y ropa interior, un hacha, cuatro escudillas y un bloque de jabón.»

«Hoy se ha ido el buhonero. Anuxa, la viuda que lo acompañaba, se queda con nosotros.»

«Hoy una patrulla fue a pescar al río porque es temporada de salmones. Volvieron con pescado para todos. Fueron atacados por los crestados y Vexus resultó herido por un aguijón. Ha perdido la movilidad del brazo izquierdo, pero está vivo.»

«Hoy el bebé de Yulixa cumple un año. Lo hemos llamado Alaxin.»

«Hoy las pelusas trataron de llevarse a Xalu, pero lo impedimos a tiempo.»

«Hoy Xeira cumple trece años y deja la cabaña de los niños para ir a vivir con los adultos.»

«Hoy Vexus, Madox y Xai han matado a un dedoslargos. Han colgado su cadáver en lo alto de la empalizada para que sirva de advertencia a los demás.»

«No ha servido de nada. Los dedoslargos siguen entrando, de modo que hemos descolgado el cuerpo y lo hemos incinerado.»

«Hoy han llegado dos buhoneros. Nos han contado que el enclave de Terox ha sido destruido por los robahuesos. La aldea más cercana queda ahora a cinco días de distancia.»

«En los intercambios hemos conseguido semillas de pepino, nabo y calabaza para sembrar, dos pieles de oso para hacer mantas, tres cuchillos nuevos y un rollo de buena cuerda.»

«Hoy se marchan los buhoneros. La viuda Mirexa se va con ellos.»

«Hoy ha nacido el bebé de Daxia. Es una niña y está sana, al igual que su madre.»

«Hoy, una patrulla fue atacada por galopantes. Vexus resultó gravemente herido.»

«Vexus ha muerto. Hemos elegido a Madox como nuevo líder del enclave.

»Hoy termina el ciclo de Vexus. Ha durado casi ocho años.»

«Hoy celebramos la boda de Keixen y Xeira.»

«Hoy el bebé de Daxia ha cumplido un año. La hemos llamado Lilix.»

«Hoy hemos sufrido un nuevo ataque de los robahuesos. Hirieron a Tux, pero se recuperará. Han destrozado la puerta y tardaremos varios días en arreglarla.»

«Hoy tres crestados entraron en el enclave por la puerta que estaba rota. Hirieron a Daxia y a Oxis, el escriba. Daxia está grave. Oxis ha muerto.»

«Axlin, de trece años, es la nueva escriba del enclave.»

4

En los años siguientes Axlin, como responsable del libro del enclave, fue la única capaz de leerlo. Cuando tuvo que abandonar la cabaña de los niños para irse a vivir con los adultos, se trasladó a la casa de Oxis, que había quedado vacía.

La aldea disponía de muchas casas vacías. Algunas de ellas lo estaban desde hacía tanto tiempo que habían quedado en ruinas. No valía la pena reconstruirlas, porque no habitaba suficiente gente en el enclave como para ocuparlas todas. De hecho, con el paso del tiempo había sucedido todo lo contrario: dado que la cantera quedaba lejos, y era muy arriesgado ir a trabajar en ella, cada vez que se necesitaban piedras en la aldea para arreglar el horno, para elevar el brocal del pozo o para reparar algún muro, se sacaban de las casas abandonadas. Axlin había leído en el libro que existía un antiguo proyecto para transformar la empalizada en un muro, pero se había descartado porque para llevarlo a cabo se habría necesitado un esfuerzo ímprobo y más piedras de las que contaban en la aldea, incluso si derruían todas las viviendas vacías. La muchacha era consciente, sin embargo, de que podría construirse un muro con un perímetro más reducido sin dejar a nadie fuera, porque la empalizada se había levantado en una época en la que la aldea estaba mucho más poblada. No obstante, ningún líder embarcaría a los suyos en una tarea tan ingente. Precisamente porque eran demasiado pocos y les llevaría demasiado tiempo.

Pero también, comprendía Axlin, porque nadie quería imaginar siquiera por un momento que el enclave no pudiese recuperar población en los años venideros. De modo que las casas vacías seguían allí; ni se reconstruían ni se derribaban, pero nadie había perdido la esperanza de que volvieran a ser ocupadas en el futuro.

Había bastantes para elegir, y algunas estaban en mejor estado que la de Oxis; aun así, Axlin prefirió la del anciano que había sido su maestro, aunque a muchos les resultó una decisión extraña.

—Pronto tendrás que elegir marido —le insinuó Tux un día.

Tenía tres años más que ella, pero no se había casado aún. Cuando eran niños, todo el mundo había dado por supuesto que Tux y Xeira serían pareja, porque tenían una edad similar. Sin embargo, al llegar a la edad adulta, Xeira había elegido a Keixen, que era un poco mayor que Tux.

Axlin captaba las indirectas, naturalmente. Había mujeres viudas en el enclave, y a veces se quedaban embarazadas, porque la comunidad no podía permitirse el lujo de esperar a que eligieran un nuevo marido. De hecho, Axlin sabía, porque lo había leído en el libro, que había habido épocas en las que algunos hombres habían tenido dos o tres esposas para asegurar la llegada de una nueva generación; en la actualidad, y como el enclave tenía cada vez menos habitantes, se prefería que las viudas mantuviesen relaciones esporádicas con hombres de fuera, como los buhoneros o los visitantes, para prevenir la endogamia en la medida de lo posible. Al fin y al cabo, los monstruos mataban más hombres que mujeres, ya que ellas permanecían seguras en los enclaves mientras gestaban, y los varones adultos y sanos no dejaban nunca de participar en patrullas y exploraciones.

En los últimos años, bajo el liderazgo de Madox, Tux había salido a menudo del enclave, mientras que Axlin, debido a su cojera, no lo había hecho jamás. El chico se había convertido en uno de los mejores hombres de la comunidad; era rápido, fuerte y valiente; ella había anotado en el libro diversas hazañas suyas, y probablemente le había dedicado más frases de las que Oxis hubiese considerado conveniente. Pero la joven siempre quería saber; y, cuando regresaban las patrullas, Tux siempre encontraba un momento para sentarse a su lado y relatarle todo lo que había sucedido.

Axlin le preguntaba sobre todo por los monstruos: cómo eran, qué hacían, cómo habían logrado escapar de ellos... o qué les había sucedido a los infortunados que no lo habían hecho.

Tux era un buen narrador, y ella era una buena oyente, por lo que pasaban muchos ratos juntos. A Axlin le habría encantado registrar en el libro todo lo que él le relataba, pero no había espacio suficiente. De modo que, tiempo atrás, había ideado un modo de anotar los datos que juzgaba interesantes y que no quería olvidar. Para no ocupar espacio en el libro, empezó a utilizar hojas de la gran morera que crecía junto al huerto. Al final del verano recolectó las más grandes, las puso a secar y después las guardó para seguir usándolas como material de escritura el resto del año. Apenas podía registrar un par de frases en cada una de ellas, pero las almacenaba todas en una caja, a la espera de poder transcribirlas en otro libro en un futuro.

«Los crestados tienen tres hileras de púas a lo largo del lomo, desde la cabeza hasta la punta de la cola. A veces las hacen ondear como olas que recorren su espalda, y eso significa que están a punto de atacar.»

«Los dedoslargos tienen ocho dedos en cada mano.»

«Los robahuesos tienen los ojos pequeños y sin párpados y la boca muy ancha, casi de oreja a oreja. La cabeza es muy pequeña, por eso pueden utilizar los cráneos humanos como cascos.»

«Los galopantes tienen dos hileras de dientes y pueden desencajar la mandíbula, de forma que son capaces de arrancarte la cabeza de un solo mordisco.»

Axlin deseaba poder conseguir un nuevo libro en blanco para transcribir en sus páginas todo lo que anotaba en las hojas de morera. Pero ninguno de los buhoneros a los que había preguntado llevaba en su carro nada semejante.

—¿Me oyes? —insistió Tux—. Ya tienes quince años. Estás en edad de casarte.

—Te he oído —respondió ella. Pero no añadió nada más.

Él inspiró hondo antes de formular la siguiente pregunta:

—Y... ¿a quién vas a elegir?

Axlin alzó la cabeza para mirarlo a los ojos, y el corazón le latió un poco más deprisa. Era agradable estar con Tux; la escuchaba con paciencia y siempre la hacía reír. Además, no cabía duda de que era guapo; era alto, ágil y fuerte, y aún no tenía demasiadas cicatrices. Y solo le llevaba tres años y medio. Era obvio que ambos tenían que ser pareja.

No había más opciones, en realidad. Axlin era consciente de que había tenido mucha suerte porque, al llegar a la edad fértil, había en el enclave un muchacho joven y soltero para ella. Otras chicas tenían que desposar a hombres mayores o, por el contrario, esperar a que alguno de los niños creciera lo bastante como para poder casarse con ellas.

—No voy a elegir —se le ocurrió de pronto.

Tux se mostró desconcertado.

—¿Qué quieres decir con eso?

—Que no tengo elección porque, ahora mismo, solo estás tú. Y Xalu, pero solo tiene siete años, y obviamente cuando crezca será para Nixi.

«Nixi tendría que haberse casado con Pax», se dijo de pronto. Aún la asaltaban aquel tipo de pensamientos de vez en cuando.

Tux seguía sin comprender.

—¿Qué quieres decir con eso? —repitió—. ¿Es que no te gusto?

Se acercó mucho a ella para mirarla a los ojos, y Axlin tuvo que inspirar hondo para calmarse. Claro que le gustaba. Era un chico muy atractivo, y ella no era de piedra.

Él leyó el deseo en sus ojos, sonrió y la besó. La joven respondió enseguida, con gran sorpresa por su parte. Le echó los brazos al cuello y dejó que él la estrechara contra sí y la besara de nuevo, con ardor.

A ella le gustó, pero al mismo tiempo la asustó un poco el entusiasmo de Tux.

—Espera, para un momento —lo detuvo, jadeante—. No sé si quiero casarme todavía. Estoy a gusto en mi casa, ¿sabes?

El joven se echó hacia atrás, reticente y un tanto decepcionado.

—Bueno —logró decir por fin—, no nos tenemos que casar todavía si no quieres. Pero eso no es motivo para no pasarlo bien juntos, ¿verdad? —añadió, rodeando de nuevo con sus brazos la cintura de Axlin.

Ella sonrió y respondió a sus besos. Nadie en el enclave lo vería con malos ojos, ciertamente, y mucho menos si aquellos encuentros culminaban en un embarazo.

Aquella idea, sin embargo, la congeló en brazos de Tux. Él notó su rigidez.

—¿Qué pasa? Axlin, ¿estás bien?

La muchacha lo apartó de sí con suavidad.

—Espera, que no he dicho que quiera acostarme contigo.

—¿Qué? ¿Por qué? —Tux empezaba a enfadarse—. Si no te gusto, podrías empezar por decírmelo y no seguir jugando conmigo.

—¡Claro que me gustas! —se apresuró a aclarar ella—. Es solo que... no me gustaría quedarme embarazada tan pronto.

—Axlin, tienes quince años. Es una buena edad para empezar. Si prefieres que nos casemos primero...

—Tampoco he dicho que quiera casarme contigo.

—¡Axlin! —protestó él, frustrado—. ¿Qué quieres decirme con eso? ¿Que voy a tener que esperar a Nixi? ¡Tiene doce años todavía!

Ella suspiró, consciente del dilema del joven. A pesar de que en ningún momento habían dejado de nacer niños en el enclave, los monstruos estaban ganando la partida, lenta pero inexorablemente. El número de habitantes de la aldea seguía reduciéndose generación tras generación, porque los humanos no eran capaces de sustituir a toda la gente que los monstruos mataban.

—Está Kalax —se le ocurrió insinuar—. Y Nanaxi.

Kalax se había quedado viuda tiempo atrás. Y Nanaxi no se había casado nunca, pero Axlin sabía que había dado a luz tres veces, aunque solo una de sus hijos, Nixi, seguía viva por el momento.

Tux sacudió la cabeza.

—Cualquiera de las dos podría ser mi madre —le recordó.

Axlin sabía a ciencia cierta que la madre de Tux era Yulixa, porque lo había leído en el libro del enclave, pero asintió sin discutir más. Después de todo, era muy injusto pedirle que se casara con una mujer mucho mayor que él o que esperara a que Nixi tuviese la edad apropiada, estando ella misma disponible.

Volvió a mirarlo y suspiró de nuevo.

—Déjame unos días para pensarlo, por favor. Te prometo que no tardaré en responderte.

Tux se apartó de ella, decepcionado; y el cuerpo de Axlin lo lamentó también. Se esforzó por mantener la cabeza fría. «No quiero quedarme embarazada», se repitió a sí misma. «Aún no.»

No sabía muy bien por qué. Se imaginaba yaciendo con Tux, casándose con él, y no le disgustaba la idea. Pero al mismo tiempo había algo en su interior que la rechazaba, sin que fuese capaz de explicarlo o como mínimo describirlo. Le hubiese gustado poner por escrito sus sentimientos, para tratar de aclararlos y encontrar una respuesta a sus dudas y temores, pero no quedaban suficientes páginas en el libro del enclave, y las hojas de morera eran demasiado pequeñas.

Tux respetó sus deseos y no la importunó más con aquel tema. No obstante, también dejó de ir a visitarla y la evitaba siempre que podía. Axlin se sentía culpable por hacerlo sufrir así. Sabía que tendría que darle una respuesta clara tarde o temprano, y quería estar segura de lo que debía decirle, y de los motivos que pudieran llevarla a tomar su decisión, fuera cual fuese.

—¿Qué os pasa a Tux y a ti? —le preguntó Xeira una mañana que recogían juntas los huevos en el gallinero—. ¿Os habéis peleado?

—No —respondió Axlin—. Es difícil de explicar. Es que quiere casarse ya.

Xeira se incorporó con un suspiro, llevándose las manos a la espalda. Estaba embarazada de siete meses, y el peso de su vientre empezaba a resultarle una molestia para trabajar.

—Bueno, ¿y dónde está el problema? ¿Cuánto tiempo más lo vas a hacer esperar?

Axlin no supo qué contestar. Xeira se quedó mirándola.

—¡No me digas que no te gusta! —se escandalizó—. ¡Axlin!

—¡No! —se rio ella—. Claro que me gusta. ¿Cómo no me va a gustar?

—Ah, eso pensaba. —Xeira puso los brazos en jarras, como siempre que se disponía a reñirla—. Porque no renuncié al soltero más guapo del enclave solo para que tú lo dejaras pasar.

—Oh. Es verdad, tú pudiste elegir. —Axlin miró a su amiga con curiosidad—. Sin embargo, escogiste a Keixen.

—Sí, claro, y no me arrepiento. —Xeira suspiró—. Pero te confieso que en aquel momento habría preferido a Tux.

Axlin se quedó de piedra.

—Xeira... Entonces, ¿por qué...?

—Bueno, Keixen era mayor que Tux y llevaba más tiempo

esperando para casarse. No era justo y, por otro lado, si yo hubiese elegido a Tux, Keixen habría tenido que esperar dos años más, como mínimo, para casarse contigo.

Axlin nunca lo había visto de ese modo.

—Oh —dijo solamente—. Claro, es verdad.

Terminaron de recoger los huevos en silencio. Después salieron del gallinero, dejaron las cestas en la despensa y se dirigieron al corral para ordeñar las cabras. Mientras lo hacían, Axlin trató de iniciar una nueva conversación, pero Xeira no había terminado con ella.

—¿Por qué te molesta tanto no poder elegir? —quiso saber—. Es verdad que solo tienes una opción, pero no es mala.

—Sí, pero no se trata solo de eso. Es que Tux tampoco puede elegir.

—No entiendo lo que quieres decir.

—Me refiero a que no sé si le gusto siquiera. O si me pide que me case con él solamente porque no hay nadie más.

—Sigo sin entender dónde está el problema.

—Me gustaría... no sé, saber que me elige a mí porque le gusto tal como soy.

—Ay, Axlin... ¿Es por lo de tu pie?

—¡No! Bueno, tal vez... No lo sé.

Xeira había acertado solo en parte. Era cierto que Axlin se sentía diferente a los demás, y en ocasiones llegaba a pensar que no estaba a la altura de lo que se esperaba de ella. Pero no se debía solo a su pie torcido, sino, sobre todo, al hecho de ser la única en el enclave que leía y escribía. Para la mayoría de la gente, su colección de hojas de morera era una extravagancia de la que debía prescindir, y su interés por los monstruos resultaba absurdo e inadecuado, sobre todo en sus circunstancias. Axlin sabía que todas las chicas a su edad se preocupaban por buscar pareja y empezar a engendrar hijos para el enclave. Xeira, sin ir más lejos, no comprendía que Axlin se sentase con Tux a hablar de monstruos durante horas, en lugar de dedicarse a otras ocupaciones sin duda más agradables.

—Yo soy diferente —trató de explicarle a su amiga—. Soy rara, todos lo saben. Y me gustaría estar segura de que a Tux le gusto por ser como soy… y no a pesar de ser como soy.

Xeira se la quedó mirando.

—¿Por qué das tantas vueltas a las cosas? Tienes edad de casarte y hay un chico en el enclave que te gusta y que te ha pedido que te cases con él. ¿Qué importa todo lo demás?

Axlin sonrió.

—Tienes razón. Dicho así, parece muy sencillo.

Había terminado de ordeñar a la cabra, y dejó que se fuera. Antes de ir a buscar otra para reanudar el proceso, se quedó un rato mirando a los animales en el corral. Tenían cinco hembras adultas y un chivo, al que mantenían en un recinto aparte. Aquel año, las cabras habían tenido seis crías en total, dos hembras y cuatro machos. Axlin suspiró al contemplar a los cabritos, que brincaban alegremente en torno a sus madres. Las hembras crecerían para producir más leche y nuevas crías, pero la mayoría de los machos serían sacrificados para alimentar a los habitantes del enclave en cuanto engordaran un poco más.

—Somos como los monstruos —dijo de pronto—. Nos llevamos a los bebés de otras criaturas, y después los matamos y nos los comemos.

—¿Qué dices? —se asombró Xeira—. ¡No somos monstruos! Nosotros comemos animales para sobrevivir. Otros animales lo hacen también: los zorros, los lobos, las jinetas, los turones, las aves rapaces…, y no son monstruos.

—Porque no se nos comen a nosotros. Pero a lo mejor los zorros sí son monstruos para las gallinas.

Xeira sacudió la cabeza.

—Estás diciendo cosas muy raras hoy, Axlin. Hay animales que se alimentan de otros animales para sobrevivir, pero los monstruos no. ¿Has visto alguna vez a un dedoslargos robando una gallina? ¿Has visto a las pelusas brincar alrededor de los cabritos? ¿O a los nudosos agarrando las pezuñas de los cerdos? No, porque solo les interesan los humanos. Si estuviesen tan hambrientos como aparentan, se comerían cualquier cosa; pero solo nos matan a nosotros, y lo hacen por pura maldad. No llamamos monstruos a los lobos que atacan a las patrullas a veces. Se trata de animales cazadores, y en ocasiones nosotros podemos ser sus presas, porque así funciona el mundo. Pero los monstruos... son otra cosa, Axlin. No nos cazan, nos asesinan.

—No lo había pensado —admitió ella impresionada—. Entonces ¿es verdad que los monstruos solo devoran seres humanos? ¿No se alimentan de nada más?

Xeira se encogió de hombros.

—Creo que no, pero quizá Tux te lo pueda confirmar —insinuó, guiñándole un ojo.

Axlin no respondió. Siguió contemplando a los cabritos, pensativa. Su amiga la miró.

—Por eso no quieres quedarte embarazada, ¿verdad? —le preguntó con suavidad.

Axlin se volvió hacia ella con un respingo.

—¿Quién te ha dicho eso? Espera, ¿ha sido Tux? ¿Te ha pedido él que hables conmigo?

—No te enfades, Axlin. Solo intento entenderte, y creo que ya lo voy consiguiendo. —La tomó de las manos para tranquilizarla—. Temes dar a luz a un hijo y que los monstruos se lo lleven, ¿no es así?

Axlin iba a negarlo, pero se detuvo al ver que Xeira colocaba una mano sobre su propio vientre.

—Y tú, ¿no tienes miedo? —le preguntó a su vez.

—Claro que sí. Y todas las mujeres que han dado a luz antes en este enclave, y seguramente en todos los demás. ¿Cómo dormir tranquila sabiendo que puede que tu bebé nazca solo para ser devorado por un monstruo, antes o después? ¿Cómo tener valor para llevar a término un embarazo, nueve meses, un parto...? ¿Y cómo mirar a la cara a tu hijo sin saber si podrás verlo crecer?

A Axlin se le llenaron los ojos de lágrimas. Una vez más, los ecos de su memoria le devolvieron los alaridos de Pax, como olas sobre la playa.

—Yulixa me dijo que todas las madres primerizas sienten lo mismo que yo —le confió Xeira—. Y que por eso solo cuidamos de nuestros hijos durante el primer año, cuando más nos necesitan. Después nos separamos de ellos para que sean hijos de toda la aldea. Así, los niños no quedarán nunca huérfanos, porque siempre habrá alguien que cuide de ellos si sus padres naturales mueren. Y, por otro lado, si somos nosotros quienes los perdemos a ellos... —La joven se estremeció, y Axlin contuvo el aliento hasta que su amiga fue capaz de continuar—, si los perdemos, el dolor no recae sobre una sola persona; se reparte entre toda la comunidad, y así resulta más llevadero. Y es más sencillo también sobreponerse a él y tomar la decisión de seguir trayendo hijos al mundo.

Axlin no respondió. Xeira sonrió y le acarició la cabeza con cariño.

—No tengas miedo —concluyó—. Estarás bien con Tux, y daréis hijos sanos al enclave. Puede que alguno no sobreviva, pero lo importante es que nosotros, como comunidad, tenemos que seguir adelante. Cuantos más seamos, más posibilidades tendrán nuestros descendientes de subsistir una generación más.

Aunque sus palabras tenían como objetivo tranquilizarla, a Axlin se le encogió el corazón.

«Tiene que haber algo más que podamos hacer», se repitió a sí misma por enésima vez.

Pero no se le ocurría nada. Y, entretanto, tenía que reconocer que lo más útil que podía ofrecer al enclave era, precisamente, lo que el enclave esperaba de ella. Cuando se cruzaba con Tux, lo miraba de reojo, y tenía que reprimir el impulso de correr hacia él y echarse en sus brazos. Pero todavía sentía pánico ante la idea de dar a luz a un bebé. Soñaba con Pax a menudo, y una nueva pesadilla recurrente vino a turbarla por las noches: en ella, el niño a quien las pelusas se llevaban detrás de la mata de habas ya no era Pax, sino su propio hijo. Revivía su angustia e impotencia al tratar de correr a salvarlo, arrastrando tras de sí su pie contrahecho; y se despertaba con el convencimiento de que no sería capaz de cuidar y proteger a un nuevo ser. No en aquellas condiciones.

Revisaba a menudo sus notas en las hojas de morera, buscando pistas que le permitieran descubrir de qué forma podrían defenderse mejor de los ataques de los monstruos, y siempre las devolvía a su caja, lamentando no disponer de más información.

«Si no tuviese el pie torcido», pensaba a menudo, «podría salir con las patrullas y aprender por mí misma.»

Era cierto que la mayoría de los que conformaban las patrullas eran hombres, pero no todos: muchas mujeres se incorporaban de forma regular a las expediciones en cuanto dejaban atrás la edad fértil, como era el caso de Yulixa, y algunas incluso antes: Xai, por ejemplo, lo había hecho desde el principio, y era tan hábil y fuerte como cualquiera de sus compañeros. Nunca había tenido hijos ni se había casado, y Axlin suponía que era estéril.

Una tarde, Tux fue de nuevo a hablar con ella.

—Madox nos ha convocado a todos —le informó—. Mañana salimos de expedición.

—¿A dónde?

—Al bosque. A cazar, talar, pescar, recolectar frutos... Traeremos todo lo que pueda sernos de utilidad. Estaremos tres días fuera.

—¡Tres días!

Tux asintió con gravedad.

—Esperemos que el refugio siga en pie. Si no, quizá Madox

decida que es demasiado arriesgado pasar la noche fuera... En ese caso, regresaríamos antes. Pero no aprovecharíamos el viaje igual.

Axlin no dijo nada.

—Es posible que alguno de nosotros no vuelva —prosiguió Tux.

Ella alzó la cabeza para mirarlo a los ojos, pero siguió sin hablar. Él la besó suavemente, y ella correspondió a su beso. «Me gustas», habría querido decirle. «Pero no quiero tener hijos. No puedo ser para ti lo que quieres que sea.»

—Te esperaré —le dijo, sin embargo.

Tux sonrió, aunque parecía un tanto decepcionado.

—Entonces volveré —le prometió.

5

La patrulla salió al alba; Tux se despidió de Axlin con un beso que fue aplaudido por todos.

—¡Ya era hora, pipiolos! —exclamó Keixen.

Ella se ruborizó, pero no dijo nada. Cuando las puertas de la empalizada se cerraron tras Tux y los demás, una parte de su corazón se fue con ellos.

Pasaron tres días. Y la patrulla no regresó.

Al cuarto día, los niños estaban inquietos, y las mujeres retomaron sus quehaceres con la angustia devorándolas por dentro.

—Deberían haber vuelto ya —musitó Axlin mientras lavaban la ropa.

Lo dijo para sí misma, pero demasiado alto. Xeira la oyó.

—Es posible que se hayan retrasado. A veces pasa.

—Es posible, sí —añadió Kalax—. De todas formas, también hay que hacerse a la idea de que puede que no vuelvan más. Y actuar en consecuencia.

Xeira dejó escapar una exclamación horrorizada.

—¿Y qué vamos a hacer si no vuelven? ¿Cómo vamos a sobrevivir sin los hombres?

—Quedarse sin hombres no es lo peor —intervino Anuxa—.

Tenemos tres niños varones que crecerán y se harán hombres, y tu futuro hijo, Xeira, puede que sea niño también. Lo peor —concluyó con un suspiro— es que ya quedamos muy pocos. Incluso aunque hubiese hombres entre nosotras, no podríamos rechazar un ataque bien coordinado de los robahuesos. Ni organizar patrullas para salir al exterior.

—¿Quieres decir que no hay vuelta atrás? —dijo Axlin—. ¿Que el enclave caerá tarde o temprano?

—No lo demos todo por perdido —insistió Xeira—. La patrulla solo lleva un día de retraso. Aún es posible que vuelvan.

—Sí —admitió Kalax—. Es posible que vuelvan.

Pero Axlin percibió la derrota en el tono de su voz.

Aquella noche apenas pudo dormir. Oyó el siseo del dedoslargos desde algún rincón del enclave y los cánticos salvajes de los robahuesos al otro lado de la empalizada. Sabía que Anuxa tenía razón: podrían rechazar un ataque, tal vez dos, pero eran demasiado pocos, y tarde o temprano los monstruos ganarían la partida.

Axlin había leído el libro del enclave de principio a fin y no había hallado descrita ninguna situación similar en la historia de la aldea. Ni siquiera la epidemia del segundo año del ciclo de Yaxa, que redujo su población a la mitad, la había dejado tan despoblada. Por primera vez se preguntó si no debería haber cedido a los requerimientos de Tux. «Quizá estaría ya embarazada...», se dijo, pero rechazó la idea enseguida. Otro bebé no cambiaría las cosas. De hecho, existía la posibilidad de que el enclave cayese antes de que llegara a nacer.

Le dio muchas vueltas al asunto, y al filo del amanecer comprendió por fin que, si se preocupaba tanto por el futuro de la comunidad, se debía a que no quería centrarse en el presente ni en la posibilidad de que la patrulla no volviese nunca más. De que Madox, Yulixa, Keixen, Xai y Tux estuviesen muertos.

Al día siguiente se acercó a Daxia, que era la líder del enclave en ausencia de Madox, y le planteó sin rodeos:

—¿Cuánto tiempo hemos de esperar hasta darlos por muertos?

Daxia se volvió hacia ella, sorprendida por su franqueza.

—¿Por qué me preguntas eso ahora?

—Porque, si no van a volver, deberíamos tomar medidas. Poner dos centinelas en la torre de la empalizada. Trasladarnos todas a la cabaña de los niños. Reforzar la puerta. Prepararnos para sobrevivir hasta que... —se detuvo un momento, indecisa—, hasta que pase algo —concluyó por fin.

Pareció que Daxia iba a replicar, pero reflexionó un momento y asintió, despacio.

—Entiendo. Parece razonable.

—¿Cuánto tiempo, pues?

—No lo sé, Axlin. Démosles dos o tres días más; no quiero darlos por perdidos aún.

«No quiero perder la esperanza», tradujo Axlin en silencio.

Sin embargo, aquella tarde, cuando ya empezaba a caer el sol y los aullidos de los robahuesos volvían a resonar desde el bosque, Kalax dio la alarma desde la torre:

—¡Deprisa, al portón! ¡Hay que abrir el portón!

Las mujeres corrieron a ayudarla. Axlin llegó la última, cuando mujeres y niños ya se arracimaban en la entrada, dispuestos a recibir a los visitantes.

—¡Tux! —llamó, abriéndose paso entre ellas, con el corazón latiéndole con fuerza.

Pero se detuvo de pronto, aterrorizada, al hallarse frente a una enorme bestia que avanzaba hacia ella, resoplando. Chilló y retrocedió, con tan mala fortuna que cayó de espaldas. Reculó como pudo mientras gritaba:

—¡Galopantes!

Pero entonces vio que la criatura tiraba de un gran carro guiado por un hombre barbudo que lucía un enorme sombrero de paja.

—¿Bexari? —pudo decir, perpleja, al reconocer al buhonero.
El hombre lanzó una carcajada.

—¡Calma, Axlin! Todo está en orden. No es un monstruo.
Y nosotros tampoco.

La joven se incorporó como pudo, manteniéndose lejos del
animal, que aún le parecía espantosamente grande e intimidante.
Se percató con sorpresa de que el carro venía cargado de gente a
la que no había visto nunca; y justo entonces una figura se abrió
paso entre ellos y saltó al suelo, llamándola por su nombre. Los
labios de Axlin se abrieron para responder, maravillada al reconocerlo, pero Tux la alcanzó y la estrechó en un abrazo que la dejó
sin aliento.

—¡Axlin! ¡Estamos en casa!

Como si aquello fuese una señal, el resto de la patrulla se adelantó también. Algunos iban montados en el carro, otros lo seguían a pie; había varios heridos, pero todos estaban vivos, y se
mostraban felices y satisfechos, a pesar del cansancio. Axlin sonrió
al ver que Xeira acudía al encuentro de Keixen y ambos se fun-
dían en un abrazo.

—Tux —susurró—. Creíamos que no volveríais. ¿Qué ha
pasado?

Él se pasó una mano por la cabeza, encrespando su corto cabello, y Axlin no pudo evitar pensar, inquieta, que tenía que ra-
párselo con urgencia si quería seguir burlando a los dedoslargos.

—El refugio del bosque estaba medio derruido —relató el
chico—, así que Madox decidió que no valía la pena arriesgarse
a pasar la noche fuera. Pero al volver al camino nos encontramos
con Bexari y su grupo; como de pronto éramos muchos más,
decidimos regresar al refugio y reconstruirlo entre todos —sonrió ampliamente—. Hacía mucho que una expedición no nos
resultaba tan provechosa. Traemos muchas provisiones, madera,
caza... Y por fortuna el nuevo carro de Bexari era lo bastante
grande como para cargar con todo eso, y mucho más.

Axlin miró de reojo la alta bestia que tiraba del vehículo, recordando la pequeña carretilla que empujaba el buhonero en su última visita al enclave.

—¿De veras es un animal? Se parece mucho a los galopantes.

Lo cierto era que ella no había visto nunca uno de aquellos monstruos, pero tenía muy presente la descripción que Tux le había hecho de ellos en su día.

—Es un caballo —informó Bexari desde el pescante—. Hace tiempo eran comunes por aquí; pero se usan como montura o como bestias de tiro, no para comer, así que la gente de los enclaves dejó de criarlos. Al fin y al cabo, casi nadie viaja nunca a ninguna parte.

—Los galopantes —prosiguió Tux, consciente del interés de Axlin— son más altos y fornidos que los caballos. Tienen los ojos rojos y las orejas bastante más largas y acabadas en un mechón negro. Y los dientes afilados como cuchillos, porque son carnívoros. Los caballos comen pasto.

—Ah, es bueno saberlo —dijo ella, considerablemente más aliviada.

—Además, ¿ves el pelo que tienen por el cuello?

—Se llama crin —colaboró Bexari.

—Bueno, pues los galopantes no lo tienen. Lo que tienen es una hilera de huesos puntiagudos, como pinchos. Y su cola no es peluda, sino que tiene forma de látigo acabado en punta de flecha.

—Sí, recuerdo que me lo contaste —asintió Axlin—. Lo apunté.

—Y mira sus patas: las de los galopantes son más anchas y fuertes, y sus cascos, enormes y pesados, como tres veces los de un caballo como este. Por eso, cuando te tiran al suelo, te pueden destrozar el pecho de un solo pisotón. Y después te arrancarán la cabeza de un mordisco.

—No asustes a la muchacha con esos detalles, Tux —rio Bexari—, o no dormirá esta noche.

—A ella le interesan esas cosas —se defendió él—. Que te cuente lo que le pasó la noche en que dejó una vela encendida para poder mirar a la cara al dedoslargos.

Axlin se estremeció al recordarlo. Tenía entonces once años y se había armado de valor para realizar aquella hazaña, porque quería saber qué aspecto tenían aquellas criaturas que palpaban a los niños en la oscuridad. El dedoslargos se había mostrado molesto y sorprendido, y había chillado de un modo tan escalofriante que ella todavía lo oía en sus peores pesadillas. Se había cubierto un momento el rostro con las manos —ocho dedos en cada una, la niña los había contado— y después la había mirado con aquellos ojos sin párpados, enormes e inexpresivos, justo antes de lanzar hacia delante un brazo huesudo y agarrarla por el cuello.

La muchacha aún se estremecía de terror cada vez que lo recordaba. A pesar de que aquella noche ella llevaba la cabeza perfectamente rasurada, el monstruo, sintiéndose acorralado, había decidido llevársela de todos modos. Había echado a correr arrastrándola tras de sí, a una velocidad sobrehumana, mientras ella gritaba y pataleaba con desesperación. Vexus, Madox y Xai lo habían interceptado justo antes de que trepara por la empalizada y habían logrado detenerlo y matarlo, y solo después de muerto, soltó el cuello de Axlin, que lució ocho moratones durante días.

—No quiero hablar de eso —dijo, desviando la mirada para cambiar de tema—. ¿Quiénes son estas personas que os acompañan? —preguntó entonces.

—Son los supervivientes del enclave de Duxlan —explicó Tux—. Bexari los recogió en el camino. —Hinchó el pecho con orgullo antes de añadir—: Vienen para quedarse.

—¿Qué? —Axlin lo miró, sin poder creerse lo que estaba oyendo—. ¿Todos?

A veces los buhoneros viajaban con mujeres que cambiaban

de enclave, por lo general viudas que seguían en edad fértil y que estaban dispuestas a tener más hijos en otra comunidad para evitar la endogamia. Anuxa había llegado a la aldea tiempo atrás por esa razón.

Volvió a echar un vistazo al carro. La mayor parte de sus ocupantes habían bajado ya, y asistían en segundo plano a las explicaciones que Madox y Yulixa estaban ofreciendo al resto del enclave. Axlin contó a los forasteros con disimulo: siete adultos y cuatro niños. Había cuatro mujeres; una de ellas estaba embarazada, y otra era una chica de su edad.

—Qué increíble golpe de suerte —murmuró—. ¿Sabes lo que esto significa? ¡El enclave está salvado!

Tux sonreía de oreja a oreja. Axlin se volvió hacia él para decirle algo y lo sorprendió dirigiendo una mirada evaluadora a la muchacha del carro.

Y comprendió que la llegada de los forasteros implicaba también que ella ya no era la única opción para Tux. Que él ahora podía elegir.

Se quedó paralizada un breve instante, mientras el corazón le latía un poco más deprisa. Sus ojos recorrieron de nuevo los rostros de los recién llegados. Había un chico joven, y un hombre de unos veintiuno o veintidós años. Si no tenían esposa ya, cualquiera de ellos podría ser su pareja en un futuro, y eso quería decir que ella también tenía más opciones.

Incluso podría decidir no tener ninguna. Podría elegir quedarse soltera, no tener hijos, y ya no sería tan grave, porque habría en el enclave otras mujeres para Tux.

—Axlin —la llamó él—. ¿Estás bien?

Se volvió para mirarlo; de nuevo tenía su atención centrada en ella, y la muchacha comprendió que era muy posible que la eligiese a ella, a pesar de todo. Se conocían desde niños, eran buenos amigos, se gustaban... Probablemente, Axlin era para Tux la mejor opción.

«Pero hay opciones», se dijo. «Si yo fuera de verdad importante para él..., si me quisiera..., no se plantearía otra posibilidad, aunque las hubiera. Ni yo tampoco.»

—Tengo que pensar en esto —murmuró, confundida.

Se apartó de Tux y se alejó, cojeando, en busca de un sitio tranquilo para recapacitar.

Había que instalar adecuadamente a los recién llegados y organizar la cena para todos, por lo que Axlin no pudo permanecer oculta durante mucho tiempo. Aun así, se las arregló para esquivar a Tux mientras andaba de un lado para otro muy atareada. Sin embargo, a la hora de la cena, cuando todos se sentaron en torno al fuego, resultó demasiado evidente que lo evitaba. Tomó asiento junto a Bexari, el buhonero, y trató de fingir que el hecho de que Tux estuviese situado en el otro extremo había sido una mera casualidad.

Le fue más sencillo de lo que había previsto, porque Bexari se mostró encantado de verla. Se había cortado el cabello y afeitado la barba, pero su viejo sombrero de paja seguía encasquetado en lo alto de su cabeza, a pesar de que el sol apenas asomaba ya por el horizonte.

—¡Axlin! —le dijo—. Te he estado buscando. Te he traído una cosa.

—¿De verdad? —se sorprendió ella.

El buhonero abrió su zurrón y extrajo de él un grueso libro de tapas de cuero.

—Toma, para ti —anunció, alzando las cejas como si fuera a desvelarle un gran secreto.

La muchacha lanzó una exclamación de asombro y lo cogió sin poder creer lo que veía.

—¿Cómo...? ¿Esto es...? ¿Lo has encontrado?

Bexari asintió, orgulloso, mientras ella abría el volumen y lo hojeaba con cuidado y profunda emoción. Era muy similar al libro del enclave que conservaba en su casa, pero con la diferencia de que casi todas las páginas estaban en blanco. Se trataba de un cuaderno grueso de tapas cosidas con cuerda y hojas mal cortadas. Las cubiertas estaban gastadas y manoseadas, y la contraportada mostraba un reguero de pequeñas salpicaduras oscuras que podían ser gotas de sangre, pero a Axlin no le importó.

—Esto no puede ser real —murmuró, maravillada—. ¿Cómo lo has conseguido?

—Ya sabes que yo puedo conseguirlo todo, o casi todo —se pavoneó el buhonero—. Pero tengo que reconocer que me ha costado mucho encontrar un enclave donde les sobrara uno de estos, porque ya casi nadie los usa para nada. —Se encogió de hombros—. Aunque, por otro lado, precisamente por eso pude conseguir este libro para ti. En la aldea donde me lo dieron ya nadie sabía leerlo. Lo conservaban por tradición, supongo.

—Está prácticamente en blanco —observó Axlin encantada—. Mira, las primeras páginas sí están escritas, pero parecen más bien prácticas de caligrafía.

—Me contaron que el escriba murió antes de que su aprendiz estuviese preparado para sustituirlo. Por lo que parece, nadie insistió en que lo hiciera tampoco. Y eso sucedió hace un par de generaciones, así que realmente no querían el libro para nada. Te lo puedes quedar.

Axlin cerró el volumen y se volvió para mirarlo, muy seria.

—No sé qué te puedo dar a cambio...

—Ya he hablado con Madox sobre esto. Aún no hemos terminado de negociar el intercambio, pero el libro entra en el trato, sin duda.

—Bexari, yo... no sé si puedo aceptar. Sin duda hay cosas que la aldea necesita más que este libro, sobre todo ahora que somos muchos más.

—Axlin, si no te lo quedas tú, nadie más lo hará. Ya te he dicho que es algo que no interesa a mucha gente. No me pidieron gran cosa por él en su momento, y Madox sabe que solo lo quieres tú y que no es imprescindible para el enclave, así que no hay mucho margen para negociar. Si te soy sincero, te lo he traído por una simple cuestión de orgullo profesional.

La muchacha sonrió ampliamente y estrechó el libro contra su pecho.

—Muchísimas gracias, Bexari. No sabes lo que significa para mí.

—Lo sé, aunque no pueda entenderlo. Llevas años pidiendo un libro nuevo.

Axlin reiteró su agradecimiento y se excusó en cuanto pudo para correr a su casa a examinar su nuevo tesoro.

Pero Tux la interceptó justo en la puerta.

—¡Axlin! Llevo todo el día queriendo hablar contigo.

Ella lo miró con cierta expresión culpable, pero el chico sonreía. Si se había dado cuenta de que lo había estado evitando, sin duda quería creer que solo eran imaginaciones suyas.

—Hemos estado todos muy ocupados —respondió, evasiva.

—Sí, es verdad. Pero ya está todo organizado, los nuevos están instalados y podemos relajarnos un poco, si quieres —añadió, tomándola por la cintura con una amplia sonrisa.

Axlin interpuso el libro entre ambos para mantener las distancias.

—¡Mira! ¿Lo has visto? ¡Bexari por fin me ha traído un libro nuevo! Ya no tendré que seguir apuntando cosas en las hojas de morera.

Tux se esforzó por mostrarse amable.

—Vaya, me alegro mucho.

—Me muero de ganas de empezarlo —siguió diciendo ella, deprisa—. Creo que comenzaré esta misma noche.

—Me parece muy bien. Pero quizá quieras esperar un poco.

Después de todo —añadió él, inclinándose para besarla—, hemos pasado varios días sin vernos.

Axlin lo apartó con suavidad, pero con firmeza.

—Tux, no.

El joven la miró sin comprender. Ella inspiró hondo y lo miró a los ojos antes de repetir:

—No.

Esta vez fue él quien respiró hondo, varias veces. Después le devolvió la mirada, tenso.

—Entiendo. Adiós, Axlin.

Dio media vuelta y se alejó en la penumbra; y ella se sintió de pronto como si la hubiesen dejado sin aire. Parpadeó para retener las lágrimas y entró en su casa por fin, estrechando el libro contra su pecho y preguntándose, angustiada, si no acababa de cometer un gran error. Se dejó caer en su jergón y lloró suavemente, en silencio.

Cuando se calmó un poco, se secó las lágrimas y se dispuso a escribir, con la esperanza de que aquella tarea la ayudase a distraerse. Tomó, pues, el viejo libro del enclave y anotó, diligente: «Hoy ha vuelto la patrulla. Todos vivos. Han venido acompañados de un buhonero y varios supervivientes de otro enclave caído, que han llegado para quedarse». A continuación incluyó una lista con los nombres de los recién llegados para registrarlos como nuevos miembros de la comunidad, y también detalló brevemente el material y las provisiones que había traído consigo la patrulla. Después dejó el libro en su sitio y cogió el nuevo volumen. Dudó un momento antes de arrancar las primeras páginas, pero por fin lo hizo; después de todo, no contenían información relevante. Si en el otro enclave no tenían interés en conservarlas, ¿por qué iba a guardarlas ella?

De modo que se encontró con un cuaderno prácticamente para estrenar, con todas sus hojas en blanco. Se quedó un buen rato contemplándolo, sin saber por dónde empezar. Años atrás le había pedido al buhonero que le consiguiese un nuevo libro para seguir ejerciendo su trabajo como escriba. Pero ahora sentía que había muchas más cosas que quería contar, más allá de los nacimientos y las muertes, de las bodas y los intercambios. Sacó las hojas de morera de la caja donde las guardaba y las examinó, indecisa. Le había dicho a Tux en un impulso que no tendría que seguir usándolas, pero lo cierto era que no las utilizaba solo por falta de espacio en el libro, sino también, y sobre todo, porque lo que escribía en ellas no era la información que se suponía que debía registrar.

«Bueno», se dijo de pronto, «¿y quién se va a enterar?»

De modo que cogió el cálamo, metió la punta en el tintero, abrió el nuevo libro por la primera página en blanco y escribió: «Los monstruos son diferentes de los animales depredadores. Los monstruos matan personas y las devoran, pero no lo hacen por necesidad, sino por pura maldad. No se alimentan de nada más, que sepamos. Y, sin embargo, ¿cómo es posible que sobrevivan cuando no consiguen atrapar a nadie? Hace ya años que los dedoslargos no secuestran a ninguno de nosotros. Pero tampoco se han comido ningún animal del enclave».

Cuando quiso darse cuenta, había llenado media página con sus consideraciones acerca de la naturaleza de los monstruos. Se preocupó un momento; después sonrió al comprobar cuántas hojas en blanco tenía por delante. Volvió a examinar sus notas, las reordenó y se dispuso a transcribirlas en papel de verdad.

Pasó toda la noche escribiendo. Gastó casi media vela, pero se dijo que podía permitírselo, pues sabía que entre los suministros que la patrulla había traído del bosque había dos panales que les proveerían de miel y cera para fabricar nuevas velas. Cuando por fin terminó, había transcrito toda la información contenida en sus hojas de morera, y se sintió feliz y orgullosa por poder conservarla de forma más duradera y ordenada. Había dedicado también una página a anotar todo lo que Tux le había contado acerca de los galopantes; pensar en él la entristeció y la hizo sentir un poco culpable.

«Mañana hablaré con él en serio», se dijo antes de apagar la vela.

6

Sin embargo, al día siguiente fue Tux quien la evitó. Axlin lo vio después del desayuno conversando con la chica nueva, pero no dijo nada. Después de todo, no podía reprochárselo.

—¿Qué os pasa a Tux y a ti? —le preguntó Xeira mientras trabajaban en el huerto—. ¿Os habéis peleado otra vez?

—Es algo más complicado —murmuró Axlin con un bostezo—. Prefiero no hablar de ello.

—Bien —respondió su amiga, un tanto decepcionada.

Axlin detectó que se sentía algo ofendida, y trató de explicarse:

—No me disgusta Tux. Es solo que... no quiero que mi futuro tenga que pasar necesariamente por casarme y tener hijos. Me gustaría hacer cosas diferentes.

—¿Cosas diferentes? —repitió Xeira, muy perdida—. ¿A qué te refieres? No te imagino saliendo de expedición con los hombres, Axlin. Ni siquiera puedes correr.

—Ya lo sé —suspiró ella—. Y tampoco se me da muy bien enfrentarme a los monstruos, precisamente —añadió, evocando sus terroríficas experiencias con el nudoso y el dedoslargos—. Pero sí me gustaría poder salir del enclave alguna vez. Visitar otras aldeas, conocer a otras personas y hablar con ellas. Querría poder preguntarles... —Vaciló un instante antes de continuar—: Querría poder preguntarles acerca de sus monstruos.

—No se me ocurre un tema más desagradable para entablar conversación, la verdad —comentó Xeira con disgusto—. Sigo sin entender por qué te interesa tanto.

—Quiero descubrir si son diferentes de los nuestros —trató de explicarle ella—. Y si no lo son..., averiguar si ellos han encontrado alguna manera de defenderse. Y después lo escribiría todo en mi libro, para no olvidarlo, y para que otros pudiesen leerlo más adelante.

Calló de pronto, sorprendida. Nunca antes había expresado sus deseos con tanta claridad, ni siquiera ante sí misma.

—Soy la única en la aldea que lee y escribe —finalizó, casi en un susurro—. Y me gustaría poder enorgullecerme de ello, porque sé que es importante..., pero nadie más lo entiende como yo.

—Aunque te casaras y tuvieses hijos —logró decir Xeira, todavía perpleja—, podrías seguir usando ese libro tuyo. Nadie te lo va a impedir, Axlin.

—No, pero no es eso lo único que quiero. —Sacudió la cabeza—. ¿Cómo voy a aprender sobre monstruos si me quedo aquí encerrada? ¿Cómo voy a descubrir la forma más eficaz de enfrentarse a ellos? ¿Cómo...?

Se interrumpió al notar la forma en que Xeira la miraba.

—El mundo que hay al otro lado de la empalizada es horrible y violento —musitó su amiga—. Nuestros hombres salen al exterior porque no tienen más remedio. Nosotras, las mujeres, somos más afortunadas, ya que podemos permanecer a salvo en la aldea... ¿Y tú quieres salir a propósito? No te entiendo, Axlin.

Ella se detuvo un momento, con el corazón latiéndole con fuerza. Comprendió que Xeira tenía razón: si de verdad iba a escribir sobre monstruos, no le bastaría con realizar una o dos expediciones a las aldeas más cercanas. Tendría que viajar, pero probablemente no llegaría muy lejos. Los monstruos la matarían en el camino.

El estómago se le encogió de terror.

—No importa —murmuró—. Era una idea estúpida.

Tux continuaba evitándola, y Axlin empezaba a preguntarse si no habría cometido un error. Cuanto más lo pensaba, más convencida estaba de que quería seguir aprendiendo sobre los monstruos. Pero ¿cómo podría hacerlo si ni siquiera tenía la posibilidad de alejarse de la aldea? Y, si de todas formas no iba a ir a ninguna parte, ¿tenía sentido que rechazase a Tux? ¿Qué otras opciones había para ella, en realidad?

Ahora tenía un libro repleto de páginas en blanco que deseaba completar con nuevos conocimientos. Pero ¿dónde iba a encontrar la información que buscaba?

Se le ocurrió empezar preguntando a los nuevos habitantes del enclave, pero no le resultó sencillo; apenas necesitó tantearlos un poco para comprender que no deseaban hablar del hogar que habían dejado atrás y que los monstruos habían vuelto inhabitable. Por fin, uno de los niños le habló de los piesmojados, unas criaturas que habitaban en el fondo de los ríos, pozas y estanques, y que penetraban en los enclaves las noches de lluvia. Se llevaban a los durmientes para ahogarlos y devorarlos en su cubil, y las únicas señales que dejaban a su paso eran unas huellas húmedas sobre el suelo, que tardaban varios días en secarse.

—Te pueden arrastrar al fondo del río o del pozo si te acercas demasiado —añadió el niño.

—¿Y no hay ninguna manera de evitar que entren en el enclave? —quiso saber Axlin.

—No, pero si dejas encendido el fuego por la noche es menos probable que se decidan a entrar en tu casa. No les gustan los sitios cálidos y secos, prefieren los rincones húmedos y oscuros.

La muchacha le dio las gracias y corrió a su casa para anotar en su libro toda aquella información. Por el camino, sin embargo, Yulixa la detuvo para decirle que Madox, el líder de la aldea, quería hablar con ella con cierta urgencia.

Muy intrigada, Axlin fue en su busca. Lo encontró sentado junto a su cabaña, tallando piedras para fabricar puntas de flecha. Aunque en la aldea contaban con algunas lanzas con punta de metal, se trataba de un material sumamente escaso, por lo que casi siempre utilizaban armas y utensilios rematados con huesos o lascas afiladas. La muchacha se sentó a su lado y esperó en silencio a que Madox terminara la pieza que estaba fabricando.

—Me ha dicho Xeira que no quieres casarte con Tux, ni con ningún otro —dijo él un rato después.

Axlin alzó la cabeza para mirarlo. El líder del enclave parecía molesto, casi ofendido. Ella suspiró.

—Es que quiero hacer otras cosas, Madox —se justificó—. Quizá tenga hijos en un futuro, pero ahora... —Se encogió de hombros.

—También me ha dicho que quieres marcharte —prosiguió él, cada vez más desconcertado.

—Quiero aprender cosas sobre los monstruos que hay en otras aldeas —explicó Axlin—. Pero sé que es algo que está fuera de mi alcance. Después de todo, si abandonara la aldea no duraría fuera ni una sola noche, ¿verdad? —concluyó con amargura.

Madox la contempló un momento, pensativo. Después dijo:

—Puedes irte con el buhonero.

Axlin parpadeó con perplejidad.

—¿Cómo...?

—Los buhoneros viajan por las aldeas, llevan escolta y nunca se desvían de los caminos. Y Bexari en concreto tiene un carro, así que ni siquiera tendrías que caminar. Es más peligroso que quedarse en el enclave, claro, pero...

—Espera. Espera. ¿Me estás diciendo que me puedo marchar de la aldea? ¿Con Bexari?

En ningún momento se había planteado aquella posibilidad, pero tenía sentido.

Madox resopló.

—Puedes, si es lo que quieres, y él está de acuerdo. Ya no eres una niña, Axlin. No vamos a retenerte aquí en contra de tu voluntad.

Ella lo miró, incapaz de responder. Se sentía como si hubiese estado encerrada en una habitación oscura y Madox hubiese abierto una ventana de repente: cegada por el resplandor del sol, sorprendida, desorientada y sin poder reaccionar.

—Si vas a irte, sin embargo, tienes que decidirlo ya —prosiguió él—. Bexari no se quedará mucho tiempo entre nosotros, un día o dos a lo sumo.

Axlin lo consideró. Los buhoneros también corrían riesgos, pero eran viajeros experimentados. Si partía con uno de ellos, tendría alguna oportunidad de llegar a alguna parte.

Tomó aire, profundamente emocionada ante aquella perspectiva.

—Esto es...

—Piénsalo bien, Axlin. Es una decisión importante.

Ella inclinó la cabeza.

—Lo sé —murmuró.

Se sentía abrumada. Había crecido pensando que no tenía elección, que su vida ya estaba definida de antemano por las circunstancias, y ahora, de repente, descubría que tenía la posibilidad de escoger entre dos opciones.

La primera era la más segura: quedarse en la aldea, casarse con Tux, tener hijos y contribuir a la supervivencia de la comunidad.

La segunda era peligrosa e incierta: partir con el buhonero, viajar por otros enclaves, aprender cosas sobre los monstruos... y probablemente morir mucho antes, devorada por alguno de ellos.

Se estremeció.

Eran solo dos opciones, y una de ellas conllevaba un final horrible y prematuro...

Pero eran dos opciones.

Sintió vértigo. Comprendió de pronto que todo habría sido mucho más cómodo y sencillo si no tuviese que elegir. Porque, si solo existiese una posibilidad, no tendría que preocuparse por el hecho de escoger la opción equivocada.

—Yo, por mi parte, preferiría que te quedaras con nosotros —dijo entonces Madox, aclarándose la garganta—. Estarás mucho más segura detrás de una empalizada, Axlin. Cualquiera lo estaría.

La muchacha no contestó. Sabía que tenía razón.

—Además —prosiguió él—, aunque no te entusiasme la idea de ser madre, eres una mujer fértil y tendrás hijos tarde o temprano. No sé dónde estarás entonces. Quizá no hayas vuelto a la aldea todavía.

Axlin sacudió la cabeza, un poco decepcionada. Sabía que Madox la apreciaba en el fondo, y le habría perdonado aquella visión tan materialista si la hubiese valorado por lo que solo ella podía hacer: leer, escribir, registrar el conocimiento en el libro del enclave. Pero estaba claro cuál sería su función en la comunidad si se quedaba.

Y tomó una decisión. Escogió la que probablemente era la opción más difícil y peligrosa, pero... también, por alguna razón, la que más la atraía.

—Dime una cosa —murmuró entonces—. Si no hubieseis encontrado a toda esa gente en el camino... Si en el enclave siguiésemos viviendo los mismos de siempre..., ¿me dejarías marchar?

Madox fue brutalmente sincero en su respuesta:

—No. No nos lo habríamos podido permitir, Axlin.

Ella asintió. «Pueden perder una escriba, aunque no haya nadie que la sustituya. Pero no una mujer fértil, salvo que vengan otras a ocupar su lugar», comprendió.

No se lo reprochó, sin embargo. Así era la vida en el enclave.

Se le ocurrió entonces que quizá ella misma fuera parte del intercambio. A veces, las mujeres se iban con los buhoneros para establecerse en otra aldea. Pero siempre a condición de que los mismos buhoneros trajesen consigo a una mujer de esa otra aldea en su próxima visita.

Bexari les había proporcionado varias mujeres fértiles de un enclave que ya no existía. Así que, si Axlin quería marcharse, era muy libre de hacerlo. Y ni siquiera estaría obligada a instalarse en ninguna aldea en particular.

—Me iré, si Bexari está de acuerdo —declaró.

En cuanto hubo pronunciado estas palabras, sintió que se mareaba, como si se hubiese asomado de pronto a un precipicio muy profundo. El corazón le latía salvajemente en el pecho con una mezcla de terror y excitación.

Madox la miró fijamente un instante, tratando de calibrar la convicción que latía en ella.

—Es tu decisión —dijo por fin—. Pero no esperes que Tux siga aquí para ti cuando vuelvas..., si es que vuelves.

Axlin tragó saliva.

—Lo sé, y lo entiendo.

«No se lo puedo reprochar tampoco a él», pensó.

Le costó mucho decir adiós, pero no tanto por la despedida en sí como por todas las explicaciones que tuvo que dar.

Xeira no lo entendía.

—Pero ¿por qué quieres irte, Axlin, por qué? —le preguntó angustiada—. ¿Cómo puedes pensar que ahí fuera estarás más segura que aquí, o serás más feliz?

—No se trata de eso, Xeira. Soy feliz aquí, pero necesito hacer otras cosas. No es tan raro que una mujer se vaya a otro enclave, después de todo.

—Sí, cuando son viudas y ya han tenido un hijo o dos, y no

todas se marchan por gusto. Lo hacen por sentido del deber, porque tenemos que mezclarnos con gente de otras aldeas si queremos sobrevivir como comunidad. Pero tú ni siquiera quieres tener hijos.

—No ahora, pero tal vez sí los tenga en el futuro. Ahora quiero ver mundo, Xeira.

Ella seguía negando con la cabeza.

—El mundo es horrible y peligroso —le recordó—. Nadie tiene ganas de verlo más de cerca, salvo tú.

—Quiero verlo para poder entenderlo, para aprender a defendernos mejor. ¿Por qué te parece tan mal?

—¿Por qué te parece a ti que puedes cambiar algo? Nunca has aprendido a luchar contra los monstruos. ¡Si ni siquiera puedes correr para escapar de ellos!

Axlin se envaró, herida.

—Puedo hacer otras cosas. Y lamento mucho que ni tú ni nadie más en esta aldea sea capaz de verlo.

Después de aquella discusión pasaron varias horas sin hablarse; pero finalmente se buscaron la una a la otra para hacer las paces y se abrazaron, con los ojos llenos de lágrimas.

—No te comprendo —confesó Xeira—, pero te deseo todo lo mejor. Y espero volver a verte algún día.

—Gracias —respondió Axlin—. Yo también lo espero.

Otras personas plantearon unas objeciones similares, aunque nadie las manifestó con tanta claridad como Xeira. Por alguna razón, cada vez que Axlin repetía sus argumentos e insistía en los motivos por los que tenía que abandonar la aldea, sus dudas se disipaban un poco más. Así, cuanto más la presionaban para que se quedase, mayor era su deseo de partir, a pesar de las amenazas que la aguardaban al otro lado de la empalizada y de todo cuanto dejaría atrás, quizá para siempre.

Los demás seguían sin entender por qué quería marcharse; no les parecía bien, pero respetarían su decisión y la echarían de menos.

Tux evitó despedirse de ella prácticamente hasta el último momento. Cuando Axlin ya había recogido todas sus cosas y se dirigía, renqueante, hacia el carro donde la esperaban Bexari y sus escoltas, él le salió al paso.

—Axlin, espera.

Ella se volvió y sonrió al verlo. Pero él estaba muy serio.

—No comprendo por qué te vas —le dijo—. Me había parecido que querías que estuviésemos juntos. Lamento haberme equivocado.

—No es por ti, Tux —trató de explicarle ella—. Es solo que...

—No sigas, ya da igual. —El chico suspiró—. Prefieres salir a los caminos y arriesgarte a ser devorada por los monstruos antes que casarte conmigo. Me ha quedado muy claro.

Axlin lo conocía lo bastante bien como para saber que estaba tratando de bromear sobre aquella cuestión; pero su sonrisa era más amarga que simpática, y ella tampoco podía negar el hecho de que había una verdad muy dolorosa detrás de aquella afirmación: en efecto, Axlin podía escoger y había elegido a los monstruos.

No había nada que pudiese replicar ante eso, de modo que se limitó a abrazarlo con fuerza.

—Te deseo todo lo mejor, Tux —murmuró—. Que los monstruos no te sorprendan en la oscuridad.

Él correspondió a su abrazo, pero se separó de ella enseguida.

—Sí, bueno. Lo mismo digo. Ya sabes que puedes volver cuando quieras. Y si te instalas en otra aldea, manda un mensaje con los buhoneros para decir que estás bien.

Axlin comprendió que él suponía que, si sobrevivía a sus primeros días en el camino, no tardaría en querer regresar a casa o quedarse a salvo en cualquier otro lugar seguro. Probablemente pensaba que aquello no era más que un capricho, y que cambiaría de opinión en cuanto viera a los monstruos de verdad. Otras personas en el enclave lo habían insinuado también, pero Axlin pensaba que Tux la conocía un poco mejor.

O quizá tan solo deseaba creer que ella estaría segura en cualquier otro sitio, aunque no fuese a pasar el resto de sus días a su lado. Tal vez prefería imaginarla tras una empalizada, y no arriesgando su vida en los caminos.

En ese caso, Axlin no iba a llevarle la contraria. Si Tux se iba a sentir mejor creyéndola a salvo en otra aldea..., que así fuera.

De modo que no discutió.

—Por supuesto —respondió con una sonrisa—. Hasta siempre, Tux.

—Hasta siempre, Axlin.

Él no la acompañó hasta el carro; pero un rato más tarde, cuando los centinelas abrieron el portón para dejarlos salir, Axlin lo vio entre la gente que se había congregado para decirle adiós.

La muchacha los contempló, sobrecogida. Se había despedido ya de todos ellos; Xeira lloraba sin disimulo, y los niños la contemplaban pálidos y horrorizados.

Axlin lo comprendía. Para ellos, al otro lado de la empalizada solo había muerte y terror. Y ella iba a abandonar la seguridad de la aldea por voluntad propia.

Entonces Nixi inspiró hondo y avanzó unos pasos.

—¡Adiós, Axlin! —exclamó, agitando la mano con fuerza—. ¡Duro con esos monstruos!

Los niños la miraron sorprendidos. Sonrieron ante su entusiasmo y corearon:

—¡Adiós! ¡Adiós, Axlin!

Los dos más pequeños, sin embargo, seguían llorando.

La joven les sonrió y se despidió de ellos desde lo alto del carro. Siguió saludándolos con la mano hasta que las puertas se cerraron de nuevo tras ella.

7

Fue más difícil de lo que había imaginado en un principio. El camino parecía no tener fin; seguía hacia delante y se perdía en el horizonte, partiendo en dos un páramo inmenso bajo un cielo eterno.

Axlin empezó a echar de menos la sombra protectora de la empalizada desde el mismo instante en que se cerraron las puertas. Tenía la sensación de que el «exterior» era demasiado abierto para ser seguro. Luchó contra el impulso de dar media vuelta, correr de nuevo hasta la empalizada y golpear las puertas suplicando que la dejasen entrar. Se esforzó en mirar al frente, sentada muy tiesa en la parte posterior del carro; pero temblaba de terror, con el estómago encogido, y acabó por aovillarse en el fondo y cubrirse la cabeza con los brazos, como si así pudiese protegerse de los peligros que la aguardaban más adelante.

—No puedo seguir —susurró—. No puedo, no puedo. Tengo demasiado miedo.

Bexari le dirigió una mirada cargada de simpatía.

—Le pasa a todo el mundo al principio —le confió—. No te voy a decir que estarás a salvo, porque los caminos son peligrosos, pero acabarás por acostumbrarte. No estamos tan indefensos como parece.

Axlin no respondió. Permaneció un rato más así, encogida sobre sí misma, hasta que finalmente se atrevió a alzar la cabeza para mirar alrededor. A ambos lados del carro caminaban los escoltas, Penrox y Vixnan; el buhonero le había asegurado que ambos eran hábiles arqueros, aunque Penrox no tenía tanta experiencia como su compañero. La suplía, sin embargo, con una gran dosis de entusiasmo y buena voluntad. Se percató de que los ojos de la muchacha estaban fijos en él y le dedicó un guiño gracioso.

—Las praderas son bastante seguras si no te sales de los caminos —le explicó—. La hierba no es muy alta, así que podemos ver a los robahuesos y a los galopantes desde lejos, y también a los crestados, si prestamos atención...

—... que es lo que no estás haciendo tú en estos momentos —gruñó Vixnan—. Así que deja de parlotear y mantén los ojos abiertos.

Penrox pareció decepcionado, pero obedeció. Axlin aún tenía el estómago anudado por el miedo, pero las palabras del escolta habían despertado su curiosidad. No obstante, y dado que la advertencia de Vixnan parecía sensata, optó por dirigir sus preguntas a Bexari para no distraer a los dos hombres.

—Entonces —murmuró con un hilo de voz—, ¿esos son los monstruos que hay por aquí? ¿Galopantes, crestados y robahuesos?

El buhonero se colocó una mano detrás de la oreja.

—¿Cómo dices? No te entiendo bien. Soy un poco duro de oído, ¿sabes?

Axlin suspiró para sus adentros. Sabía que Bexari había captado sus palabras a la perfección. Nadie sobrevivía tanto tiempo en los caminos siendo «duro de oído». A menudo un siseo o un leve movimiento en el follaje podían suponer la diferencia entre la vida y la muerte.

Se incorporó un poco más y se arriesgó a asomar la cabeza por el costado del carro para otear el horizonte. Todo estaba tranquilo por el momento.

—Galopantes, crestados y robahuesos —repitió con mayor seguridad—. ¿Es lo que encontraremos en este tramo del camino?

—Y nudosos, sí, aunque solo en las zonas arboladas —confirmó él—. Por este lugar no hemos visto otra cosa.

Axlin ya no lo escuchaba. Porque había vuelto la mirada hacia atrás y se había percatado de lo lejos que estaban ya de la aldea y de la seguridad de la empalizada. Se le escapó una pequeña exclamación de horror y volvió a acurrucarse en el fondo del vehículo.

—No puedo hacer esto, no puedo —gimió—. Por favor, llévame de vuelta a casa.

Bexari se volvió para contemplarla con una ceja alzada mientras los escoltas se abstenían de intervenir.

—Daré media vuelta si es lo que quieres —respondió—. Todavía estamos a tiempo.

Axlin no dijo nada. Seguía temblando, tratando de hacerse más pequeña, como si así pudiese burlar a los monstruos que saliesen a su encuentro.

—A dos días de aquí, más o menos —prosiguió Bexari—, podemos empezar a sufrir ataques de escuálidos y chasqueadores. Supongo que nunca los has visto de cerca, pero es lógico que prefieras volver a la seguridad de tu enclave. —Hizo una pausa y añadió—: Además, los escuálidos son particularmente feos, incluso para tratarse de monstruos.

Axlin asomó de nuevo la cabeza por el costado del carro, con precaución.

—Me han hablado antes de los escuálidos —dijo con cierta timidez—, pero no sé mucho sobre los chasqueadores.

Se sentó de nuevo, con movimientos cautos y lentos, y alargó la mano para sacar su libro del zurrón.

—Cuéntame más, por favor —pidió finalmente.

Bexari sonrió para sí mismo y comenzó a hablar. Axlin prestó atención, tomando notas de los datos que le parecían más interesantes. Cuando quiso darse cuenta, habían dejado atrás el enclave y ni siquiera se divisaba a lo lejos la alta silueta de la empalizada.

Se centró en su libro y trató de no dejarse llevar por el pánico. Era la primera vez que abandonaba la seguridad de su hogar y, por descontado, jamás había llegado tan lejos. Por un lado, estaba aterrorizada; por otro, aquella turbadora sensación de vértigo llevaba consigo la promesa de una libertad que nunca antes había experimentado. Se sentía como un pájaro arrojándose desde lo alto del nido por primera vez sin saber si sería capaz de remontar el vuelo y elevarse hacia las alturas.

Se aferró a su libro, recordándose a sí misma por qué estaba allí, y halló algo de consuelo en la seguridad que le infundía. Había decidido que llenaría aquellas páginas en blanco de conocimientos que pudieran llegar a ser útiles a otras personas..., y eso era exactamente lo que haría.

Con el tiempo, Bexari y sus escoltas se acostumbrarían a verla escribir con entusiasmo y colaborarían en su tarea, compartiendo con ella sus experiencias. En el pasado, Axlin había preguntado a menudo a los viajeros acerca de los monstruos, pero solo ahora, en el camino, tenía tiempo de sobra por delante para escucharlos y tomar nota de lo que decían.

Con todo, nada de aquello era comparable con ver a los monstruos con sus propios ojos y a plena luz del día.

A media mañana, Vixnan les ordenó guardar silencio de pronto. Bexari detuvo el carro mientras los escoltas cargaban sus arcos y se mantenían en tensión.

—¿Qué pasa? —susurró Axlin.

El buhonero le indicó silencio. Se incorporó en el pescante y desenvainó su daga, listo para luchar si hiciera falta. Ella detectó entonces una figura lejana en el prado. Parecía un caballo especialmente corpulento, que se alzaba sobre unas poderosas patas y agitaba tras de sí una larga cola similar a un látigo. «Un galopante», comprendió, y el corazón se le disparó dentro del pecho. Vixnan comprobó la dirección del viento y se relajó solo un poco.

—No nos ha visto —susurró—, y tenemos el viento a favor. No nos oye ni nos huele desde allí, por el momento.

—Entendido —asintió Bexari.

Espoleó a su caballo, que se puso de nuevo en marcha, aparentemente sin mostrarse inquieto o asustado.

Se alejaron de allí despacio y en silencio. Solo cuando la figura del galopante desapareció tras un recodo del camino se sintieron un poco más seguros. Avanzaron más deprisa, conscientes de que si el monstruo los detectaba podría alcanzarlos con facilidad, pues aquellas criaturas corrían mucho más rápido que cualquier caballo. Por fortuna, eso no llegó a suceder.

No vieron más monstruos en todo el día, pero los escoltas no bajaron la guardia.

Llegaron al refugio poco antes del atardecer y se dispusieron a instalar el campamento.

—¿Estaremos seguros aquí dentro? —preguntó Axlin, inquieta.

Los refugios eran construcciones erigidas junto a los caminos, pensadas para los que viajaban entre enclaves y se veían obligados a pasar una o varias noches al raso. Por lo que ella sabía, los más antiguos estaban construidos con piedra y eran más sólidos; los más recientes, en cambio, eran de madera o de adobe y tenían que ser reparados cada cierto tiempo.

—Estaremos más seguros que en campo abierto —replicó Bexari.

Axlin observó cómo los escoltas entraban en el refugio. Oyó golpes, una exclamación de advertencia y un siseo desagradable.

—¿Qué pasa? —inquirió—. ¿Qué hay ahí dentro?

—Probablemente, un nudoso. Antes de instalarse en cualquier

refugio, hay que despejarlo de maleza. Porque, aunque los suelos suelen estar empedrados o cubiertos con tablones para que no entren los nudosos, a veces alguno consigue asomar un tentáculo por algún hueco. ¿Me comprendes?

Ella asintió, cohibida, y frotó su pie torcido contra su tobillo derecho, deseando que lo que se ocultaba en el refugio fuese cualquier cosa menos un nudoso.

—No sé si deberíamos dormir ahí, entonces —comentó con inquietud.

—Bueno, no podemos obligarte —opinó Bexari encogiéndose de hombros—. Si prefieres pasar la noche al raso, no te lo vamos a impedir.

Vixnan salió entonces del refugio, limpiando la hoja de su machete, impregnada de una viscosidad blanquecina que Axlin identificó como sangre de nudoso.

—Pues sí, había uno —observó Bexari, casi alegremente.

El estómago de Axlin se le encogió de puro terror.

—¿Y ahora qué?

—¿Ahora? A bloquear el agujero, claro. Lo cubriremos con una piedra pesada para que no pueda volver a entrar por ahí. También taparemos todos los resquicios que puedan haberse abierto en el suelo desde la última vez que durmió alguien en este lugar.

Ella se volvió hacia su compañero, convencida de que no había oído bien.

—¿Cómo dices? —preguntó con voz aguda—. ¿Pretendes que durmamos ahí dentro? ¿Con los nudosos?

—No, no, con los nudosos, no. —Bexari se quedó mirándola, un poco perplejo—. Ya hemos espantado al que había ahí dentro, ¿no lo has oído?

—Sí, y nos aseguraremos de que no vuelva a entrar por el mismo hueco —añadió Vixnan, cruzándose de brazos.

Pero ella se aferró a la camisa de Bexari, temblando.

—Yo no puedo entrar ahí. ¿Y si regresa y me coge? ¿Y si esta vez consigue hundirme en el suelo para siempre?

—¿Esta vez? —repitió Vixnan frunciendo el ceño.

El buhonero se quedó mirando a la muchacha.

—Había olvidado que sobreviviste al ataque de un nudoso cuando eras una niña —murmuró—. Por eso cojeas, ¿verdad?

—Estarás segura en el refugio —la tranquilizó Vixnan—. Habrá alguien de guardia en todo momento. Y vamos a volver a revisar el interior para asegurarnos de que ningún nudoso vuelva a entrar ahí. ¿De acuerdo?

Axlin asintió débilmente; sabía que tenía mucho que aprender, pero también sentía que todo aquello la superaba. Esperó con paciencia a que los tres hombres terminaran de asegurar el refugio y entró tras ellos cuando se lo indicaron. Dentro había una única estancia, completamente cerrada, sin ventanas. Bexari le indicó que se instalara en el extremo más alejado de la puerta.

—Nosotros tres nos turnaremos para hacer la guardia. Toma —añadió, entregándole un puñal—, por si tienes que defenderte.

Axlin ya temblaba de miedo.

—Nadie me ha enseñado a...

—Aprenderás, no te preocupes.

Aprovecharon los últimos momentos de luz para encender una hoguera en el exterior y preparar una cena ligera. Después Bexari insistió en que volvieran al refugio.

—¿Y el caballo? —preguntó Axlin, señalando al animal, que pacía con calma no lejos del carro.

—No le pasará nada —respondió Vixnan—. Los monstruos nunca atacan a los animales. Ni tampoco destruirán el carro. Solo les interesan los humanos.

—Eso había oído. Entonces, ¿es verdad? ¿Alguna vez habéis visto a un monstruo alimentarse de algo que no sea una persona?

—Nunca —confirmó Bexari—. Y son capaces de aguantar días, meses, incluso años... sin devorar a nadie.

—Pero ¿cómo es posible? ¿Por qué no se mueren de inanición?

—No lo sé, pero no tienen hambre en realidad —gruñó Vixnan—. No matan a la gente para comer, porque no lo necesitan. La mayoría ni siquiera devoran por completo a las personas a las que atrapan. Empiezan a comérselas hasta que se les mueren, y entonces pierden el interés por ellas y abandonan sus cuerpos para que se los terminen las alimañas.

Axlin inspiró hondo, horrorizada.

—Así que en realidad —concluyó el escolta— los monstruos no comen humanos sin más: comen humanos vivos. Y no los devoran para subsistir, sino porque es una manera cruel de matarlos.

—Los escuálidos sí se comen a sus víctimas del todo —intervino Penrox—, porque en cuanto lanzan el primer mordisco son incapaces de parar. Y los robahuesos también, claro, por razones evidentes.

Axlin quiso seguir preguntando, pero caía la noche, y había que prepararse. Obedeció sin rechistar las indicaciones de sus compañeros y se recogió en su rincón, envuelta en una manta, mientras Vixnan hacía la primera guardia junto a la puerta. Pensó que sería incapaz de dormir, pero estaba tan cansada que cayó rendida en cuanto cerró los ojos.

De madrugada, la despertó un escándalo de golpes y chillidos. Se incorporó en la oscuridad y se dio cuenta de que estaba sola.

—¿Bexari? ¿Vixnan?

—Nos atacan los robahuesos —le llegó la voz del buhonero desde la puerta; la muchacha detectó entonces su figura recortada contra la penumbra procedente de fuera—. No te muevas de ahí; no dejaremos que entren.

Axlin asintió, aterrorizada, y se encogió todavía más sobre sí misma, aferrando el puñal que él le había dado.

La batalla duró casi hasta el amanecer, pero los robahuesos no entraron en el refugio. Cuando los escoltas le dijeron que podía salir, la joven obedeció, con precaución, y miró a su alrededor. Vixnan cojeaba un poco y Penrox estaba vendándose una herida en el brazo que no parecía demasiado grave, pero por lo demás parecían estar bien. Por contra, había cadáveres de monstruos por todas partes.

—Siete —informó Penrox—. Todos muertos.

—Nunca se les hace huir —afirmó Bexari, adivinando lo que iba a preguntar Axlin a continuación—. Atacan hasta que te matan o hasta que los matas tú.

—¿Por qué hacen eso? —preguntó ella, aproximándose al cuerpo más cercano, con curiosidad—. Si no luchan por hambre, ¿qué es lo que los lleva a pelear hasta la muerte?

—Son monstruos —respondió Penrox, encogiéndose de hombros.

Axlin se inclinó junto al cadáver del robahuesos. Era una criatura repulsiva, que pese a todo tenía una cierta apariencia humanoide. Iba desnudo, a excepción de la armadura que se había fabricado a partir de las costillas de sus víctimas. Como protección no era gran cosa, porque las flechas de los escoltas habían encontrado huecos entre ellas. El cráneo humano que había utilizado como casco había caído a un lado, revelando una cabeza pequeña y bulbosa, carente de cabello. Tampoco tenía nariz; sus ojos eran completamente negros, y su boca estaba llena de dientes afilados y amarillentos.

La joven se fijó también en sus poderosas patas traseras. En cierto modo, le recordaron las de un conejo, lo cual explicaba por qué eran capaces de dar aquellos saltos tan espectaculares a pesar de su reducida estatura, similar a la de un humano de seis o siete años. Se recordó a sí misma que tendría que anotarlo.

—Axlin, déjalo —dijo Bexari—. No podemos entretenernos, o no llegaremos al siguiente refugio antes del anochecer.

Se asearon como pudieron con el agua que traían, porque no podían arriesgarse a abandonar el camino para buscar un arroyo. Desayunaron rápidamente y se pusieron en marcha de nuevo.

Solo entonces la joven, acomodada ya en el carro, sacó su libro y se puso a escribir acerca de todo lo que había aprendido.

Los días siguientes fueron similares. Avanzaban por el camino y dormían en los refugios, salvo la tercera noche, que pasaron en un enclave abandonado. Los monstruos los atacaron en algunas ocasiones más, pero los escoltas lograron rechazarlos. Por fortuna, el camino continuaba atravesando unas amplias praderas que dificultaban las emboscadas.

Axlin no dejaba de ser consciente de los riesgos, pero por el momento se sentía relativamente segura: robahuesos, crestados, nudosos o incluso galopantes... eran monstruos que ya conocía; había oído historias acerca de ellos, había llegado a verlos con sus propios ojos.

El cuarto día, sin embargo, sufrieron el ataque de unas criaturas que no pudo identificar.

Primero las oyeron. Fue una especie de chasquido que sonó una vez y luego se repitió en distintos puntos de la espesura. Los escoltas cargaron sus arcos y esperaron, tensos. Bexari bajó del carro y desenvainó su machete. Axlin sacó su puñal también, aunque no sabía a qué se estaban enfrentando. Su corazón latía desenfrenado mientras miraba alrededor, aterrorizada, y algo en su interior no paraba de gritar: «¿Qué es eso? ¿Qué es eso? ¿Qué es eso?».

El sonido se hizo cada vez más reiterado. Parecía venir de todas partes, pero no era siempre igual; los chasquidos a veces sonaban más cortos, a veces más largos, más graves o más agudos. Pensó, de pronto, que parecía una especie de lenguaje, pero eso no resolvía sus dudas ni le daba ninguna pista acerca de cómo enfrentarse a aquella nueva amenaza.

Algo se movió entre las hierbas altas junto al camino, y Vixnan disparó. La flecha debió de encontrar su objetivo, porque se oyó un chillido y el resto de las criaturas repiquetearon con más intensidad.

Luego toda la hierba pareció ondular, y los chasquidos resonaron más cerca. Los escoltas dispararon nuevamente, y después otra vez, casi sin descanso. Algunos monstruos se quedaron atrás, pero el resto seguía avanzando.

Y entonces el primero de ellos saltó al camino, y Axlin lo vio por fin. Lo contempló, fascinada y horrorizada a partes iguales, porque nunca había visto nada igual. Primero pensó que se trataba de una serpiente asombrosamente grande, puesto que tenía un cuerpo alargado y sinuoso, pero luego vio que se desplazaba sobre seis cortas patas finalizadas en garras y que tenía la piel cubierta por un pelaje verdoso parecido al musgo. La criatura se alzó sobre sus patas traseras; en esa postura era casi tan alta como Penrox.

El escolta tensó el arco sin apartar la mirada de ella.

—Espera...—empezó Vixnan, pero fue demasiado tarde.

El monstruo repitió de nuevo aquel sonido, agudo y apremiante, y Penrox disparó.

La flecha lo atravesó de parte a parte. Y en aquel mismo momento, no menos de diez criaturas se lanzaron sobre ellos desde la maleza. Axlin gritó.

«Demasiado rápidos», fue lo único que pudo pensar, aterrorizada, mientras sus compañeros, cogidos por sorpresa, se enfrentaban a los monstruos. Se quedó en el carro, preguntándose frenéticamente cómo podía ayudar a aquellos hombres que peleaban por sus vidas. Las criaturas se desplazaban con movimientos tan veloces que sus cuerpos, fluidos y serpenteantes, resultaban difíciles de alcanzar.

Gritó alarmada cuando uno de los monstruos saltó al carro, inundando sus fosas nasales con un profundo olor a moho y humedad. La miró un momento con unos ojos saltones, de pupilas amarillas y verticales como las de una víbora, soltó un nuevo chasquido y se abalanzó sobre ella.

Axlin trató de quitárselo de encima, manoteando con desesperación. La cola de la criatura se le enredó en las piernas y le hizo perder el equilibrio. Blandió el puñal contra el monstruo, pero se movía demasiado deprisa. Cuando sus fauces ya se cernían sobre ella, logró agarrarlo por el cuello y apartarlo de sí.

El monstruo chasqueó otra vez, irritado, y trató de lanzarle una dentellada. Axlin empujaba con toda su energía, pero aquella cosa era más fuerte que ella. Desesperada, lo golpeó con el puñal; logró acertarle, y el monstruo aflojó un poco su presa con un chillido. La joven lo apuñaló de nuevo. Sintió su sangre, viscosa y extrañamente fría, empapándole las manos, pero eso solo le dio más fuerzas. Siguió acuchillándolo hasta que consiguió quitárselo de encima y echarlo fuera del carro. Se quedó unos segundos quieta, horrorizada y muerta de miedo, hasta que un grito la hizo reaccionar.

Se asomó fuera del carro y contempló la escena, sobrecogida.

Solo quedaban ya cuatro monstruos. Bexari estaba rematando el que Axlin había herido, y Vixnan se enfrentaba a otro un poco más lejos. Pero los dos restantes habían derribado a Penrox y empezaban a comérselo vivo mientras el joven trataba de quitárselos de encima entre alaridos.

Bexari corrió a socorrerlo y Vixnan lo siguió en cuanto se hubo deshecho de su adversario. Entre los dos mataron a los dos últimos monstruos y liberaron a Penrox, que estaba herido y aterrorizado, pero vivo. Lo subieron al carro con cuidado.

—¡Axlin! —la llamó Bexari—. ¿Estás bien? ¿Puedes ocuparte de él?

Ella temblaba de terror, pero asintió y se obligó a centrarse en su compañero herido.

El buhonero trepó al pescante y puso el carro en marcha de

nuevo. Vixnan subió también, pero se mantuvo alerta, con el arco tenso, por si aparecían más criaturas.

El caballo arrancó al trote y se alejó de allí y de los cuerpos de los monstruos que quedaron esparcidos por el camino. Axlin examinó al joven escolta con manos temblorosas.

Sus compañeros lo habían socorrido con rapidez, por lo que solo tenía tres dentelladas en los brazos y una más en el pecho. Parecían superficiales, aunque una de ellas le había arrancado un buen pedazo de carne. Le lavó las heridas como pudo mientras Penrox sollozaba en silencio, todavía conmocionado.

—¿Qué eran esas cosas? —pudo preguntar ella por fin—. No las había visto nunca.

—Chasqueadores —respondió Vixnan con gravedad—. De uno en uno, no son demasiado peligrosos. Pero suelen atacar en manada, y utilizan estrategias de caza bastante complejas.

Axlin reflexionó en silencio mientras vendaba a Penrox. Había oído hablar de los chasqueadores en alguna ocasión, pero nadie se los había descrito nunca con claridad. Ahora comprendía por qué: se camuflaban asombrosamente bien entre la hierba alta y atacaban en grupos numerosos. Si alguien tenía la desgracia de verlos de cerca, desde luego era poco probable que saliera con vida para contarlo.

—Se hablan entre ellos, ¿verdad? —planteó—. O algo parecido.

—Sí, algo parecido. Entre la hierba no los vemos, solo los oímos. Si nos hubiesen sorprendido en campo abierto, y no en el camino, no habríamos sobrevivido.

Habían dejado atrás el lugar del ataque, de modo que Vixnan se relajó un poco, bajó el arco y se acercó al herido, que gemía de dolor.

—¿Se pondrá bien? —preguntó Axlin preocupada.

Vixnan dudó.

—Las mordeduras de los chasqueadores, como las de casi todos los monstruos, se infectan con facilidad. Hay que aplicarles un ungüento específico, pero no lo puedo hacer aquí.

—Estamos a día y medio de camino del enclave más cercano —dijo Bexari—. Allí lo podrán curar mejor. Si aguanta hasta entonces.

8

Las horas siguientes se hicieron espantosamente largas. Penrox no mejoraba; al contrario, cayó en un estado de semiinconsciencia febril del que apenas salía para murmurar incoherencias o mirar a su alrededor, desorientado y aterrorizado. Axlin lo atendía lo mejor que podía; pero parecía claro que, si no llegaban al enclave a tiempo, no sobreviviría.

A pesar del estado de Penrox, Vixnan y Bexari se las arreglaron para rechazar los siguientes ataques. El último, sin embargo, estuvo a punto de acabar con todos ellos.

Sucedió mientras atravesaban un bosquecillo. El camino serpenteaba bajo las copas de los árboles, y los dos hombres se mostraban más inquietos que de costumbre. Escudriñaban entre las ramas, esperando que los monstruos cayeran sobre ellos.

El ataque, no obstante, provino de abajo.

Fue Vixnan quien lo sufrió, pues caminaba junto al carro. Un sonido entre la maleza lo distrajo, y justo en ese momento el tentáculo de un nudoso emergió de la tierra y se enrolló en torno a su pie.

Axlin chilló cuando lo vio caer al suelo. Pero el escolta reaccionó deprisa. Antes de que el nudoso lograra hundirle el pie en el hoyo, descargó su machete sobre el tentáculo y lo seccionó para liberarse. El apéndice aún se movió con desesperación, tanteando a su alrededor. No halló el pie de Vixnan, pero sí la rueda del carro. La agarró con fuerza, tiró de ella y la rompió.

El carro, vencido, se vino abajo; Axlin sujetó a Penrox para que no cayera al suelo y miró a su alrededor.

Vixnan había aferrado el tentáculo del nudoso con ambas manos y tiraba de él para sacarlo del suelo. Bexari se apresuró a ayudarlo, pero ni siquiera entre los dos lograron hacerlo salir de su agujero. Súbitamente, el nudoso se soltó de su presa y su apéndice desapareció en el interior del túnel en un abrir y cerrar de ojos.

—¡Se ha escapado! —gritó Axlin muy nerviosa.

Vixnan se limpió las manos en el pantalón con un suspiro de resignación.

—A los nudosos no hay manera de arrancarlos del suelo, salvo cuando ya están muertos. Pero si tiras de ellos se alarman lo bastante como para retirarse al fondo de su madriguera durante un buen rato.

—Pero... pero... ¿y si vuelve a asomar?

—Los nudosos excavan muy lentamente. Pueden tardar varios días en preparar otra trampa. Solo se apresuran cuando están atacando; el resto del tiempo se mueven a paso de tortuga.

Bexari, que examinaba los daños en la rueda, se mostraba profundamente preocupado. Axlin bajó del carro para reunirse con él.

—¿Puedes repararlo? —le preguntó.

—Puedo, sí. Pero no sé si lo conseguiré a tiempo. Deberíamos llegar al próximo enclave antes del anochecer, porque ya no hay más refugios en el camino.

La joven comprendió, inquieta. Si la noche los sorprendía en campo abierto, sin ningún lugar donde parapetarse, no sobrevivirían hasta el amanecer.

El buhonero trabajó incansablemente para arreglar la rueda, y Vixnan y Axlin lo ayudaron todo lo que pudieron. Cuando por fin se pusieron en marcha de nuevo, habían perdido un tiempo precioso y el carro no andaba bien todavía.

—Es un apaño —murmuró Bexari—. Podemos rodar, pero si me arriesgo a correr, la rueda se romperá otra vez.

Vixnan apretó los dientes.

—¿Llegaremos a tiempo?

—No lo sé. Pero tenemos que intentarlo.

Fue una de las tardes más largas y angustiosas de la vida de Axlin. Cuando por fin divisaron las luces del enclave, la noche ya caía sobre ellos, y unos escalofriantes alaridos se oían a lo lejos, desde la neblina.

—Escuálidos —gruñó Vixnan—. Con un poco de suerte, estarán demasiado lejos para alcanzarnos antes de que lleguemos.

Tuvieron suerte. Cuando la puerta del enclave se abrió y el carro traspasó la empalizada, Axlin se puso a llorar de puro alivio.

Apenas recordaría nada de aquella primera noche en un enclave que no era el suyo; le dieron una cena caliente y la instalaron en una casa en la que había otras dos mujeres jóvenes. Se fijó en que había una enorme hoguera encendida en medio de la plaza, y justo antes de dormir reparó en la extraña red vegetal que colgaba del techo y que era más tupida justo encima de las camas. Pero estaba tan agotada que apenas tuvo tiempo de pensar en ello antes de caer rendida.

Al día siguiente se despertó sobresaltada y le costó recordar dónde se encontraba y lo que había sucedido el día anterior. Una de sus anfitrionas la saludó con una sonrisa, y Axlin, aún aturdida, solo pudo fijarse en su espesa melena rizada y murmurar:

—Aquí no hay dedoslargos...

—No sé lo que quieres decir —replicó ella, frunciendo levemente el ceño—. Pero es hora de desayunar, y luego hay mucho
trabajo que hacer.

Axlin se levantó, obediente. Sabía que incluso los forasteros
tenían que colaborar con las tareas del enclave. De modo que se
integró como pudo y realizó el trabajo que se le pidió sin rechistar.

Lo primero que hizo, no obstante, fue interesarse por el estado
de Penrox. Le dijeron que había pasado bien la noche, que lo
habían curado como mejor sabían y que esperaban que se recuperara del todo, pero no lo podían garantizar. Axlin les dio las
gracias y no preguntó nada más.

A la hora de la comida entabló conversación con la chica
que la había despertado por la mañana. De esta manera supo que,
además de los nudosos, los chasqueadores y los piesmojados, el
enclave sufría regularmente ataques de babosos y escuálidos.

—Ah, por eso encendisteis anoche esa hoguera tan grande
—dijo Axlin; al ver los rescoldos de buena mañana, había com-
prendido que habían estado alimentándola toda la noche—, para
espantar a los piesmojados.

—También es eficaz contra los escuálidos. No les gusta la luz
directa.

Axlin siguió preguntando. Su anfitriona le contó que de lejos
los escuálidos parecían vagamente humanos, pero eran tan delga-
dos como esqueletos. Iban siempre desnudos y tenían la piel muy
blanca porque nunca les daba el sol. También eran insaciables.
Devoraban a los humanos con gran ansiedad, y seguían royendo
los huesos incluso cuando ya no quedaba nada. Por mucho que
comieran, sin embargo, nunca engordaban. Siempre estaban espantosamente esqueléticos.

Axlin asentía con interés. Muchas de aquellas cosas ya las sabía,
debido a que Bexari le había hablado de los escuálidos con anterioridad, pero algunos detalles eran nuevos para ella. No había

sacado su libro del zurrón porque no sabía si había algún escriba en aquel enclave, y no deseaba llamar la atención, pero lo anotaría todo en cuanto pudiera.

Preguntó también por los babosos. La chica le explicó que eran criaturas gelatinosas que trepaban por las paredes y se deslizaban por los techos de las habitaciones.

—Buscan rincones en sombras y esperan simplemente a que pase alguien por debajo —le contó—. Entonces se dejan caer sobre su cabeza y le cubren la cara hasta asfixiarlos mientras se los van comiendo. —Se estremeció—. Es horrible, no sé por qué quieres hablar de ello.

—¿No hay ninguna manera de evitarlo? —inquirió Axlin.

—Sí, las redes para babosos. Las hacemos con ramas de perejil seco y las colgamos del techo. Si se te cuela algún baboso en casa y la red está bien puesta, no puede caer sobre ti sin enredarse en ella. El perejil es veneno para ellos.

—Oh —murmuró Axlin, tomando nota mental de todo aquello.

La chica cambió de tema.

—¿Te vas a quedar? —preguntó entonces sin rodeos—. Alexar dice que sí, porque necesitamos mujeres nuevas en la aldea; y me interesa saberlo, porque iba a casarse conmigo, ¿sabes?

Axlin la miró, desorientada, hasta que entendió de golpe lo que quería decir. Aquella había sido una de las principales preocupaciones de las muchachas de su aldea y, por lo que parecía, en otros enclaves las cosas no eran muy diferentes.

Recordó sus propias dudas acerca de su futuro con Tux. Lo echaba mucho de menos, pero las conjeturas sobre quién se casaría con quién le resultaban ahora una trivialidad.

Y solo llevaba cinco días fuera de casa.

Comprendió entonces que no podía volver a pasar por todo aquello y respondió:

—No me quedaré. Me iré con el buhonero cuando se vaya.

Se estremeció, sin embargo, al pensar en abandonar la seguridad del enclave. Murmuró una excusa y fue corriendo a buscar a Bexari.

Lo encontró negociando con el líder de la aldea. Axlin sabía que regatearían durante uno o dos días antes de cerrar un acuerdo que satisficiera a ambas partes, pero no lo interrumpió. Cuando los dos hombres se despidieron con el compromiso de seguir hablando al día siguiente, se acercó al buhonero.

—Cuero para zapatos —murmuraba este para sí mismo—. Cuchillos. Limones. Lino. Semillas de calabaza.

La muchacha esperó pacientemente a que terminara de elaborar su lista.

—Puedo anotarlo todo si quieres —se ofreció—. Para que no se te olvide.

—Tengo buena memoria. Y no sé leer.

Axlin sonrió; entonces recordó por qué había ido a buscarlo.

—Dime una cosa, Bexari: yo no formo parte de los intercambios, ¿verdad?

El buhonero sacudió la cabeza.

—No, pero no te confíes. Cuando llegamos ayer, todo el mundo daba por hecho que habías venido para quedarte y buscar marido aquí. —La miró fijamente antes de preguntarle—. Pero no es eso lo que quieres, ¿verdad? Me dijiste que querías visitar varios enclaves. ¿Has cambiado de opinión?

—No, aunque la idea de quedarme resulta tentadora. Ha sido un viaje muy intenso.

Bexari se rio.

—¿Intenso? No has visto nada aún, Axlin. Pero como imaginaba que querrías continuar, le dije ayer al líder de la aldea que te llevo a otra parte, dos enclaves más allá. Y que el intercambio con ellos está cerrado desde hace meses.

La joven se sintió muy aliviada.

—Gracias, Bexari.

—No me las des todavía. Aún tardaremos unos días más en partir, así que estás a tiempo de pensarlo.

Axlin no tuvo problemas en integrarse en la rutina de la aldea, porque era similar a la de la suya propia. Sus anfitriones, por otro lado, asumieron con naturalidad que ella caminase más despacio y hubiese que esperarla a menudo, porque los monstruos dejaban lisiados en todos los enclaves.

Fue incapaz, sin embargo, de dejarse crecer el pelo mientras estuvo allí. Ni Bexari ni sus escoltas se molestaron en seguir rapándose la cabeza, pero ella sentía la necesidad de hacerlo cada tres días como mínimo; aunque sabía muy bien que no hacía falta, porque los dedoslargos no rondaban por aquel enclave, no se quedaba tranquila si su cabello crecía más de lo que consideraba normal.

Durante aquellos días, Penrox fue mejorando hasta recuperarse de sus heridas por completo. Axlin aprovechó también para aprender más cosas acerca de los monstruos a los que no conocía. Trataba de ser discreta cuando preguntaba al respecto, porque ya había descubierto que la mayoría de la gente encontraba desconcertante su interés. Tampoco contó que sabía leer y escribir, para no llamar la atención; aunque Bexari se lo había comunicado al líder del enclave, por si quería que Axlin descifrara su libro. Pero hacía mucho que aquella aldea no tenía escribas, y el libro del enclave había desaparecido con ellos.

Cuando el buhonero estuvo listo para ponerse en marcha de nuevo, la buscó para preguntarle en privado si deseaba acompañarlo.

—Quiero seguir adelante —le confirmó ella—, si todavía tienes en tu carro un sitio para mí.

Él le sonrió.

—¿Qué te hace pensar lo contrario?

—No nací ayer, Bexari. Sé que puedo ser una carga. Vixnan me está enseñando a manejar la daga y a disparar con el arco, pero aún tardaré bastante en poder defenderme por mí misma.

—Lo sé. Pero no eres del todo inútil, Axlin. Si estás segura de que quieres seguir adelante, tal vez puedas colaborar con el grupo de otra manera.

Ella lo miró, interrogante, mientras él hurgaba en su zurrón. Finalmente, extrajo un documento doblado muchas veces, que parecía bastante antiguo. Luego miró a su alrededor antes de tendérselo como si le confiase su secreto mejor guardado.

—¿Qué es esto? —inquirió Axlin.

—Míralo tú misma.

Ella obedeció. Desdobló el papel con cuidado y lo examinó con atención. Vio líneas y símbolos y algunas palabras dispersas por aquí y por allí, pero que no formaban un texto coherente.

—Es un mapa —le explicó Bexari—. Lo tengo desde hace mucho tiempo, pero solo lo entiendo a medias. Las líneas son los caminos; los círculos pequeños marcan los enclaves..., pero muchos de ellos no existen ya. Esto de aquí son los refugios, esto los arroyos..., las fuentes...

—Oh —murmuró Axlin impresionada.

—Nosotros estamos aquí. Este otro punto es el enclave en el que naciste. Verás que hay un tercer punto intermedio en el camino que une las dos aldeas; es el enclave abandonado donde dormimos la tercera noche del viaje. He marcado en el mapa las aldeas que sé que ya no existen, ¿ves? Pero mi ruta incluye solo esta zona de aquí. Suelo recorrer este camino, y este otro, y estos dos ramales, pero nunca voy más lejos. Y eso se debe a que no sé qué hay después. No me atrevería a aventurarme por una nueva ruta sin saber con qué me voy a encontrar.

Axlin asintió, comprendiendo. Comenzó a leer en voz alta las palabras anotadas junto a uno de los puntos que el buhonero había identificado con los enclaves:

—«Pelusas, trepadores, trescolas y piesmojados.» Es una lista de monstruos, ¿verdad?

—Es lo que suponía, pero no estaba seguro —respondió Bexari alegremente—. ¿Lo ves?, ya eres útil.

Ella siguió examinando el mapa y leyendo para sí.

—Chasqueadores, sorbesesos, caparazones. Rechinantes, sindientes, crestados y chupones. Escupidores. Espaldalgas. Velludos. Lenguaraces. Malsueños. —Sacudió la cabeza, perpleja—. Aquí hay monstruos de los que jamás había oído hablar.

—Tampoco yo —reconoció Bexari, pensativo—. El mapa es mucho más amplio, como ves. Incluye lugares que no conocemos, y de los que no sabemos nada.

—Pero está todo escrito aquí.

—Sí. Pero yo no lo sé leer.

La muchacha y el buhonero cruzaron una mirada de complicidad y sonrieron ampliamente.

—De modo que quieres que te haga de intérprete —dijo ella.

—Exacto.

—Entonces, ¿por eso me has estado ayudando? ¿Porque me necesitabas para leer el mapa?

Axlin seguía sonriendo, pero en sus palabras había un ligero tono de reproche. Bexari alzó las manos.

—Eh, no me lo tengas en cuenta. Soy un buhonero: todo lo que ofrezco siempre es a cambio de alguna otra cosa.

Antes de partir, Axlin tuvo ocasión de estudiar el mapa a fondo. Comprobó que era escrupulosamente exacto cuando enumeraba los monstruos que abundaban en torno a las dos aldeas que ya conocía, por lo que dedujo que el resto de anotaciones debían de ser correctas también. Lo consultó con Bexari, y él le confirmó que los datos registrados en el mapa coincidían con su propia experiencia. No tenían razones para pensar, por tanto, que la información sobre las zonas desconocidas pudiera ser incorrecta.

—En este mapa está escrito qué tipo de monstruos se encuentran en cada área. Si quisieras explorar nuevos caminos, ya no lo harías a ciegas.

El buhonero se la quedó mirando.

—¿Crees que merece la pena el riesgo?

Axlin asintió con energía. Señaló uno de los caminos principales, que atravesaba el mapa de oeste a este y se perdía más allá del margen.

—Mira esto. ¿Sabes a dónde conduce?

—No. ¿Cómo voy a saberlo? No tiene final en el mapa.

—Pero está indicado aquí. Dice: «A la Ciudadela». ¿Sabes lo que significa eso?

Bexari se quedó callado un largo rato, pensativo.

—He oído hablar de ese lugar, alguna vez —asintió por fin.

—Yo también. Cuentan que es una aldea donde no hay monstruos. ¿Podría ser real? —inquirió, sin poder contener su excitación.

—Podría, pero no es exactamente eso. Los monstruos están en todas partes; por muy lejos que vayas, siempre te encontrarán. Sin embargo, por lo que tengo entendido, la Ciudadela podría ser un enclave extraordinariamente grande y bien defendido. He oído que allí vive mucha gente, que todas las casas son de piedra y que no las protege una empalizada, sino una muralla tan alta y robusta que impide el paso a la mayoría de los monstruos.

Axlin trató de imaginarse algo como lo que Bexari describía, pero no fue capaz.

—Entonces, ¿existe de verdad?

—Yo no conozco a nadie que haya estado allí. No sabría decirte.

La chica continuó examinando el mapa.

—Si seguimos este camino —dijo, recorriéndolo sobre el papel con la yema del dedo—, tal vez nos crucemos con alguien que venga en sentido contrario y pueda decirnos qué es la Ciudadela, y dónde se encuentra.

—Tal vez. Pero está demasiado lejos.

—A veinticuatro enclaves de distancia —confirmó Axlin, que los había contado varias veces.

—Eran veinticuatro cuando se dibujó el mapa. Nada nos asegura que sigan todos en su sitio.

—Tienes razón. Seguramente muchos de ellos están ya abandonados.

—Y no sabemos cuáles. Sería un viaje muy peligroso, incluso contando con el mapa.

Axlin asintió, pensativa. Pero aún tenía más preguntas. Le señaló a Bexari un punto en un cruce de caminos. El símbolo que lo ilustraba, cuatro barras verticales paralelas, no aparecía en ningún otro lugar del mapa.

—Mira esto. Dice: «La Jaula». ¿Qué crees que puede ser?

El buhonero se mostró tan desconcertado como ella.

—Ni idea. Nunca lo había oído mencionar.

—¿Crees que es un lugar donde encierran a los monstruos?

—O a los delincuentes. Gente que incumple las normas de los enclaves —tradujo Bexari, al ver que Axlin no lo entendía.

Ella frunció el ceño.

—¿A qué te refieres? La gente que incumple las normas por lo general acaba devorada por los monstruos. No es necesario encerrarlos en ninguna jaula.

—Bueno, algunos se vuelven un poco locos en algunos lugares. Atacan a otras personas, como si ellas fueran el enemigo, y no los monstruos. Otros acaparan bienes, comida o suministros que son de todos. Cualquiera de esos comportamientos supone un peligro para la comunidad. Antiguamente, en algunos enclaves expulsaban a los delincuentes, pero eso equivalía a condenarlos a muerte. En otros sitios preferían encerrarlos...

—¿En jaulas?

—O en casas aisladas. Pero cada vez hay menos casos. Los delincuentes ponen en peligro los enclaves, y ya sabes lo que pasa a continuación. Las aldeas que han sobrevivido son aquellas en las que todos sus miembros colaboran por el bien de la comunidad. Sin delincuentes.

Axlin no dijo nada. Aquel misterioso lugar, la Jaula, la intrigaba tanto como la mítica Ciudadela de altas murallas. La Ciudadela no aparecía marcada en el mapa, por lo que no podía deducir gran cosa sobre ella, salvo la dirección que debía seguir para llegar hasta allí. Pero en torno a la Jaula había más anotaciones. «Galopantes, caparazones, nudosos y pellejudos», leyó.

—No le des más vueltas —dijo entonces Bexari—. Un camino se mide por sus etapas. Lo primero que hemos de hacer es llegar con vida al siguiente enclave, y después al otro, y al otro. Si logramos alcanzar el final de la ruta, entonces nos plantearemos qué hacer a continuación.

Al día siguiente, Axlin se reunió al amanecer con el buhonero y los escoltas junto a la entrada. Penrox estaba recuperado, los intercambios habían finalizado y el carro estaba cargado de nuevo. La joven había aprovechado también para ampliar sus anotaciones sobre los monstruos. Durante su estancia en la aldea había podido contemplar a un baboso enredado en la red de perejil y ayudar a cazar a un piesmojados que se había instalado en el fondo del pozo. Todos aquellos nuevos conocimientos estaban ya registrados en el libro que estaba escribiendo, y que ahora incluso ilustraba con algunos pequeños esbozos de las criaturas a las que estudiaba. Era consciente de que no se le daba muy bien dibujar; sin embargo, había descubierto que el resto de la gente, que no sabía leer, comprendía mejor lo que hacía si lo acompañaba con aquellos bosquejos.

Había encontrado diferencias entre aquel enclave y el suyo propio; pero las semejanzas eran muchas más, y por ello tenía ganas de partir a conocer nuevos lugares, a pesar de los riesgos.

Se fueron en cuanto el sol acabó de desenredar las neblinas que envolvían el valle, pues los escuálidos solo atacaban de noche o con el cielo cubierto. El portón se abrió para dejarlos salir; Bexari chasqueó la lengua y el caballo se puso en marcha, arrastrando el carro tras de sí.

9

La siguiente aldea estaba a tres días de distancia. Por el camino sufrieron más ataques, durmieron en refugios y se cruzaron con otro buhonero con quien intercambiaron impresiones, información y objetos y materiales diversos. Llegaron a su destino, y allí acataron las normas del enclave para poder quedarse. Un par de días después, reanudaron su viaje. Y así una y otra vez.

De esta manera fueron pasando los días y las semanas. Mientras Axlin seguía recopilando información sobre los monstruos, Bexari regateaba, dejaba parte de su mercancía en los enclaves y partía con cosas nuevas. A veces se trataba de materia prima; otras, de objetos ya confeccionados en las aldeas. Siempre parecía saber qué necesitaban en cada sitio y qué podía pedir a cambio. En algunos lugares se las arreglaban razonablemente bien; en otros, la lucha contra los monstruos consumía todas las energías de sus habitantes y apenas se veían capaces de producir algún tipo de excedente. Axlin notó que Bexari no se mostraba igual de exigente en todos los intercambios; en algunos casos, de hecho, hasta le pareció que salía perdiendo. Pero no dijo nada, porque por lo general se trataba de aldeas donde la vida parecía mucho más complicada que en cualquier otra.

Cuando llegaron al final de la ruta, Axlin ya no se sentía tan indefensa como al principio. Era cierto que no podía huir de los monstruos, pero empezaba a manejar el arco y la daga con cierta soltura, y ya no se quedaba paralizada de miedo si alguno saltaba al carro para atacarla. Había aprendido que tenía más posibilidades de salir con vida si atacaba a su vez que si se quedaba quieta o trataba de escapar. Hiciera lo que hiciese, el monstruo intentaría comérsela de todas maneras, así que lo mejor era asegurarse de dar el primer golpe. Por eso tenía siempre su daga a mano y no dudaba en utilizarla si era necesario.

También había aprendido a confiar en los escoltas que los defendían de los monstruos. Por esa razón, ellos eran siempre los que más peligro corrían durante los ataques. Y así, una noche, mientras trataban de rechazar el ataque de un rechinante que se había abatido sobre el refugio en el que descansaban, sus garras alcanzaron a Penrox y le abrieron el vientre de un solo golpe. Vixnan, Axlin y Bexari acabaron con él, atravesando con lanzas, flechas y puñales la piel coriácea de la criatura, que se revolvió con un bramido y a punto estuvo de segarle a Axlin la pierna buena. Cuando por fin dejó de moverse, corrieron a atender a Penrox, pero era demasiado tarde: el joven murió allí mismo, sin que pudieran hacer nada por salvarlo.

Fue una noche triste para todos, pero especialmente para Axlin. Para su sorpresa, Vixnan y Bexari se mostraron apesadumbrados, pero no derramaron lágrimas por su compañero. Ella se indignó y les echó en cara su insensibilidad. Pero no logró que se arrepintieran de su actitud.

Enterraron a Penrox junto al camino y reanudaron la marcha al día siguiente. Axlin no dirigió la palabra a sus compañeros, y ellos no trataron de darle conversación. Solo a media mañana, cuando ya llevaban un buen rato viajando, Bexari dijo con suavidad:

—Penrox era un escolta. Sabía a lo que se exponía. Llevo muchos años en los caminos, Axlin, y he perdido a veintisiete escoltas. Los recuerdo a todos ellos. Hombres y mujeres valientes, algunos más experimentados que otros, pero todos extraordinariamente valiosos. La mejor forma de honrarlos es seguir adelante, porque no podemos permitir que los monstruos nos detengan.

—¿Realmente crees que vale la pena? —estalló ella—. ¿Veintisiete vidas perdidas solo para que en tal o cual aldea tengan... limones?

—Es mucho más que eso, Axlin. Y no estoy hablando solo de los limones, ni tampoco del resto de los alimentos, materiales o herramientas que llevamos de un sitio a otro. Los buhoneros mantenemos los caminos abiertos y los enclaves comunicados. Por eso también es importante lo que haces tú. Porque nosotros llevamos suministros a las aldeas, pero tú llevas conocimiento... para que algún día seamos capaces de derrotar a los monstruos.

Ella no supo qué responder, de modo que permaneció en silencio. No volvió a mencionar a Penrox, pero no lo olvidó tampoco.

El siguiente enclave era el último de la ruta de Bexari. Pasaría allí todo el invierno y partiría de nuevo en primavera para volver por donde había venido. Aprovecharía, además, para tantear entre la gente de la aldea en busca de un nuevo escolta. El líder del enclave propuso «intercambiar» a Axlin por uno de sus jóvenes, pero el buhonero se negó, y la negociación se atascó durante casi una semana. Por fin un hombre se presentó voluntario. Acababa de perder a su esposa tras un parto complicado, y no deseaba emparejarse de nuevo por el momento.

—Quizá me venga bien cambiar de aires —le dijo a Bexari, con la mirada baja—. Viajar un tiempo y, si sobrevivo, instalarme en otro lugar. Aquí todo me recuerda a ella.

Pese a todo, el buhonero tuvo sus dudas. Habló con él largamente antes de decidirse a aceptarlo como escolta, algo que a Axlin le resultaba incomprensible.

—Es por el ánimo —le explicó Vixnan—. No hay mucha gente que se ofrezca para ser escolta, y algunos lo hacen por las razones equivocadas. Muchos jóvenes, por ejemplo, desean visitar otros enclaves para tener relaciones con un mayor número de mujeres, y no son del todo conscientes de los riesgos que correrán durante el viaje.

Axlin asintió. Solía decirse que los buhoneros y sus escoltas tenían un hijo en cada aldea, y no por casualidad. En los enclaves no solo se luchaba contra los monstruos, sino también contra el fantasma de la endogamia, que causaba estragos en las aldeas más aisladas, donde nacían más bebés enfermos que en cualquier otro lugar. Por eso los extranjeros eran siempre bienvenidos, tanto en torno a la mesa como en los lechos de las mujeres sin pareja.

—Pero no me parece que esos sean los motivos de este hombre —dijo, sin embargo.

—No, pero puede que tenga otros peores. —Vixnan hizo una pausa, pensativo, y prosiguió—: Ya sabes que la vida en los enclaves es muy dura a veces. Y algunas personas se dejan llevar por la desesperación…, y entonces deja de importarles lo que les pase. Ya no luchan, ¿entiendes? Casi prefieren que los mate un monstruo para no tener que seguir viviendo. Y cuando sales a los caminos con esa actitud…, no solo te pones tú mismo en peligro, sino también al resto del grupo.

Axlin comprendía lo que el escolta trataba de decirle. Había visto casos así: gente afligida por la pérdida de un ser querido o que sobrevivía a un ataque, pero se veía obligada a cargar el resto de su vida con secuelas físicas y emocionales… Se hundían en la tristeza más absoluta, y a veces cometían imprudencias que les costaban la vida. En la mayoría de los casos, no obstante, lograban sobreponerse y salir adelante.

Finalmente, resultó que este era el caso del candidato. Si quería ser escolta, se debía a que deseaba reiniciar su vida, no perderla porque ya no le concediera el menor valor.

—Tienes que tomar una decisión tú también —le dijo Bexari a Axlin una vez solucionado el asunto del escolta—. Ya sabes cuáles son mis planes. ¿Qué vas a hacer tú?

Axlin reflexionó. Sí, sabía que el buhonero se quedaría en aquella aldea durante todo el invierno. De hecho, lo habían recibido con alegría y afecto porque solía pasar largas temporadas allí y todos lo consideraban ya uno de los suyos. Cuando llegase la primavera, se pondría en marcha de nuevo, pero en sentido contrario. No iría más lejos porque el enclave más cercano estaba a más de una semana de camino, y eso era una distancia demasiado grande, incluso contando con alguien que, como Axlin, podía descifrar el mapa para él.

—Tienes dos opciones —prosiguió—. Puedes volver conmigo en primavera y regresar a tu enclave... o instalarte aquí. En cualquiera de los dos sitios te acogerán con los brazos abiertos...

—... porque soy una mujer fértil. Sí, ya lo sé.

Pero lo cierto era que ninguna de las dos posibilidades la convencía del todo. No deseaba asentarse en un enclave desconocido..., pero regresar a casa implicaría volver atrás. Y allí, en aquella aldea, estaba mucho más cerca de los lugares que soñaba con explorar. Enclaves nuevos y desconocidos, monstruos de los que nadie había oído hablar. La Jaula. La Ciudadela.

—Entonces, ¿aquí se acaba el camino? —planteó—. No es eso lo que dice el mapa. ¿No hay nadie a quien pueda preguntar qué hay después?

—Hay dos buhoneros —admitió Bexari un poco a regañadientes—. Vienen a veces por el camino del este, donde están todos esos sitios que te interesan tanto. Pero no los vemos a menudo. Siguen una ruta distinta, por enclaves que yo no conozco. Están locos, ya te lo digo yo. Son caóticos y despreocupados, y si no los han matado los monstruos aún, lo harán tarde o temprano.

Hablaba con tono admonitorio, y Axlin se dio cuenta.

—¿Me estás advirtiendo contra ellos? Si ni siquiera los conozco.

—Pero quizá se pasen por aquí a lo largo del invierno. Y no me gustaría que tú...—se interrumpió, pero ella ya había captado lo que pretendía insinuar.

—¿Quieres decir que podría irme con ellos? ¿Hacia el este?

No había considerado esa opción. Había dado por supuesto que seguiría viajando siempre con Bexari y sus escoltas. Pero no se había planteado que pudiese acompañar a algún otro buhonero en una ruta que la alejase todavía más de su aldea de origen.

—Yo no he dicho eso —protestó él—. Si solo quieres saber, quizá te baste con preguntarles a ellos. Puede que así consigas la información que buscas y no necesites seguir adelante para verlo todo por ti misma.

Le contó que aquellos dos buhoneros que llegaban más lejos que nadie se llamaban Lexis y Loxan, y eran hermanos. Sus visitas generaban siempre una gran expectación, porque solían traer cosas muy difíciles de encontrar.

—Gracias a ellos conseguí mi caballo. Son los únicos buhoneros que conozco cuyo carro va tirado por caballos. Llevaban dos; cuando llegaron aquí el invierno pasado, uno de ellos cojeaba. No podían esperar a que se curara para seguir su ruta, y decidieron dejarlo aquí. Me lo dieron a cambio de todo lo que llevaba en mi carro, pero valió la pena.

Axlin escuchaba con interés. La mayoría de los buhoneros tiraban ellos mismos de sus carros, y los pocos que se lo podían permitir utilizaban un buey como bestia de tiro. Solo los enclaves más grandes criaban ganado vacuno, por lo que los bueyes tampoco eran muy abundantes. Pero ella nunca había visto caballos en ninguna parte.

—No te hagas ilusiones, Axlin. Esos dos no siguen un patrón de viaje regular. A veces aparecen y a veces no. Son de todo menos predecibles.

Aun así, las primeras semanas la joven aguardó con impaciencia la llegada de los dos hermanos. Otros buhoneros visitaron el enclave, porque era el final de la ruta para muchos, pero no eran los que ella esperaba. Y de esta manera pasó el invierno, y Axlin se adaptó a las normas del enclave que la acogía. Se acostumbró a dormir con calcetines de lana de cabra para evitar que los chupones le comieran los pies. Se habituó a mirar siempre a lo alto antes de pasar bajo los árboles, por si hubiese escupidores ocultos, y sus ojos se agudizaron para localizarlos entre el ramaje. Aprendió a distinguir en los alaridos de los escuálidos cuándo se reagrupaban para lanzar un ataque y cuándo se limitaban a gritar sin más. Y se las arregló para echar aunque fuera un solo vistazo a todos aquellos monstruos, para describirlos en su libro con detalle y esbozarlos si tenía ocasión.

No se quedó encerrada en el enclave todo el tiempo, sin embargo. Los buhoneros no solían viajar en invierno porque los días eran más cortos, y las noches, demasiado largas; pero había un enclave a dos días de camino de la aldea donde se alojaban, siguiendo una ruta secundaria que se alejaba de la carretera principal, y Bexari hizo un par de viajes entre ambos emplazamientos. Axlin lo acompañó en ambas ocasiones.

Pero no le permitieron unirse a las patrullas, aunque el buhonero y sus escoltas sí lo hicieron alguna vez. Se debía a que los grupos se desplazaban a pie y a menudo abandonaban los caminos. Y, por muy lejos que Axlin hubiese viajado, por mucho que hubiese aprendido, seguía sin poder correr deprisa.

Poco a poco, los días se fueron alargando, el tiempo se templó y las heladas remitieron. Estaba a punto de llegar la primavera, seguían sin noticias de Lexis y Loxan, y Axlin tendría que tomar una decisión.

Había dicho a todo el mundo que regresaría a su aldea con Bexari cuando este se pusiera en ruta de nuevo. Lo había hecho para que nadie intentase emparejarla antes de tiempo. En el enclave vivían varios jóvenes solteros, y ella se mantenía alejada de ellos para darles a entender que no estaba interesada en iniciar ningún tipo de relación. Porque, por otro lado, cada vez que se lo planteaba se acordaba de Tux. Y llegaba a la conclusión de que no había renunciado a él para acabar casada con el primero que se lo pidiese.

Casi al final del invierno, cuando Bexari ya contaba los días para marcharse de nuevo, llegó al enclave un extraño carro arrastrado por dos caballos que se detuvieron ante el portón.

—¡Humanos, abridnos! —vociferó el conductor—. ¡No somos monstruos!

—Bueno, solo a veces —precisó su acompañante—. Pero hoy ya hemos desayunado.

Axlin comprobó con sorpresa que a algunos de los habitantes del enclave, especialmente a los niños y a las muchachas solteras, se les iluminaba el rostro de repente.

—¡Son los buhoneros! —le explicó una chica con alegría—. ¡Lexis y Loxan!

—¿Los hermanos? —preguntó Axlin, sin terminar de creérselo—. ¿Los que vienen del este?

Pero nadie le respondió. Todos se habían arremolinado ante el portón, aguardando a que los centinelas abrieran a los recién llegados.

Axlin contuvo el aliento cuando los vio entrar. Su carro era el más raro que había visto en su vida. Estaba casi completamente cerrado, como si fuera una casa sobre cuatro ruedas, y reforzado con placas de metal que lo hacían parecer una especie de tortuga gigante. En el pescante se sentaban dos hombres peculiares. Los dos eran pelirrojos, pero uno llevaba barba y el otro no. Este último lucía, además, un parche de cuero negro que le cubría el ojo izquierdo. Axlin apreció una mancha de piel abrasada y desfigurada en aquel lado de la cara, y reconoció en ella los estragos causados por el ataque de un escupidor. Aunque a simple vista aquella parecía la cicatriz más aparatosa, lo cierto era que ambos hermanos estaban bien surtidos de ellas. Más que buhoneros, pensó Axlin, parecían escoltas, o quizá veteranos de un enclave que hubiesen participado en multitud de expediciones de abastecimiento.

El carro se detuvo en el interior del recinto, y los centinelas cerraron los portones tras él. Los hermanos bajaron del carro, y Axlin constató que no iban acompañados por nadie más.

—¿No tienen escoltas? —murmuró desconcertada. La asaltó de pronto la idea de que quizá hubiesen muerto en el trayecto, pero Bexari, que estaba a su lado, la sorprendió diciendo:

—Ellos son sus propios escoltas. No necesitan a nadie más, o eso es lo que dicen siempre.

Axlin le dirigió una mirada incrédula, pero el buhonero hablaba muy en serio.

—Tienen un buen carro —observó ella—. Parece más fácil de defender que los carros normales. Nunca he visto una cosa igual.

—Ni la verás. Nosotros podríamos tratar de construir algo así, pero solo con madera. No hay suficiente metal en todos los enclaves para hacer un carro como ese y, aunque lo hubiera, no sabríamos ni por dónde empezar.

Hacía mucho tiempo que los habitantes de los enclaves habían renunciado a seguir explotando los yacimientos de metal a causa del peligro que suponían los monstruos para cualquier actividad que se desarrollase en el exterior. Aún quedaba alguna aldea que disponía de forja y donde las artes de la herrería no se habían olvidado del todo. Pero su trabajo se limitaba a reparar objetos y a refundir aquellos que no tenían arreglo, para volver a fabricar con ellos armas sencillas y útiles de primera necesidad. Después los buhoneros los repartían por el resto de los enclaves a cambio de otros productos.

Bexari había exagerado un poco: probablemente, si fundiesen todas las ollas, sartenes, cuchillos, hachas y machetes de todas las aldeas sí conseguirían suficiente metal para construir un carro como aquel. Pero no lo lograrían con todo el metal de un solo enclave, eso seguro.

—¿De dónde habrán sacado el material para construirlo? —se preguntó Axlin en voz alta.

El buhonero se encogió de hombros.

—Vienen del este —respondió, como si eso lo explicase todo—. Creo que hay minas por allí, y que están lo bastante protegidas como para ser explotadas con ciertas garantías. De no ser por estos buhoneros, de hecho, probablemente nos habríamos quedado sin metal, y sin muchas otras cosas, hace mucho tiempo.

Axlin se quedó mirándolo sin poder creer lo que oía.

—¿Me estás diciendo que en el este las cosas son distintas? ¿Que se defienden mejor de los monstruos, que tienen materiales con los que nosotros ni siquiera podemos soñar...?

—Es posible, sí; no lo sé. Pero el hecho es que hay más de una semana de viaje. Diez días y diez noches durmiendo fuera de las empalizadas. De todos los locos que han intentado cubrir ese trayecto, ninguno ha vuelto jamás. Salvo ellos dos —concluyó, señalando a los hermanos—, y algún día dejarán de venir porque se los habrán comido los monstruos por el camino.

Axlin no dijo nada más, pero decidió que hablaría con Lexis y Loxan en cuanto pudiera.

No le resultó sencillo, porque ambos estaban muy solicitados. Todo el mundo quería hablar con ellos, hacerles preguntas o atraer su atención. Ellos respondían a aquel interés con alegría y desparpajo, aunque Axlin notó que Lexis, el de la barba, era un poco más introvertido que su hermano. Loxan, por otro lado, hacía gala de un gran encanto personal, a pesar de su rostro desfigurado, y tenía mucha facilidad de palabra.

Después de la cena, Axlin logró por fin acercarse a ellos.

—¡Hola, hola! —saludó Loxan, contemplándola con interés—. No te había visto nunca por aquí. ¿Eres nueva?

—He venido desde muy lejos con Bexari, el buhonero. Me gustaría hablar con vosotros...

—Será en otra ocasión, preciosa. Ya tenemos planes para esta noche, ¿verdad, Lexis?

Su hermano asintió con una sonrisa de disculpa. Ella se sonrojó, pero más debido a la indignación que a la timidez.

—No tengo el menor interés en pasar la noche con ninguno de vosotros —informó con frialdad—. Solamente he dicho que quiero hablar. Pero si no sois capaces de entenderlo, a lo mejor es que no sois tan listos como todo el mundo dice.

Loxan se quedó un momento sin palabras, pero Lexis estalló en carcajadas.

—Dedícale un rato, hermano —dijo—. Lo otro puede esperar.

El buhonero gruñó un poco, pero finalmente atendió la petición de Axlin. Se sentaron de nuevo junto al fuego para conversar con tranquilidad.

—Bueno, ¿qué quieres saber? —planteó Lexis—. Si se trata de los intercambios, tienes que hacer llegar tus peticiones al líder del enclave.

—No quiero cosas. Solo busco información.

Los dos hermanos cruzaron una mirada y se echaron a reír.

—¿Qué os hace tanta gracia? —preguntó ella desconcertada.

—La mercancía se ve, se pesa, se palpa y, si es necesario, se prueba y hasta se huele —explicó Loxan con cierto tono burlón—. Puedes valorarla y pedir algo a cambio. Pero la información... —hizo un gesto vago con la mano, como si quisiera atrapar el aire que respiraban— no se puede medir de la misma manera. ¿Cuánto vale? ¿Lo sabes tú, acaso?

—Puede valer mucho —intervino Lexis, enigmático— o puede no valer nada. Todo depende de lo que estés dispuesta a dar a cambio, claro está.

—Piénsalo —concluyó Loxan, guiñándole un ojo—, y mañana nos lo cuentas. Y ahora, si nos disculpas, nos están esperando... para otro tipo de intercambio.

Axlin no dijo nada. Los miró alejarse, preguntándose si estarían de broma o si de verdad tendría que regatear con ellos solo para poder plantearles algunas preguntas.

Decidió consultarlo con Bexari. Su amigo sonrió y sacudió la cabeza.

—Probablemente te estaban tomando el pelo. A ellos no les importan los intercambios en realidad. Siempre traen cosas muy valiosas en su carro y, sin embargo, a menudo las truecan por objetos bastante más corrientes. Te lo digo yo, que soy buhonero también y sé lo que cuestan las cosas. Estos dos salen perdiendo en casi todos los intercambios que hacen cuando pasan por aquí, y lo saben. Pero no parece importarles. De hecho, se pavonean como si negociasen mejor que los demás —concluyó, aunque no parecía disgustado; al contrario, seguía sonriendo.

Ella sacudió la cabeza. Los buhoneros nunca obtenían grandes ganancias ni presionaban a los líderes para conseguir mayores beneficios, porque todos sabían que muchos enclaves sobrevivían a duras penas. Pero una cosa era buscar un trato justo y otra, muy diferente, jugarse la vida en un viaje que solo les reportaba intercambios desfavorables.

—No lo entiendo. Entonces, ¿por qué vienen desde tan lejos? ¿Por qué corren el riesgo?

—Porque están locos, ya te lo dije. Llevan toda la vida en los caminos. Han llegado más lejos que nadie, y si no necesitan escoltas, no es solo debido al carro que conducen. Pero a veces tengo la sensación de que algo no va bien dentro de sus cabezas. Es como si no terminaran de creerse que siguen vivos y, por tanto, les diera igual correr riesgos. Como si no les importara la posibilidad de morir hoy, mañana o el año que viene.

Axlin no supo qué decir. Bexari sonrió.

—Hablaré con ellos de todas formas.

10

Al día siguiente, gracias a la mediación de Bexari, Axlin pudo por fin sentarse a conversar con los buhoneros. Ellos exigieron a cambio que les mostrase el mapa y el libro que estaba escribiendo, y examinaron el plano en primer lugar. Axlin se sorprendió cuando Lexis trató de descifrar algunas de las palabras escritas en él, y lo consiguió, a duras penas:

—«Chi... llo... nes...» —leyó—. Mira, ya sabemos qué le pasó a ese engreído de Kamux. Y tú querías seguirlo por ese camino...

—Eh, hay que explorar nuevos caminos, ¿no? Si hay chillones, pues peor para ellos.

—¿Sabes leer? —interrumpió Axlin, aún perpleja.

—Un poco, sí —reconoció Lexis—. En nuestra ruta, hacia el este, hay algunos carteles en los caminos. Casi nadie les presta atención, pero es bueno saber lo que dicen.

—¿Carteles?

—Avisos escritos en tablones. CUIDADO, CRESTADOS; ESCUPIDORES. ATENTOS A LAS RAMAS; PIESMOJADOS. VIGILA EL FONDO DEL POZO ANTES DE BEBER... Cosas así.

—Por aquí también había avisos, hace mucho tiempo —dijo Loxan—, o eso nos han contado. Al principio, la gente se preocupaba de mantenerlos, al igual que hacen con los refugios y con los pozos. Pero llegó un momento en que solo los entendían los escribas, y ya casi no quedan escribas, así que... ¿a quién le importan unos carteles que nadie puede leer?

El corazón de Axlin latía con fuerza. Comprendía lo que le estaban contando con una intensidad casi dolorosa, y miró a los hermanos como si los viera por primera vez. Desde la muerte de Oxis, nadie más la había entendido cuando hablaba de lo que significaba poder descifrar un código desconocido para el resto de la gente.

—De donde vosotros venís —empezó, tratando de contener su emoción—, ¿es habitual que la gente lea? ¿Hay más escribas? ¿Y libros?

—Sí, hay más escribas. También gente que sabe leer, aunque no son muchos, y la mayoría lo hace a duras penas, como nosotros. Cuanto más avanzas por este camino, sin embargo —añadió Lexis, señalando en el mapa la ruta que tanto intrigaba a Axlin—, los enclaves son más grandes y prósperos y están mejor defendidos. Y hay más personas que leen y escriben.

—Hacia el este —murmuró ella—. Hacia la Ciudadela.

—Hacia la Ciudadela, sí.

—Entonces, ¿existe de verdad? ¿Habéis estado allí alguna vez?

—Existe de verdad, pero nunca hemos llegado tan lejos. —Loxan se encogió de hombros.

—Mira, esta es nuestra ruta —explicó Lexis—. Desde aquí hasta aquí.

—¿Llegáis hasta la Jaula?

—No, pero conocemos a gente que sí lo hace. Si nos acompañas hasta el final de la ruta, te la podemos presentar.

Axlin se quedó mirándolos. Loxan le dedicó una sonrisa torcida que iluminó su rostro desfigurado.

—Es lo que quieres, ¿no? Llegar hasta la Ciudadela. Muchos lo han intentado antes que tú.

—¿Vosotros no?

—Te lo voy a explicar una sola vez —dijo Loxan, y su mirada azul se volvió tan seria que por un momento pareció una persona completamente diferente—: nadie va de un extremo a otro del camino. Es demasiado largo, hay demasiados monstruos diferentes y no se puede estar siempre preparado para todos los imprevistos que puedan surgir. La única forma de comunicar todos los enclaves es hacerlo por partes, ¿me sigues?

Axlin negó con la cabeza.

—Los buhoneros formamos una cadena por todo el camino principal. De la Ciudadela al último enclave habitado. Del último enclave habitado a la Ciudadela. Cada buhonero es un eslabón que la mantiene unida, porque se ha especializado en una ruta y la conoce bien. Tenemos nuestros itinerarios y no los cambiamos ni los abandonamos. Porque si lo hacemos, si la cadena se rompe en algún punto, habrá aldeas que perderán la comunicación con el resto del mundo y no sobrevivirán.

»Nuestra ruta es la más larga y difícil. Hace décadas cayeron tres aldeas seguidas en esta parte del camino, y la región de donde tú vienes, Axlin, quedó aislada porque nadie quería arriesgarse a emprender un viaje tan largo. Hasta que llegamos nosotros.

La joven inspiró hondo, comprendiendo. Lexis concluyó:

—Somos los únicos que recorremos esta ruta, pero no vamos más allá, porque ya hay otros que lo hacen. Así que sí, podrías continuar viajando por el camino hacia el este, hasta la Jaula, la Ciudadela y más allá, si quisieras. Pero no con nosotros. Podrías seguir la cadena de los buhoneros, enlazando una ruta tras otra, y primero verías carteles que nadie lee, y después enclaves más grandes y mejor defendidos, y más adelante, letreros que se cuidan y se mantienen porque hay gente que entiende lo que dicen. Y encontrarías escribas en los enclaves. Y libros.

—Entonces al final del camino, hacia el este, la gente se defiende mejor de los monstruos...

—Los monstruos matan en todas partes, Axlin. Nadie está completamente a salvo, ni siquiera en la Ciudadela. Pero, cuanto más te acercas allí, más posibilidades tienes de sobrevivir. Las personas se hicieron fuertes en la Ciudadela hace cientos de años, y desde allí se expande la lucha contra los monstruos, pero todavía no ha llegado a todas partes.

—Aun así —intervino Loxan, que llevaba un rato callado—, si buscas seguridad o un futuro mejor, es allí hacia donde debes encaminarte. Si consigues sobrevivir al viaje, naturalmente.

—No es eso lo que busco —respondió Axlin—. Lo que quiero es aprender. Si en la Ciudadela plantan cara a los monstruos mejor que nosotros, quiero saber cómo lo hacen.

Les mostró entonces su libro. Los buhoneros lo examinaron con curiosidad, y la joven apreció complacida que los había impresionado.

—¿Habíais visto algo parecido en alguno de vuestros viajes? —preguntó.

—No tan completo —reconoció Lexis—. En todos los enclaves saben de monstruos, claro está, o no habrían sobrevivido. Pero saben acerca de *sus* monstruos, no sobre los de los demás.

—Lo sé. La mayoría de la gente no se aleja nunca de su aldea natal, así que solo necesita saber cómo defenderse de cuatro o cinco tipos de monstruos diferentes. En cambio, los buhoneros...

—... Los buhoneros sí apreciaríamos un libro como este —completó Loxan, y el ojo bueno le brilló con interés—. O al menos los que sabemos leer.

—No lo cambio —se apresuró a aclarar Axlin—. Ni por todo lo que lleváis en el carro. Me ha costado mucho redactarlo, y ni siquiera está terminado.

—Y a Loxan le costaría mucho descifrarlo —la tranquilizó Lexis—. No le hagas caso, apenas sabe juntar cuatro letras seguidas —se burló. Su hermano le sacó la lengua, como si fuese un niño pequeño, y Axlin los contempló desconcertada—. Estás haciendo un buen trabajo, chica. Ningún escriba se había tomado nunca la molestia de hacer algo así, al menos que yo sepa.

—¿Entendéis ahora por qué quiero seguir adelante? Todavía tengo mucho que aprender.

—Sí —asintió Loxan—, pero te olvidas de un pequeño detalle: si viajas más lejos, tal vez no puedas volver nunca más.

—Bueno, ya sé que el camino es peligroso, pero...

—No me has entendido. Si vienes con nosotros, puede que sobrevivas y llegues a tu destino, sea cual sea. El problema lo tendrás cuando quieras volver. Porque nadie puede garantizarte que mi hermano y yo sigamos en los caminos para entonces. Ni siquiera nosotros mismos.

—No somos estúpidos —añadió Lexis encogiéndose de hombros—. Hemos estado cerca de la muerte en demasiadas ocasiones. Cualquiera de nuestros viajes puede ser el último.

—Y eso quiere decir —prosiguió su hermano— que, si sigues adelante, cuando quieras regresar quizá no encuentres a nadie que te lleve de vuelta a casa.

Ella reflexionó. Le costaba tomarse en serio aquellas recomendaciones, por la ligereza con la que los buhoneros hablaban de la muerte que los aguardaba en los caminos.

—Piénsalo —concluyó Lexis—. Puedes volver a tu aldea con Bexari y compartir lo que has aprendido hasta ahora, o seguir adelante y asumir que puede que no regreses nunca más.

Axlin se estremeció.

—Estáis intentando asustarme para que dé media vuelta.

—En absoluto —rio Loxan—. Creemos que lo mejor para ti es acompañarnos en nuestro viaje. Es un trayecto peligroso, pero te llevará hasta enclaves mejor defendidos y abastecidos. Si te instalas en uno de ellos tendrás más posibilidades de salir adelante. Porque el día que a nosotros se nos zampen los monstruos, la región donde naciste quedará aislada. Y cuando eso pase, los enclaves empezarán a caer, uno tras otro. Puede que aguanten una o dos generaciones, pero no más. Si vas hacia la Ciudadela corres un riesgo, pero si llegas, tendrás un futuro. Si vuelves atrás, quizá sobrevivas para ver la caída de tu enclave. O quizá la vean tus hijos. Pero llegará, y la pregunta que debes hacerte es si deseas estar allí cuando eso pase... o no.

Ella no respondió.

—Piénsalo, Axlin —repitió Lexis—. En todas las rutas hay varios buhoneros viajando entre los enclaves. En la nuestra solo viajamos nosotros. Hasta ahora avanzabas sabiendo que en cualquier momento podías volver atrás. Si nos acompañas, puede que pierdas esa opción para siempre.

—Nosotros nos quedaremos tres días más, y luego nos pondremos de nuevo en marcha hacia el este —dijo Loxan—. Tienes tiempo hasta entonces para tomar una decisión.

Pero Axlin ya lo había hecho.

Cuando acudió a hablar con Bexari, su amigo sonrió antes de que comenzara a hablar.

—No hace falta que me lo digas, ya lo sé: te vas con ellos. Vixnan y yo te vamos a echar de menos, pero es lo que llevas dentro. Solo quiero estar seguro de que eres consciente de las consecuencias. Sabes que no regresarás, ¿verdad?

El corazón de Axlin se aceleró un instante.

—Lexis y Loxan ya me han dicho que ellos son los únicos que recorren el siguiente tramo del camino, y que si ellos caen, nunca...

—No se trata de eso. —Bexari suspiró—. Otras personas los han acompañado en su viaje hacia el este. Ninguna de ellas ha vuelto nunca.

—¿Quieres decir que las matan los monstruos?

—No necesariamente. Pero cuentan que la vida es diferente en otras tierras, que la gente está más organizada y se defiende mejor de los monstruos. Por eso, los que se instalan en aquellos enclaves, o en la Ciudadela, ya no quieren volver.

—Yo tengo que volver —rebatió ella—, para enseñar a mi gente todo lo que haya aprendido.

Bexari se limitó a responderle con una sonrisa cansada:

—Buena suerte entonces, Axlin. Ojalá llegues tan lejos como te propongas.

Tres días después, Axlin abandonó el enclave en el extraño carro de los hermanos. Se había despedido ya de Bexari, de Vixnan y del resto de sus conocidos, pero se volvió para contemplarlos antes de que el portón se cerrara, preguntándose si sería aquella la última vez que los veía.

En cuanto dejaron atrás el enclave, Loxan se sentó junto a ella y le dijo:

—Bien, hablemos de tus armas.

—Ya las conoces —objetó Axlin, mostrándole su daga y el arco que pendía de su hombro.

La tarde anterior, los hermanos le habían pedido que les hiciera una demostración de sus habilidades defensivas. A pesar de que se había esforzado mucho en aprender y había mejorado notablemente durante su viaje, ellos no habían quedado muy convencidos.

—No, eso no me vale; todavía eres muy lenta con el arco y muy torpe con la daga.

—Comparada con vosotros, sí —se defendió ella—, pero llevo poco tiempo practicando.

—Nuestra ruta es más peligrosa que cualquiera que hayas conocido. No llevamos escoltas...

—...Porque se nos mueren enseguida, claro está... —apuntó Lexis desde el pescante.

—...y tenemos que defendernos nosotros mismos —concluyó Loxan sin hacerle caso—. Si además tenemos que preocuparnos de protegerte a ti, acabaremos todos muertos.

Axlin se quedó mirándolo con cierta perplejidad.

—Y entonces, ¿qué sugieres? ¿Que volvamos atrás?

—Que mejoremos tu defensa. Mientras estés con nosotros practicarás a diario. Te adiestraré para que seas más fuerte, ágil y rápida. Y como eso llevará tiempo, por el momento usarás esto.

Le mostró un artefacto que Axlin no había visto nunca; parecía un arco acoplado a una especie de montura metálica.

—Esto, compañera —anunció Loxan con orgullo—, es una ballesta. No la verás por las tierras del oeste, porque es un invento que procede de la Ciudadela. Es mucho más potente que un arco convencional, puede dispararse con una sola mano y lo único que tienes que hacer es apuntar bien al objetivo y apretar el gatillo.

Se la cargó al hombro para mostrarle cómo se usaba. Axlin la observó con interés.

—Es un poco aparatosa —opinó—. ¿Dispara flechas?

Por toda respuesta, Loxan le arrojó un carcaj lleno de proyectiles. La muchacha los examinó. Eran más cortos y gruesos que las flechas que ella solía utilizar.

—Se llaman virotes. Igual que sucede con el arco, una ballesta no sirve de nada sin ellos. Así que tendrás que aprender a fabricarlos.

Axlin contempló cómo cargaba la ballesta con uno de los proyectiles. Después Loxan se asomó a la parte posterior del carro y apuntó al ramaje de los árboles que bordeaban el camino.

—Observa —murmuró, y ella se apresuró a colocarse junto a él.

Loxan se quedó quieto unos instantes, con la ballesta a punto y la mirada de su único ojo bueno clavada en el follaje. Axlin miraba también, conteniendo el aliento. Estaba a punto de decir que no veía nada amenazador entre las ramas cuando, con un chasquido repentino, la ballesta se disparó, el virote salió lanzado a gran velocidad y algo chilló desde las hojas.

Axlin dejó escapar una exclamación de sorpresa cuando una

criatura del tamaño de una ardilla cayó al suelo como una piedra. El carro la dejó atrás enseguida, convulsionándose al borde del camino, pero ella ya la había identificado.

—¡Un escupidor!

—Están en todas partes —gruñó Loxan—. Habría que talar todos los árboles a la vera del camino para que no se encaramaran a ellos, pero nadie lo hará, porque por aquí solo pasamos nosotros. Pero mientras estemos bajo la cubierta del carro no nos atacarán. Solo escupen si ven cabezas humanas, lo cual también es una suerte para nuestros sufridos jamelgos.

—No lo había visto —admitió ella—. Estaba demasiado lejos.

—Ese es el problema con los escupidores; si estás lo bastante cerca como para distinguirlos a simple vista, ellos están lo bastante cerca como para escupirte ácido a la cara. Pero a veces tienen que moverse, claro; no son de piedra. Has de interpretar la pauta de movimiento de las hojas. A menudo se mueven por el viento, pero a veces hay alguna rama que no sigue el compás.

Axlin asintió. Durante su estancia en la aldea que acababan de abandonar había aprendido a observar las copas de los árboles con atención, y entendía lo que Loxan le estaba explicando.

—Con un arco como el que tienes —prosiguió él—, necesitarías entrenarte mucho más para conseguir la potencia y la velocidad de una ballesta. Hay arcos más grandes y mejores, pero son más difíciles de manejar. Vamos, prueba tú.

Le enseñó a cargar la ballesta, a sujetarla y a apuntar al objetivo. Después se situaron de nuevo en la parte posterior del carro y Axlin apuntó a las copas de los árboles, atenta al menor movimiento.

—Es difícil acertar con el carro en marcha —murmuró.

—Te atacarán a menudo con el carro en marcha. Y cuando estés quieta, los monstruos no lo estarán. Tienes que aprender a apuntar y disparar en cualquier situación.

Axlin asintió. Esperaron unos instantes más, y entonces a ella le pareció que algo se había movido entre el follaje. Apretó el gatillo.

El virote salió disparado con tanta fuerza que el arma le golpeó dolorosamente en el hombro. El proyectil se perdió entre las hojas, pero en esta ocasión no cayó ningún monstruo.

—Sí, tiene un poco de retroceso —rio Loxan mientras Axlin se frotaba la zona magullada—. Deberías protegerte ese hombro.

—¿Y ahora me lo dices? —protestó ella.

—Mejor ahora que después.

Le enseñó a recargar la ballesta metiendo el pie en el estribo para tensar la cuerda, y Axlin descubrió que el hombro no era la única parte de su cuerpo que sufriría con el uso de aquel artefacto. Tenía las yemas de los dedos encallecidas debido al uso del arco, pero por lo que parecía la ballesta requería un mayor esfuerzo.

—Se tarda mucho en cargar este trasto —objetó.

—En efecto; un arquero experimentado dispara más flechas que un ballestero en el mismo lapso de tiempo. Pero tú no eres una arquera experimentada. Aunque has adquirido cierta destreza, creo que por el momento serás más efectiva con una ballesta como esta.

Axlin acogió aquella afirmación con cierto escepticismo; sin embargo, Loxan insistió en que debía seguir practicando, y el tiempo le dio la razón. Para cuando se detuvieron a pernoctar, la muchacha ya se las arreglaba bastante bien con el mecanismo y cargaba los virotes con cierta soltura. Logró acertar a un escupidor y se sintió extrañamente poderosa. Era cierto que la ballesta resultaba más pesada que el arco y se tardaba más en cargarla; pero era mucho más fácil dispararla, y los virotes salían lanzados con más potencia y a una distancia mayor.

En el lugar donde pararon a pasar la noche había un abrevadero para los caballos y un refugio un poco más allá; pero, para sorpresa de Axlin, no se instalaron en él.

—Está demasiado abandonado —le explicó Lexis—. Nosotros somos los únicos que podríamos utilizarlo, y no pasamos por aquí tan a menudo como para que nos valga la pena repararlo.

Así, Axlin aprendió que el carro de los hermanos era al mismo tiempo su transporte y su refugio. Lo aparcaron al borde del camino y soltaron a los caballos para que pacieran y descansaran. Encendieron una hoguera y cenaron antes de que se pusiera el sol; y, cuando se hizo de noche, volvieron a subir al carro y lo cerraron prácticamente por completo con nuevas planchas de metal. Solo dejaron un resquicio para que entrara el aire: una pequeña reja en una de las puertas junto a la que Loxan se apostó para hacer la guardia.

—Hasta mañana, compañeros —dijo con una sonrisa torcida y las armas a punto—, si no es esta nuestra última noche.

Entonces sopló la vela y el carro se sumió en la oscuridad.

Axlin se acurrucó en su jergón. No le habían pedido que hiciera turnos de guardia, aunque Loxan había dicho que lo haría en cuanto aprendiese a utilizar la ballesta con mayor soltura.

Fue una noche ajetreada. De madrugada la despertaron unos gritos y bramidos, y comprobó alarmada que había algo ahí fuera que zarandeaba el carro con saña. Lexis y Loxan defendían el vehículo asomados a una abertura en el techo. Como tenían medio cuerpo fuera, Axlin no pudo ver qué armas utilizaban, pero sí los oía vociferar en la oscuridad:

—¡Venid aquí si os atrevéis, bastardos! ¡Os sacaré las tripas y me haré un cinturón con ellas!

—¡Que sean dos cinturones! ¡Y brindaremos con vuestras calaveras peladas!

—¡Uno menos! ¡Llevo cuatro!

—¡Y yo seis! ¡Te voy ganando!

Axlin buscó a tientas su ballesta, la cargó y se asomó por la ventanilla trasera. Al sentir su movimiento, Loxan echó un vistazo al interior del carro y le sonrió en la oscuridad.

—Bienvenida a la fiesta, compañera.

La muchacha trató de devolverle la sonrisa, pero estaba demasiado asustada. Llevaba varias semanas sin salir a los caminos y la forma de actuar de los hermanos le resultaba muy extraña.

Lexis y Loxan habían colgado sendas lámparas a ambos lados del carro, por lo que Axlin pudo ver por fin a las criaturas que los atacaban: seres con cuatro brazos anormalmente largos y cabezas enormes y alargadas, con dos ojos a cada lado. Pero por alguna razón lo que más inquietó a Axlin, que había contemplado toda clase de horrores, fueron los dos apéndices tubulares que asomaban entre sus dientes afilados. Se movían ante ellos como si tuviesen vida propia, y parecían armas en sí mismos: látigos cubiertos de una baba espesa y repulsiva.

Axlin nunca había visto nada igual. El terror la bloqueó, como siempre que se encontraba ante un monstruo nuevo al que no sabía cómo enfrentarse.

—¡Dales duro, Axlin! —aulló entonces Lexis desde arriba—. ¡Apunta a la cabeza y dispara!

Era la opción más obvia, naturalmente. Recordó a tiempo que tenía la ballesta cargada; la sacó por entre los barrotes de la ventanilla, apuntó y disparó.

El monstruo ya se abalanzaba sobre ella, pero el proyectil lo detuvo en seco y lo lanzó hacia atrás. Axlin contempló fascinada cómo la fuerza del disparo le abría la cabeza como si se tratase de un melón maduro.

—¡Buen tiro, Axlin! Pero ¡te gano cinco a uno!

—¡Y yo ya llevo ocho, perdedores! ¡No tenéis nada que hacer contra mí!

La muchacha todavía se sentía como si estuviese viviendo en un mundo irreal. Los monstruos seguían intentando asaltar el carro, pero daba la sensación de que para Lexis y Loxan era algo divertido. Trató de no prestarles atención y recargó la ballesta en la oscuridad. Le costó bastante tiempo porque no estaba acostumbrada a hacerlo y, cuando quiso volver a disparar, otra de las criaturas se había enganchado ya a la parte posterior del carro y trataba de alcanzarla con sus repugnantes apéndices. Ella disparó, pero el tiro fue demasiado alto y el virote se clavó en la pared. Sin tiempo para recargar la ballesta de nuevo, Axlin echó mano de la daga y atacó.

La criatura chilló cuando le cortó uno de los apéndices, del que brotó un líquido pardusco, espeso y maloliente. La joven retrocedió al fondo del carro para volver a cargar la ballesta, pero entonces el monstruo bramó de dolor y se retiró de la ventanilla.

—¡Ese me lo apunto yo! —exclamó Lexis—. ¡Seis a uno, tienes que estar más atenta!

Axlin sonrió a su pesar y decidió que, si iba a participar en la batalla, lo haría a la manera de los buhoneros. Lanzó un salvaje grito de guerra y se lanzó hacia la rejilla, dispuesta a llevarse por delante todos los monstruos que pudiera.

Tardaron más de una hora en acabar con todos ellos y ninguno de los tres sufrió daños graves. Axlin había matado a cuatro, pero estaba lejos de Lexis, con nueve abatidos, y sobre todo de Loxan, que presumió de haber ganado la competición con una docena de monstruos en su cuenta personal. Con el tiempo, Axlin llegaría a participar con entusiasmo en aquellos extravagantes desafíos, a pesar de que, como no tardaría en descubrir, Loxan vencía casi siempre. Pero había algo nuevo en aquella forma de luchar contra los monstruos, como si no fuesen presas limitándose a defenderse, sino cazadores enfrentándose a otros depredadores de igual a igual.

Aquella noche, sin embargo, una vez superada la euforia de la lucha, Axlin dejó la ballesta a un lado y se acurrucó en un rincón del carro, exhausta y asustada. Los buhoneros volvieron a entrar y cerraron la portezuela superior. Lexis encendió el candil.

—Lo has hecho muy bien... para ser tu primera noche con nosotros, claro está.

—¿Qué era eso? —pudo preguntar ella por fin.

—Sorbesesos —respondió Loxan con gravedad—. ¿Habías oído hablar de ellos?

—El mapa los menciona, pero hasta ahora no había conocido a nadie que se hubiera enfrentado a ellos. Y es raro, porque estamos solo a un día de camino del enclave más cercano.

—Nunca se acercan a los enclaves. Son bastante cobardes, ¿sabes? Tienen el cuerpo blando y se los puede abatir con facilidad, si los ves venir. Prefieren asaltar a los viajeros, y aun así lo hacen en grupo. No entiendo muy bien por qué, la verdad. Hoy eran más de veinte, y si hubiesen vencido, solo habrían conseguido tres cerebros para repartir entre todos.

—¿Cerebros?

Loxan la miró con una sonrisa siniestra.

—Los sorbesesos inmovilizan a su víctima con sus cuatro brazos. Entonces le meten esas dos cosas que tienen en la boca, una por cada oreja y... —El buhonero ilustró la explicación con un elocuente y desagradable sonido de succión—. Hasta que no dejan nada dentro de la cabeza.

Ella se estremeció de horror y repugnancia.

—Y esto es todo por hoy —concluyó Loxan alegremente—. ¡Que duermas bien! Mañana tendremos más monstruos sucios y feos que matar, ¿no es estupendo?

Axlin se quedó mirándolo, sin tener claro todavía si le hablaba en serio o le estaba tomando el pelo. Pero Lexis apagó de nuevo la luz, y ella optó por acurrucarse de nuevo en su rincón, con las armas preparadas, por si acaso.

11

Al día siguiente los buhoneros se levantaron de un humor excelente, como si no hubiesen pasado gran parte de la noche luchando a brazo partido contra los sorbesesos. Axlin, en cambio, apenas había dormido. Aun así, accedió de buen grado cuando Loxan la invitó a acercarse a los cuerpos de los monstruos para examinarlos. Su curiosidad investigadora venció a la repugnancia y se inclinó junto a ellos para tomar notas y hacer esbozos en su libro, mientras los hermanos iban en busca de los caballos y terminaban de recogerlo todo para partir.

—Anoche estuviste bien, compañera —le dijo Loxan, una vez que reanudaron la marcha—, pero aún tienes que aprender a manejar ese trasto. Vamos a ver si podemos afinar tu puntería, y cuando te las arregles mejor, Lexis te enseñará su colección de venenos para puntas de flecha.

Y le guiñó el ojo bueno.

—¿Venenos? —repitió ella—. ¿Lo crees necesario?

—Lo bueno de la ballesta es que es un arma muy potente y no se necesita mucho entrenamiento para aprender a utilizarla. Lo malo es lo que tardas en recargarla. Por eso deberías poder cargarte a los bichos de un solo disparo. Los hay resistentes, ¿sabes? Es mejor asegurarse de que no vuelven a levantarse, porque probablemente no tendrás tiempo de disparar un segundo virote si el primero no es mortal. ¿Me sigues?

Durante los días siguientes los atacaron más monstruos. Como el trescolas que los asaltó una noche y que estuvo a punto de decapitar a Loxan con uno de sus letales apéndices antes de que lograran matarlo entre todos. O el caparazón que los aguardaba tras un recodo, bloqueando el camino, y cuya armadura natural era tan gruesa y robusta que hasta los virotes de la ballesta de Axlin rebotaban en ella. O los tres abrasadores que asaltaron el carro y cuyo aliento de fuego redujo a cenizas una de las ruedas (Axlin llegó a pensar que aquel era el final de su aventura, pero resultó que los buhoneros llevaban una rueda de repuesto en el carro). O los escupidores que los seguían acechando desde las ramas de los árboles, y que ellos intentaban abatir antes de que les arrojaran a la cara su saliva extraordinariamente corrosiva. Uno de sus esputos, no obstante, cayó sobre el pantalón de la joven y le produjo una dolorosa quemadura en el muslo que tardó varios días en curarse. Pero sanó, y ella comprendía que había sido muy afortunada, porque los escupidores apuntaban a la cara para cegar a sus presas antes de lanzarse sobre ellas para devorarlas, y los pocos que sobrevivían al asalto quedaban con el rostro horriblemente desfigurado para siempre.

A algunos de estos monstruos ya los conocía; otros, sin embargo, eran nuevos. Tuvo la oportunidad de ver con sus propios ojos a criaturas de las que, hasta aquel momento, solo había oído hablar. Al mismo tiempo aprendió de los hermanos maneras diferentes y eficaces de enfrentarse a ellos, y todo lo anotaba en su tratado con esmero y diligencia.

Y seguía entrenando. Mejoró su puntería y aprendió a utilizar la ballesta con soltura. Loxan la adiestró también en el uso de la daga e insistió en que siguiera practicando con el arco.

Por fin llegaron a la siguiente aldea. Axlin no podía creer que hubiese sobrevivido diez días seguidos en un camino en el que no se habían cruzado con ningún otro ser humano. Los buhoneros se pavoneaban como si aquello lo hiciesen todos los días. En el enclave los recibieron como a auténticos héroes, pero a la muchacha le resultó extraño estar de nuevo rodeada de gente.

La acogieron con amabilidad; sin embargo, por primera vez nadie le pidió que se quedara.

—Dan por hecho que seguirás adelante —le explicó Lexis—. Nadie se arriesga a recorrer la ruta más peligrosa para quedarse en la primera aldea, claro está. Hay otras mucho más prósperas al este.

A Axlin aquel enclave le parecía bastante agradable. Tenían sus propios monstruos, como todos, pero parecía que se las arreglaban bastante bien. Allí vivía al menos el doble de gente que en su aldea natal.

Lexis aprovechó aquellos días de descanso para mostrarle su colección de venenos. Los guardaba en una bolsa de cuero con muchos bolsillos interiores, cada uno para un frasco diferente. Le prestó unos guantes para manipularlos y le explicó cómo fabricarlos, contra qué monstruos eran eficaces y contra cuáles no servían para nada.

—Y recuerda que, si son malos para los monstruos, para ti son todavía peores. Así que úsalos con precaución.

Axlin tomó buena nota de todo aquello.

Los buhoneros revisaron el carro, realizaron sus intercambios y se prepararon de nuevo para partir. Ella había copiado el mapa de Bexari en su libro, puesto que el original se lo había devuelto a pesar de que él le habría permitido quedárselo, y sabía por tanto que la próxima aldea estaba mucho más cerca, a solo dos días de camino. Sus compañeros le habían dicho que aquel sería un trayecto menos peligroso que el que acababan de realizar, por lo que, cuando por fin se pusieron de nuevo en marcha, se sentía feliz y emocionada.

El viaje duró toda la primavera y buena parte del verano. Recorrieron diversas aldeas, todas muy similares en cuanto a su funcionamiento básico, pero con normas específicas adaptadas al tipo de criaturas contra las que se veían obligados a luchar. El mapa de Bexari seguía indicándoles con gran fidelidad qué clase de monstruos encontrarían por el camino, pero ni siquiera aquella información podía preparar a Axlin contra algunos de los horrores que los aguardaban, algunos de los cuales se grabarían a fuego en su memoria.

Era el caso de la quinta aldea que visitaron, por cuyos alrededores pululaban los lenguaraces, unas criaturas capaces de imitar a la perfección las voces humanas. Como medida de precaución, Lexis y Loxan la obligaron a taponarse los oídos con cera mucho antes de llegar allí. Los lenguaraces los llamarían desde la espesura, le advirtieron, y gritarían desgarradoramente pidiendo auxilio, como si fuesen personas atacadas por los monstruos. La mejor forma de ignorarlos era, sencillamente, no oírlos.

Los buhoneros itinerantes como ellos podían protegerse de esta manera de los lenguaraces, pero los habitantes de la aldea estaban condenados a oírlos a todas horas. Los monstruos los llamaban constantemente con las voces de sus seres queridos, tratando de engañarlos para atraerlos a un destino fatal.

De modo que estas gentes habían aprendido a vivir sin ruidos, con los oídos siempre taponados, para que los gritos de los lenguaraces no los volvieran locos de odio y de dolor. Para poder comunicarse entre ellos, habían desarrollado un lenguaje de signos que, obviamente, la mayoría de los visitantes no comprendía. Por esa razón, Axlin se sintió muy aliviada cuando dejaron atrás aquel enclave y pudo quitarse los tapones y volver a hablar y escuchar con normalidad.

—No me imagino cómo debe de ser vivir así —comentó. Calló un momento, maravillada ante el sonido de su propia voz.

—Al principio no lo hacían —explicó Lexis. Su voz sonó un

poco ronca, después de varios días sin usarla—. Los lenguaraces no soportan el canto de los grillos, así que los habitantes del enclave guardaban varios en cada casa, y al menos por las noches podían quitarse los tapones y descansar.

—¿Y qué pasó?

—Que el sistema no era perfecto —respondió Loxan—. Los grillos no están cantando todo el tiempo, y de todas formas muchos preferían no oírlos a ellos tampoco.

—No lo sé —dijo Lexis pensativo—. Creo que esa gente ya no podría quitarse los tapones, aunque quisiera. Y muchos de ellos, especialmente los niños, sufren a menudo de infecciones de oído. Pero ¿qué opciones tienen?

—Deberían hacer cacerías en el bosque y acabar de una vez con esos bastardos —gruñó Loxan—. Tengo entendido que no son demasiado grandes.

—Lo hacen cada cierto tiempo, pero nunca acaban del todo con ellos. No sé de dónde salen tantos, la verdad. Crían como ratas.

—¿Crían? —preguntó de pronto Axlin con interés—. Quiero decir: ¿hay machos y hembras? ¿Habéis visto cachorros de monstruos alguna vez?

Los buhoneros cruzaron una mirada.

—En cierta ocasión me uní a una patrulla en un enclave —contó Loxan—. Atacamos una madriguera de chasqueadores y, ahora que lo dices, solo había individuos adultos. Ni crías, ni restos de huevos, ni nada remotamente parecido a un nido.

Axlin asintió, pensativa, y lo anotó en su libro.

En otra de las aldeas que visitaron, el hedor era tan insoportable que apenas fueron capaces de quedarse una sola noche. Loxan le explicó que no lo causaba el propio enclave, sino los velludos, unas enormes y apestosas criaturas asombrosamente peludas que vivían en los alrededores y que nunca se lavaban. Acampaban cerca de la aldea porque la asaltaban a menudo para tratar de comerse a sus habitantes, y estos, que luchaban contra ellos con denuedo, se habían resignado, sin embargo, a convivir con aquel espantoso olor que desprendían. De hecho, parecía que hasta se habían acostumbrado a él, aunque para los visitantes resultaba difícilmente soportable.

Otro de los enclaves había sobrevivido porque, tiempo atrás, sus habitantes habían hecho el esfuerzo de pavimentar el suelo con piedra. Así podían oír llegar a los rechinantes, unos monstruos de largas garras que producían un sonido muy característico cuando caminaban sobre suelos duros. En cambio, si se desplazaban sobre superficies blandas como la tierra o la hierba, eran tan silenciosos que no se los detectaba hasta que te saltaban encima.

Axlin anotaba todo aquello con profundo interés, preguntándose si habría alguna otra manera más práctica de combatir a todas aquellas criaturas. Comparado con el hedor que despedían los velludos o el perpetuo silencio en el que se veían obligados a vivir los humanos sitiados por lenguaraces, el hecho de tener que raparse la cabeza para evitar a los dedoslargos le parecía ahora un pequeño inconveniente. Ella ya no lo hacía, en realidad, salvo cuando llegaban a un enclave que lo incluyese entre sus normas. No obstante, se sentía incapaz de dejarse el pelo tan largo como las mujeres que vivían en otros enclaves, y seguía cortándoselo muy a menudo.

A finales de verano llegaron a su destino. Llevaban varios días de retraso porque se habían visto obligados a parar durante un par de semanas en una aldea debido a que Loxan había resultado herido durante una lucha contra un abrasador. Pero había salido adelante, y por fin estaban allí los tres, vivos, en la última escala de la ruta.

Axlin sabía que había llegado la hora de despedirse de los dos hermanos. En cuanto hubiesen descansado, darían media vuelta y volverían al oeste, y ella no pensaba acompañarlos. Había muchos lugares nuevos que deseaba conocer.

Había aprendido mucho con aquellos buhoneros: de Lexis se llevaba útiles conocimientos sobre sustancias tóxicas diversas que también afectaban a los monstruos, sobre cómo obtener y mezclar los ingredientes y emponzoñar con ellos la punta de sus proyectiles. Con Loxan se había entrenado para ser más rápida y eficaz con las armas, a pesar de su pie torcido; había seguido practicando con el arco, pero finalmente había terminado por desecharlo en favor de la ballesta, aunque era consciente de que cuando se separara de los hermanos tendría que devolvérsela.

Por esa razón se sorprendió mucho cuando Loxan se la ofreció como regalo de despedida.

—¿Para mí? Pero... debe de ser muy valiosa...

Él se encogió de hombros sin darle importancia.

—Las tengo mejores —se limitó a responder—. Úsala bien y no acribilles a personas. Solo monstruos, ¿queda claro?

Axlin sonrió y le dio un súbito abrazo. Loxan forcejeó para quitársela de encima.

—Oye, habíamos quedado en que esto era un viaje de negocios. Nada de sentimentalismos o harás que reconsidere mi decisión.

Ella le dio las gracias de corazón. Entonces Lexis carraspeó para llamar su atención, y Axlin constató con sorpresa que se mostraba un tanto tímido.

—No le reserves todos tus abrazos —dijo—. Yo también te he traído un regalo de despedida.

Se trataba de una pequeña faltriquera de cuero muy parecida a la suya propia, pero con menos bolsillos interiores. En ellos había guardado una selección de frascos.

—Los he marcado con el código que te enseñé. Algunos podrían matar a un hombre robusto con una sola gota, así que úsalos con cabeza y con precaución.

Axlin lo abrazó a él también, con los ojos llenos de lágrimas de agradecimiento.

—Pero... pero... ¿por qué? —acertó a farfullar por fin.

—Porque hemos dedicado mucho tiempo a tu formación, compañera —respondió Loxan—. Si te mataran en tu siguiente viaje por no tener armas adecuadas, se me quedaría tal cara de tonto que ni Lexis me iba a reconocer.

—Ya tienes cara de tonto y te reconozco perfectamente, hermano.

—Esa réplica no tiene ningún mérito. Te lo he puesto demasiado fácil.

—Dejadlo ya —protestó Axlin, pese a que sabía muy bien que no se estaban peleando en realidad—. Os lo agradezco mucho, pero no puedo aceptarlo. No tengo nada que daros a cambio.

—Sí lo tienes —contestó Lexis. Sus ojos se dirigieron al libro de monstruos, que sobresalía del zurrón de la muchacha.

—¿Queréis mi libro? —se alarmó ella.

—No. Queremos una copia del mapa que tú tienes, claro está. ¿Serías capaz de hacerlo?

—Sí. Puedo usar una de las hojas en blanco de mi libro. No es la primera vez que copio ese mapa y puedo hacerlo de nuevo. Pero necesitaré varios días para completarlo.

Los dos hermanos cruzaron una mirada.

—Esperaremos —dijeron entonces a la vez.

Aquella noche, sin embargo, no pudo trabajar en el encargo porque el enclave sufrió el ataque de una horda de escuálidos.

Axlin los había oído aullar la tarde anterior. Una densa niebla cubría el valle, por lo que sus habitantes sabían que los monstruos no perderían la oportunidad de atacar. Prendieron hogueras en los espacios amplios, reunieron a los niños, las embarazadas y las madres con sus bebés en la casa más protegida de la aldea y se aseguraron de que las lámparas que ardían junto a las puertas seguían bien encendidas.

La empalizada tenía tres torres de madera para los centinelas. Aunque Axlin era muy capaz de trepar por la escala si se tomaba su tiempo, no tenía tanta experiencia como los centinelas del enclave, habituados a distinguir las pálidas siluetas de los escuálidos entre la niebla. De modo que se apostó donde le dijeron, cerca de una de las hogueras principales, cargó su ballesta y aguardó.

Los escuálidos atacaron de madrugada. Por lo que Axlin supo después, eran entre veinte y treinta individuos. De lejos parecían esqueletos andantes, formas vagamente humanas que se movían entre la niebla como marionetas siniestras. Parecía que avanzaban con gran lentitud, casi a trompicones. Pero lo hacían solo para poder camuflarse mejor entre la neblina. Cuando conseguían llegar al pie del cercado, si las flechas de los centinelas no los habían abatido antes, se lanzaban hacia delante con agilidad felina, casi sobrenatural. Trepaban entonces por la empalizada, directos a lo alto de las torres, y era muy difícil hacerlos caer, incluso aunque las flechas impactaran repetidamente en sus exiguos cuerpos. Se arrojaban sobre los humanos con una voracidad insólita hasta para un monstruo, y lanzaban dentelladas tan feroces que, incluso si llegaban a apartarlos de sus víctimas, estas raras veces sobrevivían a los mordiscos.

Axlin pensaba en todo esto mientras aguardaba, inquieta, junto a la hoguera. Hacía un rato que los escuálidos habían dejado de aullar; solo se los oía cuando caían abatidos por las flechas de los centinelas. Sabía que los monstruos estaban tratando de entrar en el enclave y que no dejarían de intentarlo hasta que lo lograsen, hasta que los humanos los matasen a todos o hasta que los rayos del sol los obligasen a regresar a toda prisa a sus cubiles. Se le ocurrió de pronto que resultaba extraño que los escuálidos atacasen por la puerta principal, que estaba bien iluminada. Sabía que sus ojos, enormes y sin párpados, no soportaban la luz directa.

Llevada por un presentimiento, decidió abandonar su puesto junto a la hoguera. Alguien le llamó la atención, pero ella no lo escuchó. Como era lógico, todos montaban guardia junto al fuego, porque de esta manera podían ver mejor a los monstruos que se les acercaban.

Pero ¿qué sucedía con los rincones en sombras?

Axlin conocía el enclave lo suficiente como para saber dónde estaban situadas las torres, las lámparas y las hogueras. Había una zona que quedaba siempre en sombras porque estaba más alejada del centro y en aquellas casas ya no habitaba nadie.

Pero eso a los escuálidos no les importaba. No había luces, y ellos eran rápidos cuando se lo proponían.

Mientras avanzaba cojeando por el enclave, con una lámpara en la mano y la ballesta en la otra, Axlin fue de pronto consciente de la gran cantidad de rincones que quedaban sin iluminar. Un escuálido que lograra franquear la empalizada podría deslizarse por ellos hasta casi cualquier lugar del enclave..., incluyendo la cabaña de los niños.

Todo el mundo daba por sentado que los escuálidos no eran tan inteligentes. Tendían a atacar el lugar donde se concentraban las defensas porque allí olía a carne humana más que en ningún otro sitio. Por eso embestían de frente, al portón y a las torres. Simples y directos.

Pero Axlin, que había dedicado mucho tiempo a escuchar historias sobre todo tipo de monstruos, sospechaba que había algo más. Porque muchas veces los escuálidos lograban entrar en los enclaves de todas maneras. Porque recordaba a unos niños a los que había conocido tiempo atrás, únicos supervivientes de una aldea arrasada por los escuálidos. «Si fuesen tan predecibles», pensó, «nunca conseguirían penetrar en los enclaves.» Y, no obstante, de vez en cuando lo hacían.

Se detuvo, indecisa, al darse cuenta de que estaba sola, lejos de la hoguera principal. Se encontraba al pie de la empalizada, en el otro extremo del enclave.

Y, en efecto, aquella zona estaba casi por completo a oscuras. Le latió el corazón más deprisa, consciente de pronto del peligro.

«Probablemente estoy exagerando», se dijo, tratando de calmarse. «Después de todo, aquí tienen experiencia luchando contra los escuálidos.»

De todos modos decidió que no había nada de malo en dejar una lámpara allí, solo por si acaso. La alzó para colgarla de la rama de un árbol... y entonces lo vio.

Se sorprendió de no haberlo detectado antes, de hecho, porque su piel, de un color gris pálido casi blanquecino, resaltaba poderosamente en la semioscuridad. El escuálido estaba pegado a la parte interior de la empalizada, boca abajo, como una lagartija. Una parte de la mente de Axlin decidió que tenía que anotar que seguramente sus dedos eran prensiles, como los de los trepadores. La criatura, toda piel y huesos, tenía un cráneo curiosamente alargado y unos ojos enormes que, pese a que estaban clavados en ella, parecían vacíos de expresión. Axlin alzó la ballesta muy lentamente, y el escuálido siseó y le mostró una larga lengua bífida de color azulado.

La joven apuntó, despacio, mientras se desplazaba paso a paso hasta quedarse justo bajo la luz del farol. La criatura inspiró, y sus fosas nasales se dilataron como si estuviese deleitándose con el olor de la chica, pero no se atrevió a entrar en el círculo de luz. Entonces abrió la boca, una boca babeante repleta de dientes afilados como dagas, y una bocanada de su hediondo aliento golpeó a Axlin con fuerza y le revolvió el estómago.

Disparó y el proyectil se clavó en el hombro del monstruo, que chilló de dolor. Axlin cargó un nuevo virote; mientras lo hacía, no quitaba ojo al escuálido, que hizo ademán de saltar sobre ella. Pero la luz hirió sus pupilas y lo hizo retroceder entre siseos de rabia. La chica sabía que no lograría espantarlo, que se mantendría allí, a pesar de los proyectiles, hasta que decidiera que su hambre era más poderosa que su miedo a la luz. Y entonces atacaría.

Disparó de nuevo. El escuálido saltó en el sitio y esquivó el virote, gruñendo. Axlin soltó la ballesta y sacó la daga que llevaba prendida en el cinto, previendo su siguiente movimiento. Cuando el escuálido se arrojó al fin sobre ella, lo apuñaló con todas sus fuerzas.

El filo se hundió en el cuerpo de la criatura, pero aun así esta logró tirarla al suelo. Poseía una fuerza asombrosa, a pesar de su aparente falta de musculatura, y Axlin, aterrorizada, lo atacó de nuevo, consciente de que no era lo bastante rápida.

De pronto algo silbó, y la cabeza del escuálido se desprendió de sus hombros y salió volando. La joven gritó cuando su sangre se derramó sobre ella. Entonces vio a Loxan de pie a su lado, enarbolando el machete.

Quiso reír, chillar, llorar...; todo a la vez. El buhonero la ayudó a desprenderse del cuerpo decapitado de la criatura y le tendió la mano. Axlin se puso en pie a duras penas.

—¿Te ha mordido?

—No..., creo que no —murmuró, aún conmocionada.

—Si te hubiese mordido, lo sabrías.

—Lo habría hecho si no llegas a estar aquí. ¿Cómo sabías...?

—Me dijeron que habías abandonado tu puesto y nadie sabía dónde estabas. ¿Qué hacías aquí, tan lejos de la puerta?

—Se me ocurrió..., pensé... —balbuceó ella, un poco avergonzada. Por un momento fue incapaz de recordar el impulso que la había llevado hasta allí, pero se esforzó por reordenar sus ideas y trató de explicar—: Pensé que, si los escuálidos aborrecen la luz, tenía más sentido que tratasen de entrar por el lugar más oscuro de la empalizada.

Loxan entornó los ojos.

—Atacan siempre de frente, porque acuden a donde hay más gente —le recordó.

—Este, no —replicó Axlin, señalando el cuerpo del escuálido—. Pienso que tal vez aprovechó que estábamos todos defendiendo la puerta para colarse por aquí.

—¿Tú crees que era más listo que los demás?

—O tal vez no es el único listo. Se supone que los escuálidos atacan siempre de la misma manera, pero a veces se cuelan en los enclaves sin que se sepa cómo ni por dónde. Todos dan por supuesto que han burlado a los centinelas, pero... ¿y si se limitan a entrar por otro lado?

Loxan se quedó mirándola.

—Quizá deberíamos revisar el perímetro de la empalizada, por si acaso —decidió por fin.

Recorrieron los límites de la aldea, pertrechados con un par de lámparas para ahuyentar las sombras de todos los rincones. Localizaron a otro escuálido deslizándose entre las ruinas de una casa abandonada, y acabaron con él rápidamente.

Para cuando finalizaron la ronda, el enclave había repelido por completo el ataque de los escuálidos. Dedicaron el resto de la noche a atender a los heridos, pero Loxan encontró un momento para llevarse aparte al líder de la aldea y explicarle lo que Axlin y él habían visto. Tuvo que guiarlo hasta el lugar donde habían dejado a la criatura decapitada para que se lo creyera y, cuando lo hizo, se mostró muy alarmado:

—¿De dónde ha salido este? ¿Cómo es posible que entrara por aquí, si no había nadie?

Loxan le comunicó las sospechas de Axlin acerca del comportamiento de los escuálidos. Habían acordado que hablaría él porque, al ser un viajero experimentado, probablemente lo escucharían con mayor atención. Al líder del enclave le costó admitir la posibilidad de que tuvieran razón, pero se comprometió a compartir la información con los demás.

—Tendrían que cambiar su estrategia de defensa —murmuró Axlin mientras lo veía alejarse—. Tiene sentido que todo el mundo se concentre en la puerta, por donde atacan con más insistencia, pero quizá no estaría de más colgar lámparas por todo el perímetro. Al menos así se lo pensarían dos veces antes de entrar...

¿Qué? —preguntó al percatarse de que Loxan la miraba fijamente.

—¿Te das cuenta de lo que estás haciendo? —inquirió él a su vez.

—¿Poner en peligro mi vida? —bromeó ella—. No pensaba que eso llegaría a impresionarte precisamente a ti.

Él negó con la cabeza.

—Siempre dices que usas ese libro tuyo para escribir lo que la gente te cuenta sobre los monstruos. Pero también estás aportando cosas nuevas, cosas que descubres gracias a tu propia experiencia.

—¿Te refieres a la teoría del escuálido solitario? —Ella se encogió de hombros—. Es solo una idea. Ni siquiera puedo confirmar que es correcta. Y aunque lo fuera..., seguro que se le ha ocurrido a más gente en otros lugares.

—O tal vez no. Has aprendido mucho, Axlin. No tardarás en ser tú quien enseñe a otras personas a luchar contra los monstruos, y no al revés.

Ella se ruborizó, aunque no creía en realidad que aquello llegara a suceder. Sabía muchas cosas sobre los monstruos, ciertamente, pero tenía la sensación de que, por muchos datos que recopilara, la verdad se ocultaba en el fondo de un pozo mucho más profundo, y nunca llegaría a alcanzarla por sus propios medios.

No obstante, el hecho de que los buhoneros estuviesen dispuestos a intercambiar una copia de su mapa por una ballesta y un surtido de valiosos venenos la llenaba de orgullo. Significaba que su trabajo era apreciado, que merecía la pena correr riesgos, porque servía para algo y lo estaba haciendo razonablemente bien.

De modo que se esmeró mucho en la copia del mapa que le habían encargado. La suya propia era sencilla y funcional, pero la que hizo para los buhoneros la decoró con tintas de tres colores diferentes y se esforzó especialmente en que la letra fuera clara y fácil de leer.

Ellos quedaron encantados con el resultado. Sin embargo, cuando Axlin les preguntó si tenían pensado utilizar el mapa para explorar nuevas rutas, ninguno de los dos quiso responder.

Se despidieron por fin, con nuevos abrazos y buenos deseos; y así, una mañana los dos montaron en su extraño carro y se encaminaron de nuevo hacia la salvaje región del oeste, donde los muros eran empalizadas y las aldeas más grandes superaban los treinta habitantes a duras penas. Axlin los vio marchar, preguntándose si tendría ocasión algún día de acompañarlos de vuelta. Se había planteado en numerosas ocasiones qué haría si la cadena se rompía en aquel punto, si los hermanos sucumbían a los monstruos y nadie se atrevía a ocupar su lugar para mantener comunicados el este y el oeste. Pero se obligó a sí misma a centrarse en la tarea que tenía por delante: recorrer el camino hasta el final y llegar a la Ciudadela.

12

«La Jaula es un punto de encuentro en un cruce de caminos», le había dicho Xiala. Pero no había añadido nada más, y por eso Axlin se quedó sin respiración cuando el carro dobló el recodo.

Habían pasado tres meses desde que se había despedido de Lexis y Loxan, y desde entonces había viajado por distintas aldeas, siguiendo la ruta del este, acompañando a los diferentes buhoneros que conectaban los enclaves como los eslabones de una cadena.

Xiala era su compañera de viaje actual: una mujer enérgica y poco habladora que llevaba dos escoltas y conducía un carro ligero tirado por un caballo. Hacía ya tiempo que Axlin se había acostumbrado a aquellos animales, porque en aquella parte del mundo eran bastante habituales. Allí, los caminos eran más anchos, los refugios más sólidos y los enclaves más grandes. En muchos de ellos superaban el centenar de habitantes, y como se defendían mejor de los monstruos, no morían tantos niños. Por tanto, las mujeres podían hacer muchas otras cosas además de traer al mundo a la siguiente generación. Se especializaban en diferentes oficios, participaban en expediciones y algunas incluso se hacían buhoneras, como Xiala.

A lo largo de su viaje, de refugio en refugio y de aldea en aldea, Axlin había visto tejedores, carpinteros, herreros, curtidores... Los enclaves más grandes tenían corrales en los que guardaban rebaños enteros, huertos tan grandes como su propia aldea e incluso molinos de viento que transformaban el grano en harina. Las empalizadas de madera ya no eran tales, sino muretes de piedra; los suelos estaban adoquinados para que impidieran el paso a los nudosos y alertaran de la presencia de rechinantes; las puntas de las flechas eran de metal, y todas las patrullas estaban equipadas con cuchillos, machetes e incluso dagas.

Y esto era así porque existían canteras, y también una mina de la que se extraía hierro. Todas ellas estaban protegidas por empalizadas, torres y centinelas, y había gente que vivía allí como si de un enclave se tratase. Los monstruos seguían matando, ciertamente, pero la actividad humana no se veía interrumpida por ello, porque las personas eran muchas y estaban bien organizadas. La comunicación entre aldeas ya no dependía únicamente de los buhoneros: en casi todos los enclaves disponían de un caballo o dos, y había jinetes que recorrían los caminos al galope y no tenían que pernoctar en los refugios para llegar a la población más cercana.

A Axlin todo aquello le parecía maravilloso. Había conocido ya a otros escribas y consultado sus libros. En algunos de ellos encontró datos útiles para añadir a su investigación, pero pronto se dio cuenta de que, tal como Loxan había vaticinado, en muchas ocasiones era ella quien tenía más conocimientos para compartir. En la mayoría de los sitios, sin embargo, y a pesar de que era cada vez más habitual encontrar a gente capaz de leer y entender el libro que estaba escribiendo, la escuchaban con escepticismo.

Hasta que llegó a una aldea donde las casas no tenían ventanas y las puertas se atrancaban sólidamente a la hora de dormir, por miedo a los babosos. Las habitaciones carecían de ventilación, y eran excesivamente calurosas en verano y frías en invierno, porque no se podía ni encender fuegos ni lámparas en su interior, ni mucho menos abrir chimeneas. Cuando Axlin les habló de las redes para babosos, nadie la escuchó. Estaban demasiado acostumbrados a vivir de aquella manera, porque así era como se había hecho siempre.

La joven soportó como pudo las noches en el asfixiante entorno de la casa donde la habían alojado. Mientras tanto, pidió perejil para tejer su propia red. Tuvo que trabajar muy duro en el enclave para conseguir excedentes que le permitieran incluir aquella petición en los intercambios con los buhoneros. Y cuando por fin obtuvo todo el perejil que necesitaba, fabricó su red para babosos; luego se trasladó a una de las casas más antiguas del pueblo, que estaba deshabitada porque todavía tenía ventanas, y cubrió todo el techo con la malla vegetal que había tejido. Cuando anunció que iba a dormir allí, todos creyeron que había perdido el juicio.

Pero al día siguiente, cuando la aldea despertó, Axlin seguía viva.

Y había tres babosos moribundos enganchados en la red que había tejido.

Probablemente, su visita cambiaría la vida de la aldea para siempre, pero la joven prefería no pensar en ello. Casi todos los enclaves que conocía que luchaban contra los babosos tenían su propia plantación de perejil, y en aquel en concreto tardarían un tiempo en hacer crecer la cantidad necesaria para cubrir los techos de todas las casas. Pero aquel conocimiento supondría el inicio de una pequeña revolución.

Axlin prosiguió su camino días después, pese a que le suplicaron que se quedara, recibió dos peticiones de matrimonio y alguien llegó incluso a proponerla como nueva líder del enclave.

Sin embargo, su fama, como casi todo en su vida, corrió más rápido que ella.

Desde entonces, cada vez que llegaba a un enclave, el líder y el escriba, cuando lo había, la recibían en privado para hablarle de sus monstruos y pedirle consejo al respecto. Muchas veces Axlin no podía contarles nada que ya no supieran. Pero compartía con ellos anécdotas e historias de otros lugares donde luchaban contra los mismos monstruos, y cuando les mostraba su libro, ellos reconocían que, en efecto, sabía de aquellas criaturas mucho más que todos ellos juntos.

De este modo, de enclave en enclave, las páginas del volumen se iban completando con información, datos, historias y esbozos. Y se sintió, de hecho, muy halagada la primera vez que un escriba le pidió permiso para copiar algunas páginas de su trabajo en el libro de su enclave.

—Llevamos muchas generaciones luchando contra los robahuesos en este enclave —dijo—, pero no sabemos ni la mitad de lo que has escrito tú en este libro. Sin duda, en tu aldea se las han arreglado mucho mejor.

—Este conocimiento no procede únicamente de mi aldea —replicó Axlin—, sino también de muchas otras que luchan contra los robahuesos como nosotros.

Descubrió, no obstante, que cuanto mejor defendido estaba un enclave, cuantos más recursos poseía..., menor conocimiento tenía de sus propios monstruos. Quizá porque sufrían menos ataques o porque no habían tenido la necesidad de buscar soluciones ingeniosas para sobrevivir.

Así llegó a la última ruta antes de la Jaula, y allí le presentaron a Xiala, la primera persona que conocía que había estado allí. Pero, dado que la buhonera era una mujer de pocas palabras, no fue capaz de sonsacarle demasiada información.

—¿Un punto de encuentro, dices? —insistía Axlin—. Pero ¿qué es exactamente?

—Pues eso: hay dos caminos que se cruzan, y junto al cruce está la Jaula. No hay más. Y no hagas tantas preguntas, que me das dolor de cabeza.

Así que, por fin, tras visitar los cuatro enclaves de la ruta de

Xiala a lo largo de diez días de viaje, llegaron a la Jaula una tarde de mediados de verano.

Al principio, Axlin no comprendió lo que veía. Parecía una jaula, sí: un conglomerado de enormes barras de hierro que formaba una estructura similar a un recinto metálico. Le costó unos segundos darse cuenta de que estaban todavía muy lejos de allí, y eso significaba que se trataba de la jaula más grande que había visto jamás. Había supuesto que era una especie de cárcel para monstruos; por eso se sorprendió mucho cuando, al acercarse más, descubrió que lo que encerraba en su interior era un edificio de piedra.

—¿Qué... es eso? —musitó, desconcertada.

—Eso es la Jaula —le respondió uno de los escoltas, sonriendo—. No podíamos explicártelo con palabras, tenías que verlo por ti misma.

—Pero... pero... ¿qué es esa casa? ¿Por qué está encerrada entre barrotes?

—Es una posada. Algo parecido a un refugio, pero mucho más grande, y mejor organizado. Los barrotes son una protección. Ninguna muralla o empalizada podría detener a los pellejudos, y por eso levantaron esos barrotes que rodean la casa y también la protegen desde arriba.

—Dicen que antes se llamaba Posada de la Encrucijada o de Los Cuatro Caminos, o algo parecido —añadió el segundo escolta—. Ahora todo el mundo la conoce como la Jaula.

—Pero... pero... es imposible que nadie haya podido construir esto. Una jaula tan grande como para encerrar una casa entera...

—Y no es una casa cualquiera. Es una posada con dos pisos y un comedor de buen tamaño.

—No puede ser —murmuró Axlin de nuevo.

—¿Ves por qué nadie te respondía cuando preguntabas? —gruñó Xiala—. No vale la pena. Hay que verlo para creerlo, especialmente si vienes del oeste.

La muchacha estaba acostumbrada a que la gente del este reaccionara con cierta superioridad cuando ella manifestaba su sorpresa ante la prosperidad relativa que habían alcanzado, así que no se lo tuvo en cuenta. Era consciente de que muchos consideraban que los viajeros procedentes del oeste eran toscos e ignorantes, aunque a ella en particular ya no la llamaban así casi nunca.

De todas formas, sentía deseos de formular más y más preguntas. ¿Quién había forjado aquellos barrotes? ¿Cómo lo había hecho? ¿De dónde había sacado tanto metal? ¿Qué eran los pellejudos, y por qué era preciso un recinto como aquel para protegerse de ellos?

Cuando llegaron por fin a la entrada, estaba ya a punto de anochecer, y Axlin seguía sin salir de su asombro. De cerca, la Jaula era mucho más imponente. Los barrotes, gruesos como troncos de árboles, estaban lo bastante separados unos de otros como para que cualquier humano pudiese pasar entre ellos. La puerta, no obstante, era necesaria para que entrasen los carros.

La joven volvió a consultar su mapa: «Galopantes, caparazones, nudosos y pellejudos», leyó. Los galopantes solo atacaban en campo abierto, y los caparazones eran demasiado grandes como para caber entre los barrotes. El suelo estaba adoquinado, por lo que los nudosos tampoco serían capaces de penetrar en el recinto. Y si la Jaula estaba protegida también contra los pellejudos, fueran lo que fuesen...

—Se trata de un lugar completamente seguro —comprendió de pronto, maravillada.

—No existe ningún lugar completamente seguro —la corrigió Xiala—. Ni siquiera la Ciudadela.

Axlin sabía que la buhonera no había llegado tan lejos y que, por tanto, hablaba de oídas, de modo que no preguntó al respecto.

Los recibió un muchacho de unos doce o trece años. Saludó a Xiala llamándola por su nombre y la guio hasta un rincón despejado donde podía dejar el carro sin que molestara a nadie. Axlin bajó al suelo y alzó la cabeza para observar el entramado de metal que se extendía sobre ella.

—Es impresionante, ¿verdad? —le dijo el muchacho sonriendo—. Todos hacen lo mismo cuando vienen aquí por primera vez.

—¿Todos? —repitió ella—. ¿Quieres decir que no hay jaulas como esta en ningún otro lugar?

—No, que sepamos. Y se debe a que no hay pellejudos en ningún otro lugar. O tal vez sería más exacto decir —añadió tras una pausa— que donde hay pellejudos no puede haber humanos.

—¿Por qué? Todos los monstruos matan gente, y hasta ahora nos las hemos arreglado para sobrevivir. En algunas partes, de hecho, las aldeas subsisten con muy pocos recursos...

El chico negó con la cabeza.

—No es lo mismo. Si los pellejudos atacasen cualquiera de esas aldeas, créeme que las destruirían por completo en una sola noche. Incluso la Ciudadela tendría problemas para defenderse, y eso que cuentan con buenos tiradores.

—Pero ¿qué tienen los pellejudos que los haga más peligrosos que cualquier otro monstruo?

El muchacho sonrió.

—¿Aún no lo has adivinado? —preguntó, señalando de nuevo el armazón de hierro que los cubría—. Tienen alas.

El salón principal de la Jaula era un enorme comedor con varias mesas de madera en torno a las cuales se reunían diversas personas que, según le contaron a Axlin, estaban de viaje. La mayoría eran buhoneros, pero otros se desplazaban por razones diferentes. La Jaula no solo les ofrecía seguridad y una comodidad muy superior a la de cualquier refugio que pudiesen encontrar en los caminos, sino también cena, cama y desayuno a cambio de un módico precio.

Allí Axlin comprobó asombrada que muchos de los intercambios se hacían mediante unas curiosas piezas de metal con forma circular.

—Se usan en la Ciudadela —le explicó Xiala—. Antes hacíamos los intercambios de la forma tradicional, pero cada vez hay más gente que utiliza el dinero. Si me ayudas con los intercambios, te daré un poco. Así podrás pagar tu estancia aquí.

Axlin escuchaba perpleja. Llevaba mucho tiempo viajando con buhoneros y había aprendido a negociar casi tan bien como ellos. Había colaborado con Xiala en otras ocasiones, pero aquella era la primera vez que ella se ofrecía a pagarle algo diferente a comida, ropa o cualquier otro objeto básico que pudiera necesitar.

—No le veo la utilidad a esto —declaró, contemplando las monedas que Xiala le mostraba—. Si no he entendido mal, estas piezas solo sirven para algo en los intercambios. El metal con el que están hechas sí es valioso, pero no con esta forma. Se me ocurren muchas otras cosas más útiles: cacerolas, cuchillos, puntas de flecha...

Sus palabras arrancaron una carcajada entre los presentes. Axlin se ruborizó.

—Es la mentalidad de la gente del oeste —comentó alguien con desdén—. Ignorantes y pueblerinos todos ellos. Por eso viven como viven.

—No te des tanta prisa en tachar a otros de ignorantes —intervino entonces un anciano corpulento que estaba sentado junto a la chimenea—. Si los del oeste viven como viven, es porque no tienen a los Guardianes de la Ciudadela salvándoles el culo cada dos por tres. Tu enclave no duraría dos días sin ellos, y lo sabes.

—Bah...

—En mi opinión —prosiguió el anciano—, la gente del oeste merece todos nuestros respetos por haber sobrevivido prácticamente sin ayuda. Cualquiera de ellos vale más que cinco de los acomodados habitantes de la Ciudadela y de todos los enclaves que dependen de ella.

Ante el asombro de Axlin, el hombre no replicó. El anciano no le había llamado la atención hasta aquel momento, pero la joven detectó entonces que, si bien nadie lo acompañaba junto a su mesa, casi todos en la posada parecían conocerlo y le guardaban respeto.

—¿Quién es ese? —le preguntó a Xiala en un susurro.

—Se llama Godrix —respondió ella en el mismo tono—. Siempre ha vivido en la Jaula. Fue uno de sus fundadores, pero dejó la gestión de la posada en manos de sus actuales encargados a cambio de que le permitieran instalarse aquí hasta el fin de su vida.

Axlin no hizo más preguntas. Cenó junto a la buhonera y sus escoltas, pero después, cuando estos se retiraron, optó por quedarse en el salón un rato más.

—Dicen que todas las noches atacan los pellejudos —le explicó a Xiala—. Quiero estar despierta cuando lo hagan.

La mujer sacudió la cabeza.

—Como quieras, aunque no te lo recomiendo. No son agradables de ver.

Cuando se quedó sola, Axlin se acercó a la mesa de Godrix, que estaba terminando de cenar.

—Buenas noches —saludó—. ¿Puedo sentarme a tu lado para hacerte compañía?

El anciano sonrió. Lucía una corta barba gris que cubría en parte su gran papada. A Axlin todavía le sorprendía encontrar personas tan orondas en aquella parte del mundo, pero había aprendido a no hacer comentarios al respecto.

—Por supuesto. ¿Qué es lo que quieres saber?

Axlin le devolvió la sonrisa mientras tomaba asiento junto a él.

—¿Por qué das por sentado que quiero saber algo?

—Haces preguntas y lo cuestionas todo —respondió Godrix—. Mucha gente se mantiene callada ante cosas que no conoce o no comprende, para que no la tachen de ignorante. A ti no te importa lo que digan, siempre que respondan a tus preguntas. Y para eso, lo sabes bien, hay que formularlas.

La sonrisa de Axlin se ensanchó.

—Vengo del oeste, en efecto —asintió—. Puede que no sepa lo que es el dinero, pero sí conozco el valor de las cosas. Donde yo nací, el metal es escaso. No podemos permitirnos el lujo de utilizarlo para hacer monedas... o barrotes tan enormes que pueden encerrar una casa entera. —Sacudió la cabeza—. No lo puedo comprender. Si lo contase en mi aldea, nadie me creería.

—Le sucede a mucha gente. Quieres saber cómo ocurrió, ¿verdad? —Axlin asintió—. Pues has venido a preguntar a la persona adecuada. Pocos saben que esta posada es todo lo que queda de un antiguo enclave que fue destruido hace cincuenta años. Yo lo recuerdo porque estaba allí cuando sucedió. No era más que un crío, claro, así que cuando atacaron los pellejudos por primera vez me escondí con el resto de los niños en la cabaña infantil. La única de piedra, la del centro de la aldea, la que estaba mejor protegida. Aún se hace eso en las aldeas del oeste, ¿verdad?

La joven asintió de nuevo.

—¿Quieres decir que no habíais visto pellejudos antes? —planteó.

—Para cualquier enclave que sufre un ataque de pellejudos, es la primera vez, y la última. No es fácil defenderse de la muerte cuando cae sobre ti desde el cielo.

En aquel momento, un espeluznante chirrido rasgó la noche. Axlin, alarmada, dio un salto en el asiento.

—Ya están aquí —dijo Godrix.

Varios hombres cruzaron el comedor, armados con largas picas. La muchacha los miró, indecisa.

—Son los vigilantes de la Jaula —explicó el anciano—. Se sitúan todas las noches junto a las ventanas por si alguno de los monstruos consigue colarse por entre los barrotes.

Uno de los hombres se apostó junto a la ventana principal, abrió las contraventanas y situó el extremo de la pica entre dos barrotes. Axlin se acercó con timidez.

—Puedes mirar si quieres —la invitó el vigilante—, pero no te lo recomiendo si tienes intención de dormir sin pesadillas esta noche.

Ella se situó a su lado a pesar de todo y miró hacia el exterior.

Al principio no vio gran cosa en la oscuridad. Aguzó el oído y percibió más chillidos que se acercaban y un siniestro y aterrador «flap, flap, flap».

—Atenta ahora —musitó el vigilante, alzando la lanza.

Algo tapó entonces la luz de la luna y las estrellas y, justo cuando Axlin abría la boca para hablar, un cuerpo enorme se estrelló contra los barrotes exteriores de la Jaula. Y después otro, y otro. La joven retrocedió de un salto, alarmada, golpeada por un hedor nauseabundo a carne en descomposición. Uno de los monstruos chilló, y los otros corearon su grito. Forcejeaban con furia, arañando, mordiendo y golpeando los barrotes. Axlin tomó la lámpara que el vigilante había depositado en el suelo y la alzó para observar a los pellejudos en la oscuridad.

La luz iluminó ojos inyectados en sangre, pieles pálidas que parecían de papel; hocicos verrugosos erizados de colmillos que husmeaban entre los barrotes con avaricia; y unas inmensas alas membranosas que se abrían sobre la Jaula como si tratasen de cubrirla por completo.

Retrocedió, asqueada y horrorizada, y volvió a sentarse en silencio junto a Godrix.

—No lo entiendo —murmuró, pálida—. Si estas son las criaturas que atacaron este lugar cuando era un enclave como los demás…, ¿cómo es posible que sobreviviese alguien… o algo?

El anciano suspiró.

—También yo me lo pregunto a veces —reconoció—. Aún recuerdo con detalle todo lo que pasó aquella noche, y aún me maravillo de seguir con vida. ¿Los has oído llegar? «Flap, flap, flap»... El sonido de sus alas resuena desde muy lejos y nos alerta de su presencia. Siempre es así, desde aquella primera vez. Entonces no teníamos ni idea de qué eran, pero de todas formas no nos habría servido de nada saberlo. No existía defensa posible. Atacaron de noche y apenas pudimos verlos en la oscuridad, hasta que los tuvimos encima. Yo no lo vi porque estaba a salvo con el resto de los niños, pero oí los graznidos de los pellejudos, y después los gritos. Los gritos —repitió en un susurro, con un estremecimiento.

Su mirada se había perdido en algún lugar entre las llamas danzantes de la chimenea. Axlin no dijo nada. Se limitó a esperar a que continuara, mientras los chillidos de los pellejudos se oían aún desde el exterior, y aquel «flap, flap, flap» siniestro que se escuchaba cada vez que alguno de ellos alzaba el vuelo parecía extraído de lo más profundo de las pesadillas de Godrix.

—Estuvimos oyendo gritar a nuestra gente gran parte de la noche —rememoró él—. Hasta que los pellejudos los mataron a todos. Entonces pudimos escuchar los ruidos que hacían mientras se los comían. Y después trataron de entrar en la casa donde nos refugiábamos. Resistimos como pudimos. Éramos ocho niños, dos embarazadas, una madre con su bebé y un anciano sin piernas. Los monstruos lograron abrir un agujero en el tejado y uno de ellos metió la cabeza... Mira que he visto pellejudos desde entonces, pero jamás olvidaré aquel primero, aquella boca repugnante embadurnada de sangre de la gente a la que acababa de matar..., personas a las que conocíamos, a las que queríamos...

Axlin colocó una mano sobre la de Godrix, tratando de transmitirle su apoyo. No era un gesto vacío. En los últimos tiempos había conocido a algunas personas que nunca habían perdido a un ser querido a causa de los monstruos, pero en el lugar de donde ella procedía era justo al revés: no había nadie que no lo hubiese sufrido alguna vez. El miedo, el horror, la incertidumbre, el dolor, la impotencia. Sí, Axlin sabía exactamente cómo se sentía Godrix.

El anciano sacudió la cabeza y se sobrepuso.

—Nos defendimos durante toda la noche. Con lanzas, con cuchillos, a pedradas... Ellos trataban de entrar y nosotros cubríamos los huecos que abrían en el tejado. Cuando ya creíamos que terminarían por devorarnos a todos..., el cielo comenzó a clarear y los pellejudos se retiraron.

—No soportan la luz del sol —asintió Axlin—. Ya me lo habían dicho.

—Aquel primer día fue muy largo. Reconstruimos el tejado, mejoramos las defensas de la casa, aseguramos las ventanas y reunimos más armas. Y lo hicimos deprisa, porque sabíamos que regresarían por la noche. Los monstruos nunca se rinden.

»Y volvieron, y resistimos, aunque lograron llevarse a uno de los nuestros. Al amanecer volvimos a trabajar para reparar todo lo que habían destrozado. Así una y otra vez.

»Aguantamos cuatro días. Al quinto, ya solo quedábamos siete. Pero entonces llegaron para rescatarnos.

—¿Quién?

—Fue un grupo de personas de otra aldea, un par de buhoneros y uno de los Guardianes de la Ciudadela. En principio, venían a llevarnos con ellos al enclave más cercano; pero el Guardián dijo que no podíamos abandonar la casa de ninguna manera. Que, si lo hacíamos, los pellejudos irían al siguiente pueblo y lo arrasarían también.

Axlin había oído hablar de los Guardianes de la Ciudadela. Tenía entendido que eran una especie de cuerpo de guerreros de élite que se había especializado en matar monstruos. A pesar de ello, lo que Godrix le reveló a continuación la dejó impresionada.

—Así que él se quedó allí, solo. Dijo que defendería lo que

quedaba del enclave con todas sus fuerzas, y todos creímos que estaba loco y que no sobreviviría la primera noche.

»Bueno, pues sobrevivió tres. Al tercer día llegaron más Guardianes para ayudarlo, y no solo continuaba vivo e indemne, sino que además había matado a cuatro pellejudos sin ayuda.

—No puede ser —soltó Axlin.

—Así es la Guardia de la Ciudadela. La patrulla se instaló en el enclave vacío para defender lo que quedaba de él. Mientras, de día, los voluntarios lo reconstruían.

—Pero ¿qué sentido tiene reconstruir un enclave vacío? —planteó Axlin—. Los supervivientes os instalasteis en otro sitio, ¿no es así?

—Estaba situado en un cruce de caminos, en una ruta esencial para el comercio y la comunicación entre el este y el oeste. Pronto supimos que desde la Ciudadela se había decidido que había que mantener allí un enclave para la seguridad de todos los viajeros, en primer lugar; pero también como contención ante los pellejudos. Porque son insaciables como todos los monstruos, y porque en cuanto destruyen una aldea, vuelan hasta la siguiente. Pero también son asombrosamente obstinados: llevan cincuenta años atacando la Jaula todas las noches, y no se irán hasta que no hayan matado a todos los humanos que habitan en ella.

—Comprendo —asintió Axlin.

Y así era. Siempre había pensado que cada enclave tenía sus monstruos, pero con el tiempo había aprendido que era más bien al revés: los monstruos tenían sus enclaves. Cada tribu, especie o manada se instalaba en los alrededores de la aldea humana que habían elegido y la atacaban durante generaciones hasta que no quedaba un solo habitante vivo. Solo entonces emigraban en busca de una nueva aldea humana, y cuando la encontraban se establecían en las inmediaciones y la atacaban hasta que lograban matarlos a todos. Aunque tardaran décadas o siglos en hacerlo.

—La Guardia defendió el enclave todas las noches —siguió

contando Godrix—. Mientras tanto, en la Ciudadela se estudiaba la manera de protegerlo de forma efectiva contra una turba de monstruos voladores. No sé de quién fue la idea de encerrarlo entre barrotes, pero sí sé que antes lo intentaron con redes y no funcionó: los pellejudos las rompían todas.

»Un día empezaron a llegar por el camino enormes carros cargados de barras de hierro. En ellos viajaban también herreros y forjadores. Se instalaron en la aldea y comenzaron a trabajar. La Guardia los protegía de noche, y ellos forjaban la Jaula de día. Tardaron meses, y muchos de ellos murieron en el intento, pero por fin lograron concluir la única defensa posible contra los pellejudos.

»Después los Guardianes se fueron. La Jaula no cubría todo el enclave, sino solo el terreno alrededor de la casa que nos había servido de refugio y que habíamos ido reconstruyendo y ampliando poco a poco. Aquella noche, los pellejudos volvieron, y la patrulla ya no estaba allí para enfrentarse a ellos. Pero no hizo falta: los barrotes no los dejaron pasar.

—Entonces, ¿ningún pellejudo ha superado nunca la barrera? —quiso asegurarse Axlin.

—Sí, en alguna ocasión lo han conseguido. Por esa razón también las ventanas tienen barrotes, y apostamos vigilantes en todas ellas. Pero, en cincuenta años, las veces que se nos ha colado un pellejudo en la Jaula pueden contarse con los dedos de una mano.

—Y los vigilantes que defienden la Jaula... ¿son parte de la Guardia de la Ciudadela?

—¿Nuestros muchachos? —rio Godrix—. ¡Qué más quisieran! Alguno de ellos se presentó en los cuarteles pidiendo que lo adiestraran, pero no escogen a cualquiera.

Era ya muy tarde, por lo que Axlin dio las gracias a Godrix por su historia y se despidió de él. Le habían asignado una habitación que compartía con otras seis mujeres, entre ellas Xiala, que se había acostado hacía ya un buen rato. La joven entró en silencio, se desvistió y se echó en su jergón, pensando todavía en lo que el anciano le había relatado. Fuera se oían aún los chillidos y el «flap, flap, flap» de las alas de los pellejudos, pero las mujeres dormían profundamente, y ella terminó por relajarse también. Había aprendido a evaluar la seguridad de un refugio en función de la tranquilidad con la que dormían sus habitantes.

13

Axlin se quedó en la Jaula más tiempo del que había planeado en un principio. Después de todo, viajar de enclave en enclave suponía un gran riesgo, y no tenía sentido correrlo cuando la información acudía a ella de todas maneras. Por aquella posada tan peculiar pasaba mucha gente; no solo buhoneros, sino también personas que viajaban a otras aldeas por motivos diversos. Algunos venían de lejos, desde caminos secundarios que acababan en la ruta principal, y Axlin no tardó en darse cuenta de que podía reunir mucha información simplemente hablando con ellos. Los viajeros eran bastante más comunicativos que los habitantes de los enclaves, ya que la mayoría de ellos nunca habían salido de su aldea y no terminaban de comprender qué extrañas razones podrían llevar a una forastera a interesarse por sus monstruos.

Los clientes de la Jaula, por el contrario, se mostraban encantados de compartir sus experiencias con Axlin. Ella escuchaba y tomaba notas, y a menudo ofrecía a cambio sus propios conocimientos acerca de las formas más eficaces de enfrentarse a los distintos monstruos. Casi todas las historias que le contaban estaban relacionadas con criaturas que ya conocía, pero en algunas ocasiones alguien le hablaba de algún monstruo nuevo, y así, poco a poco, su catálogo se iba ampliando cada vez más.

Cuando Xiala se marchó, Axlin no la acompañó. Tampoco se dio prisa en buscar a otro buhonero con el que proseguir su viaje más allá de la Jaula, hasta la Ciudadela tal vez. Sentía que necesitaba tomarse un descanso después de pasar tanto tiempo en los caminos y, por otro lado, la Jaula le transmitía una seguridad que nunca antes había experimentado.

No obstante, si pretendía seguir ocupando su jergón, debía pagar por él. Poco a poco, Axlin estaba aprendiendo cómo funcionaba el dinero, aunque aún no lo comprendiera del todo. Xiala había sufragado sus gastos en la Jaula a cambio de que trabajase con ella mientras permaneciese allí; ahora que ya no estaba, la joven tenía que buscar otra fuente de ingresos.

Y no tardó en encontrarla. En aquella región había gente que sabía leer y escribir, pero la mayoría de ellos no lo hacían con fluidez. Y así, Axlin descubrió que sus capacidades podían resultar útiles para otras personas. Al principio comenzó redactando inventarios a petición de algunos buhoneros amigos de Xiala, pero pronto se corrió la voz, y se encontró ocupada escribiendo cartas, contratos o recados para otras personas. Una tarde, Godrix se sentó a su lado y le comunicó que ya la conocían como «la escriba de la Jaula».

—Y eso quiere decir que deberías empezar a cobrar por tu trabajo, Axlin.

—¿Por qué? —se sorprendió ella—. Pero ¡si no me cuesta nada! Escribo mejor y más rápido que la mayoría de la gente, Godrix.

—Pues precisamente por eso. ¿O es que acaso naciste con esa capacidad?

—¡Por supuesto que no! He practicado muchísimo...

—Y por eso es justo que ahora recuperes esa inversión de tiempo, formación y esfuerzo.

Pero ella había crecido rodeada de gente que insistía en que sus conocimientos no servían para nada; le resultaba extraña la idea de cobrar por aquel trabajo, y más aún que alguien estuviese dispuesto a pagar.

No obstante, el anciano le señaló que, si no ganaba dinero de alguna manera, no podría sufragar su estancia en la Jaula y tendría que marcharse. De modo que Axlin, con cierta timidez al principio, comenzó a cobrar una moneda de cobre por cada documento que redactaba. Se sorprendió al comprobar que la mayor parte de la gente lo encontraba justo.

Así fueron pasando los días y las noches. La joven se acostumbró a la vida en la Jaula, a hablar con los viajeros, a escuchar las historias que le contaban y a escribir para ellos si lo necesitaban.

También se habituó a la presencia de los pellejudos, hasta el punto de que por las noches dormía a pierna suelta, acunada por el «flap, flap, flap» de sus alas como si las oyera batir desde un lugar muy lejano.

Pero llegó un momento en que escuchar las historias de los viajeros ya no le parecía tan interesante como al principio. Los relatos comenzaban a repetirse, y a menudo la propia Axlin facilitaba más información valiosa de la que recibía. Por el contrario, las personas que procedían de la Ciudadela despertaban hasta tal punto su curiosidad que Godrix le comentó, jocoso:

—¡Es extraño que estés escribiendo un libro sobre monstruos y te interese tanto el único lugar en el que ya no queda ninguno!

—Pero tienen una biblioteca —respondió ella, entusiasmada—. ¿Sabes lo que es? Una habitación entera llena de libros.

—¿Libros como los de los enclaves? ¿O como el tuyo, acerca de los monstruos?

—La verdad, no lo sé. Pero me encantaría averiguarlo.

Ambos cruzaron una mirada. Habían entablado una entrañable amistad, y en aquel momento fueron conscientes de que aquella conversación era el preludio de una despedida.

—Y entonces…, ¿cuándo te marchas?

—No lo sé —respondió ella—. Primero tengo que encontrar a alguien que viaje hacia la Ciudadela y que esté dispuesto a llevarme.

El anciano asintió, pensativo.

—Espera entonces un par de semanas —le sugirió—, hasta que se celebre el mercado.

—¿Mercado? —repitió ella. Era la primera vez que oía aquella palabra.

—El Mercado de la Jaula. ¿No te han hablado de él?

Axlin negó con la cabeza, aún confusa, y Godrix le explicó que un mercado era una reunión de buhoneros. Le contó que a los mercados de la Jaula, que se celebraban tres veces al año, solía asistir cerca de una docena de buhoneros que procedían de lugares muy diversos, por lo que también acudía mucha gente a valorar y comprar su género.

—Dicen que el Mercado de la Ciudadela es muchísimo más grande —concluyó Godrix, encogiéndose de hombros—, pero hasta aquí vienen también algunos buhoneros desde regiones remotas en el oeste, y traen cosas bastante interesantes. Así que siempre tenemos clientes de la Ciudadela durante esos días, tanto compradores como vendedores. Puede que alguno de ellos acepte llevarte de vuelta en su carro. ¿Qué opinas?

Los buhoneros comenzaron a llegar a la Jaula dos días antes de la inauguración del mercado. Godrix le explicó a Axlin que todos querían elegir los mejores puestos en el patio trasero, pero no todos podían permitirse pagar más noches extras en la Jaula. Ella asistió, asombrada, a la llegada de algunos buhoneros que no traían un solo carro, sino varios, y que venían acompañados de todo un séquito de ayudantes y escoltas. Todos ellos procedían, sin excepción, de la Ciudadela.

—Se molestan en venir hasta aquí para comprar mercancías procedentes de lugares lejanos —le contó Godrix—. Luego las venderán en la Ciudadela por el doble de su precio.

—¿En serio? —se asombró ella—. Pero ¡eso no es justo!

—Lo es en la medida en que invierten su tiempo y arriesgan su vida para venir hasta aquí. Si vives en la Ciudadela y quieres cosas de enclaves alejados, puedes ir tú misma a buscarlas y conseguirlas a buen precio; pero si no quieres arriesgarte, entonces es justo que pagues un extra al buhonero que te lleva la mercancía a la puerta de tu casa, por las molestias, por el tiempo y por haberse jugado la vida en tu lugar... ¿No te parece?

La Jaula no tardó, pues, en llenarse de gente, y las habitaciones estaban abarrotadas. Axlin se sentía fuera de lugar, porque los forasteros que llegaban a la posada parecían conocerse todos, se saludaban entre grandes exclamaciones de alegría, acaparaban las mesas del comedor y se pasaban hasta altas horas de la madrugada charlando en voz muy alta, cantando y aderezando su conversación con estruendosas carcajadas. Aquella manera de actuar le parecía muy diferente a la seria formalidad con la que los buhoneros que ella conocía cerraban sus acuerdos, pero Godrix le dijo que no se dejara engañar por las apariencias.

—Saben muy bien lo que hacen, créeme. Comparados con los mercaderes de la Ciudadela, los buhoneros rurales son simples aprendices.

Axlin no estaba tan segura, pero el tiempo le dio la razón a su amigo. La mañana que se inauguró el mercado, la joven se despertó al amanecer y descubrió sorprendida que no había nadie más en la habitación. Se vistió, se aseó y se apresuró a bajar al comedor, pero también estaba vacío. Con un estremecimiento de emoción, salió al patio trasero y se detuvo en seco, maravillada.

Aquellos comerciantes que tan informales le habían parecido se encontraban ahora negociando activamente al frente de sus puestos, que habían preparado con esmero, pulcritud y una rapidez asombrosa. No quedaba en ellos ni rastro de los juerguistas de noches anteriores; se movían con energía y diligencia, y hablaban de sus productos con tal fluidez y seguridad que Axlin sintió el deseo de comprarlos todos.

Sonrió, a medias encantada, a medias cohibida, y se dejó llevar por la multitud, observándolo todo, pero sin adquirir nada. Había productos muy variados: alimentos, materias primas y objetos fabricados por artesanos de las aldeas o de la misma Ciudadela. Algunos le resultaban desconocidos, pero aún tardó un buen rato en animarse a preguntar por ellos a los vendedores.

La mañana transcurrió sin que Axlin se diera cuenta. Cuando pasó de nuevo por el comedor, descubrió que había llegado tarde y ya se habían terminado todas las raciones. Por fortuna, Godrix acudió en su rescate y compartió con ella la empanada que había comprado en uno de los puestos.

—Esta noche tendrás que ser más rápida si no quieres quedarte sin cena —le advirtió.

El mercado duró tres días, pero no todos los comerciantes se quedaron todo aquel tiempo en la Jaula. La mayoría iban y venían, de manera que cada día había puestos y mercancías diferentes. Axlin ya se había acostumbrado a pasear por el patio trasero, a la sombra de los enormes barrotes de la Jaula, curioseando aquí y allá y charlando con los buhoneros. Godrix le había presentado a un mercader de la Ciudadela que estaba dispuesto a aceptarla en su caravana, y ella ya se iba haciendo a la idea de que se marcharía. El último día de mercado se decidió por fin a hacer inventario de sus escasas pertenencias para gastar parte de sus ahorros en cosas que le hacían falta: un par de frascos de tinta, raíces y plantas específicas para fabricar veneno y nuevos virotes para su carcaj. En el puesto del armero vio también una magnífica ballesta, más potente y manejable que la suya, pero era demasiado cara y no se la podía permitir. También necesitaba unas botas nuevas, porque las suyas estaban tan viejas que ya no podía remendarlas más. Pero no tardó en descubrir que tampoco tenía suficiente dinero para pagar un par de buena calidad.

Casi al final de su ronda descubrió a un vendedor que había pasado por alto, porque se había instalado en un rincón en sombras, lejos de la puerta del patio. Exhibía artículos de piel y cuero sobre una manta que había extendido ante él en el suelo, por lo que Axlin se acercó esperanzada. El buhonero, sin embargo, la observó con desconfianza cuando se inclinó para examinar los artículos.

—Necesito unas botas —se justificó la joven, un tanto extrañada por su actitud.

El hombre pareció relajarse un tanto, pero seguía mirándola con cautela por debajo de la visera de su gorro. Axlin le devolvió la mirada, tratando de escudriñar su rostro entre las sombras, pero él bajó la cabeza de golpe.

—No tengo calzado, lo siento —murmuró.

No obstante, la muchacha ya había detectado un par de botas que sobresalían del fardo semioculto tras el buhonero.

—¿Y eso de ahí? —señaló.

El hombre sonrió.

—No es para ti, muchacha. No lo podrías pagar.

Axlin parpadeó, perpleja. Por lo que sabía, los comerciantes se esforzaban por mostrar su mercancía y tratar de convencer a la gente para que la comprara. Estuvo a punto de asentir y marcharse de allí, pero de pronto lo pensó mejor.

—¿Cómo sabes que no puedo pagar? A lo mejor tengo más dinero del que crees.

La sonrisa del buhonero se ensanchó.

—Si tuvieses dinero para comprar un buen par de botas, no habrías esperado tanto tiempo para hacerlo —le hizo notar, señalando con un gesto el viejo calzado de Axlin.

Ella sonrió y aceptó con deportividad el hecho de que aún no dominaba las sutilezas del comercio ni el arte del regateo. Al bajar la cabeza, su mirada se detuvo en los objetos que reposaban sobre la manta. Le llamó especialmente la atención un zurrón de un extraño color gris moteado. Nunca había visto nada igual.

—¿Qué material es este?

—Piel —respondió lacónicamente el vendedor.

—¿De qué animal?

El hombre no respondió, de modo que ella siguió hablando:

—No parece vaca ni cabra. Tampoco liebre ni venado. Tal vez... —Hizo además de palpar la bolsa, pero la mano del buhonero salió disparada y la agarró por la muñeca antes de que completara el gesto—. ¡Ay! ¿Qué haces?

—Es piel de monstruo —masculló el buhonero—. Y ahora, ¿quieres bajar la voz?

Axlin siguió la dirección de su mirada y vio a un hombre cubierto por una capa de color azul oscuro, que se movía por entre los puestos con agilidad felina. El buhonero no le quitaba ojo, pero ella apenas le prestó atención, porque lo que acababa de decir le parecía mucho más interesante.

—¿Piel de monstruo? —repitió en un susurro—. ¿De qué tipo de monstruo?

No entendía por qué tenía que hablar en voz baja; pero dio resultado, puesto que el buhonero se relajó y la soltó. No dejó de mirar de reojo, sin embargo, a la figura encapuchada, que se había detenido ante el puesto de un armero. Pero tampoco se molestó en responder a la pregunta.

Axlin siguió examinando el saco.

—La piel de escuálido es más clara y uniforme —murmuró—, así que, por el color, diría que es de piesmojados; pero nadie en su sano juicio la aprovecharía para nada, es muy fina y siempre está húmeda. Esta parece prácticamente cuero. —Entornó los ojos—. ¿Podría ser ala de pellejudo?

El buhonero inspiró hondo, y la joven comprendió que había dado en el clavo. Contempló el zurrón, asombrada. Llevaba ya varias semanas en la Jaula y, aunque había observado cómo los vigilantes repelían a los pellejudos que sitiaban la posada por las noches, jamás los había visto herirlos de gravedad, y mucho menos matarlos, por mucho que lo intentasen. Ella misma había disparado contra ellos, probando virotes impregnados con todos los venenos que poseía, pero ninguno de ellos, ni siquiera los más letales, habían surtido efecto con aquellos monstruos. Eran muy grandes, tenían la piel demasiado dura y parecían más resistentes que los demás.

—Déjalo ya, muchacha. Si no vas a comprar nada, es mejor que te vayas.

Pero había un tono diferente en su voz, cierta admiración mal reprimida. Axlin sonrió para sí. Seguramente, el vendedor esperaba que ella saliera corriendo al mencionar la palabra «monstruo», y en lugar de eso lo había impresionado con sus conocimientos.

Siguió examinando los objetos, pero el buhonero había dejado de prestarle atención porque seguía pendiente del visitante encapuchado. Axlin descubrió que, además del zurrón, también había un chaleco fabricado con el mismo tipo de cuero, un látigo enrollado, una daga curva y una cerbatana con una docena de largos dardos cuidadosamente expuestos junto a ella. Al observar aquellos objetos más de cerca, se sintió impresionada. A simple vista parecían toscos y poco elaborados, pero su verdadero valor no tenía nada que ver con su manufactura.

—Esto no es un látigo —dijo—. Es una cola de monstruo. De un trescolas, para ser exactos.

Y no era cualquier cosa. Los trescolas eran perfectamente capaces de arrancar cabezas de cuajo con aquellos apéndices. Eran extraordinariamente flexibles y resistentes, y al mismo tiempo tan ásperos que podían infligir profundas heridas con un leve roce. La persona que había elaborado aquel grotesco látigo le había añadido un mango rudimentario a la cola de la criatura, convirtiéndola así en un arma temible.

—Y esto —prosiguió Axlin— tampoco es una daga corriente. El filo es una garra de rechinante.

Hasta donde ella sabía, nada podía quebrar las uñas de aquellas criaturas.

—Y los dardos de esta cerbatana... son espinas de crestado. Son tan venenosas que pueden matarte con solo rozar tu piel. —Recordó que ni siquiera Lexis se había atrevido a destilar el veneno de crestado para su colección. Su mirada se desvió hacia las manos del buhonero, curiosa—. Oh, pero llevas guantes. De una piel escamosa bastante peculiar. ¿De abrasador, tal vez?

La piel de los abrasadores no era tan dura y resistente como la coraza de los caparazones, pero sí bastante más que la de otros monstruos, y además poseía cualidades ignífugas que protegían a aquellas criaturas de su propio fuego. Axlin no se había planteado nunca la posibilidad de que fuera lo bastante flexible como para fabricar prendas con ella; pero, si aquellos guantes eran realmente lo que parecían, resultarían muy útiles y prácticos, sobre todo para alguien que, como ella, manipulaba flechas envenenadas. No obstante, comprendió enseguida que, en ese caso, tampoco podría pagarlos.

El buhonero le prestó atención por fin.

—Sabes muchas cosas, ¿eh? ¿Quién eres?

—¿Dónde consigues todo esto? —preguntó Axlin a su vez—. Hasta ahora nunca he conocido a nadie que fabrique objetos con restos de monstruos. No es fácil...

Se interrumpió de repente, porque oyó la voz de Godrix llamándola. Se incorporó para buscarlo con la mirada y se sobresaltó al descubrir que el individuo de la capa azul estaba a poca distancia de ella, en el puesto de al lado. De cerca resultaba todavía más intimidante. Vestía ropas grises y portaba dos largas dagas a los costados. Axlin se dio cuenta de que lo que más llamaba la atención de él era precisamente aquella capa, y el hecho de que se cubriera con la capucha a pesar de que el sol brillaba con fuerza entre los barrotes de la Jaula. Sin embargo, nadie más a su alrededor parecía notarlo. Todos eran conscientes de la presencia del hombre de la capa, se apartaban a su paso e inclinaban la cabeza con deferencia, pero nadie se dirigía a él, e incluso los mercaderes, habitualmente tan descarados y locuaces, lo trataban con un inusitado respeto.

—Axlin —dijo de pronto Godrix a su lado, sobresaltándola—. ¿Qué haces ahí parada? Llevo un buen rato buscándote.

—Yo... —empezó ella, volviéndose hacia el buhonero; pero este ya no estaba: había recogido la manta con sus extrañas mercancías y se había esfumado en silencio.

Axlin preguntó a Godrix por el hombre de la capa azul, y el anciano le dijo que se trataba de uno de los Guardianes de la Ciudadela, lo que la dejó muy impresionada. Había oído hablar mucho de ellos, pero nunca antes los había visto en la Jaula. Aquel, no obstante, debió de proseguir su camino antes del atardecer, o quizá se retiró temprano a descansar; el caso es que la joven no volvió a cruzarse con él en todo el día, y tampoco lo localizó en el comedor a la hora de la cena.

—Ellos siguen sus propias reglas —le explicó Godrix cuando ella se lo comentó—. Van y vienen, y no necesitan escoltas.

—Me hubiera gustado hablar con él —confesó Axlin—. Si es cierto todo lo que cuentan de los Guardianes de la Ciudadela, deben de saber muchísimas cosas acerca de los monstruos.

Nada más decir esto, creyó descubrir una conexión y alzó la cabeza de pronto.

—Godrix —comentó—, la noche que llegué a la Jaula me contaste que, cuando eras niño, conociste a un Guardián de la Ciudadela que mató a cuatro pellejudos, antes de que se forjaran los barrotes.

—Sí, en efecto, así es. A los Guardianes los entrenan para matar monstruos. Es su trabajo, y lo hacen muy bien.

—Hoy he conocido a un buhonero que vendía objetos fabricados con restos de monstruos. Pieles, garras y cosas así.

El anciano asintió lentamente, con el ceño fruncido.

—Conozco a ese buhonero del que hablas. Y también sé qué clase de productos vende.

—Me pareció que se comportaba de forma un poco esquiva, como si estuviese haciendo algo malo. No hay mucha gente que pueda matar monstruos, y jamás he conocido a nadie que reutilice sus pieles, sus huesos o lo que sea para fabricar otras cosas. —Se detuvo, pensativa. Años atrás, aquella idea le habría resultado repulsiva. Ahora, no obstante, le suscitaba una gran curiosidad—. ¿Tienen algo que ver los Guardianes con todo esto? —preguntó, aunque le había parecido que, si el buhonero trataba de evitar a alguien, era precisamente al misterioso encapuchado.

Godrix meditó un momento antes de responder:

—Los Guardianes de la Ciudadela tienen la obligación de luchar contra los monstruos, ya sabes. Y supongo que Draxan, el buhonero..., preferiría no tener que contar a nadie de dónde saca su mercancía. ¿Me entiendes?

Axlin negó con la cabeza. Su amigo suspiró.

—Draxan es el único que vende estas cosas porque es el único que sabe dónde conseguirlas, ¿entiendes ahora? Por eso las cobra tan caras. Si la Guardia de la Ciudadela metiera las narices en sus asuntos..., se correría la voz y se le fastidiaría el negocio. Por eso lleva mucho tiempo dándole esquinazo. También yo le he preguntado alguna vez al respecto, pero nunca ha querido responderme. No se fía ni de su sombra.

Axlin asintió, alicaída.

—Ya veo —murmuró—. Eso quiere decir que tampoco querrá contármelo a mí.

—¿Te interesa? Mañana partes hacia la Ciudadela, Axlin. Deberías irte a dormir y no darle más vueltas al asunto. La caravana partirá muy temprano.

Pero ella apenas lo escuchaba. Acababa de darse cuenta de que el tal Draxan estaba sentado en un rincón del comedor, en una mesa minúscula y discreta. Pero no se encontraba solo. Conversaba con una mujer a la que Axlin había visto aquella misma mañana en el patio trasero, al mando de uno de los puestos más grandes y mejor surtidos del mercado.

Godrix siguió la dirección de su mirada y suspiró.

—Bueno, parece que no vas a cambiar de opinión. Está bien, intenta hablar con él si crees que es una buena idea.

Axlin pensaba hacerlo de todos modos. Esperó a que Draxan cerrara el trato y se despidiera de su cliente. En cuanto la mujer salió del comedor, la joven se apresuró a sentarse en su lugar.

El buhonero la miró con desgana por encima de su copa.

—¿Otra vez tú? Pensaba que había quedado claro que no tengo nada que venderte.

—No tengo interés en comprar.

—Pues entonces te has sentado en la silla equivocada.

Axlin pasó por alto sus malos modos.

—Me gustaría saber cómo consigues esas cosas que vendes. ¿Las fabricas tú mismo? Si es así, ¿de dónde sacas los materiales?

Draxan alzó una ceja con escepticismo.

—¿En serio crees que voy a responder a tus preguntas?

—No soy comerciante, ni trabajo con ningún otro buhonero o mercader. No tengo intención de robarte clientes ni de competir contigo de ninguna manera.

Él se rio.

—No podrías competir conmigo por mucho que lo intentaras.

—Entonces, ¿por qué tienes miedo de responder a mis preguntas?

—Mis negocios no son asunto tuyo, niña.

—Bueno, a lo mejor resulta que sí lo son —replicó Axlin. Sacó su libro y lo depositó sobre la mesa para que Draxan lo viera.

Él lo hojeó con una leve sonrisa de desprecio que se fue congelando en su boca a medida que pasaba las páginas.

—¿De dónde has sacado este libro, niña? ¿Lo has robado de la biblioteca de la Ciudadela?

—Por supuesto que no —respondió ella ofendida.

—Eres amiga de Godrix. ¿También lo eres de los Guardianes? ¿Te lo han dado ellos?

—No conozco a ningún Guardián. Ni siquiera he estado nunca en la Ciudadela.

Él la observó con mayor detenimiento.

—Sí, eso parece evidente. Entonces, ¿dónde has encontrado este libro?

—Lo he escrito yo. A esto me he dedicado en los últimos años. Soy escriba, pero no cualquier clase de escriba. Recorro los caminos y los enclaves reuniendo información sobre los monstruos. Por eso estoy interesada en saber cómo consigues tu mercancía. Nunca había visto nada igual.

Draxan se relajó un poco y le dedicó una segunda sonrisa, algo más amable que la anterior.

—Tampoco yo había visto antes un libro como este —ponderó a cambio—. No sé leer muy bien, pero los dibujos son bastante buenos. Mira este, por ejemplo. —Se detuvo en la sección dedicada a los rechinantes y señaló las ilustraciones—. Vendo dagas hechas con garras como estas, pero nunca he visto a un rechinante de verdad, ni vivo ni muerto.

—Cuando recorres tantas aldeas como yo, al final terminas conociendo a todos los monstruos. —Se detuvo de golpe, consciente de lo soberbias que habían sonado sus palabras—. Quiero decir... —trató de arreglarlo— que sé que los buhoneros arriesgáis la vida en vuestras rutas..., pero viajáis siempre por los mismos sitios, una y otra vez, mientras que yo he encadenado varias rutas en los últimos meses y he visitado muchas aldeas diferentes...

—Lo he entendido —sonrió Draxan—. No te apures, yo no soy un buhonero realmente. No sigo ninguna ruta. Trabajo en la cantera, pero tengo la suerte de saber exactamente dónde y cómo conseguir estos objetos que traigo al mercado. Con el dinero que saco de las ventas espero ahorrar lo bastante como para poder ir a la Ciudadela algún día e instalarme allí con mi familia.

Axlin lo observó con mayor detenimiento y percibió detalles que antes se le habían pasado por alto, como la anchura de sus hombros, sus brazos musculosos y los mechones grises que coloreaban sus sienes.

—Puede que tenga un intercambio que proponerte, si es verdad lo que dices —prosiguió él—. Te he visto a menudo con Godrix y sé que él tiene tratos con Guardianes.

—Godrix tiene tratos con todo el mundo. Ha vivido en la Jaula casi toda su vida y conoce a mucha gente. Eso no significa que yo los conozca también.

Draxan dudaba.

—Lo averiguaré de todos modos —dijo al fin—. Mi propuesta es la siguiente: tú me dejas tu libro y yo te llevo al lugar donde consigo mi mercancía... en cuanto me asegure de que es verdad que no tienes nada que ver con los Guardianes.

—No tendrás problema en comprobarlo, porque es la verdad. Pero ¿para qué quieres mi libro? No está en venta, ni tampoco disponible para intercambiar.

—Solo lo quiero una noche, para mirarlo con calma. Tengo que confesar que esta mañana me has impresionado: has identificado los monstruos con solo echar un vistazo a mi mercancía, y hasta es probable que sepas más que yo acerca de ellos. Si consigo más información sobre los objetos que vendo, quizá pueda sacar un precio mejor por ellos.

Axlin accedió y Draxan se incorporó satisfecho, se despidió de ella y se alejó con el libro. La joven se quedó mirándolo, pensativa, hasta que la voz de Godrix tras ella la sobresaltó:

—¿Por qué se lleva tu libro? No se lo habrás dado a cambio de información...

—Es solo un préstamo —respondió ella, volviéndose hacia su amigo—. Mañana me lo devolverá y me llevará al lugar donde consigue las cosas que vende.

Godrix sacudió la cabeza, preocupado, y Axlin se inquietó.

—¿Qué pasa? ¿Crees que no debería ir con él?

—Creo que tendrás mucha suerte si vuelves a ver ese libro algún día, Axlin.

Ella inspiró hondo, angustiada ante la posibilidad de que Draxan la hubiese engañado.

—No lo dices en serio. ¿Por qué iba a robarme mi libro? ¡He trabajado en él durante años!

—Es mucho más valioso de lo que piensas.

Ella se volvió hacia el lugar por donde se había marchado Draxan, inquieta.

—¿Quieres que averigüe en qué habitación está? —se ofreció Godrix.

Ella negó con la cabeza.

—No es necesario, Godrix. Cumplirá su palabra.

—No puedes saberlo. ¿Y si no lo hace?

Axlin aguzó el oído. Hacía un buen rato que los «flap, flap, flap» de los pellejudos resonaban desde el exterior, pero ella apenas les prestaba ya atención.

—No tiene a dónde ir. No puede salir de la Jaula hasta el amanecer. Si quisiera llevarse mi libro, no lo habría intentado de noche.

El anciano suspiró.

—Espero que tengas razón. A veces eres demasiado confiada.

—¿Y cómo debería ser, según tú? En mi aldea no se engaña ni se roba, Godrix. Las personas debemos estar unidas para luchar contra los monstruos, que son el auténtico enemigo. ¿Cómo es posible que aquí lo hayáis olvidado?

Había levantado la voz, y los pocos huéspedes que quedaban en el comedor alzaron la cabeza para mirarla con curiosidad. Axlin enrojeció.

—Lo siento, estoy cansada —murmuró—. Hoy ha sido un día muy largo.

El anciano colocó una mano sobre su hombro para reconfortarla.

—No te preocupes. No he tratado mucho a Draxan y siempre me ha parecido un sujeto bastante más escurridizo que la mayoría de los buhoneros que conozco, pero es posible que tengas razón con respecto a él. De todos modos, y solo por si acaso, hablaré con los centinelas para que no lo dejen salir mañana de la Jaula si lleva tu libro encima.

Axlin respiró hondo. Quiso decirle que no era necesario, que confiaba en Draxan.

Pero no se atrevió.

14

Aquella noche apenas pudo dormir. La Jaula no estaba tan abarrotada como en los días anteriores porque muchos buhoneros y mercaderes se habían marchado ya, pero aun así seguía habiendo demasiada gente en su habitación: cerca de una docena de mujeres, cuando lo habitual era no más de cinco o seis por noche. No obstante, durante las jornadas álgidas del mercado habían llegado a la veintena y Axlin había sido capaz de conciliar el sueño sin grandes problemas, por lo que no podía echar la culpa de su inquietud a sus compañeras de cuarto. Después de dar muchas vueltas en su jergón, preguntarse una y mil veces si había hecho lo correcto y dar alguna brevísima cabezada, se incorporó por fin, intranquila y entumecida, en cuanto los gritos de los pellejudos comenzaron a alejarse. Aún no había amanecido, pero los monstruos siempre se marchaban justo antes de que saliera el sol.

Salió de la habitación, dejando atrás a sus compañeras dormidas, bajó las escaleras, se aseó en el patio y se encaminó hacia el comedor, donde tenía intención de esperar a Draxan.

Le sorprendió comprobar que él ya se encontraba allí, ocupando la misma mesa que la noche anterior, con su libro ante él y con aspecto de haber dormido tan poco como ella.

La muchacha miró a su alrededor. El comedor estaba casi vacío, y por lo que parecía ni siquiera Godrix había bajado aún. Se sentó frente a Draxan y clavó la vista en el libro que él sujetaba, preguntándose si no resultaría descortés reclamar que se lo devolviera de inmediato.

—Buenos días —saludó con prudencia.

Él sonrió.

—Tampoco tú has dormido demasiado bien, ¿eh? Me pregunto por qué.

Axlin no respondió. Su mirada seguía fija en el libro, y Draxan lo notó. Lo empujó suavemente hacia ella.

—Toma, te lo devuelvo. He pasado toda la noche mirándolo. No he podido leerlo todo, ya te dije que no leo demasiado bien, así que voy muy lento. —Hizo una pausa mientras ella recogía el volumen casi con ansia y lo estrechaba entre sus brazos, reconfortada por haberlo recuperado—. Es lo más espantoso que he visto en mucho tiempo.

Axlin lo miró sin comprender. Draxan se mostraba visiblemente afectado.

—Todos esos monstruos. Todas esas formas horribles de matar gente. Tantas criaturas espeluznantes que andan sueltas por ahí... —Se estremeció—. Todos nacemos y crecemos rodeados de monstruos. Forman parte de nuestro mundo, así que al final nos hacemos a la idea de que están ahí, y de que podremos evitarlos con un poco de suerte. Pero en tu libro salen muchos más. Es como volver a descubrir que vives en un mundo brutal cuando ya creías que lo habías asumido.

Axlin sabía muy bien de qué estaba hablando. Ella lo había sentido así muchos años atrás.

—Revivir el terror —murmuró—. Por eso empecé a escribir este libro. Por eso viajo por los enclaves, porque tenía miedo de encontrarme un día con un monstruo desconocido y no saber cómo enfrentarme a él.

Draxan negó con la cabeza.

—¿De qué te vale saber que existen otros monstruos? Si te topas con ellos, te matarán de todas formas. Quizá lo mejor para ti hubiese sido quedarte a salvo en tu aldea. Quizá lo mejor para mí habría sido no leer ese libro tuyo. Tardaré mucho tiempo en olvidarlo.

—¿Habrías preferido no saber? —planteó Axlin, atónita.

—Sin duda. Por eso sueño con vivir en la Ciudadela, donde todas esas criaturas no son más que una pesadilla que se desvanece al amanecer.

Ella no supo qué responder.

—Recoge tus cosas —ordenó entonces Draxan—. Si quieres venir conmigo, tienes que estar lista en menos de una hora.

—¿Ir contigo? ¿A dónde?

—Hicimos un trato, ¿no? Te voy a llevar al lugar donde vive la bruja de la colina. Puedes preguntarle a ella sobre los objetos que vendo. Que decida responderte depende de ella... y de ti.

Axlin dudó solo un momento antes de asentir. Se levantó, se despidió de Draxan y se dirigió a su habitación con toda la presteza que fue capaz.

En el pasillo se topó con Godrix.

—Veo que has recuperado tu libro —dijo él por todo saludo—. Me alegro mucho.

—Sí —respondió ella casi sin aliento—. Me voy con Draxan. Me va a llevar al lugar donde consigue su mercancía.

—¿Ah, sí? ¿No vas a viajar a la Ciudadela, pues?

—Lo haré algún día, pero no hoy. Después de todo, y como tú mismo has dicho más de una vez, en la Ciudadela ya no quedan monstruos.

Godrix la miró en silencio unos instantes. Por fin habló:

—Entiendo. Espero que tengas suerte, entonces, y que encuentres lo que estás buscando.

Varios días después, Draxan detuvo el carro en un cruce del camino. Axlin lo miró con inquietud.

—¿Hemos llegado? —preguntó.

Viajaba con él y con su escolta, un tipo fornido y huraño que no parecía muy contento con la idea de tener que acompañarlos en aquel trayecto imprevisto. Habían hecho un alto en la cantera donde vivía Draxan, un enclave bien fortificado a tres jornadas de la Jaula; de allí al lugar donde vivía la bruja de la colina solo había medio día de camino.

—¿Por qué la llaman la bruja? —había preguntado Axlin.

«¿Qué es exactamente una bruja?», quería saber en realidad. Pero tenía la sensación de que lo iba a descubrir de todas maneras.

—Su enclave fue destruido por los monstruos hace años —respondió Draxan—. Todos murieron, menos ella y su bebé. Nadie sabe cómo se salvaron, y eso no es todo: lo más sorprendente es que no se marcharon de aquí. Y siguen vivos.

—¿Viven ellos solos... en una aldea abandonada? —se sorprendió Axlin—. ¿Y los monstruos no los han matado aún?

—Nadie sabe cómo lo hacen, y ellos tampoco se relacionan demasiado con la gente. De modo que en los enclaves de alrededor les tienen miedo. Solo nosotros nos acercamos de vez en cuando para intercambiar con ellos cosas que necesitan, ¿verdad, Korox?

El escolta gruñó algo ininteligible. Parecía sumamente incómodo con aquella conversación, pero el buhonero siguió hablando:

—Cuando te acerques al enclave, ya verás que no es un lugar que aprecie las visitas.

Axlin debería haber intuido sus intenciones cuando hizo ese comentario, pero en aquel momento se sentía perpleja. Se preguntaba cómo era posible que una mujer sola hubiese logrado no solo sobrevivir, sino también criar un niño en un lugar lleno de monstruos.

Por esa razón, cuando Draxan detuvo el carro en el cruce y la invitó a bajar, se quedó mirándolo con incredulidad.

—¿No vamos a seguir adelante?

—Ya casi estás —le respondió el buhonero—. Sube por esa senda y a unos cien pasos encontrarás la entrada del enclave.

—¿Qué estás diciendo? —se alarmó Axlin—. ¿No vais a acompañarme?

Él se encogió de hombros.

—No tengo nada que negociar con ellos ahora mismo. Te he traído por hacerte un favor, pero debemos estar de vuelta en la cantera al anochecer y no podemos entretenernos, lo siento.

Axlin bajó del carro, aún desconcertada, y recogió el zurrón que le tendía el escolta.

—Volveré dentro de tres semanas —prosiguió Draxan—, en mi próximo día libre, y esta vez sí vendré para comerciar. Si sigues aquí para entonces, te llevaré de vuelta a la Jaula.

—¿Si sigo aquí? —repitió la joven—. ¿A dónde podría ir, si no?

El buhonero se encogió de hombros.

—Tú insististe en que te trajera. ¿Te vas a quedar o no?

Axlin se dio la vuelta y oteó la senda que tenía ante ella. Seguía cuesta arriba un buen trecho, pero los tejados semiderruidos del enclave eran visibles desde allí. Iba a preguntar si estaban seguros de que el lugar no estaba completamente abandonado cuando oyó el canto de un gallo. Eso le infundió cierta confianza. Inspiró hondo y contestó:

—Sí, me quedo.

Draxan silbó por lo bajo y lanzó una mirada a su escolta, que gruñó de nuevo, consternado. Axlin sospechó que acababa de perder una apuesta, y se sintió molesta. Recogió sus cosas, cargó su ballesta y, sin decir nada más, dio media vuelta y se encaminó por la senda cojeando.

—¡Buena suerte! —exclamó el buhonero a sus espaldas.

Ella alzó la mano en señal de despedida, pero no se volvió. Cuando el carro desapareció por el recodo, miró a su alrededor, alerta, pero no detectó ningún movimiento inquietante.

El camino era estrecho y empinado. Tiempo atrás, lo habrían recorrido carros sin ningún problema, pero ahora llevaba tantos años abandonado que la maleza lo había invadido casi por completo. En algún momento había estado empedrado, pero nadie lo había mantenido y ahora había tantos adoquines sueltos que resultaba difícil avanzar sin tropezar.

Se detuvo a diez pasos de la entrada del enclave. Lo rodeaba un murete semiderruido que cualquier monstruo podría saltar sin problemas, y ni siquiera tenía puerta. Lo único que quedaba de la entrada era un arco de piedra adornado con una serie de cenefas de un color rojo desvaído que culminaban en un elaborado símbolo que a Axlin le recordó a una flor.

Cuando se acercó para examinarlo de cerca, sin embargo, reparó en las calaveras y retrocedió con una exclamación de alarma.

Lo primero que pensó fue que la aldea había sido tomada por los robahuesos; pero enseguida corrigió su primera impresión, pues aquellos restos no eran humanos. Reprimiendo su aprensión, se acercó a examinarlos con mayor detenimiento.

Eran ocho cráneos, todos de monstruos. Estaban empalados en ocho estacas hundidas en el suelo y alineadas a ambos lados del camino. Por alguna razón, Axlin evocó la voz de Loxan aullando en medio de una batalla: «¡Y brindaremos con vuestras calaveras peladas!». Aquello había sido una bravuconada, naturalmente. Los dos hermanos no habrían sido capaces de reunir una colección tan macabra como aquella.

La muchacha respiró hondo y percibió el leve olor a descomposición que todavía impregnaba el ambiente, pese a que aquellos restos debían de llevar allí mucho tiempo y los huesos ya estaban totalmente desprovistos de carne. Se obligó a sí misma a pensar con claridad.

Parecía evidente que aquellas calaveras estaban allí para disuadir a los visitantes de acercarse más al enclave. Lo más sensato sería sin duda dar media vuelta y hacer caso de la sugerencia. Pero, por otro lado, no tenía otro sitio adonde ir. A aquellas alturas, el carro de Draxan estaría ya lejos.

Se armó de valor y siguió adelante. Había clavado la mirada en la entrada, pero no pudo evitar volverse hacia los lados para echar un vistazo a los cráneos. Los fue catalogando a medida que los sobrepasaba. Trescolas, caparazón, desconocido, piesmojados (¿o era quizá un dedoslargos?), crestado, rechinante, desconocido... y lo que parecía un pellejudo.

Se detuvo de golpe ante este último, atónita. ¿Habría pellejudos en aquel lugar? Si así era, ¿cómo era posible que quedasen supervivientes?

La angustia le retorcía las tripas. ¿Y si no los había? ¿Y si Draxan la había engañado?

Pero no le serviría de nada perder los nervios. Oía a las gallinas cloquear desde algún rincón del enclave. Alguien debía de ocuparse de ellas, y sin duda no se trataba de un monstruo.

Con la ballesta a punto, franqueó por fin el umbral de la aldea, dejando atrás el macabro adorno de la entrada. Miró a su alrededor, y a simple vista solo descubrió casas abandonadas que nadie se había molestado en mantener. Más allá, sin embargo, había una edificación que parecía estar en buen estado.

—¿Hola? —saludó mientras avanzaba por la aldea renqueando—. ¿Hay alguien ahí?

Pero nadie respondió.

Aquella aldea había sido al menos el doble de grande que el enclave en el que ella había nacido, pero ahora parecía casi desierta. Se dirigió a la única casa que parecía habitada.

—¿Hola? —repitió, asomándose a la entrada.

De nuevo la recibió el silencio.

Axlin no entró en la casa. La rodeó hasta llegar al patio trasero, por donde merodeaban las gallinas, una media docena, bajo la vigilancia de un gallo que esponjaba sus plumas en lo alto de un poste.

Al fondo del patio había un pequeño huerto, y más allá se alzaba un cercado donde pacían dos cabras. Se disponía a aproximarse cuando, de pronto, alguien la agarró férreamente por detrás, inmovilizándola. Lanzó una exclamación de sorpresa. No lo había oído acercarse.

—No te muevas —dijo una voz en su oído, y ella sintió algo frío y afilado contra su cuello—. Suelta ese trasto si no quieres que te corte el cuello.

Axlin bajó el brazo y dejó caer la ballesta con cuidado, sorprendida y asustada a partes iguales. Había aprendido a temer a los monstruos, pero no a la gente. Era vagamente consciente de que algunas personas atacaban y herían a otras, pero nunca le había sucedido a ella y no lo había asimilado como una posibilidad real.

—¿Quién eres, y cómo has llegado aquí?

—Soy Axlin —pudo decir ella—. He venido en el carro de Draxan, el buhonero.

Su captor aflojó la presa, y ella pudo respirar un poco.

—¿Dónde está Draxan? Nunca pasa de la puerta.

—Me ha dejado en el cruce y se ha ido. Ha dicho que hoy no tenía nada que intercambiar.

—Entonces, ¿para qué ha venido?

—Para traerme a mí, porque yo se lo he pedido.

A medida que hablaba, Axlin se sentía cada vez más segura. Los monstruos no conversaban; se limitaban a matarte sin más. Dedujo por la voz de su interlocutor que se trataba de un joven, quizá de su edad o un poco mayor. Bajó la vista para contemplar de reojo el brazo que la sujetaba, moreno y musculoso, y se sintió turbada. Recordó de pronto a Tux, sus abrazos y sus besos. Desde entonces no había vuelto a estar tan cerca de un muchacho. Algunos se le habían insinuado durante su viaje, pero ella siempre había mantenido las distancias porque aún no se sentía preparada para echar raíces en ninguna parte.

—¿Puedes soltarme ya, por favor? No soy un monstruo.

El chico dudó un instante y la liberó, pero no retiró el arma que mantenía pegada a su cuello.

—¿Por qué has venido? —insistió.

—Busco a la bruja de la colina.

Comprendió enseguida que había cometido un error, porque de nuevo él se tensó tras ella. No volvió a aferrarla, pero la punta del arma se clavó un poco más en su piel.

—Busco a los habitantes del enclave —rectificó—. No sé si son brujos o no, y me da lo mismo. Solo quiero hablar con vosotros. —El muchacho dudaba, y Axlin, que cada vez se sentía más irritada y menos asustada, empezó a pensar que aquella situación era absurda—. Venga ya, no es posible que creas que una chica coja puede ser una amenaza para ti.

—¿Me tomas por tonto? ¡Vas armada!

—Claro que voy armada, pero es para defenderme de los monstruos, no para atacar a otras personas.

Era un argumento endeble, ya que podía usar sus armas para ambas cosas, pero lo que probablemente convenció al muchacho fue el tono indignado de su voz. Finalmente, retiró el filo, se separó de ella y Axlin pudo darse la vuelta.

Se miraron a los ojos. En efecto, se trataba de un chico de unos diecisiete o dieciocho años. Y era una persona y no un monstruo, pero aun así ella tuvo la sensación de que latía en él algo salvaje. Como ya había advertido, era atlético y de piel tostada por el sol. Su cabello, castaño con tonos rojizos, estaba tan alborotado como si acabara de levantarse, aunque él no parecía en absoluto adormilado: su aspecto, su postura y su mirada recordaban más bien a los de un felino evaluando un imprevisto y tratando de decidir si suponía un peligro o, por el contrario, podía convertirlo en su próximo almuerzo.

Y Axlin se sentía de verdad como una presa paralizada ante la mirada del depredador. Pero no porque temiese ser devorada, sino porque nunca antes había visto unos ojos como los suyos. Y no podía dejar de mirarlos.

Eran de color dorado. La muchacha parpadeó, suponiendo que se trataría de un efecto de la luz, y que probablemente serían marrones en realidad. Pero no: sus iris parecían hechos de oro líquido.

—Axlin —dijo él—. Así te llamas, ¿no?

Ella volvió a la realidad.

—Sí, así es. Soy escriba —declaró—. He venido desde muy lejos para hablar con los habitantes de este enclave. —Eso no era del todo exacto, pero tampoco se trataba de una completa mentira—. No sois muchos, ¿verdad?

El chico la observaba todavía con cierta desconfianza. Por fin sacudió la cabeza.

—No, aquí solo vivimos mi madre y yo. Aunque probablemente ya te lo han contado.

Axlin recordó la historia de la mujer que había criado sola a su bebé. Por alguna razón, había creído que se trataría de un niño, pero estaba claro que los dos habitaban en aquella aldea desde hacía más años de los que había calculado. Y habían sobrevivido solos durante todo aquel tiempo.

—Me llamo Xein —anunció él entonces—. Vamos, pasa. ¿Tienes hambre? Te prepararé algo de comer. Mi madre ha ido a recolectar, pero no tardará en volver.

Poco después se encontraban ambos en la casa, sentados a la mesa, ante sendos cuencos de gachas y un tazón de leche de cabra recién ordeñada. Axlin dio buena cuenta de todo con apetito y agradecimiento. Se moría de ganas de empezar a hacer preguntas, pero no quería parecer descortés. No obstante, Xein también sentía curiosidad, y fue el primero en romper el silencio:

—Entonces, ¿qué haces aquí exactamente? ¿Por qué quieres hablar con nosotros?

Axlin decidió no mencionar todavía el tema de los peculiares objetos que vendía Draxan. Le contó, en cambio, que hacía ya varios meses que viajaba por las aldeas recopilando información sobre los monstruos.

—He pasado las últimas semanas en la Jaula. ¿Conoces ese sitio?

Xein asintió.

—He oído hablar de él.

—Pues fue allí donde yo oí hablar de vosotros. Me contaron que tu madre y tú lleváis años resistiendo a los monstruos en este enclave sin ayuda de nadie más. Y he venido porque quiero saber cómo lo hacéis.

El chico sonrió, un tanto incómodo.

—Bueno, es cuestión de práctica —respondió—. Tampoco tiene tanta importancia.

—¿Que no tiene importancia? —soltó ella, pasmada—. He visitado aldeas, bastante más pobladas que la tuya, que sobreviven a duras penas mientras vosotros seguís vivos en este lugar... ¡que ni siquiera tiene una puerta en condiciones! ¿Y me estás diciendo que no tiene importancia?

—Hace mucho tiempo que los monstruos ya no nos atacan —se defendió él—. No se atreven a enfrentarse a nosotros, así que...

—No puede ser —cortó Axlin—. Los monstruos no se rinden nunca. Atacan hasta que matan a todo el mundo o mueren en el intento.

Xein desvió la mirada, molesto, y ella comprendió que no le

sacaría gran cosa si cuestionaba todo lo que él le contaba. Trató de enfocar el asunto desde otro ángulo.

—He visto los cráneos de la entrada. Pertenecen a muchos monstruos diferentes. Imagino que habréis desarrollado una estrategia de defensa para cada uno de ellos. —Xein la miró sin comprender—. Los caparazones, por ejemplo —prosiguió ella—, son muy lentos, pero su coraza los hace prácticamente invulnerables. Y tienen unas mandíbulas de acero. Conocí una vez a un hombre al que le mordieron la pierna y sobrevivió porque él mismo se la cortó con un hacha. De lo contrario, el caparazón lo habría devorado allí mismo, porque nadie fue capaz de conseguir que lo soltara, a pesar de que lo golpeaban con todas las armas que tenían.

—No tiene sentido atacar a golpes a los caparazones, son demasiado duros —coincidió Xein—. Yo les pongo trampas. Cavo hoyos muy hondos en los lugares por donde sé que van a pasar. Caen como piedras porque son demasiado torpes y pesados como para evitarlas. Después... —Calló de pronto, un tanto intimidado por el interés con que Axlin lo escuchaba—. ¿Qué pasa? ¿Por qué me miras así?

—Cavas hoyos en los lugares de paso de los caparazones... —repitió ella—. ¿Me estás diciendo que tú y tu madre salís a buscar a los monstruos?

—No, salgo yo solo. —Ladeó la cabeza y clavó en ella una mirada ceñuda—. Soy cazador de monstruos, por si no lo habías notado.

Axlin abrió la boca dispuesta a replicar, pero se calló a tiempo. Había viajado mucho y tenía información de sobra para desmontar una tras otra todas aquellas patrañas. Porque era obvio que el chico le estaba mintiendo.

No obstante, si lo dejaba en evidencia, probablemente Xein se enfadaría con ella y no le contaría nada más. Por contra, si Axlin se ganaba su confianza, tal vez lograra averiguar qué estaba sucediendo en aquel extraño lugar.

—Entonces, ¿los cráneos de la entrada pertenecían a monstruos que has cazado tú? —preguntó, intentando contener el escepticismo que asomaba a su voz—. ¿El trescolas, el rechinante y los demás?

Xein asintió con tanta seguridad que Axlin se sintió molesta por su descaro. Pero se esforzó por disimularlo.

—¿También el pellejudo?

—Sí, todos. ¿Qué pasa, no me crees?

La joven trató de escoger bien las palabras.

—Bueno, es que son muchos monstruos diferentes para un solo enclave. En cualquier aldea tendrían problemas para sobrevivir solo con la mitad.

—No son todos de por aquí, es verdad —admitió él—. Los pellejudos, por ejemplo, anidan en un pico rocoso que está a medio día de camino. Salen a cazar en bandada todas las noches y vuelven siempre antes del amanecer, pero nunca han atacado este lugar.

Axlin iba a replicar, pero entonces oyó un murmullo a su espalda y un gruñido, y se incorporó de un salto, alarmada. Al darse la vuelta, descubrió a una mujer pelirroja que la miraba con desconfianza desde la puerta. No obstante, lo que la hizo retroceder y llevarse la mano al cinto en busca de su daga fue el animal que gruñía junto a ella enseñándole todos los dientes. Tardó apenas un instante en darse cuenta de que se trataba de un perro y no de un monstruo, y eso la tranquilizó notablemente, a pesar de su tamaño y su actitud agresiva.

—¿Quién eres? —preguntó la mujer con brusquedad—. ¿Qué haces aquí?

15

Axlin apartó la mano de la empuñadura de la daga con lentitud.

—Ha venido con Draxan, madre —intervino Xein—.
No pasa nada; no es peligrosa.

Ella se volvió hacia el muchacho, aún con el ceño fruncido.

—Eso lo decidiré yo —declaró, y después volvió a examinar a
la joven con atención. Ella alzó las manos, conciliadora.

—No soy un monstruo —dijo.

La madre de Xein posó la mano sobre la cabeza del perro para
tranquilizarlo. Axlin respiró hondo cuando el animal escondió los
dientes y se sentó sobre sus cuartos traseros.

Había visto perros en otras ocasiones; tenía entendido que
eran comunes en la Ciudadela y también los había en otras po-
blaciones bien defendidas, aunque no eran habituales en las aldeas
del oeste. En tiempos pasados, las personas los habían adiestrado
para que protegieran los enclaves, pero los monstruos los mataban siempre, porque, aunque no solían prestar atención a los
animales domésticos, sí se deshacían sin miramientos de aquellos
que los atacaban para defender a sus dueños.

Al final, las personas habían dejado de criar perros.

Los gatos, en cambio, aún resultaban útiles: mantenían a los roedores alejados del grano y las cosechas y eran lo bastante listos como para desaparecer con discreción cuando había algún monstruo por los alrededores.

La mujer seguía estudiando a Axlin como si estuviera ante una nueva especie de criatura.

—¿Dónde está Draxan? ¿Por qué no me habéis llamado para los intercambios?

—No ha venido a intercambiar, solo a traerme a mí —explicó la muchacha—. Me ha dejado en el camino y no volverá hasta dentro de varios días. Tres semanas, ha dicho.

El ceño de la mujer se hizo más profundo.

—¿Y pretende que cuidemos de ti hasta entonces?

—Puedo trabajar —se apresuró a responder ella—. No es la primera vez que lo hago: he venido desde muy lejos, viajando de aldea en aldea, y siempre me he ganado el sustento en todas partes.

—¿No eres de la Ciudadela?

—No, soy de un enclave en el oeste, muy lejos de aquí. Nunca he estado en la Ciudadela.

—Dice que está estudiando a los monstruos —intervino Xein—. Quiere aprender cosas sobre ellos.

—Sobre todo, cómo evitar que se nos coman. Eso sería muy interesante.

—Entiendo —murmuró la mujer; pero Axlin detectó en su tono que no la creía.

Sacó el libro de su zurrón para mostrarlo a sus anfitriones.

—Esta es mi investigación. A lo largo de mi viaje he aprendido muchas cosas, pero aún me queda mucho por descubrir.

Lo dejó sobre la mesa y esperó mientras ellos lo examinaban. Era posible que no supieran leer, pero los dibujos y esquemas que ilustraban las páginas les darían una idea bastante aproximada de su contenido.

La madre de Xein levantó la cabeza para mirarla a los ojos. El chico, mientras tanto, seguía hojeando el libro, y Axlin notó con satisfacción que parecía fascinado.

La mujer dudó un instante y dijo por fin:

—Me llamo Kinaxi. A mi hijo Xein ya lo conoces. Puedes quedarte hasta que vuelva el buhonero, siempre que colabores en las tareas. Así que ya puedes empezar: toma, coge esto y separa las plantas y las bayas, seguramente estarán mezcladas.

Axlin se aproximó para coger el zurrón que ella le tendía. Miraba de reojo al perro, pero este había perdido interés en ella y se había tumbado a los pies de Xein. Kinaxi continuaba observándola con gesto crítico.

—Cojeas —comentó al verla cargar con la bolsa.

—Sí, desde niña —contestó Axlin sin darle importancia—. Me atacó un nudoso. Supongo que no los tendréis por aquí, ¿verdad?

Kinaxi permaneció en silencio. Seguía sin quitarle ojo, como si aún no tuviese claro qué opinar sobre ella.

—Dices que vienes de lejos. ¿Cómo has podido sobrevivir al viaje?

—He viajado siempre con los buhoneros, y ellos llevan escoltas. Con ellos he aprendido a defenderme con mis propias armas. Por otro lado, los enclaves se protegen contra los monstruos como pueden. Tienen empalizadas, trampas y centinelas.

No pudo evitar echar un vistazo inquieto a su alrededor al pronunciar estas palabras, y Kinaxi lo notó.

—Nosotros no tenemos nada de eso, pero no nos hace falta. No temas; estarás a salvo aquí, siempre que no traspases los límites de la aldea.

—Entonces, ¿es cierto que los monstruos no atacan este lugar? ¿Cómo es posible?

Ella se encogió de hombros.

—Tenemos suerte —se limitó a responder.

—La suerte es caprichosa. Puede acabarse en cualquier momento.

—Nos dura ya diecisiete años. Si da la casualidad de que se nos acaba mientras estés aquí..., peor para ti.

Axlin no preguntó nada más. Parecía que Xein y Kinaxi no la iban a echar de su casa después de todo.

Aún seguía perpleja y algo dolida por su actitud. Había visitado muchas aldeas a lo largo de su viaje y siempre la habían acogido con amabilidad. Los viajeros solían ser bien recibidos en todas partes, y especialmente si tenían intención de quedarse. Cualquiera habría dado por sentado que Kinaxi y su hijo estarían deseando repoblar su aldea cuanto antes, y hasta aquel momento había creído que Draxan y los demás los mantenían aislados contra su voluntad por alguna clase de prejuicio o por pura crueldad. Sin embargo, acababa de descubrir que el buhonero estaba en lo cierto: si madre e hijo vivían solos, se debía a que no deseaban compañía.

O quizá eso no fuera del todo exacto. Mientras separaba las plantas en montones miró de reojo a Xein, que seguía examinando su libro con interés. El chico se había mostrado desconfiado al principio, pero después la había apoyado frente a su madre. Axlin tenía la sensación de que él sí quería que se quedase.

Evocó su propia infancia y primera juventud en su aldea. No era muy grande, pero aun así existía un grupo de niños más o menos de su edad, con los que había crecido, jugado, reído y llorado. Por lo que ella sabía, Xein había vivido siempre con la única compañía de su madre, sin apenas relacionarse con nadie más.

Se preguntó de nuevo por qué se habían quedado allí. Una mujer que todavía era fértil y un muchacho joven y sano serían bien recibidos en cualquier enclave.

La muchacha terminó la tarea que Kinaxi le había encomendado y la ayudó a poner en orden la estancia. La casa tenía dos habitaciones: una principal, donde estaban los fogones, la alacena y la mesa para comer, y otra más pequeña, en la que había dos jergones. Axlin había visto también que tenía un cobertizo adosado que hacía las veces de almacén, y que había un pequeño retrete en el patio trasero.

No quedaba mucho espacio para los invitados, pero evitó mencionar el tema. Kinaxi parecía nerviosa y la riñó sin motivo en un par de ocasiones, hasta que envió a los dos jóvenes a recoger a los animales porque estaba ya atardeciendo.

Axlin acompañó a Xein hasta el exterior. Juntos metieron a todas las gallinas de nuevo en el gallinero, pero él se detuvo junto al cercado de las cabras, pensativo.

—¿Sabes una cosa? —le dijo de pronto—. Creo que aún es pronto para guardar a los animales. Tenemos tiempo para dar un paseo por la aldea, si te apetece.

—Sí —respondió ella enseguida.

Caminaron juntos entre casas abandonadas y restos de muros semiderruidos y cubiertos de musgo y vegetación. Todo estaba en silencio, y Axlin se estremeció al pensar que, tiempo atrás, aquel lugar había estado lleno de vida. Imaginó a sus habitantes ocupados en múltiples tareas, a los niños jugando en la plaza central de la aldea, disfrutando de cada instante de paz como si fuera el último, porque podía serlo. Sabía que la existencia de los monstruos se sobrellevaba mejor en compañía. Cuanta más gente viviese en una aldea, tanto más seguras se sentían las personas que la habitaban, a pesar de que ninguna estaba completamente a salvo.

—Debió de ser un enclave muy grande —murmuró.

—Sí —asintió Xein—. A mí me gustaría reconstruirlo, pero nosotros solos no podemos, y lo cierto es que no vale la pena. Tampoco podemos mantener todos los huertos y sembrados que había dentro del enclave, así que la mayoría han sido invadidos por plantas silvestres y malas hierbas. La buena noticia es que eso significa que podemos recolectar algunas bayas y plantas medicinales dentro de la aldea, sin necesidad de salir al exterior.

—¿Quieres decir que los monstruos respetan los límites del enclave, a pesar de que el murete está prácticamente derruido y hay zonas asilvestradas que vosotros ya solo pisáis de vez en cuando?

—Sí, en efecto. ¿Qué pasa? ¿Tienes miedo?

—¿Cómo no voy a tenerlo? Pasamos toda la vida luchando para que los monstruos no entren en nuestras aldeas... ¿y dices que aquí pueden entrar y no lo hacen? Me cuesta creerte.

Xein se encogió de hombros.

—Nosotros vivimos aquí y seguimos vivos, ¿no es así?

—¿Y dónde está el resto de la gente? Todas esas personas que vivían aquí... ¿qué les pasó? ¿Cómo puedes estar seguro de que los monstruos no volverán para terminar lo que empezaron?

Él se quedó mirándola, como si no acabara de comprender las razones de su insistencia.

—No podemos estar seguros, pero seguimos adelante. Hemos decidido vivir aquí, y nos va bien. —Hizo una pausa y añadió—: Pero a ti nadie te obligó a venir. Ni tampoco te forzamos a quedarte. Si te sentías más segura en la Jaula, quizá no deberías haber salido de allí.

Axlin guardó silencio, consciente de que tenía razón.

—¿Ves ese montículo? —preguntó Xein de pronto, señalando una pequeña colina a las afueras del pueblo—. Son los restos de la pira.

—¿La... pira?

Él asintió.

—La noche en que atacaron los monstruos —relató—, mi madre se refugió conmigo en la cabaña de los niños. Los monstruos mataron a todo el mundo, salvo a nosotros, y después se marcharon sin más, y ya no volvieron.

»No sé cómo sucedió en realidad. Obviamente, yo no puedo recordarlo, y ella..., bueno, piensa en lo que tuvo que pasar no solo aquella noche, sino los días siguientes.

Axlin asintió. Imaginó a Kinaxi sola con su bebé, rodeada de cadáveres. Incapaz de comprender por qué había sobrevivido. Convencida de que los monstruos volverían en cualquier momento para acabar con ellos y destruir así el último atisbo de vida humana que quedaba en la aldea. Desconcertada al comprobar que pasaban los días y las noches, y los monstruos no regresaban.

—Me contó que pasamos varios días escondidos hasta que el hedor se hizo tan insoportable que no tuvo más remedio que salir a... «limpiar».

Axlin se estremeció. Todas las aldeas tenían un espacio apartado a las afueras para incinerar los cuerpos de los muertos. Kinaxi debía de haberse visto obligada a arrastrarlos a todos hasta allí, uno tras otro. Era poco probable que hubiese podido incinerarlos a todos de una sola vez.

—La pira estuvo ardiendo durante varios días —siguió contando Xein—. Mi madre se ocupó de incinerar todos los cuerpos y de controlar el fuego para que el viento no arrastrase las chispas hasta las casas. El humo se vio desde lejos y fue entonces cuando llegaron los refuerzos desde el enclave más cercano.

—No entiendo por qué no os fuisteis con ellos.

—Yo tampoco lo entendí durante muchos años. Pero hace tiempo que dejé de planteármelo, ¿sabes? El caso es que mi madre les dijo que los monstruos no nos atacarían, y la tomaron por loca. Pero pasaron los años y resultó que tenía razón. Y por eso ahora dicen que es una bruja.

Ella calló, sin llegar a comprender a dónde quería ir a parar.

—Pasara lo que pasara aquella noche, Axlin —concluyó él—, fue terrible para mi madre. Es posible que hayas escuchado historias parecidas sobre aldeas masacradas por los monstruos, y quizá te las hayan contado de buena gana, pero créeme: a mi madre no le gusta hablar de ello, así que te recomiendo que no le preguntes.

Axlin iba a replicar, pero Xein no había terminado de hablar.

—Y si en algún momento sientes el impulso de interrogarla al respecto, solo te pido que antes de hacerlo vuelvas aquí y mires esa colina. El viento la cubrió de tierra y semillas, que en su día germinaron y echaron raíces, ocultando lo que había debajo. Pero no olvides nunca que lo que parece una simple colina es en realidad un montón de huesos y cenizas, y que fue mi madre quien tuvo que apilar ahí esos cuerpos para prenderles fuego. ¿Has entendido?

Axlin apartó la mirada, incómoda.

—¿Qué te hace pensar que voy a molestar a tu madre con preguntas indiscretas?

Xein sonrió.

—No has hecho otra cosa que interrogarnos desde que has llegado aquí. He visto tu libro; no habrías podido reunir tanta información sin preguntar a otras personas. A muchas otras personas, para ser precisos.

Ella sacudió la cabeza.

—De acuerdo, tienes razón. Pero ponte en mi lugar. Imagina que tu madre tiene realmente la clave para luchar contra los monstruos. Que conoce alguna manera de ahuyentarlos. Imagina la cantidad de vidas que podrían salvarse si compartiera ese secreto.

Le pareció que Xein vacilaba, pero fue solo un momento.

—He dicho que no le harás preguntas, Axlin. Esas son mis condiciones. Si quieres, yo te ayudaré con tu trabajo y te enseñaré todo lo que sé sobre los monstruos de este lugar. Pero a ella déjala en paz, ¿de acuerdo?

—¿Qué pasará si no lo acepto?

—Que tendrás que marcharte por donde has venido. Y no esperaré a que vuelva Draxan para mostrarte la salida.

Axlin chasqueó la lengua con disgusto.

—No sois muy hospitalarios, ¿sabes?

Xein se encogió de hombros.

—Oye, yo quiero que te quedes. La vida es bastante rutinaria por aquí y resulta agradable poder hablar con otras personas. Pero todo enclave tiene sus normas, y estas son las nuestras.

Ella lo pensó un momento y después asintió lentamente. Él sonrió de nuevo.

—Vas a decir que sí, que de acuerdo, pero buscarás otras maneras de enterarte —adivinó.

Axlin se echó a reír.

—No puede ser que sepas lo que estoy pensando.

—No lo necesito. Soy cazador, ya te lo he dicho. He aprendido a interpretar intenciones en cada gesto. A veces un pequeño movimiento puede indicarte si tu presa va a intentar atacarte o no, y es bueno poder desentrañarlo antes de que salte sobre ti para abrirte la garganta.

—Pero no cazas personas, presupongo.

—No, claro que no. Sin embargo, hay algunos monstruos que se parecen mucho a los humanos.

—¿Me estás comparando con un monstruo? —bromeó Axlin, pero Xein clavó en ella una intensa mirada.

—No lo sé. ¿Lo eres, acaso?

Ella abrió la boca para protestar, ofendida, pero él se rio de pronto.

—Estaba bromeando. No pretendía molestarte. Comprendo que este sitio es un poco diferente a los enclaves que has conocido.

—Y yo comprendo que tienes derecho a poner condiciones. Y las cumpliré, pero te tomo la palabra: quiero aprender todo lo que sabes sobre monstruos.

Él sonrió, halagado, y Axlin le devolvió la sonrisa. Tuvo la sensación de que el chico deseaba de corazón compartir sus conocimientos con ella, y eso la animó un poco.

Se estaba haciendo tarde, por lo que regresaron a terminar la tarea que les había encomendado la madre de Xein. Cuando las cabras estuvieron ya recogidas en el corral del cobertizo, entraron en la casa. Axlin vio que Kinaxi había preparado un jergón para ella junto al suyo propio. Desvió la mirada hacia el camastro de Xein, que no estaba muy alejado.

—Es una casa pequeña —dijo la mujer con cierta brusquedad—. Lamento que no podamos ofrecerte una habitación aparte.

—Quizá podamos acondicionar la casa que hay junto al pozo —sugirió Xein—. Está bastante bien conservada. Aunque a lo mejor Axlin no se siente segura durmiendo allí sola.

—En la aldea de la que procedo tenía casa propia —dijo ella—. Y he dormido otras veces en casas vacías durante mi viaje...

—... En enclaves bien poblados, con sus empalizadas, torres y centinelas —concluyó Xein—. ¿De verdad quieres alojarte sola en este lugar? Te hemos dicho varias veces que los monstruos no entran aquí, pero no terminas de creernos.

Axlin sacudió la cabeza.

—Si me instalo en la casa que has dicho, ¿puedes garantizarme que volveré a despertar al día siguiente?

—No —zanjó Kinaxi—, y por eso te he preparado una cama junto a las nuestras.

—Lo sé —se apresuró a responder Axlin, conciliadora—. Y agradezco de corazón cualquier alojamiento que podáis proporcionarme.

Cenaron todos juntos, y en esta ocasión fue Xein quien preguntó a Axlin sobre sus viajes, los lugares que había visitado y los monstruos que había descubierto. Pronto se encontraron manteniendo una animada conversación sobre diferentes especies, y después de cenar la joven volvió a sacar su libro para mostrarle algunos de sus dibujos. Descubrió entonces que el chico sí sabía leer.

—Yo le enseñé —intervino Kinaxi—. Los escribas de la aldea instruían a todos los niños, y así fue como aprendí.

—Pero no he podido practicar mucho —dijo él—. Solo he

leído nuestro libro del enclave y los documentos que trae Draxan a veces. Las listas de los intercambios y cosas así. —Se encogió de hombros—. Antes solía pasar por aquí un buhonero que intentó timarnos una vez porque creía que yo no tomaba nota de todo lo que le encargábamos. No ha vuelto desde entonces, claro. Para cosas así, es útil saber de letras y números, aunque solo puedas leer un único libro.

—Dicen que en la Ciudadela hay una biblioteca con cientos de libros diferentes —comentó Axlin con entusiasmo, pero Kinaxi le dirigió una mirada tan severa que la hizo enmudecer.

—Nosotros no vamos a ir a la Ciudadela. No se nos ha perdido nada allí.

La chica no discutió. Empezaba a darse cuenta de que hablar con Kinaxi era como transitar por un camino lleno de trampas ocultas. No podías saber de antemano qué era lo que las hacía saltar.

Cuando llegó la hora de acostarse, Xein dijo que se iba a dar una vuelta por los alrededores y salió de la casa, acompañado por su perro. Axlin se quedó mirando la puerta con perplejidad.

—No sé si es muy valiente o está muy loco —murmuró para sí misma. Luego se dio cuenta de que Kinaxi la estaba mirando, y añadió—: No conozco a nadie en ningún sitio que salga «a dar una vuelta» en la oscuridad por una zona que no tiene el perímetro asegurado como mínimo por una empalizada y media docena de centinelas.

—Bueno, aquí las cosas son diferentes. Y te agradecería que, si vas a pasar tres semanas con nosotros, lo asumas cuanto antes y dejes de hacer comentarios estúpidos al respecto.

Axlin suspiró, pero no replicó.

Cuando Xein regresó, las dos mujeres ya se habían acostado y un único candil iluminaba tenuemente la estancia. La joven fingió que dormía, pero con el rabillo del ojo vio que el muchacho se despojaba de la camisa y se echaba en su jergón sin más. No le pareció que tomara precauciones especiales contra ningún tipo de monstruo; y cuando él apagó la lámpara por fin, sumiendo la estancia en la más completa oscuridad, sintió que el pánico la agarrotaba una vez más. A pesar de que Kinaxi dormía a pierna suelta y el perro se mostraba relajado, no pudo evitar que su cuerpo se tensara y que el corazón empezara a latirle con fuerza.

—No tengas miedo —susurró entonces Xein en la oscuridad—. Aquí estás a salvo, te lo prometo.

Axlin no respondió. Inspiró hondo y se repitió a sí misma que tenía que confiar en ellos. Había dejado la ballesta en un rincón de la estancia con el resto de sus cosas, pero el puñal descansaba muy cerca de ella, debajo de su almohada. Kinaxi había visto cómo lo guardaba allí, pero no había dicho nada, y la muchacha tampoco había tratado de justificarse por ello.

No tardó en oír la respiración lenta y acompasada de Xein, que se había dormido también. Y probablemente fue aquello lo que la ayudó a relajarse: los habitantes de aquella aldea dormían tranquilos y confiados, y eso siempre era una buena señal.

Por fin, Axlin se durmió. No sabía si viviría para contemplar un nuevo amanecer, pero había decidido arriesgarse para averiguarlo.

16

Habituarse a la rutina de la aldea le costó menos de lo que había imaginado. Despertó sin novedad al día siguiente, y al otro, y al otro. La razón le decía que debía estar alerta y sentir miedo, porque aquel lugar no estaba preparado para defenderse de los monstruos. Sin embargo, tanto Xein como Kinaxi actuaban como si lo estuviera, y Axlin acabó por dejarse contagiar por su calma y confianza. Como en todos los lugares que había visitado, asumió las labores que le encomendaron y trabajó limpiando el gallinero, cuidando de las hortalizas del huerto, recogiendo lavanda para las camas, barriendo la casa, lavando la ropa o acarreando cubos de agua del pozo. En ese sentido, sus anfitriones no tuvieron queja de ella, porque, a pesar de que caminaba con lentitud, siempre realizaba sus tareas con constancia y dedicación. Pese a todo, se sobresaltaba a menudo con cualquier sonido inesperado: una ardilla saltando de rama en rama, una gallina emergiendo súbitamente de entre los arbustos o un ladrido repentino del perro. Tampoco se alejaba sola sin su daga; Kinaxi le había prohibido cargar su ballesta dentro de los límites de la aldea, pese a que ella le había demostrado que sabía usarla, pero no se desprendía del filo, por si acaso.

No vio ningún monstruo ni percibió señales de que los hubiera.

En sus ratos libres, Xein y ella conversaban. Estudiaron juntos el libro de monstruos. El muchacho se mostró vivamente interesado por los que no conocía y, a su vez señaló a Axlin todos los monstruos que había localizado por los alrededores. Ella situó la aldea en su mapa y por primera vez le pareció que estaba incompleto.

—Aquí pone que tenéis rechinantes, caparazones, lenguaraces y crestados —observó—. Pero en tu colección de cráneos he visto alguna especie más.

—Sí, esos eran los monstruos que solía haber por aquí. Cuatro especies, aunque los lenguaraces viven más bien en lo profundo del bosque.

Axlin recordó la aldea que había visitado con Lexis y Loxan, cuyos habitantes vivían siempre con los oídos taponados para protegerse de los lenguaraces. No los había oído por allí, sin embargo.

—¿Por qué iban a vivir en el bosque teniendo una aldea tan cerca? —planteó.

—Bueno, porque se camuflan entre los árboles. Hace mucho tiempo, nuestros antepasados talaron el bosque alrededor del enclave y lo transformaron en praderas. Eso hizo retroceder a los lenguaraces; sus voces no son tan efectivas si ves que son ellos los que hablan. Aun así, a veces alguno se acercaba por la noche, amparándose en la oscuridad. Por eso nuestros centinelas siempre llevaban tapones para los oídos. La noche en que nos atacaron, no obstante...

Axlin se irguió, atenta, pero Xein la miró de reojo y sonrió.

—No voy a seguir por ahí —le advirtió—. Pero sí te voy a contar que desde entonces hay más tipos de monstruos por aquí. No llegaron todos de golpe, claro. Han ido instalándose en las inmediaciones con el paso de los años. Pero no nos atacan, como ya sabes.

Volvió a señalar el mapa.

—Aquí tendrías que añadir los siguientes: un grupo de abrasadores en la hondonada, una colonia de pellejudos en el cerro, algunos trescolas vagabundos en el hayedo, piesmojados en el arroyo...Y también está la cueva de los velludos, claro.

—¿Velludos? —repitió ella. Olfateó en el aire, pero no notó el desagradable olor que delataba la presencia de aquellas criaturas.

Xein se rio.

—Viven demasiado lejos de aquí, por suerte.

Axlin renunció a anotar todos aquellos nombres en su mapa. No había suficiente espacio.

—Puedo hacerte un plano de la aldea y sus alrededores —se ofreció Xein—. No será tan bueno como el tuyo, pero quizá sirva para que te hagas una idea.

Ella sacudió la cabeza.

—Si hubiese tantos monstruos distintos por aquí, Xein, tú y tu madre habríais muerto hace ya mucho tiempo.Varias veces, y de muy diversas y horribles maneras.

—Bueno, ya has visto los cráneos de la entrada. Ahí los tienes todos; solo faltaría un cráneo de lenguaraz, pero no lo he puesto porque no son muy grandes y no impresionan demasiado.

Axlin había tenido oportunidad de examinar las calaveras con más calma y sabía que tenía razón. Había acabado por identificar una de ellas como de abrasador, y la última, grande, redondeada y con unos colmillos descomunales, debía de ser la del velludo. No la había reconocido al principio porque nunca había visto uno de aquellos monstruos cerca.

—Tengo dos preguntas —dijo—: si no vienen por aquí, ¿cómo es posible que los hayas matado?Y en segundo lugar: si no atacan a las únicas personas que habitan en la zona, ¿de qué se alimentan? ¿Cómo sobreviven?

Los ojos dorados de Xein se clavaron en ella.

—¿No lo sabes? Hibernan.

—¿Que hibernan? —saltó Axlin.

—Los monstruos tienen diferentes maneras de enfrentarse a los humanos. No todas las especies se comportan igual. Algunas atacan las aldeas abiertamente, otras entran para secuestrar gente cuando nadie los ve, otras acechan en los caminos y otras merodean en campo abierto, en los bosques o en las praderas.

—Sí, eso lo sé —asintió ella.

—Bien, pues los monstruos que asedian las aldeas tienden a emigrar cuando destruyen un enclave. Pero los demás, los que esperan simplemente a que pase la gente para atacarla, están menos dispuestos a abandonar sus zonas de caza. Algunos lo hacen, pero la mayoría, cuando no hay humanos cerca, buscan un lugar apartado y entran en una especie de letargo. He intentado sorprenderlos en ese estado, pero no es fácil; en cuanto te acercas, despiertan de golpe, como si tuvieran un sentido especial para detectar personas. Y te atacan como si no hubiesen comido en meses. Lo cual es muy posible que sea cierto.

Axlin garabateaba en su libro muy agitada. Aquella información era completamente nueva para ella.

—Es la primera vez que oigo esto.

—Es natural que la gente no lo sepa. Un monstruo no hibernará mientras haya personas cerca, así que...

—Entonces, ¿cómo lo sabes tú? —cortó ella.

Xein volvió a mirarla fijamente, y a Axlin empezó a latirle el corazón un poco más deprisa. Se sobrepuso.

—¿Cómo lo sabes? —repitió en un susurro.

Él sonrió.

—Bueno, este lugar es un poco especial —respondió—. Si sales al bosque o al camino, te atacarán los monstruos, por descontado; en cambio, los que tienen por costumbre atacar las aldeas, como los crestados, los rechinantes o los velludos, hace años que no se atreven con la nuestra. Pero tampoco se van, porque, después de todo, aquí todavía vive gente.

—No entiendo lo que quieres decir.

—Tengo la teoría de que no saben muy bien qué hacer. El instinto les dice que aquí hay humanos, por lo que continúan merodeando por los alrededores, en lugar de emigrar a otra parte; pero, por alguna razón, los monstruos que deberían estar atacando nuestra aldea se empeñan en ignorarla, y los demás tampoco tienen opciones reales de alimentarse. Así que entran y salen del letargo a menudo. Yo he visto monstruos hibernando en ocasiones, sobre todo si llevo tiempo sin explorar una zona en concreto.

Axlin había dejado de tomar notas y lo miraba con los ojos muy abiertos. Xein suspiró.

—Sigues sin creerme —dijo—, a pesar de los cráneos en la entrada y de que llevas varios días aquí sin que te haya atacado un solo monstruo.

Ella sacudió la cabeza.

—Te creo —dijo, aunque no sonó muy convencida—. Solo quiero saber cómo. Y por qué.

Entonces él se levantó de un salto, sobresaltándola. Se estiró cuan largo era para desentumecer los músculos, y Axlin se sorprendió a sí misma contemplándolo con admiración. Desvió la vista en cuanto él se volvió para mirarla.

—¿Quieres pruebas? —le espetó, sin responder a su pregunta—. Las tendrás.

Aquella tarde le pidió su libro y estuvo un buen rato examinándolo con interés. Axlin no lo interrumpió porque tenía otras cosas que hacer, pero no dejó de preguntarse qué andaría tramando.

Al día siguiente, cuando se despertó, Xein ya no estaba. Lo buscó por la aldea y, como no lo encontró, fue a preguntarle a Kinaxi, que ordeñaba la cabra con energía.

—Xein ha salido al bosque —dijo ella sin dejar de trabajar—. Volverá por la tarde.

—¿Se ha marchado solo? —se alarmó Axlin.

Si era cierto que había salido de la aldea, ni siquiera se había tomado la molestia de llevarse consigo al perro, que dormitaba plácidamente al sol, ajeno a la agitación de la muchacha.

Kinaxi se detuvo un momento para dirigirle una mirada hosca.

—Sí, ¿por qué? ¿Querías ir con él?

Axlin abrió la boca para señalarle una vez más los peligros de los monstruos, pero desistió. No valía la pena discutir otra vez por la misma cuestión. En aquella aldea semiderruida nadie tomaba precauciones de ningún tipo contra los monstruos desde hacía años y, sin embargo, seguían vivos. Algún día descubriría qué estaba pasando allí exactamente, pero no lo conseguiría haciendo enfadar a Kinaxi.

Regresó a sus tareas, aunque pasó el resto del día inquieta. Estaba preocupada por Xein, naturalmente; pero además, por alguna razón que no era capaz de explicar, temía que los monstruos atacaran la aldea justo cuando él se hallaba ausente. Aprovechando que Kinaxi estaba ocupada y no la controlaba, rescató su ballesta, preparó varias saetas envenenadas y lo escondió todo a mano, para poder recuperarlo en caso de que lo necesitara con urgencia.

Al caer la tarde, empezó a percibir un olor repugnante que le resultaba familiar. Olfateó en el aire y no tardó en identificar el hedor: lo había sufrido otras veces, en aldeas asediadas por los velludos.

Fue a buscar a Kinaxi para advertirla.

—¿Hueles eso? Son velludos. ¿Suelen acercarse tanto?

Ella frunció el ceño.

—No —reconoció—. Tal vez haya cambiado el viento.

Las dos salieron al exterior. El olor era todavía más intenso, y Axlin reprimió el impulso de taparse la nariz.

—¿Es normal? —preguntó a Kinaxi.

—Nunca se acercan tanto. Pero no te preocupes. No nos atacarán.

—¿Ni siquiera ahora que Xein no está?

Axlin había hecho aquella pregunta a bocajarro, sin ninguna intencionalidad concreta. Sin embargo, Kinaxi se volvió bruscamente hacia ella con los ojos abiertos como platos.

—¿Qué te ha contado? —preguntó a su vez.

La muchacha estaba acostumbrada a que la mujer la tratase con cierta rudeza, pero la sorprendió aquella súbita suspicacia. En su mirada le pareció detectar, además, una chispa de aprensión.

No respondió. El olor se hacía más fuerte, y fue a buscar su ballesta. Dirigió una mirada desafiante a Kinaxi cuando regresó con su arma cargada, pero ella no dijo nada.

Se encaminó a la entrada principal del enclave, donde el hedor parecía más penetrante. Kinaxi la alcanzó poco después, armada con un largo cuchillo. El corazón de Axlin empezó a latir más deprisa. Tal vez sí estaban en peligro después de todo.

Se apostaron detrás de los restos del muro exterior con las armas a punto, oteando el camino. La pestilencia se intensificaba por momentos, y Axlin se esforzó por reprimir las náuseas.

Vieron entonces una figura avanzando hacia ellas por el camino. Estaba cubierta de un espeso pelo de color rojizo y caminaba trabajosamente, como encorvada. Axlin alzó la ballesta y apuntó.

—¡Espera! —la detuvo Kinaxi—. Es Xein.

Ella entornó los ojos y examinó a la criatura con atención. A su lado, Kinaxi silbó de una manera peculiar. El recién llegado le contestó de la misma forma.

—¡Xein! —exclamó entonces ella con alivio—. ¿Qué es eso?

Ahora que estaba más cerca, Axlin se dio cuenta de que, en efecto, la cosa peluda era Xein. O, para ser más exactos, Xein cargaba con la cosa peluda. Bajó la ballesta.

El muchacho llegó hasta ellas y arrojó a sus pies la criatura que cargaba a hombros, un monstruo asombrosamente greñudo del tamaño de un hombre adulto. Tenía las patas delanteras más largas que las traseras; sus zarpas acababan en cuatro uñas curvadas y extraordinariamente sucias, y un morro negro y achatado asomaba entre su pelaje rojizo. A ambos lados de su boca entreabierta sobresalían dos colmillos inferiores de gran tamaño, que a Axlin le recordaron los de los jabalíes.

Xein resopló por el esfuerzo, se estiró para desentumecer los músculos y declaró con satisfacción:

—Y esto, señoras, es un velludo.

Axlin se cubrió la nariz con una mano antes de acercarse con curiosidad. Kinaxi lanzó una exclamación de desagrado.

—¿Por qué has traído aquí esta cosa? ¿Tienes idea de lo que apesta?

Xein cambió el peso de su cuerpo de un pie a otro. Llevaba un zurrón colgado en bandolera y sostenía una lanza de madera dura que balanceaba con cierta despreocupación. Nadie habría supuesto que volvía de pasar un día entero a solas en un paraje repleto de monstruos.

—Lo he cargado hasta aquí, así que sí, tengo una ligera idea —replicó.

—La peste no se irá en días, y tu ropa habrá que tirarla —siguió protestando Kinaxi—. ¿Y todo para qué? ¿Para presumir delante de una chica?

Axlin enrojeció. Sabía muy bien que los muchachos a veces hacían tonterías para llamar la atención, y eso no la impresionaba, pero por alguna razón le latió el corazón un poco más deprisa ante la idea de que Xein actuase así por ella.

Él, sin embargo, solo sonrió.

—No te enfades, madre. También he traído perdices para la cena.

Hizo ademán de abrir el zurrón para mostrárselas, pero ella lo detuvo:

—¡No las toques con esas manos o se echarán a perder! Deja

la bolsa en el suelo, y que no se te ocurra acercarte a la comida hasta que te hayas lavado a conciencia.

Axlin ya no estaba prestando atención a la discusión familiar. Acababa de darse cuenta de que el velludo estaba fuertemente amarrado. Se preguntó por qué, y justo entonces la criatura abrió los ojos y gruñó, envolviéndola en una nueva vaharada fétida. La joven dio un salto atrás, sobresaltada y asqueada, y la apuntó con la ballesta, reprimiendo las ganas de vomitar.

—¡¿Te has traído uno vivo?! —gritó Kinaxi, fuera de sí.

—Axlin nunca ha visto un velludo de cerca. Los ha dibujado fatal en su libro, se nota que lo ha hecho de oídas.

—Pero ¡¿era necesario traerse uno vivo?!

—Está bien amarrado —aseguró Xein; y, para demostrarlo, le dio unos golpecitos en la cabeza con el mango de su lanza.

El velludo se revolvió con furia y rompió súbitamente las ataduras. Axlin disparó.

Sin embargo, lo primero que se clavó en el cuerpo de la criatura fue la lanza de Xein; el chico, a una velocidad casi sobrehumana, la había volteado en el aire para hundirla en el monstruo como si estuviese hecho de manteca. El virote de Axlin lo atravesó justo después.

El velludo se convulsionó entre bramidos. Trató de alzarse para contraatacar, pero finalmente se dejó caer al suelo, inmóvil. Xein lo empujó con el pie para asegurarse de que estaba definitivamente muerto.

—Normalmente, aguantan algo más —comentó—. Dos o tres lanzazos, salvo que les perfores la cabeza, claro. Pero eso ya no es tan divertido.

Axlin se quedó mirándolo. En aquel momento le recordó a Loxan, aunque el buhonero solía hablar con un tono socarrón que restaba formalidad a sus palabras. Xein, en cambio, parecía decirlo completamente en serio.

—Es por la flecha —explicó ella—. Veneno de acónito, el más

potente que tengo. Lo reservo para las criaturas de mayor tamaño. Galopantes, abrasadores y bichos así.

Xein se volvió a mirarla, impresionado.

—Vaya —acertó a decir—. Pues sin duda funciona. ¿Habrías podido matarlo tú sola?

—Probablemente —respondió ella tras pensarlo un instante—. No sabemos cuánto habría tardado en derrumbarse si no lo hubieses atravesado con la lanza, pero me ha parecido bastante fulminante. Quizá habría tardado unos instantes más en caer, pero lo habría hecho al final.

—Tendremos que probar con otro velludo, a ver cuánto dura —opinó Xein, acariciándose la barbilla, pensativo.

Axlin no terminaba de asimilar lo que acababa de suceder. Habían matado al velludo entre los dos, y Xein había exhibido unos reflejos y una potencia que no había visto en ninguna otra persona con anterioridad. Por lo que ella sabía, ni siquiera los más curtidos escoltas eran capaces de moverse de aquella manera.

—Ni hablar —cortó Kinaxi—. Se acabaron los velludos, por hoy y para siempre. Pero ¿en qué estabas pensando, Xein?

El chico tiró de su lanza y la recuperó sin apenas esfuerzo.

—Lo había traído con vida para que Axlin pudiese estudiarlo, pero quizá no haya sido una buena idea —concluyó con una mueca.

—Nunca es buena idea traer velludos a casa —sentenció Kinaxi cruzándose de brazos—, ni vivos ni muertos. Luego no hay manera de deshacerse de ese olor tan repugnante.

Insistió en que Xein debía llevarse al velludo donde no pudieran olerlo, y le ordenó que no regresara sin darse antes un buen baño y deshacerse de sus ropas. Los chicos protestaron un poco, puesto que Axlin tenía intención de hacer al menos un esbozo de la criatura antes de que Xein se librara de su cuerpo. Kinaxi cedió finalmente, pero les advirtió que el hedor debería haber desaparecido a la hora de la cena.

—Si a vosotros no os molesta, pensad al menos en el perro —gruñó—. No para de gimotear por culpa de esa cosa.

—De acuerdo —suspiró Xein—. No seguiremos ofendiendo sus pobres narices.

Axlin se rio y él le dedicó una sonrisa sesgada.

Lo cierto era que ella tampoco se sentía capaz de soportar el olor durante mucho más tiempo; pero el muchacho se había tomado la molestia de cazar aquel monstruo por ella, de modo que fue a buscar su libro e hizo un par de esbozos apresurados. Finalmente, se incorporó y le dio permiso para llevarse aquella cosa bien lejos de allí.

Él le sonrió burlón.

—¿Estás segura?

—Por favor —suplicó Axlin.

El chico le dedicó una inclinación de cabeza sin perder la sonrisa y volvió a cargar con el monstruo. Antes de alejarse por el camino, se volvió hacia ella y le sugirió:

—Deberías darte un baño tú también.

Axlin olisqueó la manga de su camisa y arrugó la nariz.

17

Xein tardó un buen rato en volver, y cuando lo hizo, iba medio desnudo y con el cabello húmedo. Axlin, mientras tanto, se había lavado con agua del pozo y se había puesto ropa limpia.

—¿Te has bañado en el río? —le preguntó desconcertada. Él asintió—. ¿En ese río donde hay piesmojados? —quiso cerciorarse ella.

Xein suspiró con cansancio, revolviéndose el cabello con la mano.

—Te lo he explicado varias veces y sigues sin creerme. Soy un cazador de monstruos. Son ellos los que me temen a mí.

—Puede que seas tan bueno como dices, pero si te atacara una docena de monstruos a la vez ni siquiera tú serías capaz de defenderte.

Xein no respondió, y Axlin se preguntó si se debía a que no tenía argumentos o a que le estaba ocultando algo que no quería compartir con ella. Le mostró el nuevo esbozo que había hecho del velludo, mucho más ajustado a la realidad que el anterior.

—He visto que tienen buenas zarpas —comentó.

—Oh, sí —coincidió él—. Mira.

Le mostró su brazo derecho, decorado con cuatro largos arañazos paralelos. Axlin se incorporó alarmada. No se había dado cuenta de que estaba herido.

—Tienes que curarte o se te infectará.

—Ya he lavado la herida y sé cómo curarla, no te preocupes. No es la primera, ni será la última.

Axlin ya había advertido las cicatrices que marcaban su cuerpo, recuerdo de antiguas batallas. Sí, Xein tenía experiencia. Precisamente por eso le costaba tanto asimilar que se tomase a los monstruos tan a la ligera.

—Sin embargo, no creo que esa sea su principal arma —prosiguió ella.

—También tienen una buena dentadura.

—Como casi todos los monstruos, salvo los sindientes, claro. Son bastante grandes y seguramente fieros y muy violentos; aunque todos lo son en realidad. No obstante, ningún otro monstruo huele tan mal como los velludos.

Xein se rio.

—Sí, es verdad, son repugnantes y podrían tumbar a cualquiera con solo echarle el aliento —bromeó.

Pero Axlin sacudió la cabeza. Hablaba en serio.

—Es un hedor tan intenso que te revuelve el estómago. Fíjate, has traído uno solo y estábamos ya medio mareados del olor... Imagínate si te atacan tres o cuatro. Te entran náuseas, no puedes pensar con claridad ni respirar con normalidad... —se interrumpió y se quedó mirándolo de pronto—. Pero a ti no te afecta, ¿verdad?

Xein se rio, pero fue una risa forzada.

—¿Cómo que no me afecta? Sufro el pestazo igual que cualquiera.

—Igual que cualquiera, no. Te estoy diciendo que esos bichos son un tormento hediondo y me miras como si no supieras de qué te estoy hablando. Y eso que has cargado uno a hombros durante un buen trecho. ¿Y cómo lo encontraste, lo dejaste inconsciente, lo ataste y lo trajiste de vuelta? ¿Estaba solo o acompañado? ¿Hibernaba, tal vez?

Xein resopló, molesto.

—¿A ti qué te pasa? Solo intento ayudarte a completar tu libro y no haces más que interrogarme como si hubiese hecho algo malo.

Axlin suspiró.

—Lo siento, no quería ser desagradable. Es que necesito saber. No soporto no entender las cosas. Llevamos siglos luchando contra los monstruos y todavía nos falta tanto por aprender... Sé que si supiésemos más sobre ellos podríamos defendernos mejor. Y es frustrante estar aquí, intuir que hay algo, una información importantísima..., y no ser capaz de verla. O de entenderla. Me pone de los nervios.

Xein sonrió.

—A mí lo que me parece un misterio es que hayas sobrevivido tantos años. Una curiosidad como la tuya no puede ser buena para la salud.

—¿Qué quieres decir?

—Bueno, que quizá te empeñes en acercarte a los monstruos más de lo que deberías.

—Sigo sin entenderte. No soy una chiquilla atolondrada. Llevo armas y sé usarlas. Tengo experiencia en los caminos.

—Sí, pero las armas y la experiencia no lo son todo. Para enfrentarse a los monstruos necesitas también velocidad. Y tú no puedes correr.

Para Axlin fue como si le hubiese dado una bofetada. Xein no había pronunciado aquellas palabras con intención de herirla, y quizá por esa razón le dolieron tanto. Los buhoneros y escoltas que la habían enseñado a defenderse no habían visto un inconveniente en su cojera, sino una característica suya que determinaba el tipo de entrenamiento que necesitaba o la elección de unas armas o de otras. No era ni mejor ni peor, simplemente era. Había muchas personas tullidas a causa de los monstruos, y debían ser capaces de defenderse por sí mismas. Las otras opciones, depender de otros o ser abandonados a su suerte, eran desde luego mucho peores.

Sabía que debía esforzarse mucho, y lo hacía. Ya no era la chica asustada que había salido de su aldea meses atrás por primera vez. Ahora podía defenderse.

—Vale, no corro tan rápido como tú —pudo decir—. Pero tú no lees tan rápido como yo.

Xein se dio cuenta de que estaba molesta. Abrió la boca para disculparse, pero las últimas palabras de Axlin lo desconcertaron.

—¿A qué viene eso? Estábamos hablando de cazar monstruos.

—No, estábamos hablando de enfrentarse a los monstruos. —Axlin todavía temblaba de indignación—. Puede que seas capaz de capturar a un velludo tú solo, pero esto —añadió señalando su libro— puede llegar a cambiar la vida de mucha gente. Yo al menos corro el riesgo de viajar por los enclaves para compartir lo que aprendo con otras personas; dime, ¿qué haces tú? Te escondes en una aldea abandonada, cazas monstruos por deporte y coleccionas sus cráneos. Muy útil, desde luego.

Xein frunció el ceño.

—¿Quién eres tú para decirme lo que tengo que hacer?

—No te digo lo que tienes que hacer. Me limito a describir lo que haces tú y a compararlo con lo que hago yo. No puedo correr tan deprisa como tú, de acuerdo. Pero he llegado mucho más lejos de lo que tú llegarás jamás.

Él se frotó un ojo con cansancio.

—Siento haberte molestado —gruñó—. Si no te gusta lo que hay aquí, ya sabes dónde está el camino. Dado que te las arreglas tan bien con los monstruos, quizá no necesites esperar a que regrese Draxan para que te acompañe de vuelta a la cantera.

Axlin enrojeció de ira.

—¿No buscabas la verdad? —prosiguió él—. Pues ahí la tienes. Si tú me dices que yo no soy capaz de escribir un libro como el tuyo, lo acepto, porque es así y no me molesto ni me enfado por ello. Y es un hecho, Axlin, que tú no puedes correr. Harás otras cosas asombrosas, no lo dudo; pero no me culpes por señalar lo evidente y preocuparme porque tú no seas capaz de verlo.

—No te he pedido que te preocupes por mí.

—Ni yo te he pedido que me des lecciones.

Habían alzado la voz, y solo fueron conscientes de ello cuando Kinaxi entró en la casa de pronto y los sorprendió discutiendo.

—¿Qué pasa aquí? ¿Por qué no están desplumadas esas perdices?

Ellos apartaron la mirada avergonzados y volvieron al trabajo.

No volvieron a dirigirse la palabra entonces, ni tampoco más tarde, durante la cena. Después Xein anunció que, como todavía conservaba algo de olor a velludo, dormiría en el cobertizo. De modo que salió de la casa, con el perro pisándole los talones.

Axlin y Kinaxi se acostaron. La muchacha temía que su anfitriona hiciese algún comentario sobre lo sucedido, pero no fue así.

A oscuras, en el silencio de la habitación, se preguntó por qué había reaccionado de aquella manera. Era cierto que aquel lugar la ponía nerviosa. Que hubiera tantos monstruos y al mismo tiempo no los hubiera. Los secretos. Los misterios. Las cosas que se decían y las que no.

Y Xein.

Tenía que admitir que él también la perturbaba... por varios motivos diferentes. Porque quería saber más de él y no se le permitía preguntar o, en el mejor de los casos, no recibía respuesta. Porque las cosas que hacía desafiaban todo cuanto había aprendido sobre los monstruos.

Y porque, naturalmente, se sentía atraída por él.

Suspiró y se arrebujó bajo la manta. Lo sabía, pero no había querido concederle importancia. Había pasado mucho tiempo desde lo de Tux, había tenido ocasión de reflexionar y no deseaba volver a cometer los mismos errores. Desde ese punto de vista, había sido una suerte que hubiesen discutido. Era una forma rápida de arrancar cualquier sentimiento germinal antes de que arraigara en su corazón. Se había sentido a gusto hablando con Xein, a pesar de sus evasivas y sus silencios. Había congeniado con él; le había parecido que tenían muchas cosas en común, que él reconocía sinceramente su valía.

Era obvio que Axlin tenía un pie torcido, sí. Y que no podía correr deprisa. Y que era peligroso acercarse a los monstruos. Como lo era para cualquier otra persona, por otro lado.

Lo que no podía tolerar era que, después de todo lo que había viajado, de todo lo que había visto, de las páginas que había escrito..., llegara Xein y le dijera que no debía acercarse a los monstruos porque no podía correr deprisa.

Ella no era ninguna imprudente. Durante su viaje había aprendido a defenderse y había llevado escoltas mientras tanto. Aun así, era consciente del riesgo que corría y sabía que los monstruos la matarían tarde o temprano, como a casi todo el mundo. Pero, si lograba completar su libro antes y entregarlo a alguien que supiera qué hacer con él..., habría valido la pena; quizá no para ella, sino para muchas otras personas.

Que Xein no entendiera aquello, que no fuera capaz de ver más allá de su pie torcido...

Evocó, lejanas, las palabras que había pronunciado su amiga Xeira tanto tiempo atrás: «Ay, Axlin... ¿Es por lo de tu pie?».

Quizá tuviera razón, y en el fondo se sintiera acomplejada sin querer reconocerlo. Quizá se empeñaba en hacer algo extraordinario para compensar. Algo que nadie más fuera capaz de hacer. Había lamentado a menudo ser la única en su aldea capaz de leer, pero... ¿no se había sentido en el fondo orgullosa de ello?

Suspiró de nuevo. No valía la pena desvelarse por cavilaciones que no llevaban a ninguna parte.

«Lo juzgué mal», concluyó. «Creía que era diferente.»

Era mejor así. En unos días llegaría Draxan, y Axlin se marcharía con él, y probablemente no regresaría a ese lugar.

«Es mejor así», se repitió a sí misma.

Pero dolía. Por primera vez desde Tux, dolía.

Se levantó cansada y ojerosa. Después de asearse, Kinaxi la mandó al gallinero a recoger los huevos. Xein no estaba en casa; tampoco lo vio fuera, y no se asomó al cobertizo para ver si se encontraba allí. Se limitó a realizar su tarea, sumida en sus pensamientos, hasta que una sombra bloqueó la luz en la entrada del gallinero.

—Axlin —dijo él, sobresaltándola.

Ella se volvió, con el corazón todavía desbocado. No lo había oído llegar.

—Ah, eres tú —murmuró.

—Quería pedirte disculpas —dijo Xein—. Por lo que te dije ayer.

A ella le habría gustado replicarle, pero no fue capaz. A pesar de que se le ocurrían muchas cosas que decirle, en aquel momento se quedó callada, quizá porque no esperaba que él rectificara, o tal vez porque no quería seguir enfadada. Tampoco deseaba hacer las paces exactamente. Lo que le habría gustado en realidad era no sentir nada al respecto. Que le diera igual lo que Xein pudiera hacer. Que sus palabras no tuvieran el poder de conmoverla o de irritarla lo más mínimo.

—No era mi intención molestarte —prosiguió el chico—. Y he sido injusto contigo. Lo cierto es que cuando hay un monstruo cerca no sirve de nada correr. Así que en el fondo da igual si cojeas o no. En esas circunstancias, vale más la pena tener buena puntería con la ballesta, buenos proyectiles y un veneno lo bastante potente —añadió con una media sonrisa.

Axlin suspiró para sus adentros. Tampoco tenía por qué ser

desagradable con él, se dijo. Se dio media vuelta para mirarlo.

—Disculpas aceptadas —respondió—. Y ahora, si me permites...

Se dispuso a salir, pero él aún bloqueaba la puerta.

—No he terminado. Hay algo que querría proponerte en compensación.

A Axlin no le gustaba el cariz que estaba tomando la conversación. Definitivamente, le sería imposible seguir ignorándolo si él se mostraba tan amable con ella.

—En serio, tengo que salir —insistió.

Hizo ademán de moverse hacia delante, pero Xein dudó, como si temiese que ella pudiese escabullirse de algún modo, y no se apartó de su camino. Así que se encontraron de pronto atascados en la puerta del gallinero, muy cerca el uno del otro. El espacio era reducido y Axlin no se sentía cómoda en aquella situación.

Se miraron. Ella notaba un inoportuno cosquilleo por dentro que la inducía a hiperventilar o a derretirse, o a hacer las dos cosas al mismo tiempo. No consideraba que fueran actitudes adecuadas para el interior de un gallinero.

De pronto Xein fue consciente de que estaba invadiendo su espacio vital, y retrocedió con tanta brusquedad que Axlin casi perdió el equilibrio. Logró salir del gallinero con apenas un traspié y se apoyó en la pared exterior, acalorada. Depositó en el suelo la cesta con los huevos y se abanicó con la mano, dejando vagar su mirada por el horizonte para disimular que se sentía incapaz de volver a mirarlo sin enrojecer.

—Lo-lo siento —balbuceó el muchacho, y ella se volvió hacia él, sorprendida—. No estoy demasiado acostumbrado a tratar con... gente.

Axlin habría asegurado que había estado a punto de decir «chicas». Xein se mostraba muy azorado, y a ella le resultó bastante tierno. «No te dejes conmover», se recordó a sí misma. «Si le coges cariño, luego ya no querrás marcharte.»

«Cogerle cariño» era un eufemismo para lo que ella empezaba a sentir por dentro, pero decidió deliberadamente no ahondar en aquella cuestión.

—Yo también te pido disculpas —dijo por fin, dispuesta a zanjar aquel asunto cuanto antes—. No debí haber reaccionado como lo hice.

Xein sacudió la cabeza.

—No tiene que ver contigo —declaró—. Soy el mejor cazador de monstruos que conozco... bueno, probablemente tú los habrás visto mejores, porque has viajado más que yo.

Axlin ni siquiera conocía a nadie que se considerase a sí mismo un «cazador de monstruos», pero no respondió.

—El caso es que no hay nadie en los alrededores, ni hombre ni mujer, ni joven ni adulto, que sea capaz de hacer lo que yo hago. Y a veces se me sube un poco a la cabeza —concluyó él un tanto avergonzado.

—¿Cómo puedes saber eso? —preguntó Axlin, sinceramente interesada—. Quiero decir... ¿alguna vez sales de aquí?

Xein tardó un poco en contestar.

—Hubo una época —dijo entonces—, cuando empecé a salir yo solo a explorar, en que rondaba también por los enclaves de los alrededores. Sobre todo por el de la cantera, que es el más cercano. Me escondía y observaba a sus habitantes sin que ellos me vieran.

—¿Los espiabas?

—¡No! Bueno, sí, un poco. Mi madre me había prohibido que tuviese contacto con ellos, pero yo sentía curiosidad...

—Yo también la habría sentido —manifestó Axlin— si hubiese crecido con la única compañía de una sola persona.

También le resultaba extraña la relación entre Xein y su madre, aunque se cuidaba mucho de comentarlo en voz alta. En el lugar del que procedía, los niños crecían sin madre, cuidados por toda la aldea. En algunas aldeas del este, sin embargo, había familias. Los progenitores vivían con sus hijos hasta que se hacían mayores. A Axlin le había parecido extravagante, pero había razones lógicas para ello: se trataba de enclaves mucho mejor protegidos. Allí los monstruos no mataban a tanta gente y, por tanto, los padres y las madres tenían más posibilidades de ver crecer a sus hijos y criarlos.

—¿Por qué tu madre no te permite hablar con otras personas? —preguntó.

Xein sonrió.

—Bueno, no es que no pueda hablar con nadie —puntualizó—. Después de todo, estoy hablando contigo. Pero, como te iba diciendo, he observado a la gente de lejos. He seguido los pasos de las patrullas de otras aldeas. Los he visto luchar contra los monstruos. —Sacudió la cabeza—. Yo no soy como ellos. Me las arreglo mucho mejor, desde que puedo recordar. Mi madre opina que es mejor que nadie lo sepa.

Al decir esto clavó en Axlin una mirada de advertencia. Ella captó la indirecta, pero preguntó de todos modos:

—¿Por qué?

—Piensa que quizá querrían que me uniese a sus patrullas, incluso que me fuese a vivir con ellos.

—¿Y no te gustaría?

Él guardó silencio un instante. Después confesó en voz baja:

—A veces pienso que sí. Estoy bien aquí, pero a menudo... echo de menos la posibilidad de tratar con otras personas.

Axlin pensó en toda la gente a la que ella misma había conocido durante su viaje. También había sido feliz en su aldea, pero no la echaba de menos. Era un mundo demasiado pequeño para ella. Trató de imaginarse cómo sería vivir en un lugar aislado con la compañía de una sola persona, y se estremeció.

—No lo entiendo —dijo—. ¿Por qué tu madre insiste en que os quedéis aquí? ¿Por qué no os vais a vivir a otro enclave más grande? ¿Qué hay de malo en participar en una patrulla o incluso en liderarla?

Xein no contestó a sus preguntas.

—El caso es que no se me da bien hablar con la gente, y por eso a veces meto la pata. Como hice contigo ayer. Mira, he hecho esto para ti. Es un regalo —concluyó abruptamente.

Le tendió un papel doblado. Axlin lo cogió y lo desplegó con curiosidad. En el conjunto de líneas trazadas con cierta torpeza reconoció un plano del enclave y su entorno, que incluía notas acerca de los monstruos que pululaban por allí. También estaban señalados la cantera y el camino que conducía hasta ella. La letra de Xein era desmañada e irregular, pero ella apreció su esfuerzo.

—¡Gracias! —exclamó encantada—. Lo estudiaré con mucho interés.

—Ya puedes hacerlo, porque lo vas a necesitar. —Xein sonrió misteriosamente, y a Axlin le pareció que volvía a ser el de siempre—. Si quieres, te puedo llevar al bosque de los lenguaraces. Si te atreves.

Ella se quedó muda.

—¿Lo dices en serio? —pudo farfullar por fin—. ¿Nosotros dos solos?

«Es un suicidio», quiso decir. Pero, después de todo, Xein iba solo y siempre regresaba sano y salvo.

—Tendrás que llevar tu ballesta preparada, claro.

—¿Y qué opinará tu madre?

Xein dudó un instante. Después volvió a sonreír con picardía.

—Ya se lo contaremos cuando volvamos.

18

Al día siguiente, Xein se levantó temprano, anunció que iba al bosque a cazar y salió de la aldea. Axlin fingió que no le prestaba atención. Se dedicó a sus tareas diarias, pero en cuanto perdió de vista a Kinaxi, recogió sus armas, que había dejado preparadas la noche anterior, y corrió renqueando hasta el límite oriental de la aldea, donde el muro se había desmoronado del todo.

Nunca antes había desobedecido las normas de un enclave. Pero los lugares que había visitado hasta entonces estaban dirigidos por un grupo de adultos que, aunque estuviesen encabezados por un líder, tomaban casi todas las decisiones importantes entre todos. En aquella aldea medio abandonada, sin embargo, Axlin tenía la sensación de que solo se obedecía la voluntad de Kinaxi. Y esta le parecía a veces tan arbitraria que de algún modo sentía que el hecho de quebrantarla estaba justificado.

No obstante, dudó un momento antes de salir al exterior. Fuera, apoyado contra la pared, la esperaba Xein, sonriente.

—¿Estás lista? —le preguntó.

Una de las cosas que Axlin había aprendido durante su viaje y que tanto escoltas como buhoneros le habían repetido hasta la saciedad era que nunca, por ningún motivo, debía abandonar los caminos.

Y eso era justo lo que haría en aquella excursión, con la única compañía de un muchacho que se creía un cazador de monstruos.

Había pensado mucho en ello durante las horas anteriores. Era una locura, naturalmente. Había grandes posibilidades de que no regresara con vida. Pero, por otro lado, Xein salía y entraba sin complicaciones, y ella quería saber cómo lo hacía, y por qué. Si lo acompañaba, en el mejor de los casos encontraría las respuestas a aquellas preguntas. En el peor..., bueno, estaba acostumbrada a correr riesgos. Por si acaso había dejado su libro en la casa, sobre la mesa, para que Kinaxi lo viese. Si Axlin no regresaba, probablemente la mujer se lo daría a Draxan a cambio de otras cosas, y el buhonero, que sabía bien lo que valía, se encargaría de hacerlo circular.

De modo que miró a Xein y asintió, resuelta.

Caminaron juntos colina abajo, alejándose de la aldea. Axlin avanzaba despacio, y Xein adaptó su paso al de ella. La muchacha mantenía la ballesta cargada y a punto, y escudriñaba la maleza con inquietud. El chico, en cambio, hacía oscilar su lanza con indiferencia.

—¿Cuánto tardaremos en llegar? —preguntó ella.

Xein se encogió de hombros.

—No sabría decirte, depende de ti. Pero con toda seguridad estaremos de vuelta antes del anochecer.

Axlin no hizo ningún comentario, aunque su respuesta la tranquilizó un poco. Con la llegada del otoño, los días eran cada vez más cortos, y no estaba segura de poder cubrir en una sola jornada la distancia que marcaba el mapa de Xein.

Permanecieron un rato en silencio mientras continuaban caminando. Se internaron por fin en una zona arbolada y Axlin se detuvo, con la mirada fija en las copas de los árboles y el arma a punto.

—No hay nada, tranquila —dijo él, pero ella sacudió la cabeza.

—Hasta que no me digas cómo puedes estar tan seguro, no te creeré. Y más vale que sea una explicación convincente.

Él sonrió, pero no hizo más comentarios. Se apoyó sobre su lanza y aguardó con paciencia a que ella se asegurase de que no había monstruos acechándolos desde la espesura. Cuando reanudaron la marcha Axlin pensó, inquieta, que en realidad no podía saberlo. No había detectado ningún movimiento sospechoso, pero ¿y si...?

Xein se mostraba sereno y confiado; normalmente, su actitud bastaba para que ella se relajase también, o al menos un poco. Sin embargo, una idea inquietante cruzó su mente de pronto: ¿y si Xein estaba loco? ¿Y si creía de verdad que podía detectar a los monstruos, que podía defenderse de ellos únicamente con un machete y una lanza de madera?

Descartó aquella posibilidad. Si fuese así, tanto él como su madre habrían muerto mucho tiempo atrás.

Se obligó a confiar. Si quería descubrir quién era Xein realmente, tendría que seguir sus normas.

—¿Dónde están los monstruos? —preguntó entonces—. ¿Por qué no nos han atacado aún?

—Lo harán —respondió él—. Intentan mantenerse alejados, pero el instinto les puede.

—¿Mantenerse alejados? —repitió ella con escepticismo—. ¿De las personas, quieres decir?

—De las personas en general, no. De mí en particular.

—Tienes un alto concepto de ti mismo, ¿lo sabías?

Xein se volvió para mirarla.

—No estoy presumiendo, me limito a describir la realidad.

—Naturalmente —replicó Axlin, sarcástica.

Él se rio.

—Vienes de muy lejos y has visto muchas cosas. No entiendo por qué te parece tan extraño todo lo que digo.

—Precisamente por eso. He visto muchas cosas, sí, pero...

—¡Cuidado!

De pronto, Xein la empujó y se apartó de un salto, con un movimiento tan veloz que el ojo de Axlin apenas fue capaz de seguirlo. Tres largas agujas surcaron el aire con un silbido y fueron a clavarse en el tronco de un árbol. Ella apuntó con la ballesta al lugar donde se movían los matorrales, pero el chico fue más rápido. Dio un prodigioso salto, esquivó en el aire otro de aquellos proyectiles afilados y se dejó caer con la lanza apuntando abajo. Se oyó un chillido cuando el arma se hundió en el cuerpo de la criatura.

Hubo otro movimiento en la espesura. Axlin se volvió y disparó. El segundo monstruo gritó y se revolvió, emergiendo de entre los matorrales. Se trataba de un crestado: un ser similar a un lagarto equipado con dos hileras de atroces dientes y tres filas de agujas paralelas que recorrían su espinazo hasta la punta de la cola. El virote se le había clavado en el costado, pero el monstruo seguía vivo, y le dedicó un bramido que puso al descubierto toda su dentadura y una larga lengua bífida, mientras sus agujas ondeaban a su espalda, listas para atacar.

Axlin no podía esperar a que el veneno le hiciera efecto. Mientras cargaba un segundo virote en la ballesta, el crestado se incorporó sobre sus patas traseras, alcanzando la altura de un hombre adulto. Inclinó la cabeza para disparar otra andanada de púas, pero Xein fue más rápido. Se lanzó hacia él como un torbellino blandiendo su machete y prácticamente lo partió por la mitad. El monstruo cayó de costado y agonizó ante ellos, haciendo ondular sus letales espinas. El chico le cortó la cabeza para asegurarse de que no volvía a levantarse.

Axlin terminó de cargar su ballesta, pero Xein ya había recuperado su machete y lo balanceaba con displicencia.

—Puedes bajar eso. Ya no hay más —dijo.

A ella la irritaba que se mostrara tan seguro pero no le ofreciese pruebas de lo que decía. No obstante, el ataque de los crestados le había recordado otro asunto que hacía tiempo que deseaba tratar con Xein.

Mientras él recuperaba su lanza, Axlin dio la espalda a los monstruos muertos y se acercó al árbol en cuyo tronco se habían clavado las espinas. Las examinó desde una prudente distancia.

—¡No las toques! —le advirtió él.

—No pensaba hacerlo, tranquilo. —Se inclinó para verlas un poco más de cerca—. Algunos buhoneros y escoltas que conozco usan ropa especial cuando atraviesan territorio de crestados —comentó.

Xein se acercó a ella interesado.

—¿Ropa especial? ¿A qué te refieres?

—Prendas de cuero duro acolchadas con lana de cabra. Las espinas se clavan en la ropa, pero no llegan a rozar la piel, salvo que el monstruo las haya disparado desde muy cerca. Sin embargo, no todos los viajeros se las pueden permitir, porque son caras. Además, en verano resultan incómodas de llevar, porque dan mucho calor. —Se volvió hacia él—. ¿A ti nunca te ha alcanzado una espina de crestado?

—Si lo hubiese hecho, no estaría vivo. Su veneno es letal, como ya sabes.

Axlin frunció el ceño. Lo había visto enfrentarse a los crestados prácticamente sin ninguna protección. Había esquivado las espinas con gran facilidad, pero ella no apostaría a que la suerte fuese a jugar siempre a su favor.

—Draxan vendía en la Jaula una cerbatana con unos dardos especiales. Espinas de crestado, para ser más exactos. Además de un látigo fabricado con la cola de un trescolas, una daga que era la garra de un rechinante y otros objetos curiosos. Dijo que los había conseguido aquí. Los haces tú, ¿verdad?

En cuanto hizo aquella pregunta se asombró de que hubiese dejado pasar tantos días sin planteársela. Por alguna razón, pensaba que Xein se mostraría esquivo con la respuesta. Pero, para su sorpresa, él asintió.

—Sí, aunque, para ser sincero, no son demasiado prácticos. El látigo, por ejemplo, causa grandes daños, pero es poco manejable. Es muy fácil rebanarse una mano con él si no se tiene cuidado.

—Sin embargo, Draxan te los compra a un buen precio.

—Y los vende en la Jaula todavía más caros. Por lo que sé, a algunas personas, especialmente en la Ciudadela, les gusta este tipo de objetos —concluyó encogiéndose de hombros.

Axlin sabía bastante acerca de los intercambios y comprendía bien por qué.

—Se debe a que son muy raros —le explicó—. En mi aldea no los vendería porque tienen una utilidad dudosa que no compensa su alto precio. Pero en la Ciudadela hay gente que gasta dinero en cosas extravagantes.

Xein alzó una ceja.

—¿Extravagantes?

—Fuera de lo común. —Axlin clavó su mirada en los ojos dorados del muchacho—. Lo que quiero decir es que si Draxan vende caras esas cosas es porque nadie más las hace. Nadie, salvo tú.

Xein se rio, pero ella detectó cierto nerviosismo en su voz.

—Me tomas el pelo.

—En absoluto. En el mundo real, Xein, la gente lucha contra los monstruos, se defiende de ellos como puede y los mata. A nadie se le ocurre quitarle las garras a un rechinante o despellejar a un abrasador...

—¿Y por qué no? Su piel es ignífuga, muy útil precisamente para luchar contra ellos. Cualquier curtidor con más maña que yo podría...

—Bueno, el caso es que nadie lo hace. A lo mejor porque puedes morir envenenado si manipulas las espinas de un crestado, o porque tratar de conseguir piel de pellejudo es una empresa suicida.

Xein la observó con una media sonrisa.

—Te estás enfadando otra vez.

Axlin resopló.

—Me frustro, eso es todo. Cientos de personas mueren en todas partes tratando de defenderse contra los monstruos y tú haces que parezca fácil..., como si fuera un juego. No hay cazadores de monstruos en ningún sitio, Xein. Porque los humanos no cazamos monstruos: somos sus presas. Es así, y así ha sido siempre.

Él suspiró.

—Bueno, a lo mejor ha llegado la hora de que cambien las reglas del juego.

Axlin no fue capaz de sonsacarle nada más. Él la apremió para que continuaran caminando, y eso hicieron, abriéndose paso a través del bosque. Por el camino, y con la misma aparente facilidad con la que había despachado a los crestados, Xein rechazó el ataque de un piesmojados que trató de aferrarse a sus tobillos cuando cruzaron un arroyo. Axlin ni siquiera lo había visto venir; él simplemente volteó la lanza y, al instante, había un piesmojados empalado en el fondo del agua, retorciéndose de dolor. Xein recuperó el arma y prosiguió su camino sin apenas detenerse. Ella no hizo ningún comentario. Empezaba a asumir que tal vez hubiera algo de verdad en lo que él le contaba.

El corazón se le aceleró. Un cazador de monstruos... ¿Podría ser cierto? Tenía que reconocer que nunca había visto a nadie pelear contra las criaturas de aquella manera. Ni siquiera a Lexis y Loxan, a quienes, antes de conocer a Xein, había considerado los mejores luchadores con los que se había encontrado.

Hicieron un alto para descansar y almorzar y después prosiguieron la marcha. Al cabo de un rato, Xein se llevó un dedo a los labios.

—Chis... ¿oyes eso?

Axlin prestó atención, pero, aparte del canto de los pájaros, el rumor del arroyo y el sonido del viento en los árboles, no percibió nada más. Él sonrió.

—No importa, enseguida los oirás.

Avanzaron un poco más entre los árboles, y entonces, de pronto, a ella le pareció oír un grito desgarrador.

—¿Qué ha sido eso?

—Escucha —respondió él.

Axlin contuvo el aliento. El grito se oyó de nuevo. Parecía una voz humana, de mujer.

—Hay alguien en el bosque —dijo, volviéndose hacia Xein—. ¡Tenemos que ayudarla!

—Por supuesto —concedió él sonriendo.

Pero entonces frunció el ceño y se puso tenso; enarboló su lanza y se dio la vuelta bruscamente.

—Espera, Axlin —murmuró—. Hay algo más.

Ella alzó su ballesta, con el corazón acelerado. Miró a su alrededor, pero no vio nada extraño. En ese preciso instante, la voz se oyó con mayor claridad:

—¡Xeeeiiiin! —aulló.

La joven reprimió una exclamación de sorpresa.

—¡Xeeeiiinnn! ¡Ayúdame!

Era Kinaxi. Axlin iba a echar a correr, pero él la retuvo a su lado. Ella trató de revolverse.

—¿Qué haces? ¡Es tu madre! Tal vez haya salido a buscarnos y...

—Espera. No tan deprisa. Hay algo aquí cerca; si no lo matamos ahora, tratará de sorprendernos con la guardia baja en cuanto le demos la espalda.

Seguía en tensión, escudriñando la espesura mientras los desgarradores gritos de Kinaxi resonaban por el bosque. Por un momento, Axlin recordó a Pax, preso de las pelusas detrás de la mata de habas. Dio un paso adelante, dispuesta a acudir en ayuda de la mujer, pero Xein la detuvo de nuevo.

—No te separes de mí, Axlin. Es peligroso.

Ella se apartó de él, exasperada.

—¿A ti qué te pasa? ¡Aún está viva, no es demasiado tarde! ¿O es que no te importa que se la coman los monstruos?

Él iba a responder cuando, de pronto, una forma de color negro brillante envuelta en humo se arrojó sobre ellos desde los matorrales. Xein lanzó un grito de advertencia e interpuso su lanza entre ellos y la criatura, que corrigió el movimiento y retrocedió de un salto, aterrizando unos pasos más atrás. Desde allí alzó su largo cuello y echó la cabeza hacia atrás, abriendo al máximo una boca de aspecto tubular erizada de dientes.

«Un abrasador», comprendió Axlin antes de que el monstruo arrojara una bola de fuego sobre ellos. Disparó, dispuesta a morir matando, pero Xein se arrojó sobre ella y la tiró al suelo. El proyectil ígneo pasó por encima de sus cuerpos y se estrelló contra un árbol, que estalló en llamas. Mientras Axlin trataba de incorporarse, aturdida, el chico ya se había levantado de un salto para enfrentarse al monstruo.

El virote se había clavado en el flanco de la criatura, aunque su piel escamosa había evitado que se hundiese profundamente en la carne. Retrocedió un poco más y volvió a bramar. Axlin sabía que aún tardaría un poco en generar otra bola de fuego; también sabía que había utilizado la saeta equivocada, por lo que se arrastró para ocultarse detrás de un árbol y revisó su carcaj. Tallaba los virotes con marcas específicas en función del veneno que utilizaba en cada uno de ellos, de modo que no le costó encontrar el que buscaba, y que había impregnado con extracto de tejo, el más eficaz contra los abrasadores. Mientras cargaba la ballesta, echó un vistazo a la batalla que se desarrollaba un poco más allá, y pestañeó con sorpresa.

Xein saltaba de un lado para otro, esquivando los coletazos y zarpazos del monstruo. Parecía que lo hacía con facilidad, como si lo estuviese provocando. Ella notó que la garganta del abrasador estaba inflándose lentamente, y advirtió, alarmada, que había perdido la cuenta de los segundos que faltaban hasta que lanzase una nueva bola de fuego. Apuntó con cuidado y disparó.

El virote se hundió en una de las patas de la criatura, y Axlin maldijo para sus adentros. Tardaría más en hacerle efecto que si le hubiese acertado en el pecho. Probablemente pasarían cinco largos minutos antes de que el monstruo se desplomara entre convulsiones, y se preguntó si debía disparar otra vez para acelerar el proceso; pero parecía que Xein se las estaba arreglando bien, sobre todo ahora que el abrasador comenzaba a moverse con mayor torpeza.

Y entonces un nuevo alarido llegó hasta sus oídos.

—¡Xein, hijo mío! ¡Te lo ruego, ayúdame!

¡Kinaxi! Axlin se había olvidado de ella. El hecho de que siguiera viva era un golpe de suerte tan extraordinario que comprendió que no tendrían otra oportunidad de rescatarla. No podía, por tanto, quedarse a ver cómo Xein remataba al abrasador. Alguien tenía que ir a ayudar a Kinaxi. Con los gritos de la mujer resonando en sus oídos, la joven avanzó hacia el corazón de la arboleda. Unos instantes después, se detuvo y miró a su alrededor. Los gritos sonaban muy cerca, pero no veía a nadie más.

—¡Xein, hijo mío! ¡Te lo ruego, ayúdame!

Una nueva voz resonó entonces entre los árboles.

—¡Axlin! ¿Dónde estás?

Ella se sobresaltó. Aquellas palabras removieron recuerdos muy profundos que creía olvidados.

—¡Axlin! ¡Por favor, vuelve! ¡No me dejes solo!

—Tux —susurró ella sin poder creerlo.

Se oyó un espantoso alarido, como si lo estuviesen torturando.

—¡Tux! —repitió la joven con los ojos llenos de lágrimas.

—¡Axlin! ¡Axlin!

—¡Ayúdame, te lo ruego!

Nuevas voces. Hacía tiempo que no las escuchaba, pero las reconoció perfectamente: su amiga Xeira, la pequeña Nixi.

No se detuvo a pensar cómo era posible que sus amigos hubiesen llegado hasta allí. Los gritos y las voces se mezclaban en su mente, envenenándola con lentitud y trazando un camino imparable hasta su corazón.

Al principio, los gritos parecían proceder de diversos puntos del bosque, pero pronto se concentraron en un solo lugar. Guiada por su llamada, Axlin avanzó hacia un pequeño claro en medio de la arboleda. Allí estaban todos, pensó. No sabía qué clase de monstruo los estaba atacando ni tenía intención de detenerse a considerarlo. Las voces tiraban de ella, le retorcían las tripas de angustia, la obligaban a avanzar para hacer algo, cualquier cosa.

Tux gritó de nuevo; un alarido tan cargado de terror y sufrimiento que Axlin no pudo soportarlo más.

—¡Tux! —llamó, y su cuerpo se movió hacia delante, siguiendo el impulso de correr para salvarlo.

Pero alguien la retuvo, evitando que avanzara.

—Tranquila —susurró Xein en su oído—. No le hagas caso, es solo un monstruo.

Axlin gimió angustiada, sacudió la cabeza y se revolvió entre sus brazos, tratando de liberarse.

—¡No! Suéltame, ¡hay que salvarlos!

—Vale, tranquila —dijo Xein—. Vamos a entrar ahí, ¿de acuerdo? Pero despacio y sin apartar la mirada de los árboles. ¿Me has entendido?

La tomó de la mano, en parte para guiarla, en parte para evitar que saliera corriendo.

—Suéltame —protestó ella—. No puedo manejar la ballesta con una sola mano.

Los gritos seguían aturdiéndola, pero la presencia de Xein a su lado y la presión de su mano en la de ella la ayudaron a centrarse.

—Bien, te soltaré si entramos despacio y sigues mis instrucciones, ¿de acuerdo? Sé qué clase de monstruos son. Te diré cómo enfrentarte a ellos.

Axlin asintió. Siguió, por tanto, a Xein hasta el interior del claro, con la ballesta a punto y la mirada fija en los árboles, como él le había indicado.

Y justo entonces todas las voces se callaron.

19

Axlin miró a su alrededor, desconcertada. Se sentía como si acabase de despertar de un profundo sueño.

De nuevo se oyó la voz de Tux.

—¡Aaaxlin!

Ella sintió enseguida la mano de Xein sobre su brazo.

—Calma. Respira hondo un par de veces. ¿No lo ves todavía?

Axlin pestañeó sin comprender.

—Míralo, allí está el muy bastardo —indicó entonces él, señalando el tronco de un árbol cercano.

Ella tuvo que forzar la vista para descubrirlo y lanzó una exclamación de sorpresa cuando lo hizo. Se trataba de una criatura del tamaño de una comadreja, que estaba aferrada al árbol con cuatro garras menudas y afiladas y una larga cola prensil enrollada en torno al tronco. Tenía las orejas grandes, similares a las de un murciélago, y unos enormes ojos saltones que giraba a un lado y a otro como si estuviese enloquecido. Su piel moteada se confundía a la perfección con la corteza.

—Un lenguaraz —murmuró Xein—. Puedes acercarte, está solo. Si los otros no se han atrevido a asomarse todavía, ya no lo harán.

Axlin avanzó hacia el monstruo, espoleada más por su propia curiosidad que por las palabras del muchacho. El lenguaraz abrió la boca y volvió a gritar:

—¡Xeeeein! ¡Por favor, que alguien me ayude!

La chica dio un respingo. Era exactamente la voz de Kinaxi, y si no hubiese estado mirando al lenguaraz en aquel mismo momento, no habría sido capaz de creer ni por un instante que aquellos sollozos desgarradores no eran humanos.

—Me ha... engañado —murmuró—. ¿Era este monstruo todo el rato? —Xein asintió, y Axlin sacudió la cabeza—. No lo entiendo. ¿Has oído alguna vez a tu madre gritar así?

—No, por suerte. Pero los lenguaraces lo hacen muchas veces.

El lenguaraz lanzó una carcajada aguda y estridente y volvió el cuello hasta que su cabeza quedó prácticamente bocabajo en una postura extraña e imposible. Clavó su mirada en Axlin y entonces gritó, con una voz diferente:

—¡Axlin! ¡Por favor, ayúdanos!

—Tux —susurró ella.

Su cuerpo se movió hacia delante, siguiendo el impulso de correr para salvarlo, pero Xein la retuvo entre sus brazos.

—Quieta. No le creas. No lo escuches.

Ella gimió angustiada y sacudió la cabeza. Se esforzó por pensar con frialdad.

—Pero ¿cómo puede saber...?

—Míralo fijamente. Míralo cuando habla. Si lo ves, no te puede engañar.

Axlin obedeció. La criatura le dedicó una mueca espantosa antes de volver a gritar, esta vez con la voz de Xeira, y después de nuevo con la de Nixi. La joven se retorcía inquieta entre los brazos de Xein, pero por fin su mente asumió que aquellas voces no eran reales y contempló al lenguaraz con incredulidad.

—Es imposible que haya oído eso en alguna parte —murmuró—. Esas personas viven muy lejos de aquí.

—Y probablemente nunca han gritado de esa manera —añadió Xein—. Con un poco de suerte —matizó tras pensarlo un instante.

El lenguaraz rio de nuevo y volvió la cabeza hasta devolverla a su posición habitual. Axlin pensó que ninguna persona podría hacer aquello sin desnucarse.

—¡Axlin, Xein! —gritó la criatura, de nuevo con la voz de Kinaxi—. ¡Ayudadme, os lo ruego!

El chico suspiró y soltó a Axlin.

—Bueno, ya he tenido suficiente. Fin de la lección.

Algo silbó junto a la cabeza de la muchacha y lo siguiente que vio fue al lenguaraz clavado al tronco, ensartado por la lanza de Xein, con los ojos desorbitados y la lengua colgándole entre los dientes como un guiñapo babeante. Ni siquiera había tenido ocasión de gritar.

Hubo un murmullo entre las copas de los árboles, como si una legión de ardillas se escabullesen a toda velocidad. Después, silencio.

Axlin lo agradeció profundamente. Sabía que aquellos gritos no eran humanos, pero la removían por dentro como si lo fueran.

Se volvió hacia Xein, tratando de centrarse.

—¿Había más monstruos en los árboles? ¡Me habías dicho que este estaba solo!

—No quería ponerte nerviosa. Había más, pero estaban callados. Solo atacan cuando su víctima casi ha perdido la razón. Contra humanos conscientes de su engaño nunca se atreven, aunque lleven ventaja numérica.

Axlin contempló al lenguaraz empalado con desagrado.

—Es asombroso que puedan imitar la voz de la gente con tanta precisión. Pero lo que no puedo entender es que sepan exactamente qué voz deben utilizar, qué deben decir y a quién.

—No pueden saberlo. Tengo la teoría de que, de alguna manera, sacan ese conocimiento de sus víctimas. De nuestros recuerdos o nuestros pensamientos.

Axlin se volvió para mirarlo y él se encogió de hombros.

—¿Se te ocurre una explicación mejor?

Ella sacudió la cabeza.

—¿Y qué hay de ti? —le espetó de pronto.

—¿Qué quieres decir?

—Las voces con las que ha intentado engañarme pertenecen a personas que viven muy lejos de aquí. Yo podía tener dudas, pero tú... ¿cómo puedes saber que se trata realmente de un lenguaraz? ¿Y si tu madre hubiese estado en peligro de verdad? ¿Podrías arriesgarte a no acudir en su ayuda?

—Sabía que no era mi madre. Las voces de los lenguaraces se parecen mucho a las de los humanos, pero... no son humanas. Tienen ese tono vacío, ¿entiendes? Como si no hubiera nada detrás.

—No. A mí me parecían reales.

—Yo sí que noto la diferencia. Hay que prestar atención, pero se puede distinguir sin problemas.

—Si eso fuera así, Xein, los lenguaraces serían inofensivos. Y no lo son. Hicieron caer tu aldea, ¿recuerdas?

Él inclinó la cabeza, pero no dijo nada.

—Volvamos a casa —propuso—. Creo que ya hemos tenido suficientes monstruos por hoy.

Recuperó su lanza y el cadáver del lenguaraz cayó al suelo como un pellejo desinflado.

Caminaron un rato en silencio, hasta que Xein preguntó de pronto:

—¿Quién es Tux?

Axlin sonrió. La voz del muchacho sonaba forzada en su intento de fingir que no le interesaba especialmente la respuesta.

Estuvo tentada de responderle que no era nadie importante, que hacía mucho tiempo que no lo veía o algo por el estilo; pero las palabras del lenguaraz habían despertado en ella recuerdos profundamente enterrados y, con las emociones todavía a flor de piel, respondió:

—Era el chico con el que me iba a casar.

Xein acogió la información con un silencio cauto. Axlin añadió:

—Pero ahora ya no importa. Eso fue hace mucho tiempo. —Había calculado un año y medio, tal vez dos—. A estas alturas se habrá casado ya con otra chica y tendrán un hijo, o puede que un par.

—¿Por qué no...? Quiero decir... ¿qué es lo que salió mal?

Axlin suspiró.

—Bueno, yo quería viajar por el mundo para estudiar a los monstruos y eso no es compatible con casarse y formar una familia. Tuve que elegir.

Xein pareció aliviado, y el corazón de Axlin empezó a latir un poco más deprisa. No se lo había imaginado: estaba interesado en ella de verdad.

—Hiciste bien entonces —opinó.

—¿Tú crees?

—Si elegiste marcharte a pesar de todo, es que no lo querías de verdad. Probablemente no habrías sido feliz a su lado.

—Bueno, eso tú no lo sabes —replicó ella un poco ofendida.

Había querido mucho a Tux. Renunciar a él y dejarlo atrás había sido la decisión más difícil de su vida.

—Si quieres a alguien de verdad, te quedas a su lado —opinó Xein muy convencido.

—También podría haberme acompañado él —hizo notar Axlin—. Era un buen patrullero, no se las habría arreglado mal en los caminos.

Había pensado a menudo en aquella cuestión después de marcharse, aunque en sus conversaciones con Tux ninguno de los dos lo había planteado siquiera. Este hecho había ayudado a Axlin a mitigar su nostalgia: ella había considerado la idea de renunciar a sus deseos para quedarse en la aldea, pero él ni siquiera había imaginado la posibilidad de partir junto a ella.

—¿Era mejor que yo? —inquirió Xein con curiosidad.

—¿Contra los monstruos, quieres decir? Por supuesto que no.

Se planteó entonces si estaba preguntando por preguntar o si de verdad quería llegar a alguna parte con aquel interrogatorio. A Axlin no le gustaban los rodeos, de modo que se detuvo, lo miró a los ojos y replicó:

—¿Y tú? Si conocieras a una chica especial..., ¿estarías dispuesto a partir con ella?

Xein buceó en su mirada, muy serio.

—No lo sé —murmuró—. A lo mejor ella estaría dispuesta a quedarse.

El corazón de Axlin golpeaba salvajemente contra su pecho. Conocía las reglas no escritas del galanteo y hasta aquel instante se las había arreglado para pararles los pies a todos los muchachos que se le habían insinuado. Por primera vez en mucho tiempo, sin embargo, no tenía claro que quisiera seguir haciéndolo. Intentó serenarse. Quizá Xein solo estaba interesado en acostarse con ella. Después de todo, era joven y no tenía muchas posibilidades de conocer chicas en aquel enclave tan aislado. O tal vez sí sentía algo más, pero en aquel momento Axlin no estaba segura de qué era lo que prefería. Una parte de ella deseaba dejarse llevar y no pensar en nada más. Pero la voz de la razón le decía que sería demasiado fácil enamorarse. Y si lo hacía..., tal vez ya no tendría valor para darle la espalda y marcharse de allí.

—Me pregunto qué clase de chica querría quedarse aquí el resto de su vida para ser mangoneada por tu madre —bromeó.

Él sonrió. Alzó la mano y le acarició la mejilla con la yema de los dedos. Axlin se estremeció, entornó los ojos y reprimió un suspiro. Estaba ardiendo por dentro y deseaba que Xein la estrechara entre sus brazos. La intensidad de aquel sentimiento la asustaba un poco.

—Me pregunto qué clase de chico estaría dispuesto a dar tumbos contigo por los caminos para catalogar monstruos —contraatacó él.

Y Axlin se encontró a sí misma respondiendo:

—Tal vez uno que no tema a los monstruos. Un cazador, y no una presa.

Xein inspiró hondo y acercó más su rostro al suyo. Axlin aún podía apartarse y detener aquello, pero las emociones habían terminado por barrer cualquier rastro de racionalidad discrepante. De modo que aguardó a que él la besara, temblando con expectación.

Pero no la besó. Se limitó a acariciar su cabello con suavidad.

—Llevas el pelo más corto que yo —observó.

—Es por los dedoslargos —respondió ella.

Él frunció levemente el ceño mientras evocaba lo que había leído en el libro de Axlin.

—Ah, ya: los monstruos que se llevan a los niños agarrándolos del cabello.

—Y a los adultos también.

Xein enredó sus dedos en los rizos negros de Axlin. Pero después desvió la mirada, incómodo, y ella comprendió que no se atrevía a besarla. Lo encontró enternecedor: el cazador que no temía a los monstruos no osaba, sin embargo, tomar la iniciativa ante una chica.

«Eso es que le gusto de verdad», pensó de pronto. Cuando un muchacho requebraba a una chica con la única intención de divertirse, no solía preocuparle tanto la posibilidad de ser rechazado.

—Xein —susurró, y él la miró de nuevo.

Atrapado en su mirada, en esta ocasión fue capaz de vencer su timidez e inclinarse más hacia ella. Sus labios rozaron los de Axlin y ella cerró los ojos y se dejó llevar. Alargó las manos para abrazarlo... y, de repente, él no estaba allí. Dejó de sentir la calidez de su aliento, la presencia de su cuerpo junto al suyo, y abrió los ojos sin comprender.

Lanzó una exclamación de alarma al ver que Xein había enarbolado la lanza para mantener a distancia a una criatura de pelaje rayado, patas largas y flexibles como las de un felino y cabeza gruesa, rematada por un largo hocico erizado de dientes. Lo que llamó la atención de Axlin, sin embargo, fueron los tres apéndices que le brotaban de la base del lomo y que batía amenazante como látigos letales.

Un trescolas. Maldijo para sus adentros y se apresuró a cargar la ballesta.

—Axlin, atrás —dijo Xein.

Entonces una de las colas del monstruo se proyectó hacia delante y se enrolló en la lanza del chico, que tiró de ella, tratando de liberarla. Hubo un forcejeo y la lanza se partió en dos.

Xein dejó escapar una maldición, desenfundó el machete y se arrojó sobre el trescolas. La criatura saltó..., pero no hacia él, sino hacia Axlin.

El joven cazador se movió como un rayo para corregir el movimiento, hizo un quiebro en el aire y arrojó el machete contra la criatura. Pero falló, y no pudo evitar que el trescolas cayera sobre la chica y la derribara en el suelo.

Ella gritó. Xein se lanzó sobre el monstruo; pero entonces este chilló, se revolvió un instante y se quedó inmóvil antes de que el joven lo alcanzara.

Xein se detuvo, desconcertado. Axlin, jadeante, se quitó de encima el cuerpo del trescolas. Le había disparado a bocajarro; el extremo del virote que lo había matado de forma tan fulminante aún sobresalía del pecho de la criatura.

Axlin se incorporó, sucia, maltrecha y aún temblando.

—¿Cómo...? ¿Cómo has hecho eso? —balbuceó Xein, impresionado.

—El extracto de tejo es bastante eficaz contra los trescolas —murmuró ella—. En realidad, el mejor es el de belladona, pero tenía preparado este virote desde que nos atacó el abrasador, y por eso...

Xein no la dejó continuar. Se había dejado caer de rodillas junto a ella y la abrazó con fuerza, como si temiese que los monstruos se la pudiesen llevar en cualquier momento.

—Qué cerca ha estado —susurró casi en su oído—. Maldita sea, qué cerca ha estado.

Axlin, perpleja, no fue capaz de responder. El muchacho se separó un poco para mirarla a la cara, y ella descubrió que tenía los ojos húmedos.

—Estoy bien —pudo decir por fin—. No pasa nada.

Pero él sacudió la cabeza. Parecía furioso de pronto.

—No, sí que pasa. Me he distraído. No debería haberlo hecho.

—No ha sido culpa tuya.

—Podría haberte matado. Si hubiese prestado más atención...

Axlin colocó las manos sobre sus hombros.

—Oye, tranquilo. No es la primera vez que me ataca un monstruo, ni será la última. Esto no se me da tan bien como a ti, pero tampoco estoy completamente indefensa, ¿sabes?

Xein desvió la mirada para contemplar su carcaj con un nuevo respeto.

—El disparo era bueno —dijo—, pero es raro que un trescolas muera tan deprisa de una herida así. En teoría, debería haber tenido tiempo de matarte de un zarpazo antes de desplomarse.

—Es por el veneno, ya te lo he dicho. —Axlin respiró hondo—. Aunque también es cuestión de suerte y de llevar cargado el proyectil adecuado, porque en medio de una pelea quizá no te dé tiempo a cambiarlo. Los trescolas son vulnerables al tejo y a la belladona; sin embargo, el extracto de acónito no les hace nada, y es la sustancia más letal que sé preparar. —Se encogió de hombros—. Aún no he probado con ellos la mandrágora, el estramonio ni la dedalera, por lo que no sé cómo les afectan. Los monstruos a veces tienen reacciones extrañas, ¿sabes? Resulta que los verrugosos, por ejemplo, son muy vulnerables al extracto de menta, que es una planta inofensiva para el resto del mundo y... ¿qué? —preguntó al ver que Xein la miraba fijamente.

—Eres increíble, Axlin —murmuró él y, de pronto, la besó con intensidad.

Ella se quedó tan estupefacta que fue incapaz de reaccionar. Pero cuando empezaba a relajarse, él se apartó con cierta brusquedad.

—Debemos volver a casa ya —dijo con voz ronca—, o no llegaremos antes del anochecer.

Se levantó de un salto y tendió la mano a Axlin para ayudarla. Cuando ella se puso en pie, sin embargo, no la soltó, y ella tampoco hizo nada por liberarse.

Recorrieron el último trecho del camino en silencio. Axlin quiso hablar, preguntarle acerca del beso, de sus intenciones, de sus sentimientos. Parecía claro que le gustaba, pero ¿hasta qué punto? Ella, por su parte, ya no podía negar que se sentía muy atraída por él.

«Quizá deberíamos dejar las cosas claras», pensó.

Pero ¿qué cosas? ¿Quería iniciar una relación con Xein? ¿Lo deseaba él?

Abrió la boca para decir algo, pero no le salieron las palabras. No sabía muy bien qué decir. Se sentía confusa, pero al mismo tiempo ligera como el aire, con el pecho repleto de una sensación extraña y deliciosa que la invitaba a suspirar, a dejarse llevar y a no pensar en nada más que en la presencia de Xein a su lado, en la calidez de su mano sobre su piel.

No obstante, *debía* pensar en otras cosas. Por ejemplo, en el hecho de que iban cogidos de la mano por un paraje lleno de monstruos. Sabía que debía soltarse para tener ambas manos libres por si se producía un ataque, y aun así, por alguna razón, se veía incapaz de hacerlo. Xein, por su parte, avanzaba silencioso y pensativo, pero relajado. Ella recordó entonces que había detectado la presencia del abrasador antes de que los atacara. También había sido capaz de distinguir a los lenguaraces a simple vista entre las ramas de los árboles, y ni siquiera el trescolas había logrado sorprenderlo con la guardia baja, pese a que se había lanzado sobre ellos mientras se estaban besando.

«¿Cómo es posible que se anticipe a sus ataques?», se preguntó, maravillada. «¿Cómo sabe que están ahí antes de verlos siquiera?»

Lo miró, interrogante; pero él le devolvió la mirada, sonriéndole con afecto, y Axlin olvidó lo que estaba pensando. Su corazón se había puesto a latir como un loco otra vez, evocando la calidez de los labios de Xein sobre los suyos.

Y ya no se planteó nada más.

Así, aún tomados de la mano, llegaron por fin al enclave, donde Kinaxi los estaba aguardando. De pie entre las calaveras y cruzada de brazos parecía la encarnación de alguna antigua diosa de la venganza.

—¿Dónde habéis estado? —les recriminó—. ¿Se puede saber por qué os habéis ido sin avisar?

—Hemos ido al bosque, madre —respondió Xein con voz monocorde.

—¿Y por qué te has llevado a la chica? ¡Podrían haberla matado los monstruos! No se me ocurre nada...

—Lo sé —cortó él con brusquedad—. No volverá a suceder.

Su madre abrió la boca para decir algo, pero finalmente sacudió la cabeza y lo dejó pasar. Xein soltó la mano de Axlin y se adentró en el enclave sin mirar atrás. Ella se dispuso a seguirlo, pero Kinaxi la retuvo.

—Oye, chica —le dijo, y sus palabras sonaron cortantes como los apéndices de un trescolas—. Espero que sepas lo que haces.

—¿Disculpa?

—No soy tonta. Sé lo que pasa entre vosotros dos. Como le rompas el corazón a mi hijo, yo misma te arrojaré a la cueva de los velludos. ¿Me has entendido?

Axlin la contempló perpleja, pero Kinaxi no aguardó a que le respondiera. Se dio la vuelta y siguió a Xein por las calles de la aldea, dejando sola a la muchacha bajo las luces del crepúsculo.

20

Xein cumplió su palabra y no volvió a llevar a Axlin de excursión, pese a que ella se lo pidió en varias ocasiones. Su relación, no obstante, siguió avanzando paso a paso, día tras día. Compartieron más besos, caricias y confidencias, buscando momentos de intimidad lejos de la reprobadora mirada de Kinaxi.

Axlin se sentía como en una nube. La atracción que había experimentado hacia Xein en un principio estaba evolucionando hacia un sentimiento más intenso, y empezaba a sospechar que también bastante más profundo, hasta el punto de que comenzó a desear que el día de su partida no llegase nunca. Sin embargo, Draxan no tardaría en regresar al enclave y ella tenía que tomar una decisión.

De mala gana, ambos abordaron la cuestión a tres días de la llegada del buhonero.

—Ojalá no tuvieras que marcharte —dijo él.

Axlin suspiró y se acomodó entre sus brazos. A aquellas alturas había considerado ya todas las opciones: continuar su viaje a la Ciudadela, establecerse definitivamente en aquella aldea o dejar pasar más tiempo y marcharse más adelante. En aquellos momentos, la idea de despedirse de Xein le resultaba insoportable.

—¿Por qué no vienes tú conmigo a la Ciudadela? —le preguntó ella.

Él sacudió la cabeza.

—No puedo dejar aquí a mi madre.

—Pues que venga con nosotros. Podemos establecernos allí los tres. Dicen que no hay monstruos, que es el lugar más seguro del mundo. Más incluso que la Jaula.

El chico vaciló.

—Me gustaría —admitió, despacio—. Pero ella no quiere ni oír hablar de la Ciudadela. Dice que no es lugar para nosotros.

A Axlin le costaba comprender que una madre pudiese tener tanta influencia sobre su hijo prácticamente adulto. En el lugar del que ella venía, los jóvenes eran miembros responsables de la comunidad desde edades muy tempranas.

—No entiendo por qué la obedeces siempre —objetó—. Es tu vida, son tus decisiones. Además, ¿cómo sabe ella tanto sobre la Ciudadela si no la ha visitado nunca?

—Sabe muchas cosas —la defendió Xein—. Más de las que piensas. —La miró fijamente—. ¿Quieres que te cuente lo que pasó la noche en que los monstruos destruyeron esta aldea? —le propuso de pronto.

Axlin le sostuvo la mirada.

—¿Quieres contármelo por fin?

Xein dudó un momento; después se encogió de hombros y dijo:

—Los lenguaraces salieron de lo profundo del bosque y se acercaron a la aldea por la noche. Engañaron a los centinelas y los obligaron a salir. Ellos solían llevar tapones en los oídos durante sus guardias, pero hubo uno que no se los había colocado bien, y los oyó. Parece ser que convenció a los demás para que se los quitaran también y salieran de la aldea solo para asegurarse de que las voces no eran reales.

»Los mataron a todos. Pero lo peor fue que se habían dejado la puerta mal cerrada al salir.

Axlin inspiró hondo. Había escuchado muchas historias terroríficas sobre monstruos que asolaban aldeas, pero todavía la impactaban profundamente.

—Sin embargo, no fueron los lenguaraces los que acabaron con este lugar. Ellos ya tenían suficiente con los centinelas. No; los que se aprovecharon del descuido fueron los rechinantes y los crestados. Entraron en el enclave y nadie se dio cuenta, porque estaban durmiendo y los centinelas habían sido abatidos por los lenguaraces.

»Yo era apenas un bebé, pero mi madre me ha contado que, a pesar de todo, la gente del enclave luchó valerosamente. Nosotros sobrevivimos porque estábamos encerrados en la cabaña de los niños...

Se interrumpió y se quedó unos segundos en silencio, pensativo. Axlin aguardó a que recuperara el habla.

—Me he preguntado muchas veces qué pasó con los otros niños —prosiguió el muchacho—. En algún momento tuvieron que entrar los monstruos. ¿Por qué nosotros nos salvamos y ellos no? Me gusta pensar que ya no nos atacan porque les doy miedo. Pero yo era muy pequeño para defenderme aquella noche. Tuvo que ser mi madre, Axlin. Ella hizo algo y los espantó, y después no han vuelto a entrar.

La joven contuvo el aliento.

—Tardé muchos años en empezar a cazar monstruos. Hasta entonces era un crío que no sabía defenderse. Podrían habernos atacado en cualquier momento, y no lo hicieron. No me temen a mí en realidad, Axlin, sino a ella.

—¿Eso crees? —susurró la muchacha.

—No encuentro otra explicación. Sé que te enfadas a menudo porque no respondo a tus preguntas. Se debe a que tampoco yo conozco todas las respuestas.

—Por eso viajo. Para saber. Para entender. Lo comprendes, ¿verdad?

Xein asintió. Ella continuó:

—He conocido a gente que sí ha estado en la Ciudadela y dicen que es un lugar maravilloso, lleno de oportunidades. Tu madre no lo cree así, de acuerdo. Pero yo iré a visitarla para poder formarme una opinión por mí misma.

Xein suspiró.

—Bueno, qué le vamos a hacer. Ya sabíamos que estabas de viaje y que solo ibas a quedarte aquí unas semanas.

A Axlin se le rompía el corazón. Lo abrazó con fuerza.

—No sé qué hacer —confesó—. Quiero estar contigo, pero también quiero seguir viajando. Llevo mucho tiempo queriendo conocer la Ciudadela, y ahora que estoy tan cerca no puedo detenerme.

Xein se mantuvo un momento en silencio. Después dijo por fin:

—¿Recuerdas el día que fuimos a ver a los lenguaraces? Hablamos de tu amigo..., Tux.

Axlin sonrió. Ella no había vuelto a mencionarlo, pero Xein no había olvidado su nombre.

—Hablamos de que tuviste que elegir —prosiguió él.

Ella entendió a dónde quería llegar.

—Y tú dijiste que pensabas que no me importaba tanto como creía —completó—. Porque, de lo contrario, no lo habría dejado atrás.

Xein desvió la mirada y no añadió nada más.

—Solo llevamos juntos tres semanas —le recordó Axlin—. Y ya siento algo muy intenso por ti. He conocido a mucha gente en mi viaje, y nadie hasta ahora me había hecho plantearme la posibilidad de abandonar. Nadie, salvo tú.

Él sonrió. Pero Axlin no había terminado.

—¿Y qué me dices de ti? ¿Conoces acaso a más chicas con las que puedas compararme? ¿O te has fijado en mí solo porque no hay nadie más?

Xein abrió la boca para responder, pero no fue capaz de hacerlo.

—En mi aldea —continuó ella— había más gente que aquí, pero tampoco éramos muchos. Las opciones para emparejarse eran bastante reducidas. Tux y yo crecimos sabiendo que nos casaríamos cuando fuéramos mayores porque no había más donde elegir, ¿entiendes?

—No muy bien —confesó él.

—Quiero decir que vives aquí solo con tu madre y estás muy aburrido. A lo mejor crees que te gusto, pero probablemente te habrías fijado en cualquier chica solitaria que hubiese llegado por el camino.

—Eso no es verdad. Para tu información, Draxan tiene una hermana.

—Sí, ya lo sé. —Axlin la había conocido durante su breve estancia en la cantera—. ¿Y?

—A veces viene con él en el carro para ayudarlo con los intercambios. Durante un tiempo estuvo interesada en mí, o al menos eso daba a entender.

—¿Y qué pasó?

Xein se encogió de hombros.

—Pues que yo no la correspondía. Es bastante guapa, es cierto, y al principio me alegraba mucho de verla cuando venía..., pero es que no es interesante, ¿me entiendes?

Axlin sonrió.

—Interesante —repitió.

—No me imaginaba conviviendo con ella. Tampoco hablábamos mucho, la verdad. Ni siquiera me parecía que tuviese ganas de hablar de algo.

—Y mucho menos de monstruos, claro —añadió Axlin, reprimiendo una carcajada.

Él sonrió, la estrechó entre sus brazos y la besó de nuevo. Cuando se separó de ella para mirarla a los ojos, todavía sonreía.

—La chica solitaria que llegó por el camino podría haber sido cualquier chica, es verdad —concluyó—. Pero resultó que eras tú. Así que me considero un hombre muy afortunado. No imaginas cuánto.

—Bueno, a lo mejor serías más afortunado si la chica del camino hubiese estado buscando un lugar donde instalarse el resto de su vida. Si no tuviese la intención de proseguir su viaje a la caza de nuevos monstruos que catalogar.

Xein se rio.

—Entonces esa chica no habrías sido tú.

—¿Comprendes entonces que tengo que marcharme?

—Lo comprendo —respondió él desviando la mirada—. Y una parte de mí prefiere que lo hagas. Si la Ciudadela es tal y como dices, allí estarás mucho más segura que aquí.

Axlin sabía que Xein no olvidaba el ataque del trescolas que casi le había costado la vida, y que se sentía culpable por ello.

—Tú deberías hacer lo mismo —respondió—. Establecerte en un sitio mejor. Visitar nuevos lugares, conocer gente.

—¿Y otras chicas?

—No lo sé. Tal vez.

—No sé —replicó él, sacudiendo la cabeza—. A veces pienso que, si yo me voy, los monstruos atacarán la aldea y matarán a mi madre. Sin embargo, si es verdad que fue ella quien los ahuyentó la noche del ataque..., y tuvo que ser ella, porque yo era un bebé...

—... Podrías marcharte —comprendió Axlin.

La esperanza iluminó por un momento los ojos de Xein..., pero se apagó enseguida.

—No podría, Axlin. No podemos estar seguros. Si me fuera y le pasara algo a mi madre por dejarla sola..., nunca me lo perdonaría.

Axlin suspiró. Y justo entonces comprendió que, del mismo modo que Xein se veía incapaz de marcharse..., ella tampoco podría quedarse.

Ambos fueron asumiendo poco a poco que aquello era una despedida. La euforia dio paso lentamente a la tristeza, y la víspera de la llegada de Draxan se escabulleron para disfrutar de sus últimos momentos juntos. Habían habilitado un refugio secreto en una de las casas más alejadas de la aldea, en una zona por donde Kinaxi raramente rondaba.

Axlin ya había tomado la decisión de marcharse, pero le había planteado a Xein una nueva posibilidad:

—Cuando termine mi libro y haya descubierto todo lo que quiero saber..., quizá podría volver.

—¿Lo dices en serio?

—Sí. Después de todo, la Ciudadela solo está a diez días de camino de aquí. Puede que me quede allí unos meses, o quizá uno o dos años... Pero después... me gustaría regresar. Si todavía sigues aquí —concluyó con cierta timidez.

Él sonrió.

—¿Y dónde voy a estar, si no?

—Con la hermana de Draxan, por ejemplo —bromeó ella—. O con cualquier otra chica —añadió, más seria—. Si me voy mañana, tú no tienes por qué esperarme.

—¡Por supuesto que lo haré! —exclamó él con calor—. Si prometes volver algún día..., Axlin, yo seguiré aquí. Y te recibiré con los brazos abiertos.

La muchacha sonrió con tristeza. Estaba segura de que hablaba en serio; pero ella, que tenía más experiencia y había tratado con mucha gente, sabía que el tiempo y la distancia eran los mejores aliados del olvido.

—Podrían pasar muchas cosas, Xein. Podrías conocer a otra persona. Yo podría conocer a otra persona. O podrían matarme los monstruos por el camino, y entonces ya no volvería. Y tú no deberías esperarme para siempre sin saber si regresaré.

—Pongamos un plazo, pues. ¿Un año? ¿Dos? Si te instalas en la Ciudadela —añadió antes de que ella pudiera responder—, podrías encontrar la manera de volver aquí, aunque sea de visita, antes de que acabe el plazo. ¿No es así?

Ella lo pensó.

—Sí —dijo, más animada—. Sí, podría hacerlo, ¿por qué no?

Él la abrazó con ternura.

—Axlin, Axlin —murmuró—. Ojalá no tuvieras que marcharte. Te quiero —le susurró al oído.

Ella se estremeció entera. Sus sentimientos se desbocaron y anularon por completo su voluntad. Trató de pensar, pero las palabras brotaron de forma espontánea sin que pudiese detenerlas:

—Yo también te quiero, Xein.

Él la besó de nuevo. Axlin quería resistirse, pero la certeza de que tal vez aquella fuera su última noche juntos, de que quizá no volverían a verse, derribó sus últimas reservas. Se entregó a él con una pasión que no había experimentado antes. Ni siquiera con Tux.

La sensatez perdida regresó un rato después, pero era demasiado tarde: Axlin y Xein yacían el uno en brazos del otro en su refugio secreto. Aunque era ya noche cerrada, ninguno de ellos tenía intención de regresar a la casa donde dormía Kinaxi.

—A lo mejor no deberíamos haberlo hecho —susurró entonces Axlin, como en un sueño.

—¿Por qué no? —respondió él adormilado.

—Bueno..., podría quedarme embarazada.

Xein permaneció en silencio un instante, y Axlin temió que se hubiese dormido del todo. Pero finalmente él contestó:

—Tienes planeado instalarte en la Ciudadela, ¿no es así? Parece un buen sitio para dar a luz y criar un bebé.

Axlin lo pensó. Tiempo atrás había tenido muchas dudas, en parte por el peligro que suponía para cualquier niño crecer en los caminos o incluso en un enclave rodeado de monstruos. Pero si lo que le habían contado sobre la Ciudadela era verdad, probablemente no existía ningún lugar más seguro en el mundo para ser madre.

Por otro lado, había renunciado tiempo atrás a la protección de la gente de su aldea, y eso implicaba que tendría que cuidar a su hijo sola hasta que fuese mayor.

Y justo mientras pensaba en ello y se removía, inquieta, en brazos de Xein, él le dijo muy convencido:

—Si te vas mañana y más adelante descubres que vas a tener un bebé..., mándame un mensaje desde la Ciudadela e iré a buscarte.

—¿Lo dices en serio? ¿Y tu madre?

—La convenceré para que me acompañe, de alguna manera. Si no quiere venir, tendrá que quedarse aquí.

Axlin suspiró, cerró los ojos y apoyó la cabeza en el hombro desnudo de él.

—No lo puedo creer —murmuró—. Esto es una gran locura...

—Puede que sí —admitió Xein—. Pero es nuestra locura, y me encanta.

Ella rio.

—Eres consciente de que quizá sea una locura intensa..., pero breve, ¿no es cierto?

—¿Por qué estás tan convencida de que no va a durar?

—No sé. Quizá porque todo ha sucedido tan rápido.

—Si vuelves..., haremos que dure. Te lo prometo.

—Volveré. Te lo prometo.

Xein sonrió, la atrajo hacia sí y volvió a besarla.

—Te creo —susurró, mientras sus manos se deslizaban de nuevo por debajo de la ropa de ella.

El amanecer los sorprendió todavía juntos y abrazados. Pero no fueron las primeras luces del alba lo que los espabiló, sino la voz de Kinaxi desde fuera.

—Vamos, gandules, sé que estáis ahí. El corral no se limpia solo, ¿sabéis?

Los dos se incorporaron, sobresaltados y profundamente avergonzados. Xein fue el primero en asomarse al exterior, aún a medio vestir.

—Madre... —empezó, pero ella lo interrumpió:

—Dile a la chica que no se duerma. Hay muchas cosas que hacer antes de que llegue Draxan. —Él la miró, aturdido, y ella preguntó—: ¿O es que no se marcha hoy con el buhonero, después de todo?

Xein asintió con lentitud.

—Sí —murmuró—. Sí que se marcha.

Kinaxi sacudió la cabeza.

—Ya me parecía —dijo solamente, y se alejó con paso firme, seguida del perro, que trotaba tras ella meneando el rabo.

La decisión de Axlin era firme, y aun así se sorprendió a sí misma deseando que el carro de Draxan no llegase aquella mañana. Era absurdo, pensó, ya que, después de todo, nada la obligaba a marcharse con él. Todavía sentía a Xein en la piel, y la noche que habían pasado juntos se le antojaba un extraño y maravilloso sueño. Realizó sus tareas de forma automática, casi sin prestar atención a lo que hacía. Pero cuando se cruzaba con Xein en el huerto, en la casa o en el cobertizo sus cuerpos se buscaban como atraídos por un imán invisible. Intercambiaban besos y caricias apasionados y cada vez les costaba más separarse.

Por fin, cuando el sol estaba ya alto, vieron llegar el carro del buhonero por el camino. A Axlin se le cayó el alma a los pies.

—Quizá pueda quedarme aquí un tiempo más —murmuró de pronto—. Y marcharme con Draxan la próxima vez que venga.

—Sabes que si te quedas esta vez, ya no te marcharás —susurró Xein en su oído—. ¿Serías capaz de detener tu viaje aquí? ¿Me lo perdonarías alguna vez? ¿Te lo perdonarías a ti misma?

Ella se estremeció. «Me conoce de verdad», constató. «Me comprende de verdad.»

Se volvió para mirarlo.

—Volveré —le aseguró, y él sonrió.

—Lo sé.

Recogió sus cosas: su zurrón, su libro y sus armas, y avanzó cojeando hacia la entrada.

Kinaxi ya estaba allí, repasando con Draxan el material que le había traído. Alzó la cabeza al verla llegar, pero no hizo ningún comentario.

—Vaya, vaya —dijo el buhonero—. De modo que sigues aquí.

—¿Dónde esperabas que estuviera? —replicó ella.

—¿Encontraste lo que habías venido a buscar?

—Tal vez —respondió Axlin, cruzando una mirada con Xein.

Se detuvo ante Kinaxi y le dio las gracias por su hospitalidad. La mujer asintió con brusquedad.

—Has trabajado bien —fue lo único que dijo, y Axlin entendió que era un cumplido.

—Gracias —repitió.

Avanzó hasta el carro, acompañada por Xein. El escolta —Korox, el mismo de la vez anterior— recogió sus cosas y se apartó para dejarla subir. Ella se detuvo un momento y se volvió hacia el chico, sin saber qué decir ni cómo despedirse. Cruzaron una última mirada. El corazón de Axlin se estremecía de dolor.

Abrió la boca para hablar, pero entonces Xein tomó su rostro entre las manos y la besó. A Axlin no le importó que hubiese más gente delante. Era consciente de que, pese a que habían prometido volver a reunirse, tal vez aquel fuera su último beso. En un mundo sojuzgado por los monstruos, nunca resultaba prudente hacer planes a largo plazo.

Xein la estrechó largamente entre sus brazos y por fin la dejó marchar. Ella lo miró a los ojos y le acarició la mejilla. Querría haberle dicho que lo echaría mucho de menos, que había dejado en ella una huella indeleble..., pero, por alguna razón, sintió que no había palabras que pudiesen expresar todo aquello que la mirada transmitía.

Por fin, subió al carro. Se acomodó en la parte posterior y se volvió para contemplar a Xein y Kinaxi. La mujer cargaba ya con un fardo que contenía sus nuevas adquisiciones y se despedía del buhonero con su habitual tono cortante. Xein, en cambio, se había quedado quieto, sin apartar la vista de Axlin.

Draxan espoleó al caballo; el carro dio media vuelta y enfiló por el camino de regreso a la civilización.

Axlin continuó con la mirada clavada en Xein, que seguía de pie entre las calaveras, con los hombros hundidos y los ojos fijos en ella, hasta que el carro giró en un recodo y ya no lo vio más.

Enterró el rostro entre las manos, reprimiendo las ganas de llorar.

—Sí, ya veo que encontraste algo muy interesante —comentó entonces Draxan, jocoso—. Y no precisamente un monstruo, ¿eh?

El escolta soltó una carcajada. Axlin no respondió.

—Es un buen mozo, el hijo de la bruja —siguió diciendo el buhonero—. Sin duda te ha valido la pena el viaje, ¿verdad? Ya lo suponía yo —añadió, dando un codazo cómplice a Korox.

El hombretón gruñó algo, y Axlin sospechó que había vuelto a perder una apuesta a costa de ella. Pero se sentía tan abatida que ni siquiera tenía fuerzas para enfadarse por ello.

21

llegaron a la Jaula varios días después. A Axlin le costó volver a habituarse al bullicio y a la gente que entraba y salía. Por suerte, Godrix seguía allí. Se alegró mucho de volver a verla y le hizo un sitio en su mesa a la hora de la cena.

—¿Y bien? —le preguntó—. ¿Ha sido un viaje provechoso?

—Sí —respondió ella, y le mostró las nuevas páginas de su libro—. He podido observar de cerca a un lenguaraz y a un velludo. Había oído hablar de ellos, pero no los había visto hasta ahora.

—¿Y qué hay de los objetos que te interesaban tanto? ¿Descubriste dónde los consigue Draxan?

Axlin dudó. El buhonero seguía manteniendo en secreto el origen de su peculiar mercancía, y ella no quería revelarlo tampoco. Por otro lado, no sentía deseos de hablar de Xein. Aún dolía demasiado.

—Sí, pero le prometí que guardaría el secreto. Para no fastidiarle el negocio, como tú dijiste.

—Oh, bueno. —A Axlin le pareció que Godrix se mostraba un tanto decepcionado—. Está bien. Es lógico, supongo. Oye, te veo algo triste. ¿Te ha pasado algo durante tu viaje? ¿Has perdido algún escolta, tal vez?

Ella sacudió la cabeza. Durante su primera estancia en la Jaula había pasado muchas horas hablando con el anciano, compartiendo confidencias, pero ahora lo único que quería era estar a solas y guardarse para sí misma sus experiencias y sus sentimientos.

—No, es solo que estoy cansada. Creo que hoy me iré a dormir temprano. Tengo intención de continuar mi viaje hacia la Ciudadela en cuanto sea posible.

—¿Esta vez de verdad?

—Esta vez de verdad —confirmó ella, y lo decía en serio. Deseaba alejarse pronto de aquel lugar y de los recuerdos que le evocaba.

—Bueno, pues estás de suerte entonces: hay un Portavoz alojado en la Jaula, y él y su séquito regresarán a la Ciudadela en un par de días.

—¿Un Portavoz?

Godrix le explicó que los Portavoces eran personas importantes en la Ciudadela. Hablaban en nombre de los ocho Consejeros que formaban el gobierno de la urbe, y que estaban a su vez a las órdenes del Jerarca. Axlin lo escuchó aturdida. Aquellas palabras no significaban nada para ella.

—El caso es que es una caravana grande. Quizá te dejen unirte a ella por un módico precio.

—Casi no me queda dinero. Pondré mi ballesta a su servicio, a lo mejor...

Pero Godrix se rio.

—No les hará falta. La gente como los Portavoces no se mueve nunca sin una escolta de al menos un par de Guardianes.

—Bueno, entonces quizá necesiten una escriba.

—No lo creo. Mucha gente en la Ciudadela sabe leer y escribir.

—Oh —murmuró ella. No se le ocurría nada más que decir.

—Hablaré con ellos, a ver qué puedo conseguir —le prometió Godrix.

Axlin se lo agradeció. Tal como había dicho, se fue temprano a la cama. Estaba cansada, pero sobre todo lo hacía porque le gustaba taparse con la manta, cerrar los ojos y soñar con Xein. Era el único momento del día en que se lo permitía. El resto del tiempo se esforzaba en centrarse en el viaje que tenía por delante y la misión que estaba llevando a cabo.

Al día siguiente, en el comedor de la Jaula, vio por fin a los viajeros de la Ciudadela. El Portavoz, un hombre alto y circunspecto de cabello gris, comía en una mesa apartada del resto. Lo flanqueaban cuatro Guardianes, y Axlin los observó sobrecogida desde la distancia. Eran tres hombres y una mujer, todos ellos vestidos con el mismo uniforme color ceniza y aquella capa azul profundo que los envolvía como el retazo de una noche sin estrellas. Había más gente acompañando al Portavoz, pero los Guardianes atraían todas las miradas, con el porte sereno y orgulloso de las estatuas de piedra.

—Buenos días, Axlin —la saludó entonces Godrix, sobresaltándola—. ¿Lista para hablar con el Portavoz?

—¿Qué? ¿Ahora?

—Es un buen momento, creo. Hoy parece estar de buen humor.

A ella le parecía que el dignatario mostraba el gesto agrio de quien acaba de hallar un piesmojados en el fondo del pozo, pero no discutió.

Se acercaron, pues, a la mesa donde comía el Portavoz. Uno de los Guardianes dio un par de pasos para interponerse en su camino. Llevaba la capucha calada y Axlin apenas podía distinguir su rostro, lo cual le producía cierta inquietud. El anciano alzó las manos, conciliador.

—Soy Godrix de la Jaula. Deseo saludar al Portavoz.

—Déjalo pasar —intervino el aludido.

El Guardián se apartó a un lado sin una sola palabra y Godrix avanzó hasta la mesa, seguido de Axlin. El Portavoz cruzó los dedos de las manos y lo miró con cierto hastío.

—¿Qué es lo que quieres hoy, Godrix?

—Señoría —respondió él obsequiosamente—, deseo presentaros a una muchacha a la que aprecio mucho. Se llama Axlin y viaja en dirección a la Ciudadela.

Se hizo a un lado para dejarle paso. Ella avanzó, cohibida, y saludó con una inclinación de cabeza, tal como había visto hacer a su amigo. El Portavoz alzó una ceja y la observó sin pronunciar palabra.

—Me preguntaba si tendríais la bondad de permitir que os acompañe en vuestro viaje de vuelta —prosiguió Godrix—. Los caminos son peligrosos, como bien sabéis, y tengo entendido que os sobra espacio en vuestra caravana.

—Sobra espacio para quien lo pague, anciano. Ya lo sabes.

Axlin alzó la cabeza, decepcionada. Se fijó entonces en los dos Guardianes que flanqueaban al Portavoz. Uno de ellos, la mujer, llevaba también la capucha puesta. El otro, un hombre de cabello muy corto y rubio, casi blanco, iba descubierto. Le devolvió a Axlin una mirada penetrante y ella se quedó paralizada.

Tenía los ojos dorados.

De aquel tono tan insólito, metálico, que no había visto antes en nadie, salvo en Xein.

Lanzó una exclamación involuntaria que atrajo la atención del Portavoz.

—¿Te ocurre algo, muchacha?

El corazón de ella latía con fuerza. Las emociones se agolpaban en su pecho y las ideas que borbotaban en su cabeza trataban de encadenarse en una secuencia lógica.

Ojos dorados. Xein. Guardianes de la Ciudadela. Xein. Cazadores de monstruos. Xein.

Sacudió la cabeza, aún turbada.

—No, yo... Estoy bien —acertó a decir.

Godrix murmuró una excusa y se la llevó de allí.

—¿Qué te ha pasado? —le preguntó después—. No le has causado muy buena impresión, ¿sabes?

—Lo siento; pero de todas formas no tenía intención de dejarme viajar en su caravana sin pagar, ¿no es así?

El anciano suspiró.

—Tenía la esperanza de que hubiese disfrutado especialmente del desayuno y se sintiese magnánimo hoy..., pero me temo que no ha sido el caso; lo siento.

Axlin, no obstante, estaba pensando en otra cosa.

—Godrix, ¿es habitual que la gente de por aquí tenga los ojos de un color... peculiar?

Él frunció el ceño.

—¿A qué te refieres?

—¿Dorado, tal vez?

—Oh, veo que te has fijado. Es la marca del Guardián. La que lo señala como hombre o mujer extraordinario, capaz de defendernos de los monstruos como nadie más podría. —La miró fijamente y preguntó—: ¿Acaso has conocido a alguien más que tenga los ojos de ese color?

Axlin tardó un poco en responder.

—No —dijo finalmente—. No, qué va. Era solo curiosidad.

Decidida a pagarse el viaje hasta la Ciudadela, Axlin retomó su actividad como escriba y pasó el resto del día redactando cartas y documentos para los huéspedes. Godrix le pidió su libro para leer las partes nuevas, y ella se lo prestó, encantada de que mostrase interés por su trabajo. Cuando se lo devolvió a la hora de la cena, además traía buenas noticias.

—He vuelto a hablar con el Portavoz y ha cambiado de idea —anunció—. Podrás marcharte con ellos mañana, si lo deseas.

—Pero no tengo suficiente dinero.

—No importa, ya lo he solucionado todo.

Axlin le dio las gracias. Le preguntó si sería buena idea que se acercase de nuevo al Portavoz para agradecérselo también, pero el anciano le aseguró que no hacía falta.

—Seguramente está cansado y no tiene ganas de hablar con más gente —observó.

La joven no lo había perdido de vista en todo el día, aunque había mantenido las distancias para que los Guardianes no se fijasen en ella. El Portavoz había pasado la jornada recibiendo a diferentes personas que acudían a hablar con él, sobre todo mercaderes y representantes de los enclaves vecinos. Axlin estaba en realidad más interesada en los propios Guardianes. Le habría gustado echar un vistazo debajo de aquellas capuchas para comprobar si todos ellos tenían los ojos dorados, pero no había tenido oportunidad de hacerlo todavía.

En aquel momento, el Portavoz se levantaba de la mesa y se retiraba a descansar. Lo seguían dos de sus Guardianes, y la joven supuso que los otros dos se habían ido ya a dormir.

No le concedió importancia. Si iba a viajar, como parecía, en la caravana del dignatario, tendría más ocasiones de ver a los Guardianes de cerca.

Ya en la habitación, hojeó su libro antes de acostarse. Se dio cuenta entonces de que faltaba el mapa que Xein le había dibujado, y que ella solía guardar entre las páginas. La inquietó la posibilidad de haberlo perdido, porque era lo único que conservaba de él. Supuso que se le habría caído a Godrix mientras leía el libro y probablemente estaría en su cuarto; pero era ya tarde y no quiso molestarlo.

Con el «flap, flap flap» de los pellejudos de fondo, se durmió por fin, dispuesta a partir en breve hacia la extraordinaria Ciudadela.

Soñó con poderosos Guardianes de ojos dorados. También soñó con Xein.

Se despertó al alba, se aseó, recogió sus cosas y bajó al piso inferior. Por el camino se cruzó con varias personas que se apresuraban de un lado para otro, como si llegaran tarde a algún acontecimiento importante. Se asomó al patio trasero y vio que la caravana del Portavoz (cinco carros tirados por magníficos caballos) estaba preparándose ya para partir. Uno de ellos parecía más cómodo y lujoso que los demás, y Axlin supuso que sería el del propio Portavoz. Estaba totalmente cubierto, como si se tratase de una especie de casa con ruedas, pero no se parecía al estrafalario armatoste blindado en el que había viajado con Lexis y Loxan; estaba hecho de madera finamente tallada y pintada, y tenía ventanas cubiertas con gruesos cortinajes.

Axlin no vio al Portavoz, aunque sí a dos de los Guardianes, a los que, como de costumbre, observó desde lejos.

—Date prisa, muchacha —le advirtió entonces uno de los hombres que cargaban los carros—. No tardaremos en partir.

Ella asintió y se apresuró por el corredor. No tenía inconveniente en marcharse sin desayunar si no le quedaba más remedio, pero sí quería despedirse de Godrix y recuperar su mapa.

Lo encontró en el comedor, charlando con el posadero. Parecía de muy buen humor.

—¡Axlin! —la saludó—. ¿Estás ya lista para partir?

La joven se reunió con ellos y se detuvo a recuperar el aliento. Después dijo:

—Godrix, ¿ayer viste un mapa en mi libro? No me refiero al que estaba dibujado en una de las páginas, sino a una hoja suelta. Es posible que se cayera sin que te dieses cuenta.

A él le cambió la cara.

—No, no me suena —dijo, y en cuanto lo hizo, Axlin se dio cuenta de que estaba mintiendo. Lo miró sin comprender.

—Es importante para mí —insistió—. ¿De verdad no lo has visto?

Godrix trató de quitarle importancia con un gesto.

—No pierdas el tiempo buscando viejos papeles, Axlin, o la caravana partirá sin ti.

—Pero ¿sabes dónde está o no?

—Ya te he dicho que no...

—¿Por qué no le dices la verdad, anciano? —intervino entonces el posadero—. No hay nada de malo en ello, no seas modesto.

Axlin se volvió hacia él. Una sospecha empezó a cobrar forma en algún rincón de su mente.

—¿Qué quieres decir?

—Godrix le cambió al Portavoz el mapa por un pasaje para ti en la caravana —respondió él, ufano—. Yo lo vi. Eran cuatro rayas mal hechas y, sin embargo, el Portavoz cerró el trato sin discutir. —Se encogió de hombros—. Nunca se sabe por dónde va a salir la gente de la Ciudadela, les llaman la atención las cosas más raras. Pero no se puede negar que ahí Godrix estuvo muy hábil.

Él se había puesto pálido. Balbuceó algo, tratando de negar las palabras del posadero, pero la mirada acusadora de Axlin lo hizo enmudecer.

—¿Le diste mi mapa al Portavoz? ¿Sin pedirme permiso? ¡Yo no quería desprenderme de él!

—No lo sabía —pudo decir por fin el anciano—. Parecía un simple boceto acabado de cualquier manera. Pero el Portavoz lo consideró valioso y pensé que podía aprovecharlo para negociar...

Ella se tragó la réplica porque las últimas palabras de Godrix habían plantado una incógnita en su mente.

—¿Por qué estaría el Portavoz interesado en ese mapa? —se preguntó en voz alta.

—No le des más vueltas. Ya tienes tu pasaje, y en la biblioteca de la Ciudadela sin duda encontrarás mapas mejores...

—No es por su calidad —interrumpió ella—. No lo hice yo, solo... —se detuvo, horrorizada.

Era por lo que señalaba. La aldea semiabandonada, que probablemente todo el mundo habría eliminado de sus mapas, hasta que Xein la había vuelto a situar sobre el papel. Con la lista de los monstruos que la rodeaban...

...Y con el camino que llevaba hasta la cantera. Que estaba también indicada en el plano.

El lugar donde Draxan conseguía sus objetos especiales.

El camino directo hasta Xein. Un muchacho de ojos dorados.

Contempló a Godrix sin poder creerlo.

—¿Has... vendido el mapa por la información que contenía?

Los ojos de él se agrandaron al comprender que Axlin había deducido correctamente la motivación que había detrás de aquel insólito trato.

—Ha sido para hacerte un favor —protestó—. Te he conseguido un pasaje en la caravana.

Pero ella negó con la cabeza.

—Hay otros carros que van a la Ciudadela. No era algo tan urgente para mí.

Volvió a mirarlo con los ojos entornados. Cuanto más pensaba en ello, menos altruista le parecía la jugada de Godrix.

—Tú sospechabas lo que había detrás de la mercancía de Draxan, e intentaste sonsacarme para que te lo contara —recordó—. ¿Por qué?

Axlin no había escrito nada sobre Xein en su libro y por esa razón no había tenido inconveniente en prestárselo a Godrix el día anterior. Pero no había contado con aquel mapa. Ni con el hecho de que él atase cabos.

Ni mucho menos había imaginado que precisamente Godrix podría estar interesado en localizar a alguien como Xein, por las razones que fueran.

El anciano se removió, incómodo.

—Es un chico joven, ¿verdad? —murmuró—. O quizá una chica. Tiene que serlo, o de lo contrario ya lo habrían encontrado hace mucho.

—¿Encontrado? Godrix, ¿qué les has dicho?

—Le darán un futuro en la Ciudadela, Axlin. Le enseñarán a protegernos de los monstruos. —Inspiró hondo antes de concluir—: No puede escapar de su destino.

Ella retrocedió horrorizada.

Si él le hubiese contado desde el principio que los Guardianes buscaban personas de ojos dorados para incorporarlas a sus filas... Si le hubiese dicho que él también estaba interesado en saberlo, que sospechaba que Draxan tenía tratos con un posible candidato y que quería saber dónde vivía... Si le hubiese pedido a Axlin directamente que lo condujese hasta él..., tal vez ella no habría dudado de sus buenas intenciones.

Y ni siquiera en ese caso le habría hablado de Xein, al menos no sin el consentimiento expreso del joven y de su madre. Tenía bien claro que ellos no deseaban ser localizados. Axlin podía no estar de acuerdo con aquella postura, pero lo menos que podía hacer era respetarla; ella no era quién para tomar decisiones en nombre de Xein y de Kinaxi.

Por otro lado, Godrix la había engañado, le había robado el mapa y lo había vendido sin su conocimiento. Y, a pesar de sus palabras, Axlin dudaba mucho que aquello fuera bueno para Xein.

—¿Qué van a hacerle si lo encuentran? —susurró.

El anciano balbuceó algo, incapaz de ofrecerle una respuesta coherente. Axlin se volvió al posadero, pero este, consciente de pronto de que su indiscreción había provocado un conflicto entre sus huéspedes, se había retirado oportunamente en dirección a la despensa.

—Godrix —insistió angustiada—, ¿qué van a hacerle si lo encuentran?

—Cuidarán de él, Axlin. Le enseñarán a luchar y a servir a la Ciudadela.

—Pero... ¿y si no quiere acompañarlos?

Él la miró de forma extraña.

—¿Si no quiere...? Axlin, no hay opción para los Guardianes.

Nadie elige ser o no ser Guardián. Simplemente, se es o no se es.

Ella era consciente de que todos admiraban a los Guardianes de la Ciudadela. Sin embargo, si las cosas fuesen como Godrix las pintaba, sin duda Kinaxi no había ocultado a su hijo en una aldea remota... precisamente para huir de ellos, comprendió de pronto.

Gimió aterrorizada.

—¿Cómo has podido?

Godrix empezaba a sentirse molesto.

—Puede que no haya estado bien por mi parte hacer esto a tus espaldas, pero al muchacho no le pasará nada malo. Se convertirá en un héroe y salvará muchas vidas.

Axlin negaba con la cabeza, pero no fue capaz de responder. Godrix prosiguió:

—¿Recuerdas la historia que te conté sobre el nacimiento de la Jaula? No habría sido posible sin los Guardianes. Ellos nos protegieron de los pellejudos y contribuyeron a crear un refugio seguro para mucha gente. Y desde entonces han salvado incontables vidas, entre ellas la mía. Tener las capacidades de un Guardián y ocultarse del mundo... es una actitud tremendamente vana y egoísta, Axlin. Cualquier joven estaría orgulloso de servir en la Guardia de la Ciudadela, pero es algo que no está al alcance de todo el mundo. Quizá tu amigo no lo comprenda ahora, pero con el tiempo será consciente de lo valioso que puede llegar a ser en la lucha contra los monstruos.

Por alguna razón, a Axlin las palabras de Godrix le sonaban vacías y sin sentido. Pero no perdió más tiempo discutiendo con él.

—Puede que tengas razón —dijo por fin—, pero sigo creyendo que, en todo caso, es una decisión que nadie debería tomar por él.

Dio media vuelta y salió cojeando del comedor, ante la mirada desconcertada de los demás huéspedes. Pero no se entretuvo en dar explicaciones.

Debía recuperar aquel mapa.

22

Encontró al Portavoz en el patio, a punto de subir a su carruaje. Trató de acercarse a él, pero un Guardián le cortó el paso. Axlin se estremeció ante él. Sin atreverse a mirarlo a los ojos para no ver en ellos la mirada de Xein, gritó:

—¡Portavoz! Os lo ruego, ¡devolvedme mi mapa!

Él se volvió hacia ella, intrigado.

—¿Qué dices, muchacha? ¿De qué me hablas?

Pero la había reconocido, de modo que hizo un gesto al Guardián para que la dejase pasar.

Axlin tuvo que entregarle sus armas primero. Lo hizo sin dudar, movida por la urgencia.

Por fin pudo explicarle atropelladamente:

—Hablo del mapa que os entregó Godrix a cambio de mi pasaje en la caravana. Quiero deshacer el intercambio.

El Portavoz alzó una ceja.

—¿Cómo dices?

—He cambiado de idea: prefiero quedarme aquí.

El hombre hizo un gesto displicente con la mano.

—Quédate si lo deseas, pero el mapa me pertenece y no te lo voy a dar.

—¡Me pertenece a mí! —estalló Axlin.

El Guardián avanzó un paso hacia ella con un ademán de advertencia. La joven se sobrepuso y trató de controlar su rabia y su desesperación.

—Godrix me lo quitó sin mi permiso —explicó con un tono más suave.

—No es eso lo que me dijo y, en todo caso, no es mi problema. —El Portavoz se encogió de hombros—. Y ahora no me retrases más, muchacha.

—Pero...

Aunque Axlin trató de avanzar hacia él, el Guardián se lo impidió. Contempló, impotente, cómo el Portavoz se acomodaba en el interior del carro, cerraba la portezuela y corría la cortina ante ella. Acarició por un momento la idea de subir al vehículo con él para tratar de convencerlo de que abandonase sus pretensiones sobre Xein, si es que las tenía. Pero la sombra amenazadora del Guardián se alzaba junto a ella y comprendió que ya no tendría la menor oportunidad de llegar hasta el Portavoz.

Mientras él la escoltaba de regreso al interior del edificio, a Axlin se le ocurrió de pronto que, si la caravana regresaba a la Ciudadela, tal vez no tenían intención de ir a buscar a Xein de inmediato. Echó un vistazo por encima de su hombro y comprobó que todos los carros seguían allí.

Pero solo había dos Guardianes. Recordaba que entre el séquito del Portavoz había llegado a contar cuatro. También faltaban dos caballos.

Recogió sus armas y su zurrón y se alejó por el corredor, sin despedirse del Guardián, en dirección al patio delantero de la Jaula; aún era temprano y quizá hubiese allí algún viajero preparándose para partir. De modo que salió al exterior y se precipitó hacia los dos carros que había aparcados allí. Junto al primero de ellos había un buhonero ajustando el arnés a su caballo. Axlin abrió la boca para pedirle ayuda, pero entonces él se volvió y la muchacha sintió que una oleada de alivio la inundaba por dentro.

Porque se trataba de Draxan.

—¡Axlin! ¿Qué pasa? ¿Adónde vas tan deprisa? Oye, oye —añadió al ver que trataba de subir al carro sin pedir permiso siquiera—. ¿Qué se supone que estás haciendo?

—Debemos volver a la aldea de la colina, Draxan. Deprisa.

Él la miró sin dar crédito a lo que oía.

—¿Qué? ¡Ni hablar! Tengo que regresar a la cantera, ¿sabes? Si tú te has arrepentido de dejar atrás al chico...

—No es eso. —Axlin inspiró hondo—. El Portavoz sabe dónde vive. Creo que ha enviado a dos de sus Guardianes a buscarlo.

—¿Qué? —Draxan se quedó helado—. ¿Se lo has dicho tú?

—¿Yo? ¡No! Ha sido Godrix.

—¿Se lo has contado a Godrix? —insistió él en tono alto.

—¡No! Él me engañó y... —A Axlin le temblaba la voz—. Draxan, tú nos viste juntos a Xein y a mí. ¿Me crees capaz de traicionarlo?

El buhonero la miró fijamente. Después sacudió la cabeza, dejó escapar una maldición y asestó un puñetazo al flanco del carro. Se hizo daño, pero no se quejó.

—Ese viejo chismoso —gruñó—. Debí haber supuesto que estaba husmeando en mis asuntos, pero no imaginé que tuviera tratos de verdad con los peces gordos de la Ciudadela. Todos lo tienen por un anciano agradable e inofensivo, todo el día sentado junto a la chimenea y contando batallitas... Pero claro, lleva aquí más tiempo que nadie. Y al fin y al cabo, todo el mundo pasa por la Jaula tarde o temprano.

Axlin no tenía tiempo de escuchar sus reflexiones sobre los contactos de Godrix.

—¿Y qué hay de Xein? ¡Tenemos que ir a avisarlo!

El buhonero suspiró.

—Lo lamento mucho, Axlin. Si los Guardianes han ido a buscarlo, ya no hay nada que nosotros podamos hacer.

Pero ella no quería rendirse.

—Llévame allí, por favor. Tengo que volver.

Draxan la miró fijamente.

—No llegarás a tiempo, ¿sabes? Los caballos de los Guardianes son mucho más veloces que el mío, y ellos no temen a los monstruos.

Ella apretó los dientes.

—Me da igual. Tengo que volver.

El buhonero sacudió la cabeza con un suspiro y dijo:

—De acuerdo, sube al carro. Estamos ya casi listos para marcharnos.

Habían pasado varios días desde la partida de Axlin, y Xein no lograba quitársela de la cabeza. Sin ella, la aldea parecía silenciosa, vacía y hasta gris y sin vida. Su madre no tenía interés en hablar del tema, de modo que él se limitaba a rumiar para sí mismo su tristeza y su nostalgia. Cumplía con sus tareas de forma automática, sin pensar, porque su mente estaba muy lejos de allí... con ella. Se preguntaba si habría llegado a la Jaula sana y salva. Tal vez estuviese ya de camino a la Ciudadela. Xein deseaba que, una vez instalada allí, se las arreglase para enviarle algún tipo de mensaje. Pero aún era demasiado pronto para recibir noticias suyas, y los días se deslizaban por su vida uno tras otro, monótonos e interminables.

Por esa razón, cuando los dos jinetes de las capas azules llegaron a la entrada del enclave una mañana brumosa, a Xein le latió el corazón más deprisa. Tenía la esperanza de que estuviesen relacionados de alguna manera con Axlin.

Su madre, sin embargo, lo retuvo en la puerta de la casa.

—No salgas, Xein. Escóndete y déjame hablar a mí.

Él estuvo a punto de protestar, pero entonces leyó el miedo en su mirada. El corazón se le aceleró.

—¿Qué está sucediendo, madre? Si son peligrosos...

Pero ella negó con la cabeza.

—No para mí, hijo. Es a ti a quien buscan. —Inspiró hondo y añadió—: Si no consigo que se marchen, sal de la aldea por donde no puedan verte y huye al bosque.

Él intentó protestar:

—Pero, madre...

—Obedece, Xein. Es importante.

Con reticencias, el muchacho la vio salir de la casa acompañada del perro. Él mismo se deslizó hasta el exterior por la puerta que daba al patio trasero y que no era visible desde la entrada a la aldea. Había tallado una nueva lanza en sustitución de la que le había roto el trescolas, y fue a buscarla al lugar donde la había dejado, apoyada en la parte posterior del cobertizo. Desde allí se asomó con prudencia para tratar de ver lo que estaba sucediendo.

Los dos visitantes habían descabalgado y conversaban con su madre, que negaba enérgicamente con la cabeza. Entonces uno de ellos hizo ademán de apartarla de un empujón, y el perro ladró y se lanzó contra él.

El hombre se movió como una centella para esquivar la embestida y le disparó una patada al costado que lanzó al animal lejos de él. Xein contempló atónito cómo su perro aterrizaba en el suelo con un gañido. Trató de levantarse, dolorido, pero no lo consiguió. Aprovechando la distracción, Kinaxi intentó atacar al segundo hombre, pero este la redujo sin problemas.

Entonces el chico decidió que no podía dar media vuelta y escapar sin más. Agarró la lanza y se precipitó sobre los desconocidos con un salvaje grito de guerra.

—¡Xein, no! —chilló su madre.

Él arrojó la lanza contra el hombre que la retenía. Nunca antes había atacado a un ser humano. El arma salió disparada con una potencia y precisión extraordinarias. Ninguna persona normal habría sido capaz de esquivarla.

El desconocido, sin embargo, se hizo a un lado, alargó el brazo y la atrapó con una sola mano, tan deprisa que Xein apenas pudo captar su movimiento. Una idea estalló de pronto en su cabeza como una pompa de jabón: «Son como yo...».

Pero no tuvo tiempo de analizarla. Los dos hombres corrieron hacia él al unísono y Xein se llevó la mano al cinto. Maldijo para sus adentros al comprobar que, con las prisas, había olvidado su machete en la casa: estaba desarmado.

El veloz movimiento del primer hombre retiró la capucha que le cubría la cabeza. Justo antes de que llegara hasta Xein y le propinara un raudo y certero puñetazo, el joven vio que sus ojos relampagueaban con un destello dorado.

«Son como yo...», fue lo último que pensó antes de perder el sentido.

Dos días después, Axlin llegó a la aldea acompañada de Draxan y Korox, su escolta. Cuando se detuvieron ante la entrada, pensó que estaba todo demasiado silencioso. Su corazón latía con fuerza, dividido entre la emoción ante la posibilidad de volver a ver a Xein y el terror de no encontrarlo. Cuando bajó del carro, se dio cuenta de que las calaveras de las estacas estaban desparramadas por el suelo y de que el arco de la entrada se había derrumbado. Descubrió señales de garras de rechinantes en lo que quedaba del muro y sintió que su corazón se detenía un breve instante.

Pero no podía quedarse allí parada, de modo que se adentró en la aldea renqueando.

—¡Xeeein! —llamó—. ¡Kinaaaxi!

Nadie le respondió. Seguida de Draxan y Korox, Axlin avanzó hasta la única casa habitada del enclave. Se le detuvo el corazón un segundo al comprobar que la puerta estaba totalmente bloqueada con tablones y que las ventanas habían sido selladas también desde dentro. La madera exhibía marcas de zarpazos, aunque al parecer los monstruos no habían logrado entrar. En el patio, las cabras balaban lastimeramente y las gallinas picoteaban desesperadas por los rincones. Nadie parecía haber atendido a los animales en los últimos días.

—¡Xein! —gritó de nuevo—. ¡Kinaxi!

Un débil ladrido sonó entonces desde el interior. En el pecho de Axlin renació una llama de esperanza.

Tardaron un buen rato en retirar los tablones, y después tuvieron que echar a un lado la mesa que bloqueaba la entrada. Cuando por fin lograron poner los pies en la casa, notaron un penetrante olor a cerrado. El perro acudió a recibirlos entre gañidos, moviendo el rabo con lentitud. Axlin se dio cuenta de que cojeaba.

—Buen chico —murmuró, acariciándole el lomo.

Hallaron a Kinaxi acurrucada en el dormitorio, semiinconsciente, pero rodeada de armas. Korox le dio de beber y ella se recuperó un poco.

—Los monstruos... —fue lo primero que susurró.

—¿Qué ha pasado, Kinaxi? —preguntó Draxan—. ¿Por qué os han atacado los monstruos, después de tanto tiempo?

—Xein... Se lo han llevado...

Una profunda sensación de desaliento se abatió sobre Axlin.

—¿Quién se lo ha llevado? —insistió el buhonero—. ¿Los monstruos?

—No... Han sido ellos..., los Guardianes...

—¿Se lo han llevado a la Ciudadela? —preguntó Axlin.

Kinaxi fue consciente entonces de su presencia. La miró fijamente, y la joven retrocedió, golpeada por el odio que asomaba a sus ojos.

—Tú. Sucia traidora. Has vendido a mi hijo.

—Yo no he sido —susurró ella horrorizada—. Jamás haría algo así, Kinaxi. Tienes que creerme.

¿Cómo iba a traicionar a Xein? Su corazón se rompía solo de imaginar que pudieran hacerle daño. Deseó decírselo a Kinaxi, pero no encontraba palabras para describir los sentimientos que Xein despertaba en ella, de modo que no añadió nada más. La mujer sacudió la cabeza con una carcajada amarga.

—¿Te han herido, Kinaxi? —siguió preguntando el buhonero.

—¿Los Guardianes? —Ella negó con la cabeza—. No. Solo querían a Xein.

—Te llevaremos a la cantera. Te guste o no, tendrás que vivir entre la gente. O morirás.

—No pienso ir con ella a ninguna parte —declaró la mujer, señalando a Axlin—. No deberías haberla traído.

La chica suspiró, pero no tenía fuerzas para discutir.

—No tienes otra opción —replicó Draxan.

Ella no respondió. Cerró los ojos, y Axlin leyó un profundo dolor en su gesto cansado. Le pareció que la madre de Xein había envejecido varios años de repente y deseó poder compensarla de alguna manera. Ella no los había delatado; no le había hablado a nadie de los habitantes de aquella aldea, ni tampoco de cómo llegar hasta ellos. Sin embargo, si no hubiese ido hasta allí..., si Xein no le hubiese dibujado aquel mapa..., si ella no se lo hubiese llevado..., si no hubiese hecho aquella pregunta sobre los ojos dorados de los Guardianes...

El culpable era Godrix, por supuesto. Era él quien había engañado a Axlin y, de golpe, había entregado a Xein a los Guardianes. Pero ella no podía evitar sentirse responsable en cierto modo.

—Iré a la Ciudadela y encontraré a Xein —prometió—. Y lo traeré de vuelta.

Kinaxi la miró con una sonrisa de desprecio en los labios.

—Tú siempre te enorgulleces de tus palabras —murmuró—. Palabras como las que escribes en ese libro tuyo. Pero tus promesas están vacías. Tus palabras no valen nada, niña del oeste. Ojalá mi hijo se hubiese dado cuenta a tiempo de la clase de serpiente que eres.

Axlin entornó los ojos, pero no respondió.

Salió de la casa, incapaz de permanecer más tiempo cerca de Kinaxi. Poco después, Draxan se reunió con ella en silencio.

—Los Guardianes se han llevado a Xein —murmuró la muchacha—. Tengo que ir a buscarlo.

El buhonero negó con la cabeza.

—No podrás traerlo de vuelta. Quizá dentro de un tiempo lo veas en una patrulla vestido de gris, o escoltando a uno de esos señores importantes de la Ciudadela. —Se encogió de hombros—. No es sitio para gente como nosotros, Axlin. Y los Guardianes no son gente como nosotros. Kinaxi intentó apartar a Xein de ellos, pero no lo consiguió. —La miró fijamente antes de añadir—: Tampoco él es como nosotros. Ya lo sabes.

Axlin se resistía a aceptarlo.

—Se lo han llevado en contra de su voluntad.

—En contra de la voluntad de Kinaxi —matizó él—. La Ciudadela se lleva a los niños especiales cuando nacen, todo el mundo lo sabe. Si ella hubiese sido más lista entonces, podría haber negociado para obtener algo a cambio.

—¿Estás insinuando que debería haber vendido a su propio hijo? —soltó Axlin estupefacta.

—Se lo iban a llevar de todas formas —respondió Draxan.

La joven iba a replicar, pero entonces recordó haber leído algún caso parecido en libros de los enclaves del este: personas importantes que llegaban a una aldea y se llevaban a un «bebé especial» para criarlo en la Ciudadela. Le había parecido una costumbre extraña, pero no le había prestado mayor atención porque no parecía directamente relacionada con los monstruos.

Qué equivocada había estado. Ahora comprendía que, de una manera o de otra, todo estaba relacionado con los monstruos. Siempre.

—Se llevan a los niños de ojos dorados —murmuró—. Para convertirlos en Guardianes.

—A todos ellos, sí —asintió Draxan—. De modo que Kinaxi ha mantenido a Xein aislado durante años... para nada. Porque los Guardianes lo habrían encontrado de todos modos, tarde o temprano. Siempre lo hacen.

»Aunque Xein quiera volver a casa, los Guardianes no se lo permitirán. ¿Y qué vas a hacer entonces? ¿Enfrentarte a ellos?

Axlin no respondió. Una enorme sensación de impotencia se había adueñado de ella desde el momento en que había descubierto la jugada de Godrix. Había peleado contra ella con todas sus fuerzas, pero cada vez le resultaba más difícil.

—Por lo menos tengo que verlo —murmuró por fin—. Saber dónde está. Y si se encuentra bien... —Se le quebró la voz. Tenía los ojos húmedos y se los secó con rabia.

—Sé que te importa de verdad —dijo Draxan—. Kinaxi está demasiado dolida y furiosa como para verlo; pero estoy seguro de que lo sabe también.

En aquellos momentos, a Axlin no le preocupaba realmente lo que Kinaxi opinara sobre ella. Solo podía pensar en Xein.

—La razón por la que los monstruos no atacaban este sitio... ¿era él, entonces? —preguntó al cabo de unos instantes.

Draxan se rascó la cabeza, pensativo.

—Puede ser. Los Guardianes hacen cosas que están fuera del alcance de las personas normales. No sabemos en realidad hasta dónde llegan sus capacidades. —Reflexionó un momento antes de añadir—: Puede que ni ellos mismos lo sepan del todo.

23

Xein despertó en una habitación desconocida. Por un momento creyó que estaba soñando, pero entonces recordó a los dos hombres que los habían atacado a él y a su madre. Frunció el ceño. ¿Había sucedido de verdad?

Se incorporó un poco, pero tuvo que volver a echarse sobre el catre porque se mareaba. Aquello era extraño. Había recibido golpes y heridas en otras ocasiones; sin embargo, aquella demoledora sensación de debilidad era nueva para él.

Le costó un gran esfuerzo volver la cabeza para mirar a su alrededor. La luz entraba por una única ventana enrejada, tan alta que tendría que ponerse en pie sobre la cama para alcanzarla. La puerta estaba cerrada y parecía sólida. El suelo y las paredes eran de piedra, y el techo estaba sostenido por un entramado de vigas de madera. La habitación era sobria y sencilla, pero a Xein, que se había criado en una aldea donde la mayoría de las casas estaban prácticamente en ruinas, le pareció un lujo. La cama, poco más que un jergón de paja, reposaba sobre un recio somier de madera y no directamente sobre el suelo. En una esquina había un arcón, y en otra un taburete y una mesita que sostenía una palangana.

«¿Adónde me han traído?», se preguntó.

Tiempo atrás, Axlin le había hablado de la Jaula. Tal vez lo habían llevado allí, aunque no comprendía quién podía estar detrás de todo aquello, ni por qué.

Axlin. Al pensar en ella lo asaltaron los recuerdos, pero cerró los ojos y se esforzó por centrarse en el presente. Según tenía entendido, la Jaula estaba a tres o cuatro jornadas de su casa. ¿Qué había pasado en todo aquel tiempo? ¿Por qué no se había despertado antes? Luchó por recordar. Debía de haber disfrutado de algunos breves momentos de lucidez, porque se vio a sí mismo cargado como un fardo en un caballo. Le habían dado de beber; había agua en el odre, pero en cierta ocasión había sido otra cosa, un líquido pegajoso y dulzón. Frunció el ceño. Si podía fiarse de aquellos recuerdos difusos y fragmentados, parecía que había estado durmiendo casi todo el tiempo.

Aquello no era normal. El desconocido lo había tumbado de un solo golpe, pero era improbable que lo hubiese dejado en aquel estado de letargo durante tanto tiempo. Se frotó la barbilla, y no sintió dolor; la magulladura debía de haber sanado ya, y eso significaba que, en efecto, había pasado bastante tiempo.

Debían de haberlo drogado, comprendió Xein alarmado. Probablemente para que no les diera problemas durante el trayecto. Eso explicaba aquella debilidad que ni siquiera le permitía levantarse de la cama. Y también significaba que quizá el viaje había durado más de lo que había calculado.

Que podía no estar en la Jaula, sino mucho más lejos.

Tenía que levantarse, costara lo que costase. Debía averiguar qué estaba sucediendo.

Cuando logró por fin sentarse en la cama, temblando como una hoja y cubierto de sudor, se sintió todavía más débil e indefenso. Se repitió a sí mismo que, si lo habían drogado, probablemente sería un estado transitorio y pronto recuperaría las fuerzas. También existía la posibilidad de que no fuera así, de que con aquel brebaje lo hubiesen incapacitado para siempre. Pero no quería trabajar con aquella hipótesis porque no le serviría para nada, de modo que la descartó.

Paso a paso, consiguió llegar hasta la mesita y se echó a la cara un poco de agua de la palangana; el sobresfuerzo estuvo a punto de hacer que se derrumbara al suelo. Con manos temblorosas trató de alcanzar el taburete; se dio cuenta entonces de que alguien había depositado sobre él un fardo de ropa cuidadosamente doblado.

Lo apartó de un empujón y se sentó, tratando de recuperar fuerzas. Aquella no era su ropa, pensó de pronto; pero tampoco le pertenecía la que llevaba puesta, que no era mucha: apenas unos calzones y una camisa de lino tan bien hilados como jamás había visto. Por lo que tenía entendido, las prendas de esa calidad solo podían proceder de un sitio.

«¿La Ciudadela?», se preguntó, asombrado. «¿Me han traído hasta la Ciudadela?»

Aquella posibilidad lo inquietaba, pero, por otro lado..., era allí a donde Axlin tenía pensado viajar. Quizá tuviera ocasión de volver a verla antes de lo que creía. Se le aceleró el corazón al pensarlo.

Respiró hondo y alargó la mano para alcanzar la ropa que había arrojado al suelo. La examinó despacio: unos pantalones y un jubón de color gris. Prendas prácticas y sobrias, como la habitación en la que se encontraba. Le resultaban familiares, pero no terminaba de establecer la conexión. Miró a su alrededor con más atención y descubrió un par de botas junto a la cama.

Volvió a levantarse con esfuerzo y se acercó al arcón. Le costó mucho abrirlo y, cuando lo logró, se dejó caer en el suelo junto a él, temblando. Se asomó dentro y encontró calcetines, una muda de ropa interior y una chaqueta de color gris. También había un cinturón y una bolsa de cuero.

Su mente se resistía a admitir que todo aquello era para él. ¿Dónde estaba su propia ropa? ¿Por qué se la habían quitado?

En todo caso, y como por el momento no disponía de otra cosa, se vistió con las prendas grises. Lo hizo con movimientos lentos, desafiando a la debilidad que se resistía a abandonarlo, y cuando por fin estuvo vestido, fue capaz de ponerse en pie sin tambalearse. Sí; sin duda estaba mejorando.

Contempló su ropa nueva, pensativo. Le quedaba bien y, en efecto, se trataba de tejido de calidad. Y fue entonces cuando recordó dónde había visto antes algo parecido.

Los dos hombres que lo habían secuestrado. Los de las capas azules.

Xein se había dado cuenta de que los dos eran extraordinariamente ágiles y fuertes. Creía recordar, además, que uno de ellos tenía unos ojos de un color similar a los suyos. O quizá tan solo se lo había imaginado.

¿Qué significaba aquello? ¿Eran como él? ¿O él era como ellos? ¿Era esa la razón por la que se lo habían llevado? ¿Por eso le habían facilitado unas ropas como las suyas?

Fuera como fuese, no tenía intención de quedarse allí. Debía regresar a casa, con su madre.

Se preguntó qué habría sido de ella. Había dado por supuesto que los habían secuestrado a los dos, pero ¿y si no había sido así? Hizo memoria. No recordaba haberla visto durante su viaje, aunque probablemente tampoco había estado en situación de hacerlo. Quizá los habían llevado por separado.

O quizá no. Tal vez aquellos hombres habían dejado atrás a su madre. Xein no sabía qué era peor. Ignoraba qué podrían hacerle a Kinaxi sus secuestradores, pero sí tenía muy claro cómo la tratarían los monstruos. Sintió una oleada de pánico y luchó por mantener la cabeza fría. «Se las arregló para sobrevivir ella sola cuando tú aún no sabías ni ponerte en pie», se recordó a sí mismo. «Probablemente no te necesita tanto como crees.»

Pero de todos modos debía volver.

Inspiró hondo y se dirigió con pasos vacilantes a la puerta para comprobar si estaba cerrada por fuera. Pero justo cuando alzaba la mano hacia el picaporte, la puerta se abrió de golpe.

Xein retrocedió con torpeza, tropezó y estuvo a punto de caer. Se mantuvo en pie, tambaleante, y sostuvo la mirada a la persona que acababa de entrar.

Era un hombre de unos treinta años, alto, atlético y de cabello negro muy corto. Vestía un uniforme gris que, a diferencia del de Xein, llevaba bordado un pequeño símbolo en el pecho que él no supo interpretar. Se quedó en la puerta, firme como un poste, y contempló al chico con expresión severa.

También sus ojos eran dorados.

Xein se quedó sorprendido. Era consciente de que sus propios iris mostraban un color peculiar. Su madre nunca lo había mencionado, pero la hermana de Draxan sí se lo había dicho tiempo atrás, cuando aún coqueteaba con él. Había utilizado otra palabra que él no conocía: «dorados», y le había explicado que hacía referencia al color de un metal precioso que se utilizaba sobre todo para fabricar joyas, y que prácticamente solo podía encontrarse en la Ciudadela. Y le había mostrado su propia imagen en un pequeño espejo para que lo comprobara por sí mismo. «Hay gente con los ojos color miel, o incluso ámbar», dijo ella, «pero yo nunca había visto a nadie con ese tono casi metálico. Es muy peculiar.» Él no le había concedido importancia; suponía que solo pretendía halagarlo. Pero Axlin también le había hecho algún comentario al respecto. No había empleado las palabras «oro» y «dorado», aunque sí le había dicho que nunca antes había conocido a alguien con unos ojos como los suyos. No lo había comentado con la intención de flirtear con él, ya que había empleado aquel tono de voz, entre curioso y analítico, que utilizaba cuando pretendía investigar algo que no conocía o comprendía.

Y Axlin, a diferencia de la hermana de Draxan, había viajado desde muy lejos, había conocido a mucha gente y podía comparar. Lo había convencido, por tanto, de que el color de sus ojos era algo fuera de lo común.

¿Qué significaba, pues, que la mirada de aquel hombre estuviese teñida del mismo tono? ¿Sería casualidad? ¿Estarían relacionados de alguna manera?

Xein se estremeció. Habría querido preguntarle muchas cosas, pero en aquel momento solo fue capaz de balbucear:

—Quiero volver a casa.

No sonó muy firme, pero tampoco le tembló demasiado la voz, dadas las circunstancias.

—Esta es tu casa ahora, recluta —respondió el hombre, seguro e inflexible—. Te encuentras en el cuartel general de la Guardia de la Ciudadela. Has llegado aquí para recibir el adiestramiento que corresponde a tu condición. Cuando te hayas graduado, te incorporarás a la División Oro bajo las órdenes de la comandante Xalana y servirás a la Ciudadela, a sus habitantes y a sus honorables mandatarios hasta tu último aliento.

Había recitado todo aquello de corrido, como si fuesen instrucciones que se hubiese aprendido de memoria.

Xein se estremeció. Su madre nunca le había hablado de los Guardianes de la Ciudadela, pero Axlin sí los había mencionado en varias ocasiones. Trató de recordar. Le había explicado que eran una especie de milicia organizada que luchaba contra los monstruos desde la Ciudadela. Como Xein no había oído hablar nunca de ellos y la propia Axlin tampoco parecía tener mucha más información, no lo había considerado relevante; a ella, sin embargo, sí le interesaba, y se había mostrado decepcionada al comprobar que él no podía contarle nada al respecto.

—No puedo quedarme —contestó—. Ni me voy a someter a ningún tipo de entrenamiento. —Conforme hablaba, su voz se volvía más firme—. No quiero ser un Guardián.

—No se trata de lo que quieras o no quieras, muchacho. *Eres* un Guardián. Lo llevas en la sangre. ¿O acaso no te has dado cuenta de que no eres como el resto de la gente?

Xein trató de mostrarse inexpresivo, pero el corazón empezó a latirle más deprisa.

—No sé a qué te refieres.

El Guardián sonrió. Fue apenas una mueca en la comisura del labio, pero contrastaba con la expresión pétrea que había mantenido hasta entonces.

—Eres más rápido —enumeró—, más ágil, más fuerte. Eres capaz de detectar incluso a los monstruos que mejor se camuflan. Cuentas con una mayor protección contra ellos: sus engaños no te afectan, sus armas no te hieren con facilidad y, si lo hacen, las heridas sanan con rapidez y sin llegar a infectarse. Tu cuerpo resiste a sus venenos mejor que el de cualquier humano. Posees un instinto innato que te indica cómo y cuándo debes lanzar tus golpes para que sean letales. Y hay en ti muchos más talentos ocultos que aprenderás a desarrollar con nosotros.

Xein empezó a negar con la cabeza, pero el Guardián no había terminado.

—Ya sabes lo que eres capaz de hacer. Y sabes que no conoces a nadie que pueda superarte o imitarte siquiera. Nadie, salvo nosotros, los Guardianes.

El muchacho retrocedió.

—Yo no soy un Guardián —trató de protestar.

La mueca del hombre se acentuó.

—¿Ah, no? ¿Por qué eres diferente, entonces? ¿Por qué se te da tan bien luchar contra los monstruos? ¿Qué te hace mejor que los demás?

El joven no tenía respuesta para eso. Retrocedió un poco más, pero tropezó con la cama, se tambaleó y se sentó para no caer al suelo.

Permaneció en silencio mientras el Guardián seguía hablando:

—Sin duda te lo has preguntado muchas veces. Todos lo hacéis. Y la respuesta es sencilla: has nacido para luchar contra los monstruos, para defender a las personas ante la plaga que asola nuestro mundo y que algún día lograremos erradicar. Para eso se fundó la Guardia, muchacho. Sin nosotros, no existiría la Ciudadela. Sin nosotros, tampoco quedaría ya esperanza.

—Yo no...

—Sí, tú sí. Piensa tan solo en todo lo que haces ya. Imagina cómo serás cuando te enseñemos todo lo que puedes hacer.

Xein inspiró hondo y trató de exponer sus reparos.

—Si sois tan buena gente..., ¿por qué me habéis traído hasta aquí a la fuerza?

—Porque no habrías venido por voluntad propia. Tu madre te mantenía oculto y no te contó quién eras en realidad. Pero no puedes escapar de tu verdadera naturaleza. Al final, tu destino acude siempre a buscarte, no importa dónde te escondas.

Xein hundió el rostro entre las manos, aturdido. Quería negar todo lo que le estaba contando; sin embargo, en su corazón había brotado la semilla de la duda.

—Te recuperarás —le aseguró el Guardián—. Mientras tanto, te quedarás en esta habitación. No se te permite salir por el momento, pero se te proporcionará todo cuanto precises.

Dio media vuelta para marcharse, pero Xein lo detuvo:

—¡Espera! ¿Y mi madre? ¿Está bien?

El Guardián se encogió de hombros.

—No lo sabemos, ni nos interesa.

—¿La habéis traído también hasta aquí?

—No. Fuimos a buscarte a ti. Ella no es importante.

—Os habéis equivocado con nosotros. Y conmigo —trató de objetar Xein—. Yo no soy Guardián. Ni quiero serlo. Ni siquiera sabía que existíais.

—Eso lo arreglaremos pronto —se limitó a responder el hombre—. Y ahora, descansa. En un par de días estarás recuperado del viaje y te enviaremos al Bastión para iniciar tu entrenamiento.

—¿El Bastión? —repitió Xein.

Pero el Guardián ya se había ido, cerrando la puerta tras de sí. El joven oyó cómo pasaba el cerrojo. De modo que, en efecto, era un prisionero.

Pero no pensaba seguir siéndolo durante mucho tiempo.

Las horas transcurrían muy lentamente en aquella habitación.

Xein había tratado de derribar la puerta, pero aún estaba demasiado débil y no lo había conseguido. De modo que se había echado en la cama a esperar, simplemente, a que se le pasara el efecto del brebaje que le habían dado.

Al atardecer, la puerta se abrió de nuevo y entró otro Guardián. Le trajo una escudilla de comida, que dejó sobre la mesita, se llevó el bacín y lo sustituyó por uno limpio. Después se fue y volvió a cerrar la puerta tras él.

Xein no se había movido de la cama, pero no le había quitado ojo durante toda la operación. Se había dado cuenta de que también él tenía los ojos dorados, y empezaba a asumir que aquello era algo más que una casualidad. Se centró, no obstante, en otros asuntos más urgentes. Se preguntó si sería capaz de reducirlo y escapar, pero comprendió enseguida que no. Y no solo debido a su estado, sino también porque aquel Guardián, que debía de tener unos pocos años más que él, parecía bastante más fuerte. Probablemente había superado ya el entrenamiento del que le habían hablado y que se suponía que iba a tener que realizar él también.

Llegó a la conclusión de que no tenía sentido tratar de escapar mientras apenas fuese capaz de mantenerse en pie. De manera que cenó con apetito y se echó de nuevo en la cama a descansar.

Al día siguiente se sentía mucho más fresco y despejado. Probó a caminar y vio que ya lo hacía con soltura. Se sentó, se levantó, corrió un poco, saltó en el sitio. Enseguida se sintió tan cansado que tuvo que volver a tumbarse.

Pero iba mejorando.

El mismo Guardián de la tarde anterior entró poco después a llevarle el desayuno y cambiar el bacín. Xein no podía arriesgarse aún a tratar de reducirlo, de modo que intentó entablar conversación con él.

—Oye —le dijo—, ¿para ser Guardián hay que pasarse todo el día encerrado?

El joven lo miró de reojo, pero no contestó.

—Porque, si es así, me parece de lo más aburrido —prosiguió él—. ¿Estamos en la Ciudadela? ¿Salís de vez en cuando a dar una vuelta, o eso tampoco está permitido?

El Guardián terminó su tarea, salió de la habitación y volvió a cerrar la puerta sin decir una palabra.

El día transcurrió sin novedad. Xein dormitaba sin preocuparse mucho por nada más. Despertaba de vez en cuando y probaba a hacer ejercicios en el reducido espacio de su habitación. Se cansaba con facilidad, pero cada vez aguantaba más antes de dejarse caer de nuevo sobre el catre, agotado y sudoroso.

El Guardián entró un par de veces más a lo largo del día, siempre para traerle comida y cambiar el bacín por uno limpio. Y aunque Xein trataba de darle conversación, él nunca respondía, y ni tan siquiera reaccionaba, como si se tratase de un autómata. Sin embargo, durante la visita de la noche Xein le hizo una pregunta que sí pareció afectarle de algún modo:

—¿Tú has acabado ya ese entrenamiento del que todos hablan? ¿Cómo es?

El joven titubeó, y a Xein le pareció que se ponía un poco pálido.

—¿Demasiado duro hasta para un Guardián? —insistió.

El otro no respondió. Sacudió la cabeza y, de nuevo, se fue sin pronunciar palabra.

Su reacción, no obstante, sumió a Xein en una profunda inquietud.

Al tercer día de encierro se sentía ya casi recuperado. Podía hacer sus ejercicios sin apenas cansarse, aunque notaba que aún le faltaba algo de vigor. Se preguntó si debía arriesgarse a atacar al asistente la próxima vez que se presentase allí. Todavía no se había repuesto del todo, pero temía que, si esperaba más, los Guardianes se lo llevarían a aquel Bastión del que le habían hablado y del que quizá no lograse escapar.

Tenía que actuar. Después de todo, el asistente probablemente creía que seguía indispuesto, ya que, a pesar de sus intentos por darle conversación, Xein no se movía de la cama durante sus visitas. Tal vez pudiese cogerlo por sorpresa, y quizá no necesitase más que un momento de descuido para escapar.

Tomó, por tanto, la decisión de intentar la fuga aquella misma noche. Calculó la hora en la que volvería el Guardián y lo esperó junto a la puerta, preparado para saltar sobre él en cuanto entrase.

Aguzó el oído. Los Guardianes eran silenciosos como sombras, pero aun así logró detectar pasos en el corredor. Su cuerpo se tensó, listo para entrar en acción.

La puerta se abrió, y Xein se lanzó sobre el joven asistente. Pero algo lo embistió antes de que pudiera alcanzarlo, algo que después lo aferró con fuerza y le retorció los brazos detrás de la espalda, inmovilizándolo.

—¡Capitán...! —susurró el asistente, alarmado.

—Todos lo hacen —respondió una voz a espaldas de Xein, y él reconoció la del Guardián con el que había conversado durante su primer día de encierro—. Jovenzuelos predecibles. Los Guardianes aprendemos a adivinar cómo piensa un monstruo, y estos novatos creen que no los vemos venir.

Xein resopló, frustrado, pero no dijo nada. El capitán, en cambio, no parecía enfadado, ni siquiera molesto. Lo lanzó hacia la cama con indiferencia, sin esfuerzo aparente. Xein se quedó allí sentado, impotente, mientras el asistente realizaba sus tareas.

—Sé perfectamente cuánto dura el efecto del sedante, muchacho —prosiguió el capitán—. No vas a poder escapar, y tienes que asumir de una vez que no tiene sentido que lo intentes siquiera. Eres lo que eres. Vayas a donde vayas, todos los caminos acabarán conduciéndote aquí tarde o temprano.

—Mejor tarde que temprano —opinó él.

—No habrías podido vencerlo, aunque hubiese venido solo —dijo el capitán, señalando al Guardián más joven—. Él es un graduado, y tú todavía un novato, y créeme: eso marca la diferencia.

—Entonces, ¿por qué has venido tú? —preguntó Xein.

Intuía que debía tratarlo con algún tipo de fórmula de respeto, puesto que se creía su superior; sin embargo, se negaba a hacerlo precisamente por esa razón: porque no quería reconocerse a sí mismo como parte de aquel sistema.

El capitán le dedicó una de aquellas muecas que pretendía hacer pasar por sonrisas.

—He venido porque a veces ocurren imprevistos —respondió—, y los Guardianes debemos anticiparlos para que no se produzcan. Si no hubiésemos visto en ti algo extraordinario, no nos habríamos molestado en traerte. Y por eso no debemos subestimarte, aunque seas un novato y estés flojo todavía.

—Algo extraordinario —repitió Xein, pensativo.

El asistente ya se había ido, sin que él le prestara atención. El capitán seguía ahí, junto a la puerta, y como el joven llevaba demasiado tiempo sin hablar con nadie, en el fondo se alegraba de que él estuviese allí para contestar a sus preguntas. Aunque no le gustasen las respuestas.

—¿Cómo se reconoce a un Guardián, entonces? ¿Por los ojos, quizá?

—Exactamente —asintió él.

Xein iba a preguntar más, pero el capitán cambió de tema.

—Como ya veo que estás más que listo para entrar en acción,

mañana vendremos a buscarte para llevarte al Bastión. Te sugiero que duermas bien esta noche; lo vas a necesitar.

Después se marchó, y volvió a dejar a Xein a solas en su encierro, sumido en un mar de preguntas sin resolver.

24

Al día siguiente, muy temprano, acudieron a buscarlo dos Guardianes a los que no conocía. Uno de ellos era una mujer, pero ambos tenían también los ojos dorados y llevaban el pelo muy corto. Xein se acordó de nuevo de Axlin y de sus historias sobre los dedoslargos. Se pasó la mano por su propio cabello, inquieto.

Los Guardianes lo hicieron salir de la habitación. Se sentía ya casi recuperado, pero no estaba seguro de que valiese la pena tratar de enfrentarse a ellos. Si era cierto lo que le había dicho el capitán, probablemente eran más fuertes que él.

Flanqueado por sus dos escoltas, Xein avanzó por el pasillo, mirando con curiosidad a su alrededor para no perderse detalle.

Parecía un edificio muy grande y sólidamente construido. Nunca había visto nada igual, ni era capaz de imaginar siquiera que tal cosa pudiese existir. El corredor era amplio. A un lado, exhibía una larga hilera de puertas que quizá condujeran a habitaciones similares a la suya; al otro lado, se abría una impresionante galería sobre un patio interior cuadrado. Fue entonces cuando constató, asombrado, que estaban en un segundo piso. Para él, que procedía de una aldea con casas pequeñas, la posibilidad de construir un edificio en distintas alturas le resultaba difícil de imaginar. Se detuvo un momento para asomarse al mirador; sus acompañantes no lo detuvieron, pero se situaron a su lado, listos para intervenir si trataba de escapar.

Xein contempló la fachada de enfrente y contó nada menos que cuatro pisos.

—Esto es... ¿la Ciudadela?

Uno de los Guardianes, la mujer, respondió:

—¿Te refieres al edificio? No. Es nuestro cuartel general. Está situado dentro de los muros de la Ciudadela, que es muchísimo más grande.

Xein se volvió hacia ella, sorprendido de que hubiese contestado a su pregunta. Pero ella no añadió nada más.

Continuaron avanzando. El joven se sentía tan asombrado por todo lo que veía que olvidó por un instante su intención de elaborar un plan de fuga. Se cruzaron con más gente, y Xein descubrió que no solo había Guardianes en aquel lugar. A estos últimos se los reconocía por su uniforme gris, su cabello corto y sus ojos dorados. Pero también había otras personas que no se ajustaban al patrón, que se parecían más a la gente que él había conocido en el enclave de la cantera y que una parte de su mente empezaba a calificar como «normal»: de cabello corto o largo, ojos claros u oscuros, diferentes tonos de piel, alturas y complexiones. Ninguno de ellos vestía la ropa gris de los Guardianes, pero se mostraban muy respetuosos y solícitos con ellos.

Trató de sacarse aquella idea de la cabeza. Tal vez él se pareciera más a los Guardianes que a la «gente normal», pero no debía olvidar nunca que las personas a las que más quería, Axlin y su madre, formaban parte de aquella «gente».

Descendieron por una amplia escalinata. Xein pasó la mano por la barandilla, de piedra perfectamente pulida, y se maravilló una vez más de lo enorme que era aquel edificio y lo bien construido que estaba. ¿Cuántas personas habrían trabajado en él para ponerlo en pie?

En el corredor de la planta baja se reunieron con el Guardián al que los demás llamaban «capitán». Con su habitual gesto adusto, examinó a Xein de arriba abajo.

—Llegas tarde —le reprochó.

—Se ha detenido varias veces para curiosear —explicó uno de sus escoltas—. Todo le llama la atención.

El capitán esbozó una breve sonrisa.

—Naturalmente.

Giró sobre sus talones y avanzó por el corredor. Los Guardianes lo siguieron y empujaron a Xein para que los acompañara.

—Llevamos un poco de retraso —dijo el capitán sin volverse—. No podemos entretenernos más o no llegaremos al Bastión antes del anochecer.

—¿El Bastión no está en la Ciudadela? —preguntó Xein alarmado. Lo único positivo que le encontraba al hecho de haber sido secuestrado por los Guardianes era, precisamente, que lo habían llevado hasta el lugar a donde se dirigía Axlin.

El capitán negó con la cabeza.

—No, está en las Tierras Salvajes. —Lo miró de soslayo con aquella tensa sonrisa suya—. Vas a entrenarte, muchacho, no de vacaciones.

Xein no sabía qué eran las Tierras Salvajes, ni conocía la palabra «vacaciones».

—Podrás volver a la Ciudadela en un año, si te esfuerzas —prosiguió el Guardián.

—¡Un año! —exclamó él.

Se volvió para mirar a sus acompañantes con la esperanza de leer en sus rostros que el capitán estaba bromeando. Pero se mostraban tan serios y formales como si encerrar a alguien en una especie de fortaleza perdida en un lugar conocido como «las Tierras Salvajes» fuese algo que hicieran todos los días.

«Tengo que escapar. Como sea.»

Salieron por fin al exterior por una amplia puerta que conducía hasta un enorme patio trasero. Allí los aguardaba un vehículo tirado por dos caballos, y Xein lo contempló maravillado. Los únicos carros que conocía eran los de los buhoneros, que no estaban cubiertos. Aquel, en cambio, parecía un habitáculo con ruedas.

Junto al carro aguardaban tres personas más, también vestidas con el atuendo de los Guardianes: un hombre adulto, una joven que parecía un poco mayor que él y un chico de unos catorce o quince años. Este último parecía inquieto, y no dejaba de cambiar el peso de una pierna a la otra. Xein pensó que se debía al miedo; pero, cuando se reunieron con ellos, constató que aquel muchacho parecía más emocionado que asustado.

Los tres se cuadraron al ver al capitán. El mayor de ellos se adelantó un paso.

—Capitán Salax, estamos listos para partir.

Él asintió con la cabeza. Xein comprendió de pronto que aquel carro era también para él y que, una vez a bordo, quizá sus posibilidades de escapar se vieran drásticamente reducidas.

No lo pensó mucho. El capitán había entablado una rápida conversación con su subordinado, de modo que Xein empujó súbitamente a uno de sus escoltas (optó por la mujer, porque era un poco más baja que él) y salió corriendo...

... O, al menos, lo intentó. Apenas se había alejado unos metros cuando algo cayó sobre él y lo arrojó de bruces al suelo, dejándolo sin respiración. Inmediatamente, le sujetaron ambos brazos a la espalda. Xein resopló y movió la cabeza para ver quién lo había reducido de forma tan rápida y eficaz.

Era la Guardiana a la que había tratado de dejar atrás. Ella, a horcajadas sobre su espalda, le devolvió una mirada acerada desde un rostro tan serio que parecía cincelado en piedra.

—Y una vez más cumples las expectativas —oyó entonces la

voz del capitán Salax tras ellos—. Obviamente, tenías que tratar de escapar. Todos lo intentáis.

La Guardiana tiró de él para ponerlo en pie; Xein se incorporó, dolorido.

—¿Todos... lo intentamos? —repitió, volviéndose hacia el capitán.

—Todos los que habéis crecido lejos del impulso civilizador de la Ciudadela —matizó él—. Y ahora, andando. No podemos perder más tiempo.

Xein suspiró resignado cuando los escoltas le amarraron las manos a la espalda antes de subirlo al carro.

—Espero que el viaje no sea demasiado largo —comentó—, porque lo que sí tengo claro es que no va a resultar cómodo.

—Para ti no, desde luego —replicó el capitán Salax—. Pero tú te lo has buscado.

Detrás de Xein subieron la joven y el muchacho. Uno de los escoltas de Xein, el hombre, entró tras ellos. Los demás treparon al pescante armados hasta los dientes.

—Habrá monstruos en el camino, ¿verdad? —adivinó él.

—Fuera de la Ciudadela, sí —respondió el escolta.

Xein se acomodó como pudo en el banco. El Guardián se sentó junto a él para controlarlo, de modo que el chico y la joven quedaron frente a ellos. Xein aprovechó para contemplarlos con mayor atención, y se quedó muy sorprendido al comprobar que ella, a pesar de que vestía el uniforme de los Guardianes, no tenía los ojos dorados.

No obstante, sus iris presentaban también una coloración poco habitual. Tenían una cierta tonalidad grisácea, aunque Xein no los habría definido así. Parecían más bien... metálicos.

—¿Qué miras, novato? —le espetó ella con brusquedad.

A él le sorprendió su tono, pero contestó:

—Pensaba que todos los Guardianes tenían los ojos dorados.

Ella lo contempló con cierta altivez.

—Yo pertenezco a la División Plata —dijo como si fuera obvio.

Después volvió la cabeza para mirar por la ventana y no le dirigió más la palabra.

El más joven del grupo, sin embargo, sí tenía ganas de hablar.

—Los Guardianes de la Ciudadela nos organizamos en dos grandes divisiones, Oro y Plata —le explicó—, en función del color de nuestros iris.

Enrojeció un poco y miró de reojo a la joven y al otro Guardián, como si temiera haber hablado demasiado. Ella lo ignoró, pero el escolta asintió casi imperceptiblemente.

—El cuartel general de la Ciudadela también cuenta con dependencias separadas —siguió contando el chico—, y en el Bastión recibimos entrenamientos diferentes. ¿No es así? —preguntó.

El Guardián asintió de nuevo.

—Pero hay ejercicios comunes, y también tendréis que colaborar para superar la última fase del adiestramiento —expuso—. Después de todo, la mayoría de las misiones se encomiendan a patrullas mixtas, así que debéis aprender a trabajar juntos.

En ese momento, el carro se puso en marcha y los alejó del cuartel con un rítmico traqueteo.

Recorrían una amplia calle pavimentada. A ambos lados se alzaban edificios de dos y tres alturas que contaban con ventanas, patios y balcones. Había puestos donde se exhibían diversos tipos de alimentos, pero también herramientas, ropas o enseres. Contempló sorprendido a la gente que paseaba por allí examinando la mercancía; algunos llevaban cestos en los que guardaban sus adquisiciones. Todos vestían atuendos elaborados con tejidos finos y vistosos, que nada tenían que ver con las ropas bastas y prácticas a las que Xein estaba acostumbrado.

«Es extraño», pensó. «Aquí el buhonero no visita a la gente. Es la gente la que visita a los buhoneros.» Le llamó la atención la actitud distendida de los ciudadanos que charlaban en las esquinas o regateaban en los puestos. Oyó risas; en alguna parte, alguien silbaba.

Recordó entonces que Axlin le había dicho que allí no había monstruos. Pensar en ella le llenó el corazón de nostalgia, y aguzó la mirada para ver si la distinguía entre la gente. Desistió al cabo de un rato y se volvió de nuevo hacia sus acompañantes, tratando de apartarla de sus pensamientos.

—¿Es cierto, entonces, que en la Ciudadela no hay monstruos? —preguntó.

—No suele haberlos —contestó el muchacho. Parecía un tanto alarmado ante aquella posibilidad—. Pero, por si acaso, los Guardianes patrullan por todos los barrios y acuden a investigar cualquier suceso que pueda tener relación con ellos.

—¿Esa es la razón de que no haya monstruos? ¿Los Guardianes?

—No —respondió el escolta—. La principal defensa de la Ciudadela son sus murallas. Mira.

Xein obedeció y se asomó de nuevo a la ventana. El cielo se había oscurecido de repente, y al mirar al exterior comprendió por qué: el carro avanzaba por una avenida a la sombra de una enorme muralla que se alzaba ante ellos. Era tan alta que, desde aquella posición, no alcanzaba a divisar la parte superior.

—Esto... ¿rodea toda la Ciudadela? —preguntó sin aliento.

—No, solo el primer ensanche. Lo que hay en el centro es la ciudad vieja, la primera que se fundó. Después la urbe fue creciendo a medida que llegaban nuevos habitantes de las zonas rurales. Cuando ya no hubo sitio para ellos, comenzaron a acampar extramuros. Pero allí estaban desprotegidos y, a pesar de todos nuestros esfuerzos, los monstruos los mataban a centenares. Por eso se construyó una segunda muralla, con un perímetro mayor, y se urbanizó la zona intermedia. —Hizo una pausa y sonrió antes de añadir—: Esto ha sucedido ya tres veces en la historia de la Ciudadela. No nos protege una sola muralla, sino un sistema de cuatro murallas concéntricas, a cuál más alta. Ni siquiera los trepadores son capaces de asaltarlas. Es fruto del trabajo de varias generaciones; incontables ciudadanos han derramado sudor y sangre para levantar estos muros. Y nosotros, los Guardianes de la Ciudadela, les rendimos homenaje dedicando nuestras vidas a proteger a los demás, igual que hicieron ellos.

El carro se detuvo entonces ante un enorme portón cerrado. Mientras lo abrían, Xein se planteó la posibilidad de aprovechar aquella pausa para escapar. Sin embargo, estaba aprendiendo muchas cosas y quería seguir preguntando. En aquel instante de duda, el vehículo se puso en marcha de nuevo y el muchacho perdió su oportunidad. Sonrió para sí mismo, pensando una vez más en Axlin, y en que aquella curiosidad casi temeraria era más bien propia de ella.

«O tal vez no», pensó. «Después de todo, es la primera vez que visito este sitio.»

Y había muchas cosas que ver. El carro traqueteaba por las calles de un nuevo barrio, similar al anterior. Lo atravesaron hasta llegar a una segunda muralla. De nuevo cruzaron las puertas y se adentraron en una tercera zona en la que empezó a advertir diferencias: las calles no estaban todas empedradas y en muchas de ellas, junto a casas relativamente nuevas o en construcción, se alzaban cabañas, chabolas e incluso cobertizos. Había pocas casas de piedra y muchas más de madera y adobe.

—No hemos terminado de urbanizar esta franja —explicó entonces el Guardián—. Es un trabajo que lleva décadas, y lo prioritario son siempre las murallas.

»Aquí habita la última oleada. A toda la gente que llega de fuera la instalamos en este sector, porque los otros están ya llenos. Mientras haya sitio dentro de las murallas, serán bienvenidos. Pero si vienen demasiados...

—¿Se podría construir una muralla más? —planteó Xein.

El Guardián sacudió la cabeza.

—Cada nueva muralla es más larga que la anterior, y también se procura hacerla más alta. Tardaríamos años en extraer toda la piedra que necesitamos, acarrearla hasta aquí y levantar los muros. Y, entretanto, cientos de personas, tal vez miles, serían devorados por los monstruos.

Xein contempló las calles, inquieto, mientras se retorcía tratando de adoptar una postura más cómoda. Aquel barrio, que se extendía a la sombra de una muralla mucho mayor que cualquiera de las anteriores, parecía sumido en la penumbra. Había niños descalzos jugando entre los charcos de barro, hombres y mujeres con aspecto cansado y refugios precarios levantados con escombros. Se le encogió el corazón al pensar que, si Axlin había llegado por fin a la Ciudadela, tal vez se viese obligada a vivir allí. Algunas edificaciones no parecían muy diferentes a las casas de su propia aldea, pero en ella, por lo menos, disfrutaban de más luz. Se obligó a recordar que en cualquier otro enclave tenían también más monstruos. Quizá la sombra impávida de la muralla era el precio que debían pagar por seguir con vida.

Se estremeció pensando de nuevo en Axlin y su vida errante. ¿Sería capaz, acostumbrada a los caminos, de vivir en un sitio como aquel?

—Lo urbanizaremos —afirmó el Guardián, adivinando lo que pensaba—. Pero llevará tiempo. Mientras el gobierno del Jerarca soluciona este inconveniente, la Guardia tiene la obligación de mantener a los habitantes de los enclaves a salvo de los monstruos. Si conseguimos que las aldeas sean seguras, la gente no tendrá necesidad de emigrar a la Ciudadela. Y cuantos más Guardianes formemos parte del cuerpo, más personas tendrán la posibilidad de sobrevivir fuera de estos muros.

Xein no dijo nada. Todavía deseaba escapar, pero al mismo tiempo comenzaba a nacer una nueva llama en su interior. Había pasado toda su vida luchando contra los monstruos en una aldea abandonada, y de pronto se le ofrecía la posibilidad de pertenecer a algo más grande. Se preguntó si aquello era de verdad lo que deseaba... o si debía seguir buscando la forma de escapar de aquel destino que, según decían, estaba marcado en sus ojos.

Se detuvieron ante la última puerta, y Xein tomó por fin una decisión.

Aprovechando que su celador se había relajado un tanto con la conversación, se volvió con brusquedad y abrió la puerta del vehículo de una patada. Después se lanzó al exterior, aterrizó en el suelo, rodó para minimizar el impacto y se puso en pie de un salto, ante la sorpresa de algunos ciudadanos que lo contemplaban con la boca abierta. Echó entonces a correr, con las manos aún atadas a la espalda; sintió un pinchazo a la altura del omóplato, pero no se detuvo.

Unos metros más allá, no obstante, las piernas empezaron a temblarle como si estuviesen hechas de goma. Una repentina debilidad se apoderó de sus músculos, y apenas fue capaz de dar un par de pasos más antes de caer al suelo.

Instantes después, los Guardianes lo llevaban de nuevo de vuelta al carro.

—¿Qué... me habéis... hecho...? —pudo farfullar. Sentía la lengua como si fuese un trapo.

El capitán Salax, que caminaba junto a él, arrancó algo de su espalda y se lo mostró.

—Un dardo anestesiante. Saliva de chupón concentrada: un clásico.

Xein intentó decir algo más, pero no fue capaz. Salax le dedicó una media sonrisa.

—No te inquietes, el efecto se pasará en menos de una hora. Para entonces ya estaremos lejos de la Ciudadela y no tendrás ningún lugar a donde huir.

Lo subieron de nuevo al carro y lo acomodaron frente a la joven de los ojos plateados, que lo miró con evidente desprecio y le soltó:

—Eres idiota, novato.

Xein intentó sonreír, pero los músculos de la cara tampoco lo obedecían. Se resignó, por tanto, a contemplar por la ventanilla cómo cruzaban la última puerta para atravesar la muralla.

Enseguida comprobó, no sin sorpresa, que era un doble cercado. Más allá se alzaba otra puerta, y entre los dos muros había desplegado todo un destacamento de Guardianes que vigilaba ambos accesos y patrullaba el perímetro en aquel sector. Xein comprendió entonces por qué era tan difícil que los monstruos entraran en la Ciudadela; y, muy a su pesar, una parte de él comenzó a admirar a aquellas personas que lo hacían posible.

Salieron por fin a campo abierto, y las puertas de la Ciudadela se cerraron tras ellos. El carro enfiló entonces una larga carretera pavimentada que atravesaba una llanura infinita y se perdía en el horizonte. Xein intentó estirar un poco más el cuello para mirar más allá, pero no lo consiguió.

—No entiendo por qué has intentado escapar —comentó entonces el pasajero más joven.

Xein no respondió.

—Yo llevo toda mi vida esperando este momento —prosiguió el chico—. Pero solo te reclutan a partir de los quince años. A propósito, me llamo Yoxin.

—Xe... in —logró farfullar él.

—Xein —repitió el chico—. Encantado. Eres un poco mayor para empezar el adiestramiento, ¿no? Probablemente, todos tus compañeros serán más jóvenes que tú.

—No todos —intervino el otro Guardián—. Este año hemos recogido a varios extraviados de edades diversas. Pero es cierto que el grupo más numeroso está integrado por los reclutas ordinarios de la Ciudadela y los enclaves aledaños, que suelen ingresar en el cuerpo en cuanto cumplen los quince.

—¿Extra... viados? —repitió Xein.

—Son aquellos Guardianes que no saben que lo son —explicó Yoxin—. La mayoría proceden de aldeas remotas que apenas tienen comunicación con la Ciudadela. Algunos crecen sin tener noticia de la existencia de los Guardianes, y sus padres tampoco saben lo que implica el color especial de sus ojos.

La mirada de Xein se desvió hacia la joven, que contemplaba el paisaje con gesto adusto. Ella era mayor que él. ¿Iría a iniciar el adiestramiento también? ¿Sería una extraviada? Aún no estaba en condiciones de poder preguntárselo, pero Yoxin lo hizo por él:

—Y tú, ¿también eres nueva?

Ella lo miró un momento, como si estuviera valorando si merecía la pena responderle o no. Finalmente despegó los labios y dijo:

—No. Llevaba varios meses de entrenamiento, pero tuve que interrumpirlo durante unas semanas contra mi voluntad.

—Tenías la pierna rota por tres sitios diferentes, recluta Rox —le recordó el Guardián—. Tu convalecencia en la Ciudadela fue decisión del comandante Texden. No te atrevas a cuestionarlo.

Ella se irguió como un resorte.

—Pido disculpas, señor —murmuró, inclinando la cabeza ante él—. No volverá a suceder.

Xein los miró con curiosidad, pero Rox volvió a encerrarse en un silencio hosco, y Yoxin no se atrevió a despegar los labios otra vez.

Mientras esperaba a que se pasara el efecto del dardo tranquilizante, contempló el paisaje con resignación. Aunque la calzada era muy ancha y estaba empedrada, no circulaba por ella ningún otro vehículo. Atravesaba una planicie de hierba mustia y grisácea salpicada por algún árbol solitario. En el horizonte se alzaba una cadena montañosa envuelta en brumas. No se veían carteles, refugios ni construcciones de ningún tipo, y tampoco había cruces de caminos.

Tuvo la sensación de que aquella carretera no conducía a ninguna parte.

Al cabo de un rato se oyeron voces de alerta desde la parte superior del carro. Xein logró estirar un poco el cuello y vio algo que se movía entre la maleza. A una voz del capitán Salax, los Guardianes dispararon sus arcos desde el pescante. Instantes después, la criatura yacía en el suelo, muerta, acribillada por media docena de flechas. El carro no se había detenido en ningún momento, por lo que el chico no llegó a distinguir de qué clase de monstruo se trataba. Volvió la cabeza para observar a sus acompañantes. Yoxin se mostraba un tanto inquieto y Rox miraba por la ventana, serena como una estatua de piedra, pero con los puños apretados sobre sus rodillas.

Poco a poco, Xein fue recuperando movilidad. Fuera del vehículo, el paisaje se iba tornando cada vez más yermo y desolado. El viento arrastraba restos de hojas secas sobre un suelo agrietado y cada vez más rocoso.

—¿Esto son las Tierras Salvajes? —preguntó de pronto Yoxin.

—Tierras Salvajes... —murmuró Xein, y comprobó con satisfacción que volvía a hablar con normalidad. Probó a incorporarse un poco y consiguió recolocarse en el asiento y mirar a sus compañeros—. ¿Por qué se llaman así? ¿Hay muchos monstruos?

—No hay otra cosa —respondió el escolta—. Nada más, salvo el Bastión.

Permaneció en silencio unos instantes y, cuando Xein ya creía que no iba a añadir más explicaciones, continuó:

—Sin embargo, lo hubo. En esta región existían también enclaves, caminos, pozos, refugios..., pero los monstruos fueron destruyéndolos uno a uno. Solo la Ciudadela los detuvo. Desde allí se dirigió una campaña intensa y sistemática para hacerlos retroceder. Murieron cientos de personas, y la misma Ciudadela estuvo a punto de caer ante el ataque de los monstruos. Afortunadamente, los Guardianes marcaron la diferencia e inclinaron la balanza a favor de la humanidad.

»Algún día recuperaremos esta tierra. No obstante, primero

debemos extender la influencia de la Ciudadela hacia el sur y hacia el oeste, fortificar las aldeas y engrosar las filas de los Guardianes tanto como nos sea posible.

Al decir esto dirigió una mirada severa a Xein, retándolo a contradecirlo. Pero el joven no dijo nada más.

25

legaron al Bastión al atardecer. Por el camino, los habían atacado un grupo de chasqueadores, un trescolas y unas criaturas que los Guardianes identificaron como verrugosos. Rox colaboró en la defensa del vehículo, pero a Yoxin y a él no se lo permitieron porque aún no habían iniciado su entrenamiento. Xein, ya casi recuperado de los efectos del sedante, protestó por ello, pero los Guardianes se mantuvieron firmes. El joven tuvo que reconocer que, de todos modos, su ayuda no les hacía falta: se las arreglaron para deshacerse de los monstruos con rapidez y eficacia, y el carro ni siquiera tuvo que aminorar la velocidad durante la lucha.

Xein había observado a los Guardianes desde la ventanilla y había admirado su mortífera precisión, la velocidad de sus movimientos y la magistral sincronización de todas sus acciones. Parecían una perfecta máquina de liquidar monstruos. Sabía que aquel alarde de habilidad podía ser simplemente el fruto de un intenso entrenamiento especializado, pero en el fondo de su mente seguía palpitando una idea intensa y dolorosa: «Yo soy como ellos. Ellos son como yo».

El Bastión era una construcción cuadrada y robusta cuyos

muros, construidos con sólidos bloques de piedra, parecían haber brotado directamente del suelo siglos atrás. Su color terroso casi lo mimetizaba con las montañas rocosas que se alzaban a su alrededor arañando el horizonte. Las altas torres que remataban cada una de sus esquinas ejercían de centinelas de la única edificación humana que se mantenía en pie en las Tierras Salvajes, como el último y solitario héroe superviviente de una guerra sin fin.

A Xein, sin embargo, le pareció que aquel vetusto edificio no era más que una cárcel. Apenas se veían ventanas en sus muros exteriores, y estaban todas protegidas por barrotes. El portón principal era de madera sólida reforzada con remaches de acero, y pocos metros después había una segunda puerta enrejada que solo se alzó ante ellos después de que los centinelas se hubieron asegurado de que no había ningún monstruo oculto en los bajos del vehículo. Cuando la reja descendió de nuevo tras ellos, Xein reprimió un escalofrío. Sería muy difícil, en efecto, que los monstruos lograsen entrar en el Bastión, pero tampoco sería sencillo que los humanos saliesen al exterior sin autorización. Por otro lado, una vez fuera..., no había ningún lugar adonde ir. Xein había calculado que, siguiendo la calzada, tardaría dos días en llegar a pie hasta la Ciudadela. Sin lugares para pernoctar junto al camino, ni siquiera él sobreviviría a una noche en el exterior. No se le escapaba que lo que el capitán Salax denominaba «el impulso civilizador de la Ciudadela» podría haber llevado a construir también algún refugio a medio camino entre la urbe y el Bastión. El único motivo que se le ocurría para que no se hubiese hecho era, sencillamente, que no interesaba.

Cuando descendieron del carro, los Guardianes los condujeron hasta el edificio principal a través de un patio cubierto por un entramado de sólidos barrotes. Xein se dejó guiar, pero no perdió detalle de lo que sucedía a su alrededor. No pudo ver, no obstante, el lugar adonde se llevaban el vehículo. Tendría que averiguarlo tarde o temprano, porque lo necesitaría para escapar.

Como todo lo relacionado con los Guardianes, el Bastión era sólido, sobrio y funcional. En el vestíbulo había un Guardián de ojos plateados que estaba esperando a Rox. Ella se despidió de sus compañeros de viaje con sequedad, aunque Yoxin, por alguna razón que Xein no lograba entender, parecía experimentar cierta admiración hacia ella.

—¿Nos veremos pronto en la Ciudadela? —le preguntó esperanzado.

La joven clavó en el muchacho su fría mirada plateada.

—Si aguantas el entrenamiento y no mueres en las maniobras, sí —replicó con indiferencia.

—No hace falta ser desagradable —intervino Xein, molesto.

Pero Yoxin salió en defensa de la joven.

—No es desagradable, solo dice la verdad. El adiestramiento de un Guardián es muy duro, a la altura de la tarea que nos aguarda más allá de estos muros.

Xein se quedó mirándolo, sin acabar de creer que estuviese hablando en serio. Pero no tuvo tiempo de preguntárselo, porque los Guardianes lo empujaron para que se adentrase por el corredor de la derecha. Y eso hizo, seguido de Yoxin, mientras Rox y el otro Guardián de ojos plateados se internaban en el pasillo de la izquierda y se alejaban de ellos sin mirar atrás.

Los llevaron a las cocinas y les dieron una comida tardía que consistía en una escudilla de caldo de verduras en la que navegaban algunos trozos de carne. Xein lo engulló todo sin protestar, porque estaba hambriento. Yoxin se mostró un tanto alicaído, aunque no protestó.

Después les cortaron a ambos el pelo al estilo de los Guardianes. Xein contempló con resignación cómo caían al suelo sus mechones castaños y casi pudo volver a sentir los dedos de Axlin enredándose en ellos. Se obligó a sí mismo a no pensar en ello, porque el corazón se le encogía de nostalgia. «Ya crecerá», se dijo. «Y volveré a ver a Axlin. Y volveré a abrazarla.»

Cuando estaban terminando de rapar a Yoxin, entró en la habitación otro Guardián, que inclinó la cabeza con respeto ante Salax.

—Capitán, los instructores están listos para recibir a los nuevos reclutas.

El interpelado asintió, conforme.

—Llévate tú a este —ordenó, señalando a Yoxin—. Yo me encargo del extraviado.

Xein miró a su compañero y pensó que con el pelo tan corto parecía incluso más joven, casi un niño. Le hizo un gesto de despedida cuando se fue con el Guardián, pero el chico se limitó a inclinar la cabeza, muy serio, y no le respondió.

El capitán guio a Xein a través de un entramado de estancias, corredores y patios interiores que constituían las diferentes dependencias del Bastión. En uno de aquellos espacios al aire libre le señaló una serie de pabellones alineados.

—Los barracones de los reclutas —informó—. Uno de ellos será tu casa a partir de ahora, y la compartirás con el resto de los hombres de tu brigada.

Xein contó diez. Se preguntó cuántos jóvenes se alojarían en cada uno de ellos. No obstante, el capitán no tenía intención de conducirlo hasta allí en aquel momento. Pasaron de largo ante los barracones y siguieron adelante hasta desembocar en otro patio mucho más grande.

Durante el trayecto se habían cruzado con otras personas, pero el Bastión, a diferencia del cuartel de la Ciudadela, parecía estar habitado solamente por Guardianes. A Xein le pareció que todos ellos tenían los ojos dorados, y se preguntó a dónde habrían ido Rox y el Guardián que había acudido a la entrada a recibirla.

—Este es el sector de la División Oro —dijo entonces el capitán Salax, como si pudiera adivinar lo que pensaba—. ¿Ves ese muro de ahí? No es tan alto como las murallas exteriores porque no nos separa de los monstruos, sino de nuestros compañeros de la División Plata.

Xein se preguntó por qué razón los Guardianes segregaban a sus reclutas en función del color de sus ojos. Pero no formuló sus dudas en voz alta, y en esta ocasión el capitán Salax no se anticipó a ellas.

En el patio principal había varios grupos de reclutas ejercitándose en distintas habilidades. Xein los observó con interés. Comprobó que había equipos de chicas y de chicos, pero ninguno mixto, y que todos estaban compuestos por media docena de jóvenes que seguían las órdenes de un Guardián de rango superior.

—Te incorporarás a la brigada Niebla, dirigida por el instructor Ulrix —dijo entonces el capitán—. Obedecerás todas sus órdenes con disciplina y diligencia. ¿Has entendido?

Xein no respondió. Se habían detenido junto a la muralla, de la que colgaban cuerdas por las que trepaban los componentes de uno de los equipos. Los observó con admiración. Aquellos muchachos no tendrían más de quince o dieciséis años y, sin embargo, subían por las cuerdas con una rapidez y agilidad asombrosas. Los vio alcanzar las almenas, descender de nuevo al suelo y volver a trepar por la cuerda sin detenerse a recuperar el aliento.

El instructor les salió al encuentro.

—Capitán Salax —lo saludó con respeto.

—Instructor Ulrix —respondió él—, te traigo al nuevo recluta.

Xein centró su atención en el instructor. Ojos dorados, cabello muy corto, uniforme de la Guardia. Le incomodaba que todos los Guardianes se parecieran tanto, y se preguntó, inquieto, si él mismo presentaría también un aspecto similar.

Había una diferencia, no obstante: Xein estaba desarmado y el instructor exhibía una fusta colgada de su cinto.

—¿Es un extraviado? —preguntó Ulrix con evidente disgusto—. Esperaba a un recluta de la Ciudadela que debía llegar hoy.

—Ha sido incorporado a la brigada Torrente —replicó el capitán—. Tendrás que arreglártelas con este. Probablemente empeorará los resultados de tu brigada, pero no podemos dejar a nadie atrás. Todos los reclutas son importantes.

Ulrix bajó la cabeza.

—Soy consciente, capitán.

En cuanto Salax se marchó, sin embargo, volvió a mirar a Xein como si fuera un baboso.

—Bien, bien —murmuró—. De modo que un extraviado... ¿Sabes lo importante que es este entrenamiento? La mayoría de los extraviados no lo comprende.

—Algo me han contado, sí —respondió Xein distraído. Seguía observando a los cinco reclutas de la brigada Niebla, que ya habían subido y bajado la muralla tres veces y continuaban trepando por las cuerdas al mismo ritmo.

Ulrix entornó los ojos, pero no hizo comentarios acerca del desinterés de su nuevo pupilo.

—En la vida real, fuera de estos muros —prosiguió—, el Guardián que se queda atrás es devorado por los monstruos. Los instructores podemos tratar de explicarlo con palabras, pero a menudo resulta difícil aprender algo si no se sufren las consecuencias. ¿Has entendido?

Xein volvió a centrar la mirada en el instructor, a pesar de que lo que sucedía junto a la muralla llamaba más su atención. Los reclutas habían finalizado el ejercicio y aguardaban en silencio, en una fila perfectamente formada. Por alguna razón que se le escapaba, el que había llegado en último lugar al pie de la muralla se había quedado apartado de los demás, junto a la cuerda por la que había descendido.

—El que se queda atrás es devorado por los monstruos —repitió Xein—. Lo he entendido.

Ulrix sonrió.

—No, recluta. Crees que lo has entendido, y quizá así sea, aquí. —Se señaló la sien—. Pero eso no basta con los monstruos. Tienes que comprenderlo de una forma más... visceral. Tienes que saberlo desde el fondo de tus tripas, ¿entiendes? Sin detenerte a pensarlo.

Dio media vuelta y avanzó hacia la brigada Niebla, que seguía esperándolo en silencio.

—Reclutas —anunció—, dad la bienvenida al nuevo miembro de nuestro equipo: el recluta Cinco de la brigada Niebla.

—Me llamo Xein —dijo él.

—No —lo contradijo el instructor—; eres Cinco Niebla Oro, es decir: el recluta Cinco de la brigada Niebla de la División Oro. Cuando aprendas a funcionar como parte de un equipo, podrás recuperar tu nombre como persona individual. Por ahora, y mientras dure tu entrenamiento, serás Cinco. Si vuelvo a escuchar tu nombre anterior, serás castigado. ¿Me has entendido?

Xein se quedó tan estupefacto que no fue capaz de reaccionar. Se volvió hacia sus nuevos compañeros, pero en sus miradas confirmó que estaban de acuerdo con las palabras del instructor.

—Ocupa tu lugar en la fila, Cinco. Aún queda tiempo para dos ejercicios más antes de la cena.

Todavía desconcertado, Xein se colocó junto a sus nuevos compañeros. Les sacaba media cabeza a todos ellos; sin embargo, los muchachos de la brigada Niebla parecían más duros, más severos e incluso más adultos que él.

El instructor se dirigió entonces al recluta que había finalizado el ejercicio en último lugar. Ante el asombro de Xein, el chico se quitó la camisa, se dio la vuelta, apoyó las manos en la pared y agachó la cabeza. Ulrix desenfundó la fusta y la agitó en el aire.

—¡No! —exclamó Xein.

El instructor descargó el látigo sobre la espalda desnuda del muchacho, que recibió el golpe sin rechistar mientras sus compañeros observaban impávidos. Xein dio un respingo y se volvió hacia ellos con urgencia.

—¿No vais a hacer nada?

—Cierra la boca, Cinco, o serás el próximo —ordenó Ulrix sin volverse.

Golpeó de nuevo al muchacho, dejando una segunda marca rojiza sobre su piel. Él se limitó a apretar los labios con un leve respingo, pero no dijo nada.

Xein no podía soportarlo. No sabía qué era lo que más lo indignaba: los golpes, la pasividad de la víctima, la crueldad del instructor o la indiferencia de sus compañeros. No lo comprendía y no podía aceptarlo. Tenía entendido que los Guardianes se dedicaban a matar monstruos, no a maltratar muchachos.

Ulrix alzó la mano, pero no llegó a descargar la fusta. Xein se había adelantado para sujetar el brazo de su superior e impedir que ejecutara el tercer golpe.

—Vamos, vete —le ordenó al chico con urgencia.

Pero él lo miró de soslayo y continuó quieto en la misma posición. Ulrix suspiró y sacudió la cabeza, como si se hubiese esperado aquella reacción por parte de Xein. Se lo quitó de encima de un empujón y azotó a su pupilo por tercera vez. Este recibió el castigo sin quejarse, se incorporó, se inclinó con respeto ante el instructor y volvió a colocarse la camisa ante la atónita mirada de Xein.

—Y ahora es tu turno, Cinco —anunció Ulrix—. Soy consciente de que aún no conoces todas nuestras normas; pero, con respecto a esta en concreto, no puedes decir que no te lo advertí.

El joven retrocedió y se encontró de pronto rodeado por sus cuatro compañeros, que lo redujeron y le arrebataron la camisa a la fuerza. Trató de librarse de ellos, pero no lo consiguió: eran más fuertes y más rápidos que él. Forcejeó con toda su energía mientras ellos lo hacían arrodillarse en el suelo, le sujetaban los brazos y le bajaban la cabeza, ofreciendo a Ulrix su espalda desnuda.

—Te lo explicaré una vez más, Cinco —dijo el instructor, y Xein, con el corazón desbocado, oyó el silbido de la fusta en el aire—. Si te quedas atrás, el monstruo te mata. Eso es exactamente lo que significan los tres latigazos. Por supuesto, implican dolor, pero nada comparado con lo que experimentarías si cayeses durante una acción en el mundo real.

La fusta restalló sobre la espalda de Xein, que soltó un grito.

—Tres golpes para el último del grupo en cada ejercicio —prosiguió Ulrix. La espalda del muchacho ardía, y él apenas acababa de asumir que lo estaban azotando de verdad cuando el instructor descargó el segundo latigazo—. Al final, tu cuerpo y tu mente aprenden que quedarse atrás implica dolor. Y dejas de pensar en ello. Simplemente, reaccionas por instinto.

La fusta silbó por tercera vez y laceró de nuevo la espalda de Xein, que se retorció con un alarido de dolor.

Ulrix se detuvo junto a él.

—Probablemente te estás preguntando por qué te castigo ahora, puesto que aún no has participado en ningún ejercicio —comentó.

Lo cierto era que Xein no se estaba preguntando nada. Se limitaba a jadear, aturdido, incapaz de pensar en otra cosa que no fuera el dolor que abrasaba su piel.

—Tenemos más normas en el Bastión —continuó el instructor—. Disciplina..., diligencia..., respeto. Los reclutas han de acatar todas las órdenes de sus superiores sin discutir, y no lo exigimos por capricho. De nuevo se debe a que el desorden y la desobediencia pueden acarrear consecuencias fatales ahí fuera. Si te quedas atrás, los monstruos te matan. Si desobedeces a tu superior, pones en peligro toda la misión. Y las vidas de tus compañeros también.

»Por eso la insubordinación acarrea un castigo mayor que la mera incompetencia. Tres latigazos por tu vida. Tres latigazos adicionales por las vidas de cada uno de tus compañeros.

Xein tardó unos instantes en comprender lo que estaba diciendo. Se quedó helado.

—¿Cómo...? —farfulló, pero fue incapaz de continuar.

—Cinco reclutas en la brigada Niebla. Tres latigazos por cada uno de ellos. Calcula.

El joven se debatió, pero los otros chicos lo aferraban con fuerza y lo mantuvieron en su sitio.

—No..., ¡no! —gritó.

Aunque se revolvió como una anguila, la fusta lo encontró de todas maneras. Una y otra vez.

Varios azotes después, Xein se sintió ya incapaz de moverse y se derrumbó en brazos de sus compañeros, transido de dolor y con los ojos cerrados.

Cuando la fusta se detuvo por fin, los reclutas lo soltaron y cayó al suelo como un fardo. Apenas oyó la voz de Ulrix antes de perder el conocimiento.

—Llevadlo al barracón y encargaos de él. La sesión se suspende por hoy.

Xein no sintió alivio, porque ya no sentía nada más allá de la hirviente agonía de su espalda.

Recuperó la conciencia un rato más tarde al percibir un agradable frescor en la zona lesionada. Cuando abrió los ojos se descubrió a sí mismo tumbado boca abajo sobre un catre. Gimió, dolorido, y trató de enfocar la mirada en las sombras que se movían a su alrededor.

Eran los muchachos de la brigada Niebla. Xein trató de incorporarse, pero no lo consiguió. Notó entonces que le habían puesto un paño húmedo en la espalda.

—No te lo quites —le aconsejó el chico que estaba sentado junto a él—. El bálsamo te curará más deprisa. Si todo va bien, mañana no tendrás problemas en incorporarte a la instrucción.

—Pero será mejor que no vuelvas a meter la pata de esa manera —añadió otro que estaba apoyado contra la pared con los brazos cruzados—. Dieciocho latigazos son muchos latigazos, incluso para gente como nosotros.

El chico que había hablado primero asintió.

—Tres se aguantan bien. Los recibirás más de una vez, sobre todo al principio, hasta que cojas el ritmo. Pero no será siempre.

Xein lo miró, incapaz de creer lo que estaba oyendo. Lo reconoció entonces: era el muchacho al que habían castigado aquella tarde tras el ejercicio de las cuerdas. El mismo al que había salido a defender, y por cuya causa había recibido aquella desproporcionada tanda de azotes.

Sintió que la indignación volvía a inundarlo por dentro. Se incorporó, sin importarle ya el dolor ni el paño curativo, que resbaló de su espalda maltratada.

—¿Y a ti qué te pasa? —estalló—. ¿Por qué te quedaste quieto mientras yo daba la cara por ti?

—No te lo había pedido —replicó él—. Estas son las normas. Si me hubiese negado a recibir la sanción por llegar el último, habría incurrido en una falta de insubordinación como la tuya. Y yo no soy tan estúpido como para desafiar al instructor.

Xein resopló.

—Esto es de locos. ¿Por qué aceptáis que os peguen sin más? ¿Por qué no os rebeláis?

—Es parte de nuestro adiestramiento —respondió otro de los chicos, sentado con las piernas cruzadas sobre su catre—. Mejoramos mucho de esta manera. Puede parecerte cruel, pero realmente funciona y salva vidas. Está documentado que, cuando no existían las sanciones corporales en el entrenamiento de los Guardianes, los monstruos mataban a muchos más de los nuestros. Es como dice el instructor: visceral. Relacionas los fallos con el dolor, y ahí fuera, simplemente, no los cometes.

Xein sacudió la cabeza.

—Estáis todos locos —repitió.

Se sentía furioso, pero también molesto consigo mismo por

haberse arriesgado para defender a un muchacho idiota al que, al parecer, no le importaba ser azotado por un instructor brutal y desalmado.

—Supongo que te costará asumirlo, porque eres un extraviado —dijo otro de los chicos, el más alto, que estaba sentado en el hueco de la ventana—. Nosotros crecimos en la Ciudadela y sabíamos lo que nos íbamos a encontrar aquí. Pero los Guardianes no salvan vidas solo porque hayan nacido con los ojos de un color diferente y sean más fuertes y rápidos que el resto. Hay un entrenamiento muy duro detrás.

—Bueno, a lo mejor a vosotros os han dicho desde pequeños que no teníais otra opción —replicó Xein—, pero yo no pedí venir aquí. No quiero ser un Guardián. Solo quiero volver a casa y vivir mi vida, así que no voy a aceptar que me machaquen a latigazos por hacer mal algo que ni siquiera deseo hacer.

Se tumbó de nuevo en el catre, incapaz de aguantar el dolor. No dijo nada cuando el chico de los azotes volvió a colocarle el paño en la espalda. Lo cierto era que lo aliviaba enormemente.

—El caso es que no tienes opción en realidad —repuso el muchacho de la ventana—. Tu vida y tu libertad no te pertenecen. Eres un Guardián y lo serás siempre. Si no aprendes a actuar como tal, no sobrevivirás mucho tiempo ahí fuera. Y no tiene sentido que trates de escapar: alguien te traerá de vuelta tarde o temprano.

Xein lo miró de reojo.

—¿Es una amenaza?

—Es una realidad. La gente normal sabe que los Guardianes hemos nacido para protegerlos. Quizá hasta ahora te hayas topado con personas que, por alguna razón, te han mantenido oculto en alguna parte. Pero todos los extraviados acaban en la Ciudadela antes o después. Siempre hay alguien que informa de su existencia a la Guardia para que los devuelva al lugar al que pertenecen.

Xein entornó los ojos. Su madre siempre había insistido mucho en que no se relacionara con el resto de la gente. ¿Temía que los Guardianes descubrieran su escondite y se lo llevaran con ellos? En ese caso, había realizado su tarea con éxito durante dieciocho años. Después...

Por primera vez se preguntó cómo lo habían encontrado los Guardianes. Alguien debía de haberles hablado de él. Tal vez Draxan, el buhonero, o algún compañero suyo de la cantera.

—Es mejor de lo que parece al principio —le aseguró el chico de los azotes—. Piensas que puedes hacer cosas increíbles, pero no es nada comparado con lo que aprendes aquí. Fuerzan tu cuerpo y tu mente al máximo y te enseñan a pelear contra todo tipo de monstruos.

—Los graduados dicen que lo mejor de todo es que dejas de tener miedo a los monstruos —añadió un cuarto muchacho, hablando por primera vez—. Porque estás preparado para vencerlos.

—Yo no temo a los monstruos —replicó Xein—. Me las arreglaba bastante bien contra ellos antes de conoceros, muchas gracias.

—¿Eso crees? —preguntó el chico de la ventana sonriendo—. Quizá tú seas invencible, pero ¿qué hay de las personas normales? ¿De aquellos que te importan? ¿Nunca has temido por ellos?

Xein evocó la imagen del trescolas saltando sobre Axlin. Había sentido terror aquel día. Y muchas otras veces, recordó, cuando era más joven y temía por su madre, y sufría pesadillas en las que era asesinada por los monstruos sin que él pudiese hacer nada por salvarla.

Las personas normales eran frágiles. Por eso los monstruos las mataban con tanta facilidad.

—Eso es lo que hacemos aquí —dijo el chico de los azotes con suavidad—. Aprendemos a proteger mejor a la gente.

Xein no dijo nada. El muchacho sonrió y añadió:

—A propósito, soy Tres.

Los otros se fueron presentando también: Seis, Uno, Cuatro y Dos. Pero Xein apenas prestó atención. Todos le resultaban muy similares, y el hecho de que hubiesen adoptado aquellos ridículos nombres no lo ayudaba a distinguirlos.

—Yo soy Xein —replicó.

Los otros cruzaron una mirada.

—Como quieras —respondió Seis—, pero nosotros te llamaremos Cinco.

Él resopló irritado.

—No voy a atender a ese nombre, no os molestéis.

—Te llamaremos Cinco —repitió él—, porque todo el que te nombre de cualquier otra manera será cómplice de tu desacato y recibirá dieciocho azotes.

—Como mínimo —añadió Uno—. Dieciocho cada vez que alguien le oiga pronunciar tu nombre anterior. —Le guiñó un ojo y añadió, con guasa—: Me parece un precio demasiado alto a pagar por una simple palabra, pero bueno, tú mismo.

—Si quieres persistir en indisciplinas inútiles y sufrir las sanciones correspondientes, es tu problema —concluyó Seis, encogiéndose de hombros—. Nosotros no vamos a participar en eso. Estás aquí para aprender a ser una pieza más en un engranaje. Si te empeñas en ir por libre, la brigada se resentirá y lo pagaremos todos.

Xein no respondió. Tres lo consoló:

—Recuperarás tu nombre cuando te gradúes. Por el momento, eres Cinco Niebla Oro.

Él permaneció en silencio un rato, pensando.

—¿Qué fue del anterior recluta Cinco? —preguntó entonces.

En el patio le había parecido que todos los grupos tenían seis miembros, excepto el suyo. El hecho de que hubiese un recluta llamado Seis confirmaba su primera impresión.

—Murió en un entrenamiento —contestó Cuatro—. Los escuálidos se le echaron encima y no pudimos apartarlos a tiempo.

Xein los observó, interesado. Parecían resignados, pero no especialmente tristes.

—¿Entrenáis con monstruos de verdad?

—En el Foso —confirmó Uno—. También a veces hacemos maniobras en el exterior.

—No me explico cómo os envían al exterior con la espalda destrozada —murmuró él—. No me parece que estéis en condiciones de luchar contra los monstruos con tanta «sanción corporal».

—Mejorarás —le aseguró Tres sonriendo—. Cuando asumas la importancia de lo que somos y lo que hacemos, las sanciones no te parecerán algo tan grave.

—O tal vez sí —terció el chico de la ventana, que se había presentado como Seis, estirándose cuan largo era—, porque al final lo asumes como una cuestión de orgullo. Si te toca la sanción, es porque has sido el peor del grupo. Te esfuerzas por mejorar, lo quieras o no. No solo porque a nadie le gusta quedar en último lugar, sino porque es muy posible que en el mundo real tu incompetencia pueda llevarte a la muerte, a ti y a tus compañeros. Somos Guardianes. No cometemos fallos. No nos lo podemos permitir.

«Estáis locos», pensó Xein, molesto. Pero en esa ocasión no lo dijo en voz alta.

26

Le permitieron saltarse la cena, porque se sentía tan dolorido que se veía incapaz de levantarse. Cuando sus compañeros regresaron a la habitación, un rato después, le dieron la escudilla de potaje y la jarra de agua que le habían traído. Xein estuvo tentado de rechazarlas porque, al fin y al cabo, aquellos chicos lo habían sujetado entre todos para que Ulrix pudiera azotarlo con mayor facilidad. Pero estaba cansado y hambriento, y no tenía fuerzas para discutir.

Después de cenar se sintió un poco mejor. Tres le cambió el paño de la espalda y Xein se dejó hacer. No tardó en caer dormido.

Se despertó varias veces por la noche debido al dolor y a la incómoda posición que debía adoptar para que nada rozara su espalda herida. En medio del silencio y la oscuridad pudo escuchar las respiraciones de sus compañeros, que dormían en sus catres. Por unos segundos pensó que tal vez aquel sería un buen momento para escapar. Pero entonces se acordó de los muros, de las rejas y de que el Bastión se alzaba en un páramo rodeado de monstruos.

«Encontraré la manera de salir de aquí», se dijo antes de volver a cerrar los ojos.

En cierta ocasión le pareció que Tres se aproximaba a él para cambiarle el paño en la penumbra. Pero a la mañana siguiente pensó que quizá lo había soñado.

Lo despertó uno de los chicos (¿Uno? ¿Cuatro? Xein todavía los confundía) cuando los demás ya estaban terminando de vestirse.

—Date prisa, Cinco, o llegarás tarde —le urgió.

Xein se incorporó con un gruñido, aún medio dormido. Le costó un instante recordar dónde estaba y todo lo que había sucedido el día anterior. Cuando lo hizo, se apartó del otro recluta como si fuera un escupidor.

Su compañero se limitó a sonreír.

—Levántate, vamos. Si yo fuera tu espalda y recibiese una sanción por algo tan estúpido como que se te han pegado las sábanas, nunca te lo perdonaría.

Él le dirigió una mirada llena de resentimiento, pero al chico no pareció afectarlo. En cuanto se aseguró de que estaba bien despierto, dio media vuelta y se desentendió de él.

Xein resopló y se levantó con esfuerzo. Comprobó entonces que sus lesiones habían mejorado notablemente y ya solo sentía un ligero escozor en la espalda. Seis le mostró dónde estaban las letrinas y después lo guio hasta el pozo, donde terminó de espabilarse tras echarse por encima un par de cubos de agua helada. Tres le vendó el torso para que las heridas no estuviesen en contacto con la camisa, y así, cuando terminó de vestirse, se encontraba bastante mejor.

Aún no había amanecido del todo cuando los seis reclutas formaron una fila en el patio. Xein tenía hambre, pero no oyó ni una palabra acerca del desayuno. Para distraerse, y mientras esperaban al instructor, echó un vistazo a su alrededor. Vio a otros grupos aguardando también en perfecta formación en otros puntos del patio. Casi todos contaban con seis miembros. Había cinco brigadas femeninas y cinco masculinas, pero estaban demasiado lejos como para que Xein pudiera comprobar si Yoxin se encontraba en alguna de ellas.

Seis le había contado que los instructores se reunían cada mañana para repartirse los espacios de trabajo. Por esa razón llegaron después todos juntos, antes de dirigirse a sus respectivas brigadas. Xein observó con interés que algunos se llevaban fuera del patio a sus pupilos, que los siguieron en perfecta formación. Se preguntó a dónde irían. ¿Al Foso, donde los reclutas luchaban contra monstruos de verdad? ¿O tal vez al exterior?

Su corazón palpitó un poco más deprisa. Quizá pudiera escabullirse en el transcurso de una de aquellas misiones. Después ya buscaría la manera de llegar a la Ciudadela por sus propios medios.

Alzó la cabeza, pensativo, para contemplar el cielo a través del entramado de metal que se extendía sobre sus cabezas. Probablemente lo habían instalado para impedir la entrada a algún tipo de monstruo, pero no contribuía precisamente a mitigar en él la sensación de que lo habían encerrado en una prisión.

—¡Reclutas, a formar!

La voz de Ulrix lo sobresaltó. Se apresuró a adoptar la misma posición firme que sus compañeros mientras el instructor se paseaba ante ellos. Xein no pudo evitar dispararle una mirada de odio, pero bajó la vista en cuanto Ulrix se volvió hacia él, porque todavía llevaba la fusta colgada del cinto. La visión del instrumento le causó un ligero temblor y un extraño retortijón en las tripas.

Miedo, comprendió Xein. Su cuerpo reaccionaba ante la fusta de Ulrix como no lo había hecho jamás ante ningún monstruo..., salvo, quizá, en aquellas ocasiones en las que el monstruo en cuestión no había amenazado su propia vida, sino la de alguien a quien amaba.

Aunque el instructor seguía mirándolo, Xein mantuvo la vista baja. Tal vez en otro momento lo habría desafiado, pero las heridas no se habían cerrado todavía y no deseaba repetir la experiencia de la tarde anterior. De nuevo se le retorció el estómago solo de pensarlo.

Por fin, Ulrix pareció conforme con su actitud. Pero él no tuvo ocasión de relajarse, porque enseguida comenzaron la sesión de entrenamiento del día.

El instructor les hizo correr alrededor del patio en primer lugar. Xein siempre había pensado que estaba en buena forma; sin embargo, pronto comprobó que sus compañeros eran más rápidos y resistentes que él. Después de correr durante casi una hora, Ulrix anunció que aquella sería la última vuelta. Xein, agotado, apenas fue consciente de que los otros reclutas apretaban el paso. Cuando comprendió por qué lo hacían quiso acelerar él también, pero era demasiado tarde: no solo había llegado el último a la meta, sino que, además, la mayoría de sus compañeros le sacaban una vuelta de ventaja. Se detuvo por fin junto a ellos, jadeante, y al mirarlos descubrió que apenas sudaban y que su respiración tan solo se había acelerado un poco.

Le costó asimilar lo que veía. Sabía que él mismo era físicamente superior al resto de los jóvenes de su edad, pero lo de aquellos chicos parecía casi inhumano.

—Tú eres como nosotros —le dijo Tres—. Solo tienes que entrenar un poco.

Calló de pronto, y Xein se volvió para mirar al instructor, que se acercaba a ellos con la fusta en la mano. Se le detuvo el corazón un instante.

—No —murmuró—. ¡No!

Trató de retroceder, pero, una vez más, sus compañeros lo sujetaron.

—¡Soltadme! —aulló él—. ¡Traidores, cabrones! ¡Dejadme en paz!

Lo redujeron entre todos, le quitaron la camisa y fue el propio Tres el que retiró las vendas que le había colocado.

—No hagas las cosas más difíciles —le aconsejó—. La sanción

por ser el último son tres azotes, pero si te resistes volverán a ser dieciocho.

Xein apretó los dientes, furioso y aterrorizado a partes iguales, y se esforzó por tragarse las lágrimas. Temblando, aguardó con el torso desnudo la reprimenda de Ulrix, pero esta no llegó. Sin una palabra, el instructor descargó la fusta sobre su espalda, cogiéndolo por sorpresa.

El joven se arqueó con un grito de dolor. No tuvo tiempo para tratar de escapar. Ulrix lo golpeó dos veces más, rápido y eficaz, abriendo nuevas heridas en la piel que apenas había comenzado a cicatrizar. Xein jadeó cuando los reclutas lo soltaron de golpe y lo dejaron caer.

—¿Lo ves? —dijo Tres—. Es solo un momento, lo aguantas y sigues adelante. Si intentas alargarlo, es mucho peor.

Xein no contestó. Todavía temblaba como una hoja, a gatas sobre el suelo empedrado.

Ulrix le dio un momento para que se lavara con agua fría y le permitió continuar el entrenamiento sin camisa.

Realizaron más ejercicios: pesas, flexiones, carreras de rapidez. Xein fue el último todas las veces. Y recibió las tandas de azotes correspondientes.

Pasado un tiempo, Ulrix anunció el primer descanso de la mañana. A Xein lo tuvo que ayudar otro compañero a llegar hasta los barracones, porque apenas se sostenía en pie. Le curaron y vendaron las heridas y lo acompañaron hasta el comedor, donde pudo desayunar por fin.

«No voy a poder aguantar», se dijo, temblando todavía sobre su cuenco. «No lo soportaré.»

Temía preguntar al resto de los reclutas qué tocaba después. Había asumido que no estaba al nivel de sus compañeros y, por tanto, sería el peor en todos los ejercicios. Y recibiría más «sanciones» por ello.

Tres, que se sentaba junto a él en el banco, le colocó una mano sobre el brazo en señal de apoyo. El primer impulso de Xein fue apartarlo porque su mero contacto le resultaba repulsivo, pero no tenía fuerzas para eso.

—Sé que ahora nos odias —afirmó el chico—. Pero es por el bien del grupo y, a la larga, por el bien de la humanidad.

Xein desvió la mirada, molesto, y esbozó una sonrisa irónica.

—¿Crees que no sabemos lo que sientes? —intervino Seis—. No llegamos todos a la vez. Nos traen al Bastión a medida que cumplimos los quince años. ¿Entiendes lo que significa eso?

Xein no respondió.

—Significa que todos hemos sido novatos como tú. Todos nosotros tuvimos un primer día y nos incorporamos a un grupo que llevaba más tiempo entrenando. Todos fuimos ese recluta que recibía en su espalda todas las sanciones porque siempre acababa el último.

Xein permaneció en silencio, pero algo se removió en su interior. Lo que Seis decía tenía sentido, aunque le costaba aceptar que alguien que hubiese sufrido semejante trato colaborase más tarde para que otros lo padecieran también.

—No van a dejar que te derrumbes —concluyó Seis—. Los primeros días tendrás la espalda en carne viva, te sentirás como si te hubiese pasado por encima un galopante y creerás que no serás capaz de soportar un solo latigazo más. Y es probable que tengas razón. Pero si llega ese momento, podrás descansar para recuperarte. Te quieren invencible, no muerto.

Xein despegó los labios por fin.

—Dejadme en paz —fue lo único que dijo.

La instrucción continuó después del desayuno. En esta ocasión trabajaron con diferentes armas. Ulrix dedicó la primera sesión a enseñar a Xein a manejar el arco, mientras el resto de los chicos ejercitaban su puntería con las dianas. El joven, herido y agotado como estaba, no hizo un buen papel. El instructor, no obstante, no le pidió que midiera sus habilidades con los demás.

—Dejaremos las dianas para mañana, recluta.

Xein comprendió que no lo iban a penalizar por su falta de destreza en una disciplina que nunca antes había practicado, al menos aquel día; y se enfureció consigo mismo por la oleada de gratitud que experimentó hacia el mismo instructor que lo había castigado con despiadada dureza.

Después los colocaron por parejas para que practicaran la lucha cuerpo a cuerpo con bastones largos y pulidos que casi parecían pértigas. En cuanto tuvo el suyo entre las manos, Xein se sintió más seguro. Lo emparejaron con Seis, quizá porque era casi tan alto como él. El ejercicio consistía en tratar de derribar al oponente; vencería el mejor de cinco asaltos. Xein volteó su bastón como solía hacer con su lanza allá en casa, y observó a Seis, calibrándolo. El chico no se entretuvo en florituras, pero sostenía su arma con firmeza y seguridad.

Seis fue más rápido en el primer asalto y no tardó en tirarlo al suelo. En el segundo, no obstante, fue el novato el que tomó por sorpresa al veterano. Xein sonrió para sus adentros al contemplar el gesto de asombro del recluta, sentado en el suelo sin comprender todavía cómo lo habían derribado. Pero Seis terminó por dibujar una sonrisa complacida en su rostro.

—Muy bien, Cinco —dijo—. Veamos qué más sabes hacer.

A Xein se le erizó la piel, anticipando la emoción de un nuevo combate. Por un instante, el dolor y el cansancio quedaron en segundo plano mientras el instinto de luchador tomaba las riendas de su cuerpo.

Llegaron al último asalto empatados a dos. Xein, enardecido porque por primera vez sentía que estaba dando la talla, peleó con todas sus fuerzas y logró poner a Seis en apuros. Los bastones chocaron y los adversarios retrocedieron, examinándose con cautela.

—No se te da mal esto —comentó Seis.

Volvió a la carga, pero Xein fintó ágilmente a un lado, volteó el bastón y lo enredó entre las piernas de su oponente, haciéndolo tropezar. Cuando Seis cayó de bruces al suelo, una oleada de júbilo lo recorrió por dentro. Hizo girar de nuevo su bastón, lo plantó en el suelo y miró a su alrededor, desafiante. Sonrió al detectar miradas de aprobación en los rostros de sus compañeros.

Vio entonces que Ulrix se acercaba a ellos con la fusta en la mano. Retrocedió, alarmado. Entonces se dio cuenta de que Seis se había puesto en pie y se quitaba la camisa sin una palabra.

Se quedó helado.

«Yo no quería esto.»

Había disfrutado con el combate. El adiestramiento era un infierno y estaba allí contra su voluntad; sin embargo, aquellos chicos eran como él en muchos sentidos, y por primera vez en su vida había sentido que podía practicar con alguien de su nivel. No le gustaba perder, pero tampoco deseaba que nadie fuera castigado por su causa.

Dio un paso al frente, pero se detuvo. Seis aguardaba en silencio con el torso desnudo, y Xein recordó lo que le había sucedido el día anterior al salir en defensa de Tres. Apretó los puños y desvió la mirada cuando Ulrix descargó tres golpes en la espalda del contrincante derrotado.

—Te acostumbrarás —murmuró Uno junto a él (¿o era Cuatro?).

—Nadie debería acostumbrarse a esto —contestó en el mismo tono—. Es enfermizo.

Seis se incorporó, pálido pero sereno. Volvió a ponerse la camisa y ofreció la mano a Xein.

—Buen combate —ponderó.

Él se quedó mirando la mano tendida y sacudió la cabeza.

—Estáis todos locos —dijo por enésima vez.

Ante su sorpresa, los chicos le respondieron con una alegre carcajada.

Aún recibió otras dos sanciones a lo largo del día. No fueron más porque una parte del adiestramiento era teórico, y Xein sabía bastante de monstruos, en parte debido a su propia experiencia, en parte gracias a las enseñanzas de Axlin. También porque la brigada dedicó un rato antes de la cena a trabajar en el huerto, y Xein aprendió entonces que todos los reclutas colaboraban por turnos en tareas de servicio, mantenimiento y limpieza, de modo similar a como se hacía en los enclaves lejos de la Ciudadela.

Cuando se derrumbó aquella noche sobre la cama, convencido de que sería incapaz de levantarse, Tres le dijo:

—Anímate, no lo has hecho tan mal. En una semana te defenderás mucho mejor y no recibirás sanciones por casi todo.

—En menos de una semana —corrigió Cuatro (o quizá fuera Uno)—. Ha hecho morder el polvo a Seis en su primer día. Eh, Seis, ¿qué opinas de eso? ¿No te da vergüenza?

—Le he dejado ganar porque me daba pena —se defendió él.

Pero lo dijo en tono amistoso, y los muchachos sonrieron. Todos habían visto el último combate y sabían muy bien que ambos se habían empleado a fondo.

—No voy a aguantar una semana —murmuró Xein—. Odio esa fusta. Y estoy harto de este sitio. No quiero acostumbrarme a que un lunático me muela a palos cada dos por tres.

Los reclutas cruzaron una mirada.

—Cuida tus palabras —le aconsejó Seis—. Si hablas del instructor, debes hacerlo con respeto.

Xein se alzó para mirarlo a los ojos.

—¿Me vas a delatar? —lo retó.

Seis vaciló un momento.

—No —dijo por fin—. Pero, si sigues desafiando a tus superiores con rebeldías e insolencias, ninguno de nosotros te secundará.

Xein desvió la mirada.

—Descuida, no lo esperaba tampoco.

Vio que Tres se acercaba con el tarro de bálsamo, y se lo quitó de las manos.

—Deja, ya lo haré yo.

Mientras se aplicaba la cura, calculó que aquel día había recibido en total más azotes que el anterior. No se lo había parecido porque no los había sufrido todos de golpe, sino en tandas de tres. Suspiró para sus adentros. Un parte de él estaba convencido de que no podría soportar aquel ritmo. Por otro lado, si lo que Seis le había contado era cierto, todos sus compañeros habían pasado por aquel trance al principio de su adiestramiento. Y allí estaban. Fuertes, sanos… «y absolutamente sumisos», añadió para sí mismo.

Tenía que escapar de allí como fuera.

Suspiró, aliviado, al cubrirse la espalda con el paño. Cerró los ojos mientras el remedio iba poco a poco calmando su dolor. Más descansado, pudo por fin pensar con claridad.

Solo se le ocurrían dos modos de escapar: esconderse en algún carro que partiera en dirección a la Ciudadela o aprovechar una misión de su brigada en el exterior. No obstante, en ningún caso lograría acercarse siquiera a sus objetivos mientras los Guardianes lo vigilaran tan estrechamente. Se planteó si debería seguir los consejos de sus compañeros y dejar de rebelarse ante las circunstancias. Si fingía que aceptaba las reglas de aquel lugar, quizá le resultara más sencillo reunir la información que necesitaba y burlar a los Guardianes para escapar.

«Tengo que ser fuerte», se dijo. «Tengo que aguantar hasta que se presente la ocasión. Y he de estar preparado para aprovecharla.»

Al día siguiente se levantó sin protestar, se vistió, se aseó, se dirigió al patio y se colocó en la fila junto a sus compañeros, recto como un poste mientras el instructor pasaba revista. Después Ulrix los hizo correr de nuevo alrededor del patio, y Xein acató la orden sin decir una palabra.

Volvió a llegar el último. Cuando el instructor se acercó a él con la fusta en la mano, respiró hondo, se quitó la camisa, apretó los dientes y le ofreció su espalda desnuda.

Recibió los tres azotes sin proferir una sola exclamación de dolor. Después se irguió, blanco como la tiza, y, reprimiendo cualquier expresión de sufrimiento o malestar, volvió a vestirse sin pronunciar palabra. Ulrix lo miró fijamente, arqueando una ceja. Xein sabía que debía bajar la vista, pero no fue capaz de hacerlo. Alzó la cabeza y le devolvió al instructor una mirada orgullosa y desafiante.

Ulrix optó por ignorarlo. Sin embargo, cuando Xein pasó por su lado para reunirse con sus compañeros, lo detuvo un momento y le advirtió en voz baja:

—Te estoy vigilando, recluta.

El joven no dijo nada.

De nuevo trepó, saltó, hizo flexiones, levantó pesas. Quedó en último lugar en todas las ocasiones y recibió sanciones por ello. Y las aceptó sin protestar.

Tras el desayuno, volvieron a practicar con distintas armas y después aprendieron a elaborar varios tipos de trampas. A Xein le tocó como compañero a Cuatro (o quizá fuera Uno), que acató con resignación la decisión de su superior. El nuevo recluta no tardó en comprender por qué: otra vez fue el último en finalizar el ejercicio, pero en esta ocasión no estaba solo, de modo que la sanción la recibieron los dos.

Xein se sintió un poco culpable al ver a Cuatro (era Cuatro, y después de aquello nunca más volvió a confundirlo con Uno) despojarse de la camisa para sufrir los azotes que le habían tocado a causa de su ineptitud. Pero el joven recluta no se lo reprochó.

Al mediodía dedicaron su «hora de servicios» a limpiar los

barracones antes de comer. Xein comprobó que eran todos iguales, como si no existiesen diferencias entre los reclutas, hasta el punto de que fue incapaz de distinguir los alojamientos femeninos de los masculinos.

La tarde la emplearon de nuevo en estudiar diferentes clases de monstruos. No lo hacían al aire libre, sino en una amplia sala equipada con estantes en los que se acumulaban restos de criaturas: cráneos, garras, dientes, corazas... También había tarros de cristal que contenían monstruos más pequeños, asombrosamente bien conservados y sumergidos en un líquido amarillento. Xein reconoció el cadáver de un lenguaraz y echó de menos su casa.

Y se acordó de Axlin. La imaginó cojeando entre los estantes, examinándolo todo con ojos brillantes, y pensó que probablemente disfrutaría mucho en aquella habitación.

Después se la imaginó recibiendo una «sanción» por no correr deprisa, y el horror y la angustia le produjeron náuseas.

—¿Te dan miedo estos bichos? —le preguntó Seis, burlón, malinterpretando su expresión.

Xein no se lo tomó a mal. Ya había aprendido que Seis no solo era el más alto del grupo, sino también el más experimentado. En las brigadas solo mandaba el instructor, pero algunos reclutas destacaban por encima de los demás y sus compañeros los veían como sus líderes naturales. Seis aceptaba el papel sin aspavientos y había decidido que lo mejor para el grupo era que Xein se integrase cuanto antes. Después del combate del día anterior, había llegado a la conclusión de que el novato daba lo mejor de sí mismo cuando lo provocaban. Y le gustaba avivar los rescoldos del orgullo que todavía chispeaba oculto entre los azotes y las humillaciones.

Pero Xein se encogió de hombros con indiferencia.

—Solo son bichos muertos —respondió, y aprovechó para preguntar—. ¿Cuándo pelearemos contra monstruos de verdad?

No había indagado acerca de las misiones en el exterior para no despertar sospechas. No obstante, en aquel contexto le pareció que podía plantear aquella cuestión sin problemas.

—Todavía estás muy verde, Cinco —se rio Seis—. He perdido la cuenta de todas las veces que te habrían matado los monstruos si los ejercicios fuesen misiones de verdad.

—Pero estás trabajando bien —añadió Tres, tratando de animarlo.

Xein pensó que aquellos muchachos criados en la Ciudadela no sabían lo que era enfrentarse en serio a los monstruos. Él había protegido su aldea durante años sin ninguna clase de ayuda, y probablemente se las arreglaría bastante mejor que ellos ante un peligro real; pero no hizo ningún comentario al respecto, sino que se limitó a asentir, agradeciendo el apoyo.

27

Axlin llegó a la Ciudadela dos semanas después de que los Guardianes se llevaran a Xein. Había perdido la oportunidad de viajar en la caravana del Portavoz, a pesar del alto precio que había pagado por ello, pero consiguió que un buhonero la llevara en su carro a cambio de uno de sus frascos de veneno, una sustancia que al parecer era difícil de encontrar en la Ciudadela y por la que obtendría un buen precio en el mercado.

Le habían hablado de las imponentes murallas de la Ciudadela, pero aun así se quedó sin aliento al contemplarlas. Cuando el carro se detuvo ante las puertas, la joven echó la cabeza hacia atrás, tratando de alcanzar con la vista la parte superior, sin conseguirlo. Admiró además su excelente factura: las piedras estaban tan bien encajadas que la superficie del muro era lo bastante lisa como para que hasta los trepadores encontraran problemas para escalarla.

Axlin llevaba mucho tiempo soñando con aquel lugar, una ciudad donde no había monstruos y existía una biblioteca con cientos de libros. Sin embargo, cuando el carro franqueó la entrada de la extraordinaria Ciudadela, no pensaba en otra cosa que en encontrar a Xein.

Tuvieron que atravesar dos puertas, una de madera reforzada

con remaches de hierro y otra enrejada, para poder acceder a la Ciudadela. Una vez allí, el carro del buhonero se encaminó al mercado. Sentada a su lado en el pescante, la muchacha no podía dejar de mirar todo lo que sucedía a su alrededor, asombrada. Se encontraban en el anillo exterior de la ciudad, el área más alejada del centro y, por tanto, la menos urbanizada. Había casas a medio construir, calles sin empedrar y refugios precarios, construidos de cualquier manera. Axlin había visitado aldeas más pobres, pero en todas ellas había visto una mayor organización, porque todos colaboraban por el bien común. Aquel lugar, sin embargo, parecía que se limitaba a acoger a los viajeros y abandonarlos a su suerte para que se las arreglaran por sí mismos.

—¿Hay aquí algo parecido al líder de un enclave? —le preguntó al buhonero con curiosidad.

—Hay demasiados líderes, en mi opinión —respondió él, y no añadió nada más.

Una mujer se acercó al carro, suplicando que le diesen dinero o algo de comer. Ante el asombro de Axlin, el buhonero la ignoró y espoleó al caballo para que avanzara más deprisa.

—¿Por qué hay gente que pide comida? —preguntó ella—. ¿No hay suficiente para todos?

—Debe de haberla, sí, pero la ciudad es demasiado grande y cada día llega gente nueva. Tengo entendido que en los barrios interiores todo funciona mejor.

Axlin no dijo más. Cuando llegaron al mercado, el buhonero detuvo su carro y anunció:

—Fin del viaje. Coge tus cosas y baja, por favor. Tengo trabajo que hacer.

Ella obedeció, aún confusa. Antes de marcharse, formuló una última pregunta:

—¿Qué se supone que debo hacer ahora? Cuando uno llega a un lugar nuevo, se presenta ante el líder del enclave, pero aquí... ¿a qué Portavoz se supone que tengo que dirigirme?

El buhonero se echó a reír.

—Para hablar con un Portavoz debes solicitar audiencia, y solo la conceden a los ciudadanos residentes.

—¿Qué he de hacer para ser residente, entonces?

—Inscribirte en el registro. Pero antes debes tener trabajo y alojamiento, o bien amigos o familiares residentes que puedan responder por ti.

Axlin se acordó de nuevo de Xein.

—¿Cómo puedo encontrar a los Guardianes de la Ciudadela?

—Eso no es difícil. Patrullan todos los barrios y vigilan todas las puertas, y si causas problemas, te encontrarán ellos a ti. Ahora vete de una vez y no me hagas perder más el tiempo.

Axlin se despidió del buhonero, cargó con su ballesta y su zurrón y echó a andar calle abajo, todavía muy perdida. El mercado era inmenso, mucho más grande que el de la Jaula. Le hubiese gustado detenerse en todos los puestos, pero tenía cosas que hacer. Preguntando aquí y allá, llegó hasta la primera muralla interior. Allí, custodiando la puerta, tal como le había dicho el buhonero, había dos Guardianes, un hombre y una mujer.

Se acercó, algo intimidada. Ellos la miraron con curiosidad (ojos dorados los de ella, plateados los de él), pero no se movieron del sitio ni pronunciaron una sola palabra. Axlin tuvo la misma sensación que en su primer encuentro con Xein: había algo en aquellos jóvenes que los hacía diferentes a los demás, que transmitía una cierta sensación de peligro y los volvía extrañamente fascinantes al mismo tiempo. Los que custodiaban aquella puerta eran Guardianes plenamente confirmados, que habían superado la instrucción y vestían, por tanto, el uniforme gris reglamentario. Parecían más curtidos y musculosos que Xein y, a diferencia de él, llevaban el pelo muy corto y adoptaban una postura firme y marcial, como si fuesen estatuas de piedra. Los Guardianes que Axlin había conocido en la Jaula eran muy similares a ellos, y se preguntó qué clase de adiestramiento seguirían para acabar asemejándose tanto unos a otros.

—Disculpad —osó plantear—, ¿podríais indicarme dónde está el cuartel de los Guardianes?

—Está en el primer ensanche —respondió el Guardián de los ojos de plata. Le dirigió una mirada penetrante y preguntó—. ¿Eres residente?

—Todavía no —admitió ella.

—Entonces no puedes pasar.

—Pero necesito ver a un amigo que creo que está allí.

—Si no eres residente, no puedes pasar.

Axlin tuvo la impresión de que sería más productivo darse de cabezazos contra una pared.

—Por favor —suplicó—. Los Guardianes se lo llevaron hace dos semanas y ni su madre ni yo lo hemos vuelto a ver desde entonces, ni hemos sabido nada de él.

Esta vez, ambos la contemplaron con cierto interés.

—Según lo que dices, podría ser un recluta extraviado —dijo la Guardiana.

Axlin no lo entendió, pero no desaprovechó la oportunidad de seguir preguntando.

—¿Está aquí, entonces? ¿Qué he de hacer para verlo?

—Todos los reclutas reciben adiestramiento en el Bastión. Está fuera de la Ciudadela, al norte, en las Tierras Salvajes.

Axlin inspiró hondo. En ningún momento había imaginado que Xein pudiera encontrarse en otro lugar que no fuera la Ciudadela. Intentó poner en orden sus pensamientos y preguntó:

—¿Cómo puedo llegar hasta allí?

—Solo a los Guardianes les está permitido viajar hasta el Bastión —dijo el joven de los ojos plateados—. Es un lugar demasiado peligroso para la gente corriente.

Los pensamientos de Axlin giraban a toda velocidad. Pensó en suplicar que la llevasen hasta allí de todos modos, pero los Guardianes estaban respondiendo a todas sus preguntas, y temía que dejaran de hacerlo si los molestaba. De modo que optó por enfocar el tema desde otro ángulo.

—¿Cuándo regresará del Bastión? —planteó.

La Guardiana de ojos dorados se encogió levemente de hombros.

—El adiestramiento de un Guardián dura un año como mínimo.

Axlin sintió que el mundo se hundía bajo sus pies.

—¡Un año! ¿Queréis decir que en todo ese tiempo no puedo visitarlo, hablar con él ni saber cómo se encuentra?

—Es todo cuanto podemos decirte —zanjó él.

Los dos volvieron a mirar al frente, dando por finalizada la conversación. Axlin quería seguir preguntando, insistir para que la llevaran junto a Xein, pero pensó que tal vez sería más prudente tratar de recabar información en otro sitio. No quería hacer enfadar a los Guardianes, y parecía evidente que ya había empezado a abusar de su paciencia.

Volvió al mercado y cambió sus últimas monedas por algo de comida en un puesto donde vendían unos deliciosos panecillos rellenos de carne. La vendedora se mostraba amigable, de modo que aprovechó para preguntarle acerca de las Tierras Salvajes. La mujer se estremeció de horror en cuanto Axlin pronunció aquellas palabras.

—Es un lugar donde solo hay monstruos, chica. El único enclave humano que queda allí es el Bastión, una fortaleza que pertenece a la Guardia de la Ciudadela.

—Pero habrá un camino que lleve hasta allí. ¿Cómo viajan los Guardianes, si no?

—Hay una calzada, sí, pero solo la utilizan los vehículos de los Guardianes. Ningún otro carro está autorizado para recorrerla, es demasiado peligroso.

Axlin averiguó que aquel camino partía de la puerta norte de la muralla, y dedicó el resto del día a tratar de localizar el lugar.

No le resultó sencillo. Aquella ciudad la sobrepasaba, y apenas había empezado a explorarla. Las normas que la regían eran muy diferentes a todo lo que conocía. Y aquella enorme muralla, que casi no permitía pasar la luz del sol, la ponía nerviosa. Las calles allí eran frías y oscuras, y despertaban en ella el deseo irracional de escapar a cualquier otra parte..., a pesar de que, por lo que sabía, aquel era el único refugio seguro en el mundo.

Por fin llegó hasta la puerta norte. Como todos los accesos, estaba custodiada por Guardianes. Contempló con nostalgia el enorme portón enrejado, pensando que Xein debía de haberlo cruzado en algún momento, quizá unas jornadas atrás, tal vez incluso el día anterior.

Se quedó rondando por allí, intentando no llamar demasiado la atención. No parecía haber mucha actividad en aquella zona, pero los Guardianes se mantenían en su sitio, firmes e impávidos. Axlin esperó durante un buen rato. Cuando empezaba a creer que aquella puerta no se utilizaba nunca, apareció un carro traqueteando calle abajo. Se detuvo ante la reja, y Axlin lo observó con atención mientras la conductora, que vestía el uniforme de los Guardianes, se inclinaba desde el pescante para hablar con los centinelas. El vehículo le recordó al que había llevado al Portavoz hasta la Jaula, aunque este era menos lujoso y parecía más sólido y práctico.

Su primera intención fue pedir permiso para subir al carro. Pero sabía que la gente corriente no tenía autorización para ir al Bastión, así que decidió que intentaría colarse sin que se diesen cuenta. Mientras la conductora conversaba con el centinela, se deslizó tras el vehículo tratando de pasar inadvertida. Se encaramó a la parte posterior justo cuando se ponía en marcha de nuevo, pero de pronto algo la agarró del cuello de la camisa y tiró de ella hacia atrás, haciéndola caer al suelo.

—¿Qué se supone que estás haciendo? —demandó una voz a su espalda.

Axlin se volvió, horrorizada. Allí estaba uno de los Guardianes de la puerta interior de la muralla, al que había cometido el error de perder de vista mientras trataba de subirse al carro.

—Yo... —balbuceó, pero no fue capaz de decir nada más.

Contempló impotente cómo el vehículo se alejaba y atravesaba la muralla sin ella.

—Si quieres salir de la ciudad, hay otras puertas que puedes utilizar, muchacha —informó el Guardián—. Esta solo está autorizada para Guardianes.

—Lo sé —respondió ella, levantándose con torpeza—, pero necesito ir al Bastión. Por favor.

—¿Qué tenemos aquí? —inquirió entonces el segundo Guardián, acercándose a ellos.

Su compañero se irguió y respondió con formalidad:

—Esta joven estaba tratando de montarse subrepticiamente en el carro, capitán. No pertenece al cuerpo y diría que ni siquiera es una residente. Dice que quiere ir al Bastión.

El Guardián la contempló con severidad.

—Conque al Bastión, ¿eh? Te he visto espiando. Llevas toda la mañana rondando por aquí, y no me parece que con buenas intenciones. Después de todo, la gente honrada no tiene motivos para tratar de burlar a los Guardianes. ¿No es así?

Axlin quiso replicar, pero el Guardián más joven la inmovilizó aferrándola por los brazos, y su superior le arrebató la ballesta y el zurrón.

—¡Eso es mío! —se indignó Axlin—. ¡Devolvédmelo, no he hecho nada malo!

—Eso lo decidirá la autoridad competente.

El capitán hizo una seña a su subordinado, y este cargó las cosas de Axlin con una mano y con la otra se la llevó a rastras, a pesar de las protestas de la muchacha. No hizo ningún comentario al descubrir que cojeaba; simplemente se limitó a caminar más despacio para que pudiese seguir su ritmo.

La llevó por un laberinto de callejuelas hasta uno de los pocos edificios de piedra del barrio, una casa de dos plantas que presidía una pequeña plaza. El Guardián llamó brevemente a la puerta, la abrió y entró, arrastrando a Axlin tras de sí.

En el interior había un enorme escritorio cubierto de legajos, y tras él se hallaba sentado un hombre calvo y bien vestido que lucía una cuidada barba gris. Clavó la mirada en Axlin y después la elevó hacia el Guardián, demandando una explicación.

—Hemos detenido a esta muchacha en las inmediaciones de la puerta norte —resumió él.

—Hum. Recién llegada, ¿eh? Y sin dinero, trabajo ni lugar donde caerse muerta. ¿Es así?

—Sí —acertó a responder ella, sin comprender a dónde quería ir a parar.

El hombre movió la cabeza con disgusto y anotó algo en un papel. Axlin pensó con emoción que tal vez fuera un escriba. Después se dio cuenta de que debía de tratarse de la «autoridad competente» que había mencionado el capitán.

—¿Sois vos un Portavoz? —se le ocurrió preguntar.

Él volvió a mirarla como si quisiera adivinar sus más profundos pensamientos.

—¿Portavoz? —repitió por fin—. Por el amor del Jerarca, no. Soy tan solo un Delegado de barrio. Y tú... ¿eres acaso una ladrona?

—¿Yo? —se sorprendió ella—. ¡No, ni hablar! ¿Qué os hace pensar eso?

El Delegado leyó sus notas en voz alta:

—«Recién llegada, sin dinero, sin trabajo y sin lugar donde caerse muerta» —le recordó—. Así es como empiezan la mayoría de los ladrones en la Ciudadela. ¿Cuánto tiempo llevas aquí?

—He llegado esta misma mañana.

—¡Y ya te han detenido! —exclamó el Delegado jocosamente—. ¡Esa sí que es una trayectoria fulminante, muchacha!

—No me han detenido por robar —se defendió Axlin.

—No la hemos detenido por robar —corroboró el Guardián—. La hemos sorprendido tratando de abordar un carro que se dirigía al Bastión, un destino solo autorizado para los Guardianes.

El Delegado pareció un tanto decepcionado.

—Bueno, no es mi labor juzgar las infracciones contra las absurdas normas de los Guardianes. Pero me sigue pareciendo una conducta sospechosa de todas formas. A ver esa bolsa.

Axlin se resignó a contemplar cómo el Delegado revolvía entre sus pertenencias. Dejó a un lado su ropa de repuesto, pero hizo una mueca ante una prenda que despedía un olor peculiar.

—Deberías lavar estos calcetines, chica —le aconsejó.

Ella se ruborizó.

—No son calcetines corrientes. Son una protección contra los chupones.

El Delegado dirigió al Guardián una mirada significativa, pero este se mantuvo inexpresivo. Sacó entonces los frascos de veneno, pero cuando fue a abrir uno de ellos, Axlin lo detuvo.

—¡No lo hagáis! Es peligroso.

Le explicó qué contenían aquellos frascos y para qué los utilizaba. El hombre no hizo ningún comentario, pero arrugó el entrecejo y colocó el estuche en un extremo de la mesa, donde el Guardián había depositado la ballesta de Axlin. Pasó a examinar entonces una bolsa de cuero llena de bolitas de madera pintadas de blanco. Tomó una de ellas y comprobó con un estremecimiento que tenía dibujado un círculo oscuro, lo que le daba una cierta apariencia de ojo.

—¿Y esto? ¿También es peligroso?

—Es una defensa contra los cegadores —explicó ella. Al ver que el Delegado no la entendía, añadió—: Son unos monstruos que arrancan los ojos a sus presas y se los comen antes de devorarlas. Por eso en algunos sitios los llaman «sacaojos».

El Delegado no hizo ningún comentario. Examinó otros objetos como la red para babosos, el cabo de vela, los útiles de escritura, el odre para el agua, la cajita de medicinas o la bolsa que contenía los utensilios para el aseo personal de Axlin. Halló su daga y la dejó también aparte, junto a la ballesta y los frascos de veneno.

Por último, extrajo del fondo del zurrón el libro de monstruos. Ella contuvo el aliento mientras el hombre pasaba las páginas. Seguía con el ceño fruncido desde que había encontrado los venenos, y al examinar el volumen la arruga se hizo más profunda.

Axlin esperaba que valorara positivamente su trabajo. Por esa razón se sorprendió cuando él cerró de golpe el libro y sentenció:

—Lo que yo sospechaba: una ladrona.

—¿Qué? —soltó ella, sin dar crédito a lo que oía—. ¿De qué estáis hablando?

El Delegado señaló el volumen con un índice acusador.

—¿De dónde has sacado esto, si puede saberse?

—Es mío. Lo he escrito yo.

Él dejó escapar una carcajada incrédula.

—Eso es imposible. La gente del oeste no sabe leer ni escribir.

—Algunos sí sabemos. Yo era la escriba de mi aldea y llevo años estudiando a los monstruos. Ahí están mi cálamo y mis frascos de tinta, ¿veis? Ese libro es el fruto de mi trabajo.

El Delegado volvió a mirar al Guardián, pero este permaneció en silencio, impasible.

—Si quieres que te crea, inventa una mentira mejor —le soltó finalmente a Axlin—. Está claro que se trata de un volumen robado a la biblioteca de la Ciudadela. Es imposible que una aldeana como tú haya sido capaz de elaborar un estudio tan detallado. Por otro lado, si hubieses visto la mitad de los monstruos que se mencionan aquí no estarías viva para contarlo. ¿No es así? —preguntó, dirigiéndose al Guardián.

—Es muy improbable en el caso de una persona corriente —admitió él.

Axlin supuso que por «persona corriente» entendía «todo aquel que no fuese un Guardián». El Delegado debió de interpretarlo así también, porque escudriñó los ojos de Axlin con atención. No obstante, los iris de la chica eran de un vulgar color avellana.

—Bueno, pues ya está —sentenció por fin—. Lo dejaré pasar por esta vez, jovencita, porque eres nueva aquí y sé que todo es muy difícil al principio. Pero si vuelven a pillarte robando, te expulsaré de la Ciudadela. ¿Queda claro?

Axlin quiso protestar, pero optó por guardar silencio para no meterse en problemas. Asintió e hizo ademán de recuperar sus armas. Pero, de nuevo, el Delegado se lo impidió.

—No las necesitas en la Ciudadela. Los Guardianes nos protegen de los monstruos, y objetos como estos solo suponen un peligro innecesario en manos de los ciudadanos corrientes.

Axlin se quedó boquiabierta.

—¿Pretendéis decirme que vais a quedaros con mi daga, mi ballesta y mi carcaj, así por las buenas? ¿Quién es el ladrón aquí?

El Delegado se puso rojo de ira. Iba a replicar, pero entonces el Guardián intervino:

—Tal vez se le deba dar la oportunidad de que venda estos objetos en el mercado. Después de todo, necesita dinero.

El Delegado lo pensó.

—Está bien —accedió de mala gana—, le doy una semana. Espero que para entonces esté desarmada y haya dejado de robar libros y subirse a vehículos sin permiso. De lo contrario, se la expulsará de la Ciudadela sin mayor trámite.

El Guardián asintió. Axlin recuperó sus armas, ceñuda, y empezó a guardar de nuevo sus pertenencias en el zurrón. Cuando fue a coger su libro, sin embargo, el Delegado lo apartó de ella.

—¿No ha quedado claro? Nada de robar. Ni siquiera libros.

Ella lo miró, absolutamente horrorizada.

—Pero ¡no podéis quedároslo! ¡He dedicado mucho tiempo y esfuerzo a este trabajo, he viajado por docenas de aldeas, me he arriesgado para...!

—¡Silencio! —bramó de pronto el Delegado—. No abuses de mi generosidad, pequeña ladrona mentirosa, porque podría reconsiderar tu castigo. ¿He hablado claro? Devolveremos el libro a la biblioteca, que es donde debe estar. Y ahora vete y no molestes más.

Axlin no quería perder de vista su libro, por lo que se quedó allí parada, sin moverse. El Delegado insistió en que se marchara, pero ella permaneció obstinadamente quieta, y solo reaccionó cuando el Guardián trató de arrastrarla fuera. Entonces comenzó a patalear, furiosa, exigiendo que le devolviesen lo que le habían arrebatado.

Fue inútil. El Guardián la sacó de todos modos y las puertas se cerraron tras ellos.

—No te recomiendo que vuelvas a entrar, o te echarán de la Ciudadela y no podrás volver.

Axlin se tragó la rabia y las lágrimas. Debía recuperar su libro, costara lo que costase.

—¿Dónde está la biblioteca? —preguntó.

—En el primer ensanche —respondió el Guardián, y a Axlin se le cayó el alma a los pies.

Ni siquiera tenía permiso para cruzar la puerta del segundo ensanche. Pero si la expulsaban de la Ciudadela, perdería toda oportunidad de llegar hasta allí algún día o de conseguir que alguien recuperara el libro para ella. Se esforzó por no dejarse llevar por la desesperación.

—Tú me crees, ¿verdad? —le preguntó al Guardián—. Ese libro me pertenece. Es el trabajo de mi vida.

—No me corresponde opinar al respecto —contestó él.

Axlin suspiró, hundida.

—¿De veras he de vender mis armas? La daga no es gran cosa, pero la ballesta me la dio un buen amigo y le tengo aprecio.

El Guardián clavó en ella su mirada de plata.

—Un buen luchador no escoge un arma por razones sentimentales, sino por su utilidad en la batalla —le dijo—. Si en un futuro necesitas salir a los caminos otra vez, te recomiendo que elijas una ballesta mejor. Más ligera, potente y manejable.

Axlin sabía que tenía razón. La ballesta de Loxan era un armatoste en realidad. Pero si no se había deshecho antes de ella no se debía solo a que le hubiese cogido cariño.

—No tengo dinero para comprar otra ballesta, ni mejor ni peor.

—Por eso debes vender tus armas. Porque, hasta que encuentres un trabajo, también necesitarás comida y un lugar donde dormir. —Axlin no dijo nada. El Guardián añadió—: También puedes regresar a tu enclave o instalarte en otro lugar donde te sientas más cómoda. Te aconsejo que escojas esa opción antes de hacer algo de lo que puedas arrepentirte.

—¿Algo como robar, por ejemplo?

—Las leyes de la Ciudadela son complejas, pero hay que conocerlas y cumplirlas. Somos tolerantes con los recién llegados que actúan por desconocimiento; sin embargo, puede que en el futuro no tengas tanta suerte.

Axlin había captado el mensaje: «Adáptate o vete». Ciertamente, la tentaba la posibilidad de marcharse, de volver a los caminos o incluso de establecerse en un enclave cualquiera. Pero no estaba dispuesta a abandonar la Ciudadela sin recuperar su libro... y a Xein.

El Guardián la acompañó hasta el mercado y después dio media vuelta para regresar a su puesto junto a la puerta norte. Axlin lo detuvo antes de que se fuera.

—¡Espera! Quiero preguntarte por mi amigo Xein. Tiene los ojos dorados —explicó con un nudo en la garganta—. Tus compañeros se lo llevaron hace poco más de dos semanas, tal vez tres. Me han dicho que puede que esté en el Bastión.

—Es muy posible, sí —respondió el Guardián inclinando la cabeza.

—No puedo esperar un año para volver a verlo. Por eso intenté subir al carro. Pero no soy una ladrona ni quiero causar molestias a nadie. Por favor, dime cómo puedo contactar con Xein.

—No puedes, me temo. Cuando un recluta comienza el adiestramiento, no debe ser molestado. Por eso nos entrenamos en el Bastión, lejos de la Ciudadela. Si tu amigo cumple los objetivos, dentro de un año puede que lo veas patrullando por la ciudad. Pero he de advertirte que no se nos permite mantener relaciones con las personas corrientes.

A Axlin le dio un vuelco el corazón.

—¿Qué quieres decir?

—Exactamente lo que he dicho. Buena suerte, forastera. Te veré dentro de una semana.

—¿Una semana?

—Para entonces deberé comprobar que estás desarmada y detenerte de nuevo si no has cumplido con las instrucciones del Delegado.

Axlin no lo entretuvo más. Se sintió muy sola cuando el Guardián se marchó, pero no podía perder el tiempo en lamentar su mala suerte.

Antes de finalizar el día encontró un mercader que le compró la ballesta, el carcaj y los frascos de veneno por un precio inferior al que ella había calculado. Pero no fue capaz de sacar más, por lo que tuvo que resignarse a aceptar el trato. Pensó en Lexis y Loxan cuando entregó aquellos objetos que la habían acompañado desde tan lejos. «Ellos lo comprenderían», se dijo al fin. «Después de todo, son buhoneros.»

Conservó la daga, sin embargo. Aún tenía tiempo para venderla y, a pesar de las palabras del Guardián y el Delegado, no terminaba de sentirse segura en aquel lugar.

Se propuso entonces buscar alojamiento. Localizó un par de posadas, pero le pareció que las habitaciones eran demasiado caras y no quería gastarse tan pronto el dinero de la venta de la ballesta. Pagó una cena, no obstante, porque tenía hambre. Después le permitieron ofrecer a los clientes sus servicios como escriba; pero allí, en la Ciudadela, la mayoría de la gente sabía leer y escribir. Como no había monstruos, sus habilidades con la ballesta tampoco eran necesarias, así que quizá no había sido tan mala idea deshacerse de ella después de todo.

Al caer la noche todavía no había encontrado un lugar donde dormir. Se encaminó a la puerta norte, pero el Guardián que la había conducido ante el Delegado ya no estaba allí. Ahora había dos mujeres custodiando el acceso, y Axlin se escabulló para que no la vieran.

Encontró por fin refugio en un hueco entre dos casas a medio construir. Se acurrucó allí y se cubrió con su abrigo, sin terminar de sentirse del todo segura. Después de dar muchas vueltas sin ser capaz de conciliar el sueño, se recortó los mechones con la daga, tendió sobre su cabeza la red para babosos y se puso los calcetines con olor a cebolla. Sabía que en la Ciudadela no había monstruos, pero las viejas costumbres resultaban difíciles de abandonar.

Sus últimos pensamientos, antes de dormirse por fin, fueron para Xein.

28

Los días en el Bastión eran todos similares: ejercicios, sanciones, prácticas, lecciones sobre monstruos, servicios comunales. Xein seguía recibiendo azotes por acabar en último lugar, pero no volvió a desafiar al instructor. Se limitaba a obedecer, a callar, a quitarse la camisa y a apretar los dientes para reprimir los gritos. Tenía la espalda en carne viva; sin embargo, cuando ya creía que sería incapaz de soportarlo más, dejó de quedar el último en todos los ejercicios y, por tanto, el número de sanciones que le imponían empezó a disminuir.

Por otro lado, en las clases teóricas no se desenvolvía mal del todo. Sabía muchas cosas de los monstruos contra los que había combatido, y descubrió que también recordaba detalles acerca de criaturas que nunca había visto, pero sobre las que había leído en el libro de Axlin.

No obstante, en el Bastión aprendió mucho más. También allí tenían bestiarios: manuales escritos por Guardianes, de gran calidad y magníficamente ilustrados, en los que se representaban monstruos de los que él nunca había oído hablar y que ni siquiera Axlin tenía registrados en su libro. Al principio se sintió mal por ella, y se preguntó qué pensaría cuando descubriera que su trabajo había sido en vano, que había viajado desde tan lejos y dedicado tanto tiempo a una tarea que otras personas habían realizado antes, y con mejores resultados. Sin embargo, a medida que estudiaba los bestiarios, mejorando de paso en lectura y escritura, empezó a notar diferencias.

Los libros del Bastión habían sido redactados por Guardianes. Describían, por tanto, tácticas de lucha que la gente corriente jamás sería capaz de poner en práctica. Pero no hablaban de los pequeños trucos que Axlin había aprendido en su periplo por los enclaves y que habían salvado la vida a tantas personas que no contaban con la protección de la Guardia.

Trató de plantear aquella cuestión en las clases, pero a sus superiores no les interesaba. Tanto el instructor como sus compañeros lo escucharon con cierto asombro cuando habló de los calcetines que usaba la gente corriente para protegerse de los chupones en algunas aldeas y preguntó por qué aquella información no aparecía en los bestiarios.

—Puedes ponerte calcetines apestosos para dormir si quieres, Cinco —replicó el instructor con acidez—. Pero no los necesitas, porque eres un Guardián. Si entra un monstruo en tu habitación, tu instinto te alertará y estarás en pie y listo para atacar antes de que pueda acercarse a ti. Así que, obviamente, no tiene sentido que incluyamos las supersticiones de la gente corriente en los bestiarios de los Guardianes.

Los otros reclutas sonrieron y Xein enrojeció, avergonzado. «No son supersticiones», pensó. «La gente usa esos trucos porque funcionan.» Pero no se atrevió a replicar, ni volvió a mencionar en las clases la antigua sabiduría de las aldeas.

Fue mejorando lentamente. Adquirió fuerza, velocidad y destreza. Aprendió a usar diferentes armas y a preparar trampas, y, lo más importante, a formar parte de un equipo.

Terminó por conocer y respetar a sus compañeros. Estableció una amistosa competencia con Seis, que lo desafiaba constantemente a probar sus propios límites y a dar lo mejor de sí mismo. Perdonó a Tres la paliza que había recibido el primer día por su causa y acabó por tolerar que se preocupara tanto por él e insistiera en animarlo cuando las cosas le salían mal. Aprendió a apreciar el extraño sentido del humor de Uno y hasta empezó a reírse con sus chistes. Descubrió que Cuatro sabía muchas cosas y le gustaba compartirlas con quien quisiera escucharlo, por lo que acabó convirtiéndose en su mayor fuente de información. Y se dio cuenta también de que Dos existía. Era un extraño muchacho que apenas hablaba y hacía todo lo posible por no llamar la atención. Xein sospechaba que había algo más que timidez detrás de su actitud huidiza, pero el adiestramiento lo tenía tan ocupado que no encontraba tiempo material para indagar más.

A menudo se cruzaba con miembros de otras brigadas en el patio, en los pasillos y en el comedor. Una mañana, durante el desayuno, localizó por fin a Yoxin entre los reclutas de otro grupo. Se acercó para saludarlo, pero él lo hizo callar antes de que cometiera el error de pronunciar su nombre en voz alta.

—Ahora soy el recluta Tres Torrente —le explicó.

Xein suspiró.

—Yo soy Cinco Niebla.

—Es bueno saberlo —murmuró Yoxin.

Xein lo vio pálido, delgado y con ojeras. Entendió que él también, como miembro más reciente de su brigada, se estaba llevando la mayoría de las sanciones.

—Y... ¿cómo te va? —se atrevió a preguntar—. ¿Aguantas bien?

El chico apretó los labios y desvió la mirada.

—Mejorando —se limitó a responder.

No hablaron más, pero Xein se quedó preocupado. Empezó a vigilar de reojo a las otras brigadas cuando coincidían en el patio. Era consciente de que en todas ellas los reclutas recibían las sanciones correspondientes cuando no estaban a la altura de lo que se esperaba de ellos. Descubrió con cierta sorpresa que a las brigadas femeninas se les exigía lo mismo que a las masculinas, y se las castigaba de igual forma y en las mismas circunstancias.

Seis detectó su interés.

—Cuidado con mirar a las chicas, Cinco —le advirtió por la noche, en la oscuridad del barracón—. Te puedes llevar un disgusto.

—¿Por qué? —Pero antes de que su compañero respondiera, añadió—: Si las chicas entrenan de la misma forma que nosotros, ¿por qué no hay brigadas mixtas?

—Bueno, al principio las había —explicó Cuatro—. Después se decidió que era mejor separar a las chicas de los chicos.

—¿Por qué?

Se oyó en la penumbra la risa burlona de Uno.

—¿Tú qué crees, novato? ¿Es que no tienes ojos en la cara?

—Por las distracciones —contestó Cuatro sin hacerle caso—. Somos jóvenes y nos atraen mucho las chicas; es natural. A ellas les pasa lo mismo con nosotros.

—Y también se quitan la camisa para recibir las sanciones —le recordó Uno, y silbó por lo bajo, provocando una oleada de risas sofocadas.

—Es mucho más que eso —prosiguió Cuatro, molesto por las interrupciones—. Es por las emociones. Por los sentimientos. Cuando formas parte de una brigada, eres un engranaje más y tratas a todos tus compañeros por igual. Pero si tienes *sentimientos* hacia uno de ellos..., puedes perder perspectiva. Puedes valorar la vida de esa persona por encima de las de los demás, incluso de la tuya propia. Puedes cometer errores. O locuras.

Hubo un breve silencio. Xein añoraba a Axlin dolorosamente, y se preguntó si los otros chicos también habrían dejado atrás a alguien especial.

—Pues yo siempre había creído que nos separaban para evitar embarazos —comentó Tres.

—Bueno, eso también, supongo.

—Pero los Guardianes graduados forman equipos mixtos —objetó Xein

—Sí —admitió Cuatro—, porque para cuando terminas tu adiestramiento ya has aprendido a no distraerte. Para un verdadero Guardián nada, absolutamente nada..., es más importante que su misión. Ningún tipo de emoción ni de sentimiento. Ni siquiera el amor.

Xein apretó los dientes.

«Yo no seré así», se juró a sí mismo. «No permitiré que me arrebaten mis sentimientos. Jamás olvidaré a mi madre. Ni a Axlin.»

Finalmente, y a base de entrenamiento y trabajo duro, Xein acabó por igualar el nivel de sus compañeros, por lo que las sanciones se repartían de forma más equitativa entre los seis miembros de la brigada. Su espalda sanó casi por completo; exhibía, como las de todos los reclutas, algunos verdugones permanentes, pero las heridas de los primeros días cicatrizaron y empezó a sentirse mucho mejor.

Ya era mucho más rápido, más fuerte y más diestro con las armas que antes. Aprendió a manejarlas todas con cierta soltura, pero el instructor le permitió escoger la lanza como arma habitual, porque sabía utilizarla mejor. Y las lanzas del Bastión no eran simples palos afilados: estaban rematadas por mortíferas puntas de metal y aunaban al mismo tiempo robustez y ligereza.

Una mañana, Ulrix los citó en el Foso para después del desayuno. Xein, intrigado, se dejó guiar por sus compañeros hasta una construcción achaparrada que resultó ser la entrada a un nivel subterráneo.

—Ya era hora, Cinco —comentó Seis de buen humor, mientras descendían de uno en uno por una escalera estrecha y empinada—. Hacía meses que no nos las veíamos con un bicho de verdad.

Xein era consciente de que la brigada había interrumpido sus ejercicios con monstruos vivos porque las normas del Bastión dictaminaban que los nuevos reclutas no debían participar en ellos mientras no alcanzaran el nivel de los demás. Les había explicado varias veces que él ya había luchado contra monstruos en su aldea, pero a ellos no les parecía suficiente.

—Sabemos que has aprendido a pelear solo —le había dicho Cuatro—. Pero sin disciplina de brigada, en una misión eres tan peligroso como si no hubieras visto un monstruo en tu vida.

Parecía que finalmente Xein había adquirido aquello que llamaban «disciplina de brigada» y los demás estaban contentos por ello. Se dejó contagiar por su emoción y sonrió para sí mismo.

—Eh, reclutas, buenas noticias —anunció Uno desde la cabeza de la fila, olisqueando en el aire—: ¡alguien se ha cargado por fin al velludo!

—Fueron las chicas de la brigada Flama —informó Cuatro, que, como de costumbre, todo parecía saberlo.

—¡Hurra por la brigada Flama!

—¿Había un velludo aquí abajo? —preguntó Xein, todavía sonriendo.

—Sí, y no imaginas qué peste. Siempre que bajábamos aquí suplicábamos que nos dieran permiso para matarlo de una vez, pero nunca nos lo concedían.

—Soportar el hedor formaba parte del entrenamiento, Uno —le recordó Seis—. Es un trabajo duro, pero...

—¡... alguien tiene que hacerlo! —corearon los demás.

El Foso se encontraba en un entramado de galerías que se extendía por el subsuelo del Bastión. Pese a la ausencia del velludo, reinaba allí un olor agrio y penetrante, y Xein descubrió enseguida por qué: a ambos lados de los corredores se abrían celdas aseguradas por un sólido entramado de rejas. La mayoría de ellas estaban vacías, pero algunas encerraban monstruos que se abalanzaban hacia los muchachos rugiendo con furia. Retrocedió, alarmado, cuando un ser de color rojo brillante se precipitó hacia la reja. Las cadenas lo retuvieron lejos de los chicos, pero la criatura tironeó de ellas y aulló enseñándoles los dientes, afilados como cuchillas.

Al observarlo con mayor atención, Xein comprobó con inquietud que tenía una vaga apariencia humana. Podría haber pasado por un hombre muy alto y delgado, de miembros anormalmente largos..., si no fuera por aquellos dientes, por los ojos saltones que se revolvían en sus cuencas, por aquellas uñas que parecían garras y, sobre todo..., porque carecía completamente de piel y de cabello, como si se los hubiesen arrancado.

—¿Qué es eso? —murmuró sin aliento.

—¿Nunca te han contado la historia del recluta rebelde? —susurró Uno en su oído—: Un chico tan desobediente que no atendía a razones por mucho que lo sancionaran. Le arrancaron la piel a base de latigazos, pero él seguía desafiando a la autoridad..., hasta que se volvió loco de odio y de dolor y tuvieron que encerrarlo aquí abajo.

Xein lo contempló con horror. Pero entonces Uno se echó a reír.

—Vamos, Cinco, no me digas que te lo has creído.

Él le dio un empujón, molesto.

—Idiota. No ha tenido ninguna gracia.

Cuatro se acercó para echar un vistazo a la criatura.

—Es un desollador. Un tipo de monstruo que vive en las montañas. No tiene piel, en efecto, y quizá por eso se dedica a arrancársela a tiras a sus víctimas antes de comérselas.

—Oh —murmuró Xein—. Sí, ahora recuerdo haberlo visto en algún bestiario.

—Sí, pero lo que no te cuentan los libros es que, de todos los monstruos que podrían devorarte, este es uno de los peores. La mayoría te matan sin más, pero este sabe cómo mantenerte con vida hasta el último momento mientras te despelleja.

—No os quedéis atrás o llegaremos tarde —les advirtió Seis desde el fondo del túnel.

Xein se estremeció y, tras echarle un último vistazo al desollador, dio media vuelta para marcharse. Casi tropezó con Dos que, como de costumbre, permanecía junto a ellos sin que apenas se notara su presencia. Al mirarlo reparó con sorpresa en la expresión aterrorizada de su rostro, que él recompuso enseguida.

—Vaya historia más tonta —comentó con una sonrisa.

Pero Xein percibió el ligero temblor que reverberaba en su voz.

Dos se apresuró a reunirse con los demás. Xein se dispuso a seguirlo, pero entonces oyó tras él una voz inhumana, susurrante y cargada de odio que lo hizo sobresaltarse:

—Guardiáaan...

Se volvió de golpe y escudriñó las sombras. El desollador seguía gruñendo en su celda, y había un abrasador en otro de los cubículos, con el morro amarrado para evitar que lanzara bolas de fuego. No vio nada más. Se asomó a las celdas vacías por si en alguna de ellas hubiese algún lenguaraz, pero estaban realmente vacías.

—¿A qué esperas, Cinco? —lo llamaron desde el final del corredor.

Xein se encogió de hombros, dando por hecho que lo había imaginado, y siguió adelante.

El túnel desembocaba en una enorme sala circular rodeada de gradas separadas de la zona central por un enrejado de protección. Aquello era el Foso, el lugar donde los reclutas se entrenaban contra monstruos vivos. Xein se estremeció de emoción. No veía la hora de volver a pelear contra un monstruo de verdad.

La brigada Niebla cruzó la puerta y penetró en el interior. En el centro los esperaba el instructor Ulrix, que los organizó por parejas y los envió al armero para equiparse.

A Xein le había tocado como compañero precisamente Dos. No era la primera vez que trabajaban juntos, y había comprobado que era un recluta callado, pero eficiente, que pocas veces recibía sanciones porque se aplicaba con esmero y constancia a lo que hacía. No obstante, mientras sopesaba las lanzas que había disponibles en el armero, oyó a su lado la voz de Seis, que le advirtió en voz baja:

—Ojo con Dos en el Foso.

Xein se volvió hacia él.

—¿Por qué? —preguntó en el mismo tono.

Seis sacudió la cabeza para indicarle que no era el momento de hablar.

—Tú no le quites la vista de encima.

Regresaron al Foso y se colocaron en semicírculo en torno al instructor.

—Tenemos una cuadrilla de robahuesos —anunció—. No son monstruos particularmente grandes; ninguno de vosotros tendría problemas contra uno de ellos. Pero suelen atacar en grupos numerosos, y es muy probable que, si los encontráis ahí fuera, os superen en número.

Xein nunca había visto un robahuesos, pero sabía que Axlin los conocía bien. Eran una de las especies que había descrito con mayor detalle en su libro. Trató de recordar todo lo que sabía de ellos mientras Ulrix seguía hablando.

Las parejas se enfrentarían por turnos a un número variable de robahuesos. No hizo falta que añadiera que el equipo que tardara más en derrotar a sus oponentes recibiría una sanción.

Se situaron en las gradas, detrás de la reja, para ver cómo Uno y Cuatro plantaban cara a los cinco robahuesos que se precipitaron aullando en el Foso por una puerta lateral. Xein pudo admirar entonces la compenetración y la fluidez de movimientos de sus compañeros. Los Guardianes dedicaban mucho tiempo y esfuerzo a prepararse, pero los resultados no se manifestaban de verdad hasta que se enfrentaban a la tarea para la que habían nacido: matar monstruos.

Uno y Cuatro acabaron con los robahuesos sin grandes complicaciones. Sus armas encontraron huecos entre aquellas armaduras fabricadas con las costillas de sus víctimas, y aplastaron sus cabezas, a pesar de los cráneos humanos que las protegían.

Finalizado el ejercicio, Uno y Cuatro retiraron los cuerpos y Ulrix llamó a Dos y a Xein.

Los muchachos bajaron al Foso, prepararon las armas y cruzaron una mirada de entendimiento. Dos parecía muy centrado, y Xein se preguntó qué motivos tendría Seis para preocuparse por él.

En esta ocasión fueron cuatro los robahuesos que entraron en el Foso. Sin necesidad de cruzar una palabra, los dos reclutas se colocaron espalda contra espalda y se prepararon para luchar.

Xein empaló al primer robahuesos en cuestión de segundos. Recuperó su lanza y se volvió para localizar a los demás. El hacha de Dos ya había decapitado a otra de las criaturas, y el chico se enfrentaba a la tercera. Xein se dispuso a embestir al cuarto robahuesos, que saltó sobre él en ese preciso instante. Se elevó casi dos metros en el aire, y el joven, sobresaltado, modificó el movimiento para detenerlo con la lanza antes de que se precipitara sobre él. Lo golpeó y lo lanzó a un lado; el robahuesos prácticamente cayó sobre Dos, que emitió un grito horrorizado. Xein se apresuró a corregir su error y arrojó la lanza contra la criatura, a la que ensartó antes de que cerrara sus mandíbulas sobre el cuello del chico. Apartó el cuerpo de una patada y se volvió hacia su compañero, que se había quedado paralizado de la impresión.

—¡Dos, a tu espalda! —advirtió.

El muchacho no reaccionó. Xein recuperó la lanza y la arrojó de nuevo, atravesando al último monstruo antes de que atacara a Dos.

Todo había terminado muy deprisa, pero Xein era consciente

de que no habían hecho un buen papel. Mientras salían del Foso, evitó mirar a Dos, que había tardado en reaccionar incluso con todos los monstruos muertos. Había sido apenas medio segundo, pero a Xein, acostumbrado ya a la extraordinaria agilidad de los Guardianes, le había parecido muy evidente.

Se reunieron con sus compañeros en las gradas, pero nadie hizo ningún comentario. Era el turno de Tres y Seis, que bajaron al Foso y ejecutaron la prueba de forma rápida y eficaz.

Xein y Dos recibieron la sanción correspondiente, pero en esta ocasión el novato apenas la sintió. No dejaba de preguntarse qué le había sucedido a Dos en el Foso. Él mismo se había dejado sorprender por el prodigioso salto del robahuesos, una criatura a la que nunca antes se había enfrentado, pero se había adaptado a las circunstancias con la rapidez de reflejos que se esperaba de un futuro Guardián como él. En cambio, Dos...

—Te pido disculpas por mi actuación en el Foso —le dijo él en privado aquella tarde.

—He sido yo quien prácticamente te ha lanzado ese robahuesos a la cara, Dos —replicó Xein, sacudiendo la cabeza—. No te preocupes. La próxima vez lo haremos mejor.

El chico se mostró visiblemente aliviado.

—Claro, Cinco —respondió—. Gracias.

Aquella noche, mientras la brigada Niebla pelaba y troceaba hortalizas para la sopa en la cocina, Xein se las arregló para situarse al lado de Seis.

—¿Qué pasa con Dos? —le preguntó, tras asegurarse de que nadie los estaba escuchando—. Tú me avisaste de que iba a fallar en el Foso. ¿Cómo lo sabías?

—No, yo te dije que lo vigilaras, no que fuera a fallar —puntualizó él en el mismo tono—. No le ocurre siempre, solo de vez en cuando.

—Vale, de acuerdo. ¿Y qué es eso que le ocurre de vez en cuando? Tengo que saberlo —insistió, ante el silencio de su compañero—. Esta vez he podido cubrirle las espaldas, pero la próxima puede que no tengamos tanta suerte.

Seis suspiró.

—De acuerdo, pero ten paciencia. No voy a poder explicártelo todo de golpe.

De modo que en los días siguientes, en los escasos momentos que encontraron para hablar a solas, Seis le contó a trompicones la historia de Dos. Le explicó que había crecido con miedo a los monstruos y que era algo difícil de superar.

—¿Cómo puede un Guardián temer a los monstruos? —planteó Xein, desconcertado—. Yo me he criado sin saber nada de los Guardianes ni de la Ciudadela, pero siempre he sabido que estaba preparado para enfrentarme a ellos y vencerlos.

Calló de pronto al comprender que aquel era precisamente el espíritu del grupo al que pertenecía y que lo hacía diferente al resto de las personas. No obstante, no quería admitir la posibilidad de que los Guardianes tuviesen razón con respecto a su propio destino, por lo que volvió a centrarse en el problema de Dos.

—¿Es un extraviado, como yo?

—No; Dos nació en la Ciudadela, pero sus padres lo ocultaron al resto del mundo porque no querían que se convirtiera en Guardián.

—Pero vosotros decís siempre que nadie se convierte en Guardián: lo eres o no lo eres.

—Exacto, y los padres de Dos hicieron todo lo posible para que él *no* lo fuera. Le hablaron de los horrores de los monstruos, lo llevaron a conocer a personas que habían sido atacadas por ellos, le dijeron que moriría joven y de una forma espantosa si se unía a los Guardianes. Implantaron en su corazón una semilla que ahora es difícil desarraigar.

—Sigo sin entenderlo. Yo me he enfrentado a monstruos desde que era prácticamente un crío y nunca me ha pasado nada parecido.

—Porque has desarrollado tu instinto de cazador de monstruos. La mayoría de los reclutas de la Ciudadela no se ha enfrentado a monstruos tampoco, pero saben que cuando lo hagan les irá bien o, al menos, mejor que al resto. Mira, la maestría de los Guardianes se basa en tres pilares fundamentales: capacidad, técnica y actitud. La capacidad ya la tienes por el simple hecho de haber nacido Guardián. La técnica la aprendes en el Bastión. Y la actitud la traes de casa. Si vienes con la actitud adecuada, progresas mucho más rápido. Si no..., bueno, el adiestramiento puede hacerte cambiar, pero es difícil, sobre todo porque a veces la actitud la llevas inscrita en lo más profundo de tu mente y ni siquiera eres consciente de ello.

»Dos es un buen recluta, y será un buen Guardián, pero las ideas que sus padres le metieron en la cabeza no pueden borrarse de la noche a la mañana. A veces, ante un monstruo de verdad, se bloquea como si fuera un humano corriente. Porque sus padres lo convencieron de que eso era lo que debía ser.

Xein meditó sobre las palabras de Seis; al día siguiente lo buscó para volver a interrogarlo.

—¿Qué pasó con los padres de Dos? ¿Los Guardianes lo trajeron aquí contra su voluntad?

—Contra la voluntad de ellos, sí. Pero Dos quería venir. Sabe que es un Guardián y se está esforzando mucho por superar su pasado. Mientras tanto, tenemos que cubrirlo en los ejercicios con monstruos vivos, al menos hasta que sea capaz de enfrentarse a ellos sin vacilar.

Xein seguía pensando.

—¿El instructor sabe todo esto?

—Lo sabe, por supuesto. Igual que lo sabemos todos, pero no hablamos de ello. Queremos que Dos supere su adiestramiento y pueda graduarse como cualquier otro. Aún tiene tiempo de corregir su actitud. Igual que tú —añadió, lanzando de pronto a Xein una mirada penetrante.

Él fingió que no captaba la indirecta, pero tomó buena nota de su comentario. Lo cierto era que, pese a todo, no había dejado de esperar el momento propicio para escapar. Había llegado a creer que el instructor y sus propios compañeros confiaban en que había adquirido ya la «actitud adecuada» y había aprendido la «disciplina de brigada», pero estaba claro que no era así.

Aquella historia, no obstante, le había planteado nuevos interrogantes. A pesar de las palabras de Seis, no podía evitar sentir cierta simpatía hacia los padres de Dos, que, igual que su propia madre, habían tratado de mantener a su hijo lejos de los Guardianes. Lo intrigaba su actitud porque tenía entendido que nadie en la Ciudadela cuestionaba el destino de aquellos niños de ojos peculiares. Se preguntó entonces por qué. Se le ocurrió una razón, pero para no despertar las sospechas de Seis, optó por plantearle sus dudas a otro recluta.

—Oye, Cuatro —le dijo una mañana, mientras corrían en torno al patio—. ¿Los Guardianes son hijos de otros Guardianes?

Cuatro se rio.

—¡Vaya pregunta! ¿Nunca has mirado a tus padres a los ojos?

—Mi padre murió cuando yo era muy pequeño. No tengo recuerdos de él.

—Bueno, en ese caso tiene sentido que no lo sepas, supongo. No, los rasgos de los Guardianes no son hereditarios. Nacen en familias corrientes, nadie sabe cómo ni por qué. Afortunadamente, se nos reconoce por el color de los ojos.

—Entonces, los hijos de los Guardianes... ¿son niños corrientes?

Cuatro volvió a reír.

—Los Guardianes no tenemos hijos, Cinco. No nos lo podemos permitir. Vivimos para luchar contra los monstruos, no para criar niños. Nosotros protegemos a la gente corriente precisamente para que se puedan dedicar a ese tipo de cosas: a traer al mundo a la siguiente generación. Ellos, a cambio, nos entregan a sus hijos especiales. Y así se cierra el círculo.

Xein no dijo nada. Pero aquella noche volvió a pensar en Axlin, en los últimos días que habían pasado juntos y en la inquietud de ella ante la posibilidad de haberse quedado embarazada. Él se había adaptado a la rutina del Bastión, se había integrado en la brigada Niebla y hasta se había habituado a las sanciones. Pero no estaba dispuesto a renunciar a su futuro, un futuro en el que pudiera hacer cosas de «gente corriente», como formar una familia y criar a sus propios hijos.

Recordó que Axlin se había marchado de su aldea precisamente porque no quería dedicar su vida a aquella tarea; porque estaba convencida de que podía aportar algo valioso a la lucha contra los monstruos. En cambio él, que estaba destinado a formar parte de aquella guerra, solamente aspiraba a vivir como una «persona corriente» y contribuir a incrementar la «siguiente generación», con niños especiales o sin ellos.

Había algo absurdo en todo aquello, y Xein, en la oscuridad del barracón, se juró a sí mismo que no estaba dispuesto a aceptar que las cosas tuvieran que ser así.

29

Xein adquirió mayor destreza con las armas y luchó contra otros monstruos en el Foso, a veces en solitario, a veces con sus compañeros de brigada. Había muchas criaturas contra las que jamás se había enfrentado antes de llegar al Bastión, y en el Foso aprendió a conocerlas y a derrotarlas. Para cada especie había estrategias de batalla diferentes y, aunque todos los Guardianes debían ser capaces de abatir a los monstruos sin ayuda, el adiestramiento se centraba sobre todo en el trabajo en equipo.

Cuando Xein empezaba a pensar que ya estaba preparado para defenderse ante cualquier tipo de monstruo, los ejercicios se complicaron. El instructor los obligó a combatir con armas que no eran las suyas habituales, o incluso sin ellas; contra varios tipos de monstruos a la vez; con una pierna inutilizada, en espacios reducidos o con los ojos vendados...

Al principio, Xein acogió estas variables con cierto temor, porque se estaba acostumbrando a la rutina del Bastión y las sesiones en el Foso comenzaban a ser inquietantemente impredecibles. Pero terminó por considerarlas un reto y, a medida que fue superando nuevos desafíos, descubrió que en el fondo le gustaba explorar los límites de sus capacidades como Guardián.

Dos, por su parte, cometió errores en otras ocasiones; pero eran muy puntuales, y los otros chicos se ocupaban de compensarlos con rapidez y eficiencia. Juntos, los seis reclutas de la brigada Niebla constituían un equipo formidable, perfectamente compenetrado y difícil de derrotar. Y Xein, que ya se consideraba poderoso antes de ser reclutado por los Guardianes, llegó a sentirse entre ellos prácticamente invencible.

A pesar de todo, no dejó de buscar la forma de escapar. Con discreción, averiguó que todas las semanas llegaba al Bastión un carro con suministros desde la Ciudadela. Era mayor y más lento que el carruaje ligero en el que él mismo había llegado al Bastión, y que se usaba solo para transportar personas. Pero descubrió que, a pesar de ello, le resultaría imposible introducirse en él sin que nadie lo viera, pues los Guardianes inspeccionaban minuciosamente todos los vehículos que entraban y salían por la puerta principal.

Se acordó entonces de Rox, la joven de la División Plata con la que había compartido el viaje de ida hasta el Bastión. Si no recordaba mal, ella había interrumpido su adiestramiento debido a una lesión. Se había roto una pierna y por ello la habían enviado a recuperarse a la Ciudadela.

Había una enfermería en el Bastión, porque no era inusual que los reclutas resultasen heridos en los entrenamientos. La convalecencia de Rox probablemente había sido más prolongada de lo habitual, y por esa razón habían optado por llevársela a la Ciudadela.

Xein se planteó que quizá aquel fuera el método más sencillo para escapar de allí. De modo que en los días siguientes intentó sufrir «accidentes» diversos. No obstante, lo más grave que se hizo fue una luxación en el hombro, porque sus compañeros lo cubrían en todos sus «deslices», y porque no quería despertar las sospechas del instructor. Una mañana, mientras trepaban al muro, se soltó de la cuerda a propósito para caer desde lo alto; sin embargo, Tres lo agarró en el aire y el asunto se saldó con una sanción para cada uno de ellos.

—Oye, Cinco, ten cuidado —le advirtió Seis después de aquel episodio—. Últimamente estás más torpe que de costumbre, y estás retrasando el progreso de toda la brigada.

Era obvio que se habían dado cuenta. Xein se resignó a cancelar sus planes, porque no estaban dando resultado y porque tarde o temprano alguien descubriría sus verdaderas intenciones.

De modo que depositó sus esperanzas en las misiones en el exterior, que los Guardianes denominaban «maniobras». Así, cuando el instructor les anunció por fin que estaban preparados para una expedición fuera del Bastión, Xein tuvo que esforzarse mucho para disimular su excitación.

La tarde anterior al ejercicio, Ulrix los reunió a todos en el patio para explicarles los detalles.

—Ahí fuera encontraréis monstruos de diversas especies —comenzó—, y es evidente que tendréis que enfrentaros a ellos. Pero vuestra misión mañana consistirá en matar media docena de chasqueadores como mínimo. Últimamente están proliferando por los alrededores y desde el Bastión se van a organizar varias batidas para tratar de reducir la población.

—¿Están proliferando...? —repitió Xein, pero se calló al darse cuenta de que había interrumpido al instructor.

Este lo miró con fijeza.

—¿Sí, recluta Cinco?

—Me preguntaba, señor..., acerca de cómo y por qué se multiplican los monstruos. Tenía entendido que no crían.

—¿De veras? ¿Y quién te ha contado eso?

Lo había leído en el libro de Axlin, pero aquellas conclusiones coincidían también con su propia experiencia. Había visto cubiles y madrigueras de monstruos, pero todas las criaturas que había hallado en ellos eran adultas.

—Es lo que se dice en la región de la que procedo, señor

—murmuró, bajando la cabeza con humildad para que el instructor no creyera que lo estaba desafiando—. Las patrullas nunca encuentran crías ni individuos que no estén plenamente desarrollados. Tampoco hay diferencias visibles entre machos y hembras.

—¿De modo que a eso dedicas tu tiempo libre, recluta Cinco? ¿A curiosear las entrepiernas de los monstruos?

Hubo algunas risas discretas. Xein agachó aún más la cabeza, con las orejas rojas.

—No, señor.

—La Guardia de la Ciudadela lleva siglos exterminando monstruos con notable eficacia. Y siempre aparecen más. Si no se reproducen, ¿de dónde salen tantos? Tal vez tú, que sabes tantas cosas, nos lo puedas explicar.

Xein se maldijo por haber llamado la atención del instructor.

—No, señor, no puedo.

—Eso me parecía.

Xein no hizo más comentarios.

Al día siguiente, muy temprano, la brigada Niebla formó en el patio como todos los días. Pero aquella iba a ser una jornada diferente y, bajo su calma aparente, los seis reclutas se sentían nerviosos y emocionados. Para la mayoría de ellos iba a ser su primera experiencia en campo abierto.

El instructor Ulrix les dio las últimas indicaciones y los envió a armarse. Los chicos iban vestidos con el uniforme gris habitual y no se equiparon con ninguna protección adicional. El Bastión disponía de chalecos de cuero duro, pero pocos Guardianes los utilizaban porque entorpecían sus movimientos. Su rapidez y agilidad sobrehumanas eran una de sus principales armas contra los monstruos, y por esa razón confiaban más en sus uniformes, prácticos y funcionales, que en cualquier tipo de coraza.

Una vez listos, Ulrix los condujo hasta la puerta trasera del Bastión, un túnel que atravesaba la muralla y desembocaba en un recio portón de madera protegida por un enrejado. Cuando el Guardián que custodiaba la salida abrió la puerta para ellos, Xein se contuvo para no salir corriendo. Fingió que sus nervios se debían a la perspectiva de acometer su primera misión en el exterior, como el resto de sus compañeros, y se obligó a sí mismo a reprimir su entusiasmo; después de todo, era posible que no lograra escapar durante aquella excursión. No tendría sentido intentarlo siquiera si el terreno era llano y no había lugares para esconderse. El instructor no les había facilitado ningún plano ni indicaciones al respecto, ya que, según decía, los Guardianes debían aprender a desenvolverse en territorios desconocidos y estar preparados para cualquier imprevisto.

Ulrix los despidió en la puerta.

—Recordad todo lo que habéis aprendido —les recomendó—. Procurad estar de vuelta antes de que se ponga el sol. Y haced lo posible por no morir.

Xein esbozó una sonrisa, pero el resto de sus compañeros estaban serios.

Cuando el portón se cerró tras ellos, el joven se volvió para mirarlos.

—¿Creéis que lo decía de verdad?

—¿A ti te parece que no puedes morir en unas maniobras en las Tierras Salvajes? —replicó Tres.

—Bueno, existe el riesgo, claro... Pero, si es tan peligroso, ¿por qué nos deja ir solos? ¿Por qué no nos acompaña ningún Guardián?

—Es parte del entrenamiento —dijo Seis—. Y no vamos a morir, Cinco. Porque hemos nacido para hacer este trabajo y porque nos han entrenado para hacerlo bien. ¿Entendido?

Xein sacudió la cabeza.

—Pues yo tengo la sensación de que, si fracasáramos en esta misión, el instructor Ulrix no lo lamentaría.

—Te equivocas. Puede que no le caigamos bien, y puede que tú le caigas peor que el resto. Pero es leal a la Guardia y va a darlo todo para que sus pupilos salgamos adelante. No lo dudes ni por un momento.

Xein no replicó. Se volvió para contemplar los muros del Bastión. Por primera vez en varios meses se encontraba fuera de ellos, y deseó no tener que traspasarlos de nuevo. Los adornos que decoraban el arco del portón le recordaron a los que había dibujados en la entrada de su aldea natal, y sintió un ramalazo de nostalgia.

—No te quedes atrás, Cinco —lo llamó Seis.

Los muchachos avanzaban por un camino de tierra hacia la zona montañosa que se extendía más allá del Bastión. Xein se reunió con ellos. Apenas sin darse cuenta, ajustó el paso al de sus compañeros, y unos instantes después caminaban todos juntos, en perfecta formación, en silencio y atentos a cualquier movimiento sospechoso entre los matorrales que bordeaban el sendero.

La primera parte del trayecto la recorrieron sin novedad. Xein evocó el día en que había acompañado a Axlin a ver a los lenguaraces. Habían ido charlando por el camino, prácticamente flirteando, y ahora le maravillaba lo descuidado que había llegado a ser. Como parte de una brigada de futuros Guardianes, no concebía ya una salida al exterior como un paseo campestre, sino como una expedición en terreno enemigo.

Un rato más tarde supo que había monstruos cerca. Poseía la facultad de detectarlos desde que tenía memoria; era como un curioso cosquilleo en la nuca que alertaba todos sus sentidos y lo ponía en guardia. Siempre había creído que se trataba de una habilidad especial suya, pero en el Bastión había aprendido que todos los Guardianes nacían con ella.

Los seis reclutas alzaron las armas exactamente al mismo tiempo, y Xein se sintió, de nuevo, parte de algo más grande que él mismo. No había hecho falta que cruzaran una sola palabra, ni una mirada, porque todos ellos habían percibido la presencia de los monstruos. Recorrieron la maleza con la mirada, adoptando una formación de combate.

Fue Tres quien los localizó primero.

—Escupidores —advirtió.

Los seis alzaron la cabeza. Las ramas de los árboles formaban un arco sobre el camino un poco más allá. Aparentemente, no los aguardaba allí ningún peligro. Cualquier persona habría seguido caminando sin ver a los escupidores camuflados entre las hojas hasta que fuera demasiado tarde.

—Yo me encargo —anunció Uno.

Nadie discutió. Era un virtuoso del arco, y en apenas unos minutos abatió a todos los escupidores que se ocultaban entre el follaje.

El cosquilleo en la nuca desapareció en cuanto el último monstruo cayó al suelo ante ellos. No hizo falta que nadie dijera nada porque, una vez más, todos lo sabían: el camino estaba despejado.

Siguieron adelante. En las horas siguientes se enfrentaron a un rechinante y a un trío de verrugosos, y también tuvieron que abrirse paso a base de hachazos entre los apéndices de los nudosos que bordeaban el camino. Era la primera vez que Xein veía aquellas criaturas y las observó con interés, porque sabía que una de ellas había sido la responsable de la cojera de Axlin. Para los jóvenes reclutas resultaba muy evidente que aquellos tentáculos retorcidos que emergían de la tierra no eran raíces en realidad. Sin embargo, sabían que a las personas corrientes sí las engañaban. «¿Cómo puede ser?», se preguntaba Xein. «¿Por qué somos tan diferentes de los demás? ¿Por qué vemos cosas que ellos no ven? ¿Por qué sentimos a los monstruos de forma distinta?» En cierta ocasión, bromeando, Uno había comentado que los Guardianes eran muy superiores al resto de los humanos y que, por tanto, el próximo Jerarca de la Ciudadela debería ser uno de ellos. Y Xein se había descubierto a sí mismo pensando que tenía razón, en cierto modo. Los Guardianes no solo eran diferentes a los demás. Eran mejores. Superiores.

El sol estaba ya alto cuando decidieron detenerse para comer. Por primera vez se permitieron hacer comentarios sobre el estado de la misión.

—¿Cuánto tardaremos en encontrar chasqueadores? —planteó Tres—. El instructor dijo que había muchos, pero parece que no quieren dejarse ver.

—Quizá hayamos seguido el camino equivocado —opinó Cuatro—. Los chasqueadores se mueven sobre todo en praderas y grandes extensiones de hierba, y nosotros nos estamos internando cada vez más en la zona arbolada. Tal vez deberíamos haber seguido el camino principal.

—¿Tienes miedo de que se nos haga de noche aquí en el bosque? —lo pinchó Uno.

Cuatro no se molestó en responder, pero Xein miró de reojo a Dos. Hasta el momento se estaba manejando bastante bien, pero nadie quería forzarlo a enfrentarse a situaciones demasiado complicadas en su primera expedición al exterior.

—Propongo que sigamos el camino —dijo entonces Seis—. No tiene sentido volver atrás. Los bosques por aquí no son muy extensos; en algún momento volveremos a salir a la llanura.

Continuaron adelante. El sendero desaparecía en algunos trechos, comido por la maleza, y Xein se encontró abriendo la marcha porque tenía más experiencia en el terreno que los chicos de la Ciudadela. Así que fue el primero en detectar que a su derecha se abría un talud que descendía hasta un riachuelo semioculto entre el follaje.

Lo estudió de reojo, con el corazón palpitándole con fuerza. Tal vez podría arrojarse por él, rodar hasta el fondo de la hondonada y escabullirse al abrigo de los árboles de la orilla. Sus compañeros podrían perseguirlo, pero a él le resultaría más sencillo perderlos de vista allí que en cualquier otro lugar.

—¿Cinco? —lo llamó Seis—. ¿Qué ves ahí abajo?

—Nada —disimuló él—. Hay agua, pero no creo que valga la pena salirnos del camino para llenar los odres. Los tenemos aún bastante llenos, y el barranco parece bastante empinado.

Seis asintió, conforme.

Xein ya había tomado su decisión. Pero temía que sus compañeros adivinasen sus intenciones, y llegó a la conclusión de que, si iba a intentar huir por allí, no sería en aquel momento. Se prometió a sí mismo que lo haría a su regreso. Se había dado cuenta de que los demás no pensaban apartarse del camino, por lo que probablemente utilizarían la misma ruta para volver.

Más allá, el sendero descendía y el bosque se despejaba. Poco después, la brigada Niebla se internaba en una extensa pradera.

Tal como había anticipado Cuatro, fue allí donde los atacaron los chasqueadores. Aquellas criaturas producían una gran variedad de sonidos que parecían un lenguaje propio, pero los Guardianes sabían que los emitían sobre todo para confundir a sus presas. En aquel pandemónium de chasquidos, chirridos y repiqueteos que parecían proceder de todas partes, resultaba muy difícil ubicar a los monstruos y precisar cuántos había en realidad. Pero el oído de los Guardianes los detectaba sin problemas.

La brigada Niebla formó un círculo, espaldas adentro, armas hacia fuera, para cubrir todas las direcciones. La piel musgosa de los chasqueadores resultaba difícil de distinguir en la hierba alta, pero los ojos dorados de los reclutas localizaron a las criaturas mucho antes de que se abalanzaran sobre ellos.

Xein sintió un júbilo casi salvaje cuando su lanza ensartó al primer chasqueador. Llevaba una daga a cada costado y las desenvainó, preparado para enfrentarse al siguiente. La lanza seguía siendo su arma favorita, pero se había ejercitado intensamente con muchas otras, y las dagas también se le daban bastante bien. Descubrió a otro chasqueador entre la maleza y saltó sobre él; el cuerpo sinuoso de la criatura se rizó en un espasmo de dolor en el momento en que el joven hundió los filos en su lomo.

Cuando los reclutas de la brigada Niebla se reagruparon, los cadáveres de ocho chasqueadores salpicaban la hierba en torno a ellos. Los muchachos contemplaron su obra, orgullosos. Habían funcionado como un equipo letal y perfectamente sincronizado. Apenas habían tardado unos minutos en acabar con todos los monstruos, y ni siquiera jadeaban. Los chasqueadores, por su parte, no habían llegado a herir a ninguno de ellos.

—¡Misión cumplida! —exclamó Uno, exultante.

Xein cruzó una mirada con sus compañeros. Hasta Dos sonreía.

—Sí, lo hemos hecho bien, pero no os entretengáis ahora —advirtió Seis—. Debemos regresar al Bastión antes de que se ponga el sol.

Debían demostrar que habían llevado a cabo la tarea encomendada, por lo que procedieron a cortar las colas de los chasqueadores y a guardarlas en un saco que llevaban para tal fin. Cuando por fin se pusieron en marcha, el sol había comenzado ya a descender en el cielo.

Apresuraron el paso. Estaban satisfechos, pero no bajaron la guardia porque todavía podían atacarlos otras criaturas. Xein, por su parte, no perdía de vista el bosquecillo que se alzaba más adelante, camino arriba. No tardarían en llegar al lugar que había elegido para su intento de fuga.

Cuando volvieron a adentrarse en la espesura, se esforzó por fingir que seguía tranquilo, atento solamente a posibles emboscadas por parte de monstruos, pero el corazón le latió con más fuerza al ver que el terreno a su izquierda empezaba a volverse abrupto a medida que ascendían.

Y por fin, allí estaba. El arroyo. La hondonada. Su oportunidad de escapar.

Se detuvo, alerta, y escudriñó las ramas de los árboles.

—¿No sentís eso? —dijo de pronto.

Los cinco reclutas alzaron la mirada con extrañeza.

Y justo en ese momento, saltó.

Seis alargó la mano para sujetarlo, pero no lo logró. Xein cayó al vacío, aterrizó en el suelo y rodó ladera abajo.

—¡Cinco! —oyó que lo llamaba Tres—. ¿A dónde vas, loco?

—¡Trata de escapar! —La voz de Seis no sonaba furiosa, sino desconcertada—. ¡Cinco! ¡Vuelve aquí! No es una buena idea, ¿sabes?

Xein apenas lo escuchaba. Se había puesto en pie y corría a trompicones, abriéndose paso entre la maleza. La hora lo favorecía, porque el sol había comenzado a declinar y el fondo de la hondonada quedaba ahora en sombras. Sus pies chapotearon en el agua del arroyo, pero no se detuvo. Había dejado de oír las voces de sus compañeros y sabía lo que eso significaba: tratarían de darle caza.

Salió por la otra orilla, aprovechando un rincón especialmente frondoso y umbrío, y se deslizó entre los árboles, hacia el lugar más tupido del bosque.

Corrió con todas sus fuerzas. Al cabo de un rato encontró un hueco al pie de una formación rocosa y se acurrucó allí, ocultándose tras las enormes hojas de los helechos. Los Guardianes tenían facilidad para detectar a los monstruos, pero no a las personas, y tampoco a los otros Guardianes. Con un poco de suerte, y si daban por sentado que trataría de llegar lo más lejos posible, pasarían de largo ante su escondite.

Un rato después sintió pasos en el bosque, no lejos de donde se encontraba. Pero se alejaron, y no volvieron.

La luz del crepúsculo fue menguando poco a poco. Xein deseó que sus compañeros hubiesen regresado al Bastión. Quería escapar, pero no a costa de que ellos arriesgasen sus vidas para buscarlo. Con un poco de suerte, Seis llegaría a la conclusión de que resultaría mucho más práctico y sensato volver para dar la alarma que tratar de encontrar al recluta fugado en la oscuridad.

Se hizo de noche. Xein seguía hecho un ovillo en su escondite, aunque hacía rato que no oía nada. Empezó a relajarse. Probablemente, sus compañeros habían regresado ya al Bastión. En cuanto informaran de lo que había pasado, los Guardianes saldrían a buscarlo. ¿Lo harían en plena noche o aguardarían al amanecer? No lo sabía. En el peor de los casos, no obstante, disponía de varias horas para alejarse de allí todo cuanto fuera posible.

Se sintió eufórico de pronto. Había escapado. ¡Había escapado! Por fin estaba fuera de los muros del Bastión, libre para ir a donde le pareciera. A la Ciudadela, a casa o a cualquier otra parte.

Reflexionó. En las Tierras Salvajes solo había monstruos, por lo que debería encaminarse a la Ciudadela. Si seguía el camino principal, sin embargo, los Guardianes lo alcanzarían. Decidió, pues, que avanzaría hacia el sur, siguiendo una ruta paralela al camino, pero lo bastante alejada del mismo como para que no pudieran divisarlo desde allí. Sería difícil, porque la región que se extendía entre el Bastión y la Ciudadela era muy llana, sin apenas árboles. La mejor opción era tratar de avanzar de noche y esperar que la suerte lo acompañase y que los monstruos no lo sorprendiesen.

Salió de su escondite con precaución. Se quedó pegado a la pared rocosa para que la luz de la luna no desvelase su silueta en la oscuridad. Prestó atención, pero solo oyó el canto de los grillos y el ulular de un búho a lo lejos.

Eso no significaba que estuviese a salvo. Xein sabía que los animales salvajes no alteraban su comportamiento en presencia de monstruos, por lo que tendría que fiarse de su sexto sentido. Se preparó para emprender la marcha y entonces se dio cuenta de que había perdido la lanza durante su huida precipitada. Maldijo en voz baja, furioso consigo mismo por haber cometido aquel error. Se ajustó el petate a la espalda, desenvainó sus dagas y se internó en la espesura.

Optó por seguir el curso del río. Era la ruta más obvia, pero quería aprovechar para avanzar todo lo que pudiera mientras fuera de noche. Ya se alejaría en busca de un escondite mejor cuando amaneciera.

Avanzó en silencio, como una sombra, durante un buen rato. Sus ojos dorados veían en la oscuridad algo mejor que los de un humano corriente, pero ni mucho menos con la misma claridad que durante el día. Tropezó con algunas raíces y metió el pie en algún charco de barro, pero se las arregló para moverse con cierta soltura.

Al cabo de un rato se detuvo, porque había un monstruo cerca.

30

Escudriñó las sombras a su alrededor, con el corazón latiéndole con fuerza. Se le pasó por la cabeza que todo aquello había sido una gran estupidez. Se le daba bien luchar contra los monstruos, pero allí, en la penumbra y sin el apoyo de su brigada, podía perder la partida.

Deseó que no fuera un monstruo grande, y enseguida comprendió que aquello era absurdo; después de todo, una criatura de gran tamaño resultaría más fácil de localizar en la oscuridad.

Porque estaba muy cerca. Lo sentía. Y, sin embargo..., no lo veía.

Lo percibió tras él. Se dio la vuelta, pero no vio nada. No solo la oscuridad jugaba en su contra; también la maleza, que le había servido para ocultarse de la mirada de sus compañeros, le impedía ahora localizar a la criatura que lo acechaba.

Notó otro a su derecha. Y dos más un poco más allá. Respiró hondo.

Eran pequeños. Pero eran muchos.

Detectó por fin un movimiento entre los helechos. Empuñó las dagas y se preparó para defenderse. Los sentía ahora por todas partes, acercándose a él lenta y cautelosamente, rodeándolo.

De pronto, uno de ellos se alzó entre los matorrales. A la luz de la luna, Xein vio a una criatura gris y peluda como una rata, de orejas puntiagudas y grandes ojos negros y redondos que relucían en la oscuridad. Tenía una boca extraordinariamente ancha, pero su hocico era pequeño y aplastado y apenas sobresalía entre el pelaje.

Tardó apenas unos segundos en reconocerlo: era un chillón, un ser similar a las pelusas que habitaban en el entorno de algunas aldeas como la de Axlin, pero más grande y desde luego no tan vistoso y colorido. El pelaje de los chillones era de tonos sucios y apagados: grises, marrones, parduscos. Su aspecto no encandilaría a ningún niño, pero no les hacía falta, porque tenían otras maneras de atacar y devorar a sus víctimas.

El joven sabía que no los llamaban chillones por casualidad. Había leído sobre ellos en los bestiarios y se había enfrentado a varios en el Foso, pero eso no lo preparó para el brutal alarido que brotó de la garganta del monstruo, que lo golpeó con una intensidad inesperada y lo obligó a llevarse las manos a los oídos.

Más chillones emergieron de entre la maleza; sus ojos brillaban en la oscuridad, pero Xein, aún aturdido, no fue capaz de contar cuántos eran. Calculó que más de dos docenas, como mínimo. Estaba luchando por centrarse cuando todos los chillones aullaron a la vez. Sus ataques acústicos lo fustigaron desde todas partes, y Xein gritó de dolor. Sin embargo, sus maltratados oídos no fueron capaces de percibir su propia voz. Sintió la cabeza a punto de estallar.

Los chillidos de las criaturas seguían golpeándolo por todas partes. Entonces una de ellas saltó hacia él, se le enganchó al muslo y lo mordió con fiereza.

El dolor lo espabiló; su instinto se despertó y su cuerpo prácticamente se movió solo. Con un único gesto acuchilló al chillón con la daga y lo desprendió de su pierna. Dio media vuelta y ensartó en el aire a otro, que se había arrojado sobre él siguiendo el ejemplo del primero.

Xein recuperó su temple. La voz de los chillones volvía locos a los humanos corrientes, pero los Guardianes podían sobreponerse a ella a base de entrenamiento y fuerza de voluntad. Se centró en frenar los ataques de los monstruos y se esforzó por ignorar la atroz cacofonía que componían sus gritos. Se deshizo de varios más y trató de avanzar hacia el río, el único lugar por donde no le habían cortado el paso. Pero cada vez aparecían más, tal vez atraídos por los chillidos de los primeros. Las dagas de Xein subían y bajaban, cortaban, apuñalaban y descabezaban; fue avanzando poco a poco, dejando tras de sí un reguero de chillones muertos y recibiendo a cambio una buena ración de mordiscos en los tobillos, los muslos y las pantorrillas. Estaba entrenado para ignorar el dolor; sabía que, si tropezaba y caía al suelo, todos los chillones se le echarían encima y ya no volvería a levantarse.

Había ya más de medio centenar. Seguían apareciendo, asomando las orejas entre la maleza y uniéndose a aquel coro desquiciante y atronador.

La cabeza de Xein latía como si en su interior, en lugar de un cerebro, albergara una campana gigantesca que tañera sin cesar.

Por fin, sus pies chapotearon en el arroyo. Trastabilló, pero logró recuperar el equilibrio y aprovechó para echar a correr en el agua, que apenas le llegaba por encima de los tobillos. Sintió que dejaba atrás a los chillones, que no se habían atrevido a zambullirse para seguirlo. «Les da miedo el agua», comprendió. No recordaba haberlo leído en los bestiarios, pero aquel era el tipo de dato que Axlin anotaría sin duda en su libro.

Cuando ya empezaba a creer que lo conseguiría, patinó sobre una de las piedras del lecho, resbaladiza por el musgo, y cayó de bruces.

Los chillones gritaron más fuerte. Xein miró atrás y los vio saltando de piedra en piedra cerca de la orilla, buscando una ruta para llegar hasta él. Trató de levantarse.

Y entonces los chillones se callaron de golpe.

El dolor de cabeza, sin embargo, no remitió, y el molesto pitido que se había instalado en sus oídos no desapareció tampoco, pero aun así respiró hondo, aliviado. Volvió a mirar a los chillones y los descubrió inmóviles, con las orejas enhiestas. Después —fue visto y no visto— se pusieron en tensión y desaparecieron, todos a una, entre los matorrales de la ribera.

Pero seguía habiendo monstruos, Xein lo sentía en lo más hondo de su ser. Comprendió de pronto que algo había hecho huir a los chillones. Por lo que él sabía, los monstruos no colaboraban con criaturas de otras especies para cazar. Axlin tenía la teoría de que existía algún tipo de jerarquía entre ellos que los humanos aún no comprendían del todo. Los Guardianes lograban hacer huir a los monstruos en algunas ocasiones, pero solo después de presentar batalla. Los únicos que los espantaban con su mera presencia eran otros monstruos más fuertes.

Se dio la vuelta lentamente.

Y allí estaba. Una enorme sombra entre los árboles de la otra orilla. Xein palpó en el fondo del arroyo en busca de una de sus dagas, que se le había caído, pero no la encontró. Aferró la única que le quedaba y se dispuso a hacer frente a la criatura.

Mostraba una cierta apariencia humanoide, pero era más alta y fornida que un hombre corriente, incluso que un Guardián. De nuevo, Xein repasó sus conocimientos sobre monstruos. No era un velludo, desde luego; lo habría identificado por el hedor.

Solo cuando la criatura salió de entre los árboles y la luz de la luna delimitó su silueta, comprendió que ya había visto antes algo parecido, en los calabozos del Foso.

Un desollador.

Trató de reprimir el escalofrío que recorrió su espalda. Los desolladores eran monstruos difíciles de derrotar incluso para un Guardián. Sobre todo si se encontraba solo y herido como él. De hecho, su brigada no había llegado a luchar contra el ejemplar cautivo en el Foso porque, según decía el instructor, aún no estaban preparados para enfrentarse a él. Por lo que Xein sabía, finalmente había sido abatido por una brigada más experimentada que preparaba su prueba final; uno de sus miembros había muerto durante el combate contra el desollador y otro había quedado gravemente herido.

«Tendré que arreglármelas yo solo», se dijo Xein, maldiciendo su mala suerte. Tenía entendido que los desolladores vivían en las montañas, pero probablemente aquel había bajado al arroyo atraído por el escándalo de los chillones.

Empuñó su daga y estudió con cautela la reacción del monstruo.

La criatura alzó su cabeza calva y olisqueó en el aire, dilatando sus fosas nasales. Entonces levantó las manos, acabadas en uñas afiladas como cuchillos. Xein sabía que con ellas desgarraba la piel de sus víctimas para arrancársela después a tiras. Se incorporó con lentitud, calculando la forma de alcanzar el cuello del monstruo para segarle la arteria carótida antes de que él lo atacase con sus mortíferas zarpas. Los desolladores carecían de piel, pero sus músculos y tendones eran duros como piedras y no resultaba fácil herirlos.

El monstruo avanzó hacia él, metiendo los pies en la corriente. Xein lo esperó, tenso, con la daga en la mano. Entonces el desollador gritó, pero para él fue un bramido silencioso, porque sus oídos no se habían recuperado aún del ataque de los chillones. Cuando la criatura se arrojó sobre él, se movió a un lado para esquivarlo; al tratar de contraatacar, resbaló de nuevo, debilitado por las heridas, y el desollador le asestó un brutal zarpazo que lo lanzó hacia atrás. Xein cayó de espaldas con un violento chapoteo. Sintió un furioso dolor en el costado, donde el monstruo lo había golpeado, y al llevarse la mano allí notó tres cortes profundos, sangrantes. Trató de ponerse en pie, pero no lo consiguió.

«Voy a morir aquí», comprendió de pronto, anonadado.

Pensó en Axlin. Jamás volvería a verla.

Cuando el desollador saltó sobre él, Xein alzó la daga, dispuesto a morir matando.

Pero el monstruo no lo alcanzó. De pronto se sacudió en el aire, bramó y se dio la vuelta. Se movió de una forma extraña. Xein alcanzó a vislumbrar entonces el extremo de una flecha que sobresalía de su espalda. Antes de que pudiera comprender lo que había pasado, cinco figuras humanas emergieron de la espesura, armadas hasta los dientes, y acometieron al desollador. Se movían con contundencia, rapidez y eficacia: a la manera de los Guardianes.

Cuando el desollador cayó muerto por fin, Xein se sintió tan aliviado que no se preocupó por el hecho de que lo hubiesen encontrado. Una Guardiana se inclinó junto a él y le dijo algo, pero el joven sacudió la cabeza y le señaló sus oídos inutilizados. Ella frunció el ceño, habló brevemente con sus compañeros y lo ayudó a levantarse.

Le vendaron la herida del costado y le limpiaron las demás. Al examinar los mordiscos de los chillones a la luz del farol, comprendieron las razones de la repentina sordera de Xein y no se molestaron en volver a hablarle.

Xein se dejó hacer. Cuando ellos lo pusieron en pie y le ataron las manos a la espalda, fue consciente de pronto de que lo habían salvado para capturarlo de nuevo.

Se le cayó el alma a los pies. Había escapado del Bastión, pero los Guardianes apenas habían tardado unas horas en encontrarlo. Era muy posible que, al igual que el desollador, hubiesen llegado hasta él guiados por los gritos de los chillones. Desde luego, había sido mala suerte; aunque por otro lado, si ellos no lo hubiesen hallado a tiempo, probablemente el desollador lo habría matado de una forma horrible y dolorosa.

Mientras caminaban de regreso al Bastión, Xein valoró la posibilidad de tratar de escapar de nuevo. Pero estaba herido y cansado, y una parte de él deseaba echarse a dormir en un lugar seguro donde no hubiese monstruos.

«Volveré a intentarlo más adelante», se dijo.

Llegaron al Bastión de madrugada, casi al amanecer. Xein pasó por la enfermería, donde lo curaron con mayor cuidado, pero después no volvieron a llevarlo a los barracones. Preguntó al respecto a los Guardianes que lo escoltaban, y fue raro, porque seguía sin oír el sonido de su propia voz. Pero ellos no respondieron ni se molestaron en ofrecerle alguna explicación mediante gestos.

Lo alojaron en una celda de la torre norte, todavía más austera que el cuarto que le habían asignado durante su estancia en el cuartel de los Guardianes, allá en la Ciudadela; contaba tan solo con un jergón, un cuenco con agua y un bacín, y la única luz entraba a través de un ventanuco enrejado tan estrecho que ni siquiera se podía sacar la cabeza por él. Cuando la puerta se cerró tras él, intentó abrirla y comprobó que era, de nuevo, un prisionero de los Guardianes.

Suspiró con resignación y se preguntó cuántos latigazos correspondían a la infracción que había cometido.

Sospechaba que serían bastantes más de tres.

Tardaron unas horas en acudir a visitarlo. En todo aquel tiempo no entró nadie a darle de comer. Mientras tanto, el dolor de cabeza fue remitiendo, y el zumbido de sus oídos se atenuó. Cuando el capitán Salax entró en la celda, pasado el mediodía, fue capaz de oír el ruido de la puerta al abrirse. Se alegró, pero comprendió enseguida, por el semblante grave del capitán, que no traía buenas noticias.

Xein sabía que él no vivía en el Bastión. Se preguntó si habría acudido desde la Ciudadela solo por su causa. Se sintió todavía más inquieto.

—¿Por qué has cometido semejante estupidez? —le dijo en

voz bien alta para que lo oyera. Aun así, el joven percibió sus palabras como un rumor lejano y le costó comprender su sentido—. Lo estabas haciendo bien, Xein. Pero ahora... no respondo por lo que pueda sucederte.

A pesar de la advertencia, a él lo preocupó más el hecho de que el capitán lo hubiese llamado por su verdadero nombre.

—No deseo unirme a los Guardianes —dijo, sin embargo, y al comprender por el gesto de Salax que había alzado demasiado la voz, añadió más bajo—: Solo quiero volver a casa.

El capitán sacudió la cabeza.

—Has cometido una falta muy grave, recluta. Responderás ante la comandante Xalana, y eso, créeme, no es bueno para ti.

Xein lo miró sorprendido. Había oído hablar de la comandante Xalana, la líder de la División Oro, pero nunca la había visto. ¿Viajaría hasta el Bastión para juzgarlo personalmente? ¿O lo llevarían a él a la Ciudadela para entrevistarse con ella?

El capitán Salax no resolvió sus dudas. Sacudió la cabeza con disgusto y salió de la estancia, cerrando de nuevo la puerta tras de sí.

Más tarde entró un Guardián fornido y adusto, a quien Xein conocía de vista porque solía trabajar en el Foso cuidando de los monstruos que usaban en las prácticas. Le llevó una escudilla de sopa, un trozo de pan y una jarra de agua, y se marchó sin decir una palabra. El joven pensó con cierta amargura que quizá no fuera casual que lo hubiesen enviado precisamente a él.

El Guardián regresó por la noche para traerle la cena: un trozo de pan con queso. Xein estaba empezando a pasar hambre, pero no se quejó.

Era ya noche cerrada cuando la puerta de abrió de nuevo. Alzó la cabeza adormilado, reconoció al capitán Salax y oyó claramente su voz cuando le ordenó:

—En pie, recluta. La comandante Xalana te está esperando.

Xein obedeció, aún aturdido. Había tenido ocasión de recuperarse de su excursión nocturna, y las heridas ya no lo molestaban tanto. En su última visita, además, su carcelero le había realizado las curas y cambiado las vendas. El joven lo había dejado hacer, esperanzado: si los Guardianes querían que se recuperase, era poco probable que tuviesen intención de condenarlo a muerte. Casi con total seguridad, su castigo consistiría en más latigazos; pero después de pasar varios meses en el Bastión, había terminado por habituarse a ellos.

Tal vez la presencia de la comandante Xalana implicaba que iban a llevarlo de regreso a la Ciudadela, caviló mientras seguía al capitán Salax por los corredores del Bastión. En todo caso, no se sentía capaz de ensayar otro intento de fuga. Aún estaba débil y no llegaría demasiado lejos.

El capitán se detuvo por fin ante una puerta y llamó con suavidad. Abrió un joven Guardián y se apartó a un lado para dejarlos entrar.

Xein siguió a su superior hasta el interior de una estancia amplia, pero sobria, como todo en el Bastión. Al fondo había un escritorio de madera recio y antiguo, y apoyada en él se hallaba una mujer que examinaba unos documentos con interés.

—Comandante Xalana —dijo el capitán con un leve carraspeo—, aquí está el recluta desertor.

Ella alzó su mirada de oro hacia los recién llegados. Como todos los Guardianes, llevaba el cabello muy corto; en su caso, era de color castaño oscuro, casi negro. Cuando se incorporó y avanzó hacia ellos con andares felinos, Xein comprobó con cierta sorpresa que era más curvilínea que la mayoría de las Guardianas, mujeres de cuerpos duros y fibrosos, pechos pequeños y caderas estrechas. Vestía el uniforme gris reglamentario y lo único que delataba su rango era la capa azul con ribetes dorados que había dejado plegada sobre una silla.

Xalana se detuvo ante ellos, cruzó los brazos y examinó a Xein con el ceño fruncido.

—¿Cómo se puede ser tan estúpido? —fue lo primero que dijo.

Su voz, dura como un latigazo, estaba teñida de hastío y de un profundo desprecio. Xein abrió la boca para responder, pero ella siguió hablando:

—¿Sabes cuál es la sanción por traicionar o poner en peligro a tu brigada, recluta?

—Tres azotes por cada uno de los miembros del grupo —respondió él a media voz, tratando de disimular el alivio que sentía—. Dieciocho en total.

Había sufrido aquel castigo antes. No era agradable, pero ya lo había soportado una vez y podía volver a hacerlo.

La comandante asintió con lentitud.

—¿Eres consciente de que los desertores no traicionan solo a su brigada..., sino a todos los reclutas del Bastión?

Xein la miró sin comprender. Xalana esbozó una sonrisa de desdén.

—Capitán Salax, informa al desertor de cuántos reclutas están recibiendo adiestramiento ahora mismo entre estos muros —ordenó.

—Actualmente tenemos diez brigadas en la División Oro, comandante. Todas con seis reclutas, excepto la brigada Ventisca, que tiene cinco. Cincuenta y nueve en total.

—¿Qué...? —soltó Xein, pero la comandante lo interrumpió.

—No tienes permiso para hablar, recluta. Capitán Salax, ese es el recuento de la División Oro. ¿Cuántos reclutas tenemos en la División Plata?

—Nueve brigadas, comandante. Siete de seis reclutas, dos de cinco. Cincuenta y dos en total.

—¿Se te dan bien las cuentas, Cinco Niebla Oro? —preguntó entonces Xalana.

Un sudor frío había empezado a cubrir el cuerpo del joven.

—Yo...

—Lo calcularé por ti: cincuenta y nueve reclutas en la División Oro y cincuenta y dos en la División Plata hacen un total de ciento once reclutas. Si recibes tres azotes por cada uno de ellos, te corresponden en total trescientos treinta y tres azotes. Es una bonita cifra, ¿no crees?

Xein se volvió hacia el capitán, convencido de que la comandante tenía que estar bromeando. Pero Salax se mostraba serio y un poco pálido.

—Es una locura —estalló Xein—. No podré soportar tantos latigazos.

—Nos las arreglaremos para que los soportes. No los recibirás todos de golpe, naturalmente. Serás conducido al patio por la mañana para recibir los azotes que puedas aguantar. Cuando sobrepases el límite de tu resistencia, te llevarán de regreso a tu celda para que te recuperes. El proceso se repetirá hasta que cumplas la sanción por completo.

—¡No! No, me niego a aceptarlo. No lo permitiré.

—No podrás evitarlo. Lamento que no te guste, recluta, pero así son las normas. Si no deseabas recibir la sanción correspondiente a tu detestable acción, deberías haberlo pensado dos veces antes de cometerla.

Xein temblaba como una hoja, pero se esforzó por sobreponerse.

—Escapé porque no quiero ser Guardián —trató de explicar—. Me trajeron aquí en contra de mi voluntad. Yo solo quiero volver a casa, con mi familia.

Xalana miró al capitán, claramente disgustada.

—¿Nadie se lo ha explicado?

—En repetidas ocasiones, comandante, pero es duro de mollera.

—Entonces lo haré yo, por última vez. Y no me cabe duda de que ahora lo entenderá. Cinco Niebla Oro —prosiguió—, tú eres un Guardián. Tu familia es el cuerpo de los Guardianes de la Ciudadela. Tu hogar está entre nosotros.

—¡No! —se rebeló Xein—. Tengo una madre ahí fuera. Tengo... gente que me importa.

Xalana volvió a mirar al capitán, alzando una ceja.

—Deduzco que se refiere a gente corriente.

—A la muchacha que lo vendió, supongo —respondió Salax encogiéndose de hombros.

Xein entornó los ojos, sin estar seguro de haber oído bien. ¿Una muchacha? No podía referirse a Axlin. Ella debía de haberse instalado en la Ciudadela varios meses atrás.

—Tu madre está muerta, recluta —informó Xalana—. Ningún humano normal puede sobrevivir solo en un enclave cercado por monstruos sin la protección de un Guardián.

—No..., no es verdad —balbuceó Xein.

—Según nuestros informes, en la aldea donde te criaste ya no hay nadie. Esa es la realidad.

—Pero mi madre tiene recursos. Cuando yo era un niño, era ella quien me protegía a mí.

Sus superiores cruzaron una nueva mirada.

—Altamente improbable —se limitó a responder la comandante—. En cuanto a esa «gente corriente que te importa» —pronunció con evidente desprecio—, no será mucha, presupongo. Las relaciones entre Guardianes y personas corrientes solo traen complicaciones.

Xein seguía negando con la cabeza, incapaz de aceptar las palabras de Xalana.

—¿No me crees? —sonrió ella—. ¿Te has preguntado alguna vez cómo llegamos hasta ti?

Él alzó la mirada hacia la mujer, pero no contestó.

—Había una chica en la Jaula..., ¿no es así, capitán Salax?

—Así es, comandante. Estaba buscando un transporte seguro hasta la Ciudadela, por lo que compró un pasaje en la caravana de un Portavoz a cambio de información detallada sobre dónde encontrar a Cinco Niebla Oro.

Aquellas palabras se introdujeron en su corazón como una garra helada y lo oprimieron hasta hacerlo sangrar.

—No es verdad —murmuró—. No puede ser ella.

—Una muchacha de cabello negro con acento del oeste. Cojeaba al andar. Cargaba con una ballesta bastante aparatosa y con un libro del que nunca se separaba. ¿Seguro que no la conoces?

A Xein le costaba respirar. La garra había aferrado ahora sus pulmones y el frío se había expandido por todo su pecho.

—Es mentira —pudo decir—. Ella jamás me habría traicionado.

Xalana se encogió de hombros y le tendió un papel amarillento que separó de los documentos abandonados sobre la mesa. Xein titubeó antes de cogerlo. Pero lo hizo, y entonces reconoció el mapa que él mismo había confeccionado para Axlin, con sus trazos torpes y vacilantes y aquellas letras irregulares que en nada se parecían a la pequeña y esmerada caligrafía de la muchacha a la que amaba.

El mapa que había dibujado para ella porque quería formar parte de su misión..., de su vida.

Y ahora estaba en manos de la comandante Xalana.

—Es mentira —susurró de nuevo; pero le falló la voz, porque la zarpa de hielo se había apoderado también de su garganta.

—Las relaciones con la gente corriente siempre son complicadas —repitió la comandante—. Principalmente debido a que ellos no quieren relacionarse con nosotros, los Guardianes. Nos tienen miedo porque los superamos en muchos aspectos. Sin embargo, no son capaces de luchar contra los monstruos por sí solos, y desean que los protejamos. Nos temen y nos odian, sí, y también nos necesitan. Puede que alguna jovencita ilusa o algún muchacho soñador se sientan atraídos por uno de nosotros en algún momento de su vida. Pero al final acaban por comprender que somos diferentes a ellos. Es aquí donde nos quieren, recluta: en el cuerpo de los Guardianes de la Ciudadela. Consagrando nuestras vidas a la lucha contra los monstruos para que ellos sean libres.

—No —musitó Xein—. Axlin no es así.

—Puedes seguir engañándote a ti mismo, si lo deseas. Pero la realidad es que has arriesgado tu vida de forma estúpida e innecesaria para regresar junto a una muchacha que, obviamente, es lo bastante juiciosa como para saber que tu lugar no está junto a ella, sino entre nosotros.

El mapa resbaló de entre los dedos fríos y rígidos de Xein y cayó blandamente hasta el suelo sin que nadie hiciera nada por evitarlo.

—Capitán Salax, lleva al recluta desertor de vuelta a su celda —ordenó entonces Xalana—. El castigo comenzará a aplicarse mañana mismo.

—Sí, comandante.

—Y asegúrate de que todos los reclutas estén presentes. Es importante que tengan claro cuáles son las consecuencias de traicionar a la Guardia de la Ciudadela.

Xein apenas la escuchaba. Hasta sus oídos llegó, sin embargo, la palabra «traicionar»... y su mente evocó el rostro de Axlin, cuyos detalles comenzaba a erosionar el paso del tiempo. Seguía sin poder creer que lo hubiera vendido a los Guardianes a cambio de... ¿qué? ¿Un pasaje para viajar a la Ciudadela?

La duda empezó a corroerle las entrañas. Ella deseaba ir a la Ciudadela. Había viajado desde muy lejos para conseguirlo. Le había dicho que lo amaba, pero ni siquiera aquel sentimiento había sido lo bastante poderoso en ella como para hacerla renunciar a su sueño.

El capitán Salax lo condujo de vuelta a su celda y él se dejó arrastrar como si fuera un espantapájaros relleno de paja. La garra que oprimía sus entrañas parecía haberse esfumado, llevándose consigo todo lo que había aprisionado y dejando a Xein como un cascarón espantosamente vacío y oscuro.

—Procura descansar esta noche, recluta —dijo Salax a sus espaldas—. Te hará falta.

Cerró la puerta de la celda tras él, pero Xein apenas reaccionó. Se arrastró hasta el camastro y se derrumbó en él. Deseaba no sentir nada, no pensar en nada. Pero tenía grabada a fuego en su mente la imagen de aquel mapa en manos de la comandante Xalana.

Si lo que ella y Salax decían era cierto... Si *todo* era cierto... Si Axlin lo había vendido y, tras su marcha, los monstruos habían atacado su aldea y matado a su madre...

Cerró los ojos con fuerza. No podía creerlo. A Kinaxi nunca le había gustado Axlin, y Xein era consciente de que el sentimiento era mutuo. Pero ella no habría abandonado a su madre. ¿O sí? Después de todo, le había dado la espalda y se había marchado a la Ciudadela. Y se había llevado el mapa...

«No quiero creerlo. No puedo creerlo.»

Pero si era cierto..., Xalana tenía razón. Se había arriesgado por volver junto a ella. Había estado a punto de morir de una forma espeluznante entre las garras de un desollador.

E iba a recibir trescientos treinta y tres latigazos por ello.

Lentamente, el cascarón vacío que era Xein se llenó de una nueva emoción. No era el frío agarrotador que lo había atenazado en el despacho de la comandante, sino algo más desagradable si cabe: un sentimiento amargo como la hiel y venenoso como el beso de una sierpe.

31

Los Guardianes fueron a buscarlo cuando todavía no había salido el sol. Xein habría querido rebelarse, luchar por su vida y su libertad, pero se sentía sin fuerzas, como si lo hubiesen emponzoñado de nuevo con saliva de chupón. De manera que se dejó conducir fuera de la celda y a través de los pasillos como si no le importase nada lo que pudiera sucederle.

Y era eso lo que sentía en realidad. Cada vez que se planteaba la posibilidad de volver a huir, no encontraba motivos para intentarlo siquiera. Escapar... ¿para qué? ¿Para ser devorado por los monstruos? ¿Para reunirse con la chica que había revelado su existencia a los Guardianes? ¿Para regresar a una aldea ocupada por los monstruos que habían matado a su madre porque él no estaba allí para protegerla?

Sus carceleros le habían vuelto a limpiar las heridas antes de sacarlo maniatado de la celda. Iban a castigarlo por romper las reglas, pero lo querían vivo. Eso significaba que se las arreglarían de alguna forma para que resistiese los más de trescientos latigazos que iba a recibir.

Le fallaron las piernas solo de pensarlo, de modo que los Guardianes cargaron con él hasta que pudo volver a avanzar por su propio pie.

«Quizá sí voy a morir aquí», se dijo. Tal vez no aquel día, ni tampoco el siguiente. Pero existía la posibilidad de que su cuerpo no soportara el castigo.

«Da igual», pensó de pronto. «Iba a morir de todas formas.»

El desollador lo habría matado si los Guardianes no hubiesen acudido a rescatarlo. No sabía cómo sentirse al respecto. Solo tenía claro que la vida que deseaba para sí mismo, el futuro con el que había soñado y que había guardado en su corazón como un tesoro durante su estancia en el Bastión..., no existía en realidad. No era más que una mentira cruel y estúpida.

Salieron al patio, y Xein se detuvo un momento, sorprendido. Bajo la luz grisácea del amanecer contempló a todos los reclutas del Bastión alineados en el patio en perfecta formación, tiesos como postes y con semblante grave. Allí estaban todas las brigadas de ambas divisiones. Nunca había visto el patio tan abarrotado de gente, porque los reclutas de la División Plata entrenaban al otro lado del muro que partía en dos el recinto del Bastión. Pero ahora estaban todos allí, ciento once reclutas con sus respectivos instructores, capitanes y comandantes, solo para ver cómo el desertor recibía sus trescientos treinta y tres latigazos.

Nadie se volvió para mirarlo, aunque algunos le echaron breves vistazos de reojo cuando pasó por su lado. Flanqueado por dos Guardianes, Xein avanzó por el pasillo abierto entre la División Oro y la División Plata hasta una tarima de madera que habían levantado al fondo del patio. Buscó con la mirada a la brigada Niebla, pero no los encontró. Se preguntó de pronto, inquieto, si habrían logrado regresar sanos y salvos al Bastión la tarde de su fuga frustrada. Había dado por supuesto que sí, pero quizá estaba equivocado.

Lo hicieron subir a la tarima, en la que habían instalado un poste vertical un poco más alto que él. Tras él, subieron el capitán Salax y el instructor Ulrix.

Xein no lo había visto desde la mañana en que los había despedido en la puerta, aconsejándoles que no murieran en la maniobra. Sintió el repentino impulso de pedirle disculpas, de arrojarse a sus pies y arrancarse la camisa para recibir una sanción ordinaria que lo librase del brutal castigo que lo aguardaba. Pero no lo hizo, porque en el fondo todo le daba igual.

Reinaba un silencio inusual en el patio. Nadie pronunciaba una sola palabra y los muchachos permanecían inmóviles como estatuas. Xein vio a la comandante Xalana al frente de la División Oro, y localizó también a un hombre que lucía unos galones similares, y que debía de ser el comandante Texden, de la División Plata.

Entonces llegó otro grupo de reclutas, que avanzó en fila por el espacio despejado y subió a la tarima también. Era la brigada Niebla.

El joven observó a sus compañeros con sorpresa. Se preguntó vagamente qué hacían ellos allí.

—Nos sancionan por haberte dejado huir, imbécil —susurró Seis, irritado, al pasar junto a él.

Xein no había pensado en esa posibilidad. Abrió la boca para disculparse, pero finalmente sacudió la cabeza y permaneció en silencio.

La brigada Niebla formó una fila a lo largo de la tarima, junto al instructor. Todos ellos permanecían, sin embargo, separados de Xein.

El capitán Salax tomó la palabra entonces para dirigirse a la multitud que aguardaba en silencio. Xein apenas lo escuchó, sumido en sombríos pensamientos. El capitán presentó al condenado y describió el crimen que había cometido contra los Guardianes. Informó de cuál era el castigo que se le había impuesto, y añadió que, por su carácter ejemplarizante, todos los demás reclutas estaban dispensados de sus obligaciones para asistir a su ejecución.

Después habló de la brigada Niebla. Ellos habían sido los principales perjudicados por la actitud del desertor, dijo, pero también tenían parte de responsabilidad en sus acciones, porque no habían logrado detener a Xein cuando intentó escapar. Cada uno de ellos recibiría por tanto una sanción de dieciocho latigazos.

El capitán Salax finalizó su alocución y se hizo a un lado. El instructor Ulrix se adelantó entonces, con la fusta en la mano. Uno, que era el primer recluta de la fila, se quitó la camisa y ofreció su espalda. Mientras el chico recibía los azotes, Xein observaba la escena sin reaccionar. Llevaba en el Bastión el tiempo suficiente como para que aquellos castigos ya no lo impresionaran.

Se sobresaltó ligeramente al sentir a alguien a su lado. Reconoció de nuevo al Guardián que trabajaba en el Foso. Había oído mencionar su nombre en alguna ocasión, pero no lo recordaba.

Fue él el encargado de desnudarlo de cintura para arriba y atarle las manos al poste. Cuando empuñó el látigo que llevaba prendido al cinto, Xein comprendió que también se ocuparía de aplicarle el castigo. Había creído que sería Ulrix, como de costumbre, pero parecía que el instructor iba a limitarse a sancionar a los muchachos que aún estaban bajo su mando.

Porque Xein, recordó de pronto, ya no pertenecía a la brigada Niebla.

Pensó que no importaba realmente quién empuñaba la fusta. Pero entonces observó el instrumento del Guardián del Foso con más atención y comprendió que estaba equivocado.

Porque aquello no era una simple fusta. Del mango brotaban tres correas largas reforzadas con nudos que le causarían un dolor mucho más intenso que el que estaba acostumbrado a sufrir.

Alzó la mirada para contemplar al verdugo, incrédulo. Aquel látigo no podía estar reservado para él. Pero el hombre se limitó a aferrarlo del brazo para obligarlo a inclinarse. Xein, que se sentía torpe y lento, no se resistió. Aún le costaba asimilar todo lo que estaba sucediendo.

Sin embargo, cuando el Guardián del Foso hizo restallar el látigo sobre su espalda, el joven lanzó un alarido de dolor y arqueó el cuerpo en plena agonía.

Reaccionó por fin. Se revolvió, trató de huir, pero lo habían amarrado bien al poste y no pudo escapar. El látigo cayó de nuevo sobre él y Xein se dejó resbalar hasta el suelo, donde se dio la vuelta para ocultar su espalda dolorida. El verdugo volvió a golpearlo; las tres colas de cuero laceraron su estómago, y aquello fue mucho peor.

Xein seguía retorciéndose; a lo lejos oía la voz de alguien que llevaba la cuenta: «Uno..., dos..., tres». Se trataba de una voz joven, probablemente la de un recluta. Con el cuarto golpe, la voz cambió. Xein no estaba en condiciones de comprenderlo en aquel momento, pero no tardaría en darse cuenta de que todos y cada uno de los reclutas del patio contaban los latigazos por turnos: tres por cada recluta, como había anunciado la comandante.

Sentado en el suelo, Xein alzó las piernas para tratar de proteger su estómago. Recibió el cuarto latigazo en las rodillas y le pareció un poco más soportable.

El verdugo bajó el instrumento y detuvo la tortura, pero solo para volver a colocarlo en la posición correcta. Aunque Xein se revolvió y pataleó con todas sus fuerzas, no pudo evitar que lo amarrara al poste también por la cintura. Cuando el látigo hirió su piel por quinta vez, el muchacho apretó los dientes y apoyó la mejilla contra la madera, loco de dolor. Cerró los ojos para que no se le escaparan las lágrimas.

—Siete, ocho, nueve...

Al décimo latigazo, Xein dejó de tironear para liberar sus manos y simplemente se rindió. Deseó poder estar en otro lugar, dormirse y soñar que todo aquello no era más que una pesadilla.

«Aguanta», se dijo a sí mismo. «Terminarán tarde o temprano.»

Oyó a lo lejos la voz de una recluta enumerando el duodécimo latigazo. Aún quedaban trescientos veintiuno.

«No lo soportaré», pensó, mientras su cuerpo temblaba con cada golpe. Deseó poder contar con la coraza de un caparazón. Pero, por muy Guardián que fuera, seguía siendo humano, y era piel y carne lo que el látigo encontraba al golpearlo.

Trató de pensar en otra cosa. Lo primero que le vino a la memoria fue Axlin, su sonrisa, los momentos que habían pasado juntos, los besos, las caricias... «No», decidió. Se esforzó por borrar todo aquello de su mente. Con cada nuevo latigazo, los recuerdos y sentimientos que ella le había inspirado se disolvían como trazos de tinta bajo la lluvia.

Retrocedió más en el tiempo, buceando en su memoria en busca de una época anterior a Axlin, cuando los días se sucedían monótonos y sin sobresaltos, cuando cazar monstruos era sencillo y hasta entretenido. Pensó en su madre y en su perro (¿qué habría sido de él?). Pensó en los buhoneros y en la hermana de Draxan. «Quizá debí haberle hecho más caso.» Tal vez su madre habría acabado por aceptarla. Podrían haberse mudado los dos a la cantera...

O tal vez no. Después de todo, Xein tenía los ojos dorados. Los Guardianes lo habrían encontrado tarde o temprano. Probablemente, lo más inteligente que podía hacer era aceptar que no había más opciones para él.

«No debí haber tratado de escapar», pensó al vigésimo segundo latigazo. Su mente avanzaba lenta y perezosa, navegando sobre un océano de dolor. Cada nuevo golpe era una ola que trataba de hacerlo naufragar, y en ocasiones estaba a punto de conseguirlo.

«Aguanta», se repetía a sí mismo. «Aguanta.»

Si cerraba los ojos del todo y se dejaba llevar, lo devolverían a su celda. Pero comenzarían de nuevo al día siguiente, y Xein no se veía capaz de soportarlo. Tenía la vaga esperanza de que podría recibir todo el castigo de un tirón, en el mismo día. Y entonces, cuando lo llevaran de regreso a su cuarto, sería para descansar definitivamente. Lo curarían y podría dormir por fin, sin temer que fueran a buscarlo de nuevo para seguir azotándolo.

—Treinta y uno..., treinta y dos..., treinta y tres... —oyó a lo lejos.

«No puede ser», pensó con esfuerzo, en plena agonía. «Todavía quedan trescientos.»

Sentía la espalda en carne viva. Su cuerpo seguía temblando con cada golpe, pero lo hacía de forma involuntaria, porque Xein no tenía ya fuerzas para moverse por iniciativa propia. Ya ni siquiera pensaba en escapar. La sola idea de caminar por su propio pie le resultaba inalcanzable. Lo único que deseaba era que se lo llevaran de allí. Que lo apartaran de aquel poste, como si no existiera la posibilidad de que el verdugo dejase de golpearlo. Como si lo único inevitable que quedara en su mundo fuera el próximo latigazo.

Hacía rato que las lágrimas bañaban su rostro. Lágrimas de dolor, de angustia y desesperación. Habría suplicado ayuda, habría rogado por su vida, si no fuera porque no tenía a nadie a quien llamar.

De nuevo se sumergió en sus recuerdos: su vida en la aldea abandonada, que siempre le había parecido tan aburrida, ahora se le antojaba plácida y feliz. «Ojalá pudiera volver atrás», pensó. «Antes de conocerla a ella.»

—Cuarenta y siete..., cuarenta y ocho..., cuarenta y nueve...

—Cincuenta...

Xein apenas sentía ya nada. Cada nuevo latigazo arrancaba de su garganta un gemido ronco, ahogado, porque ni siquiera tenía fuerzas para gritar.

Le pareció oír que su madre lo llamaba desde las profundidades de su mente.

«No voy a aguantar más», pensó. Y se dejó llevar.

La ola de dolor número cincuenta y tres se abatió sobre su conciencia y la hizo naufragar.

Cuando despertó, su espalda hervía en carne viva. Lo habían tumbado boca abajo en el catre; de nuevo estaba su piel cubierta con un paño húmedo, y Xein reconoció el olor del bálsamo que calmaba las heridas y ayudaba a que sanasen más deprisa. Pero ahora su agonía era tan grande que aquel remedio no lograba aplacarla. De sus labios brotó un alarido.

—No armes escándalo ahora —gruñó una voz junto a él—. Te estabas portando bastante bien.

Se esforzó en enfocar la mirada porque tenía la vista borrosa, y reconoció al Guardián del Foso. Estaba cambiándole el paño de la espalda, pero Xein no se percató de ello. Su cuerpo reaccionó de forma instintiva: retrocedió y se apartó de su verdugo con un grito de alarma, como si fuera un desollador y no un ser humano.

—No seas tan ruidoso, recluta. No va a servirte de nada.

El joven forcejeó cuando le cubrió la boca con un paño que olía de forma diferente. No pudo evitar inhalar aquella sustancia y, de inmediato, cayó de nuevo en un profundo sopor.

Pudieron ser dos días o dos semanas; Xein perdió la noción del tiempo. En las jornadas siguientes lo cuidaron, lo alimentaron y se aseguraron al mismo tiempo de que pasaba la mayor parte del tiempo durmiendo. Él no encontraba razones para tratar de despejarse, de todos modos; cuando estaba despierto, el dolor ni siquiera le permitía pensar.

Una mañana lo levantaron, lo vistieron y le ofrecieron el plato de gachas acostumbrado. No tenía apetito, pero comió porque era lo que hacía todos los días. Sin embargo, después, en lugar de volver a tenderlo sobre la cama, se lo llevaron a rastras fuera de la celda.

Xein tardó un poco en darse cuenta de lo que estaba pasando. Intentó espabilarse, pero después de aquella convalecencia semiconsciente le costaba prestar atención a cualquier cosa.

Cuando salieron al patio y vio, de nuevo, a todos los reclutas en formación, las entrañas se le retorcieron de angustia.

—No. No...—fue lo único capaz de decir.

Los Guardianes no respondieron. Se limitaron a arrastrarlo por el pasillo formado entre las dos Divisiones, y Xein sacó fuerzas de flaqueza para retorcerse y chillar:

—¡No! ¡Por favor, no! ¡Dejadme en paz!

Lo llevaron hasta la tarima a pesar de sus protestas, y cuando vio el poste y al Guardián esperándolo con el látigo en la mano, su vejiga se aflojó de puro terror. Las piernas le fallaron y sus carceleros tuvieron que subirlo en volandas hasta la plataforma.

Lo amarraron de nuevo al poste. Xein lloraba, pero no era consciente de ello. Sentía como si estuviese reviviendo una horrible pesadilla. Afrontó su segunda sesión de latigazos con mucho menos ánimo que la primera, porque ahora era muy consciente de lo que lo aguardaba.

Pero también, precisamente por eso, sabía ya lo que tenía que hacer.

—Cincuenta y cuatro...—cantó la voz del recluta, y el latigazo restalló sobre su espalda.

Xein jadeó, sumergido de nuevo en aquel oscuro océano de sufrimiento. Pero en esta ocasión no se esforzó por resistir. Se limitó a cerrar los ojos y perderse en su memoria para viajar muy lejos de allí.

Como no conocía otra cosa, volvió a refugiarse en la aldea en la que había pasado su infancia. Evocó a su madre, tratando de olvidar el hecho de que estaba muerta. Logró aislarse en su mente y dejar fuera los latigazos en su espalda, las voces de los reclutas que llevaban el recuento y la humillante humedad de sus pantalones.

Pero al cabo de unos instantes (aproximadamente en torno al azote número sesenta y siete), los recuerdos cambiaron y, para su sorpresa, su mente halló cobijo en otro escenario: el Bastión, la brigada Niebla, el entrenamiento que había compartido con aquellos muchachos a los que en el fondo apreciaba, y que habían sido sancionados por culpa de su insensatez.

Se dio cuenta entonces de que añoraba la vieja rutina, los ejercicios, las prácticas en el Foso. Las noches en los barracones, charlando con los otros chicos. Las comidas, todas bastante insípidas, que mejoraban, no obstante, por el simple hecho de poder compartirlas con ellos.

«Ojalá no me hubiera escapado», pensó de nuevo.

Perdió el sentido en el latigazo número ochenta y siete. Quedaban doscientos cuarenta y seis, pero no estaba en condiciones de calcularlo en aquel momento.

A la tercera sesión de azotes se presentó sin aspavientos, como una simple marioneta manejada por sus verdugos. Se dejó amarrar al poste y su espalda se arqueó bajo la mordedura de las tres correas de cuero. Cerró los ojos y se puso a soñar, tratando de disociar su mente de aquel cuerpo maltratado. De nuevo pensó en su madre y en la gente que había conocido, pero sus rostros se iban difuminando poco a poco en su recuerdo.

Los chicos de la brigada Niebla, sin embargo, seguían allí. Aquella mañana los había visto en la formación, asistiendo a su castigo con los demás reclutas. Xein había cruzado una mirada con Seis antes de que lo ataran al poste. Su rostro se mostraba tan inexpresivo como los demás, pero a él le pareció leer en sus ojos el deseo de que aquello terminase cuanto antes.

Para regresar a la normalidad. A la rutina. Para ser un recluta más, como aquellos que formaban en el patio, y no el despreciable desertor que recibía los latigazos.

Se desmayó con el latigazo número ciento doce.

Aún hicieron falta seis sesiones más para terminar de aplicarle el castigo hasta el final. Xein nunca llegó a saber cuánto tiempo transcurrió en realidad, porque el período entre una y otra lo pasaba en una especie de duermevela, mientras el Guardián del Foso curaba sus heridas y se esmeraba en que se recuperase cuanto antes para seguir azotándolo.

Una vez le pareció oír una voz femenina que susurraba apresuradamente en la penumbra:

—Te he conseguido saliva de chupón. Úntatela en la espalda, los golpes te dolerán menos.

Pero creyó que lo había imaginado, porque al alzar la vista apenas pudo vislumbrar una silueta ágil y menuda recortada contra la luz que se filtraba por el resquicio de la puerta. Al día siguiente logró recuperar la lucidez lo bastante como para buscar por la celda el ungüento del que le había hablado aquella chica en sus sueños. Pero no lo encontró, y llegó a la conclusión de que había sido un producto de su mente aletargada.

Pero unos días después, cuando lo condujeron de nuevo al patio para recibir la siguiente tanda de latigazos, había una muchacha allí también. De la División Oro, como él. El capitán Salax anunció que sería castigada con dieciocho latigazos por tratar de ayudar al desertor, y Xein la miró con cierta sorpresa. Pero ella le devolvió una mirada fría e indiferente.

La chica recibió sus azotes (aplicados por su instructora con la fusta de adiestramiento), se la llevaron de vuelta a su barracón y Xein no volvió a verla. Más adelante sí se cruzaría con ella en otra ocasión, en un ejercicio conjunto, pero ambos habían aprendido la lección y se comportaron como perfectos desconocidos. Él nunca llegó a saber su nombre, más allá del que tenía asignado como miembro de brigada. Y lo olvidó sin más en cuanto terminó la maniobra.

Por fin, una mañana, la voz de un recluta pronunció las palabras que Xein ya creía que nunca escucharía:

—... trescientos treinta y tres.

El látigo se detuvo. Xein respiró hondo y se encogió de forma instintiva, aguardando el siguiente golpe. Pero este no llegó, y el joven abrió los ojos lentamente. Le costó un poco comprender que las palabras que acababa de oír no habían sido producto de su imaginación. En aquella sesión había recibido solo dieciséis latigazos. Normalmente, aguantaba entre cuarenta y sesenta, dependiendo del día. Cuando el Guardián del Foso le desató las muñecas, se las frotó aturdido sin terminar de comprender lo que estaba sucediendo. Llevaba mucho tiempo sin pensar en nada, simplemente dejándose llevar, flotando a la deriva en el océano de dolor en el que se habían transformado sus días y sus noches.

Entonces el verdugo dio un paso atrás, y Xein levantó la mirada, velada por el sufrimiento. Dos figuras se alzaban ante él, un hombre y una mujer. Le costó reconocer a la comandante Xalana, líder de la División Oro, y al comandante Texden, dirigente de la División Plata. Retrocedió de forma inconsciente cuando ellos le tendieron la mano.

—Puedes levantarte, recluta —anunció Xalana—. El castigo ha terminado.

Xein la miró sin comprender, pero acabó por aceptar la mano que ella le ofrecía. Cogió también la mano del comandante Texden y los dos tiraron de él para ponerlo en pie.

Lo guiaron hasta la parte delantera de la tarima y lo dejaron allí, en pie, frente a todos aquellos reclutas que habían asistido en silencio a todas aquellas sesiones de latigazos.

Entonces la comandante Xalana habló:

—Reclutas del Bastión, futuros Guardianes, miembros de las Divisiones Oro y Plata..., hoy es un día de celebración para nosotros. Porque el recluta que desertó ha cumplido su sanción y puede volver a integrarse en la Guardia de la Ciudadela.

Y entonces, como un solo ser, todos los reclutas aplaudieron a Xein.

Fue una ovación larga, sincera. A Xein se le llenaron los ojos de lágrimas. Le pareció oír la voz de Uno («¡Hurra por Cinco!», exclamó, a pesar de que él ya no era Cinco Niebla, porque después de aquello probablemente lo incorporarían a otra brigada) y sonrió sin poder evitarlo.

Contempló aquellos rostros de cabello corto e insólitos ojos dorados y plateados, y sintió una oleada de agradecimiento por dentro.

Aquel era su hogar, y aquellos muchachos, los hermanos de su verdadera familia, que lo había aguardado desde siempre entre los Guardianes de la Ciudadela.

Por fin comprendía por qué a los que eran como él los llamaban «extraviados»: porque había estado perdido y ahora había encontrado su lugar en el mundo. El hecho de que hubiese necesitado tantos latigazos para asumirlo solo confirmaba lo equivocado que había estado al principio.

«Este es mi lugar», pensó. «Mi vida, mi misión.»

Todo cuanto había hecho antes de ser reclutado le parecía ahora lejano e insignificante. Había olvidado ya muchas cosas, y los retazos que quedaran de su existencia entre las «personas corrientes» acabarían por borrarse también bajo la luz del noble propósito que alentaba a la Guardia de la Ciudadela.

32

Las cosas fueron de mal en peor para Axlin después de sus primeros días en la Ciudadela. Aunque trató de ahorrar todo lo que pudo, el escaso dinero que reunía no tardaba en desaparecer. Seguía durmiendo en la calle, a pesar de que el otoño avanzaba y cada vez hacía más frío. Buscó un trabajo por el que pudieran pagarle un salario; algunas veces echaba una mano en el mercado o hacía recados para quien se lo pidiese, pero era lenta y no conocía la ciudad, por lo que quien le hacía un encargo raras veces la llamaba por segunda vez.

Comía muy poco y pasaba frío por las noches, así que empezó a sentirse cada vez más débil y a sufrir una tos crónica que no terminaba de abandonarla. Tampoco podía asearse tan a menudo como le habría gustado. La única buena noticia que recibió aquellos días fue que, definitivamente, no estaba embarazada. Había tenido esa inquietud desde sus encuentros con Xein, y en aquellas circunstancias, sin poder contactar con él y sin tener siquiera un techo sobre su cabeza, desde luego no habría sido lo más oportuno.

Echaba de menos a Xein, cada día más. Evocaba a menudo el tiempo que habían pasado juntos en la aldea y soñaba con el día en que volvieran a encontrarse. Por eso se instaló en las inmediaciones de la puerta norte. No volvió a tratar de subirse a uno de los carros que la cruzaban porque no quería arriesgarse a que la expulsaran de la Ciudadela sin haber recuperado su libro y contactado con Xein. Pero observaba con avidez todos los vehículos que llegaban del Bastión, tratando de distinguir en su interior el rostro del muchacho al que amaba.

Nunca había suerte.

Los Guardianes se acostumbraron a verla rondar por allí y acabaron por aceptar que no era problemática. El Guardián que la había detenido el primer día cumplió su palabra y se las arregló para encontrarla una semana después. Examinó sus pertenencias y no halló ninguna arma entre ellas, aunque Axlin no había vendido su daga en realidad. La ocultaba en el rincón donde solía dormir, porque seguía sin fiarse de la aparente seguridad de la Ciudadela.

Pero él se mostró satisfecho, y además le hizo el mejor regalo que ella podía esperar.

—He preguntado por tu amigo —le confió—. Lo enviaron al Bastión hace diez días.

No pudo decirle más, pero a ella le bastó. Por fin tenía la confirmación de que Xein había llegado a la Ciudadela, sabía dónde se encontraba, aunque no pudiese llegar hasta él. Pero cuando regresase, debía pasar por aquella puerta... y Axlin estaba dispuesta a esperar hasta entonces.

Acabó por vender casi todo lo que tenía en el zurrón: sus útiles de escritura, sus medicinas, algunas de las protecciones contra los monstruos, casi toda su ropa de repuesto. Habría vendido también su abrigo de no estar entrando ya el invierno.

Sin embargo, con el paso de los días se terminó el dinero y empezó a pasar hambre. Aprendió a arreglárselas con muy poco. Había una mujer en el mercado que siempre le guardaba algo de comida porque, según le confesó, le recordaba a una hija que había tenido en su aldea natal, y que había sido devorada por los escuálidos.

Su ropa estaba cada vez más sucia y estropeada, y Axlin dejó de ir al pozo a lavarla porque no tenía nada que ponerse entretanto. Era obvio que ya no poseía nada, y a pesar de ello una noche dos chicos intentaron arrebatarle su zurrón. Ella reaccionó con fiereza, como un animal acorralado, los atacó con su daga y acabó por hacerlos huir.

Al día siguiente quiso informar a los Guardianes de lo que había sucedido. Pero en esta ocasión junto a la puerta norte estaba de nuevo el joven que le había traído noticias de Xein. Y Axlin descubrió en la dura expresión de su rostro que no le gustaba la persona en la que ella se había convertido, y que probablemente se arrepentía de haberla ayudado.

—Deberías haberte marchado cuando podías —le dijo en cuanto la vio.

De modo que, avergonzada, agachó la cabeza, dio media vuelta y se alejó de allí.

Aquella noche meditó acerca de la vida que llevaba en la Ciudadela. No era lo que había esperado; jamás habría imaginado que aquel lugar lograría cambiarla hasta ese punto. Axlin había sido una escriba reputada, una buena investigadora, una autoridad en lo concerniente a los monstruos. Había sido también una viajera avezada, una valiente luchadora, una superviviente. No se reconocía en la patética criatura que ahora se arrastraba por aquellas callejas sin luz.

Pero ¿qué otra cosa podía hacer? No se le permitía entrar en el corazón de la Ciudadela ni tampoco desplazarse hasta el Bastión que se alzaba en las Tierras Salvajes. En aquella franja que se extendía entre dos murallas no lograba prosperar tampoco, porque sus habilidades y conocimientos no servían de nada en un lugar en el que no había monstruos.

«Debería haberme marchado cuando podía», reconoció por fin.

Tal vez aún estaba a tiempo de hacerlo. Quizá pudiera volver atrás, viajar hacia el oeste, hasta algún enclave amigo donde la recordaran con afecto y pudiera comenzar de nuevo. Y cuando estuviera restablecida, cuando encontrara el modo de sobrevivir a la Ciudadela..., regresaría a recuperar todo lo que había perdido.

No tuvo ocasión de poner en práctica su plan, sin embargo. Porque aquella misma noche, de madrugada, los ladrones a los que había ahuyentado el día anterior regresaron, esta vez con tres compinches más. La sacaron de su escondite a base de tirones, le arrebataron el zurrón y lo vaciaron en el suelo hasta que encontraron la daga que andaban buscando.

Axlin se estremeció cuando uno de ellos colocó el filo sobre su cuello.

—Ya no te muestras tan valiente, ¿verdad, sucia lisiada?

—No tengo nada para daros —respondió ella.

«Esta ciudad me lo ha arrebatado todo», añadió en silencio.

Los chicos se miraron unos a otros y sonrieron.

—Una mujer siempre tiene algo que ofrecer —dijo el que parecía ser el líder.

A Axlin aún le costaba asimilar que tuviera que defenderse de otras personas en un mundo donde los monstruos las devoraban a centenares, pero había aprendido que la Ciudadela causaba un extraño efecto en la gente. Como si hubiesen olvidado quién era el verdadero enemigo, a menudo se volvían unos contra otros, se herían o incluso se mataban. Los Guardianes de la Ciudadela trataban de restablecer el orden, pero ellos habían nacido para luchar contra los monstruos, no para impedir que unos humanos atacaran a otros.

Tal vez fue aquella idea, la certeza de que las personas podían dañarla igual que los monstruos, lo que hizo que Axlin se rindiera definitivamente. ¿De qué había servido su tiempo, su esfuerzo, los riesgos que había corrido? Si algún día acababan con los monstruos, ¿serían reemplazados por humanos como aquellos?

Axlin no lo sabía, y descubrió en aquel momento que no deseaba saberlo. O que quizá ni siquiera le importaba.

Y justo entonces resonó por el callejón un vozarrón familiar.

—¡Eh! ¡Eh, vosotros, escoria! ¿Qué estáis haciendo? ¡Dejadla en paz!

Los chicos la soltaron y ella tuvo la sensación de que a su alrededor se producía un breve forcejeo, un sonido de pisadas alejándose en la noche... Luego un hombre se inclinó junto a ella.

—Oye, ¿estás bien? ¿Puedes levantarte?

Axlin aspiró el aroma a pan recién horneado y sus tripas se retorcieron de hambre. Conocía a aquel hombre. Regentaba una panadería en el barrio y tenía un puesto en el mercado. Ella lo había ayudado alguna vez a cambio de un bollo, una empanada o una rebanada con mantequilla. Pero eso había sido tiempo atrás, cuando su aspecto aún no ahuyentaba a los clientes.

¿Qué haría el panadero allí de madrugada? Abrió los ojos con esfuerzo y percibió que había otras dos personas presentes. Uno de ellos era el aprendiz del panadero. Al otro no lo conocía.

—¿Seguro que es ella, Kenxi? —dijo este último, dubitativo.

—Sí, seguro —respondió el aprendiz—. Se ha echado a perder desde que llegó, pero no me cabe duda de que es la persona que estás buscando.

El desconocido se inclinó junto a ella y la miró a la cara.

—Oye, chica..., eres escriba, ¿verdad?

Axlin logró despejarse un poco y le devolvió la mirada. Se trataba de un muchacho un poco mayor que ella, pero no pudo distinguir mucho más en la penumbra del callejón.

—¿Quién eres? —preguntó con dificultad.

La voz le falló y comenzó a toser. El panadero la sostuvo hasta que logró recobrarse. El chico frunció el ceño, preocupado.

—Soy Dexar, pero puedes llamarme Dex.

El semblante de ella permanecía inexpresivo. Aquel nombre no le decía nada.

—Soy ayudante de la bibliotecaria —siguió explicando él—. Tiene interés en hablar contigo.

De pronto, un destello de comprensión iluminó el rostro de Axlin.

—Mi libro —murmuró—. Vosotros tenéis mi libro.

Dex asintió con una amplia sonrisa.

—Me alegro de comprobar que no nos hemos equivocado contigo.

—¿Lo ves? —le espetó el aprendiz del panadero—. Te dije que era ella.

Aún aturdida, Axlin se dejó arrastrar por Dex y los panaderos hasta la posada más cercana. Oyó al bibliotecario discutir con la dueña y le costó un poco comprender que él estaba dispuesto a pagar una habitación para ella.

La posadera, sin embargo, no parecía muy convencida.

—¿No notas cómo huele? —protestó—. Los otros clientes se quejarán.

—Me aseguraré de que se dé un baño y mientras tanto pagaré una habitación individual.

—Llenará la almohada de piojos.

Axlin no podía negar que aquello era muy posible. Se rascó la nuca inconscientemente y la posadera se estremeció de repugnancia.

—Me encargaré de eso también —prometió Dex.

Debieron de llegar a alguna clase de acuerdo, porque al cabo de un rato Axlin se vio tendida en una cama maravillosamente cómoda y limpia. Se acordó de los reparos de la posadera y quiso levantarse para no ensuciarla; pero Dex la obligó a tumbarse de nuevo.

—Duerme, te hace falta un buen descanso. Mañana solucionaremos todo lo demás.

Axlin no necesitó que se lo dijeran dos veces. Cerró los ojos y se quedó dormida.

Se despertó al día siguiente porque alguien arrastraba un objeto muy pesado por el suelo de su habitación. Abrió los ojos, alarmada, y tanteó a su alrededor en busca de su daga. Tardó unos segundos en ubicarse y recordar lo que había pasado.

El que estaba armando aquel jaleo era Dex, que empujaba con dificultad una pesada tina de latón hacia el fondo de la habitación. Axlin lo observó con curiosidad a la luz de la mañana. Se trataba de un muchacho delgado, algo desgarbado, de rizado cabello castaño; vestía ropa de buena calidad y colores alegres. A Axlin le habría parecido extravagante tiempo atrás, pero ahora sabía que los habitantes de las zonas más acomodadas de la Ciudadela solían utilizar prendas de tonos vistosos, y tenía cierto sentido: después de todo, ellos no tenían que preocuparse de si atraían o no la atención de los monstruos.

El chico se dio cuenta de que estaba despierta y se incorporó para brindarle una cálida sonrisa. Axlin descubrió entonces que sus ojos eran de un profundo color azul.

—¡Buenos días! ¿Has dormido bien?

—Creo que sí —murmuró ella—. Aún no entiendo muy bien lo que ha pasado.

—Lo entenderás mejor después del baño.

—¿Baño?

Entonces se abrió la puerta y entraron dos muchachas cargadas con baldes de agua caliente. Axlin las contempló, perpleja, mientras llenaban la tina. Apenas cubrieron el fondo, por lo que volvieron a salir de la habitación con los baldes vacíos. Dex cerró la puerta tras ellas.

Axlin fue consciente de pronto de su propia suciedad y se sintió muy avergonzada. Al examinarse con mayor atención descubrió que apenas llevaba ropa encima.

—¡Eh! —exclamó—. ¿Qué me habéis hecho? ¿Por qué estoy casi desnuda?

Dex alzó las manos, conciliador.

—Tenía intención de enviar tu ropa a lavar para que estuviese limpia cuando despertases, pero no había nada que hacer con ella, estaba prácticamente inservible. —Hizo una pausa y añadió—: Ni siquiera llevabas zapatos.

Axlin suspiró. Sus viejas botas, que nunca había llegado a reemplazar, se habían roto definitivamente tiempo atrás. Aún las había llevado un tiempo por las calles de la Ciudadela, hasta que se le habían caído a pedazos.

Las muchachas volvieron a entrar con los baldes llenos, y esta vez venían acompañadas de una mujer de mayor edad que cargaba con cubos también. Vaciaron el agua en la tina y Dex se asomó para comprobar el nivel.

—Creo que ya puedes entrar. Vamos, no te entretengas, o se enfriará.

Axlin atravesó la habitación, vestida únicamente con su raída ropa interior. Dirigió a Dex una mirada de soslayo, pero él estaba desplegando un gran biombo de madera delante de la tina.

—Para que te sientas más cómoda —dijo cuando terminó.

Ella agradeció el detalle. Se situó tras el biombo y comenzó a desvestirse.

—Tú escribiste ese libro, ¿verdad? —oyó la voz de Dex desde el otro lado—. El de los monstruos.

Axlin entró en la bañera y se estremeció de felicidad. Se acomodó en el fondo y respondió con cierta prudencia:

—Hay un Delegado que no opina lo mismo.

Dex suspiró.

—Sí, nos trajeron el libro y nos dijeron que alguien lo había robado. Deberíamos haberle echado un vistazo antes, pero estamos siempre muy ocupados. El caso es que cuando por fin lo hicimos nos dimos cuenta enseguida de que no era nuestro.

—¿Es... un buen libro? —se atrevió a preguntar ella.

Dex rio con suavidad.

—Bueno, el vocabulario, la ortografía y la gramática dejan mucho que desear —respondió—. Pero resulta lógico, si no has tenido la oportunidad de formarte en una escuela en condiciones.

Axlin se hundió en el agua, abatida, a pesar de que no había entendido la mitad de lo que Dex había dicho. Pero él no había terminado de hablar.

—El contenido, sin embargo, es valiosísimo. Has realizado un trabajo extraordinario... —se detuvo de pronto al percatarse de que ni siquiera sabía cómo se llamaba.

—Axlin —aclaró ella.

—... Axlin. Mi maestra está deseando conocerte para preguntarte al respecto.

Ella enrojeció, encantada. Las muchachas de la posada entraron de nuevo cargadas con baldes, terminaron de llenar la tina y depositaron junto a Axlin una palangana con agua jabonosa y una esponja. También dejaron una jarra con algo que despedía un olor agrio e intenso.

Axlin se lavó a conciencia y se frotó con entusiasmo. Poco a poco volvía a sentirse de nuevo ella misma. Alcanzó entonces la jarra y la olfateó con curiosidad.

—¿Qué es esto?

—Vinagre para el pelo.

—¿De verdad? —se sorprendió ella—. Como perfume me parece un olor demasiado fuerte e incluso desagradable.

—Es muy eficaz contra los piojos. —Ante el silencio asombrado de Axlin, Dex se rio de nuevo y añadió—: ¿Sabes cómo ahuyentar a los sindientes con jugo de limón, pero no has usado nunca vinagre para los parásitos?

Axlin se ruborizó otra vez, sin poder reprimir una sonrisa de orgullo.

—¿Has leído mi libro?

—De cabo a rabo, señorita. Como ya te he dicho, es un trabajo extraordinario. Pero de eso hablaremos luego, con calma, en la biblioteca.

Axlin no podía dejar de sonreír. Terminó de bañarse y se lavó bien la cabeza con vinagre. Una de las chicas entró de nuevo poco después, le echó un balde de agua limpia por encima para enjuagarla, le peinó bien el cabello y le dejó un paño amplio para secarse y ropa para vestirse. Después recogió la mugrienta ropa interior de Axlin con gesto de repugnancia y se marchó, dejándola de nuevo a solas con Dex.

Ella salió de la bañera sintiéndose como nueva. Mientras se secaba, sin embargo, volvió a sentir las dentelladas del hambre. El chico oyó el rugido de sus tripas desde el otro lado del biombo.

—Ya he pedido el desayuno para ti —informó—. Me habría gustado que fuese algo más contundente, pero tendrás que conformarte con unas gachas; la posadera dice que si comes mucho ahora podría sentarte mal.

—Dex... —murmuró Axlin emocionada—. Muchas gracias por todo. Debe de haberte costado una fortuna...

—A mí no, a mi maestra —puntualizó él—. Y naturalmente tienes que estar presentable para conocerla. Con las pintas que llevabas anoche no te habrían permitido cruzar la muralla interior ni aunque te avalase el mismísimo Jerarca.

Axlin sonrió. Se puso la nueva ropa interior y aspiró el aroma a limpio que despedían aquellas prendas increíblemente suaves y cálidas. Pero después se detuvo, incómoda, antes de ponerse el discreto vestido gris que le habían preparado.

—Es una falda —observó.

—Sí, es la ropa que suelen usar las mujeres de la Ciudadela.

—No es tan común en el anillo exterior.

—No, porque la mayoría de la gente que vive allí procede de los enclaves. No lo había pensado nunca, pero ahora que lo dices, es verdad que casi todas las mujeres de provincias usan pantalones igual que los hombres.

—Y hay una buena razón para ello: se trata de una prenda mucho más práctica. Si tienes que huir de los monstruos, la falda entorpece tus pasos, se te enreda en las piernas, te retrasa y hasta puede hacerte caer al suelo.

De hecho, en los enclaves que Axlin conocía solo las mujeres embarazadas usaban vestidos amplios, y únicamente cuando los pantalones ya no les cabían.

—Bueno, por fortuna en la Ciudadela no es necesario huir de los monstruos.

—Eso dicen, sí —murmuró Axlin—. ¿Es verdad?

Le pareció que Dex vacilaba.

—A veces se cuela alguno, pero nunca pasa del anillo exterior —respondió por fin—. Para eso están los Guardianes, y por esa razón patrullan por esos barrios más que por los del centro.

Axlin se estremeció cuando él mencionó a los Guardianes. Hacía ya tiempo que Xein era para ella un hermoso recuerdo, lejano e inalcanzable. A medida que se iba hundiendo en su propia miseria personal, tanto más poderosos e inaccesibles se le antojaban aquellos guerreros de ojos insólitos.

Se puso el vestido sin objetar nada más y se sintió extrañamente desnuda con él. Se calzó también los zapatos que le habían traído y le parecieron ridículamente pequeños e incómodos, nada que ver con las sólidas botas que estaba acostumbrada a llevar.

Salió de detrás del biombo y caminó hacia Dex, vacilante.

—Voy a tropezar —murmuró insegura.

Él estaba sentado junto a la ventana, pero se levantó para ayudarla.

—¡Axlin! Lo siento, no recordaba que tienes problemas para caminar.

Ella le disparó una mirada ofendida.

—No tengo problemas para caminar. Solo voy un poco más lenta que los demás y apenas se nota, sobre todo cuando nadie me obliga a llevar ropas absurdas.

Dex sonrió y se limitó a responder:

—Te encontraremos unos pantalones, te lo prometo. Pero es mejor que parezcas más una ciudadana residente y menos una...

—... provinciana tosca e ignorante —concluyó ella, sonriendo a su vez.

—Al menos para la entrevista, sí —asintió él—. Después, cuando consigas la residencia, ya no importará demasiado.

—¿Entrevista?

En aquel momento entró la posadera con un cuenco de gachas y una jarra de agua. Examinó con atención a Axlin y asintió lentamente. Luego olisqueó su cabello y asintió de nuevo al percibir el ligero olor a vinagre. Solo entonces depositó la comida en una mesita junto a ella. Y después dio media vuelta y se fue sin decir una palabra.

Axlin no se lo tuvo en cuenta. Mientras devoraba la comida, que le pareció un auténtico festín a pesar de su frugalidad, Dex le explicó los trámites que debía superar para poder llegar hasta su destino. La biblioteca estaba situada en el primer ensanche de la ciudad; tanto él como su maestra vivían en el segundo ensanche, pero tenían permiso de trabajo para cruzar todos los días la muralla que separaba ambos barrios. El anillo exterior, donde se encontraban en esos momentos, era en realidad el tercer ensanche de la ciudad.

—Pero nadie lo llama así todavía, porque está casi todo por urbanizar —concluyó.

Para cruzar la muralla interior que los separaba del segundo ensanche, necesitaban obtener un permiso de residencia para Axlin. Pero Dex le aseguró que eso no supondría ningún problema.

Ella terminó las gachas y se sintió todavía mejor. Se puso en pie y miró a Dex, lista para reorientar su vida.

33

Salieron de la habitación y bajaron a la planta baja. Axlin notó que la gente la miraba de una forma diferente. Se sintió un tanto incómoda y se alegró cuando Dex terminó de pagar la cuenta y salieron al exterior.

Primero visitaron a alguien que Axlin conocía muy bien. No había vuelto a ver al Delegado desde aquella primera vez, cuando él se había quedado con su libro tras acusarla de haberlo robado. Seguía allí, tras aquel enorme escritorio, y ella lo contempló con desagrado mientras Dex trataba de convencerlo de que firmase el documento que necesitaba para entrar en el segundo ensanche. Si él la reconoció, desde luego no dio muestras de ello.

Por fin, casi de mala gana, estampó su firma en un papel que, según les informó, permitiría a Axlin residir en el segundo ensanche y visitar el primero, pero solo durante el día.

—Tenéis un mes —advirtió—. Si pasado ese tiempo la joven no puede acreditar que tiene una forma honrada de ganarse la vida, será expulsada de nuevo al anillo exterior.

Dex asintió, pero el Delegado no había terminado.

—Tú la avalarás —le recordó—. Ya sabes lo que eso significa.

Axlin no lo sabía, pero su compañero asintió muy convencido.

De nuevo en la calle y con el preciado documento en sus manos, la joven preguntó al respecto a su benefactor.

—Quiere decir que, si te metes en problemas o no encuentras trabajo pasado el plazo, el Delegado revisará mi situación como residente de la Ciudadela —le explicó él—. Si eso sucede, podría perder mi empleo en el primer ensanche y mi derecho a vivir en el segundo. —Se echó a reír, sin embargo, cuando Axlin lo contempló con horror—. No te preocupes, eso no sucederá. Confía en mí, ¿de acuerdo?

El joven contrató entonces un carro para que los condujese hasta su destino. Axlin subió al vehículo junto a él, sintiéndose todavía en un maravilloso sueño del que no tardaría en despertar.

Recorrieron al trote aquellas callejuelas oscuras y sin empedrar que habían sido su hogar en las últimas semanas. Al cabo de un rato, el carro se detuvo ante la puerta de la muralla del segundo ensanche, vigilada, como no podía ser de otro modo, por una pareja de Guardianes.

Mientras Dex les mostraba los documentos que necesitaban para cruzar aquella puerta, Axlin los contempló tratando de identificar los rasgos de Xein en alguno de ellos. Pero ninguno de los dos era él.

¿Cuánto tiempo había pasado desde que se lo habían llevado al Bastión? No lo sabía con certeza, pero había calculado que dos o tres meses. Todavía era pronto. «Paciencia», se dijo. Si su situación mejoraba, tal como parecía, seguiría buscando la manera de llegar hasta él. Y en todo caso no pensaba abandonar la Ciudadela sin haberlo encontrado.

El vehículo cruzó la puerta, y el corazón de Axlin se aceleró al atravesar por fin la muralla que durante tanto tiempo la había separado del corazón de la Ciudadela. En sus peores noches, de hecho, había llegado a pensar que jamás llegaría a abandonar aquella tierra de nadie que constituía el anillo exterior de la urbe. Pero allí estaba, contra todo pronóstico, adentrándose en el segundo ensanche. Se preguntó por un momento si no sería un sueño, y prestó atención al paisaje que desfilaba ante sus ojos. Allí las calles estaban empedradas y perfectamente delineadas. La mayoría de las casas eran de piedra y había muy pocas a medio construir. Todo parecía mucho más limpio, ordenado y luminoso que en el barrio que acababan de dejar atrás, y Axlin cerró los ojos para disfrutar de la luz del sol invernal en su rostro.

Se detuvieron ante otra muralla, y de nuevo las credenciales de Dex les franquearon el paso. En esta ocasión, Axlin se quedó con la boca abierta al contemplar los hermosos edificios del primer ensanche, algunos de tres y hasta cuatro plantas, con jardines, terrazas y miradores. Las mujeres lucían amplios vestidos y peinados aparatosos, y todos llevaban ropas de colores. Axlin las contemplaba con cierta alarma. En los enclaves a nadie se le habría ocurrido disfrazarse de aquella manera, convirtiéndose así en un llamativo cebo para monstruos. Entonces recordó de nuevo que no había monstruos en aquel lugar, y que por ello la gente podía vestirse y peinarse como quisiera.

Aquel parecía un mundo totalmente distinto que, apenas unos meses atrás, Axlin habría creído que solo existía en los sueños más hermosos y los más locos delirios.

—Impresionante, ¿verdad? —Dex sonrió—. Pues espera a ver los palacios de la ciudad vieja.

—¿Quién vive en la ciudad vieja? —inquirió Axlin, curiosa, imaginando mujeres con tocados imposibles y trajes que desafiaban a la lógica.

—El Jerarca y los Portavoces. Sus familias. Los altos funcionarios. Los aristócratas. Los peces gordos, vaya.

Axlin no entendió aquella expresión, pero no preguntó más, porque un imponente edificio de planta cuadrada había llamado su atención.

—Ese es el cuartel general de la Guardia de la Ciudadela —susurró Dex junto a ella.

Ella se estremeció. Probablemente, Xein habría estado alojado entre aquellos muros en algún momento. Quiso hacer más preguntas, pero decidió reservarlas para otra ocasión, porque el carro se había detenido ante otra soberbia edificación de ladrillo rojo a la que se accedía por una hermosa escalinata.

—Hemos llegado, señorita —anunció Dex—: la biblioteca.

Axlin se estremeció de emoción al darse cuenta de lo cerca que estaba del cuartel de los Guardianes. Pero no quería hacerse ilusiones. Quizá no le permitieran volver allí nunca más después de su entrevista con la bibliotecaria.

Siguió a su compañero, aún intimidada. Tropezó con la falda en la escalinata y estuvo a punto de caerse, pero Dex la sostuvo con gentileza.

—Definitivamente, tenemos que buscarte unos pantalones.

—Puedes apostar a que sí.

No había Guardianes custodiando la entrada, pero sí un funcionario con cara de aburrido que apenas les dedicó un breve vistazo cuando pasaron ante él. Axlin no podía dejar de mirarlo todo con la boca abierta. Aquellos ventanales, los techos altísimos, las majestuosas columnas... Se sentía incapaz de comprender cómo podía alguien haber construido algo así. Por lo que ella sabía, en la Ciudadela solo vivían personas como todas las que ella había conocido. Y Guardianes, por descontado, pero los Guardianes no se dedicaban a construir casas.

Aunque quizá sí formaran parte de la diferencia. Después de todo, las personas habían logrado subsistir en los enclaves, a pesar de su reducido número y de la amenaza de los monstruos. Si se reuniera mucha más gente en un único lugar para combinar su trabajo, talento y habilidades, sin tener que dedicar tiempo, esfuerzo y recursos a defenderse de los monstruos, porque los Guardianes lo hacían por ellos..., ¿hasta dónde serían capaces de llegar?

Dex la acompañó a lo largo de un pasillo alfombrado hasta una enorme sala en dos niveles. Axlin se quedó parada en la puerta, tratando de asimilar lo que veía.

Aquella habitación estaba literalmente forrada de libros. La mayoría estaban colocados en perfecto orden en las estanterías que ocupaban casi todas las paredes, pero también había muchos amontonados por las esquinas, en las mesas y hasta en los peldaños de la escalera.

—Vamos, entra —la invitó Dex—. La maestra bibliotecaria te está esperando.

Axlin lo siguió con timidez a través de la sala. Había varias personas allí, sentadas ante la enorme mesa que la presidía, estudiando diversos volúmenes con aire reconcentrado. Dex subió por la escalera hasta el nivel superior, y ella fue tras él. Allí, examinando los lomos de los libros que se alineaban en uno de los estantes, había una mujer alta y de cabello gris que fruncía el ceño tras sus anteojos. El chico carraspeó para llamar su atención.

—Maestra Prixia, ya estamos aquí.

Ella se volvió para mirarlos, y su expresión severa se trocó en una abierta sonrisa. Axlin apreció que llevaba el pelo corto y vestía pantalones, y pensó que quizá había vivido en un enclave tiempo atrás. Dex, sin embargo, era un muchacho de la Ciudadela, feliz y despreocupado, y en sus ojos latía la mirada inocente de quien nunca había tenido que ver cómo los monstruos devoraban a un ser querido.

—De modo que eres tú —dijo la bibliotecaria por fin—. La misteriosa autora del bestiario.

—¿Bestiario? —repitió ella sin comprender.

—Así llamamos a los libros que describen diferentes animales, criaturas o monstruos, como es el caso del tuyo —aclaró Dex.

Axlin se sintió un poco decepcionada.

—Así que existen otros libros como el mío...

—Existen otros bestiarios, sí —confirmó la maestra Prixia—, pero ninguno como el tuyo. Acompáñame y te lo mostraré.

Los dos chicos la siguieron hasta una mesita auxiliar donde había una pila de libros, algunos lujosamente encuadernados. Allí Axlin localizó su propia obra, que, comparada con las demás, parecía un cuaderno viejo y ajado que nadie se habría molestado en mirar dos veces.

Pero era su libro, y se arrojó sobre él con el corazón desbocado. Se le llenaron los ojos de lágrimas de alegría al tenerlo de nuevo en sus manos. Lo hojeó, encantada de volver a contemplar aquellos trazos tan familiares, y hasta lo olisqueó con deleite.

Fue consciente entonces de que no estaba sola y dirigió a los bibliotecarios una mirada avergonzada.

Pero ellos sonreían.

—Vaya, Dexar —comentó la maestra Prixia—, no me cabe duda de que, en efecto, has encontrado a la autora.

Axlin estrechó el libro contra su pecho y les dirigió una mirada recelosa. Pero la mujer rio e hizo un gesto despreocupado con el brazo.

—Puedes quedártelo, es tuyo.

La joven no respondió, porque fue entonces cuando se dio cuenta de que a la bibliotecaria le faltaba la mano derecha.

Ella siguió la dirección de su mirada.

—Un trescolas, cuando tenía más o menos tu edad —se limitó a explicar. Señaló entonces el pie de Axlin con la barbilla y preguntó—: ¿Chupones?

La muchacha negó con la cabeza.

—Un nudoso. A los cuatro años.

La maestra Prixia asintió y comentó:

—Pero eso no te ha impedido llegar hasta aquí. Y vienes de muy lejos. De más allá de la Jaula, desde las olvidadas tierras del oeste.

Ella se sorprendió.

—¿Cómo lo sabéis? ¿Por mi acento, tal vez?

—Muchacha, has viajado tanto que a estas alturas muchas cosas han cambiado en ti, incluido tu acento. No; es por el libro —añadió, señalándolo con el índice de su única mano—. El estilo de los escribas del oeste es inconfundible. Pocas palabras, frases cortas y secas, letra pequeña y apretada, márgenes inexistentes, muchas abreviaturas...; cualquier cosa con tal de ahorrar espacio. —Sonrió, divertida—. Si tu libro lo hubiese escrito alguien de la Ciudadela, tendría el doble de páginas como poco.

Axlin enrojeció, sin saber aún si se trataba de una crítica o de un cumplido.

—En mi tierra, el papel es escaso —murmuró como disculpa.

—Lo sé. Y por eso sabía también que este volumen no había salido de mi biblioteca, a pesar de las palabras del Delegado. Lamento las molestias que te haya podido causar.

Axlin sacudió la cabeza, quitándole importancia. Empezaba a temer, sin embargo, que lo único que quería la bibliotecaria de ella era devolverle su libro y pedirle disculpas por la metedura de pata del funcionario. Y ella, por descontado, estaba encantada de recuperarlo. Pero quería algo más. Deseaba poder examinar con calma todos aquellos libros, leer, estudiar..., aprender. Si de ella hubiese dependido, se habría quedado a vivir en aquel extraordinario lugar.

—Muéstrale los bestiarios, Dexar —ordenó entonces la bibliotecaria.

El muchacho, solícito, cogió los libros que se amontonaban en la mesita y se los fue enseñando a Axlin, uno tras otro.

Eran magníficos. Había algunos que mostraban animales corrientes, pero otros eran un compendio de monstruos espléndidamente ilustrados y descritos con bellas y elaboradas caligrafías. Al contemplarlos, Axlin se sintió de pronto muy ridícula. Su obra constituía un trabajo muy pobre comparado con aquellas joyas.

—¿Notas la diferencia? —preguntó entonces la maestra.

—Sí —murmuró ella desolada—. Estos libros son mucho mejores que el mío.

Pero Prixia negó con la cabeza.

—Solo en apariencia. Adelante, lee.

A Axlin le costó descifrar aquella letra a la que no estaba acostumbrada. Silabeando un poco, no obstante logró leer una página entera.

Aquella en concreto hablaba de los chasqueadores. Describía brevemente su aspecto, sus costumbres y sus estrategias de caza. Después decía: «Para vencer al grupo, lo mejor es localizar al líder y matarlo de un solo golpe; los demás se sentirán confusos y romperán la formación de ataque».

—¿Lo entiendes ahora? —preguntó la bibliotecaria con suavidad.

Axlin frunció levemente el ceño.

—No estoy segura. ¿Cómo identificas al líder de un grupo de chasqueadores? ¿Cómo lo matas sin más... de un solo golpe?

Ni Prixia ni Dex contestaron a aquellas preguntas. Permanecieron en silencio, dejando que ella lo dedujese por sí misma.

—Una vez —prosiguió Axlin— visité un enclave cuyos habitantes fabricaban pequeñas flautas con las que podían imitar los sonidos que producen los chasqueadores. Mientras estuve allí, aprendí a tallarlas, porque me pareció algo interesante. —Sacudió la cabeza; también había poseído uno de aquellos instrumentos, pero lo había vendido en el mercado en tiempos de necesidad—. Con ellas puedes atraer a los chasqueadores hasta una trampa o incluso enfurecerlos tanto que empiecen a atacarse unos a otros.

Prixia asintió satisfecha.

—Ese es el conocimiento que buscamos —declaró—, y que no recoge ningún libro, salvo el tuyo.

Axlin contempló de nuevo el hermoso bestiario, comprendiendo.

—Estos libros —prosiguió Dex—, fueron escritos por y para Guardianes de la Ciudadela. Ellos son cazadores de monstruos. Pueden saber cuál es el líder de una horda de chasqueadores y acabar con él de un solo golpe. Aquí, en la Ciudadela, se da por hecho que ellos nos protegerán de los monstruos, pero...

—... pero en los enclaves perdidos del oeste, donde los Guardianes no llegan —concluyó Prixia con tono triunfal—, la gente corriente ha sobrevivido aprendiendo a defenderse de otras maneras, algunas muy ingeniosas. —Señaló el libro de Axlin—. Redes de perejil para atrapar a los babosos, flautas especiales contra chasqueadores, grillos para ahuyentar a los lenguaraces, calcetines con olor a cebolla...

—Ese es bueno —apuntó Dex.

—Y puedo garantizar que funciona —dijo Axlin sonriendo.

—Ese conocimiento no se puede perder —declaró la bibliotecaria con energía—. El bestiario que estás realizando es de vital importancia para todos; casi podría llegar a igualar en trascendencia a la obra de la Venerable Grixin.

—¿La Venerable...?

—... Grixin —completó Dex con una sonrisa—. Fue la autora del primer bestiario conocido que, lamentablemente, no ha llegado hasta nosotros.

Ella enrojeció, complacida.

—Yo no creo... —empezó a protestar, pero la maestra Prixia la interrumpió:

—Por eso debemos hacer todo lo posible para conservar y transmitir el contenido de este libro. Necesitamos una copia, muchacha. O varias.

El corazón de Axlin empezó a latir más deprisa.

—¿Queréis decir...?

—Quiero que trabajes en la biblioteca, con nosotros —confirmó ella—. Tendrás que formarte primero, porque salta a la vista que tu educación es muy deficiente. Leer, escribir, estudiar otros bestiarios. Mejorar tu caligrafía y aprender a buscar información en los libros.

Axlin asentía con las mejillas ardiendo.

—Sí, maestra —murmuró—. Gracias, maestra.

—Mientras tanto —prosiguió Prixia—, ayudarás a Dexar en sus tareas, cuidando de la biblioteca y de los volúmenes que contiene. Y en tus ratos libres, si los tienes, trabajarás en una copia mejorada de tu obra. La ampliarás todo lo que puedas. Seguirás investigando. ¿Entiendes lo que quiero decir?

Axlin asintió con vehemencia, incapaz de pronunciar palabra.

—A cambio —concluyó la bibliotecaria—, recibirás un sueldo, bastante modesto al principio, como corresponde a una aprendiza. Pero te bastará para pagar una habitación sencilla en el segundo ensanche y obtener la residencia. Dexar te ayudará con el papeleo. ¿No es así?

—A tus órdenes, maestra —respondió él con una breve reverencia.

—Bueno, ¿qué respondes?

Axlin no supo qué decir. Se sentía tan abrumada que no sabía por dónde empezar a agradecerles todo lo que estaban dispuestos a hacer por ella.

De pronto comprendió que, si comenzaba a trabajar con ellos y tenía que acudir a la biblioteca todos los días..., sin duda volvería a ver a Xein en cuanto regresara del Bastión, porque viviría en el cuartel de la Guardia, al otro lado de la calle.

El corazón se le aceleró.

La maestra bibliotecaria se ajustó los anteojos y le dirigió una mirada penetrante a través de los cristales.

—¿Y bien?

Axlin sonrió, feliz por primera vez en mucho tiempo.

34

Cuando Xein se recuperó de la sanción y sus heridas sanaron del todo, lo asignaron a la brigada Rayo, bajo las órdenes de un nuevo instructor. La brigada Niebla fue disuelta, y el resto de sus miembros también se incorporaron a otros equipos. Aquello era algo habitual en el adiestramiento de los Guardianes: los reclutas pasaban por varias brigadas diferentes antes de integrarse en el que sería su equipo definitivo, con el que se presentarían a la prueba final. De esta manera aprendían a adaptarse a cualquier grupo de Guardianes y a trabajar con desconocidos, y también se evitaba que se acostumbraran a hacer las cosas siempre de la misma forma.

Xein se esforzó mucho en recuperar el tiempo perdido. Al principio, sus nuevos compañeros lo miraban con recelo; después de todo, era el famoso recluta desertor que había traicionado a la Guardia. Pero él no tardó en ganarse su respeto, pues estaba dispuesto a trabajar lo que hiciera falta para convertirse en el Guardián que estaba destinado a ser.

Junto a ellos, Xein (ahora conocido como recluta Uno de la brigada Rayo) siguió entrenándose para mejorar su manejo de las armas, se enfrentó a nuevos monstruos en el Foso y salió al exterior en muchas más ocasiones para realizar las maniobras que les encomendaban sus superiores. No volvió a ensayar ningún otro intento de fuga. Se convirtió en un recluta diligente y responsable, y los chicos de la brigada Rayo acabaron por apreciarlo de verdad.

En los meses siguientes, y como parte del entrenamiento ordinario, formó parte también de la brigada Torrente y recaló por fin en el que sería su equipo definitivo: la brigada Sombra, a la que también pertenecía el muchacho antiguamente conocido como Dos Niebla Oro. Ahora, por pura casualidad, volvía a ser el recluta Dos en su nueva brigada, mientras que a Xein le tocó ser Tres. Para entonces ya era prácticamente un Guardián, mucho más diestro, ágil y fuerte de lo que había sido nunca. Su vida anterior quedaba ya muy atrás, y lo único que deseaba era superar la prueba final para ingresar definitivamente en la Guardia de la Ciudadela.

Durante aquella fase final del adiestramiento, los reclutas de la brigada Sombra colaboraron con otros equipos en diferentes misiones, sobre todo en el exterior. Para Xein fue extraño volver a trabajar con compañeros de la antigua brigada Niebla repartidos por diferentes grupos de la División Oro. La nueva brigada Niebla estaba formada ahora por reclutas novatos recién llegados al Bastión, por lo que apenas coincidían con ellos.

Cuando el instructor Baxtan consideró que estaban preparados, empezaron a compartir misiones con brigadas de la División Plata. Xein observó a sus nuevos compañeros con curiosidad, pero, aparte del color de sus ojos, no parecían diferenciarse en nada de los reclutas de la División Oro; poseían los mismos conocimientos y capacidades que ellos, y habían sido entrenados de la misma manera.

Solo en la última fase del adiestramiento comenzaron a colaborar con brigadas femeninas. Para entonces, todos los reclutas, chicos y chicas, estaban ya tan centrados en su trabajo y habituados a la rutina del Bastión que el sexo de sus nuevos compañeros les resultaba por completo irrelevante. Eran soldados en una guerra contra los monstruos, donde cualquier distracción podía costarles la vida: no podían permitirse el lujo de comportarse como simples muchachos humanos.

Una tarde, el instructor Baxtan los reunió a todos en el patio. Reinaba cierto nerviosismo entre los reclutas de la brigada Sombra; había corrido la voz de que otros instructores habían mantenido ya aquella conversación con sus respectivos equipos, y todos deseaban recibir las mismas noticias que ellos.

—Reclutas de la brigada Sombra —comenzó el instructor—, todos vosotros habéis cumplido ya un año de adiestramiento en el Bastión. Algunos incluso lleváis aquí más tiempo. Como sabéis, se acerca la fecha de la prueba final, que decidirá cuáles de nuestros reclutas se graduarán este año y cuáles tendrán que esperar para convertirse en Guardianes. No obstante, los capitanes no siempre autorizan a todas las brigadas a presentarse a la prueba. En ocasiones consideran que un equipo en particular no está preparado todavía y debe seguir entrenándose. Después de todo, lo que buscamos con el adiestramiento son Guardianes invencibles, no reclutas muertos.

Los chicos intercambiaron miradas inquietas. Habían hablado de ello en el barracón, y todos creían que la brigada estaba cumpliendo con las expectativas. Sin embargo, tal como les había recordado el instructor, la última palabra al respecto la tenían siempre los capitanes.

Baxtan sonrió.

—Pero vosotros no tenéis por qué preocuparos —los tranquilizó por fin—. Me han comunicado que la brigada Sombra está autorizada a participar en la prueba final del Bastión.

Los reclutas sonrieron ampliamente, y se esforzaron por contener su entusiasmo para atender a las explicaciones del instructor, que no había terminado de hablar.

—Mañana dará comienzo la prueba —anunció—. Os reuniréis con las otras brigadas en el patio al amanecer, y los capitanes os explicarán las normas con detalle. Prestad atención, porque no os servirá de nada regresar con el objetivo cumplido si habéis infringido las reglas por el camino. Y procurad descansar hoy: os hará falta.

A pesar de las recomendaciones del instructor, a los reclutas de la brigada Sombra les costó pegar ojo aquella noche. Todos habían oído historias sobre la prueba que debían afrontar y las compartieron con sus compañeros, impacientes por comenzar el ejercicio cuanto antes.

Sabían que consistía en una expedición al exterior que duraba exactamente una semana. A cada brigada se le proporcionaría una lista de monstruos que debía derrotar. Independientemente de que lo consiguieran, debían estar de vuelta en el Bastión al amanecer del octavo día, ni antes ni después. No se les facilitaría mapa alguno, y saldrían a las Tierras Salvajes con un equipamiento básico y comida y agua para cinco días. Se esperaba de ellos que o bien racionaran las provisiones o bien se las arreglaran para encontrar nuevos suministros en el exterior. Porque la prueba final no era una simple cacería: también valoraba la capacidad de supervivencia de los futuros Guardianes en territorios hostiles.

Se levantaron horas más tarde, antes de la salida del sol, se asearon, se vistieron y acudieron a la cita. Se reunieron con el resto de las brigadas que iban a participar en el ejercicio y aguardaron a sus superiores en perfecta formación. Xein alzó la cabeza para contemplar el cielo gris a través del entramado de barrotes que cubría el patio. Fuera de los muros del Bastión, el viento aullaba con fuerza. Las temperaturas habían bajado bruscamente durante la noche y ahora reinaba un frío glacial.

Los reclutas, sin embargo, se limitaron a esperar en silencio y con estoicismo mientras una helada llovizna los calaba hasta los huesos.

Xein pensó en sus primeros meses en la brigada Niebla. Imaginó a sus antiguos compañeros haciendo comentarios al respecto. Todos estaban ahora en el patio, repartidos en diferentes brigadas, salvo Dos, que pertenecía a la suya propia. Pero ninguno de ellos pronunciaba una sola palabra. Aquellos muchachos inquietos eran ahora soldados profesionales.

No tuvieron que esperar mucho. Enseguida llegaron los instructores, acompañados de cuatro Guardianes, entre los que se encontraba el capitán Salax. Xein conocía de vista a otra de las capitanas, pero los demás pertenecían a la División Plata y no se había cruzado nunca con ellos.

Fue el capitán Salax quien tomó la palabra. Les dio la bienvenida y la enhorabuena por haber superado la primera etapa de su adiestramiento y les proporcionó más detalles acerca de la prueba a la que se iban a enfrentar.

—Tendréis tres objetivos principales ahí fuera —anunció—. El primero es no morir. El segundo, traer pruebas de caza de los monstruos que correspondan a cada brigada. El tercero es localizar los estandartes que hemos colocado en las zonas que debéis explorar. Cada estandarte está marcado con el símbolo de una brigada diferente. No contaréis con ninguna pista sobre su ubicación, pero si rastreáis correctamente a los monstruos que se os han asignado, no deberíais tener problemas para encontrarlos. Regresaréis al cabo de siete días, ni uno más, ni uno menos. Todas las brigadas que traigan el estandarte se graduarán de forma inmediata. Las que además consigan pruebas de caza de todos los monstruos de la lista lo harán con honores.

»Para lograr vuestros objetivos, dependeréis ante todo de vuestro ingenio y vuestra preparación, pero hay reglas que todos debéis cumplir. La primera es la colaboración.

Hizo una pausa y les dirigió una larga mirada.

—No debemos olvidar en ningún momento quién es el verdadero enemigo —prosiguió—. Está permitido que las brigadas se alíen entre sí para mejorar resultados, si lo consideran conveniente. Está terminantemente prohibido entorpecer la misión de cualquier otra brigada mediante el engaño, el sabotaje o el ataque directo. Recordad que no competís contra vuestros compañeros, sino contra vosotros mismos. No debe importaros lo que hagan otras brigadas, sino únicamente lo que hace la vuestra.

»Por ese motivo está prohibido tocar cualquier estandarte que no corresponda a vuestra brigada. Si un recluta siente la tentación de retirar un estandarte ajeno, destruirlo o esconderlo para perjudicar a otra brigada, será su equipo el que quede descalificado de forma fulminante. No estáis obligados a comunicar a otras brigadas la ubicación de los estandartes que encontréis, pero podéis hacerlo si lo deseáis.

Xein escuchaba con atención. El instructor Baxtan no les había hablado de los estandartes, pero le parecía un incentivo interesante. Se volvió un momento hacia Cinco, su compañero de brigada más cercano, y lo interrogó con la mirada. Pero él se encogió de hombros.

El capitán Salax terminó su alocución y alzó la mirada al cielo.

—Parece que se avecina una tormenta —murmuró—. Encontraréis mal tiempo ahí fuera; preparaos en consecuencia.

Se les permitió desayunar y armarse antes de regresar al patio para formar de nuevo. Eran siete las brigadas que iban a participar en la prueba: cuatro de la División Oro y tres de la División Plata. Cada equipo recibió de manos de su instructor una hoja de papel con la relación de monstruos que debían abatir. El instructor Baxtan despidió a cada uno de sus reclutas con una palmada de ánimo en la espalda.

—Os veré dentro de siete días, muchachos. Encontrad ese estandarte y cazad tantos monstruos como podáis.

Los chicos salieron al exterior sin pronunciar una sola palabra. Una vez fuera, Uno, que llevaba la lista, se volvió hacia sus compañeros.

—¿Cómo nos organizamos? ¿Vamos por nuestra cuenta o buscamos aliados?

Los reclutas de las otras brigadas también habían formado corros en los que debatían el modo de proceder. Xein tomó la lista y le echó un vistazo.

—Caparazón, rechinante, piesmojados, abrasador, pellejudo —leyó.

Sus compañeros cruzaron una mirada inquieta.

—No hay pellejudos por aquí —hizo notar Cuatro—. Solo habitan en los alrededores de la Jaula, que sepamos.

Tiempo atrás, el corazón de Xein habría latido más deprisa ante la mera posibilidad de regresar a su hogar. Pero ahora era casi un Guardián, y meditó sobre ello con completa indiferencia.

—Puede haberlos sin que nosotros lo sepamos —razonó—. Los pellejudos viven en las montañas y no soportan la luz del sol. Es posible que haya un nido lo bastante lejos de aquí como para que no les dé tiempo de volar hasta el Bastión y regresar a su cubil en una sola noche. Además —añadió pensativo—, la reja que cubre el patio no está ahí por casualidad. Quizá se trate, de hecho, de una protección contra los pellejudos. Es así como se defienden de ellos en la Jaula.

—Pero los pellejudos jamás han atacado el Bastión —insistió Cuatro.

—Eso no lo sabemos. En cualquier caso, debe de haberlos en alguna parte, o no los habrían incluido en nuestra lista.

—Puede ser —admitió Dos, inquieto—. Pero de todas formas nunca hemos luchado contra pellejudos. Tengo entendido que hace ya décadas que asedian la Jaula y ni siquiera los Guardianes han podido contra ellos.

—Yo sí me he enfrentado a pellejudos —respondió Xein—. Los centinelas de la Jaula luchan contra ellos de noche, cuando es más difícil abatirlos. El truco es llegar hasta ellos durante el día, mientras están durmiendo, y no alejarse demasiado de la entrada de la cueva donde hibernan. Si logras atraerlos al exterior, la luz del sol los ciega y los hace vulnerables.

Uno alzó la mirada hacia el cielo, que se iba oscureciendo por momentos. La silueta lejana de la cordillera apenas se distinguía entre la masa de nubes plomizas que se había instalado sobre ella.

—¿Crees entonces que podemos encontrar pellejudos en las montañas? —planteó.

—A tres días de camino de aquí, calculo yo.

Dos sacudió la cabeza con preocupación, pero no dijo nada más.

Acordaron, por tanto, que se encaminarían hacia las montañas, tal como Xein había sugerido. No había muchos pasos transitables por la cordillera que se alzaba al norte del Bastión, por lo que era muy posible que, al fin y al cabo, la lista de monstruos sí estuviese confeccionada para guiarlos hasta su estandarte.

Ya casi habían trazado la ruta cuando se les unió Seis, que había estado conversando con reclutas de otros equipos.

—La brigada Granizo Oro también se encamina hacia las montañas —anunció—. Les he propuesto que vayamos juntos. Además, tienen a los abrasadores en su lista, y dicen que saben dónde hay un nido.

—Estupendo —se animó Cinco—. ¿Sabes si hay alguien más que tenga que cazar pellejudos?

—Las chicas de Escarcha Plata, pero ya se han ido.

Xein se encogió de hombros.

—Quizá las alcancemos en el camino.

—O puede que no. Seis Escarcha Plata me ha dicho que tienen que cazar nudosos, así que irán por la ruta del bosque. Nosotros deberíamos seguir el curso del río si queremos encontrar piesmojados.

—Puede que sea mejor así —opinó Uno—. Quizá un equipo de tres brigadas resulte demasiado numeroso.

Se reunieron, por tanto, con la brigada Granizo. La mayoría de los reclutas ya se conocían entre ellos porque habían coincidido en otras ocasiones. En Granizo militaba, de hecho, el chico que antes había sido Seis Niebla, con el que Xein siempre se había llevado bien, incluso después de su ignominiosa deserción y posterior castigo. Ahora su nombre era Uno Granizo Oro y ya no era líder de brigada; en Granizo había chicos mayores que él y más experimentados.

Los doce muchachos pusieron en común su hoja de ruta y emprendieron la marcha juntos. En el tiempo que habían empleado en decidir el camino a seguir, la lluvia se había intensificado y el sendero estaba ahora salpicado de charcos.

—Espero que mejore el tiempo —murmuró Cuatro Sombra—. Si sigue cayendo así, el camino se volverá impracticable.

—Al contrario, se va a poner peor —respondió Cinco Granizo—. He oído a los instructores hablando de ello durante el desayuno. Estaban inquietos porque ya hay tormentas intensas en las montañas, y tiene pinta de que van a durar varios días.

—Deberíamos tener cuidado entonces en el cauce del arroyo —apuntó Uno Sombra—. Se desborda con facilidad.

—Mal tiempo para cazar piesmojados —comentó Xein.

Cinco Granizo movía la cabeza, preocupado.

—¿Crees que puede ser peligroso? —interrogó otro muchacho de su brigada.

—Los instructores decían que quizá deberían haber retrasado la prueba una semana o dos. Pero los capitanes opinaban que los Guardianes debemos estar preparados para luchar en todo tipo de circunstancias.

—Eso quiere decir que lo tendremos mucho más difícil —comentó Uno Granizo—. Los instructores no se preocupan por cualquier cosa.

Cruzó una mirada de entendimiento con Xein, y él asintió.

—Démonos prisa, pues —sugirió—. La lluvia nos retrasará inevitablemente, y nosotros hemos de ir más lejos que los demás.

La brigada Granizo no tenía que cazar pellejudos; para encontrar los monstruos de su lista no necesitarían adentrarse tanto en las estribaciones de las montañas, pero de todos modos asumieron el ritmo de sus compañeros.

Todos los equipos se habían puesto ya en camino. Se separaban unos de otros a medida que iban enfilando sus respectivas rutas, y a media mañana las brigadas Sombra y Granizo ya formaban un grupo diferenciado y eran los únicos reclutas que recorrían aquel sendero. La lluvia seguía cayendo sobre ellos, entorpeciendo la marcha y dificultando el avistamiento de monstruos. Al ser un grupo tan numeroso, pocas criaturas se atreverían a atacarlos, por lo que debían ser ellos quienes las localizaran entre la maleza. A lo largo del día llegaron a percibir la presencia de monstruos hasta en tres ocasiones, pero solo consiguieron encontrar y abatir a un crestado, y ninguno de los dos equipos lo llevaba en su lista.

Por la noche acamparon al pie de una hondonada, bajo una enorme peña que se proyectaba hacia fuera y formaba una oquedad lo bastante amplia como para que se refugiasen del aguacero. Hicieron turnos de guardia; de madrugada, un piesmojados trató de asaltarlos al amparo de la lluvia, y Dos Granizo lo abatió de tres certeros flechazos.

—Os lo podéis quedar —ofreció a la brigada Sombra—. Nosotros no lo necesitamos.

La prueba de caza consistía por lo general en una garra, un diente o algo parecido; pero los piesmojados no tenían garras, y sus dientes no eran muy distintos de los de otras criaturas de tamaño similar como los dedoslargos, los robahuesos o los escuálidos. Por fin, tras una breve discusión, los chicos de la brigada Sombra optaron por cortarle un dedo, que guardaron en una bolsita de cuero.

Seis Granizo los observó con cierta repugnancia.

—Se pudrirá antes de que regreséis al Bastión —les advirtió.

—Ya, bueno, es lo que hay —replicó Uno Sombra—. Es un trabajo duro...

—... pero ¡alguien tiene que hacerlo! —respondieron varias voces en la penumbra.

Los días siguientes fueron similares. Eran un grupo numeroso y funcionaban bien contra los monstruos, por lo que apenas encontraron problemas. En la jornada siguiente cazaron un sorbesesos para la brigada Granizo y rastrearon a un caparazón hasta su guarida, que, no obstante, encontraron vacía. Se defendieron del ataque de una bandada de chillones, a los que despacharon con relativa facilidad, aunque se acostaron con un persistente dolor de cabeza. Por la noche, los cercaron los robahuesos, pero lo que los puso realmente de mal humor fue que, con tanta humedad, se vieron incapaces de encender un fuego. Xein tenía empapados todos sus calcetines de repuesto, y había contado con secar sus botas aquella noche. Llevaban tanto tiempo mojadas que habían empezado a pudrirse.

Sus compañeros no se encontraban mucho mejor.

—Si seguimos así mucho tiempo, acabaré por convertirme en un piesmojados —suspiró Seis Granizo—. No sé si irme ya a dormir al fondo del río. ¿Qué pensáis?

—Yo creía que la prueba final sería algo más... épico, no sé si me entendéis —comentó Cinco Sombra.

—Es así como nos preparan para la vida real, supongo —murmuró Cuatro Sombra—. Muchos de nosotros defenderemos la Ciudadela cuando nos graduemos y dormiremos bajo techo casi todas las noches, pero a veces tendremos que internarnos en las Tierras Salvajes, como ahora. Y estaremos solos frente a los monstruos.

—Los monstruos no son tan malos comparados con la lluvia —opinó Seis Granizo—. Nos han entrenado para matar bichos, no para chapotear como ranas entre los charcos.

—Por eso estamos aquí —apuntó Xein—. Para aprender eso también.

Justo en aquel momento los atacaron los robahuesos, y los chicos se animaron un poco. Descargaron sobre los monstruos su abatimiento y su frustración, y cuando acabaron con ellos, por lo menos habían entrado en calor.

Pero seguían mojados, y lo estuvieron el resto de la noche.

35

El tercer día de expedición, además del frío y la humedad, tuvieron que empezar a hacer frente al hambre. Habían comenzado a racionar la comida porque no estaban seguros de poder conseguir más durante el viaje. Había caza y pesca, pero mientras no lograran encender un fuego tampoco podrían cocinar.

Volvieron a rastrear al caparazón del día anterior y en esta ocasión lo encontraron. Lo abatieron sin mayores dificultades y la brigada Sombra obtuvo así un nuevo trofeo para su lista. Tardaron casi toda la mañana en conseguir arrancar un pedazo de la concha de la criatura, y cuando reemprendieron la marcha llevaban mucho retraso. La brigada Granizo debía localizar y abatir a un desollador, y aquel asunto los tenía muy preocupados. Los desolladores eran cazadores solitarios que tendían a moverse por las estribaciones de las montañas y cambiaban de territorio con cierta frecuencia. No existía una guarida claramente localizada a la que pudiesen dirigirse con la esperanza de encontrar allí su estandarte. Temían, por tanto, perder el tiempo dando vueltas sin rumbo fijo y tener que regresar al Bastión con las manos vacías.

Y seguía lloviendo.

Decidieron encaminarse al nido de abrasadores que conocía la brigada Granizo. Los abrasadores escupían bolas de fuego por la boca, de modo que, después de todo, aquel era un buen día para enfrentarse a ellos. Bajo la lluvia incesante cercaron el cubil, una profunda grieta en la base de la cordillera, y obligaron a salir a los cinco monstruos que se resguardaban en su interior. Los jóvenes reclutas, cansados, hambrientos y empapados, atacaron a los abrasadores hasta que acabaron con todos ellos. Después cortaron las puntas de las colas como pruebas de caza. En el reparto decidieron que la brigada Granizo se quedaría con tres, puesto que había guiado al grupo hasta allí. En realidad, solo bastaba con una prueba de caza por cada especie para cubrir el expediente, pero había sido una buena batida y no querían renunciar a los trofeos.

Caía ya la tarde cuando la lluvia comenzó lentamente a remitir. Los reclutas estaban trepando por la falda de una montaña, en busca de un sitio seco para pasar la noche, cuando de pronto Seis Sombra exclamó:

—¡Mirad, un estandarte!

Los demás lo divisaron también. Estaba clavado en lo alto de un peñasco, pero la lluvia lo había empapado y, en lugar de ondear al viento, caía pesadamente en torno al asta que lo sostenía. Los reclutas trataron de identificar el símbolo que representaba, pero estaban demasiado lejos.

—Creo que tiene ribete plateado —comentó Xein.

—Voy a echar un vistazo —se ofreció Dos Sombra.

—Ten cuidado —le advirtió Uno Granizo, pero su compañero ya trepaba por las rocas en dirección al estandarte.

—¡No lo toques si no es nuestro! —le recordó Seis Sombra.

Los jóvenes observaron cómo Dos Sombra subía hasta el estandarte. Cuando lo alcanzó y extendió la bandera para examinarla, pudieron comprobar desde allí que Xein tenía razón: pertenecía a la División Plata.

—¡Rayo Plata! —anunció Dos Sombra desde arriba.

—¡Déjalo en su sitio y vuelve ya! —le gritó Cuatro Sombra.

El joven descendía ya cuando, de pronto, algo asomó desde detrás del peñasco. Xein y sus compañeros lo vieron y le alertaron del peligro a gritos. Dos se dio la vuelta como un relámpago mientras los demás se apresuraban a correr montaña arriba para ayudarlo.

Por el camino, Xein identificó a la criatura a la que se enfrentaba Dos: se trataba de un saltarriscos, un monstruo difícil de derrotar. Era de tamaño considerable y contaba con tres pares de patas. Las superiores estaban rematadas por pinzas con las que podía decapitar a un ser humano; las abdominales terminaban en garras y las inferiores le permitían desplazarse por las montañas mediante poderosos saltos, equilibrado por una larga cola equipada con un aguijón venenoso. A pesar de que su cuerpo estaba protegido por un exoesqueleto similar al de los insectos, aquel apéndice no era rígido, sino largo y flexible como un látigo. Por lo que Xein sabía, aquellos monstruos paralizaban a sus presas picándoles con su aguijón; después las alzaban en el aire y las iban despedazando con las pinzas mientras se las comían a trozos. Por aquella razón, en algunos lugares, a los saltarriscos se los conocía también como «desmembradores».

Ellos eran doce, por lo que, en teoría, no deberían tener problemas para abatir al saltarriscos. A pesar de que nunca antes se habían enfrentado a una de aquellas criaturas, los habían estudiado en el Bastión y sabían qué estrategia debían utilizar. Por otro lado, habían avisado a Dos con tiempo; debería ser capaz de evitar las pinzas del saltarriscos hasta que sus compañeros pudieran ayudarlo.

Sin embargo, las cosas no sucedieron como todos esperaban. Cuando el monstruo se arrojó sobre Dos, este se quedó paralizado de miedo, incapaz de reaccionar. Xein oyó el grito de alerta de Uno Granizo y comprendió que Dos estaba en peligro real, pero no fue verdaderamente consciente de ello hasta que la pinza del saltarriscos lo enganchó por la cintura y lo partió por la mitad.

—¡No! —gritó Xein—. ¡Dooos!

Pero no había tiempo para lamentarse. Manteniéndose lejos del alcance del aguijón, los once rodearon al saltarriscos, que arrojó a Dos a un lado para enfrentarse a ellos.

Las brigadas Sombra y Granizo lucharon contra la criatura hasta derrotarla. Cuando el cuerpo rígido del monstruo quedó inmóvil sobre las rocas, los reclutas comprobaron consternados que ya era demasiado tarde para Dos Sombra.

—¿Qué le ha pasado? —preguntó Cinco Sombra, anonadado—. ¿Por qué se ha quedado quieto? ¿Por qué no se ha defendido?

—Le pasaba a veces —murmuró Uno Granizo con los ojos húmedos—. Tres Sombra y yo coincidimos con él en la brigada Niebla. —Xein asintió, corroborando sus palabras—. Había que cubrirlo en ocasiones por cosas como esta. Pero creía que ya lo había superado.

—Lo había superado —replicó Xein, conteniendo la rabia—. Era un recluta muy competente, ¿verdad? —preguntó, mirando a sus compañeros de la brigada Sombra; todos asintieron, abrumados—. Había llegado hasta la prueba final. Una semana más y se habría graduado, por todos los monstruos. —Sacudió la cabeza—. Esto no tenía que haber sucedido así.

Cuatro Granizo colocó una mano sobre su hombro.

—Somos Guardianes —le recordó—. Estas cosas ocurren a veces. Y si realmente tenía algo en la cabeza..., algo que podía llevarlo a reaccionar de forma inadecuada ante situaciones de peligro...

—¿Qué? —preguntó Xein, volviéndose hacia él.

—Piensa en lo que habría sucedido si, en lugar de estar nosotros aquí..., hubiese estado defendiendo a un grupo de personas corrientes. Habría sido una masacre.

Xein no dijo nada. Con el rostro demudado, los chicos acomodaron el cuerpo de Dos en una oquedad de la ladera y formaron sobre él un túmulo de piedras. Después bajaron de nuevo la montaña, dejando atrás el cadáver del saltarriscos y la tumba de Dos Sombra.

—Ese monstruo estaba destinado a la brigada Rayo Plata —comentó entonces Cinco Sombra.

—¿Quieres decir que por eso colocaron ahí el estandarte? —planteó Tres Granizo.

Cinco Sombra asintió.

—Seguramente el saltarriscos estaba incluido en su lista de caza. Todas las brigadas tenemos al menos un monstruo de los considerados «muy peligrosos hasta para los Guardianes».

—Habríamos podido derrotarlo sin problemas si lo hubiésemos atacado juntos —opinó Xein con rabia, golpeando el suelo con su lanza—. Si Dos no se hubiese separado del grupo...

—Ya no podemos hacer nada. Al menos hemos echado una mano a la brigada Rayo Plata...

—Sí, pero ¿a qué precio?

—Puede que no se libren de enfrentarse a un saltarriscos después de todo —dijo Tres Granizo pensativo—. Cuando matas un monstruo, enseguida llega otro para ocupar su lugar. Nosotros estuvimos en la cueva de los abrasadores el mes pasado con la brigada Niebla Plata. Acabamos con todos ellos, estoy seguro. Y hoy el nido estaba otra vez lleno de monstruos.

—Entonces, ¿de qué sirve todo lo que hacemos? —murmuró Uno Granizo.

Sus compañeros se volvieron para mirarlo, y el muchacho sonrió y sacudió la cabeza.

—He dicho una tontería —se excusó—. Perdonadme, ha sido un día muy largo.

—Si el saltarriscos estaba ahí, y el estandarte también —dedujo Cinco Sombra—, es que los chicos de Rayo Plata no han pasado por aquí todavía. Puede que ni siquiera sepan dónde buscar.

—Nadie lo sabe —suspiró Seis Granizo—. ¿Cómo vamos nosotros a rastrear a un desollador en un territorio tan amplio? Son hábiles cazadores y no suelen dejar huellas.

—Yo creo que sé dónde podemos encontrar a nuestros pellejudos —dijo entonces Xein.

Los otros chicos lo miraron con sorpresa. El joven se rascó la nuca, pensativo.

—Cuando estábamos ahí arriba, después de matar al saltarriscos —prosiguió—, me pareció ver una cueva que se abría en la cara sur de aquel pico, por allí —señaló—. Es lo bastante grande como para ser un nido de pellejudos. No caben en cualquier sitio.

Nadie respondió. Xein insistió:

—Podríamos acercarnos a mirar. Estaremos a un día de camino más o menos. Tenemos tiempo de llegar, cazar un pellejudo y volver al Bastión tan rápido como podamos.

—Tendríamos que correr como si llevásemos pelusas en los calzones —comentó Seis Sombra—. Solo nos quedan cuatro días, Tres. ¿Y si te equivocas?

—¿Qué otras opciones tenemos?

—Podríamos seguir rastreando a los monstruos que nos quedan por cazar. Con un poco de suerte encontraremos nuestro estandarte por el camino.

—Además, hemos perdido a Dos —le recordó Cuatro, antes de que Xein tuviera tiempo de responder—. Quizá lo más sensato sea retirarnos, aunque no nos graduemos en esta ocasión.

Xein sacudió la cabeza, pero no dijo nada.

Los chicos de la brigada Granizo no intervinieron en el debate. Se trataba de una decisión que debían tomar sus compañeros de la brigada Sombra y que a ellos no les incumbía. Sin embargo, Cuatro Granizo se vio en la obligación de precisar:

—Nosotros no nos arriesgaremos a ir tan lejos, salvo que tengamos indicios de que cerca de esa cueva de la que habláis pueda haber también algún desollador.

—Mirad, se ve una luz allí, en el fondo del valle —indicó de pronto Dos Granizo—. ¿Qué creéis que será?

—Con suerte, un campamento —respondió Cuatro Sombra, animándose un poco—. Quizá sea la brigada Rayo Plata.

Bajaron hasta el lugar que Dos Granizo les había señalado, un pequeño promontorio junto al río. En efecto, se trataba de una fogata, pero quienes se apiñaban a su alrededor eran las chicas de Flama Oro.

—¡Habéis encendido una hoguera! —exclamó Tres Granizo con una sonrisa—. ¿La compartís con once reclutas mojados y muertos de frío?

—Es la primera noche que conseguimos prender un fuego —señaló una de las muchachas—. Menos mal que ha dejado de llover.

—¿Sois once? —repitió otra recluta frunciendo el ceño.

—Acabamos de perder a Dos Sombra Oro —contestó Uno Granizo a media voz.

Las reclutas de la brigada Flama inclinaron la cabeza en señal de condolencia. Los chicos se acomodaron junto a ellas y todos compartieron provisiones e información. Ellos relataron su experiencia con el saltarriscos y les hablaron del estandarte que habían encontrado.

—No hemos visto a la brigada Rayo Plata por aquí —dijo Tres Flama—, pero se lo comunicaremos si nos cruzamos con ellos.

Después de cenar pusieron sus listas de caza en común. La brigada Flama Oro se había desviado por aquella ruta de montaña para encontrar chillones y piesmojados, pero tenía previsto dirigirse a las praderas en busca de galopantes. Los chicos les indicaron el lugar donde podrían hallar también sorbesesos, otro de los monstruos que les faltaban por abatir. Por otro lado, resultó que la brigada Flama había oído el aullido de un desollador a primera hora de la tarde. Les señalaron la zona en el mapa improvisado que habían trazado sobre la arena del suelo. Xein advirtió que estaba lejos de la gruta que él había visto desde la montaña y lo comentó en voz alta.

—Ah, ya sé de qué cueva hablas —dijo Cuatro Flama—. La brigada Escarcha Plata os lleva la delantera. Ellas también andan buscando pellejudos e iban en esa misma dirección.

Xein cruzó una mirada con sus compañeros.

—Debemos llegar como mínimo al mismo tiempo que ellas —les urgió—. Si esa cueva es un nido de pellejudos, llevarán hibernando mucho tiempo, porque están demasiado lejos de cualquier población humana. Pero en cuanto alguien los despierte saldrán a cazar, al menos la primera noche, y estarán alerta durante el día, aunque no salgan del cubil. Nos será más difícil abatirlos entonces.

—Somos solo cinco hombres, Tres —le recordó Cinco Sombra—. Si seguimos tu plan, puede que caigamos todos.

Xein suspiró, pero no discutió. Había sido un día muy largo, y también especialmente duro debido a la pérdida de Dos. Decidió volver a plantearlo por la mañana.

Ningún monstruo los atacó aquella noche, tal vez porque formaban un grupo bastante numeroso. Tampoco llovió, de modo que pudieron descansar un poco.

A Xein, sin embargo, le costó dormir. Cuando se levantó de madrugada para aliviar la vejiga, vio que Uno Granizo estaba despierto, de guardia. Se acercó a él.

—No te lo tomes como algo personal —le dijo.

—¿Disculpa?

—Sé que te sentías responsable por Dos, cuando estábamos en la brigada Niebla. Pero tú ya no eres el líder, y él era ahora Dos Sombra, y no Dos Niebla.

—Lo sé —murmuró él—. Es que estaba a punto de graduarse.

Todos nos hemos esforzado mucho para llegar hasta aquí, pero para Dos fue más difícil, porque tuvo que enfrentarse a un terror que nadie más sentía. No sé si los instructores fueron alguna vez conscientes de ello.

—Uno...

—Yarlax —cortó él.

Xein se sobresaltó.

—¿Cómo dices?

—Me llamo Yarlax. No Seis Niebla, ni Cuatro Rayo, ni Uno Granizo. Solo Yarlax.

—No deberías decírmelo.

—Lo sé. Pero quería que alguien lo supiera, por si caigo en esta prueba y no llego a graduarme. —Sacudió la cabeza—. Para nosotros, Dos será siempre Dos, ¿te das cuenta? Nunca llegamos a conocer su verdadero nombre. Y nadie nos lo dirá después.

Xein no supo qué decir, por lo que respondió con la única palabra que le parecía apropiada:

—Xein. Yo me llamo Xein.

Uno Granizo —Yarlax— asintió sonriendo.

—Gracias. Lo recordaré.

El cuarto día de la prueba final amaneció húmedo y encapotado, aunque apenas chispeaba. El pico adonde quería dirigirse Xein, sin embargo, estaba envuelto en nubes negras.

Después de compartir un escaso desayuno, llegó la hora de separarse. La brigada Flama seguiría su viaje hacia las praderas del este, mientras que los reclutas de Granizo partirían en busca del desollador que debían cazar. Xein y sus compañeros se despidieron de las otras brigadas y optaron por permanecer en el campamento mientras decidían qué hacer a continuación.

Al quedarse solos se sintieron vulnerables. Su grupo de diecisiete Guardianes se había visto reducido a cinco chicos que seguían entumecidos y ferozmente hambrientos a pesar del desayuno. Decidieron por fin que seguirían el plan de Xein, porque no tenían ninguna sugerencia alternativa que no pasara por dar media vuelta y regresar al Bastión. Se pusieron en marcha, pues, aligerando el paso para llegar cuanto antes.

El tiempo fue empeorando a medida que se acercaban a su destino. Parecía como si todas las nubes se hubiesen condensado en torno a la montaña, que veían cada vez más cerca. Y eran nubes muy oscuras, cargadas de humedad y electricidad.

Nadie sugirió la posibilidad de dar media vuelta, sin embargo. Habían tomado una decisión y estaban dispuestos a llevarla a cabo hasta sus últimas consecuencias.

La cordillera se alzaba paralela a un río que discurría crecido e impetuoso debido a las recientes lluvias. Mientras buscaban algún lugar para vadearlo con seguridad, se cruzaron con las muchachas de la brigada Escarcha Plata, que regresaban a toda prisa.

—¡Dad media vuelta! —les advirtieron—. Hemos encontrado un nido de pellejudos y los hemos despertado al abatir a uno de ellos. Saldrán a cazar en cuanto se ponga el sol.

—¡Nosotros buscamos pellejudos también! —exclamó Xein—. ¿Tendremos tiempo de llegar al nido antes de que se haga de noche?

Ellas se detuvieron para indicarles el camino más corto y el mejor lugar para atravesar el río.

—Tened cuidado cuando lo hagáis —les advirtió una de las chicas—. Nosotras hemos perdido a Cuatro Escarcha cuando intentábamos cruzarlo. Perdió pie y se la llevó la corriente río abajo.

—Pero no tenéis la certeza de que esté muerta, ¿verdad? —inquirió Cinco.

—No, pero si vamos a buscarla moriremos todas. Y vosotros deberíais apresuraros también y buscar cobijo entre los árboles antes del anochecer.

—Lo procuraremos. Gracias por la información, Escarcha Plata.

Xein se fijó entonces en el estandarte que sobresalía del petate de una de las chicas. Lo llevaba enrollado, pero aun así lo reconoció.

—Enhorabuena por el estandarte —dijo—. ¿Habéis visto el nuestro por allí?

—Creo que sí. Sombra Oro, ¿verdad? Estaba plantado cerca de la cueva, entre las rocas.

Los chicos cruzaron una mirada. La información de la brigada Escarcha Plata confirmaba la corazonada de Xein, por lo que no se entretuvieron en debatir sobre ello. Solo tendrían una oportunidad para cazar al pellejudo y recuperar el estandarte, porque si esperaban al día siguiente ya no podrían regresar al Bastión a tiempo para reclamar su recompensa. Existía la posibilidad de que se les hiciera de noche mientras tanto o de que luego no pudieran encontrar un refugio antes de que la bandada de monstruos se les echara encima.

Pero eran Guardianes, y aquella era la tarea para la que los estaban entrenando.

Se despidieron de las reclutas de Escarcha Plata, que continuaron su retirada hacia el bosque, y reanudaron la marcha siguiendo la dirección que ellas les habían indicado.

No tardaron en localizar el lugar. Estaba al otro lado del río, y por encima del estruendo del torrente podían oír con claridad los gritos de los pellejudos y el frenético «flap, flap, flap» de sus alas desde la cueva. También percibieron el intenso olor a podredumbre que emanaba de allí.

Se apostaron entre los árboles de la orilla, sobre una roca elevada por encima de la furiosa corriente que les permitía vigilar lo que sucedía en la entrada de la cueva.

—¿Qué hacemos ahora, Tres? —preguntó Cuatro.

—No lo sé —respondió Xein sacudiendo la cabeza.

—Pero tú has cazado pellejudos antes, ¿verdad?

—Una vez maté un pellejudo, pero fue a plena luz del día. Lo alanceé desde el exterior y tuve la suerte de que se me echó encima por puro instinto. El sol lo cegó y no tuve problemas para rematarlo, porque los otros no se atrevieron a salir de la cueva.

Recordó que le había hecho creer a Axlin que mataba pellejudos él solo y de forma habitual. Apartó aquellos pensamientos de su mente. Pertenecían a una época lejana, cuando él no era más que un muchacho estúpido, temerario y fanfarrón.

Ahora era casi un Guardián. Aquellas niñerías quedaban ya muy atrás.

—Mi plan consistía en llegar de día y aprovechar que estarían hibernando y tardarían un poco en reaccionar —prosiguió—. Pero ya están despiertos y, además, con el cielo tan encapotado es probable que se atrevan a salir de caza un poco antes del anochecer.

Los reclutas alzaron la mirada hacia el manto de nubes negras que los cubría. Los truenos retumbaban en las cumbres desde hacía un buen rato, y no tenían la menor duda de que no tardaría en comenzar a llover con fuerza.

—Deberíamos asegurar el estandarte primero —opinó Cuatro entonces—. No necesitamos matar a ningún pellejudo en realidad. Pero si regresamos al Bastión sin el estandarte, no nos graduaremos, no importa cuántas pruebas de caza logremos reunir.

Sus compañeros asintieron. Habían divisado el trofeo en el lugar indicado por las reclutas de Escarcha Plata, clavado en la pared rocosa, no lejos de la entrada de la cueva.

—Vayamos a buscarlo entonces —propuso Xein—. Con uno de nosotros basta. Los demás podemos tratar de abatir un pellejudo mientras tanto. Y cuando tengamos el estandarte, nos marchamos de aquí, con prueba de caza o sin ella.

Los otros chicos estuvieron de acuerdo. Cruzaron el río en el lugar donde parecía más fácil vadearlo y por fin se detuvieron al pie de la montaña, justo bajo el nido de los pellejudos.

—Ve tú a buscar el estandarte, Tres —decidió Seis—. Nosotros nos ocuparemos del resto.

—Tratad de desgarrarle las alas al objetivo —recomendó Xein mientras se ajustaba la lanza a la espalda—. Eso lo desestabilizará y, con un poco de suerte, lo hará caer.

Después comenzó a trepar por la pared rocosa mientras sus compañeros preparaban las armas y adoptaban una formación de combate para aproximarse a la entrada de la gruta. Llovía ya con intensidad y las piedras estaban resbaladizas, pero Xein no se detuvo ni miró atrás una sola vez. Estaba concentrado en el estandarte, que ondeaba por encima de él, sacudido por el viento.

Más abajo, sus compañeros disparaban flechas contra los pellejudos que se atrevían a asomar el hocico al exterior. Xein oía sus chillidos de ira; en cualquier momento, la luz solar sería lo bastante tenue como para que se decidieran a aventurarse al exterior. En el instante en que aquello sucediera, la brigada Sombra estaría condenada. Podían luchar contra uno o contra dos, pero no tendrían nada que hacer frente a una bandada entera en campo abierto. Su única oportunidad sería buscar refugio en el bosque, como las chicas de Escarcha Plata, porque los pellejudos no podrían volar con facilidad entre los árboles.

Siguió trepando sin detenerse. Estaba helado y calado hasta los huesos, y cuanto más ascendía, el viento lo azotaba con más fuerza, silbando en sus oídos y amenazando con hacerlo caer. Pero él se aferraba obstinadamente a la roca y continuaba subiendo.

Por fin alcanzó el estandarte y lo desprendió del asta con los dedos entumecidos. Se volvió solo un momento para mirar hacia abajo y descubrió que sus compañeros habían logrado sacar a un pellejudo de la cueva y lo hostigaban desde el suelo. La criatura trataba de alcanzarlos, pero tenía un ala rasgada y se escoraba hacia la derecha. Xein guardó el estandarte en su petate y se apresuró a iniciar el descenso para acudir en ayuda de su brigada.

Entonces, de pronto, el monstruo se elevó en el aire para esquivar la lanza que uno de los reclutas había arrojado contra él. Al hacerlo divisó a Xein, a quien había pasado por alto hasta entonces. Batió las alas con fuerza para alcanzarlo y se arrojó sobre él con un espantoso chillido; el joven, sorprendido por aquella súbita maniobra, se llevó la mano al cinto para recuperar su daga. Pero perdió el equilibrio, sus pies resbalaron sobre la roca mojada y cayó al vacío...

El pellejudo lo atrapó en el aire con un grito triunfal. Xein se revolvió y le clavó la daga en el vientre. El monstruo lo soltó, alarmado, y él se precipitó a las turbulentas aguas del río con un violento y doloroso chapoteo.

36

Manoteó para salir a la superficie, pero la corriente lo empujaba, lo hundía y lo sacudía como si fuese una hoja seca en medio de un vendaval. Luchó por su vida durante unos angustiosos momentos en los que estuvo convencido de que iba a morir ahogado.

Por fin logró aferrarse a una roca que sobresalía. Jadeó, exhausto, y se quedó quieto, tratando de recuperar el aliento. El agua seguía arremolinándose a su alrededor, pero Xein se afianzó a la roca y logró mantenerse estable. Después buscó otro asidero y, lentamente, empezó a desplazarse hacia la orilla.

Cuando salió del agua, todavía llovía con fuerza. Temblaba de frío y se sentía como si lo hubiesen apaleado. Miró a su alrededor, pero no divisó la cueva de los pellejudos ni tampoco a su brigada. La corriente lo había arrastrado lejos de ellos.

Sí oyó, no obstante, los gritos de los monstruos en la lejanía. Estaban a punto de salir a cazar, si no lo habían hecho ya. Xein sabía que sus compañeros no se entretendrían en buscarlo; confiarían en que sería capaz de reunirse con ellos por sus propios medios y darían media vuelta para buscar un refugio seguro antes de que los pellejudos los devoraran a todos.

Y él debía hacer lo mismo. Trastabillando, avanzó hacia la falda de la montaña en busca de un lugar donde guarecerse de la lluvia y los monstruos y esperar la llegada del nuevo día.

Encontró una grieta en la pared rocosa, pero era muy estrecha. Mientras trataba de acomodarse en su interior, le pareció ver de pronto una luz al otro lado de la cortina de lluvia. Se irguió, atento, y prestó atención.

Ahí estaba de nuevo: un destello tembloroso en la penumbra.

Abandonó su refugio sin dudarlo; no era gran cosa y no lo echaría de menos. Cada vez más aterido de frío, avanzó a trompicones en la penumbra, primero a través del suelo enfangado y después trepando por los peñascos en dirección a la luz que había detectado. La perdió de vista un par de veces, pero volvió a divisarla y así, lentamente, fue acercándose más.

Por fin descubrió que se trataba de una llama que ardía en el interior de una oquedad, tal vez una cueva. Con cautela, se asomó dentro.

En efecto, se trataba de una hoguera. Y había una persona acuclillada junto a ella: una recluta de cabello rubio.

Se sintió profundamente aliviado. Se deslizó en el interior de la cueva para acercarse a ella; pero, antes de que lo consiguiera, la chica se dio la vuelta con la prodigiosa agilidad de los Guardianes y lo atacó súbitamente.

Xein apenas tuvo tiempo de llevarse la mano al cinto para desenvainar su daga; pero no le hizo falta, porque el filo de la joven se detuvo a escasos milímetros de su cuello. Los ojos plateados de ella se abrieron un poco más al reconocerlo.

—Eres un recluta del Bastión.

—Claro —respondió él. Respiró hondo para volver a la calma, porque todo su cuerpo se había puesto en tensión de golpe—. ¿Quién creías que era? ¿Un monstruo?

La chica retiró su arma con un brusco movimiento.

—No sería tan extraño en las Tierras Salvajes. —Le dio la espalda para volver a inclinarse junto a la hoguera, y añadió sin volverse—. ¿Qué haces aquí? ¿Has perdido a tu brigada?

Xein sonrió y se acercó a ella.

—Tres Sombra Oro —se presentó.

—Cuatro Escarcha Plata —respondió ella, sin molestarse en mirarlo siquiera.

—Eres la recluta que cayó al río —recordó él—. Nos encontramos con tu brigada cuando se retiraban.

Esta vez sí, la chica se volvió hacia él con interés.

—¿Consiguieron el estandarte? —preguntó—. ¿Y la prueba de caza?

—Las dos cosas, sí. Iban a buscar refugio en el bosque. Quizá las alcances por la mañana.

La joven respiró hondo con evidente alivio. Era muy mayor para ser una recluta; casi todos tenían entre quince y dieciséis años, y aquella chica probablemente alcanzaría los veinte. Xein comprendió que debía de ser una extraviada, como él mismo, y la contempló con mayor interés. Entonces la reconoció: había compartido con ella el vehículo que los había llevado a ambos de la Ciudadela al Bastión. Había pasado más de un año desde entonces, pero recordó su nombre: Rox. No lo mencionó, sin embargo. Ahora ella era Cuatro Escarcha Plata, y seguiría siéndolo hasta que se graduase.

Probablemente, por eso le había alegrado enterarse de que su brigada había cumplido con los objetivos después de todo. El adiestramiento era más duro para un extraviado que para cualquier otro recluta, porque tenían que aprender muchas cosas que los demás ya sabían y porque los extraviados superaban en edad a los demás. Xein también había tenido esa sensación de ir con retraso, de estar atrapado en una etapa que debería haber culminado tiempo atrás. Él lo habría hecho si su madre no lo hubiese mantenido alejado del mundo de los Guardianes. ¿Cuál sería la historia de Rox?

Ella detectó su interés y lo miró con el ceño fruncido.

—¿Y qué te ha pasado a ti? —interrogó—. ¿Dónde está tu brigada?

—Me tiró al río uno de los pellejudos. Nosotros también los teníamos en la lista.

Se acordó de pronto del estandarte y lo buscó en su petate. Lo sacó por fin, todavía húmedo pero entero. Lo desplegó sin poder reprimir una sonrisa de orgullo. Los ojos plateados de Rox lo miraron por fin con un destello de respeto.

—¿Has conseguido el estandarte de tu brigada?

Por toda respuesta, Xein lo extendió sobre una roca junto al fuego para que se secara.

—Mañana nos reuniremos con nuestros equipos —dijo—. En unos días estaremos de vuelta y podremos graduarnos, pero antes debemos sobrevivir a esta noche.

—Este es un buen refugio. La entrada no es muy grande y se puede defender bien.

Xein lo examinó con ojo crítico. Había un pequeño orificio en la pared, por donde escapaba el humo de la hoguera. La grieta por la que él había entrado era de mayor tamaño; no lo bastante como para que pudiese pasar un pellejudo, pero quizá sí para permitirle introducir la cabeza, y eso también era peligroso. Por otro lado, los pellejudos no eran los únicos monstruos que pululaban por los alrededores.

—Habría que bloquearla de alguna manera. La luz de la hoguera se ve desde fuera. Es así como te he encontrado, y también puede atraer a los monstruos hasta nuestra posición.

Rox lo miró, calibrando su propuesta. Finalmente se encogió de hombros.

—Está bien. Veremos qué podemos hacer.

Cuando acabaron, era ya noche cerrada, pero el refugio era mucho más seguro. Habían apilado varias rocas en la entrada y esperaban que de ese modo el resplandor del fuego no se distinguiera desde el exterior.

Xein sintió que ya podía relajarse. Seguía empapado, por lo que se quitó la camisa y la puso también a secar junto al estandarte. Al volverse hacia Rox, se dio cuenta de que ella lo estaba mirando fijamente.

—Tú eres el desertor.

Xein suspiró para sus adentros. Todos los reclutas del Bastión conservaban alguna que otra cicatriz en la espalda, pero sus marcas eran mucho más profundas y numerosas. A pesar de que él había hecho todo lo posible por dejar atrás al muchacho díscolo que había sido, aquella rebelión y sus consecuencias señalarían su cuerpo para siempre.

—Fui el recluta desertor —replicó, volviéndose para mirarla—. Ahora soy el recluta Tres Sombra Oro. Y pronto seré un Guardián de la Ciudadela —añadió.

«El mejor que haya habido jamás», se prometió a sí mismo. Pero no lo dijo en voz alta para no parecer presuntuoso.

Se sentó junto a la hoguera y rebuscó en su petate en busca de provisiones. Pero todo lo que llevaba se había echado a perder con el agua. Su estómago protestó ruidosamente y Rox esbozó una media sonrisa.

—Bien, Tres Sombra Oro —dijo finalmente—, parece que va a ser una noche muy larga.

Decidieron que Xein haría el primer turno de guardia porque quería terminar de secarse antes de echarse a dormir. De modo que Rox se aovilló en un extremo de la cueva y, sin una palabra, cerró los ojos y se sumió en un sueño ligero.

Xein, por su parte, luchó por mantenerse despierto. Fijó la mirada en el estandarte con el símbolo de su brigada, Sombra Oro, y se le llenó el pecho de orgullo al pensar que era él quien lo había conseguido y que lo llevaría de vuelta al Bastión en nombre de sus compañeros. Por fin, después de más de un año de adiestramiento, se graduaría y comenzaría su nueva vida como Guardián de la Ciudadela. Por primera vez se sentía parte de algo más grande, una pieza que encajaba a la perfección en un engranaje complejo e imprescindible para la supervivencia de la civilización tal como la conocía.

A veces se preguntaba cómo había podido pasar tantos años alejado de todo aquello, viviendo como un chico salvaje, ignorante y aislado del mundo. La suya había sido una vida feliz y despreocupada, pero tremendamente egoísta. Ahora estaba preparado para llevar a cabo la misión para la que había nacido. Y no veía la hora de comenzar.

Fuera seguía lloviendo con fuerza. Un piesmojados asomó su rostro húmedo y abotagado por la grieta que no habían podido cubrir, dilatando sus orificios nasales al máximo, siguiendo el olor de una posible presa. No se atrevió a entrar en el refugio donde los dos reclutas descansaban, en parte porque los monstruos temían a los Guardianes, pero sobre todo por el fuego que seguía encendido. Xein lo mató de todas maneras. Rox abrió un ojo, y al ver que la situación estaba bajo control, volvió a dormirse.

Poco antes de finalizar su turno de guardia, un grupo de robahuesos asaltó el refugio. Xein se apostó junto a la entrada y fue alanceándolos a medida que trataban de entrar. Probablemente, él solo habría podido acabar con todos ellos, pero el escándalo despertó a Rox, que enarboló su hacha y se sumó a la batalla, enérgica y tan lúcida como si llevara varias horas en pie.

Salieron al exterior buscando más espacio para maniobrar. Pelearon bajo la lluvia y aniquilaron a los robahuesos como una fuerza imparable y letal. Era la primera vez que luchaban juntos porque sus brigadas nunca habían coincidido en unas maniobras, pero coordinaron sus movimientos a la perfección y se entendieron sin necesidad de palabras. Rox era una combatiente dura, feroz y tremendamente eficaz, que jamás hacía un movimiento innecesario y que no solía necesitar un segundo golpe para acabar con sus enemigos. Xein era más dado a exhibicionismos y florituras, aunque en los últimos tiempos trataba de controlarse un poco, buscando una mayor eficiencia. Le gustaba luchar, pero si podía añadir belleza y espectacularidad a un movimiento, lo hacía sin reparos. Probablemente porque en sus primeros tiempos como cazador de monstruos lo había tomado como un entretenimiento, una especie de deporte del que disfrutaba entre otras cosas porque sabía que lo hacía mucho mejor que los demás, y no dudaba en ponerlo de manifiesto. Rox, por el contrario, era rápida y contundente. Había que matar monstruos y lo hacía sin más, buscando el golpe más fulminante y letal.

Eran dos estilos de lucha totalmente diferentes y, sin embargo, se compenetraban como si formaran parte de uno solo, las dos caras de una misma moneda. Así, cuando la lucha terminó y los dos jóvenes se quedaron plantados bajo la lluvia, rodeados por los cadáveres de los robahuesos, Xein dirigió una mirada a su compañera y sonrió.

—Ha estado bien, Cuatro Escarcha. Deberíamos repetirlo más a menudo.

Ella se encogió de hombros.

—Estaremos allá donde haya monstruos, siempre —respondió, citando uno de los lemas de los Guardianes—. Y ahora vuelve dentro, desertor. Se ha apagado el fuego y hay que encenderlo de nuevo.

La sonrisa de Xein se esfumó.

—No vuelvas a llamarme así. Hice una estupidez y pagué por ello; no pienso cometer el mismo error otra vez.

—El que huye una vez puede volver a hacerlo —replicó ella mientras se agachaba para entrar en el refugio—. Es mejor confiar en otros reclutas que nunca han sentido la tentación de dar la espalda a sus compañeros.

Xein se envainó la pulla y entró en la cueva tras ella. Prendieron de nuevo la hoguera y, cuando por fin consiguieron que las llamas alcanzaran la intensidad suficiente como para calentarlos, murmuró:

—¿Seré un desertor para siempre, pues? ¿Incluso aunque realice grandes hazañas en la Guardia?

Rox lo miró con cierta dureza.

—¿Grandes hazañas? ¿Tú te estás oyendo? Sigues pensando solo en ti mismo: yo seré, yo haré, siempre yo. Te creíste diferente a los demás y por eso trataste de huir. Y sigues creyéndote distinto, tal vez mejor. Hablas de grandes hazañas, de distinguirte como sea de los demás. No te consideras un recluta corriente. Aún piensas que eres especial de alguna manera, y por eso sé que volverás a huir tarde o temprano..., desertor —concluyó con una mueca de disgusto.

Xein quiso replicar, pero permaneció callado. Sentía que había algo de cierto en sus palabras, aunque la idea de desertar ni siquiera se le pasaba por la cabeza. Pero era verdad que había fantaseado a menudo con distinguirse en el cuerpo, con matar más monstruos que los demás, con llegar a capitán o tal vez a comandante. Siempre había creído que aquella motivación lo impulsaba a mejorar y era algo bueno. Pero ¿y si Rox tenía razón y él estaba equivocado?

—Duerme ahora —dijo ella entonces—. Es mi turno de guardia.

Xein sacudió la cabeza.

—Prefiero mantenerme despierto, si no te importa.

—Sí me importa. ¿Lo ves? Vuelves a hacerlo: crees que las normas no te afectan de la misma manera que a los demás. Te toca dormir y debes hacerlo para estar descansado. Sin embargo, de alguna forma piensas que tú podrás aguantar más que cualquier otro, que no necesitas descansar porque estás por encima de eso.

—No es verdad —protestó él—. Claro que estoy cansado; me siento como si me hubiese aplastado un galopante. Pero nunca había pensado en esto que me estás diciendo, y me gustaría...

—«Me» gustaría —cortó Rox con sarcasmo—. Eres miembro de una brigada, recluta. Tus tribulaciones no nos incumben a los demás ni deben afectar al desarrollo de la misión. Y si crees que van a hacerlo, te las guardas para ti y duermes cuando te toca, porque un recluta cansado es un peligro para toda la brigada.

Xein suspiró.

—Tienes razón, Cuatro Escarcha. Buena guardia, pues.

Rox respondió con un seco asentimiento. Xein se tendió junto al fuego y trató de dormir, aunque sus pensamientos bullían. Naturalmente, ella estaba en lo cierto: un buen Guardián sabía que formaba parte de algo más grande y no tenía ambiciones personales ni se esforzaba por destacar. Por eso en el Bastión no había recompensas para los primeros y sí sanciones para los que llegaban en último lugar. Porque en el momento en que alguien trataba de ser mejor que sus compañeros, en el momento en que se diferenciaba de ellos..., la armonía del equipo se tambaleaba. Las brigadas debían funcionar como un mecanismo bien engrasado y las individualidades ponían en peligro el trabajo de todo el conjunto.

Xein lo sabía, pero nunca antes había sido consciente de que su deseo de destacar para compensar sus errores pasados podía ser una prolongación de aquellos mismos errores.

Seguía pensando en ello cuando oyó un «flap, flap, flap» entre el sordo rumor de la lluvia.

Se incorporó, alerta. Rox se había levantado de un salto y escuchaba con atención, frunciendo el ceño.

—¿Salen de caza ahora? —susurró Xein.

Ella negó con la cabeza.

—Vuelven.

Él recuperó su lanza y se acercó a la entrada del refugio.

—Eso son muy malas noticias.

—¿Por qué?

—Los pellejudos nunca dejan una cacería a medias, salvo que

los vaya a sorprender la salida del sol. Si regresan ya es porque han encontrado a nuestros compañeros y han acabado con ellos.

Rox lo miró entornando los ojos.

—Dijiste que iban a buscar refugio en el bosque.

—Sí, y si lo hubiesen hecho, los pellejudos todavía estarían tratando de atraparlos.

—¿Y no existe la posibilidad de que los reclutas los hayan ahuyentado?

—Lo único capaz de ahuyentar a los pellejudos es la luz del sol, Cuatro Escarcha.

Se retiró de la grieta con brusquedad, tratando de mantener a raya la rabia y la frustración que lo sacudían por dentro. Así era la vida de los Guardianes. Si sus compañeros habían sido devorados por los pellejudos, a él y a Rox no les quedaba otra opción que seguir adelante y tratar de sobrevivir sin ellos.

Apagó la hoguera sin ninguna explicación, pero Rox no la necesitaba. Pese a que habían cubierto la entrada para que el resplandor no se distinguiese desde fuera con facilidad, los pellejudos contaban con una excelente visión nocturna y sin duda serían capaces de localizarlos en la oscuridad.

Los dos se apostaron junto a la grieta, armados y en silencio. El sonido de las alas de los monstruos se oía cada vez más cerca.

Xein sospechaba que sus precauciones resultarían inútiles. Los pellejudos olían a los humanos desde muy lejos, y la única razón por la que no los habían encontrado antes era que un grupo numeroso atraía más su atención que dos reclutas perdidos y ocultos entre las rocas.

Los Guardianes veían en la oscuridad un poco mejor que los humanos corrientes. Sin embargo, Xein y Rox apenas lograban intuir las siluetas de los pellejudos aleteando en la noche tormentosa. Habían divisado la inmensa mancha negra de la bandada en el horizonte; pero ahora los monstruos habían roto la formación y cada individuo volaba por su cuenta, explorando las montañas en busca de más presas que devorar. Uno de ellos pasó planeando por delante de su escondite, provocando un remolino de aire y lluvia y golpeándolos con el característico olor a podrido de los de su especie. Xein y Rox contuvieron el aliento y solo respiraron de nuevo cuando vieron que levantaba el vuelo y se alejaba de ellos.

Pero después hizo un quiebro en el aire y descendió de nuevo, sobrevolando la pared rocosa. Volvió a pasar ante ellos, esta vez más cerca.

Los dos cruzaron una mirada. Podían tratar de abatirlo desde allí, pero eso llamaría la atención de los demás. Rox le dijo a su compañero por señas que esperase, y él asintió, conforme.

El pellejudo seguía pasando ante ellos, una y otra vez. Sus fosas nasales aspiraban ruidosamente, buscando el origen del olor que lo había atraído hasta allí. Agazapados en la oscuridad, los reclutas esperaron.

Un segundo monstruo se acercó al lugar con un espeluznante chirrido. El primer pellejudo se volvió hacia él en el aire y trató de ahuyentarlo, tal vez temiendo que fuese a arrebatarle su presa. Los dos jóvenes observaron conteniendo el aliento cómo ambas criaturas se enzarzaban en una batalla aérea bajo la lluvia.

Entonces llegaron dos pellejudos más. No parecían interesados en la pelea de sus congéneres. Los sobrepasaron sin detenerse y se lanzaron en picado hacia el escondite de los dos humanos.

Xein echó el brazo atrás para arrojar la lanza, pero Rox aferró su muñeca antes de que lo hiciera. El tercer pellejudo realizó un quiebro en el aire y pasó casi rozando la entrada de su escondite, cubriendo por completo su campo de visión. El cuarto lo siguió de cerca.

Sin duda los estaban rastreando. Los dos primeros dejaron de pelearse y se unieron a los demás en la búsqueda, sobrevolando la cara de la montaña una y otra vez.

Desde su escondite, Xein trataba de contenerse para no salir al exterior y pelear. Sabía que, si lo hacía, no tendría la mínima posibilidad de sobrevivir; pero no soportaba la tensión de aquella espera angustiosa. Los pellejudos los localizarían tarde o temprano y ellos no podrían derrotarlos a todos. Su única opción pasaba por aguantar hasta el amanecer. Cuanto más retrasaran el enfrentamiento, más correría el tiempo a su favor.

Por fin, uno de los pellejudos emitió un graznido triunfal. Se arrojó sobre la grieta e introdujo el hocico en su interior.

Rox y Xein retrocedieron, alarmados. La criatura aleteaba con furia, tratando de entrar en su refugio. Su boca se abrió de par en par, mostrando dos filas de letales colmillos.

Ya no tenía sentido ocultarse. Xein se impulsó hacia delante y clavó la lanza en el hocico del monstruo, descargando todo su peso sobre ella. El pellejudo chilló y lo sacudió, golpeándolo una y otra vez contra la pared de roca, pero Xein no soltó el arma porque no quería quedarse sin ella tan pronto. Por fin logró recuperar la lanza, y cuando la criatura estaba a punto de propinarle otra dentellada, Rox la golpeó con el hacha, obligándola a sacar la cabeza del agujero con un chillido de ira y dolor. Xein se incorporó, algo aturdido, y su compañera lo mantuvo agarrado por el brazo hasta asegurarse de que estaba en condiciones de seguir luchando.

—Ya vienen —le advirtió.

Él sacudió la cabeza y se esforzó por centrarse.

Fue entonces cuando todos los pellejudos atacaron a la vez. Se abalanzaron sobre la grieta, estorbándose unos a otros y cubriendo el cielo nocturno con sus enormes alas. El orificio era demasiado estrecho como para permitirles el paso, pero eso no los detuvo. Durante los minutos siguientes Rox y Xein, atrapados en su refugio, se defendieron de las garras que hurgaban en el agujero tratando de capturarlos, de los hocicos que olfateaban su rastro con avidez y de las mandíbulas que se cerraban en el aire para apresarlos entre sus mortíferos dientes. Xein había dejado su lanza a un lado y acuchillaba con sus dagas a todos los pellejudos que se asomaban al refugio. Rox, enarbolando su hacha, hendía hocicos y cercenaba garras. Pronto ambos estuvieron cubiertos de pegajosa sangre de monstruo, pero siguieron luchando. Los pellejudos heridos no dejaban de atacar, y los que llegaban tras ellos se las arreglaban para apartarlos y ocupar su lugar. Desde allí, los reclutas no podían ver cuántos monstruos había, pero Xein sabía que las colonias rara vez estaban compuestas por menos de medio centenar de individuos.

«Solo tenemos que aguantar hasta el amanecer», pensaba mientras manejaba sus dagas con rapidez y maestría. «Entonces se irán, y podremos salir de aquí.»

No sabía cuánto faltaba para eso. Seguía lloviendo en el exterior, los enormes cuerpos de los pellejudos no le permitían atisbar el cielo y hacía rato que había perdido la noción del tiempo.

De modo que continuaron luchando en la oscuridad, guiados por su instinto y sus sentidos de Guardianes. Sin detenerse, sin vacilar, sin desfallecer. Los pellejudos seguían asediándolos y en una ocasión una de las garras alcanzó a Rox en el costado con un feroz zarpazo. Ella retrocedió apretando los dientes, aferró el hacha con ambas manos y la descargó sobre la garra que la había herido, separándola del resto del cuerpo.

—¡Cuatro! —exclamó Xein, inquieto.

—¡Estoy bien! —respondió ella en la oscuridad.

Él iba a replicar cuando oyó que algo rascaba en la pared a su espalda. Se dio la vuelta y descubrió, alarmado, que los pellejudos también estaban intentando entrar en el refugio a través del pequeño orificio que les había servido de respiradero para la hoguera. No se habían preocupado por él porque era demasiado pequeño como para resultar un problema, pero aquellos monstruos, obstinados, intentaban agrandarlo y lo estaban consiguiendo. Uno de ellos logró introducir la garra por el agujero, y al hacerlo desprendió una pequeña cantidad de tierra y rocas diminutas. Aquella parte de la pared, comprendió Xein, no era tan sólida como la que rodeaba la entrada principal. Si se esmeraban mucho, los pellejudos podrían excavar allí un acceso hasta el corazón de su refugio.

—¡Cuatro! —llamó de nuevo.

Sintió que ella se volvía en la oscuridad. La oyó respirar hondo y comprendió que había advertido el peligro igual que él.

—Yo me encargo, Tres Sombra —dijo—. Cubre tú la entrada principal.

Xein obedeció sin discutir. El boquete sería más fácil de defender que la grieta más grande, y ella estaba herida.

Lucharon durante horas, rechazando a los pellejudos una y otra vez. Xein protegía el acceso al refugio y Rox trataba de evitar que los monstruos agrandaran el otro orificio. Ellos seguían rascando, arrancando más piedras y ensanchando el boquete, y ya habían conseguido introducir por él sus feos hocicos verrugosos.

El ambiente en el interior de la cueva era casi irrespirable. El olor de los pellejudos lo inundaba todo, y sus enormes cuerpos taponaban las entradas e impedían que se ventilara el recinto. Pero Rox y Xein continuaron luchando. Ya no peleaban por obtener un estandarte o por superar una prueba, sino por defender sus vidas ante la brutalidad y el horror.

De pronto, la pared se desmoronó por fin y el boquete se agrandó lo bastante como para que los monstruos pudiesen deslizarse hasta el interior. Rox retrocedió con un salto y un grito de advertencia, y Xein dejó lo que estaba haciendo para acudir en su ayuda. Tenía el brazo derecho inutilizado porque había recibido una dentellada en el hombro, pero en el Bastión había aprendido a emplear el izquierdo con la misma soltura, porque todos los Guardianes debían ser ambidiestros.

Juntos hicieron retroceder al pellejudo que trataba de entrar y se colocaron espalda contra espalda para defender ambos accesos. Era un gesto inútil, porque en cuanto los monstruos lograran penetrar en el refugio estarían perdidos. Pero los Guardianes siempre morían luchando.

—Ha sido un placer pelear a tu lado, Cuatro Escarcha Plata —murmuró él.

—Lo mismo digo, Xein —respondió ella—. Puede que te haya juzgado mal, después de todo.

El joven se sorprendió de que recordara su nombre. Esbozó una breve sonrisa y replicó:

—Gracias, Rox.

No hubo tiempo para más palabras. El primer pellejudo introdujo la cabeza por el agujero, se sacudió un poco y logró hacer pasar los hombros. Después se retorció, bramando de impaciencia, e irrumpió en el interior del refugio con un chillido triunfal. Rox y Xein hicieron ademán de retroceder, pero tenían a su espalda el acceso principal, abarrotado de pellejudos que pugnaban por entrar en la cueva. Si se ponían a su alcance, los monstruos los despedazarían. Cruzaron una mirada de entendimiento y, los dos a una, se arrojaron sobre el intruso con un grito de guerra, a pesar del cansancio, el dolor y el desaliento. Acosaron al pellejudo, lo atacaron con toda la fuerza de su desesperación y lograron acorralarlo contra la pared. Xein saltó en el aire, enarbolando su lanza, y se dejó caer sobre la criatura, atravesando su cabeza con la punta del arma. Después se incorporó sin perder de vista al monstruo para asegurarse de que estaba realmente muerto.

—¡Tres, alerta! —advirtió Rox.

Xein alzó la mirada y detectó la sombra de otro pellejudo desplazándose por el techo, justo sobre él. Un tercero asomaba ya la cabeza por la abertura. Se sintió abrumado por la impotencia. No importaba cuántos monstruos matara, siempre llegaban más. Recordó entonces las palabras que Yarlax había pronunciado aquella misma mañana: «Entonces, ¿de qué sirve todo lo que hacemos?».

Sacudió la cabeza para no pensar en ello y acudió en ayuda de Rox, que trataba de alcanzar al monstruo del techo.

Y justo entonces los pellejudos comenzaron a chillar como si quisieran transmitir alguna clase de advertencia. Los que habían logrado penetrar en el interior de la cueva se pusieron rígidos y tensaron las orejas, alarmados. Se oyó un «flap, flap, flap» y los gritos comenzaron a escucharse un poco más amortiguados.

Xein oyó que Rox susurraba en la oscuridad:

—¿Se van?

El monstruo del boquete trató de retroceder, pero se quedó atascado y bramó enfurecido. Los dos reclutas se enfrentaron entonces a la criatura del techo, que de pronto parecía haberse olvidado de ellos y daba vueltas, confundida, buscando una salida para escapar de allí.

Alentados por una remota esperanza, Rox y Xein se enfrentaron al pellejudo, lo hicieron caer al suelo y lo remataron allí. Sin apenas detenerse, atacaron al monstruo atorado en el boquete. Cuando terminaron, el cadáver de la criatura quedó colgando en la pared, fláccido, con medio cuerpo fuera, bloqueando el agujero para los demás.

—Por lo menos no entrará ninguno más por ahí —comentó Rox con voz cansada.

Xein se volvió hacia la grieta más grande y descubrió que los pellejudos que habían estado agolpándose allí toda la noche se habían marchado. Una tímida claridad comenzaba a filtrarse desde el exterior a través de la cortina de lluvia.

—El amanecer —dijo.

Rox respiró aliviada.

—Gracias a los dioses.

—¿A los qué?

Pero ella sacudió la cabeza restándole importancia.

—Da igual.

Rox echó una mirada alrededor para asegurarse de que ya no había más monstruos. Después cerró los ojos con un profundo suspiro, soltó el hacha y apoyó la espalda contra la pared de piedra, resbalando por ella hasta quedar sentada en el suelo.

Xein se dejó caer a su lado. Juntos escucharon el «flap, flap, flap» de los pellejudos, cada vez más lejano.

—Han apurado demasiado —comentó Xein—. Alguno se quedará ciego por el camino.

Sintió que Rox se estremecía, y entonces se dio cuenta de que se estaba riendo por lo bajo. Apoyó la cabeza contra la de ella. Le costaba hacerse a la idea de que ambos seguían vivos y tenían una oportunidad de regresar al Bastión para poder contarlo. Los dos se encontraban gravemente heridos, exhaustos y cubiertos de sangre, tanto propia como de los monstruos que habían matado. Pero seguían con vida.

Xein era consciente de que no tenían mucho tiempo. Sin embargo, se quedó allí, junto a Rox, disfrutando de aquel inusual instante de paz. Ella tampoco se movió ni pronunció palabra durante un largo rato, y cuando los ojos de Xein empezaban a cerrarse, abatidos por el cansancio de piedra que se había apoderado de su cuerpo, ella se levantó de golpe, sobresaltándolo.

—Arriba, recluta. Hay que ponerse en marcha ya.

Xein gruñó y se incorporó con una mueca de dolor.

Lo primero que hicieron fue lavarse y curarse mutuamente las heridas. La del costado de Rox tenía mal aspecto, pero ella no profirió ninguna queja durante el proceso.

Después evaluaron el estado de su refugio. Sacaron fuera los cuerpos de los pellejudos y recuperaron todas sus cosas. Xein localizó el estandarte de Sombra Oro, sucio, húmedo y arrugado en un rincón, pero por lo demás intacto. Lo plegó con cuidado y lo guardó en su petate.

Terminaron de recogerlo todo y salieron al exterior. Todavía llovía, aunque con menos fuerza que antes. Respiraron con avidez el aire fresco de la mañana. Cuando Xein se volvió para mirar a Rox, encontró sus ojos plateados fijos en él.

—Tienes un aspecto espantoso, Tres Sombra.

—Tú tampoco estás en tu mejor momento, Cuatro Escarcha.

Ella sonrió, pero no dijo nada más.

Descendieron por la falda de la montaña, avanzando con precaución sobre las rocas resbaladizas. Tenían que alejarse de allí todo lo que pudieran antes de que se hiciera de noche otra vez y los pellejudos volvieran a abatirse sobre ellos. Y por el camino debían tratar de averiguar qué había sucedido con las brigadas Sombra Oro y Escarcha Plata.

Alcanzaron el lugar por donde habían vadeado el río el día anterior, no lejos del nido de los pellejudos. Los oyeron alborotar desde su cueva, alterados por el olor de los humanos, pero ninguno de los monstruos osó aventurarse bajo la luz del día.

Les resultó muy complicado cruzar el río porque habría crecido con las lluvias; tardaron en atravesarlo mucho más de lo que habían calculado, y cuando por fin llegaron al otro lado, empapados y exhaustos, lo hicieron con la sensación de que apenas estaban avanzando.

No se detuvieron a descansar ni tampoco a buscar provisiones, a pesar de que ninguno de los dos había comido nada desde el día anterior, y Xein ni siquiera había pegado ojo en toda la noche. Habían sobrevivido al ataque de los pellejudos y no estaban dispuestos a darles una segunda oportunidad aquella noche.

Forzaron la marcha para llegar cuanto antes al bosque cercano, con la esperanza de hallar allí a sus compañeros.

Y los encontraron, pero no en las circunstancias que habrían deseado.

Fue Rox quien vio los restos, abandonados de cualquier manera en el fondo de una hondonada. Nueve cuerpos de los que apenas quedaban los huesos, algunos completamente destrozados, como si los monstruos se hubiesen repartido los pedazos. El corazón de Xein dejó de latir un breve instante, horrorizado. Vencido por el espanto, el dolor y el cansancio, se dejó caer de rodillas en el suelo.

—Ya voy yo —se ofreció Rox—. Tú no estás en condiciones.

Xein no discutió. Ella regresó luego con los petates de los caídos, y se sentaron juntos a revisarlos con un nudo en el estómago. Rox inspiró hondo al encontrar el estandarte que su brigada había obtenido después de que ella cayera al río. Xein, por su parte, identificó algunas de las pertenencias de los chicos de Sombra Oro. Cerró los ojos y luchó por contener las lágrimas.

—Los pellejudos los alcanzaron antes de que llegaran al bosque —murmuró Rox—. Probablemente, mi brigada retrocedió para ayudarlos. Pero luchar contra esos monstruos aquí, en campo abierto... es prácticamente un suicidio. Incluso para un equipo de nueve Guardianes.

Xein se incorporó, tambaleándose por el peso de la tristeza y el agotamiento.

—Deberíamos enterrarlos... —empezó con voz ronca.

—No hay tiempo. Si no queremos correr su misma suerte, debemos irnos cuanto antes.

Lo obligó a ponerse en marcha, porque él apenas reaccionaba. Así, apoyados el uno en el otro, siguieron avanzando hacia el bosque mientras el sol comenzaba a declinar tras ellos.

Xein guardaría pocos recuerdos de aquel penoso viaje de regreso al Bastión. Sobrevivieron a los pellejudos en una segunda noche de asedio refugiándose en el bosque y cubriendo sus cuerpos con barro del arroyo para que el olor no los delatase, acurrucados en el hueco de un tronco, sin fuerzas para luchar, hasta que el sol salió de nuevo por el horizonte. Cuando estuvieron lejos del territorio de caza de aquellos espantosos monstruos alados, pudieron dormir por las noches, por turnos. En los días siguientes se enfrentaron a sorbesesos, crestados, nudosos y espaldalgas, y salieron airosos de todos los encuentros.

Por fin, al amanecer del octavo día de expedición, se presentaron ante el Bastión, tan agotados que necesitaban sostenerse el uno al otro para no caer al suelo. Apenas habían comido en las últimas jornadas, y la noche anterior tampoco habían dormido porque habían optado por seguir avanzando hacia su destino para poder llegar a tiempo. Además, Xein había sido gravemente envenenado por la espina de un crestado, y la herida del costado de Rox no estaba sanando con la rapidez esperada. Pese a todo, caminaron hasta la puerta ante las miradas de admiración de sus compañeros. Casi todas las brigadas habían perdido algún recluta durante la prueba, pero se había corrido la voz de que Sombra Oro y Escarcha Plata habían sido totalmente aniquiladas. Sin embargo, allí estaban ellos, Tres Sombra Oro y Cuatro Escarcha Plata, malheridos, pero vivos y triunfantes. Así, cuando se detuvieron ante sus respectivos capitanes para mostrarles los estandartes que habían obtenido, sus compañeros prorrumpieron en una ruidosa ovación.

El capitán Salax empezó a decir algo, pero Xein no llegó a oírlo, porque se desvaneció a sus pies en cuanto le entregó el estandarte que había costado la vida a su brigada.

Xein se recuperó de sus heridas en una habitación que no era ni una celda ni un barracón. Lo cuidaron con gran solicitud, pero, aunque preguntó por Rox, no se le permitió verla.

Volvió a encontrarse con ella durante la ceremonia de graduación. De los cuarenta y dos reclutas que se habían enfrentado a la prueba, habían sobrevivido veintisiete, y cinco de ellos no se graduarían porque su brigada había regresado sin el estandarte. Un sexto recluta tampoco llegaría nunca a ser Guardián, porque un caparazón le había arrancado la pierna de un bocado.

De modo que fueron veintiuno los muchachos que aquella mañana formaron en el patio del Bastión ante los comandantes de las divisiones Oro y Plata. Entre ellos, estaba también Yarlax, porque la brigada Granizo había logrado regresar al Bastión al completo y con el estandarte.

Xein, por el contrario, era el único representante de la brigada Sombra, y junto a él se alzaba Rox, serena como un témpano de hielo, en nombre de la desaparecida brigada Escarcha. Ambos iban a graduarse con honores porque eran los únicos que habían logrado regresar no solo con el estandarte de su brigada, sino también con todas las pruebas de caza que les habían pedido.

Xein la miró de reojo, solo para comprobar si se había recuperado del todo. Ella sorprendió su mirada y le sonrió de medio lado.

Y él supo entonces que, aunque sentía aprecio por otros reclutas del Bastión, todo lo que había vivido junto a Rox había creado entre ellos un estrecho vínculo que permanecería más allá de aquellos muros y se extendería a la nueva vida que los aguardaba como Guardianes de la Ciudadela.

Epílogo

Axlin se acostumbró muy pronto a su nueva vida en la Ciudadela. Con la ayuda de Dex, había alquilado un pequeño cuarto en el segundo ensanche, no lejos de la puerta de la muralla que debía cruzar todos los días para ir a trabajar a la biblioteca. Allí hacía lo que la maestra Prixia le había encomendado: ayudaba a organizar los libros, leía todo cuanto podía, realizaba prácticas de caligrafía, aprendía a escribir correctamente y trataba de acumular más conocimientos sobre los monstruos. A medida que progresaba, empezó a detectar las muchas deficiencias del libro que había escrito. Pero ello solo la animaba a seguir estudiando para mejorar y poder redactar en el futuro una versión mejor.

No deseaba alejarse del todo del verdadero objeto de su estudio, por lo que se acercaba a menudo al Mercado de la Muralla para intercambiar impresiones con los buhoneros y los viajeros que llegaban de lejos. También acudía allí donde aparecía algún monstruo, y los Guardianes acabaron por acostumbrarse a su presencia, siempre cargada con su cálamo, su cuaderno de notas y su nueva ballesta pendiendo del costado. Jamás interfería en su trabajo, pero no dejaba pasar la oportunidad de preguntar a los más receptivos o de pedir que le permitiesen examinar el cuerpo del monstruo abatido.

Tampoco perdía ocasión de mirar a los ojos de los Guardianes en busca de Xein, a quien no había olvidado. Pero seguía sin encontrarlo. Había tratado de preguntar por él en el cuartel general, pero nunca le habían permitido pasar de la entrada, y en las oficinas situadas en otros barrios nadie podía facilitarle aquella información. Había pedido ayuda a Dex, que por lo que parecía tenía contactos en todas partes, pero ni siquiera él había sido capaz de traspasar las herméticas normas de los Guardianes.

Una fría mañana de invierno en que caminaba en dirección a la biblioteca, sin embargo, creyó distinguir al otro lado de la calle una silueta familiar. Cruzó renqueando y a punto estuvo de ser atropellada por un carro, pero logró esquivarlo y corrió tras la pareja de Guardianes que se dirigía con paso sereno a su cuartel general.

—¡Un momento! —los llamó—. ¡Esperad, por favor!

Ellos se volvieron al oír su voz. Axlin se detuvo ante el chico y lo miró a los ojos.

Su corazón dejó de latir un breve instante..., porque se trataba de Xein.

Estaba más alto, moreno y musculoso de lo que ella recordaba. El uniforme gris le sentaba como un guante..., como si hubiese estado destinado a vestirlo desde siempre, pensó Axlin. Llevaba el cabello muy corto, como todos los Guardianes. Y cicatrices nuevas en la piel.

Pero era él. Inspiró hondo mientras luchaba por retener las lágrimas.

—Xein —susurró.

Él le devolvió una mirada indiferente. Sus ojos dorados nunca se habían mostrado tan fríos e impasibles. Axlin retrocedió un paso.

—¿En qué podemos ayudarte, ciudadana? —preguntó él entonces, con el tono cortés e impersonal de los Guardianes de la Ciudadela.

—Xein —repitió ella—. Soy yo, Axlin.

Buscó el reconocimiento en su mirada... y lo encontró. Y también detectó una ligerísima mueca de desprecio en su semblante de piedra. Inspiró hondo, insegura de pronto.

—Te he estado buscando todo este tiempo —insistió, sin embargo—. Yo...

—Si no necesitas nuestra ayuda, puedes seguir tu camino, ciudadana —cortó él.

Axlin lo miró, sin terminar de comprender que la estaba echando de su lado, pese a que la actitud de Xein no dejaba lugar a dudas. Se volvió entonces hacia la joven que lo acompañaba, una alta Guardiana rubia de ojos de plata. Pero ella se limitaba a contemplar la escena con cierta curiosidad, sin intervenir.

—Si no necesitas nuestra ayuda —repitió entonces Xein, y en esta ocasión su tono de voz fue más seco y cortante—, puedes seguir tu camino..., ciudadana.

Axlin tragó saliva. Ahí estaba de nuevo aquella indiferencia rayana en desprecio.

Los dos Guardianes le dieron la espalda y se alejaron calle arriba sin mirar atrás. Axlin los contempló mientras caminaban con aquella elegancia casi felina. Se preguntó, con el corazón roto, si quedaba en aquel Guardián algo del muchacho que había conocido, al que había amado con locura y que, hasta donde ella sabía, había correspondido a sus sentimientos.

—¿Qué te han hecho en el Bastión, Xein? —murmuró para sí misma.

Lentamente, dio media vuelta y cruzó la calle en dirección a la biblioteca. Al pie de la escalinata, sin embargo, no pudo evitar volverse de nuevo para mirar a Xein.

Los dos Guardianes se habían detenido ante la puerta de su cuartel general, esperando a que los centinelas les abriesen la verja. Axlin los observó con atención. Desde aquella distancia, Xein no parecía realmente Xein. Se asemejaba a cualquier otro Guardián como una gota de agua a otra. Tan similares todos, tan imperturbables..., tan distantes.

Pero Xein había sido diferente, y Axlin sospechaba que los demás chicos habían tenido también personalidades muy distintas antes de ser sometidos a aquel adiestramiento que los igualaba a todos hasta convertirlos en impávidos guerreros consagrados a una única misión.

Suspiró con el corazón roto, lamentando la pérdida de aquel muchacho que tanto significaba para ella.

Y justo entonces, cuando estaba a punto de darle la espalda para subir las escaleras, Xein volteó la lanza que portaba casi como si no se diera cuenta de que lo hacía. Axlin sintió que le fallaban las piernas. Recordaba aquel gesto tan característico suyo como si lo hubiese visto el día anterior. Un torrente de recuerdos la inundó por dentro y llenó sus ojos de lágrimas. «Es él. Es él. Sigue siendo él», se repitió a sí misma.

Lo observó mientras entraba en el cuartel junto a la Guardiana rubia.

«Te encontraré», prometió en silencio. «Aunque te ocultes bajo la piel de un Guardián de la Ciudadela, juro que buscaré en tu interior lo que quede de ti... y te lo devolveré.»

Dio media vuelta y subió la escalinata cojeando, con el zurrón repleto de libros y el corazón rebosante de pena y determinación.